KB056111

소리가 노래로 춤을 추다

황봉구
1948년 경기도 장단에서 태어났다.
시집 『새끼 붕어가 죽은 어느 추운 날』『생선 가게를 위한 두 개의 변주』『물어뜯을 수도 없는 숨소리』『넘나드는 사잇길에서』『허튼 노랫소리—散詩 모음집』, 예술 비평집 『사람은 모두 예술가다』『소리가 노래로 춤을 추다』, 예술철학 에세이 『생명의 정신과 예술—제1권 정신에 관하여』『생명의 정신과 예술—제2권 생명에 관하여』『생명의 정신과 예술—제3권 예술에 관하여』『부대끼는 멍청이의 에세이』, 산문집 『태초에 음악이 있었다』『소리의 늪』『그림의 숲』『바람의 그림자』『당신은 하늘에 소리를 지르고 싶다』『아름다운 중국을 찾아서』『명나라 뒷골목 60일간 헤매기』를 썼다.

PARAN LOGOS 0003 소리가 노래로 춤을 추다

1판 1쇄 펴낸날 2021년 4월 30일
지은이 황봉구
디자인 최선영
인쇄인 (주)두경 정지오
펴낸이 채상우
펴낸곳 (주)함께하는출판그룹파란
등록번호 제2015-000068호
등록일자 2015년 9월 15일
주소 (10387) 경기도 고양시 일산서구 중앙로 1455 대우시티프라자 B1 202호
전화 031-919-4288
팩스 031-919-4287
모바일팩스 0504-441-3439
이메일 bookparan2015@hanmail.net

ISBN 979-11-87756-92-7 03810

값 30,000원

소리가 노래로 춤을 추다

황봉구

책머리에

본디 소리이니 소리가 있어 소리가 된다. 소리가 만물을 낳고, 만물이 소리이다. 소리를 따라 만물이 변화하며 흐른다. 하늘이, 땅이 소리이니 만물이 소리 속에 산다.

깜깜한 우주의 밤에 멀리 새벽의 빛이 흐른다. 빛은 파동. 파동이 소리다. 빛소리. 소리빛. 여명이 그대의 창문을 열고 소리를 건넨다. 잠을 자는 그대. 소리들이 일깨워지고, 소리빛이 그대의 가슴을 환하게 밝힌다. 소리꽃이 울긋불긋 피어오른다.

소리가 흐른다. 모이다가 흩어지고, 걷고 뛰다가 날아가기도 하고, 둥둥 떠내려간다. 소리가 헤엄친다. 출렁거린다. 소리파도가 우주를 수놓는다. 밀려오고 밀려간다. 나타나고 사라진다. 율파가 춤을 춘다.

소리가 말을 한다.
마음소리.

마음소리가 얼굴을 내밀고 귀에 속삭인다.
노랫소리.

노랫소리가 무지개로 번져 나간다.
소리가 꽃이다.
—「사람소리」, 『허튼 노랫소리』

차례

제3부

제4부

제5부

일러두기

책 가운데 일부 단어들의 띄어쓰기는 저자의 의도에 따라 현행 맞춤법 및 (주)파란의 표기 원칙과 다릅니다.

제1부

툴(Tool)

나이가 드니 내가 소리가 되었다. 사람마다 나를 듣거나 말거나 한다. 어떤 이는 무슨 소리가 있느냐고 되묻는다. 전혀 들리는 소리가 없다고 한다. 어떤 이는 소리를 들어도 하나도 알아들을 수 없다고 한다. 아무렴 어떨까? 소리가 된 나는 소리로 뒤덮인 우주에서 소리들과 함께 걸어간다. 소리에도 그림자가 있다. 아마도 긴 꼬리의 그림자라도 남겨 놓았으면 하는 바람이다.

첫 꼭지: 록 메탈

1.

현재를 살아가는 우리의 앞에는 두 개의 거대한 물결이 일렁이고 있다. 그 하나는 복잡다단한 현대의 세계에서 인간을 중심으로 하는 안정되고 평화로운 세상을 희구하는 것이고, 다른 하나는 기계화되고 전자화되어 가며 지나칠 정도로 비인간화되는 현실 속에서 터져 나오는 생명체 본연의 인간이 뿜어내는 생존의 몸부림과 타협이다. 이를 반영하여 음악의 흐름도 마찬가지다. 하나의 흐름은 복고적이다. 서양 클래식 음악을 중심으로 하면서도 세계 곳곳의 전통을 최대한 흡수하거나 유지하면서 단순하고 평이하며 그러면서도 현대적 새로움을 추구하는 흐름이다. 지아친토 셀시(Giacinto Scelsi, 1905-1988)의 음악이 선구적이다. 그의 작품은 인도 음악의 영향을 많이 받았다. 미니멀리즘 음악이라 불리는 미국의 현대음악가들 역시 인도 전통음악에서 새로운 영감을 얻었다. 이 계통의 음악을 세분화하면 크게 두 가지로 분류된다. 하나는 클래식 전통을 근거로 하고 인도 음악의 영향이 깃든 것으로 지아친토 셀시 그리고 필립 글래스(Philip Glass, 1937-)를 비롯한 일군의 미니멀리즘 음악가들이다. 서유럽 고전에서 새로움을 찾는 아르보 패르트(Arvo Pärt, 1935-)나 막스 리히터(Max Richter, 1966-) 등의 작품들도 그렇다.

다른 하나는 재즈다. 아프리카 출신의 아메리카 흑인들에서 비롯된 재즈는 서양의 클래식과 어울려 혼종의 새로운 음악으로 발전된다. 20세기는 기라성 같은 재즈 음악인들이 얼굴을 보인다. 루이 암스트롱(Louis Armstrong, 1901-1971)이 먼저 떠오른다. 트럼펫을 부는 마일스 데이비스(Miles Davis, 1926-1991)와 피아노의 듀크 엘링턴(Duke Ellington, 1899-1974)을 필두로 해서 색소폰의 찰리 파커(Charlie Parker, 1920-1955)와 존 콜트레인(John Coltrane, 1926-1967)은 이미 전설이 되었다. 빌 에반스(Bill Evans, 1929-1980)의 피아노는 명불허전이다. 그 뒤를 잇는 키스 자렛(Keith Jarrett, 1945-)의 음악적 천재성은 빛이 난다. 그의 즉흥연주들은 기념비적이다. 현대에서 재즈 악기로 새롭게 주목을 받은 기타의 짐 홀(Jim Hall, 1930-2013), 존 애버크롬비(John Abercrombie, 1944-2017)와 팻 메스니(Pat Metheny, 1954-)도 기억해야 할 음악인이다. 몇 년 전에 타계한 찰리 헤이든(Charlie Haden, 1937-2014)의 베이스 연주도 전설이 되었다. 그와 협연한 브래드 멜다우(Brad Mehldau, 1970-)의 피아노도 빼놓을 수 없다. 특히 근래 북유럽의 재즈곡들은 한층 복고적 성향을 띠며 온갖 스트레스와 강박감에 시달리는 현대인들을 부드럽게 달래 주며 편안함을 선사한다. 현재 왕성하게 활동하는 야콥 브로(Jakob Bro, 1978-), 마르신 바실레프스키(Marcin Wasilewski, 1975-), 아르브 헨릭슨(Arve Henriksen, 1968-) 등이 그렇다.

이러한 흐름과 달리 현대성을 있는 그대로 부각하고 폭발시키는 거대한 물줄기가 새롭게 탄생했다. 그것은 대중음악이다. 기존의 음악 세계를 지배하고 있었던 클래식 계통의 입장에서 이를 대중음악이라 부르지만 실제로 그것은 대중음악이라기보다는 현대를 살아가는 현대인들에게 하나의 본류로 등장한 음악이라 하는 것이 옳다. 유럽과 미국이라는 서구 중심의 음악가들이 그들의 고전적 전통을 이어받으려는 현대음악의 입장에서 일반 대중이 선호하며 즐기는 새로운 음악들을 상대적으로 부르는 이름이 바로 대중음악이다. 그러나 현대음악의 물줄기에서 중심을 이루며 흘러가는 흐름은 단연 일군의 대중음악들이다. 팝, 랩, 힙합, 록 등이 바로 이 부류에 속한다. 이 중에서도 록 음악 특히 메탈 음악은 서양의 현대음악 흐름에서 단연 눈에 띈다. 음악에서 새로운 시대에 걸맞은 젊음을 찾는 현대인들의 이목을 사로잡고 있다. 이름난 메탈 밴드들의 공연에는 수만 명이 운집한다. 이들 공연 무대를 젊은이들만의 광장이라 굳이 폄하할 이유는 없다. 음악 자체가 이미 새롭고 신선하며 한층 젊기 때문이다. 20세기 후반에 대두한 이 흐름은 이미 반세기를 훌쩍 지나 나름대로 정형화되기 시작했다. 발생 초기를 거쳐 급속도로 성장하고 있으며 완숙기로 진입하고 있다. 예를 들어 무수히 나타났다 사라지는 메탈 밴드들 중의 하나인 툴(Tool)은 이미 록 메탈이 성숙기에 진입하고 있음을 보여 주고 있다. 우후죽순으로 번져 나가는 메탈 음악에서 이들은 하나의 형식미를 갖추고 음악을 구성하고 있다.

메탈은 20세기 후반에 나타나서 21세기를 넘어 그 흐름이 길게 걸쳐 있다. 현대의 고도로 기계화된 산업사회에서 인간이 기계화되고 기계가 인간화되어 인간과 기계가 서로 혼연일체로 움직이는 이 현실 세계에서 기존의 인간들은 모두 파편화된다. 기존의 인간적인 욕망은 좌절되고 그 출구를 찾을 수가 없다. 욕망은 파괴된다. 파괴된 파편과 부스러기들이 널려 있다. 본디 인간의 소리들은 이를 따라 마찬가지로 분해되고 파편화된다. 그것은 기존의 조화와 균형을 완성의 목표로 하는 과거 세기의 소리들과는 전혀 다른 변종이다.

"기계가 살아서 영혼을 지닌 시대. 기계가 소리를 내는 이 세상에, 사람들은 기계와 어깨동무를 하고 노래를 부른다. 사람이 기계가 되고, 기계가 사람이 된다. 기계소리가 울긋불긋. 사람 목소리가 만들지 못하는 소리. 처음 들어 보는 소리. 풀잎피리가 기계가 되더니 악기가 만발하고, 악기들이 손에 손을 잡고 우주에서 숨은 소리를 찾아낸다. 오케스트라는 신천지를 발견한다. 욕심 많은 인간기계들이 신시사이저, 전기기타를 만들더니 온갖 기계를 작동시켜 새로운 소리우주를 발견한다. 한 무리의 소리들이 록 메탈의 세계를 찾아내고, 인간의 목소리도 힙합이나 랩으로 새롭게 진화하며 기계음들과 형제의 의를 맺는다.

기계는 새로운 생명. 그들의 숨소리가 뜨겁다. 새로 태어나는 기계. 새로 숨 쉬는 시나위. 기계는 사각형 상자 속에 새로운 우주를 창조한다. 인터넷이 사람들을 친구로 부른다. 인터넷은 우주. 사람들은 주머니 속에 새로운 우주를 챙긴다. 사각형 컴퓨터를 쳐다보거나 손바닥 안, 스마트폰에서 새로운 소리, 새로운 우주와 희롱한다. 현재의 세계는 홀로그램 우주. 저 멀리 우주들이 어둠 속에 기다리고 있다. 무한한 우주를 찬양하라. 사각형 세계에 새롭게 진화한 인간들이 태어나고 있다. 그들이 듣는 주파수는 과거의 한계를 돌파하고 있다."[1]

2.

궁극적 목표를 조화와 균형으로 세워 구성하는 전통적 소리와 음악은 이미 19세기 말에 최고봉에 도달했다. 그것은 20세기 전반에 이미 균열을 보이기 시작하고, 세기의 후반에 붕괴되었다. 음악 역사의 흐름에 커다란 변화의 조짐이 나타나기 시작했다. 화음과 멜로디는 더 이상 음악을 구성하는 주요 요소가 될 수 없었다. 20세기 후반의 소리세계는 화성과 조성을 지닌 아름다운 멜로디를 거부한다. 기존의 음악형상들은 모두 무너져 갔다. 새로운 패턴을 찾기 위한 무수한 실험이 행해졌다. 작곡가들은 음악을 인위적으로 구성하기 시작했다. 작곡이라는 것 자체가 인위적 구성이지만 새로운 실험에서의 인위적 구성은 여전히 인간의 내적 상태를 중시하고 그것을 상징화하는 음을 찾아내는 작업이다. 인간을 중심으로 하는 인간 본위의 인위적 구성만으로는 충분하지가 않다. 고도의 산업화는 기계의 발전을 가져왔다. 기계의 발달은 지금도 지속되고 있지만, 20세기 후반은 전자 산업의 생성과 발전이 그 중심을 이룬다. 특히 컴퓨터의 탄생은 하나의 획기적 전기를 이룬다. 스티브 잡스의 개인 컴

---

1 황봉구, 「시나위기계」, 『허튼 노랫소리』, 파란, 2020.

퓨터(Personal Computer)의 발명은 인류의 일상생활을 근본적으로 뒤바꿔 놓았다. 기계와 컴퓨터가 여러 면에서 인간의 고유 능력을 뛰어넘기 시작했다. 최근의 IT 산업의 발전은 인공지능 AI와 이를 이용한 로봇까지 생산한다. 이들의 발전은 한계가 없다. 이미 기계와 인간이 평등하게 공존해야 하는 상황이 도래했다.

소리의 세계도 마찬가지 과정을 겪고 있다. 우주 만물이 빚어내는 소리는 무한이다. 우주의 모든 공간에 소리가 가득 차 있다. 그것의 흐름과 변화는 무궁무진해서 인간의 능력으로 이를 모두 파악하고 인지하거나 또는 재생하는 것은 거의 불가능하다. 극히 일부만을 취득할 뿐이다. 더구나 인간이 지닌 가청 음파는 우주의 파동 영역에서 제한된 부분에 불과하다. 기계의 등장은 이러한 한계를 깨트리기 시작했다. 새로운 음들의 발견이다. 인간이 그동안 접할 수 없었던 소리들 특히 들었으나 재생을 하거나 모방할 수 없었던 소리들이 기계의 힘을 빌려 가능하게 되었다. 더 나아가서 기계들은 인위적 조작이나 지시를 따르지 않고 스스로 음들을 창안하고 구성하는 단계로 발전했다. 이렇게 생산된 소리들은 인간에게 혁신적인 변화를 강요했다. 인간은 그러한 소리를 받아들여야 했다. 기계소리라 해서 거부하는 것이 아니라 그것들이 자아내는 영역의 크기와 새로움의 강도는 인간의 상상 능력을 넘어서기에 인간은 그들의 가능성을 무시할 수 없을 뿐더러 나아가서 그것에 종속해야 하는 상황도 발생하게 된다. 현재를 사는 우리는 이러한 소리들을 받아들여야 한다. 전통음악의 제한된 소리만으로는 현상을 적절하게 표현할 수 없다. 기계와 더불어 살아가는 인간의 현실이나 그 복잡다단한 내면성을 제대로 드러낼 수 없다.

실제로 인간은 문화의 발전과 더불어 기계를 사용해 왔다. 음악도 예외는 아니다. 인간이 인간인 이유는 도구를 사용할 줄 알기 때문이다. 도구의 발견은 불의 발견과 함께 인간 문명을 가능케 한 가장 중요한 요인이다. 음악은 이러한 도구들을 사용하면서 비약적인 발전을 이룩한다. 음악을 구성하는 소리에는 몇 가지 종류가 있다. 첫째 우선 인간이 본디 갖고 있는 소리다. 그것은 목소리와 몸짓에 의해서 창출된다. 목에서 우러나오는 소리뿐만 아니라 손뼉을 마주치면 소리가 나온다. 둘째로는 악기의 발명이다. 처음에는 기다란 대롱에서 소리가 나는 것을 발견한다. 돌이나 나무로 무엇인가 두드려도 소리가 난다. 문질러도 마찰 소리가 생긴다. 풀을 말아서 소리를 내고 동물들의 뿔로부터 소리를 얻게 된다. 이를 적극 원용하여 만들어 낸 것이 악기다. 풀피리로부터 시작된 이러한 악기들은 나무로부터 시작해서 금속 제품으로 진전된다. 셋째로 우주 만물이 빚어내는 소리다. 천둥소리, 바람 소리, 풀벌레나 새들의 소리다. 인간은 이들 소리를 흉내 내거나 녹음을 해서 사용한다. 넷째로 인간이 작위적으로 만들어 내는 소리다. 갖가지 도구를 창안하여 새로운 소리를 창출한다. 이로 보면 첫 번째 경우를 제외하고는 모두 도구다. 인간이 사용하는 모든 악기들은 기계다. 이러한 기계들은 처음에는 인간의 목소리를 보완하거나 확장하는 데에 사용되어 왔다. 역사의 어느 단계에 이르러 사람들은 순전히 기계적 악기들이 만들어 내는 소리만으로 구성되는 악곡을 창조한다. 소위 기악곡이다. 이러한 기악곡들을 만들어 내기 위해 숱하게 새로운 악기들이 선을 보인다. 새로운 악기들이 나타나고 소멸된다. 시대의 흐름에 따라 지역적인 문화의 특성에 따라 서로 다른 수많은 악기들이 새롭게 출현하고 발전한다. 예를 들어 클라리넷은 18세기에 발명되고, 색소폰이나 전기기타는 20세기에 만들어진다. 국악의 경우에도 20세기 초반에 산조

아쟁이 개발되고 후반에는 24현 가야금이 나타난다. 예전의 악기들이 새롭게 주목을 받는 현상도 생겨난다.

21세기는 기계와 인간이 공존하는 시대다. 지금까지는 인간이 기계를 발명하고 발전시키고 이를 도구로 적극 활용해 왔다. 21세기에 들어서며 기계는 스스로 자신의 세계를 유지하고 이어 갈 수 있을 만큼 빛나게 성장했다. 새로운 생명체를 창조할 능력도 지니게 되었다. 기계는 더 이상 인간에게 일방적으로 종속되는 관계가 아니다. 인간은 기계 없이는 생존할 수 없는 지경에 이르렀다. 기계의 도움이 아니라 기계와 더불어 살아야 하는 처지에 놓였다. 지구의 생활 세계를 지배하는 것은 인간과 기계로 양분되었다. 기계와 인간이 양립하는 새로운 시대가 열렸음이다. 21세기는 기계의 시대다. 기계는 물리적 기계를 넘어 추상적인 요소의 기계까지도 포함한다. 인간의 정신이 기계화되어 고도로 수학적으로 또는 기계적으로 구성되어 작동하는 것을 가리킨다. 이러한 기계음 또는 기계로 만들어지는 소리는 20세기부터 발현한 'mechanical sound', 'electric sound', 'electronic sound' 모두를 가리키며 또한 고도의 음향효과를 동원한 'natural sound'를 모두 포함한다. 실제로 인류가 수천 년 전부터 다루어 온 악기들과 이것들이 만들어 내는 소리는 모두 기계음이다. 영어로 기악곡(instrumental music)이라 불리는 것은 모두 기계음으로 이루어지는 음악을 가리킨다. 현재는 인간의 목소리까지 기계를 통하여 조작된다. 사람의 목소리가 음향화된다.

현대음악은 철저할 정도로 기계적 구성으로 이루어진다. 기계적 구성은 기계에 의한 새로운 음의 발견과 그것들의 배치와 조합이다. 과거에는 듣지 못했던 소리들이 대거 발견된다. 20세기에 새롭게 의미를 부여받아 널리 사용되는 악기는 단연 기타다. 록이라는 음악을 형성하고 가능하게 한 악기는 바로 전기기타다. 기타는 탄현악기다. 서양에서 류트와 더불어 오랫동안 사용되어 왔는데 류트는 현재 사라진 반면에 기타는 끈질기게 명맥을 유지해 왔다. 특히 스페인이나 이탈리아 등의 라틴 문화권에 잘 보존되어 왔다. 서양의 전통음악 오케스트라에서 현악기는 하프를 제외하고는 모두 활대로 줄을 그어 대어 소리를 내는 찰현악기다. 우리에게 익숙한 바이올린, 비올라, 첼로, 콘트라베이스 등이 모두 찰현악기다. 인도나 동아시아에서 대체로 현을 뜯는 탄현악기들이 주를 이루는 것과 다르다. 서양에서 기타는 전통적으로 대중음악이나 민간음악에서만 사용되어 왔다. 20세기 전반에 전기기타가 발명되어 보급되기 시작하고 이를 활용한 재즈나 록 음악이 새롭게 모습을 드러냈다. 전통적으로 양의 창자를 꼬아 만든 줄이나 나일론 줄로 만들어 손으로 뜯는 클래식 기타, 금속 줄로 만든 어쿠스틱(acoustic) 기타와 달리 전기기타는 줄을 뜯어 일어나는 줄의 진동을 픽업 장치를 통해 전기의 흐름으로 바꾼다. 전기기타의 탄주는 주로 피크(pick)를 사용하고 손가락이나 다른 도구를 이용하기도 한다. 기타는 전기 흐름을 신호로 읽는 앰프 장치와 케이블로 연결되어 있다. 이러한 장치를 통해 기타 소리는 그 크기를 마음대로 조절할 수 있게 된다. 이뿐만 아니라 다양한 이펙터(effector) 장치를 통해 여러 가지 다양한 효과음을 창출할 수 있다. 기계의 발달로 마이크와 증폭기의 발명은 시대의 음악을 완전히 변모시킨다. 전기기타는 통기타의 고전적 소리세계를 넘어서 완전히 새로운 세계의 악기로 거듭 태어난다. 여러 가지 장치를 장착하고 기타는 현을 퉁겨 발생하는 통상적인 소리를 탈피한다. 그것은 울림이되 무한 증폭과 변양을 거친 소리들이다. 기타 하나가 현의 퉁김 소리에 더하여 관악기 소리까지 쏟아 낸다. 박자에 따른 음들의 전개가 서양음악의 전통이지만 전기기타는 인도나 동아시아의 음처럼 지속음의 효과까지도 보여 준다. 하나의 음이 그 울림을 지속한다. 지속하는 동안 다른 음의 울림이 겹쳐진다. 일종의 헤테로포니(heterophony) 효과도 가득하다. 전기기타와 이를 연주하는 음악은 미국과 영국을 중심으로 발전되어 이제는 전 세계적인 흐름이 되었다.

3.

록 메탈 밴드는 무한할 정도로 다양한 소리들을 음악으로 흡수한다. 전기기타는 베이스와 리드 기타로 구분하지만 이들을 중심으로 가능한 모든 종류의 타악기들, 신시사이저를 비롯한 새로운 악기들 그리고 갖가지 기계장치를 통한 다양한 기계 음향을 통해 소리의 세계를 무한으로 확대한다. 음색이나 소리의 크기도 상상할 수 없을 정도로 다양한 모습을 보여 준다. 전기를 통한 소리의 증폭은 거의 무한이다. 과거 기악 연주로는 불가능했었다. 서양 고전음악에서 웅대한 교향곡을 연주하기 위해서는 거대한 교향악단이 요구되었다. 이제 세 명 또는 네 명, 필요하다면 인원을 마음대로 더 늘려 편성할 수 있는 밴드들의 음향과 그 소리 크기는 거의 무한대에 가깝다. 예를 들어 사람의 목소리 보컬은 마이크를 통해 증폭이 가능하다. 드럼도 필요하다면 마이크를 가까이 놓는다. 드럼은 일군의 드럼 키트와 몇 가지 심벌로 구성된다. 밴드는 통상적으로 4인조로 구성한다. 리드 기타, 저음 베이스, 드럼 그리고 보컬. 또는 키보드가 추가된다. 여러 가지 보조 악기가 동원될 수 있다. 서양의 전통음악 즉 오케스트라에서 악기는 관을 타고 숨의 호흡이 증폭되거나 현의 울림이 공명통을 통해 증폭된다. 소리의 크기를 확대하는 데 아무래도 제한이 있을 수밖에 없다. 더 크게 울리려면 악기의 수를 늘려야 한다. 베토벤의 9번 합창 교향곡이나 말러의 8번 교향곡은 엄청난 규모의 악기 수와 합창단을 편성한다. 21세기의 메탈 밴드들의 연주는 무한 증폭되며 동시에 기계를 통한 녹음이나 자연의 소리를 포함한 다양한 음향효과를 가미함으로써 과거에는 상상할 수 없을 정도의 세계로 진입했다. 그들의 소리세계는 과거 교향곡의 수준과 범위를 모두 넘어선다. 새로운 시대가 열렸음이다.

록 메탈은 기본적으로 빠른 음악이다. 클래식 음악에서 서정적인 것을 표현할 때 주로 느린 속도를 사용한다. 대표적인 속도가 아다지오다. 그러나 록 메탈에서는 아다지오는 물론 이보다 더 빠른 안단테도 거의 보이지 않는다. 거의 프레스토나 비바체다. 밴드 툴은 특이하다. 그들의 앨범을 이루는 노래들은 모두 빠르다. 예외가 없다. 그러나 앨범을 구성하기 위해 그들이 간간이 집어넣은 간주곡들은 거의 느리다.

음악에서 빠르기는 느낌의 표현을 좌우할 정도로 커다란 영향을 미친다. 한국의 전통음악을 보면 마냥 느리기만 하다. 조선가곡의 경우 삭대엽은 빠르게 부르는 한 잎, 잦은 한 잎의 노래라는 뜻을 지닌다. 그것은 이미 사라져 버린 만대엽이나 중대엽에 비해서 가장 빠르게 부르는 노래다. 그럼에도 그 속도는 현재를 살아가는 우리의 귀에는 마냥 느려 터지기만 하다. 안단테보다 더 느린 아다지오, 렌토나 라르고에 해당한다. 그런 속도를 빠르다고 이야기하고 있으니 도대체 빠르기의 기준은 무엇이었을까. 서양음악을 보면 이미 오래전부터 상당히 빠른 속도로 음악이 연주된다. 빠르기의 범위가 한층 다양하고 넓다. 모데라토나 안단테를 필두로 그보다 빠른 모든 빠르기는 한국의 전통음악에서는 찾아볼 수가 없다. 이미 서양음악에서 하나의 전환점을 이루는 바로크 시대의 바흐 음악에서도 빠르기는 상상을 절할 정도로 빠르다. 현재의 빠르기가 거의 드러나고 있다.

빠르기가 이루어지려면 음의 분할이 정확해야 한다. 치밀할 정도로 규칙적으로 음이 미세하게 나누어져야 한다. 이를 가능하게 하는 것이 바로 반복과 차이를 바탕으로 하는 분석적 사유와 해석이다. 사물을 분해할 때 벽돌과 같은 일정한 크기를 정해 놓고 벽돌로 쌓인 담장을 허물어 그 구조를 이해하는 방식이다. 동아시아적 사유 특히 관계만을 중시하고 사물 그 자체를 덩어리로 쳐다보는 방식으로는 반복과 차이를 느낄 수가 없거나 부족하다. 미세하게 분석할 수가 없다. 이래도 좋고 저래도 좋은 진흙 덩이다. 그 크기가 문제가 아니라 진흙으로 이루어졌다는 사실이 중요하고, 덩이를 이루기 위해 진흙에 물이 섞여 있다는 것이 먼저 이해되어야 한다.

록 메탈은 한마디로 열린 음악이다. 마당음악이다. 서양의 전통음악은 대체로 민속음악을 제외하고는 모두 실내음악이다. 그곳에는 콘서트홀과 같은 거대한 음악당이 있고 그 안에는 연주 집단과 청중이 양분되어 자리를 잡는다. 잘 짜인 풍경을 이룬다. 지나침은 허용되지 않는다. 닫혀 있는 구조다. 음악은 이미 극히 형식화되어 있어서 음악의 연주와 듣기는 다양한 격식과 예절을 강요한다. 거대한 홀에는 수많은 청중이 자리를 잡지만 곡이 연주되는 동안에는 숨소리조차 허용되지 않을 만큼 정숙한 분위기가 요구된다. 어떤 거대한 신전 앞에서 엄숙한 제의를 치르는 것과 같다. 음악은 그 본질이 한마디로 느낌의 흐름이다. 그것은 숨소리와 같은 박동을 일으키며 움직임을 동반한다. 음악당에서는 그런 느낌이, 흐름이 숨어 버린다. 보이지 않고 저 멀리 떨어진 어느 어두운 공간에서 몰래 흐른다. 현대에 이르러 이러한 현상은 더욱 심화되고 있다. 서양의 고전

음악 연주는 마치 박물관에서 오래된 유물을 관람하는 것 같다. 예술적 또는 역사적 가치는 인정되지만 그것엔 현재의 살아서 펄떡이는 숨소리의 흐름이 없다. 이에 비해서 록 메탈은 현재를 가로지르며 흐르는 거대한 강줄기다. 그것은 잔잔하게 흐르기도 하지만 때로는 거대한 홍수를 일으키고 둑을 무너뜨리며 사람들의 세계를 흙탕물로 뒤덮는다. 물의 흐름을 감당 못 하고 허우적거리는 사람도 있고 외면하고 도망하는 사람도 있고 유유히 거센 물살을 즐기며 보트를 젓는 사람도 있다. 록 메탈은 한마디로 현재 살아서 펄떡이는 물고기들이 물살을 가르며 뿜어내는 숨소리들이다.

록 메탈은 메타음악(meta-music)이라고도 할 수 있다. 그것은 음악에 대한 음악, 또는 음악을 넘어서는(beyond) 음악이기도 하다. 통상적으로 음악은 화성, 멜로디, 리듬 등을 삼대 요소로 갖는다. 특히 화성과 멜로디는 중요하다. 화성은 여러 개의 음을 쌓아 협화음을 만든다. 선율 멜로디는 조성에 따라 변화한다. 인간의 모든 느낌을 조성과 멜로디로 표현한다. 그것은 제한적이다. 인위적으로 편성한 범주 안에서만 통용된다. 소리의 세계는 우주인데 인간의 음악은 극히 일부에만 머물러 있다. 록 메탈은 불협화음을 마다하지 않는다. 어떤 면에서 그것은 상상을 절할 정도로 멋대로의 음들이다. 일정한 형식이나 주어진 양식을 거부한다. 화음이나 멜로디에 중점을 두지 않는다. 그냥 소리가 열려서 흐른다. 소리의 전개는 거의 무한대의 영역을 관통한다. 새로운 세계가 얼굴을 드러낸다. 이런 새로운 얼굴들이 연이어 무수하게 나타난다. 새로움의 연속이다. 새로움이 한없이 흐른다. 그것들은 새로운 우주를 창조한다. 아마도 그렇게 만들어진 우주에서 다시 더 멀리 새로운 우주로 날아갈 것이다.

록 메탈은 리듬의 음악이다. 모든 음악이 리듬을 지니지만 록 메탈의 리듬은 새로운 면모를 보여 준다. 그것은 과거처럼 정형화된 리듬으로 구성되지 않는다. 그것은 무형식·무정형의 리듬이다. 리듬의 반복이 규칙적인 것을 훌쩍 넘어선다. 리듬도 다양한 복층 구조를 이룬다. 한두 가지 리듬으로만 구성되어 흐르는 과거의 음악과 달리 그것은 전혀 예측을 불허할 정도로 불규칙하게 그리고 수없이 서로 다른 리듬이 뒤섞여 함께 흐른다. 이미 20세기 초에 말러가 기존의 악곡을 넘어서며 다양한 리듬을 동시에 복합적으로 펼쳐 보였지만 메탈 음악은 이러한 경향을 극단화시키고 있다. 이러한 리듬은 우주의 율파를 직접적으로 표현한다. 우주는 그 자체로 생명체다. 우주를 이루는 만물 군상도 모두 생명체로 소리를 만들어 내고 있다. 그 소리들은 무수히 서로 다르지만 같은 시각에 제멋대로 뿜어내며 함께 흐르고 있다. 록 메탈은 이런 우주 현상을 표현하고자 할 뿐이다. 밴드 툴의 간주곡들이 바로 이러한 복층 리듬의 우주 현실을 보여 주고 있다.

록 메탈은 기존의 악기들의 소리나 인간의 목소리로 구성된 음악을 넘어선다. 예전에는 어떤 악곡을 듣게 되면 그것을 연주하는 악기들이 무엇인가를 알 수 있었다. 새로운 음이 들리면 그것은 새로운 악기가 나타났음이다. 지난 몇 세기 동안 클라리넷이 등장하고 색소폰이 발명되어 새로운 음을 추가했다. 이제 악기들의 한계는 무너졌다. 첫째로 녹음기의 등장으로 우주 만물의 자연 세계에서 들리는 소리가 모두 음악에 편입되기 시작했다. 새소리, 바람 소리, 파도 소리, 바위가 무너지는 소리, 새벽 사찰에서 타종하는 소리와 같이 인간의 사회에서 일어나는 실생활의 소리 등 어떠한 소리도 음악에 함께 실릴 수 있게 되었다. 군중의 함성 소리, 인간의 비명 소리, 오디오 엘피판 위에서 바늘이 긁어 대는 소리, 종이 찢어지는 소리

등 그 소리들의 범주는 한이 없다. 둘째로 인위적인 기계로 만들어지는 소리가 음악의 일부가 되기 시작했다. 기계 조작을 통한 새로운 소리들, 새로운 기계를 만들어 다시 작위적으로 이루어지는 소리들. 기계음과 음향의 세계는 이미 하나의 우주를 이루었다. 이 우주로부터 어떤 소리를 끄집어내는가는 제한이 없다. 이제 음악의 세계는 기계음이 주류를 이루며 흘러간다.

록 메탈에서 음악을 연주하는 동안 일어나는 모든 소리는 음악 그 자체가 된다. 아주 오래전에 보컬, 인간의 목소리가 그 시작을 이룬 음악은 이제 모든 우주의 소리를 포괄한다. 보컬이 주를 이루는 노래는 이미 끝이 났다. 보컬은 다른 악기들처럼 하나의 악기를 이룰 뿐이다. 곡에 따라서 그 비중이 달라질 뿐이다. 메탈이 연주될 때, 보컬의 노래는 그냥 악기의 연주와 동일하게 느껴진다. 가사가 있지만 그 의미는 과거처럼 중요하지 않다. 보컬은 언어 의미 이전에 그냥 소리일 뿐이다. 시끄러운 악기들 소리에 보컬이 언어를 노래하는 것이 아니라 인간의 목소리가 하나의 악기처럼 동참한다. 굳이 첨언한다면 목소리 악기는 다른 기악의 소리보다 좀 더 친근하고 세세하게 인간의 감정을 표현할 수 있다고나 할까. 목소리뿐만 아니다. 청중의 소리, 무대의 소리, 공연장 전체의 소리, 몸짓소리 등이 악기가 되어 연주한다. 심지어는 빛의 소리도 소리를 낸다. 공연되는 동안 번쩍이는 조명은 화려하기 그지없다. 그 움직임과 흐름은 또 다른 형태의 소리라 해도 과언이 아니다. 무대배경으로 보여 주는 영상도 마찬가지다. 영상에 드러나는 다양한 실체들의 움직임과 그 흐름은 거대한 소리의 움직임일 수 있다. 록을 연주하는 밴드들은 모두 멋대로 움직인다. 그들은 모두 몸을 뒤흔든다. 클래식 연주자들이 무대에서 보여 주는 몸짓과는 완연히 다르다. 그것은 춤일 수도 있고 그냥 몸짓일 수도 있다. 그 격렬한 몸짓 자체가 또 하나의 파동을 일으킨다. 율파가 된다. 청중은 이를 보면 강한 느낌의 흐름을 갖고 함께 어우러져 몸을 흔들거나 뒤튼다. 광란의 분위기도 연출된다. 이는 메를로-퐁티가 말하는 살의 직접적 드러남이다. 마음과 몸이 분리된 것이 아니라 이미 한통속이 되어 흐른다. 살의 음악이라고 할까. 메탈 밴드들은 온몸으로 연주한다. 줄이 여섯인 기타만을 연주하는 것이 아니라 발로도 연주한다. 무대 앞면에 장치가 나열되어 있어서 필요할 때 발을 짚어서 소리를 낸다. 기타를 어깨에 걸머지고 나서 연주하는데 이 과정에서 온몸을 비틀거나 껑충껑충 뛰며 춤을 추듯이 연주한다. 머리를 마구 흔들어 대기도 한다. 헤드뱅잉이다. 드럼도 마찬가지다. 과거와 달리 드러머는 수많은 종류의 타악기들을 주위에 배치해 놓고 손과 발을 총동원하여 악기를 두들긴다. 밴드의 모든 구성원은 몸과 악기를 일체로 만들어 마치 하나인 듯이 연주한다. 밴드 너바나(Nirvana)의 커트 코베인(Kurt Cobain, 1967-1994)은 광란의 몸짓을 보인다. 기타를 때려 부수기도 한다.

록은 현대음악에서 거대한 흐름이다. 그것은 잡다한 양식을 보여 준다. 록 음악의 이러한 다양성을 무수한 밴드들이 나타나며 보여 준다. 서로 다른 양식을 규정하기 위해 사람들은 이런저런 이름을 붙인다. 너무나 많은 이름들이 등장해서 열거할 수 없을 정도다. 크게 분류해서 메탈도 이러한 양식의 하나다. 그중에서도 헤비메탈은 메탈 음악이 좀 더 극단화된 경우를 가리킨다. 어찌 보면 이러한 세세한 구분은 크게 의미가 없다. 음악은 흐를 뿐이다. 그것도 새로운 모습을 보여 주면서 흐른다. 헤비메탈은 인간이 새로운 음악 패턴 또는 생김새를 창출하는 활동의 일부일 뿐이다.

록 메탈에서 보듯이 이제 동서양이 교차하며 새로운 음악들이 폭포수처럼 용솟음치고 있다. 교차의 흐름이 거대하다. 세계화이며 우주화가 되어 간다. 이런 흐름은 서쪽에서 동쪽으로 흐르는 경향이 강하다. 동쪽에 사는 사람들이 이런 경향을 자각하고 있을까. 툴의 앨범 『Fear Inoculum』의 여덟 번째 트랙 「Chocolate Chip Trip」에 나오는 드럼 소리는 이미 인도의 따블라적 요소와 동아시아 드럼의 양상을 모두 지닌다. 인위적 음향도 신비스럽다. 모두 아시아적 색채를 갖는다.

4.

록은 '로큰롤(rock and roll)'의 준말이다. 이 음악의 원산지는 미국이다. 리듬 앤 블루스 또는 컨트리 앤 웨스턴으로 불리는 흑인음악이나 지방 음악 등은 되풀이되는 비트나 그루브를 보여 준다. 이미 널리 대중화되고 있던 재즈 음악과 함께 더불어 등장해서 지방의 청년들을 중심으로 퍼지기 시작한다. 모두 20세기 전반에 나타난 현상이었다. 대체로 흑인들을 중심으로 하고 백인들은 아직 크게 관심을 두지 않았었다. 1950년대 들어서 빌 헤일리(Bill Haley, 1925-1981), 엘비스 프레슬리(Elvis Presley, 1935-1977) 등이 등장하면서 로큰롤이라는 말이 본격적으로 널리 쓰이기 시작한다. 1950년대는 로큰롤이 왕성하게 일어나 유행을 하던 시절이지만 동시에 1950년대 말 척 베리(Chuck Berry, 1926-2017)가 흑인이라는 것을 빌미로 차별을 받고 탄압을 받으면서 록의 흐름은 꺾인다. 하지만 이들의 영향을 받은 영국의 젊은이들이 혜성처럼 나타난다. 척 베리를 좋아하고 이를 따라서 연습을 하던 비틀즈(Beatles)나 롤링 스톤즈(Rolling Stones)가 그들이다. 미국의 로큰롤이 지방을 중심으로 흥기했듯이 영국의 이들 젊은이들도 모두 시골 출신이다. 1960년대는 가히 영국의 시대라 하겠다. 영국의 록이 결국 미국으로 다시 건너가 미국을 열광의 도가니로 휩싸이게 한다. 베트남 전쟁이 한창이던 시절, 방황하던 젊은이들은 록 음악에 열광한다. 기존 사회의 주류가 아닌 음악, 소외된 계층들이 울부짖는 음악, 눈앞에서 살아서 펄떡이는 노래. 1969년 8월 17일 미국의 우드스톡 페스티벌(Woodstock Festival)은 록의 역사에서 하나의 분수령을 이룬다. 1960년대와 1970년대 초에 결성된 영국의 록 밴드는 기라성같이 휘황찬란하다. Beatles(1960, Liverpool), Rolling Stones(1962, London), The Who(1964, London), Pink Ployd(1965, London), Cream(1966, London), Led Zeppelin(1968, London), Black Sabbath(1968, Birmingham), Deep Purple(1968, Hertford), King Crimson(1968, London), Queen(1970, London). 어느 하나라도 놓칠 수 없는 밴드들이다. 이들은 각기 나름대로 거대한 성을 쌓아 올린다. 1960년대 중반에는 밥 딜런(Bob Dylan, 1941-)이 달랑 기타 하나만 들고 나타나 새로운 세계를 열어 놓는다. 그는 팝 가수를 시인의 대열에 올려놓았다. 그의 문학성은 빛을 발해 말년에 노벨 문학상도 수상한다. 스스로는 거부했지만 말이다. 록은 음악으로만 그치지 않는다. 모든 예술이 그런 것처럼 록도 당시 사회가 처해 있는 온갖 문제를 직접 다루고 있다. 베트남 전쟁, 흑인의 인권 운동, 부유층과 정치권의 부패, 젊은이들의 실업 문제 등등. 마약을 복용하는 젊은이들이 불러 대는 록은 사이키델릭 록(psychedelic rock)이라 불린다. 마약을 하지 않더라도 마치 그런 듯이 격렬하고 몽환적인 음악도 그렇게 불린다. 1960년대 중반 핑크 플로이드(Pink Ployd)도 그런 밴드 중의 하나다. 그들을 비롯한 여러 밴드들이 보여 주는 진보적 음악은 프로그레시브 록(progressive rock)이라 불린다. 프로그레시브 록은 어떤 정형화된 양식을 보여 주는 것이 아니라 음악 자체가 끝없이 새로운 형식이나 내용을 추구하고 있음을 가리킨다. 1960년대 후반에는 무수한 밴드들이 쏟아져 나온다. 그리고 이들이 불러 대는 둔중하면서도 격렬한 사운드들을 헤비메탈(heavy metal)이라고 부르기 시작한다. 이 시기에 나타난 밴드 크림(Cream)은 대중의 뜨거운 바람을 일으킨다. 미국에서 영국으로 건너온 지미 헨드릭스(Jimi Hendrix, 1942-1970)는 그야말로 광풍을 일으킨다. 이어 등장하는 레드 제플린(Led Zeppelin)은 단일 콘서트에 십만 명이 넘는 관중을 동원해 세상을 놀라게 한다. 이들의 등장이야말로 헤비메탈이라는 단어를 가능하게 한 사건이다. 1970년대 들어 헤비메탈은 전성기로부터 쇠하기 시작한다. 지나치게 복잡한 사운드, 귀가 떨어질 정도로 시끄러운 소리들, 무대를 때려 부수는 과격함, 상업화된 겉포장의 음악, 참신함을 상실하고 되풀이되는 음악 등등. 이미 진정한 생동감을 잃고 있었다. 그럼에도 불구하고 록 메탈은 그 파장의 넓이가 극대화되고 있었으며 시대를 살아가는 수많은 젊은이들을 끌어당겼다. 새로운 밴드들이 연이어 등장했으며 그들은 계속해서 새로움을 추구하고 있었다. 이제 메탈의 중심은 다시 미국으로 옮겨 와 있었다. 1980년대 Metallica(1981, Los Angeles), Pantera(1981, Arlington Texas), Dream Theater(1985, Boston), Deftones(1988, Sacramento) 등의 이름이 보인다. 우리가 거론하는 툴은 1990년, 미국 로스앤젤레스에서 그 이름을 드러낸다. 특히 메탈리카(Metallica)는 무려 네 번이나 내한 공연을 펼쳐 한국인들에게도 널리 알려져 있는 밴드다. 1998년, 2006년, 2013년, 2017년 등이다. 2006년 공연에는 메탈리카를 지원하기 위해 서포트 밴드로 툴이 함께 내한해서 공연을 했다. 당시에 툴은 크게 주목을 받지 못했다. 그들의 음악성이 사람들에게 낯선 탓이었을 것이다.

헤비메탈은 하나의 정형화된 흐름이 아니다. 그것은 전체적 상황을 총체적으로 가리키는 말일 뿐이다. 기존의 팝 음악과는 전혀 다른, 저항적이며 새롭고 전혀 예상하지 못했던 음악, 젊은이들이 선호하는 간단한 악기들로만 표현되는 음악, 무엇보다 새로운 시대에 걸맞게 전기의 힘을 빌려 무한으로 증폭되는 음악, 실내가 아니라 탁 열린 무한 공간의 마당에서만 연주할 수 있는 음악, 가사는 저급하거나 반항적이거나 젊음이 철철 넘쳐흐르는 것이라면 무엇이든 마다하지 않는 음악, 연주하는 사람들도 점잖은 태도는 모두 버리고 마음먹은 대로 멋대로 움직이거나 춤을 추는 음악, 심지어 악기를 때려 부수거나 몸을 무대 위에서 뒹굴어도 괜찮은 음악. 이 모든 것들이 모두 헤비메탈로 불린다. 시대의 반영이며 동시에 새로운 시대를 열어젖히는 음악으로 그 얼굴을 강하게 내민다.

사람들은 이들 음악을 규정지으려 안간힘을 쓴다. 그 스타일에 따라 이런저런 명칭을 갖는 헤비메탈. 사전을 뒤져 열거하니 다음과 같다. acid rock, alternative rock, art rock, beat, Christian rock, experimental rock, garage rock, glam rock, hard rock, heartland rock, heavy metal, indie rock, new wave, occult rock, post-punk, post-rock, progressive rock, psychedelic rock, punk rock, roots rock, soft rock, surf. 이 중에서도 가장 자주 들리는 이름은 얼터너티브 록, 하드 록, 뉴 웨이브, 프로그레시브 록, 사이키델릭 록 등이다. 이들 이름 하나하나가 어떻게 다른지 파악하는 것은 또 다른 일일 것이다. 과연 그럴 필요가 있을까. 흐름의 변화는 그냥 흐름이니 그냥 놓아두면 나타나고 또 사라지며 흐름을 지속할 테니까 말이다. 어느 누군가가 록을 '록을 제대로 정의한다면 그 음악이 대중적이라는 사실에 전혀 개의치 않으면서도 실제로는 대중적이라는 것이다'라고 말한 것처럼 록은 지금 이 순간에도 갖가지 양태로 나타나며 사라지고 있다.

우리는 지금 포스트 메탈(post-metal)의 시대를 맞고 있다. 밴드 데프헤븐(Deafheaven)이 연주하는 「Sunbather」. 보컬이 어우러지는 밴드의 연주이지만 그것은 소음인가 음악인가. 빠르게 흐르는 연주. 그들은 현재를 살아가는 우리에게 음악이란 무엇인가를 다시 생각하게 한다. 시대의 표현, 감정에서 그동안 도외시하거나 기피되었던 것의 표현, 극단적인 사운드의 채택, 비대중적인 것의 등장, 낯섦의 대두, 소외당한 음들의 등장. 그냥 돌아 버릴 것 같은 음악을 듣는다. 음악 아니 소리의 세계와 우주는 어디까지 확장될까. 리토르넬로의 소리는 우주 자체일까. 무한으로 탈영토화하는 소리의 무리들. 나는 시대를 살아가면서 리토르넬로에 의해 배치되고 있는 존재일까. 참으로 이런 음악이 있다니. 작년 가을에 이들이 한국을 다녀갔다. 이 친구들의 노래 아니 소리를 들으니 사람의 내면에 숨어 있던 리토르넬로가 귀를 통해 외부의 그것과 연통하며 몸뚱이를 무한 허공으로 내팽개친다.

둘째 꼭지: 밴드 툴

1.

메탈 밴드 툴은 1990년, 20세기 말에 구성된 밴드다. 세기말에 툴이 구성되었다는 것은 상징적이다. 이 밴드는 20세기 후반에 나타난 록 메탈의 세계를 21세기를 맞아 새로운 차원으로 끌어올리고 심화한다. 이들이 나타나기 전까지 우리에게 록의 역사는 문자 그대로 신대륙의 발견이었다. 곳곳에서 새로운 세계가 나타나고 그 세계들은 사람들에게 신천지의 놀라움을 선사했다. 반면에 발견된 소리들의 세계들은 현실 세계가 파편화되고 또 기계화되는 과정에서 천차만별의 부정형의 파편들을 쏟아 내고 있었다. 폭발과 격류, 방향을 알 수 없을 만큼 무수한 변화의 양태, 감당할 수 없을 만큼 새로운 소리들의 확장이 이루어지고 있었다. 그것은 수습되지 않는, 정리될 필요도 없는, 그야말로 그 자체 현존만으로 사람들의 느낌을 뒤흔들 만큼 거센 흐름이었다.

툴은 여기에 하나의 선을 긋는다. 무엇보다 툴은 구성을 택한다. 파편을 있는 그대로 쏟아 내는 것이 아니라 그 파편들을 손에 상처가 나도록 수습을 해서 엮기 시작한다. 엮는다는 것은 인위적이고 지성적이다. 그들의 작업은 예술성의 강도를 한층 높인다. 록 메탈의 음악들은 모두 예술성을 갖는다. 밴드의 소리 전개는 이미 예술성을 지니면서 듣고 보는 이의 마음을 흔들어 놓는다. 예술성은 강도를 갖는다. 인간이 발견하여 형상화하는 모든 소리 전개는 예술성을 지니지만 각각의 형상은 별개의 강도를 보여 준다. 모든 예술 작품은 강도의 차이를 갖는다. 이때 예술의 강도는 생명 정신의 표현과 직결된다. 생명의 힘과 움직임이 가장 크게 드러난 것이 바로 예술성의 강도를 가장 높게 갖는다. 예술은 인간의 것이다. 예술의 핵심은 느낌이다. 그 느낌은 지성이나 의식화 이전의 상태에 속한다. 그럼에도 불구하고 이러한 느낌의 형상화와 표현에는 인간의 지성이 요청된다. 예술은 인간의 지성을 거느린다. 지성이 예술을 뒷받침한다. 이러한 지성의 작업으로 파편화된 소리들은 분석되고 나열되며 구성된다. 필요한 경우에 그것은 다듬어진다. 파편을 다듬는다. 이러한 다듬는 작업 과정은 이미 목적을 설정하고 있다.

툴은 구성하는 과정에서 여러 가지 요소를 동원한다. 무엇보다 그들이 발견한 소리세계를 형상화하는 작업은 여러 가지 양상을 보여 준다. 첫째 밴드 자체가 만들어 내는 음들이 있다. 기본적으로 그것은 사람의 목소리, 리드 기타, 베이스, 드럼 및 타악기로 이루어진다. 둘째로는 문자언어로 이루어지는 노래 가사가 있다. 그것은 소리의 표현이 갖는 부족함을 보충한다. 언어는 의미를 간접적으로 전달할 수 있다. 셋째로 자연의 소리다. 첫 앨범의 마지막 트랙 「Disgustipated」에서 그들은 여름의 풀벌레 소리를 무려 7분이나 있는 그대로 들려준다. 앨범 『10,000 Days』의 3번 트랙 「Wings for Marie(Part 1)」는 범종의 소리로 시작한다. 네 번째로 다른 나라들의 비서구적인 전통 소리들을 삽입한다. 특히 인도 음악의 영향이 보인다. 같은 앨범의 「Lipan Conjuring」은 아메리카 대륙의 아파치족의 요술사와 관련된 것으로 보인다. 이 곡을 들으면 우리는 곡에 나오는 요령 소리와 구음의 가락에서 동아시아적인 요소를 즉각적으로 느끼게 된다. 나는 이 곡을 듣자마자 중국의 전통음악인 어초가(漁樵歌) 또는 어가(漁歌)를 연상했다. 특히 청나라 때 불린 어가의 하나로 당나라 유종원(柳宗元, 773-819)의 유명한 시 「강설(江雪)」을 가사로 한 악곡을 상기하게 한다. 툴의 앨범이 아니고 그냥 이 곡을 중국인들에게 들려주면 그들은 이 곡을 옛 전통음악이라고 생각할 것이다. 상상력을 더 확대해서 말한다면 아마도 그 옛날 베링해협을 건넌 아시아인들의 후예인 아파치족의 가슴속 깊이 원천적으로 흐르고 있는 느낌이 동아시아인들의 그것과 동일한 것일지도 모른다. 다섯 번째로 인간의 생활 세계에서 흔히 접하는 소리들을 포함한다. 길거리를 걷노라면 사람들은 무수한 소리들을 접한다. 그 소리들은 우리의 현존을 확인케 해 준다. 음악은 이러한 소리들을 외면할 수 없다. 여섯 번째로 인공적인 소리들을 가미한다. 이미 전기기타를 통해 가능한 최대치로 다양한 소리를 창출하지만 그것은 한계를 지닌다. 악기의 변형된 소리로 감당할 수 없는 소리들을 인공적인 장치로 새롭게 창출하여 가미한다. 이런 모든 가능한 소리들을 집합해서 편성하는 곡은 그 울림이 거대하다. 몇 명 되지 않는 밴드 멤버들이 만들어 내는 소리 음향은 거대한 오케스트라의 그것을 어떤 면에서 넘어선다. 기술의 발전으로 갖가지 인위적으로 만들어 내는 소리, 갖가지 도구를 통한 소리, 증폭을 통한 무한대의 음량, 그리고 무대를 향하여 쏟아지는 관중의 소리, 무대를 울긋불긋하게 밝고 어둡게 하는 빛의 장치들과 빛의 소리들. 이 모든 소리들이 이미 인류는 새로운 음악의 시대에 들어섰음을 명확하게 보여 준다.

그들은 음악을 여러 가지 면에서 구성한다. 음악 이전에 음악은 소리다. 툴은 소리를 구성한다. 여기에는 전통적 개념의 예술로서의 음악이라는 개념을 넘어선다. 우주 만물이 보여 주는 모든 소리를 포함한다. 소리의 범주와 한계가 없다. 그들은 자연에서 들려오는 소리 또는 새로운 소리를 발굴하며 한편으로 스튜디오에서 최신의 기술을 적용한 기계를 사용해서 인위적으로 무한하게 다양한 소리를 창출한다. 그들은 또한 음을 구성한다. 전통적 화음이든 또는 불협화음이든 그들은 느낌을 최적으로 표현할 수 있다면 방법을 가리지 않는다. 그들은 보컬의 내용을 이루는 언어 가사도 구성한다. 이는 의도적이기도 하다. 그렇다고 그 노래 가사들이 툴이 부르는 악곡을 전체적으로 상징하지는 않는다. 툴은 악곡을 전체적으로 조립하고 편성하며 구성을 한다. 이는 모든 음악 곡들이 갖는 요소이지만 툴에게서 이를 새삼스레 느끼는 것은 툴은 보통의 밴드들과 달리 이런 목적을 의식하고 의도적으로 작곡을 편성하기에 곡의 길이도 보통 메탈 음악들에 비해 훨씬 길기 때문이다.

팝 음악의 특징은 대체로 곡의 길이가 길지 않다는 점이다. 보통 5분을 넘는 곡은 거의 없다. 3-4분 정도 소요되는 곡들이 대부분을 차지한다. 위키피디아를 찾아보니 다음의 문장이 눈에 띈다. "팝 음악의 일반적인 형태는 노래이며, 보통 5분 이하의 길이로, 쓰이는 악기는 오케스트라에서 가수의 목소리까지 다양하다. 팝 음악은 반복적이고 외우기 쉬운 리듬 요소와 메인스트림 스타일, 전통적인 노래 구조를 특징으로 한다. (중략) 멜로디와 특징적인 후렴, 그리고 절과 멜로디, 리듬, 화음적으로 대조되는 후렴구 등을 특징으로 한다. 일반적으로 음악과 멜로디의 박자는 간단하며 약간의 화음이 덧붙여진다. 팝 음악의 가사 주제는 역시 여러 가지이나 일반적으로 사랑과 로맨스에 관해 얘기하는 것이 많다." 대부분의 대중음악들이 이러한 범주를 거의 벗어나지 않는다. 메탈 음악도 예외는 아니다. 그러나 몇몇 밴드의 곡들은 유난히 길다. 마치 클래식 음악의 악장들처럼 길게 늘어진다. 툴은 핑크 플로이드, 킹 크림슨(King Crimson) 등의 영향을 많이 받았다. 특히 킹 크림슨의 곡들이 그렇다. 그들처럼 툴은 음반을 거듭 발간하면서 악곡 길이도 점차 길어진다. 하나의 트랙이 10분이 넘는 장대한 곡들이 많다. 특히 2019년 여름에 나온 최신의 앨범 『Fear Inoculum』이 이런 경향을 대표한다.

2.

툴의 두 번째 앨범 『Ænima』는 1996년에 발간되는데 이 음반은 세기말의 모습을 보여 주는 기념비적인 작품집이다. 지난 반세기 동안 록의 흐름과 메탈의 발전을 이 한 장의 앨범에 모두 담았다고는 할 수 없지만 록 메탈이 세기를 마감하는 시점에 어떤 모습을 보이고 있는지 그리고 새로운 백 년을 앞두고 어떤 얼굴 표정을 짓고 있는지 앨범 『Ænima』에 수록된 곡들은 많은 점을 시사한다. 밴드 툴은 어떤 분명한 목적을 갖고 이 앨범을 의도적으로 기획하고 구성했다. 모든 음악 앨범이 기획되고 의도적으로 제작되는 것은 동일하다. 그럼에도 툴의 음반들에서 유달리 이런 점을 강하게 느끼는 것은 그만큼 그들의 작업이 새롭고 신선하며 다양한 변화를 추구하기 때문이다. 앨범 『Ænima』는 우선 그 제목이 특이하다. 통상적인 단어도 아니지만 그것이 갖는 의미는 더더구나 비대중적이다. 그것은 인간의 어떤 정신적인 요소를 탐구하면서도 동시에 풍자적이고 야유의 의미를 내포한다. 'Ænima'는 'anima'와 'enema'를 합성한 것이다. 'anima'는 정신, 'enema'는 내장을 관장한다는 뜻이다. 앨범을 구성하는 곡들도 대체로 엉뚱하고 생뚱맞다. 일반 메탈 밴드들의 곡 이름에서는 거의 상상할 수 없을 정도로 파격적이다. 간략히 말해서 이 곡들은 모두 '선택적(alternative)'이고 '진취적(progressive)'이다. 첫 곡 「Stinkfist」는 'stink'와 'fist'의 합성어다. 보컬리스트 키넌의 설명을 들으면 이 제목은 아주 지저분한 행위를 연상케 하지만 동시에 이를 넘어서는 어떤 정신적 경계를 가리킨다. 「H.」도 은유적이다. 곡의 처음 제목은 'Half empty'였다고 한다. 이는 또한 'Half full'일 수도 있었다. 키넌에 따르면 사람은 한쪽 어깨에 천사를 다른 쪽에 악마를 싣고 있다고 한다. 그들은 일이 생길 때마다 사람에게 충고를 내려주는데 이를 받은 사람은 결국 어떤 것이 선하고 나쁜 것인지 헷갈리게 된다. 결국 선택은 인간에 의함이다. 'H.'라는 제목은 이런 뜻을 함유한다고 하지만 일반인들에게 낯설고 은유적이다. 「Forty six & 2」는 사람이 지닌 염색체 개수를 가리킨다. 사람은 보통 염색체 44개와 성별을 가르는 2개의 염색체를 갖는다. 이는 불완전한 구성이라 한다. 일부 생물학자는 미래에 인간은 모두 46개의 염색체와

2개의 성별 염색체를 갖는다고 주장한다. 「Hooker with a Penis」라는 야한 제목은 밴드 툴이 일부 개별 곡을 EP판으로 사전 판매한 것을 비난한 어떤 사람을 겨냥한 것이다. 「Pushit」는 "push it on me / push shit on me" 등의 's' 자에서 보는 것처럼 발음의 모호함을 가리킨다. 「Cesaro Summability」는 1 - 2 + 3 - 4 + 5 - 6… 등의 수열을 의미한다는데 참으로 모호하고 엉뚱하다.

툴은 이 앨범에서 이런 엉뚱한 제목으로 구성을 하면서도 동시에 수많은 간주곡들을 삽입한다. 이 간주곡들은 동떨어진 것이 아니라 앞뒤로 곡들을 서로 연결한다. 'segue'라고 불리는 이유다. 아마도 메탈 밴드들의 통상적인 앨범에 이렇게 많은 간주곡들이 들어가 있는 경우는 없을 것이다. 무엇보다 이런 간주곡들은 밴드 툴 자신들의 고유한 표현 능력을 훌쩍 초과한다. 기타와 드럼 소리 이외의 여러 악기들이 동원된다. 또한 외부인들을 참여시켜 그들로 하여금 직접 노래를 부르게 하거나 목소리를 내게 한다. 툴의 멤버 이외에도 여러 사람들이 곡의 연주에 직접 가담한다. 「Die Eier von Satan」에서 노래하는 사람은 멤버가 아닌 다른 사람이다. 간주곡 「Intermission」에서도 다른 사람이 오르간을 연주한다. 「Third Eye」에서는 추가로 신시사이저가 연주된다. 「Message to Harry Manback」에서 피아노의 연주도 외부인이 담당한다.

곡들은 가사에서 야하고 조잡한 단어를 보여 주지만 그것들은 상대적이다. 이들이 추구하고 찾는 것은 오히려 인간의 높은 정신적 경계다. 삶에 모순과 고통을 느끼면서도 동시에 높은 이상을 지니고 긍정적으로 노력하는 모습을 보여 준다. 음악과 노래는 이를 위해 존재하고 창작된다. 밴드 툴은 이렇게 뚜렷한 삶의 철학을 지니고 노래를 하고 연주를 한다. 이를 위해 곡을 매우 의도적으로 구성하고 간주곡을 구성적으로 삽입하며 음반을 전체적으로 목적의식을 갖고 구성하며 배치한다. 우리는 이 앨범을 들으면서 저변에 흐르는 이러한 강한 정신적 경계를 읽고 또 느낀다. 예를 들어 14번 트랙 「(-) Ions」는 가히 우주와 만물의 탄생 그리고 그들이 빚어내는 원초적 소리들을 보여 준다. 거대하고 거칠고 요란하다. 한편으로 그늘을 빚어내고 그늘 속에는 숨어 있는 소리들이 숨을 쉬며 얼굴을 보인다. 나는 이 곡을 들으면서 시를 한 곡 썼다.

우주는 까마득히 열린 어둠인데
무극이면서 태극.

태극이 꿈틀거리며 빛을 낳고
태극이 몸을 사리며 그늘을 만든다.

소리를 본디 잉태한 태극
빚어내는 빛과 그늘이 소리로 흐른다.

소리는 음양.
소리빛
소리그늘

서로 엉기더니
하늘과 땅으로 요동친다.
수·화·목·금·토를 낳는다.[2]

거친 숨소리.

가녀린 생명들이 꼼작거리며
소리를 삼키고
소리를 내쉰다.

—「(-) Ions」, 『허튼 노랫소리』

마지막 트랙 「Third Eye」는 무려 그 연주 시간이 13분 47초에 달한다. 이 앨범에서도 가장 길다. 아마도 이렇게 기다란 트랙은 밴드 툴에 앞서 킹 크림슨의 곡에서 찾을 수 있다. 툴의 최근 앨범 『Fear Inoculum』에 나오는 곡들도 간주곡을 제외하고는 모두 10분을 넘는다. 이러한 경향을 이미 밴드 툴은 초기부터 보여 주고 있음이다.

앨범 『Ænima』의 마지막 트랙 「Third Eye」는 이 앨범 전체를 마감하며 동시에 그 특징을 드러낸다. 곡 자체가 의도적이며 기획적이며 구성적이다. 곡의 길이가 늘어질 수밖에 없다. 서두에서 밴드 툴이 좋아하는 코미디언 빌 힉스(Bill Hicks, 1961-1994)의 말을 싣고 있다. 그다음에 노래가 이어진다. 격렬하게 느낌을 토로하며 외침과 절규를 하다가도 독백이 이어진다. 이런 독백 소리는 너무 조그맣게 들려서 과연 이런 목소리들을 야외 마당에서 청중이 알아들을 수 있을까 의문시된다. 곡의 기악 연주도 마냥 복잡하고 강렬하다. 기타 이외에 신시사이저를 비롯한 여러 음들이 동원되고 있다. 곡 제목은

---

2 周敦頤, 『太極圖說』에서 인용. 無極而太極 太極動而生陽 動極而靜 靜而生陰 靜極復動 一動一靜 互爲其根 分陰分陽 兩儀立焉 陽變陰合 而生水火木金土 五氣順布 四時行焉 五行一陰陽也 陰陽一太極也 太極本無極也.

'제3의 눈'이다. '제3의 눈'은 인도 힌두교에서 사용되는 말이다. 그것은 사람들의 얼굴에서 양미간의 중간 위에 상징적으로 표현된다. 인도인들은 이마의 한가운데 중앙에 동그란 점을 찍는다. 그것은 통상적으로 절대자 시바(Shiva) 신을 상징한다고 한다. 밴드 툴이 정신적 구심점을 찾고 있음이다. 'fuck'이라는 속어가 마구 튀어나오지만 이들 노래는 절실하게 정신적인 빛을 찾아 헤매고 있음이다. 그들 자신이 제3의 눈을 갖고 있음을 자각한다. 그리고 외친다. "난 내 눈을 열었어." 덧붙여 소리를 내지른다. "내 세 번째 눈을 열어 들춰 봐." 이러한 구절들은 여러 번 반복된다. 내면 뱃속 깊숙이 터져 나오는 외침은 한 번으로 마칠 수 없다. 마지막 후렴은 무려 열 번을 반복한다. 가사를 옮겨 본다.

이봐. 난 마약이 우리한테 어떤 좋은 일을 해 왔다고 생각해. 정말이야. 근데 당신은 마약이 우리에게 좋은 일을 했다고 믿지 않는군. 잠깐 내 말을 들어 봐. 오늘 저녁 집에 가서 당신의 모든 앨범, 모든 녹음테이프, 모든 시디 등을 꺼내서 태워 버려. 근데 당신 알아. 세월이 흐르는 동안 당신의 삶을 고양시키는 그 모든 위대한 음악을 만든 음악가들… 정말 제기랄 마약에 찌들었다는 것을…

요즘 환각에 빠진 젊은이들은 모든 게 순전히 느린 떨림소리에 쑤셔 넣은 에너지라는 것을, 우리는 모두 주관적으로 하나의 의식 경험 자체라는 것을 깨닫지. 죽음과 같은 것은 없어. 삶이란 우리 자신의 상상 속에 있는 꿈일 뿐이야. 여기 기상 캐스터 톰이 있어.

그건 마약과의 전쟁이 아니야. 그건 개인적 자유를 위한 전쟁이지.

그런 거야, 알겠어? 언제나 이를 명심하게. 고맙군.

그 얼굴을 다시 꿈꾸면서 그것은 밝고 푸르며 빛으로 어른거렸어. 활짝 웃으며 그 세 개의 따스하고 열광적인 눈으로 나를 편안하게 했어.

내 등 위에서 구멍 속으로 뒹굴어 내리다가 다시 일어나서 내 활기 잃은 눈에서 거미줄과 이슬방울을 거둬 냈지.

인… 아웃… 인… 아웃… 인… 아웃…

어린이가 되뇌는 소리가 내 머리를 쳤어. 인생은 그러나 하나의 꿈이라고 말했어. 난 물음을 갖고 오랜 세월을 보냈어. 오로지 이것을 지금껏 알고 있었다는 것을 깨달으려고.

당신을 보니까 너무 좋아. 당신을 그렇게도 그리워했지. 이제 다 되었으니 너무 기뻐. 난 당신을 그렇게도 그리워했지. 당신이 놀이하는 것을 보려고 밖으로 나왔어. 근데 당신은 왜 달려가고 있어?

내 주위의 모든 곳에서 소리를 지르며 내 위로 이 신성한 까마귀가 있네. 기억 속에 구멍들 같은 것이 새까맣고, 내 새로운 두 번째 태양 같은 것이 푸르네. 난 내 손을 그 그늘에 찔러 넣었어. 모래로부터 그 조각들을 꺼내려고 말이야. 난 그 조각들을 다시 모으려고 했어. 내가 누구였는지 알려고 말이야. 난 그 배를 몰라보았어. 그러나 그 눈들은 너무 친숙했어. 마치 사막에서 인광을 발하는 단추처럼 친숙한 노래 한 곡을 부르면서…

당신을 보니까 너무 좋아. 당신을 그렇게도 그리워했지. 이제 다 되었으니 너무 기뻐. 난 당신을 그렇게도 그리워했지. 당신이 놀이하는 것을 보려고 밖으로 나왔어. 근데 당신은 왜 달아나려는 거야?

내 세 번째 눈을 열어 들춰 봐. (× 5)

당신을 다시 한번 더 보게 되어 너무 좋아. 난 당신은 숨어든다고 생각했어. 근데 당신은 내가 도망갔다고 생각했지. 도그마의 꼬리를 좇아내며

난 내 눈을 열었어. (× 3)

난 내 눈을 열었어. 그곳에 우리가 있었어.

난 내 눈을 열었어. (× 3)

난 내 눈을 열었어. 그곳에 우리가 있었어.

당신을 한 번 더 보게 되어 정말 좋아. 난 당신이 나로부터 숨어든다고 생각했어. 근데 당신은 내가 도망쳤다고 생각했어. 연기와 지성의 궤적을 좇으면서…

내 세 번째 눈을 열어 들춰 봐. (× 10)[3]

---

3 (Spoken by Bill Hicks) See, I think drugs have done some good things for us, I really do. And if you don't believe drugs have done good things for us, do me a favour: go home tonight, take all your albums, all your tapes and all your CDs, and burn 'em. 'Cause you know what, the musicians who

3.

팝 음악, 대중음악은 통상적으로 사람의 목소리를 바탕으로 한 노래를 중심으로 연주된다. 가수가 중요한 위치를 점한다. 어느 밴

---

made all that great music that's enhanced your lives throughout the years … real fucking high on drugs. // Today young men on acid realise that all matter is purely energy condensed into a slow vibration, that we are all one consciousness experiencing itself subjectively. There is no such thing as death. Life is only a dream within the imagination of ourselves. Here's Tom with the weather. // It's not a war on drugs, it's a war on personal freedom is what it is, OK. Keep that in mind at all times. Thank you. // Dreaming of that face again. / It's bright and blue and shimmering. / Grinning wide / And comforting me with it's three warm and wild eyes. // On my back and tumbling / Down that hole and back again / Rising up / And wiping the webs and the dew from my withered eye. // In… out… in… out… in… out… // A child's rhyme stuck in my head. / It said that life is but a dream. / I've spent so many years in question / to find I've known this all along. // "So good to see you. / I've missed you so much. / So glad it's over. / I've missed you so much / Came out to watch you play. / Why are you running away? / Came out to watch you play. / Why are you running?" // Shrouding all the ground around me / Is this holy crow above me. / Black as holes within a memory / And blue as our new second sun. / I stick my hand into the shadow / To pull the pieces from the sand. / Which I attempt to reassemble / To see just who I might have been. / I do not recognize the vessel, / But the eyes seem so familiar. / Like phosphorescent desert buttons / Singing one familiar song… // "So good to see you. / I've missed you so much. / So glad it's over. / I've missed you so much. / Came out to watch you play. / Why are you running away?" // Prying open my third eye. (× 5) // So good to see you once again. / I thought that you were hiding. / And you thought that I had run away. / Chasing the tail of dogma. // I opened my eye (× 3) / I opened my eye and there we were. // I opened my eye (× 3) / I opened my eye and there we were. // So good to see you once again / I thought that you were hiding from me. / you thought that I had run away. / Chasing a trail of smoke and the reason. // Prying open my third eye. (× 10)

드이든 보컬을 담당하는 구성원이 밴드를 이끌어 간다. 이런 점에서 메탈 음악은 다른 유형을 보여 주고 있다. 악곡이 점차 기악화되고 있음이다. 메탈 밴드들도 대체로 보컬을 핵으로 해서 악곡을 전개한다. 그러나 툴은 그들의 악곡 연주에서 상대적으로 보컬의 비중을 획기적으로 낮추고 있다. 어떤 면에서 보컬이 축소되었다기보다는 악기들의 연주 비중을 높여 악기들과 보컬을 모두 그 중요도에서 평준화시켰다는 말이 더 적절하다. 특히 베이스의 역할이 돋보인다. 리듬이나 맞추던 베이스가 뚜렷하게 독자적인 역할을 한다. 드럼도 마찬가지다. 갖가지 드럼을 동원하는 것으로 부족해서 인도의 타악기인 따블라와 같은 악기를 채용한다. 이는 툴의 악곡들이 멜로디 위주의 악곡에서 탈피하여 순수 리듬을 중심으로 전개되기 때문이다. 이런 상황에서 보컬은 지금껏 밴드의 중심을 차지해 왔던 위치에서 다른 악기들처럼 밴드를 구성하는 하나의 소리로 자리매김한다. 이러한 경향은 툴 이전에 멀리는 킹 크림슨이 그러했고, 가까이로는 너바나의 곡에서도 엿보인다. 앨범 『Nevermind』의 숨은 트랙 「Endless, Nameless」(1991)는 6분을 훌쩍 넘고, 근래 데프헤븐의 앨범 『Sunbather』(2013)는 타이틀 곡을 비롯해 몇 곡이 십 분을 넘어선다.

밴드 툴에게서 이런 경향이 극단화된다. 앨범 『Lateralus』의 끝자락 12번 트랙 「Triad」는 분명히 간주곡이 아니다. 곡의 길이도 무려 6분 36초다. 이런 기다란 곡에 보컬이 전혀 보이지 않는다. 이는 전통적인 순수 기악곡에 다름이 아니다. 다만 그 악기와 소리와 내용이 판이하게 다를 뿐이다. 인간의 목소리가 배제된 순수 악기들로만 이루어진 음악, 기악곡이다. 곡의 도입부는 마치 도시의 소음과 같은 소리들이 보이고 곧이어 드럼이 나타나고 소리는 크레센도로 높아지며 밴드 기타가 합세한다. 빠르고 강한 리듬이 흐른다. 곡이 진행되면서 곡은 더 빨라진다. 아마도 전통음악에서 말하는 가장 빠른 속도인 프레스토 비바체를 넘어설 것이다. 이 리듬은 곡의 진행과 함께 점차 불규칙하고 다양한 리듬을 선보인다. 다중 리듬이 엮인다. 곡은 무한한 상상력을 자극한다. 아득한 우주에서 들려오는 소리 같기도 하다. 우리는 록 음악이라 하면 가수와 노래를 연상한다. 툴은 이런 기존 관념의 범위를 벗어나고 탈피한다. 그들은 메탈밴드가 순수 기악음악에서도 가능성이 있음을 보여 주고 있다. 메탈밴드 음악이 이미 일반화되고 정형화를 넘어서 새로운 영역으로 확대되고 있음이다.

여기서 보컬이 부르는 노래의 가사에 대해 언급하지 않을 수 없다. 메탈 밴드들이 부르는 노래의 가사는 악곡에서 어떤 의미를 갖는가. 예를 들어 밥 딜런의 노래들은 가사의 의미가 절대적이다. 무엇인가 의도적으로 목적의식을 갖고 노래로 호소한다. 메탈 밴드들의 경우는 완연히 다르다. 귀청이 떨어질 정도로 요란하게 악기들을 울려 댄다. 그사이로 사람의 목소리가 들려온다. 귀를 조심스레 기울이면 그 노랫말들이 들어오겠지만 열린 광장에서 기악의 엄청난 사운드와 광장을 가득 메운 인간들의 환호 소리에 파묻히는 밴드 보컬의 소리는 그냥 웅웅거리는 사람의 소리로만 인식되게 만든다. 이미 가사는 무엇인지 알 수도 없으려니와 중요하지도 않다. 데프톤즈(Deftones)의 악곡 특히 이를 이끌어 가는 다섯 명의 멤버들 중에서 리더인 보컬 치노 모레노(Chino Moreno)의 노래는 강렬하다. 듣자마자 어떤 느낌이 덮쳐 온다. 그럼에도 불구하고 그가 부르는 노래의 가사는 잘 구분되지 않는다. 더구나 영어를 사용하지 않는 외국인에게 가사는 이미 아무런 의미도 없다. 미리 가사를 읽고 머리에 각인

시킨다 하더라도 음악이 한창 진행될 때 보컬의 소리는 그냥 사람의 소리로 다가올 뿐이지 그 순간에 어떤 의미를 지닌 언어로 이해되지는 않는다. 그럼에도 치노 모레노의 보컬은 어떤 강한 느낌을 지니며 호소력 있게 듣는 이의 귀를 사로잡는다. 이때 그의 노래는 성악이 아니라 그냥 사람의 목소리를 빌린 어떤 특수 악기의 연주 음처럼 다가선다. 2010년에 나타난 밴드 데프헤븐은 새로운 메탈의 세계를 열어 보인다. 포스트 메탈이다. 블랙 메탈이라고 할까. 아마도 스래쉬 메탈(thrash metal)의 또 다른 모습일까. 공격적이고 시끄러운 소리가 도를 넘는다. 도대체 무슨 노래를 하고 있는 것일까. 분명한 것은 그들의 노래 가사가 궁금해서 찾아본 적이 없다는 사실이다. 그들의 소리와 음향으로 충분하다. 빠르고, 무한 평면으로 펼쳐지는 거친 소리. 리듬은 이 모두를 소용돌이로 빨아들이며 흘러간다. 그것으로 충분하다.

인간의 목소리는 우주에서 일어나는 무수한 소리들 중의 하나다. 우주에는 실제로 소리가 없다. 소리는 대기의 파동으로 이루어지며 또 전달되는데 우주에는 대기가 없기 때문이다. 우주의 파동은 빛의 파동이며 에너지의 파동이다. 그럼에도 불구하고 인간은 우주가 소리로 충만해 있으며 또한 무수한 소리의 파동들이 흐르면서 교차하고 있다고 생각한다. 그것은 인간이 소리에 이미 어떤 의미를 부여했기 때문이다. 들뢰즈는 소리와 리토르넬로를 구분하는데 모든 자연의 임의적인 소리들 중에 인간이 어떤 상황이나 의미를 부여하거나 발견할 때 그것은 리토르넬로가 된다. 이러한 경향을 극대화시킨 밴드가 바로 툴이다. 현존하며 활동하는 밴드로서 툴은 새로운 율파를 창출하고 악곡화하며 이를 노래한다. 율파는 리듬, 박자, 운율(라임), 색채 등을 갖는다. 툴은 이들 요소를 구성하고 전개한다. 새로운 악곡을 구성하고 전개하기 위해 그들이 활용하는 소리들은 제한이 없으며 전방위적이다. 우주에는 무한할 정도로 갖가지 소리들로 충만하지만 그것들은 그냥 소리일 뿐이다. 툴은 그 소리들에게 귀를 기울이며 눈길을 준다. 그들의 눈길이 닿는 순간에 그 소리들은 리토르넬로가 된다. 동시에 툴의 소리세계는 무한으로 열린다. 이러한 무한의 소리세계에서 인간의 목소리는 그냥 하나의 소리다.

따라서 보컬 하나에 악곡의 비중을 모두 실을 수는 없다. 사람의 목소리도 무수한 소리들 중의 하나일 뿐이다. 밴드를 구성하는 다른 악기들처럼 하나의 소리다. 툴에게 소리의 한계는 존재하지 않는다. 악기에도 제한이 있을 수 없다. 기존의 악기를 포함한 모든 기계적인 소리들이 포함된다. 목소리는 그냥 하나의 소리에 불과하다. 신시사이저를 비롯한 각종 음향 장치들을 최대한 이용한다. 나아가서 자연에서 발생하는 무궁무진한 소리들도 활용한다. 거리의 소음 속에 알아들을 수 없는 사람들의 중얼거림, 사찰의 범종 소리, 파도 소리, 부서지고 꺼지는 소리, 엘피판에 바늘이 끼적거리며 찍찍거리는 소리, 귀뚜라미 등의 풀벌레 소리 등이다.

4.

현대음악의 특징은 과거와 달리 화성이나 멜로디가 크게 자리를 차지하지 않는다. 조성음악도 20세기 초 쇤베르크에 이르러 무너져 내렸다. 이미 말러에게서 다성음악이 극에 이르렀다. 그의 교향곡을 들어 보면 거대한 악단을 구성하는 무수한 악기들이 과거와 달리 각기 독립성을 지니고 음들을 전개하고 있음을 발견하게 된다. 하나의 악기가 그만의 노래를 부른다. 이 노래는 다른 노래들과 곡을 구성하며 악곡의 전체적 모습을 드러나게 한다. 일종의 헤테로포니 효과도 보인다. 각 악기들이 자기만의 세계를 노래하면서도 통일된 악곡을 구성하며 우주적 전체성을 보여 준다. 이러한 과정에서 가장 중요한 역할을 하는 것이 바로 다양한 리듬의 전개다. 리듬이 복선적이고 복합적이다. 다수의 리듬이 동시에 횡선을 그으며 각자 독립적으로 전개된다.

툴의 리듬은 다중적이다. 첫째로 곡을 전개하면서 서로 다른 리듬이 나열된다. 곡이 진행되면서 하나의 리듬이 계속 얼굴을 달리하며 변한다. 둘째로 서로 다른 성부들이 각자의 리듬을 갖는다. 다중 리듬이다. 리드 기타의 리듬과 베이스 기타의 리듬이 상이하다. 드럼 또한 나름대로의 리듬을 전개하고 보컬도 마찬가지로 독자적인 리듬을 드러낸다. 여기서 아마도 폴리포니(polyphony)의 효과도 이루어질 것이다. 바흐의 푸가를 보면 서로 다른 성부들이 동일한 멜로디를 시차를 두고 연주한다. 각 성부들의 합은 새로운 음의 효과를 보여 준다. 특히 툴의 악곡은 이를 구성하는 리듬이 비정상적이다. 기존에 익숙한 박자와는 거리가 멀다. 리듬의 패턴이 다양하다. 여러 가지 패턴의 리듬을 복합적으로 구성하고 곡의 전개에 따라 이들 리듬의 조합이 예측을 불허한다. 표면적으로 드러나는 리듬의 흐름 밑에 보이지 않는 거대한 리듬이 느껴진다. 그림자 리듬이라고 할까. 곡의 방향을 가리킨다.

우주는 움직이는 파동으로 되어 있다. 우리는 그것을 동파(動波)라 부른다. 파동은 출렁거림이나 모양의 변화가 움직인다는 의미이지만 동파는 움직임이 출렁거리며 그 모습이 변화하고 있음을 가리킨다. 율동파는 이러한 동파에 일정한 규칙이 있는 경우를 말한다. 그 율동파를 인간이 느끼고 발견할 때 우리는 그것을 동파에서 분리해서 율동파라 부른다. 간단히 말해서 이는 율파(律波)다. 동파는 인간의 가지 능력을 초과할 수도 있다. 그것의 범위는 무한하다. 인간의 가지 능력이 발견하는 것은 극히 부분에 불과하다. 그 부분이라도 우리 인간에게는 거의 무한에 가까울 정도의 세계를 갖는다. 인간은 그 세계 안에서 끊임없이 새로운 율파를 발견하고 확인하며 그것을 형상화한다. 그 형상화는 바로 예술의 과정이며 그 결과물이 예술 작품이다.

툴의 연주가 보여 주는 리듬은 이러한 원초적 율파에 가까이 다가선다. 그들이 연주할 때 어떤 리듬이 전개될지는 아무도 모른다. 예측을 불허한다. 우주의 리듬이 정해진 것이 없는 것처럼 그것은 생동감으로 가득하면서도 일정한 규칙을 통한 예상을 허용하지 않는다. 대부분의 곡들이 모두 그렇다. 예를 들어 앨범 『Lateralus』에 실린 첫 곡 「The Grudge」의 빠르면서도 변화무쌍한 복합 리듬의 등장, 근작 앨범 『Fear Inoculum』에 나오는 곡 「Invincible」이 조용하면서도 부드럽고 단순하게 전개되면서도 점차 리듬이 강하고 힘이 넘치며 복합적으로, 다중적으로 변화하는 모습 등이 그렇다. 이미 킹 크림슨의 곡들에서 보았듯이 툴의 곡들에서도 중간에 보컬은 사라지고 기악들의 전개가 두드러진다. 리듬의 세계가 펼쳐짐이다. 베이스와 드럼이 보여 주는 다양한 리듬의 변화와 리드 기타의 특이한 음색은 듣는 이의 느낌을 온통 휘어잡는다. 한참 동안 펼쳐지는 이들 세 악기의 리듬 연주는 현대음악에서 새로운 지평을 열었다고 해도 과언이 아니다. 나는 곡 「Invincible(無敵)」에 시를 하나 붙였다.

> 소리들이 차분하다.
> 리드 기타와 베이스가
> 가라앉은 리듬으로 여리게 다가선다.

한없이 무거운 현재.
지금껏 싸우며,
밀어붙이며,
끊임없이 승리를 쟁취했다고
자랑스럽게 큰소리로 울부짖었는데.

베이스와 드럼이 한껏 무거워진다.
울음 우는 베이스.
아픈 드럼.

허상이었을까
헛된 거드름이었을까.

늙고 지친 몸.
북을 울리며 몸을 일으키지만
방패를 들 힘도 없이 주저앉는다

우주 그림자로 흐르는 검은 리듬.
무한히 반복되는 리듬.
쉽고도 간략한 리듬.
생명의 에너지가
충만한 리듬.

진정 내 삶이 겉치레였을까

아픔이 다가온다.

나는 진리를 한 번도 찾지 못했어.
거짓이었을까.
진리는 존재할까.
한 번도 만난 적이 없는데,
그래도 희망을 가져야 할까.

인간의 목소리를 옆으로 밀어 놓고
격렬하게 타오르는 리듬.
리드 기타가 노래한다.
베이스와 드럼이
하늘로 오르며
뒤받친다.

사람아. 그대여.
젖은 목소리로 노래하라.
리드 기타, 베이스, 드럼, 모두 진군하라.

희망을 가져야 할까.
아픔을 포옹하라.
시간을 느껴라.

그대, 스스로를 이겨 내라.
무적의 사나이여.

—「Invincible」, 『허튼 노랫소리』

5.

지금껏 우리는 툴의 음악을 록 그중에서도 메탈로 분류하고 록 메탈의 음악이라고 계속 불렀다. 과연 그럴까. 그렇지 않다면 툴의 음악을 어떻게 분류해야 할까. 실제로 록의 계파나 특성을 이야기하면서 통상적으로 말하는 얼터너티브 록, 아트 록, 프로그레시브 록 등은 모호하고 광범위하다. 새로운 길이나 방향을 모색하게 되면 그것은 바로 얼터너티브고 동시에 진보적이기도 하니까 절로 프로그레시브다. 높은 예술성을 가지니 아트 록으로 간주될 뿐이다.

툴을 이런 이름들로 분류하기는 쉽지 않다. 메탈이면서 분명 메탈의 한계를 넘어선다. 그런 의미에서 포스트 메탈이라고 해야 할까. 분명히 말할 수 있는 것은 1950년대를 시작으로 대두한 록 음악이 반세기를 거치면서 완전 성숙해지고, 하나의 음악 장르로서 확고한 입지를 구축했다는 사실이다. 동시에 새로운 세기에 들어서면서 그것은 쇠퇴기를 거친다고 할까 아니면 새로운 영역의 세계로 들어선다고 할까, 무수한 예술 장르들이 보여 주는 것처럼 하나의 커다란 변화의 흐름을 맞이하고 있음이다. 이런 면에서 툴은 록 메탈의 최고봉을 이룩한 하나의 완성 형식을 이루었으면서도 동시에 새로운 경계의 시작을 알리고 있다.

툴은 메탈이 보여 준 모든 형식을 종합한다. 메탈 음악이 채택한 모든 가능한 소리와 음들을 실험하고 종합하며 또한 더 많은 음들을 창출했다. 곡도 보컬을 중심으로 하는 일반 가요들의 차원을 넘어서서 클래식 음악 등이 보여 준 구성의 완성도를 실현시켰다. 무엇보다 음악의 내용이다. 그동안 메탈이 단순하게 사회, 정치, 인간

등 모든 면에서 저항적이고 도전적인 비판을 내세우고 이를 격렬하게 음악으로 옮긴 것에 비해 툴은 클래식 음악이 도달한 높은 정신적인 경계에 이르렀다. 메탈 음악이 이런 깊은 경계를 지닌다는 것은 결코 쉬운 일이 아니다. 툴이 이런 경계에 도달했다는 사실은 이미 음악으로서도 그 형식이나 내용에서 최고의 성숙 단계에 이르렀음을 가리킨다. 2006년 음반 『10,000 Days』를 출반한 이후 무려 13년이나 흘러 2019년 8월 30일에 그들은 기념비적인 음반 『Fear Inoculum』을 출시한다. 이 앨범은 한마디로 툴의 음악을 집대성한다. 툴의 음악이 이미 완숙한 경계에 이르렀음을 보여 준다. 간주곡들을 제외한 전 곡이 모두 10분을 넘는 장대한 길이를 갖는다. 이제 밴드의 멤버들은 모두 오십 대에 들어섰다. 지천명의 나이들이다. 정말 그들은 하늘의 뜻이 무엇인지 깨달았을까. 아직 끊임없는 깨달음의 과정에 있을까. 음악을 만들고 연주하고 노래하면서 그들은 삶과 우주의 뜻을 제대로 인식하면서 숨을 쉬고 있을까. 2번 트랙 「Pneuma」를 나는 '혼불'로 번역한다. 고대 희랍어에서 유래한 'pneuma'라는 단어는 동아시아 근대 이전에 사용되던 정신(精神)이라는 개념어와 거의 흡사하다. 정신은 정(精)과 신(神)의 합성어다. 정은 생명의 힘이요 신은 생명의 움직임 또는 흐름이다. 정신은 어떤 고정된 것이 아니라 끊임없이 흐르며 움직이는 과정으로서 우주 만물을 이끌어 간다. 트랙 「Pneuma」를 우리말로 옮겨 본다.

우리는 몸뚱이에 묶인 정신.
우리는 고정된 한 발로 돌아다닌다.
하지만 매여서도 발을 뻗쳐 이 몸뚱이를 넘어 혼불이 된다.

우리는 의지 그리고 놀라움, 회상하고 기억하게 되어 있는.
우리는 한 번의 숨, 한마디 말로 태어나지.
우리는 모두 하나의 불꽃, 태양이 되어 가지.

아가야, 일어나라.
아가야, 빛을 풀어라.
이제 일어나라, 아가야.
아가야. 일어나라.
아가야, 빛을 풀어라.
이제 일어나라. 아가야.
(영혼, 영혼, 영혼, 영혼.)
이 몸뚱이, 이 허식, 이 가면, 이 꿈에 매여 있네.

깨어나 기억하라.
우리는 한 번의 숨, 한마디 말로 태어나지.
우리는 모두 하나의 불꽃, 태양이 되어 가지.

혼불
뻗쳐 나가 넘어가네.
깨어나 기억하라.
우리는 한 번의 숨, 한마디 말.
우리는 모두 하나의 불꽃, 놀라움으로 가득 찬 눈.

—「혼불(Pneuma)」[4]

---

4 We are spirit bound to this flesh. / (We) Go round one foot nailed down. /

곡의 도입부는 잔잔한 울림으로 시작된다. 베이스의 둔중한 소리와 리드 기타의 한껏 힘찬 음들이 리드미컬하게 뒤를 잇는다. 곧이어 보컬이 시작된다. 곡의 흐름은 끊는 듯 리듬들이 매듭을 짓는다. 보컬도 매듭을 지어 가며 노래를 한다. 중반부에 이르러 보컬은 멈추고 기악들이 전면에 등장해서 흐름을 이끌어 간다. 깊은 심연에서 소리들이 올라오며 얼굴을 보인다. 무겁게 지속되는 베이스, 가느다랗게 노래를 하는 리드 기타, 끊임없이 바쁘게 울려 대며 파동을 일으키는 드럼. 이들은 모두 머나먼 우주의 심연이 보여 주는 모습일까. 후반부에 이르며 우주의 파동이 점점 격렬해진다. 파동이 지구에 도달했나 보다. 보컬이 합류한다. 사람들의 외침이다. 인간의 목소리를 포함한 눈앞 현실의 소리들과 우주의 소리들이 함께 움직이고 흐른다. 흐름에 생명의 힘이 가득하다. 바로 혼불(Pneuma)이다. 나는 이 곡을 들으면서 시 한 수를 끼적였다.

> 폐부를 뚫는 리듬
> 우주를 흔드는 빛소리.
> 한 번의 숨, 한마디 소리.

(But) Bound to reach out and beyond this flesh, become Pneuma. // We are will and wonder, bound to recall, remember. / We are born of one breath, one word. / We are all one spark, sun becoming. // Child, wake up. / Child, release the light. / Wake up now, child. / Child, wake up. / Child, release the light. / Wake up now, child. / (Spirit, Spirit, Spirit, Spirit.) / Bound to this flesh, this guise, this mask, this dream. // Wake up remember. / We are born of one breath, one word. / We are all one spark, sun becoming. // Pneuma / Reach out and beyond. / Wake up remember. / We are born of one breath, one word. / We are all one spark, eyes full of wonder.

틀이 부르는 혼불을 가슴에 품는다.

만물이 태어난다.

기타 위를 가로지르는 손짓.
소리를 증폭하는 전기 흐름에 담긴 마음짓.
기계 세상에서 인간의 소리가 새로운 우주를 찾는다.

낳는다.
파도 소리.
사람 목소리.
귀뚜라미 소리.
깊은 산중에서 울려 대는 종소리.

기계를 찬양하라.
새로운 우주가 열린다.
기계가 낳는 무한한 소리세계.
추상 기계가 성층권을 맴돌며 쏟아 내는 소리.[5]

따블라의 리듬소리.
우주의 맥박이 뛰는 소리.
소리들이 적막을 깨며 짓거리를 낳는다.

---

5 질 들뢰즈와 가타리, 『천 개의 고원』에서.

기계가 기타 줄을 퉁긴다.

인간이 기계와 어깨를 나란히 한다.

음들이 기계와 악수하며 무한 변신을 한다.

기계소리.

자석 달린 기타소리.

증폭되는 사람의 목소리.

생명의 숨을 할딱거리는 따블라 소리.

자연에 울긋불긋 솟아나는 만상의 소리.

스튜디오 녹음실은 신세계.

무한하게 열려 있는 느낌이 춤을 춘다.

빛.

소리.

짓거리.

것, 것, 것들이 창조된다.

—「툴의 「혼불」에 붙여」, 『허튼 노랫소리』

6.

툴은 느낌, 직각적인 어떤 느낌을 표현하는 데 성공한다. 이러한 느낌은 예술의 본질이라 할 수 있으며 모든 예술 분야에서 가장 핵심적인 포인트다. 툴의 음악은 이러한 원초적 느낌을 지니고 있으며 이를 음악적인 이미지 또는 표상으로 표현하는 데 성공하고 있다. 느낌의 표현이 바로 이미지라 할 수 있다. 이때 이미지는 상(像) 또는 표상(表像)이라 할 수 있으며 이는 상(象)과 다르다. 표상의 드러남은 음악, 회화, 춤 등으로 이루어질 수 있다. 툴 악곡이 속칭 록 메탈 밴드 또는 대중음악이라는 한정된 견해를 넘어서는 이유가 여기에 있다.

이미지는 소리다. 소리는 이미지다. 앨범 『10,000 Days』의 마지막 트랙 「Virginiti Tres」는 보컬이 없는 간주곡이면서도 이미지로 넘쳐난다. 그 소리들이 어떤 악기로 연주되는가를 묻는 것은 우문이다. 이미 툴의 세계에서 특정한 악기와 그들이 내는 소리의 경계는 사라지고 없다. 소리의 세계는 우주처럼 무한일 뿐이다. 그 속에서 찾고 발견하고 또 들려온다. 인위적 조작에 의한 효과음일 수도 있다. 아무래도 상관이 없다. 소리는 어디까지나 소리일 뿐이다. 우주가 찢어지는 틈새로 소리폭풍이 몰아친다. 거친 숨소리. 사람의 그르렁거리는 소리로도 들린다. 바다가 뒤집어지고 파도가 하늘로 부딪치는 소리. 태풍이 휘몰아치며 소리를 쏟아붓는다. 방전되는 빛의 폭풍. 빛소리. 튕겨 나가는 빗방울마다 소리빛. 생명체가 데굴데굴 흐른다. 숨소리가 마냥 거칠다. 나는 2020년에 발간한 시집 『허튼 노랫소리』에서 이를 읊은 바 있다.

이미지는 소리
소리가 이미지

우주의 틈새로
새어 나오는 숨소리

소리가 찢어 내는 틈바구니

만상이 쏟아진다.

깊은 계곡을 넘어 광활한 우주로
소리폭풍이 몰아친다.
생김새가 생겨난다.

바다가 뒤집어지고
파도가 하늘로 부딪치는 소리
태풍이 휘몰아치며 소리를 쏟아붓는다.

방전되는 빛의 폭풍, 빛소리
튕겨 나가는 빗방울마다 소리빛

생명들이 데굴데굴 구른다.
숨소리가 거칠다.

꼬리그림자를 길게 매단 폭풍우가
숨죽여 맺히고 맺히더니,

하늘과 땅이
사람이 생겨난다.

사람의 목소리
세상을 기어 다니다가 걸음마 하는 소리.

소리

날숨소리

생것의 이미지들

억겁의 흐름 속에 만상의 숨소리

—「Tool Viginti Tres[6]」, 『허튼 노랫소리』

툴이 다른 메탈 밴드들과 차별화되는 요인 중의 하나는 스튜디오 녹음을 통한 새로운 소리의 창출이다. 툴은 이러한 소리들을 적극적으로 도입하여 새롭고 신선한 간주곡들을 창작한다. 이들 곡을 앨범 중간에 띄엄띄엄 집어넣어 전체 앨범을 극적으로 구성한다. 툴은 악곡 하나하나를 의도적으로 구성한다. 동시에 앨범도 전체적으로 구성한다. 이러한 구성의 과정에서 간주곡들은 중요한 위치를 점한다. 전체 앨범의 특징을 드러내며 각 악곡을 연결시키며 느낌을 심화시킨다.

툴의 앨범에 실려 있는 간주곡들을 열거하면 다음과 같다.

『Undertow』: 「Disgustipated」.

『Ænima』: 「Useful Idiot」「Message to Harry Manback」「Intermission」「Die Eier von Satan」「Cesaro Summability」「(-) Ions」.

『Lateralus』: 「Eon Blue Apocalypse」「Mantra」「Faaip De Oiad」.

『10,000 Days』: 「Lipan Conjuring」「Lost Keys(Blame Hofmann)」「Viginiti Tres」.

---

6 툴의 네 번째 앨범 『10,000 Days』의 마지막 곡. 'Viginiti tres'는 라틴어로 '23'을 뜻함. 소수(素數)로 여러 가지 상징적인 의미를 갖는다.

『Fear Inoculum』: 「Litanie Contre la Peur」「Legion Inoculant」「Chocolate Chip Trip」「Mockingbeat」.

나는 툴의 음악을 접하면서 우스꽝스러운 경험을 했다. 첫 앨범 『Undertow』의 마지막 곡은 「Disgustipated」이다. 곡의 제목도 특이했지만 시끄러운 소리로 일관하다가 마지막에 곡이 멈추었는데도 앨범이 돌아가고 있었다. 곡이 끝난 것이 아니라 갑자기 볼륨이 극도로 떨어져 소리가 거의 들리지 않았을 뿐이다. 그 소리는 밤의 정적에 다가오는 소리다. 여름밤에 창문을 열면 들려오는 소리다. 도시에서는 접할 수 없는 소리들이다. 갖가지 이름을 알 수 없는 무수한 벌레들과 곤충들이 소리를 낸다. 그 소리들은 필경 노랫소리임이 틀림이 없다. 우주 만물이 보여 주는 거대하면서도 신비스러운 연주이다. 앨범 『10,000 Days』에 나오는 「Lipan Conjuring」은 아메리카 아파치족의 요술이라는 뜻인데 마치 동아시아의 옛 노래를 듣는 것 같다. 예를 들면 고대 중국에서 고기잡이를 하며 은둔 생활을 하면서 부르는 어가처럼 들린다. 혹시 먼 옛날 알래스카 해협 빙하를 건너 정착한 아메리카 인디언이 그들의 선조들이 부르던 노랫가락을 지금껏 유지하는 것일까. 「Lost Keys(Blame Hofmann)」는 곡의 시작부터 끝까지 하나의 악기 소리가 길게 늘어진다. 리듬이나 선율도 없이 음이 지속된다. 기타가 잔잔하게 반복되며 반주를 맞출 뿐이다. 그사이로 의사와 간호사가 대화를 나눈다. 실제로는 거의 알아들을 수 없는 조용한 소리들이다. 문제가 있다는 환자에게로 다가선 의사의 물음에 아무런 대답도 없이 거친 숨소리만 잠깐 들릴 뿐이다. 불안이라 해야 할까. 짙은 그림자만 길게 늘어진다. 상징적이다. 앨범 『Ænima』에서 「Useful Idiot」는 전축에 걸은 엘피판이 곡이 다

끝나고 그냥 헛돌며 바늘 긁히는 소리를 들려준다. 이 또한 상징적이고 표현적이다. 소리들이 생생하다. 이 앨범은 유난히 많은 간주곡들을 품고 있다. 그것들은 앨범의 기본 축의 하나로 구성된다. 간주곡들 하나하나가 모두 표현적이고 강렬한 느낌을 선사한다. 툴은 곡 하나를 세밀하게 구성하지만 동시에 앨범 전체도 의도적으로 구성한다. 앨범 『Lateralus』의 끝 곡 「Faaip De Oiad」는 거대한 압박으로 다가오는 소음으로 가득한 현대 문명 생활에서 짓눌리며 살아가는 현대인의 소리를 들려준다. 목소리가 전혀 알아들을 수 없는 신음에 가깝다. 제목은 신의 목소리를 읽을 수 있도록 천사들이 알려주었다는 문자라고 한다. 곡은 시작되자마자 기괴한 소리가 엄습한다. 그 시끄러운 소리 사이로 인간의 절규와 신음이 들려온다. 점점 그 커지는 목소리, 제대로 알아들을 수 없는 인간의 소리. 그 가사를 읽어 본다.

난, 나는 충분한 시간이 없어. 음. 오케이. 나는 지역 51의 직원이었어. 난, 나는 약 일주일 전에 퇴원을 당했어. 그리고… (신음 소리) 나는 어느 시골을 가로질러 달음박질하고 있었어. 제기랄. 나는 어디서 출발할지 몰랐어. 그들은, 그들은, 음, 그들은 정말로 이 자리에서 곧바로 위치를 정하려 했어.

오케이, 음, 음. 오케이. 우리가 외계인으로, 으로 생각하는 것, 그들은 다른 차원의 존재들이야. 그들이 만난 것은, 음, 우주 계획에서 오랜 선구자. 그들은 그들이 주장하는 그들이 아니야. 우. 그들은 군사기지의 수많은 양상을 침투시켜 왔어. 특별히 지역 51에.

다가오는 재앙, 그것들은 군대. 유감스럽게도 정부는 그들에 대해 알고 있어. 그리고 그들이 인간들을 지금껏 이주시키기 시작할 수 있었던 이 세계에는 수많은 안전 지역이 있어. 그들은 아니었어! 그들은 인간들이 모여 사는 주요 중심부를 싹 쓸어 버리기를 원했어. 그렇게 해서 소수의 인간만이 남아 더욱 쉽게 통제할 수 있게 말이야.[7]

앨범 『Fear Inoculum』의 「Chocolate Chip Trip」은 나지막하게 울리는 벨 소리로 시작해서 점차 볼륨을 높이며 반복되는 마디 음을 뒷받침하는 드럼 키트 소리들이 귀를 강하게 사로잡는다. 곡의 느낌이 이미 간주곡의 개념 범위를 넘어선다. 10번 마지막 트랙 「Mockingbeat」는 무슨 의미일까. 기계음이 나온다. 쥐새끼들의 소리들이 즉각 연상된다. 그 배경에는 조용한 드럼 소리가 울리고 곧 이어 사람 소리들도 들리며 나지막하게 일정한 선율 음향이 되풀이되며 깔려 든다. 찍찍거리는 소리로 천천히 끝난다. 그것은 그냥 소리 뭉치 또는 소리 덩어리일 뿐이다. 그것들은 우주에 가득히 널려 있다. 우리는 그 안에서 이들을 거의 느끼지 못하면서 함께 살아간

---

7 I, I don't have a whole lot of time. / Um, OK, I'm a former employee of area 51. / I, I was let go on a medical discharge about a week ago and, and… / (chokes) I've kind of been running across the country. / Damn, I don't know where to start, they're, / they're gonna, um, they'll triangulate on this position really soon. // OK, um, um, OK, / that we're thinking of as, as aliens, / they're extradimensional beings, / that, an earlier precursor of the, um, space program they made contact with. / They are not what they claim to be. / Uh, they've infiltrated a, a lot of aspects of, of, of the military establishment, / particularly the area 51. // The disasters that are coming, they, the military, / I'm sorry, the government knows about them. / And there's a lot of safe areas in this world that they could begin moving / the population to now. They are not! / They want those major population centers wiped out so that the few / that are left will be more easily controllable.

다. 소리들과 함께 숨을 쉬면서 존재한다.

툴의 간주곡들은 그 하나하나가 상징적이다. 제목부터 범상치 않다. 특이하다. 이러한 상징성이 앨범을 구성하면서 앨범의 특성을 생생하게 드러낸다. 그것은 밴드 툴이 표현하고자 하는 욕망을 실현시켜 준다. 툴은 현대음악 세계에서 현대 문명이 부여해 주는 모든 특질을 최대한 활용한다. 그러면서도 일부 간주곡들에서 비문명적이고 원초적인 소리들을 들려주기도 한다. 툴은 이런 의도적 구성을 통해서 모든 면에서 전체적 통일성을 찾는다. 예를 들어 그들이 발간하는 앨범들이 그렇다. 앨범 표지부터 시작해서 모든 디자인이 구성적으로 무엇인가 표현한다. 그 무엇인가가 그들의 악곡과 더불어 툴의 특성을 구성함은 당연하다. 나는 툴의 간주곡들에게 시 한 편을 붙였다.

목소리가 어둠으로 빨려 들어가면
그곳은 신천지
무한의 우주.

온갖 소리들이 태어나고,
밀려오고 사라지는
소리의 우주.

빛과 색깔이 명멸하며
소리불꽃, 생명이 뛰노는 곳.

리듬이 흐르고

목소리가 흐느낀다.

사람의 소리
기타와 드럼의 소리.
전기로 한껏 증폭되는 기계의 소리.

세계 잡동사니 소리들의 춤.
천변만변 헤아릴 수 없는
우주의 무한한 소리.

너와 나 뒤섞여
시간을 만들어 내며
강하게 숨을 쉬며 흐르는 소리.

소리들이여,
인간의 귓속을 점령하라.
새로운 세계가 환하게 펼쳐지리니,

그대여
나를 찾아 들어라.
그림자 숨소리를 붙잡고 노래하라.

—「툴의 간주곡들에 붙여」, 『허튼 노랫소리』

7. 밴드 툴과 음반

밴드 툴의 멤버는 1990년 결성 이래로 지난 30년간을 거의 변동 없이 유지되고 있다. 다만 초창기에 베이시스트 폴 다무르(Paul D'Amour, 1990-1995)가 저스틴 챈슬러(Justin Chancellor, 1971-)로 바뀌었을 뿐이다(1995-현재). 리드 기타에 아담 존스(Adam Jones, 1965-), 드럼에 대니 케리(Danny Carey, 1961-), 그리고 보컬에 메이나드 제임스 키넌(Maynard James Keenan, 1964-) 등이다.

이들은 데뷔 이후 지금까지 모두 일곱 장의 음반을 내놓았다. 다른 밴드들에 비해 극히 적은 숫자의 음반이다. 『Opiate』(1992), 『Undertow』(1993), 『Ænima』(1996), 『Salival』(live)(2000), 『Lateralus』(2001), 『10,000 Days』(2006) 그리고 무려 십여 년이 지나서 내놓은 『Fear Inoculum』(2019) 등이다. 정규 앨범이 아닌 『Opiate』와 『Salival』을 제외한다면 다섯 장에 불과하다. 30년을 활동하고 있는 밴드로서는 유례가 없는 일이다. 그만큼 그들의 앨범은 하나하나가 새로운 기원을 보여 준다.

『Opiate(마약)』(EP), 1992, 연주 시간 26:52

앨범의 제목 'opiate'는 칼 맑스의 '종교는 대중의 마약이다'라는 구절에서 따왔다고 한다.

1. Sweat 3:46 / 2. Hush 2:48 / 3. Part of Me 3:17 / 4. Cold and Ugly(live) 4:09 / 5. Jerk-Off(live) 4:24 / 6. Opiate 8:28(노래 Opiate는 5분 20초 만에 끝이 난다. 여기서 히든 트랙 The Gaping Lotus Experience가 50초 정도의 침묵 후에 나온다.)

『Undertow(역류)』, 1993. 4. 6, 연주 시간 69:13

1. Intolerance 4:53 / 2. Prison Sex 4:56 / 3. Sober 5:06 / 4. Bottom 7:14 / 5. Crawl Away 5:30 / 6. Swamp Song 5:31 / 7.

Undertow 5:22 / 8. 4° 6:03 / 9. Flood 7:46 / 10. Disgustipated 15:47(Disgustipated는 6분 45초 만에 끝나지만 귀뚜라미의 찍찍거리는 소리가 7분 5초 동안 지속된다. 그리고 이어서 키넌의 노래가 나온다. 배경에는 여전히 귀뚜라미 소리가 들린다. 리드 기타를 치는 아담 존스가 8번 트랙 4°에서 인도 악기 시타르를 뜯는다.)

『Ænima』, 1996. 9. 17, 연주 시간 77:18

앨범의 특이한 제목은 anima + enema에서 유래되었다고 하는데 anima는 정신, enema는 내장을 관장한다는 의미다. 정신을 관통하며 씻어 낸다고 할까. 앨범의 곡 중간중간에 간주곡 또는 segue(ségwei)를 넣는다. 특이한 구성이지만 그 곡들은 상징적이다. 앨범 『Ænima』에는 이런 곡들이 많이 나온다. 「Useful Idiot」「Message to Harry Manback」「Intermission」「Die Eier von Satan」「Cesaro Summability」「(-) Ions」 등이 해당된다. 이 앨범의 세 번째 트랙까지 베이시스트 폴 다무르가 연주한다. 이후는 모두 저스틴 챈슬러의 연주다.

1. Stinkfist 5:11 / 2. Eulogy 8:28 / 3. H. 6:07 / 4. Useful Idiot 0:38 / 5. Forty six & 2 6:04 / 6. Message to Harry Manback 1:53 / 7. Hooker with a Penis 4:33 / 8. Intermission 0:56 / 9. Jimmy 5:24 / 10. Die Eier von Satan 2:17 / 11. Pushit 9:55(폴 다무르의 베이스) / 12. Cesaro Summability 1:26 / 13. Ænima 6:39 / 14. (-) Ions 4:00 / 15. Third Eye 13:47

『Salival』, 2000, 연주 시간 73:57

이 음반은 공연 현장의 노래, 그동안 빠져 있던 것이나 비디오 앨범 등을 한데 묶어 한정판으로 내놓은 것이다. CD와 DVD판이 있다. 레드 제플린의 노래가 삽입되어 있는 것이 특이하다.

CD: 1. Third Eye(live) 14:05 / 2. Part of Me(live) 3:32 / 3. Pushit(live) 13:56 / 4. Message to Harry Manback 2 1:14 / 5. You Lied 9:17 / 6. Merkaba(live) 9:48 / 7. No Quarter(Led Zeppelin cover) Jimmy Page & Robert Plant & John Paul Jones 11:27 / 8. Los Angeles Municipal Court 6:44(이 곡에 이어서 약 25초 동안 아무 소리가 들리지 않다가 히든 트랙 Maynard's Dick(10:53)이 나온다.)

DVD/VHS: 1. Ænima 6:39 / 2. Stinkfist 5:09 / 3. Prison Sex 4:56 / 4. Sober 5:05 / 5. Hush 2:48

『Lateralus』, 2001. 5. 15, 연주 시간 78:51

보컬 키넌이 밝힌 바에 의하면 음반의 타이틀 곡인 Lateralus에서 9/8, 8/8, 그리고 7/8 박자가 되풀이해서 나오는데, 이는 피보나치 수열(Fibonacci Sequence)을 따라 한 것이라고 한다. 이 수열을 따르면 987이라는 숫자가 나온다. 1, 1, 2, 3, 5, 8, 13, 21, 34, 55, 89, 144, 233, 377, 610, 987…. 노래 가사 말미에서 "우리의 의지와 바람을 따라가며 우리는 아마도 아무도 가 보지 않은 곳으로 곧 갈지도 몰라. / 우리는 끝까지 소용돌이에 올라탈 거야. 그리고 아무도 가 보지 않은 곳에 정말 갈지도 몰라. / 회돌아쳐라, 계속해서 가라. / 회돌아쳐라, 계속해서 가라."는 문장들이 나오는데 바로 피보나치수열처럼 무한 확대되는 인간의 욕망이나 지식을 가리킨다.

1. The Grudge 8:36 / 2. Eon Blue Apocalypse 1:04 / 3. The Patient 7:13 / 4. Mantra 1:12 / 5. Schism 6:47 / 6. Parabol 3:04 / 7. Parabola 6:03 / 8. Ticks & Leeches 8:10 / 9. Lateralus 9:24

/ 10. Disposition 4:46 / 11. Reflection 11:07 / 12. Triad 6:36 / 13. Faaip de Oiad 2:39

『10,000 Days』, 2006. 5. 2, 연주 시간 75:35

앨범의 표지 무늬가 특이하고 강렬하다. 인터넷 사전을 뒤져 보니 이는 알렉스 그레이(Alex Grey)의 작품으로 그는 아마존 원주민이 환각 속에 여행하는 동안 만나는 신의 머리 모습에서 따왔다고 한다. 케추아족이 마시는 '아야와스카(Ayahuasca)'는 '영혼의 밧줄'이란 뜻을 지니고 있다고 한다. 숲에 사는 아마존 원주민 부족 중 하나인 케추아족은 어디가 아프면 아야와스카라 불리는 약을 먹는다고 한다. 아야와스카는 카피(caapi)라고 불리는 덩굴식물에 여러 가지 약재를 넣어 12시간 이상 푹 고아 만든 물약이다. 이 약은 먹기도 삼키기도 어렵지만 여러 번의 구토를 동반한 뒤 곧 잠이 들게 된다. 잠든 환자는 꿈을 꾸게 되는데 이때부터가 본격적인 치료의 시작이다. 환자가 꿈을 꾸는 동안 약을 처방한 주술사는 옆에서 노래를 부른다. 그게 치료냐고 반문할 수도 있겠지만 그들만의 독특한 치료법이다. 환자는 약을 먹고 꿈을 꾸고 의사인 주술사는 옆에서 노래를 부른다. 그리고 잠에서 깨어난 환자는 이전과는 다른 상태가 된다.

이 음반에 나오는 몇 트랙에서도 외부인들이 직접 간여했다. 「10,000 Days(Wings Part 2)」에 나오는 날씨 효과가 그렇고, 「Lipan Conjuring」에 나오는 목소리도 그렇다. 「Lost Keys(Blame Hofmann)」에 나오는 일부 목소리들도 타인들이다.

1. Vicarious 7:06 / 2. Jambi 7:28 / 3. Wings for Marie(Part 1) 6:11 / 4. 10,000 Days(Wings Part 2) 11:13 / 5. The Pot 6:21 / 6. Lipan Conjuring 1:11 / 7. Lost Keys(Blame Hofmann) 3:46 / 8.

Rosetta Stoned 11:11 / 9. Intension 7:21 / 10. Right in Two 8:55 / 11. Viginti Tres 5:02

『Fear Innoculum』, 2019. 8. 30, 연주 시간 79:10(디지털 버전 86:38)

1. Fear Inoculum 10:20 / 2. Pneuma 11:53 / 3. Invincible 12:44 / 4. Descending 13:37 / 5. Culling Voices 10:05 / 6. Chocolate Chip Trip 4:48 / 7. 7empest 15:43

Digital version: 1. Fear Inoculum 10:20 / 2. Pneuma 11:53 / 3. Litanie contre la peur / 4. Invincible 12:44 / 5. Legion Inoculant 3:09 / 6. Descending 13:37 / 7. Culling Voices 10:05 / 8. Chocolate Chip Trip 4:48 / 9. 7empest 15:43 / 10. Mockingbeat 2:05

8. 노래 가사

출시된 음반에 실린 모든 노래의 가사들은 밴드 보컬인 키넌이 직접 썼다. 초기 음반에 실린 노래들의 가사는 공격적이고 저돌적이다. 세월이 흐르면서 인간적으로 더 성숙해졌다고 할까. 최근의 앨범에 실린 노래 가사들은 한층 성숙하고 심오하다. 깊이가 느껴진다.

여기서 우리는 메탈 음악에서 노래의 가사는 어떤 위치를 갖는가를 한번 새삼스럽게 따져 본다. 특히 외국인으로서, 영어를 제대로 알아듣지 못하는 청중의 입장에서 노래의 가사는 어떤 의미를 지닐까. 메탈 음악은 기본적으로 시끄럽다. 마당음악으로서 드넓은 광장에서 수만 또는 수십만의 청중이 요란스럽게 떠들어 대고 몸을 움직이는 상황에서 노래 가사들이 과연 제대로 들릴까. 우리나라 록 가수를 대표하는 신중현의 노래들을 예로 들어 보자. 아마도 가사를 못 알아듣는다면, 제대로 이해하지 않는다면, 그 노래의 감흥은 뚝 떨어질 것이 분명하다. 록의 리듬을 즐긴다고 하지만 어디까지나 그 노래 가사가 전달되어야 시대를 반영하고 작가의 의도를 파악하게 된다. 가사의 뜻을 이해하고 이를 노래하는 멜로디를 느껴야 제대로 감상한다고 할 수 있다. 밥 딜런의 노래들은 그 가사에 커다란 의미가 부여된다. 록 메탈이라고 예외일 수는 없다. 가사를 분명하게 알아들어야 노래의 감흥을 제대로 그리고 진정으로 느낄 수 있다고 본다. 외국인으로서 이는 거의 불가능하다.

한 가지 분명한 사실이 있다. 메탈 음악에서 노래가 차지하는 비중이 절대적이 아니라는 점이다. 음악 작품은 소리의 구성이다. 예술의 과정 그 자체가 이미 구성이다. 구성하는 과정이 결과로서 하나의 매듭을 지을 때, 작품이 탄생한다. 밴드 레드 제플린, 러쉬나 메탈리카 등의 노래들은 가사의 단어들을, 그 발음하는 노래들을 직접 알아들어야 제맛이 나는 것은 틀림없다. 무엇보다 밴드의 중심을 보컬이 차지한다. 밴드의 리더도 역시 보컬이다. 하지만 이러한 경향은 점차 축소된다. 서양음악에서 전통음악, 소위 클래식이라는 음악 분야는 이미 모든 작품들이 구성으로 이루어진다. 형식미가 철저하다. 여기서 하나의 정형화된 예술형식을 이야기하려는 것은 결코 아니다. 요점은 형식을 구성해 가는 과정에 있다. 구성하는 작업 자체가 음악의 주요 부분을 이룬다는 사실이다. 이미 밴드 킹 크림슨이 이를 보여 주었다. 이 밴드의 리더는 로버트 프립(Robert Fripp, 1946-)이다. 그는 보컬이 아니라 기타 연주를 맡았다. 무엇보다 밴드의 모든 곡을 창작했다. 밴드의 모든 특성이 그에게 달려 있음이다. 그는 이미 처음부터 하나의 곡을 당시 기준으로 비정상적으로 길게 작곡했다. 이미 노래가 아니라 의도적으로 구성되는 작품을 썼다.

그는 분명히 서구 전통음악에 익숙해 있는 사람이었다. 메탈 음악에 클래식 요소를 접목했다고도 볼 수 있다. 1969년도에 나온 첫 앨범 『In The Court of The Crimson King』에 나오는 곡들이 그렇다. 당시 한 곡이 10분을 넘는다는 것은 비현실적이었다. 이러한 곡들에서 보컬의 비중은 상대적으로 낮다. 그는 늦은 나이가 되도록 왕성한 활동을 지속하는데 2003년에 나온 앨범 『Power to Believe』에서 타이틀 곡 「Power to Believe」는 모두 네 부분으로 이루어져 있는데 총 연주 시간이 무려 15분에 가깝다. 이 곡들을 통상적으로 보컬이 중심을 이루는 노래라고 이야기할 수 있을까. 이도 한 번에 모두 연주되는 것이 아니라 의도적으로 나누어서 앨범을 구성하게 된다. 이런 곡들에서 기악을 중심으로 하는 전체 곡의 구성을 파악하면서 어떻게 전개되는가를 느끼기만 해도 귀는 강하게 쏠리게 된다. 감흥이 짙게 느껴진다. 이러한 곡들에서는 보컬이 밴드를 이루는 다른 악기들과 동등하게 하나의 기악으로 자리매김한다. 영어를 모르는 외국인으로서도 마치 클래식 기악곡을 듣는 것처럼 곡을 파악하고 또 느끼게 된다.

툴이 가장 영향을 많이 받았다고 지칭한 밴드가 바로 킹 크림슨이다. 툴의 악곡들은 대부분 구성적이다. 철저할 정도로 목적의식을 갖고 만들어진 노래들이다. 노래라기보다는 하나의 악곡이다. 이들의 작품에서 보컬이 차지하는 비중은 막강하다. 그러면서도 다른 밴드들처럼 그것의 위치는 전혀 절대적이지 않다. 툴의 악곡에 있어서 보컬과 그 가사는 의미를 갖지만 전체 악곡을 이루는 하나의 균형 잡힌 부분에 불과하다. 우리는 보컬 없이도 툴의 악곡들을 충분하게 즐길 수 있다. 보컬이 있음으로써 작품의 완성도는 최고 수준에 이르지만 보컬이 없다고 하더라도 우리는 하나의 기악 작품으로서 툴의 악곡들을 즐길 수 있다. 극단적으로 이야기해서 외국인으로서, 영어를 거의 알아듣지 못하는 사람으로서, 툴의 악곡에 나오는 보컬은 사람의 소리이지만 소리 그 자체일 뿐이다. 다른 기악들과 마찬가지로 하나의 기악 소리, 인간의 소리로, 가장 특이한 기악 소리로 들릴 수 있음이다.

툴의 노래 가사들은 그 내용이 대체적으로 추상적이다. 보통 노래들이 사랑이나 슬픔 또는 어떤 구체적인 이별을 그리거나, 혹은 밴드가 말하고자 하는 어떤 사회적·정치적 주장을 표현하는 것과 다르다. 노래의 가사와 내용은 은유적 묘사와 언어로 전개되고 구성된다. 상징성과 표현성이 넘쳐난다. 그 가사들은 노래 가사라기보다 시다. 현대적 감각이 뛰어난 무엇보다 음악성이 풍부한 시다. 노래에 적합한 과거의 형식인 정형시가 아니라 내키는 대로 느낌을 따라서 하지만 마음속 깊이 내재해 있던 숨은 언어들이 얼굴을 밖으로 드러낸다. 이로 보면 가사를 쓴 보컬 키넌은 가수일 뿐만 아니라 뛰어난 시인이기도 하다. 나아가서 툴의 멤버들이 모두 시적 표현에 뛰어난 예술인들임을 깨닫게 한다. 툴의 앨범 타이틀 곡을 중심으로 몇 개의 노래 가사들을 옮겨 본다. 툴의 곡들은 일반적인 메탈 곡들과 달리 그 길이가 엄청나다. 그만큼 노래의 가사도 복잡하고 길다.

(1) 『Undertow』에서 「Undertow(역류)」

[Verse 1] 두 번씩이나. / 처음 보는 물 아래 깊숙이 말하는 목소리에 난 / 말문이 막혔어. / 그건 천국보다 두 배나 맑았어. / 그건 이성보다 두 배나 큰 소리였어. / 강바닥의 진흙 덩이만큼 깊고 풍성했어. / 정말 끝나지 않는 물살의 입이 / 내 밑에서 나를 감싸며 / 입을 벌렸

어. / 삼키는 동안 모든 걸 제시하고 손짓하면서, / 감싸 안아 젖게 하고 내 눈물을 닦아 주네. / 하지만 나는 정말 편안해. 정말 편안해. // [Verse 2] 닥쳐. 닥쳐. 닥쳐. 닥쳐. / 그대가 나를 흠뻑 적시고 있어. / 어쩜 내가 이것이 나를 / 무릎 꿇게 만들도록 할 수 있을까. // [Verse 3] 세 번째! / 차갑고 검은 물 아래 깊숙이 신음하는 목소리에 난 세례를 받았어. / 천국보다 반쯤 되는 높이에. / 지성보다 반쯤 맑은 상태에 / 강바닥 진흙 덩이만큼 차갑고 검었어. / 정말 끝나지 않는 물살의 입이 / 내 밑에서 나를 감싸며 / 입을 벌렸어. / 삼키는 동안 모든 걸 제시하고 손짓하면서, / 감싸 안아 젖게 하고 내 눈물을 닦아 주네. / 하지만 나는 정말 편안해. 정말 편안해. // [Verse 4] 닥쳐. 닥쳐. 닥쳐. 닥쳐. / 그대가 나를 흠뻑 적시고 있어. / 내가 어떻게 이런 일이 일어나게 하겠어? / 왜 당신은 나를 죽이지 않아? / 난 미약하고 마비되었어. 의미도 없어. / 어쩜 내가 이것이 나를 무릎 꿇게 만들도록 할 수 있을까. // 도취한 느낌 // [Verse 5] 난 물러서고 있어. 난 역류 속에 있어. / 난 어쩔 수가 없어. 난 깨어 있어. 난 역류 속에 있어. / 난 역류 아래에서 죽어 갈 거야. / 역류 밖으로 어떤 길도 보이지 않는 거 같아.

[Verse 1] Two times in! / I've been struck dumb by a voice that / Speaks, from deep beneath peerless / Water that's / Twice as clear as heaven / Twice as loud as reason / Deep and rich like silt / On a riverbed / Just as neverending / Current's mouth below me / Opens up around me / Suggests and beckons all while swallowing / Surrounds and drowns, and wipes me away / But I'm so comfortable. So comfortable //[Verse 2] Shut up, shut up, shut up, shut up / You're saturating me / How could I let this bring me / Back to my knees? //[Verse 3] Third time in! / I've been baptized by your voice that / Screams, from deep beneath the cold / black water that's / Half as high as heaven / Half as clear as reason / Cold and black like / silt on the riverbed / Just as neverending / Current's mouth below me / Opens up around me / Suggests and beckons all while swallowing / Surrounds and drowns, and wipes me away / But I'm so comfortable. So comfortable //[Verse 4] Shut up, shut up, shut up, shut up / You're saturating me / How could I let this happen? / Why don't you kill me? / I am weak and numb and insignificant / How could I let this bring me back to my knees? // Euphoria (× 4) // [Verse 5] I'm back down, I'm in the undertow / I'm helpless and I'm awake, I'm in the undertow / I'll die beneath the undertow / There doesn't seem to be a way out of the undertow.

(2) 『Undertow』에서 「Disgustipated(역겨워서)」

그리고 하나님의 천사가 나에게로 다가와 졸고 있는 곳에서 나를 잡아채었다. / 그리고 나를 높이, 더 높이, 마침내 대기 그 자체 사이에 있는 공간으로 데려갔다. / 그리고 그는 우리 자신의 중서부의 어느 광활한 농장으로 끌고 갔다. / 그리고 우리가 하강하자, 드리워진 운명의 외침들이 흙에서 일어났다. / 천 개의, 아니 백만 개의 목소리들이 두려움에 차 있었다. 그리고 공포가 그때 나를 휘감았다. / 그리고 나는 빌었다. 하나님의 천사여. 이 고통스러운 신음들이 무엇입니까. // 그리고 천사가 말했다. 이것들은 당근들의 외침이다. 당근들의 외침.

/ 봐라. 메이나드 목사. 내일이 추수의 날인데 그날은 당근에게 대학살의 날이다. // 그리고 나는 백만 명의 공포에 떠는 형제들의 눈물과 같은 땀에 흠뻑 빠져 졸다가 벌떡 일어나 울부짖었다. / 들어 봐요. 나는 빛을 보았어요. 그들은 의식을 가졌어요. 그들은 목숨을 지녔어요. 그들은 영혼을 가졌어요. 빌어먹을! / 토끼들이 안경을 쓰도록 해. 우리 형제들을 구하라. // 아멘이라 할 수 있을까? 할렐루야 할 수 있을까? 감사합니다. 예수님. / 이것은 필요해. / 이것은 필요해. / 생명은 생명으로 기르지. 생명으로 기르지. 생명으로 기르지…. / 이것은 필요해. / 이것은 필요해. / 생명은 생명으로 기르지. 생명으로 기르지. 생명으로 기르지…. // 당신이 당신의 참호에서 깨어났을 때는 대낮이었어. 당신은 그때 당신의 하늘을 쳐다보았어. 그것은 푸른색 당신의 색깔이었어. 당신은 그곳에 또한 당신의 칼도 지니고 있었어. 당신이 일어설 때 당신의 옷에 가득히 찐득거리는 것들이 묻어 있었어. 당신의 손도 끈적거렸어. 당신은 그것들을 당신의 풀 위에 씻어 버렸어. 그래서 지금 당신의 색깔은 초록이야. 오. 주여. 세상 모든 것이 언제나 이처럼 계속해서 바뀌어야 합니까. // 당신은 이미 날카로워지고 있었어. 당신의 머리는 다쳤나 봐. 당신이 일어날 때 머리가 울렸어. 당신의 머리는 거의 텅 비었어. 그것은 당신이 이렇게 깨어날 때마다 당신을 해치고 있어. 당신은 당신의 참호에서 당신의 자갈길로 기어서 나왔어. 그리고 걷기 시작했지. 당신은 길 저편 멀리 주차한 자동차를 볼 수 있었어. 당신 그리로 걸어갔어. "신이 나의 아버지라면"이라고 당신은 생각했지. "그렇다면 악마는 나의 사촌임이 틀림없다고." 무엇 때문에 다른 사람들이 이런 중요한 사실들을 이해하지 않았지? // 당신은 차에 도착해서 모든 문을 열려고 했어. 하지만 닫혀 있었어. 그 자동차는 빨간색이었어. 새 차였어. 좌석에는 가죽에 싸인 비싼 카메라가 놓여 있

었어. 당신의 들판을 가로질러 나와서 당신은 작달막한 두 사람이 당신의 숲가로 걷는 것을 볼 수 있었어. 당신은 그들을 향해 걸어가기 시작했어. 이젠 당신의 색깔은 빨강이야. 그리고 물론 거기 밖에 그 조그만 사람들은 또한 당신이었어.

And the angel of the lord came unto me, snatching me up from my place of slumber. / And took me on high, and higher still until we moved to the spaces betwixt the air itself. / And he brought me into a vast farmlands of our own Midwest. / And as we descended, cries of impending doom rose from the soil. / One thousand, nay a million voices full of fear. And terror possessed me then / And I begged, "Angel of the Lord, what are these tortured screams?" / And the angel said unto me, "These are the cries of the carrots, the cries of the carrots! / You see, Reverend Maynard, tomorrow is harvest day and to them it is the holocaust." / And I sprang from my slumber drenched in sweat like the tears of one million terrified brothers and roared, / "Hear me now, I have seen the light! They have a consciousness, they have a life, they have a soul! Damn you! / Let the rabbits wear glasses! Save our brothers!" // Can I get an amen? Can I get a hallelujah? Thank you Jesus / This is necessary / This is necessary / Life feeds on life feeds on life feeds on life feeds on… / This is necessary / This is necessary / Life feeds on life feeds on life feeds on life… // This is necessary / This is necessary Life feeds on life feeds on life feeds on life feeds on… (× 3) // This is necessary / This is necessary / Life feeds on life feeds on life feeds on life! // It was daylight when you woke up in your ditch. You looked up at your sky then. / That made blue be your color. You had your knife there with you too. / When you stood up there was goo all over your clothes. Your hands were sticky. / You wiped them on your grass, so now your color was green. / Oh Lord, why did everything always have to keep changing like this? // You were already getting nervous again. / Your head hurt and it rang when you stood up. / Your head was almost empty. It always hurt you when you woke up like this. / You crawled up out of your ditch onto your gravel road and began to walk, waiting for the rest of your mind to come back to you. / You can see the car parked far down the road and you walked toward it. / "If God is our Father," you thought, "then Satan must be our cousin." / Why didn't anyone else understand these important things? // You got to your car and tried all the doors. They were locked. / It was a red car and it was new. There was an expensive leather camera case laying on the seat. / Out across your field, you could see two tiny people walking by your woods. You began to walk towards them. / Now red was your color and, of course, those little people out there were yours too.

(3) 『Lateralus』에서 「Lateralus」

검었다가 하얀 것 그게 내가 어렸을 적 본 전부야 / 빨강과 노랑이 그때 나에게로 뻗쳐 왔어. / 글쎄 / 아래처럼, 그렇게 위로 그리고 저 너머로, / 난 이성의 한계를 넘어 끌려가는 걸 생각하지. / 한계를 넘어서라. 그게 휘어지는 것을 바라보라. // 생각하는 것에 대해, 분석하는 것에 대해 몸을 마음에서 떼어 내라. / 내 직관이 시들어지고, 기회들이 사라지고 있지만, 난 내 의지가 버티도록 만들어야 돼. / 내 순간이 그 한계선 밖의 길을 끄집어내는 것을 느끼도록. // 검었다가 하얀 것 그게 내가 어렸을 적 본 전부야. / 빨강과 노랑이 그때 나에게로 뻗쳐 왔어. / 글쎄, 엄청 더 많은 것들이 있어. 그리고 / 이 무한한 가능성들을 살펴보라고 나에게 손짓하고 있어. / 아래처럼, 그렇게 위로 그리고 저 너머로, / 난 이성의 한계를 넘어 끌려가는 걸 생각하지. / 한계를 넘어서라. 그게 휘어지는 것을 바라보라. // 생각하는 것에 대해, 분석하는 것에 대해 몸을 마음에서 떼어 내라. / 내 직관이 시들어지고 뒤에 기회들을 남겨 놓으면서, / 그 한계선을 돌파하라고 이 순간이 나를 재촉하는 것을 느끼면서 내 의지를 버티게 하라. / 손을 뻗쳐 아무거나 끌어안으면서. / 다가오는 무엇이든 손을 뻗쳐 끌어안으면서. // 나는 욕망을 끌어안는다. 나는 욕망을 끌어안는다. / 리듬을 느끼려는, 한 걸음 크게 물러나 서로 맺어졌다고 느끼려는, 과부처럼 흐느끼려는, / 힘을 헤아릴 만큼 기운을 느끼려는, 아름다움을 입증하려는, / 샘물에 몸을 씻으려는 / 소용돌이에서 활기차게 움직이고 싶은, / 소용돌이에서 활기차게 움직이고 싶은, / 우리 신성함의 소용돌이에서 활기차게 움직이고 싶은 그리고 여전히 인간이고 싶은, // 땅 위를 딛고 있는 발과 함께 나는 나 자신을 소리들 사이로 움직이며 그것을 흡입하도록 넓게 열어 놓는다. / 나는 그것이 내 피부 위를 가로질러 움직이는 것을 느낀다. / 나는 위로 뻗치고 있어. 내뻗치고 있어. 나는 아무거나 또는 나를 당황하게 하는 무어라도 손을 뻗치고 있어. / 나를 당황하게 하는 무어라도. / 우리의 의지와 바람을 따라가며 우리는 아마도 아무도 가 보지 않은 곳으로 곧 갈지도 몰라. / 우리는 끝까지 소용돌이에 올라탈 거야. 그리고 아무도 가 보지 않은 곳에 정말 갈지도 몰라. / 회돌아쳐라, 계속해서 가라. / 회돌아쳐라, 계속해서 가라.

Black then white are all I see in my infancy. / red and yellow then came to be, reaching out to me. / lets me see. / as below, so above and beyond, I imagine / drawn beyond the lines of reason. / Push the envelope. Watch it bend. // Over thinking, over analyzing separates the body from the mind. / Withering my intuition, missing opportunities and I must / Feed my will to feel my moment drawing way outside the lines. // Black then white are all I see in my infancy. / Red and yellow then came to be, reaching out to me. / lets me see there is so much more and / beckons me to look thru to these infinite possibilities. / As below, so above and beyond, I imagine / drawn outside the lines of reason. / Push the envelope. Watch it bend. / Over thinking, over analyzing separates the body from the mind. / Withering my intuition leaving opportunities behind. / Feed my will to feel this moment urging me to cross the line. / Reaching out to embrace the random. / Reaching out to embrace whatever may come. // I embrace my desire to / I embrace my desire to / feel the rhythm, to feel connected enough to step aside and weep like a widow / to feel inspired to fathom the power, to witness the beauty, / to bathe in the fountain, / to swing on the spiral / to swing on the spiral / to swing on the spiral of our divinity and still be a human. // With my feet upon the ground I move myself between the sounds and open wide to suck it in. / I feel it move across my skin. / I'm reaching up and reaching out. I'm reaching for the random or what ever will bewilder me. / what ever will bewilder me. / And following our will and wind we may just go where no one's been. / We'll ride the spiral to the end and may just go where no one's been. / Spiral out. Keep going.

(4)『10,000 Days』에서「Wings For Marie(Part 2)」

우리는 전설에 귀를 기울이며 가슴을 설레지. / 우리는 영웅의 길을 어떻게 따라 걸을까. // 강물들이 넘쳐나던 시절을 자랑하지. / 우리는 그 높은 후광에 어떻게 올라가나. // 우리 모두 그럴듯하게 꾸민 전설에 귀를 기울여. / 우리의 길은 구세주의 품으로. // 모든 심판과 고난을 날조하면서. / 우리 중 아무도 거기 없었어. / 당신 같은 사람도 아니야. // 모임에 참석한 무지한 형제자매들. / 뿜어내는 동정심에 모여들었지. / 나를 빼 줘요…. // 그들 중 아무도 그대에게 촛불을 들을 수가 없었어. / 선택을 받아 눈이 멀어 이들 위선자들은 보지 않았어. // 무리를 이룬 유대인들에 대해서는 충분해. / 그대가 그대의 자그마한 신성함을 비추어 보이는 사람이라는 것을 누가 부정할 수 있겠어? // 이 자그마한 나의 빛, 당신이 나에게 건네준 선물. / 나는 그것을 빛나게 하고 싶어. / 그 빛으로 그대를 그대의 길로 안전하게 인도하고 싶어. // 그대 고향으로 돌아가는 길로…. // 그 불빛들이 떨어질 때 그들이 하려 했던 것이 무엇이야. / 그대 없이 그들 모두를 시온으로 인도

한다고? / 강물들이 범람할 때 그들은 무엇을 하려 했지. / 끊임없이 몸만 떨었잖아? // 높았어. 그 길은. / 하지만 우리의 눈은 땅바닥 위만 보았어. / 그대는 빛이야. 그리고 길이야. / 그들은 단지 그것에 대해 읽었을 뿐이야. / 나는 하늘이 알고 있다고 기도할 뿐. / 그대를 높이 데려갈 때. // 불속에 만 번의 나날들 길고 충분해. / 이제 당신은 고향으로 돌아가고 있어. // 그대는 당신의 머리를 높이 쳐들 수 있는 유일한 사람이야. / 당신의 주먹을 문 앞에서 흔들며 말해. / 내가 집으로 돌아왔다고. / 나를 마중해 다오. 영혼이여, 아드님 예수 그리고 주여. / 그들에게 말해 주오. 믿음의 기둥이 하늘로 올라간다고. // 이제 시간이 됐어. / 내 차례야. / 나에게 날개를 다오. / 날개를 다오. // 그대는 빛이야. 길이야. / 그들은 오로지 읽을 뿐이야. // 나는 나의 길을, 나의 오만함 그대로야. / 증명의 짐이 믿는 자들에 넘겨졌어. / 그대는 나의 증인, 나의 눈, 나의 증명. / 쥬디스 마리. 무조건의 그대여. // 일광이 차가운 형광만 남기고 희미해지고 있어. / 이런 불빛으로는 당신을 보기 어려워. / 이런 대담한 제안을 용서해 줘. / 그대가 그대의 조물주 얼굴을 오늘 밤 보아야 한다면. / 눈동자 속의 그를 쳐다봐. / 눈동자 속의 그를 쳐다봐. 그리고 그에게 말해. / 나는 거짓말을 하며 살지 않았어. 그런 인생을 갖지 않았어. 그러나 분명히 하나의 삶을 구원했어. // 할렐루야. / 그대가 나를 집으로 데려갈 시간이야.

We listen to the tales and romanticize, / How we'd follow the path of the hero. // Boast about the day when the rivers overrun, / How we rise to the height of our halo. // Listen to the tales as we all rationalize, / Our way into the arms of the savior. // Feigning all the trials and the tribulations. / None of us have actually been there, / Not like you··· // Ignorant siblings in the congregation. / Gather around spewing sympathy, / Spare me ··· // None of them can even hold a candle up to you. / Blinded by choice, these hypocrites won't see. // But enough about the collective Judas. / Who could deny you were the one who illuminated / Your little piece of the divine? // And this little light of mine, a gift you passed on to me / I'm gonna let it shine / To guide you safely on your way. // Your way home··· // Oh, what are they gonna do when the lights go down? / Without you to guide them all to Zion? / What are they gonna do when the rivers overrun / Other than tremble incessantly? // High is the way, / But our eyes are upon the ground. / You are the light and the way. / They'll only read about. / I only pray heaven knows, / When to lift you out. // 10,000 days in the fire is long enough. / You're going home··· // You're the only one who can hold your head up high. / Shake your fist at the gates saying, / "I've come home now! / Fetch me the spirit, the son and the father. / Tell them their pillar of faith has ascended. // It's time now! / My time now! / Give me my / Give me my wings!" // You are the light, the way, / That they will only read about. // Set as I am in my ways and my arrogance. / Burden of proof tossed upon the believers. / You were my witness, my eyes, my evidence, / Judith Marie, unconditional one. // Daylight dims leaving cold fluorescence. / Difficult to see you in this light. / Please forgive this bold suggestion. / Should you see your maker's face tonight,

/ Look him in the eye. / Look him in the eye and tell him, / "I never lived a lie, never took a life, / But surely saved one. // Hallelujah / It's time for you to bring me home."

(5) 『Fear Inoculum』에서 「Invincible」

늙었지만 / 또 다른 승리를 갈망하는 영혼. / 끝내 흐트러져 / 무기를 내려놓고 퍼져 버린다. // 투쟁하던 전사 / 결국 거드름이었던가. // 지금껏 내가 살아오던 곳에서 / 담대하고 자랑스럽게 / 큰소리로 울부짖었었지. / 그런데 난 지금 여기 있네. // 가슴과 드럼을 두드리며 / 피곤해진 뼈까지 다시 두드리지만 / 그토록 오래 싸웠던 전투. 지뢰밭. / 무기를 내려놓고 퍼져 버린다. // 이야기들이 전해지지. / 전투에서 이겼다고. / 우리가 이룩한 것들을. / 칼리굴라가 웃을 거야. // 피곤한 뼈까지 두드리면서 / 경쾌하게 발걸음을 옮기면서. / 한때 무적이었음을 기억한다. / 지금 갑옷은 얄팍해지고 / 무거운 방패는 내려놓았지. // 투쟁하던 전사 / 그럴듯했던가. // 투쟁하던 전사 / 거드름이었던가. // 지금껏 내가 살아오던 곳에서 / 담대하게 자랑스럽게 큰소리로 울었지. / 여기 나는 있어 / 난 어디에 있는 것일까. // 투쟁하던 전사 / 그럴듯했던가. // 투쟁하던 전사 / 거드름이었던가. // 신대륙을 발견한 리온의 유령 노래를 좇듯이 내 눈에는 눈물이 가득. / 희망에 차서 나는 신비의 샘물을 맛볼 수 있겠지. / 아마도 헛된 희망일까. 진리는 내 삶에 나타난 적이 없어. / 이제는 아픔을 느껴라. 시간을 느껴라. 이겨 내면서.

Long in tooth and soul / Longing for another win / Merge

into the fray / Weapon out and belly in // A warrior / Struggling / To remain / Consequential // Bellow aloud / Bold and proud // Where I've been / But here I am // Beating chest and drum / Beating tired bones again / Age-old battle, mine / Weapon out and belly in // Tales told / Of battles won / Of things we've done / Caligula would grin // Beating tired bones / Tripping through, remember when / Once invincible / Now the armor's wearing thin / Heavy shield down // A warrior / Struggling / To remain / Relevant // A warrior / Struggling / To remain / Consequential // Cry aloud / Bold and proud / Where I've been / Here I am / Where I am // A warrior / Struggling / To remain / Relevant // A warrior / Struggling / To remain / Consequential // A tear in my eyes, chasing Ponce de León's phantom song / Filled with hope, I can taste mythical fountains / False hope, perhaps, but the truth never stood in my way / Before now, feel the sting, feeling time, bearing down // A tear in my eyes, chasing Ponce de León's phantom song / Filled with hope, I can taste mythical fountains / False hope, perhaps, but the truth never got in my way / Before now, feel the sting, feeling time, bearing down // False hope, perhaps, but the truth never stood in my way / Before now, feel the sting, feeling time, bearing down // Bearing down.

9.

음악을 다양하게 장르와 시대 그리고 지역을 구분하지 않고 이것저것 잡다하게 듣는 내가 메탈 음악을 본격적으로 접하게 된 것은 시인 장석원의 영향이 크다. 아주 오래전에 자식들을 통해 신해철이 나 핑크 플로이드 등을 여러 번 들은 터였다. 그들의 음악에 호감이 가기는 했지만 다른 분야의 음악에 빠져 있었기에 록 음악은 여전히 나와 거리를 두고 있었다. 아들의 영향으로 재즈를 한참 즐기다가 드디어 회갑을 훌쩍 넘어 칠순을 바라보는 나이에 나는 장석원 시인을 통해 록의 세계로 진입했다. 툴은 그중의 하나였다. 툴의 새 앨범 『Fear Inoculum』의 곡들을 처음으로 듣고 나는 장석원 시인한테 다음과 같은 메일을 보냈다.

보내 주신 음악 감사드립니다. 운동을 하면서 땀을 흘리면서 전곡을 다 들었습니다. 먼저 이미 들었던 곡들 「Fear Inoculum」 「Invincible」 「Descending」을 제외하고 새로운 곡들을 들었습니다. 그리고 다시 차례대로 전곡을 들었습니다. 지금 컴퓨터에 옮겨 놓고 마지막 곡 「7empest」를 들으면서 답장을 합니다.

어떠냐구요? 장샘은 눈물이 핑 돌았다구요? ㅋㅋ 충분히 이해가 갑니다. 우선 몇 가지 적어 보면, 이들의 앨범이 세월이 흐르면서 나이를 먹으면서 악곡의 구성이 점점 더 의도적이고 체계적으로 진화하고 있네요. 가사의 내용도 더욱 진중해지고 깊어지고 있어요. 단적으로 말해서 그들이 표현하려는 느낌의 덩어리가 점점 커져 눈앞을 벗어나 지구를 꽉 채우더니 기어코 우주로 확산되고 있어요. 아마도 그들은 지구를 떠나려 하는 것 같습니다. 느낌의 뭉치가 더욱 커지고 계속 깊어 가며 끊임없이 그 크기를 확대하는 것에 반비례해서 인간들이 이를 표현하려는 언어의 가능성은 점점 더 작아지고 아예 사라지고 있는 것 같습니다. 한마디로 언어의 세계를 벗어난 것 같아요. 표현 불가! 클래식 현대음악은 쇤베르크 이후에 20세기 후반에 그 활동이 정점에 이르렀는데, 그렇다고 그것이 어떤 목표점이나 성취를 이루었다는 것이 아니라 아무런 소득 없이 여러 가지 실험하는 것만으로 끝났습니다. 헤매고 찾는 노력은 귀중하나 소득이 없었어요. 단적으로 말해서 이미 커다랗게 주어진 테두리 안에서 새로움을 모색하다 보니 원천적인 한계가 있었어요. 그 현대 클래식하고 20세기 후반 비틀즈를 필두로 하는 새로운 음악이 점점 간극을 좁혀 어느 교차로에서 만나더니 이제 현대 클래식은 보이지 않을 정도로 희미하게 작아지고 록 메탈만이 몸집을 키우고 앞을 가로막고 있습니다. 내가 보기에 툴은 이미 비틀즈보다 엄청 다른 세계로 진입한 것이 분명합니다. 그들은 모든 음악을 휘몰이해서 몰아가려는 듯 기세가 당찹니다. 21세기 음악은 툴이 여네요. 이들을 바탕으로, 이들을 기점으로 무한하게 새로운 음악이 출현할 것입니다. 참고로 툴 앨범 다섯 개, 지금 새로 나온 앨범을 포함해서 모든 곡의 가사를 보냅니다(Opiate가 빠졌어요). 도움이 되었으면 합니다. 2019년 8월 29일.

한편으로 시인 장석원과 평론가 이찬과 더불어 카카오톡을 하면서 나눈 대화도 일부를 여기에 옮긴다. 툴의 음악을 들으면서 그때그때 갖는 느낌과 생각은 의도적이 아니라 숨김이 없이 생생하기 때문이다. 어떤 부분은 임의적으로 요약했음을 밝힌다.

—비표상적 감응의 흐름, Affectus의 흐름, 느낌의 흐름, 적연부동(寂然不動), 감이수통(感而遂通). 에너지 힘과 움직임 흐름이 있었는데 그게 원초적으로 느낌의 흐름이 되고, 그 느낌이 우주 만물을 창생하고… 그 느낌을 지닌 만물은 바로 그냥 삶! 살이라. 언어 이전에, 모든 지성의 개념 이전에 느낌의 흐름. 소리 음악은 아마도 그런 느

낌의 단계와 세계 속에서 살고 있고, 따라서 우리 인간이 그런 원초적 세계를 들여다보고 또 그 속에 살 수 있음은 오로지 소리 음악 덕분일 터.

—들뢰즈 천 개의 고원에서, 간소하게 어디까지나 간소하게. 이것이야말로 질료의 탈영토화, 재료의 분자화, 그리고 힘들의 코스모스화가 성립하기 위한 공통 조건. 코스모스 자체가 하나의 리토르넬로이며, 귀 또한 마찬가지다. 하지만 리토르넬로가 유독 음과 관련되는 것은 왜일까. 음은 탈영토화될수록 그만큼 더 정련되고, 특수성을 획득해 자율적인 것이 되어 간다. 우리는 체계를 갖고 있지 않으며 오직 선과 운동만을 갖는다. 슈만! 들뢰즈 이야기는 『주역』 구절과 흡사. 예를 들면 『주역』에서 이간(易簡)을 강조하는데 완전 일치. 또 선과 운동을 거론하는데 『주역』은 선조차 인정하지 않고 오로지 불확정 덩어리의 날아다님을 말함. 슈만이야말로 탈영토화된 불덩어리. 바람 따라 멋대로 번지는 대형 산불. 낭만주의의 절대치. 근데 얼마 전 강력히 추천한 슈만의 작품 44와 47을 들어 보셨는지. 이 두 작품만 들어도 들뢰즈의 슈만 얘기 또는 리토르넬로를 직각할 수 있을 것입니다.

—빠른 리듬. 그냥 소리가 아닌 리듬. 박자가 아닌, 음악이 아닌 리듬. 우주 천지와 밴드 멤버, 그 자리에 있는 인간들 모두에게 흐르는 리듬. 목소리는 그냥 소리리듬. 언어이지만 의미가 탈색된 리듬소리. 헤드뱅잉만 보이는 리듬. 땀에 젖어 사라지는 순간들의 리듬. 리듬이 리듬을 삼키며 그대들과 나를 몽땅 사라지게 하다.

—늙은 나날이 우울하가다도 이런 소리의 무한 진화를 접하면 순간 살아서 숨 쉬고 있음에 감사하게 됩니다. 기운이 나요. 곡 자체는 절망, 죽음, 부조리에 반항하는 것인지 몰라도 결과적 느낌은 생동

하는 힘과 분출이네요.

—장석원 선생이 보내 준 Slayer의 음악을 듣고: 섬뜩함. 붉은 피가 흥건히 쏟아져 세상을 뒤덮고… 거부와 반항은 숙명인가. 이를 가장 표현할 수 있는 건 음악뿐일까. Slayer! 이름까지! 이찬 선생 말마따나 표상을 주로 하는 문학은 사라져라. 비표상의 음악 그리고 소리여! 미쳐라. 빛과 색으로 그대를. 그대 느낌을 찢어발기리라!

—아마도 비표상적인 것이 표현적이라면, 인간 이전의 느낌의 흐름이, 비표상적인 것이, 인간에 의해 표현성을 획득한다면 바로 그것이 예술이 아닐까 생각해 봅니다. 키스 자렛의 즉흥성 짙은 피아노가 이를 보여 줄 것입니다.

—우주 세계의 느낌의 흐름이, 비표상적인 것이, 표현성을 가질 때, 그것이 인간에 의해서든 본디 흐름의 변화와 되기에 따라서든 그것이 바로 리듬이라고 말입니다. 장단이나 박자는 리듬이 창출하는 무수한 가지들의 일부에 불과하고…. 리듬 그것은 결국 우주의 본원, 나는 이를 본생이라고 말하는데, 우주 궁극자인 본생의 표현으로 이해됩니다.

—장석원 선생의 말: 선생님. 비표상적인 것의 표현성. 리듬. 리듬의 새 측면을 발견하신 듯합니다. 그래서, 폴리 리듬을 격렬하게 구현하는 스웨덴의 메탈 밴드 메슈가를 한 곡 추천합니다. 토마스 하케의 드럼이 그 용어 안에 수렴된다고 하는데… 들어서 그걸 체득하기란 여간 힘들지 않지만.

—이찬 선생의 페이스북 글을 읽고: 하늘의 무수히 반짝이는 별들처럼 우리 이찬 선생의 번득이는 생각의 편린들이 그냥 마구 쏟아져 내리네요. 별들이 빛을 잃기 전에 얼른 주워 담아야겠어요. 참고로 음악의 예를 하나 넣어도 좋을 거 같은데 장석원 선생의 도움으로

툴의 사례가 어떨까 합니다. 예를 들어, 장석원 선생이 올려 준 메슈가의 메탈과 툴의 메탈을 간단 비교하면, 메슈가는 전체를 쏟아부으며 보컬 위주의 음악이고 반주악기들의 각각 얼굴들이 드러나지 않는 데 비해서, 툴은 악기들과 보컬이 모두 하나의 독자적인 생김새를 가지며, 즉 기타, 베이스, 드럼 그리고 보컬이 독립적이면서 자기들 생김새를 고수하면서도 결과적으로 평행과 접속을, 들뢰즈와 스피노자의 얘기처럼, 통하여 균형 잡힌, 완전체 또 하나의 생김새를 이루어 갑니다. 「동사서독」처럼 서로 다른 부분들이 구성과 조합을 통하여, 그리고 전자 음향이나 자연 음향 등의 꼴라주적인 가세를 통해 최종, 그러나 일시적 멈춤의 예술 작품 생김새를 창조해 냅니다.

—장석원 선생이 올린 툴의 「Schism」에 대해서: 역시 툴의 비디오. 한참 잊고 있었네요. 음악만 듣다 보니…. 참으로 무궁무진한 경계를 드나드는 친구들입니다. 이찬 선생이 이야기하는 CsO(기관 없는 몸체, Corps sans Organes), 그리고 탈영토화와 재영토화의 변주곡들이 넘쳐납니다.

—혹시나 해서. 이찬 선생의 글에 나오는 'constellation'은 많은 사람들이 인용하는데, 내가 이번에 내는 책 『사람은 모두 예술가다』에서 셋째 글, 「예술은 어떻게 생겼을까」에서 예술의 근본 단위로 생김새를 거론하고, 또 생김새는 짜임새와 모양새로 이루어진다고 주장하는 것과 연관될 것 같아요. 나는 기존의 형식과 내용이라는 개념이 너무 진부하다고 생각하니까요. 리좀(rhizome)과는 거리가 멀어요.

한마디 더. 툴의 음악을 접하며 유의해야 할 점입니다. 비디오는 영상으로 그냥 독립된 비디오. 가사는 시적 표현으로 그냥 문학적인 독립된 작품. 악곡은 악곡 자체로 비디오나 가사와 직접 관련이 없는 그냥 독립된 개체. 이는 과거 악곡들이 가사가 슬픈 내용이면 가락도 슬프고 하는 관례에서 완전 벗어납니다. 비디오 영상과 전개, 가사의 시적인 전개, 악곡 구성의 전개는 모두 독립적인 생김새를 구현합니다. 세부적으로 들어가면 또 마찬가지 효과가 나타납니다. 악곡을 구성하는 악기들의 각기 독립적인 생김새입니다. 마치 우리 전통음악의 헤테로포니와 같습니다. 그런데 이런 개별적 생김새들이 함께 모여 짜임새에 따라 새로운 모양새를 보여 주고 결국 완전히 새로운 하나의 생김새가 작품으로, 새로운 예술 생명체로 창조됩니다. 들뢰즈의 선을 따라 탈주하고 다시 영토화하는 것보다 더 강한, 리좀 이상의 극대화된 현상입니다. 그게 예술 생명체의 본질이기도 하고요.

방금 최우정 선생한테 메일을 받았는데 지금 쓰고 있는 곡이 피아노 곡인데 20개 가량의 극히 짧은 마디만을 제시하고 나머지는 연주자들이 채운다네요. 참으로 새로운 시도입니다. 원일도 비슷한 작업을 하고 있고요. 툴의 작업이나 이들 우리 음악인들의 작업이야말로 들뢰즈 아니 더 나아가서 우리 현재 선구자적인 한국인들의 진면목을 보여 주네요. 우리 모두 같은 방향으로 흐르는 강에 여러 척으로 각기 다른 모습의 배에 탔어요.

10. 접종을 두려워하라. Fear Inoculum! 영원을 기리기 위해…

툴은 데뷔한 지 30년이 넘어섰다. 멤버들은 이제 회갑을 바라본다. 그들이 마지막으로 2019년 여름에 출시한 음반『Fear Inoculum』은 록 메탈의 역사에서 분수령을 이루고 있음이 분명하다. 그들이 앞으로 어떤 음악을 더 선보일지는 아무도 모른다. 이는 록 메탈의 세계를 넘어서 21세기 전체 음악의 방향을 결정짓는 데도 중요하다. 그들은 젊어서 방황을 했고 지금도 그런 흐름에서 벗어나지 못하고 있다. 그럼에도 그들의 노래와 가사는 마냥 깊어지고 있다. 심연의 끝은 어디일까. 아마도 그것은 영원일까. 순수한 상태의 영원성. 면역 상태의 영원함. 우리 인간은 이런 영원의 순수성에서 떨어져 어떤 접종을 받아 감염된 상태로 사는 것이 아닐까. 감염되었지만 독을 지녔지만 그래도 잘 버티고 있는 사람들. 이제 "숨을 내쉬어라. 방출해라. 내 이야기를 다시 지어라. 내 은유적인 비가를 다시 짜라." 영원을 위한 독, 감염이었을까. 긴 시간이 다가온다. 영원이 기다리고 있을 터다.

이 글을 마무리하기 전에 앨범 『Fear Inoculum』의 타이틀 곡을 옮긴다.

면역, 오랫동안 버텨 왔어. / 전염, 나는 너를 숨 쉬고 있어. / 거짓말이야, 내가 너에게 열려 있다는 건. / 미쳐 있는 독 / 지금, 전염되었어. 내가 너를 숨 쉬고 있어.

Immunity, long overdue / Contagion, I exhale you / Lying, I opened up to you / Venom in mania / Now, contagion, I exhale you.

사기꾼이 말하네, 녀석이 말하고 있어. / 너는 나에게 속해 있다고. / 너는 다른 것들의 빛을 숨 쉬고 싶지 않는다고. / 빛을 두려워하라. 숨을 두려워하라. / 영원을 위한 그 모든 것들을 두려워하라 / 그런데 나는 그들을 지금 듣고 있어. 그 명확성을 숨 쉬고 있어. / 그 독성을 들어라. 너는 말했지 그 독은 괜찮다고. / 너는 말했지. 괜찮다고. / 이 면역성을 축복하라. / 이 면역성을 축복하라. / 이 면역성을 축복하라.

The deceiver says, he says / You belong to me / You don't

wanna breathe the light of the others / Fear the light, fear the breath / Fear the others for eternity / But I hear them now, inhale the clarity / Hear the venom, the venom in / What you say inoculated / Bless this immunity / Bless this immunity / Bless this immunity.

숨을 내쉬어라. 방출해라. / 내 이야기를 다시 지어라. / 내 은유적인 비가를 다시 짜라.

Exhale, expel / Recast my tale / Weave my allegorical elegy.

내가 하려는 모든 것을 열거하라. / 너로부터 몇 걸음 떨어지는 것을 감안해서. / 내 자신의 세포분열은 / 광기 때문에 생긴 착각으로 점점 커졌지.

Enumerate all that I'm to do / Calculating steps away from you / My own mitosis / Growing through delusion from mania.

숨을 내쉬어라. 방출해라. / 내 이야기를 다시 지어라. / 내 은유적인 비가를 다시 짜라.

Exhale, expel / Recast my tale / Weave my allegorical elegy.

모든 통제를 걷어 들여라. / 너 독액이여. 너 꼴값이여.

Forfeit all control / You poison, you spectacle.

꼴값 떠는 것을 추방하라. / 아픈 곳을 추방하라. / 이질적인 것을 추방하라. / 영원을 위한 독. / 나를 빼내어 다른 곳으로 옮겨라. / 독과 두려움이 나를 묶고 있네.

Exorcise the spectacle / Exorcise the malady / Exorcise the disparate / Poison for eternity / Purge me and evacuate / The venom and the fear that binds me.

벗겨 내라. 들어 올려 떨어지게 하라. / 나는 네가 도주하는 것을 보네. / 사기꾼이 쫓기고 있네. / 긴 시간이 다가오네.

Unveil now, lift away / I see you runnin' / Deceiver chased away / A long time comin'.

끝으로 밴드 툴이 추구하는 소리는 무엇일까. 그것은 바로 우주의 소리가 아닐까. 인간을 포함한 모든 생명체가 호흡을 하며 뿜어내는 노래. 그것은 바로 시나위요 우주 만물이 만들어 내는 시나위 소리가 분명하다. 기계도 시나위, 악기도 시나위, 인간의 소리도 시나위. 시나위 우주가 우리를 감싸고 흐른다.

시나위를 살려라
시나위를 붙들어라.
시나위를 크게 노래하라.

시나위가 사람을 품는다.
시나위가 기계와 어깨동무한다.
시나위는 우주 만물과 합창을 한다.

시나위는 우주소리.

시나위는 생명소리.

시나위가 흐른다.
시나위는 천변만변이다.

오늘도 사람들은 시나위를 노래한다.
오늘날 기계들이 시나위로 반주한다.
세상 온갖 것들이, 짓들이 시나위 끼로 춤을 춘다.

시나위가 낳고 낳음을 이어 간다.
새로운 소리세계.
영원하라.
흘러라.

—「시나위 기계」, 『허튼 노랫소리』

2020년 8월 14일

유례가 없이 긴 장마가 이제 막 끝났다. 위쪽 북부 지방은 아직 비가 온다고 한다. 이곳 남해는 어제부터 햇빛이 환하다. 오늘은 무척 무덥기까지 하다. 오랫동안 미루어 왔던 툴에 대한 글을 마무리해서 그럴까. 느낌은 마냥 시원하기만 하다.

데프톤즈(Deftones)에게 앗긴 어느 비 오는 날의 오후

1.

듣고 있다. 정오가 지나고 있다. 하늘을 구름이 덮고 있다. 며칠 전 하늘은 미치도록 비를 퍼부었다. 지금은 휴식을 취하고 있다. 듣고 있다. 텁텁한 입을 달래려, 향기 강한 '노량다(老凉茶)'를 물에 얹었다. 중국 복건성에서 만든 차다. 국화와 뽕나무 잎 그리고 인동덩굴이라 불리는 우방(牛蒡)으로 만든 차다. 차의 이름이 '늙어 감을 슬퍼하는 차'라고 해석되는 것 같아 느낌이 묘하다. 듣고 있다. 소리들이 이 모든 해석을 거부하고 있다. 듣고 있다. 소리가 소리를 깨는 소리를 듣고 있다. 소리들이 파열되고 있다.

찢기다 못해 소리들이 이마를 찧고 있다. 듣고 있다. 선혈이 낭자한 것을. 그것들이 굳어 붉음이 검게 맺혀 버린 응혈을. 듣고 있다. 우주 공간에는 저리 피범벅이 된 소리들이 없는데 그대들은 왜 그리 파열하는가. 듣고 있다. 데프톤즈. 가장 최근의 앨범 『Gore』. 핏덩이라니. 3번 트랙 「Doomed User」, 타이틀이 우울하다. 첫 곡은

「Prayers(기도하는 자들)」. 기도하는 사람들이라니. 인간들은 언제나 기도하며 살아가고 있는 것일까. 기도와 우울이 교차한다. 하늘에 소리를 지르다 못해 무릎을 꿇고 무언가 애원하듯이 중얼거리는 것이 인간들이 아닐까. 웃긴다. 엿 먹어라. 둘째 곡은 「Acid Hologram」이었다. 의미의 수열들이 섬뜩하다. 하지만 무슨 의미일까. 의미가 있을까. 듣고 있다. 그냥 소리만을. 의미가 표백되어 버리고 남은 그냥 느낌의 균열과 찢어짐만을. 가사가 궁금하지가 않다. 전혀. 목소리는 분명 사람의 것이고 그것이 말이라면 의미가 있을 터인데 그 말들이 얹힌 알파벳을 보고 싶은 생각이 없다.

듣고 있다. 다섯 번째 트랙 「Heart/Wires」. 본디 가슴은 부드러운 것이 아닌가. 여린 기타 음들이라니. 그동안 외치기만 해서 좀 쉬어가려는 것일까. 요동치는 맥박으로 숨 가쁘게 내지른 소리들이 지친 것일까. 그러다가도 다시 쉬고 갈라진 목소리들이 다시 전면으로 등장한다. 듣고 있다. 느낌이 좋다. 여림과 강함의 교직이 들어온다. 들으며 나는 받아들인다. 강과 유의 교직은 데프톤즈의 패턴이다. 강함이 언제나 앞선다. 강의 강도가 유의 강도보다 크다. 유는 강의 그림자다. 그림자는 강을 언제나 은밀하게 따라다닌다. 유가 고개를 내밀 때. 나는 봄날의 싱그러운 꽃바람과 함께 지나간 수많은 여인들의 얼굴을 떠올린다. 그 얼굴들에는 살이 다 빠져나가고 지금은 죽음의 뼈다귀만 남아 있다. 강이 유를 덮치기 때문이다. 그래도 둥둥둥 강한 리듬의 기타가 좋다.

듣고 있다. 그 좋은 느낌을. 파열되는 아픔이 좋게 들리다니. 나는 언제나 조그만 가슴이 미어터진 상태로 살아간다. 터지면 너무 통증이 심하기에 평소에 늘 그렇듯이 가슴을 둥근 상자 안으로 밀어 넣고 지낸다. 그것은 둥글둥글 각이 없다. 구심력과 원심력이 균형을 이룬다. 우주가 그렇다. 나의 가슴은 우주를 닮도록 노력하고 있다. 조심하고 있다. 원심력이 지나칠 정도로 부풀어 오를 때 터지면 죽는다는 것을 알고 있다. 병원에도 다닌다. 심근경색이란다. 부풀면 터지고 그것은 핏덩이 범벅이 된다. 죽음만이 해결이다. 해서 늘 원심력을 구심력으로 균형을 잡는다. 그래야 될 것이다. 자유는 항상 규제와 반동 아래에 그림자가 되어 신음하고 있다. 듣고 있다. 여섯 번째 트랙에서 치노 모레노는 지치지도 않고 외치고 있다. 소리를 질러라. 그림자에 빛을 비추어 밖으로 형상이 되어 그대 모습을 빛어라. 둥둥둥, 기타의 울림을 타고 하늘로 날아라.

듣고 있다. 그렇구나. 7번 트랙으로 이어지며 터지는구나. 「Xenon」이 타이틀이다. 그 역설이라니. 아무도 믿지 않아도 좋다. 그대의 외침과 터짐을. 그대의 폭발과 지구 끝까지 떨어지는 나락의 하강을 보지 않아도 좋다. 듣지 않아도 좋다. 그래도 듣고 있다. 들림이다. 내가 선택하는 것이 아니다. 내가 터지고 싶지 않아도 터지게 만든다. 이러면 안 되는데.

듣고 있다. 「(L)MIRL」. 무슨 뜻인지 모르지만 기타의 음들이 일정한 리듬을 타며 자꾸 옥타브를 높인다. 하이 C로 향해 줄달음친다. 모노로 진행되는 반복의 기타 음들. 듣고 있다. 좋은 느낌을. 데프톤즈의 기타 음향이 죽여준다. 내 닫힌 가슴들도 저리 울려 보았으면. 저리 폭넓게, 진동이 크게, 한 번도 아니고 무한 반복으로 울려 보았으면. 목소리는 다시 갈라지고 있다. 어. 이건 하이 C도 넘는데.

급강하한 시작 음. 앨범의 표제곡 「Gore」. 시작은 언제나 부드러운 그림자로 한다. 그러다가 그림자를 뚫고 나오는 핏덩이. 다시 물러섰다가 힘을 충전하고 이를 깨물고 뛰쳐 올라오며 온 세상을 찢으며 파괴하는 목소리. 미쳤다. 미쳐야 할 것이다. 핏덩이, 응혈. 범벅이 되어 있다면 이미 얼굴을 알아볼 수 없을 터. 기타도 미쳐라. 드럼도 그래야 한다. 듣고 있다. 죽음을 무릅쓰고 터지는 조그만 가슴. 그 가슴에 감응된 두 눈의 축축한 선들. 지구 온난화 현상으로 진즉부터 두꺼운 빙하는 녹고 녹아 이슬비에도 부서지고 있었다. 듣고 있다. 엄청난 증폭. 희망이 본디 그 찢어짐을, 파열을, 점잖게 참던 그림자의 광기가 폭발하는 그 외침을, 가능한 최대한의 크기로 증폭하고 싶겠지. 듣고 있다. 상상으로의 최대 볼륨의 찢어지는 외침. 그 외침은 왜 그리 길기도 한가. 기타가 둔중하게 음을 늘어뜨린다. 아. 파열의 여운이 지속된다. 그림자는 빛이 여리고 사라질 때, 그 길이가 가장 길다.

듣고 있다. 「Gore」의 뒤 끄트머리를 천천히 수놓는 기타의 저음의 울림 그리고 여리게 매듭짓는 그 여운의 소리들. 말러가 생각났다. 말러의 9번 교향곡의 마지막 악장. 그 뼈저린 외침과 치열한 상승에도 불구하고, 작곡가 말러 자신의 말대로, '매우 천천히 그리고 머뭇거리며 뒤돌아보듯이(sehr langsam und zurückhaltend)'. 차이는 있었다. 기타는 여운을 곧바로 지웠다. 짧았다. 말러는 죽음과 지하의 세계로 끌고 가도록 길었다.

듣고 있다. 듣는 자의 상상력을. 기타와 모레노는 결다리로 울리고만 있다. 나는, 요즈음 찾아오는 이 없이, 만나는 사람 없이, 절해의 고도처럼, 땅속의 두더지처럼, 산속 깊은 계곡의 불상처럼, 말이 없이 시간만을 꼭꼭 씹어 먹으며 살다가 모처럼 대문 밖을 나서 바닷가를 두어 시간 거닐었다. 젠하이저 헤드폰을 머리에 얹었다. 기계의 세상, 기계론적 디지털 문화가 나를 휘감고 있다. 좋은 세상이라고 탄식한다. 그러면서 내내 말러를 들었다. 수백 번 들었는데도 아직 그 패턴이 정확히 파악되지 않는 말러의 음악들. 악기들이 너무 많아. 그들의 조합과 확률의 패턴은 나의 상상을 언제나 뛰어넘는다. 말러의 이야기를 들었다. 내가 멋대로 만들어 낸 패턴을. 인간의 삶들이, 무수한 관계들로 그물망보다 더 얽힌 인간의 존재를. 우주 만물의 조합은 무한대이며, 그 무한대 속에서 또다시 인간들의 무한대의 관계 속에 그 부대낌과 마찰의 갈등 속에 스스로를 세우려는 조그만 가슴의 구심력은 그 무게가 얼마인가. 그 속에서 유기적인 존재로 나는 생성되고 소멸해 간다. 사라지겠지. 이 아프면서도 아름다운 세상에서 떠나야겠지. 그동안 말러의 관현악곡 악기들은 강과 유를 되풀이한다. 강만이 득실대다가 그 속을 가로지르는 하프의 여린 얼굴들. 부드러움과 명상과 어린싹들 그리고 송아지, 초승달, 어린 아가씨의 하얀 피부. 모순이다, 모순! 들었다. 우리는 대립이 아니라 서로 상보의 관계임을. 그런데도 말러는 찢어지네, 아프도록 찢어지고 있네. 왜 다듬지 못하고 왜 구심력을 강화하지 않고 원심력의 유혹으로 벗어나다니. 현들의 하이 C는 언제나 두 눈에 고인 조그만 연못들의 둑을 망가뜨린다.

듣고 있다. 마지막 트랙 「Phantom Bride」 그리고 「Rubicon」이다. 잠깐이지만 평온할 정도로 우아한 이국적 선율이 지나간다. 가사를 보지 않았는데도 들으며 상상한다. '신부 유령'이라는 그 상처된 이미지. 파열되고 모순된 이미지. 크랙의 틈이 너무 깊게 패여 있다. 루비콘은 또 무엇인가. 케자르를 상징하는 결연한 의지의 기표다. 삶의 길에서 언제나 마주쳐야 하는 갈림길에서 택해야 하는 결정이다. 외침에 무슨 목적이 있는가. 치노 모레노와 그 일당들은 도대체 무엇을 위해 루비콘강을 건너는가?

2.

듣고 있다. 앞의 『Gore』는 2016년판이다. 데프톤즈를 접하게 된 2000년도 앨범 『White Pony』. 첫 곡은 「Back to School」이다. 훨씬 부드럽다. 외침과 부드러움이 교차하고 있다. 16년이면 강산이 두 번 정도 변한다는데, 데프톤즈도 그럴까. 꼭 그렇지는 않지만 『White Pony』가 더 약하고 순수하다. 덜 정형화되어 있다. 데프톤즈라는 총체적 패턴이 아직 덜 형성되어서일까. 두 번째 트랙은 「Feiticeira」. 마녀. 역시 타이틀이 모두 튄다. 어긋난다. 상상을 비껴간다. 듣고 있다. 앞의 『Gore』를 들은 터라 훨씬 편안하게 이 곡들을 듣는다. 외쳐라, 더 소리를 질러라. 더 크고 높게. 더 찢어질 듯이. 부드러움의 유와 단단함의 강이 균형을 잡는다. 차례대로 반복된다. 전체적으로 중압감을 덜어 주고 있다. 그래서 아트 록일까. 얼터너티브 메탈이든 무엇이든 무슨 상관이랴.

듣고 있다. 3번 트랙 「Digital Bath」. 부드럽다. 감각적이다. 목소리가 관능적이다. 소리를 지르다가도 다시 되돌아와 끈적대는 부드러움. 살갗을 부벼 대듯이 천천히, 느낌을 최대한으로, 자극적이어도 괜찮아. 아무러면 어때. 순간이, 순간이, 이 순간이 전부야. 그 순간의 모습은 그냥 살덩이일 거야. 그것이 존재의 무게를 모두 감당할 수 있을 거야. 아주 천천히, 더 부드럽게, 몸이 찌릿 부르르 떨릴 정도로. 오. 그 느낌의 압력을 더 이상 견뎌 낼 수 없어. 그래서 이어지는 트랙, 「Elite」는 폭발한다. 듣고 있다. 비가 멈춘 줄 알았더니 갑자기 바다 저편 섬들이 사라지고 비구름이 몰려와서 빗방울을 때린다. 알았다. 치노 모레노의 소리가 너무 거칠고 뜨거웠던 거야. 그만 그만. 그래도 계속되는 저 찢어지는 목소리의 몸부림. 어디까지 갈 것인가. 하이 C는 이미 넘어섰고, 그다음의 기표는 어디인가. 어디까지 도달하려고 미친 듯이 날뛰는가?

듣고 있다. 5번 트랙으로 이어지는 그 절묘한 느낌. 「Rx Queen」. 베이스 기타가 전면에 그림자를 세운다. 둥둥둥. 4번 트랙의 외침으로 갈가리 찢어져 파편화된 잔해로 넘쳐났던 트랙을 중화시키려는 것인가. 조금 조용히 했으면 좋지 않았을까 하는 마음으로. 후회하지 마라. 데프톤즈의 사전에는 과거 회상은 있더라도 후회는 없다. 응결된 핏덩이만 존재할 뿐. 그 덩이를 짓밟고 깨트리는 이 순간밖에 없음을. 여기서는 그냥 릴렉스 그대로의 음들을 즐기면 된다. 듣고 있다. 둔중한 기타의 반복 음을 뚫고 나오는 또 다른 외침. 그리고 배경의 어둠을 깔고 앉은 목소리들의 외침은 무엇인가. 기타 저음의 둔중한 증폭 효과. 그사이로 가느다랗고 길쭉한 음이 매듭을 짓는다. 다시 이어지는 트랙, 「Street Carp」. 지칠 줄 모르고 본격적으로 다시 등장하는 일렉트릭 기타와 인간의 목소리. 그렇구나. 기계음이다. 기타의 기계화된 음. 증폭되어 모습을 탈바꿈해 버린 기타 소리. 그게 현실이구나. 그 속에 외쳐 대는 모레노의 고음들. 기표만 남고 기의는 완전히 사라져 버린 목소리. 음들의 무질서한 나열.

「Teenager」. 7번 트랙. 도입부터 꿈의 연막이다. 이런, 이런. 이런 노래를 부를 줄 알다니. 아니 이것이 그들의 가슴속 깊이 유지하고 싶었던 느낌이요 노래가 아니었을까. 그것은 비단실로 연결된 원심력으로 순수하게 푸른 하늘을 날고 싶었던 희망. 안개도 부드러웠지. 빗방울은 모두 보슬비처럼 너의 살갗을 핥았을 거야. 몽실몽실한 살 속을 파고드는 꿈의 향기들. 이제 외침으로, 찢어짐으로 한껏 열어 놓아도, 마음대로 하라고 해도 이미 흘러가 버려 보이지 않는 어리고도 여린 꿈들. 얼마나 묶여 있었기에 얼마나 시달렸기에 얼마나 싸웠기에 이제 모두 상실하고 흔적도 남지 않은 꿈들. 상상으로라도 기타 줄에 그것을 살려 본다.

듣고 있다. 「Knife Prty」. 그리고 「Korea」. 표제는 비틀어져 있다. 나이프 파티라 하면 너무 끔찍하게 드러날까. 아니 나이프 프리티인가. 「Korea」는? 갑자기 가사가 궁금하다. 하지만 소리들의 외침을 따라가기에도 바쁘다. 바빠. 그냥 비틀어라. 상상에 맡겨라. 기표가 무슨 의미가 있을까. 오로지 외침과 소리만이 존재할 뿐. 기타와 드럼, 너희들만이 외침을 뒤받쳐 줄 뿐. 「Knife Prty」에서 모레노의 부드러운 노래의 배경에서 몸부림치는 하이 C의 찢어짐. 점점 사그라들면서도 외치는 소리. 그것은 목소리인가, 기타 현의 찢어짐인가. 구별이 무슨 소용인가. 모두가 그런 것을. 듣고 있다. 「Korea」에서 기타 현들의 신들린 듯한 현란한 손놀림을.

듣고 있다. 10번 「Passenger」. 난 데프톤즈의 이런 강과 유의 교직, 그 엇갈림과 설렘이 좋다. 그림자를 달고 다니며, 이를 전혀 개의치 않고 함께 사는 그들의 노래. 이 정도면 소리를 찢지 않아도 충분하게 누군가를 호소력 있게 잡아당길 수 있다. 찢어지지 않는데도 강렬하다. 듣고 있다. 메탈 음악의 감정을. 살아온 길의 쓰레기와 같은 시간 더미 속에서 아련히 피어오르는 꽃처럼 짙은 목소리의 향기가 깊게 배어 나온다. 마지막 짧게 나오는 피아노 방울방울 소리들이 향기를 가슴속 깊이 들여 마시게 한다.

듣고 있다. 이어지는 마지막 트랙들. 「Change」 그리고 「Pink Maggit」. 처음으로 데프톤즈의 노래들 중 가사를 찾아보았다. 시인 장석원이 떠올랐다. 시대는 그렇게 같이 걸어야 하는 것인가. 우연히 함께 같은 방향으로 길을 틀어 걷는다면 그게 시대의 모습일까.

3.

「Pink Maggit」의 가사들을 옮기느니 장석원의 시를 읽는 게 나을 거다. 우리말이니까. 그 느낌이 기타의 증폭된 소리처럼 그냥 살갗을 뚫고 들어오니까. 시인 장석원은 데프톤즈를 듣고 들으며 스스로를 파열로부터 기표로 수놓은 시 한 편을 건져 올렸다.

8월 5일
비가 왔다
불속에서 잠드는 빗방울
움직이는 탄환
물방울 불꽃 정수리에 떨어진다
한 3일 지속될 것이다
3일 후에 확인될 것이다
3일 후에 뭐라고 말해야 하지?
개 같았어…

8월 10일
모래 얼굴처럼 사라진
그대 모래성에서 시작되었다가 죽어 쓰러진 사랑
치노, 치노, 치노…
여름의 중심에서 준동하는 겨울
그건 기표의 향기이다
툭 끊어지자 모래가 밀려들었다

—장석원, 「두 겹의 진실」, 『아나키스트』

시는 이해하기가 쉽지 않다. 해석이 필요하다. 중요한 것은 해석 이전에 다가오는 느낌이다. 느낌이 충만하다. 그것은 뒤엉켜 뭐가 뭔지 모를 정도로 모순으로 가득하다. 물과 불. "불속에서 잠드는 빗방울". 상극의 것들이 교차하는 삶. 어떤 때는 '3일'간이나 그런 상태가 지속된다. 인간이라고, 지성을 지닌 사람이라고, 반성하며 '확인'할 것이다. 하지만 답을 찾을 수가 없다. "개 같았어…" 언제나 분석은 개 같은 작업을 요구한다. 답이 없는 결과에 대한 느낌도 설익은 도토리를 씹는 것처럼 개 같다. 그래도 인간 사회에 몸을 담고 있는 한, 개 같았어라고 중얼거리면서도, 살아 있고, 살아 있어야 하는 몸뚱이에겐 점점이 께름칙한 것이 남는다. 우리는 시인이 이 첫 연에 유별나게 붙인 주석을 읽는다. 내용이 비정상이라면 그 형식도 일상을 깬다. 이렇게 시에 기다랗게 또 다른 시적인 주석을 붙이는 경우는 아마도 장석원이 아니면 힘들 터. 웃긴다. 그런데 웃을 수가 없다. 정상과 비정상은 언제나 자리바꿈을 한다. 그것은 변증법을 기다린다.

> 8월 5일. 비는 없었다. 모든 것이 과거로 회귀했다. 불쾌하다. 빗속에서 불을 찾은 일은 비정상이다. 비정한 상처이다. 3일 후에 비가 올까. 3일 후에 사막은 푸른 숲이 되고, 수소는 헬륨이 될까. 비는 과거에서 시작되어 나를 지나고, 문자 사이를 흘러 몸을 적시고 내일의 비로 이어질까. 힘줄처럼, 번개처럼…

시 본문에 "비가 왔다"라는 구절을 해석하는 첫 구절이 "비는 없었다"다. 어둠의 강도가 더 커져 칠흑 같다. 엉뚱하다. 시원하게 해명해 주는 것이 없다. 논리적으로 훈련된 지성들은 이런 구절들을 보고 난해하다고 한다. 언어의 지나친 유희로 읽힐 수도 있다. 기표로 구성되는 문장은 비논리적일지는 모른다. 우리는 데프톤즈를 들으며 배운 것이 있다. 기표는 치워라. 기표는 인간들이 벌이는 장난이다. 인위다. 거짓이기도 하다. 물이 들어 까맣게 지저분한 모습을 하고 있는 것이 기표다. 기표가 서로 부딪치며 그것들이 거짓으로 몸부림치면서 그 구성 전체를 스스로 부정하고 해체할 때 그 그늘에서 소리가 치솟는다. 막연하고 무한정 모호한 느낌이 잉태한다. 우리는 그 느낌이 움직이는 소리만을 듣는다. 그것들은 우주를 가득 메우고 있는 무수한 음들 중의 하나일 뿐이다. 파동과 리듬, 밝음과 어둠, 빛과 그림자, 강과 유 등이 어우러져 있는 복합의 느낌 그 자체다. 느낌만이 있을 뿐이다. 느낌만으로 충분하다. 느낌은 생명의 첨병이다. 생명은 힘과 움직임을 지닌다. 생명 정신이다. 이때의 정신은 지성을 의미하는 것이 아니다. 원래 의미 그대로 생명의 원초적인 힘과 그 뻗쳐 나가며 작용하는 운동이다. 장석원의 시와 데프톤즈의 음악이 공유하는 것은 바로 느낌으로 범벅이 된 원형의 상태다. 그것은 소리다. 그 소리가 시를 짓는 언어로, 노래하는 소리로 변신(metamorphose)했을 뿐이다. "비가 왔다", "비는 없었다". 그 비는 바로 생명의 힘과 움직임이었다. 그것들은 언제나 "몸을 적시고" 있다. "힘줄처럼, 번개처럼…".

둘째 연도 문장이 구성하는 논리로는 이해하기가 어렵기는 마찬가지다. 어떻게 받아들여야 할까. 이 역시 느낌으로 잘 짜여 있다. 허무하게 사라지는 모래성과 죽어 쓰러진 사랑. 치노, 치노는 그냥 의미 없는 구음으로만 다가왔다. 음악의 반복되는 구음으로 치노, 치노 등의 반복된 소리음은 그럴듯하다. 불자동차 사이렌 소리는 서양에서 니노니노다. 불행하게도 이 글을 쓸 때 이미 나는 장석원을 어느 정도 이해하고 그의 추천으로 메탈 록을 이것저것 찾아 듣고 있는 중이었다. 그렇구나. 데프톤즈의 리더로 보이스를 맡고 있는 치노 모레노의 이름에서 따왔구나. 무엇인가 분명히 알게 되면 오히려 느낌이 손상될 수 있다. 모르고 읽었다면 더 좋았을 텐데. 모호한 어둠 아래에서 "치노, 치노, 치노"라는 소리의 리듬이 주는 느낌이 더 좋다. 아무래도 좋다. 그를 알든 모르든 간에 우리는 언제나 순수한 느낌을 선호한다. 느낌은 변증법 이전의 모든 가능성을 내포하고 있으니 말이다. 시인 자신도 시치미 뚝 떼고 데프톤즈의 음악을 거론도 하지 않으면서 엉뚱하게 주석을 붙이고 있다.

> 8월 10일 불 하나씩 품고 있어 스스로를 밝힐 줄 아는 썬 오브 어 비치. 햇빛 쏟아지는 해변에서 해변의 여인과 해병의 연인들이 알을 품는 밤. 많은 알 밤. 술 취해 지나간 사랑과 다가올 사랑을 천칭에 달아보는 밤. 그때 나의 머리를 뚫고 나온 새 한 마리. 오 프리 버드. 광야를 가로지르는 검은 새. 라이크 어 버진 헤이, 마돈나 풍으로 머릿속의 알이 부화될 때, 수컷이 알을 품을 때 들려오는 근사한 텍스트 최백호. 짙은 카리스마와 복제 가능한 아우라의 영일만 사나이. 혈액은 바빠지고 눈물은 헤비한데, 否定者처럼 몰아치는 폭풍 속에서 무릎 꿇는 사람아. 비눗방울 같은 새들을 하늘로 내던지는 어둠. 모래언덕 같은 저녁의 젖가슴 때문에 서글픈 뱀파이어의 회색 눈동자에 고인 순수한 트로트가, 녹아내릴 수밖에 없는 옛날의 당파성과 나의 적개심을 위한 낭만적 포즈… 선인장처럼 쓸쓸해지고 싶어 하는 모든 사내들이여. 샷 마이 로드. 오 마이 로드. 마이 스위트 로드.

주석이 전혀 주석이 아니다. 주석이 시 한 편이다. 그것으로 느낌은 두 배가 된다. 우리는 이해가 아니라 느낌으로 안다. 느낌의 주석은 느낌의 술어로 가능하다. 그래도 우리는 시인 자신의 주석에서 어떤 패턴을 본다. 패턴은 혼돈이나 비정상 속에서 건져지는 느낌의 구성으로부터 시작된다. 언어는 지성으로 쓰이며 지성은 패턴을 창출한다. '모래 얼굴처럼' 헛되게 사라지는 사랑, '모래성에서 시작되었다가 죽어 쓰러진 사랑'을 노래하려면 그것은 최백호와 같은 구성진 허스키가 빗속에서 처절하게 노래해야 한다. 낭만적이지만 그 느낌에는 아이러니가 담겨 있다. 부정자들이 언제나 갖는 긍정과 부정, 낭만을 노래하면서도 자기를 부정할 정도의 씁쓸함, 그것은 낭만적 포즈에 불과하다. 포즈는 의도적이다. 가식이다. 거짓은 언제나 느낌을 떫게 한다. 그 느낌은 끊어져야 한다. 시인은 언제나 추위 속에 산다. 여름, 그 풍성함과 일상성, 모든 것을 뒤덮는 당연함, 그 여름 속에 얼음을 씹는다. 치노는 그래서 등장한다. 치노를 읊조리는 시인은 시를 쓴다. 그것들은 기표들의 구성이다. 그것은 느낌으로부터 향기를 선사한다. 하지만 갑작스레 부정자는 다시 부정한다. 기표? 웃긴다. 모두 치워라. 강과 유가, 여름과 겨울이 교직하는 곳에서 낭만까지도 치워 버리거나 깨트리며 온 힘으로 번개 치듯이 부르짖고 목소리를 찢는 치노 모레노의 음악은 어떠한 기표도 거부한다. '기표가 끊어지는' 곳에, 낭만의 '향기'가 멈춘 곳에, '모래가 밀려든다'. 허무일까. 그것은 노자가 말하는 반(反)이요 귀(歸)다. 모래, 그것은 느낌의 총체다. 헤아릴 수도 없고, 어떤 형상으로도 만들거나 변할 수 있으며, 한곳에 머무르지 않고 끊임없이 흐르는 것. 쌓아올려도 곧바로 거부하고 무너지는 것. 그럼에도 모래는 모래라고 스스로의 존재를 강하게 드러낸다. 그것은 절로 무한 공간에서 존재를 환하게 드러내고 있다. 남아 있는 뼈다귀로서의 존재는 언제나 생명의 도(道), 오고 감이 하나일 뿐인 생명 그 자체다.

장석원의 시들은 그렇게 이해해야 한다. 나는 솔직히 아직도 그의 시를 잘 모른다. 전부 읽거나 제대로 읽은 것도 아니다. 가끔 몇 개의 시편들을 느낌으로 받아들일 뿐이다. 이 땅에서 현재를 살아가는 우리에게 시문학의 대종은 서정시라 한다. 우리는 서정시라는 개념어를 거부한다. 서정시를 장르라고 규정하는 것도 거부한다. 장르라는 제한된 틀의 규정도 거부한다. 도대체 서정시에 대한 무수한 문학 이론을 읽어도 무슨 소리인지 알 수가 없다. 너무 기계화되고 정형화되어, 이미 죽어 있는 것과 마찬가지인 시론들이 넘쳐난다. 그것들을 읽을 엄두가 나지 않는다.

시는 시상(詩象)이다. 그것은 펄펄 살아 있는 생명체다. 그것은 힘이 있으며 끊임없이 움직인다. 시를 짓는 작업은 바로 생명체를 만들어 내는 과정이다. 그것은 느낌으로 충만하다. 인간 자신도 온통 감각으로 뒤덮인 존재다. 뇌의 신경세포는 수억 개인데 그것들의 임의적 조합과 구성은 무한정의 미묘한 느낌들을 만들어 낸다. 느낌의 종류는 무한이다. 너와 나, 그리고 그들과 그것들이 지니는 무한한 느낌이 무한정의 경우의 수로 조합되며 무한한 종류의 느낌을 이루어 낸다. 더욱 중요한 것은 느낌이야말로 시가 채택할 수밖에 없었던 문자라는 기표 이전의 순수 원형이다. 형식은 부차적인 문제다. 다만 느낌을 받아들일 때, 우리는 이를 패턴화시키는 노력을 한다. 그것은 뇌세포의 본능일 것이다. 절로 우리의 감각은 느낌을 받아들이며 작용을 하는데 그 작용이 바로 패턴을 추출하려는 과정이다. 화이트헤드가 느낌을 말하면서 부정적인 파악을 배제하며 현실적인 주체로 전환한다고 할 때, 그것은 바로 부정적인 파악으로 부정적인 요소를 걸러 내고 뼈대로 추출된 패턴이다. 우리는 잉여를 지워 버리고 뼈대만을 추출해서 패턴을 구성한다. 이를 바탕으로 언어를 선택하여 느낌을 표현한다.

데프톤즈도 마찬가지다. 그냥 소리가 전달해 오는 느낌을 받아들일 뿐이다. 우주는 소리로 구성되어 있다. 빛 자체가 파동이요 소리다. 인간은 그런 소리들을 일정한 패턴으로 만들어 추려 내어 정형화시키는데 그것이 바로 음악이다. 음악은 인간이 인위적으로 구성하는 소리의 배열이다. 음악의 시초는 바로 느낌이다. 소리는 느낌을 지닌다. 인간의 감각도 소리의 느낌을 갖는다. 우주 현상에서 어느 소리는 공명을 일으키는데 특정한 소리 울림과 그때 그 장소에 위치한 인간의 감각에도 울림소리가 일어난다. 그것은 공명을 통한 상응(相應)이다. 그것이 바로 소리의 느낌이요 음악의 원형이다. 그 소리들을 패턴화시켜 구성하는 것이 음악 창작이다.

4.

데프톤즈의 음악으로 들어가 우리는 앨범 『Koi No Yokan』을 듣는다. 일본어로 '연(戀)의 예감(豫感)'이란다. 앨범 『Gore』에 나오는 트랙 「Korea」처럼 엉뚱하다. 이런 뜻밖의 기표를 만날 때 지성은 머리를 정비하고 분석과 판단의 노력을 기울인다. 모르겠다. 그게 정답일 거다. 앨범의 첫 트랙 「Swerve City」도 '빗나가다'라는 뜻이다. 방향을 잃었다는 의미일 게다. 현대인의 도시의 삶이 그렇지 않을까. 데프톤즈의 음악들은 난해하다. 복잡하다. 이럴 때마다 지성은 그들의 음악을 총체적으로 바라보려 한다. 그 속에 빠져들어 허우적거리며 헤드뱅잉하면서 그들이 토해 내는 느낌을 만끽해야 하는 것이 정상이지만, 장석원의 모순된 언어처럼 그들을 바라보려는 '포즈'를 취해 본다. 인간이 바라본다는 것은 거리를 두는 것이며 떨어져 있는 대상을 바라봄으로써 그것을 이해하려고 한다. 이해하기 위해서는 패턴이 요청된다. 바라봄은 패턴을 추출해 내기 위한 포즈다.

첫째로 소리 지르기다. 그들은 소리를 지른다. 소리 중에 최고도로 증폭된 것이 소리 지르는 것이다. 그것은 감정의 극단적인 표출이다. 비정상이다. 소곤소곤 이야기하는 것이 아니다. 악을 쓴다. 있는 힘을 다해 목소리를 높인다. 볼륨도 최대한으로 한다. 목이 갈라진다. 허스키하거나 쇳소리가 나온다. 이러한 소리는 감정이 비정상적으로 극단화되었을 때, 열을 받거나 화가 극도로 났을 때, 고통이 엄청나게 몰려올 때, 슬픔이 넘쳐나서 감당이 안 될 때, 특히 지루함의 강도가 높아 안절부절 상태에서 느낌을 뒤척일 때, 그리고 공포가 몰려올 때 우리는 인간의 바닥에서부터 솟구쳐 나오는 힘으로 소리를 지른다. 그것은 변화를 요구한다. 변화보다 훨씬 강도가 높은 해체나 파괴, 절멸을 희망한다. 될 대로 되어라. 데프톤즈가 출시한 일련의 앨범들의 트랙을 훑어보면 무엇인가 섬뜩함을 발견하게 된다. 그것은 공포일 수도 있으며 끔찍함이기도 하다. 앨범 『Adrenaline』에 나오는 「Nosebleed」, 앨범 『Deftones』의 「Needles and Pins」 「Battle-axe」 「Bloody Cape」, 앨범 『Saturday Night Wrist』에서 「Hole in the Earth」 「Rapture」 「Combat」 「Kimdracula」, 앨범 『Diamond Eyes』의 「You have seen Butcher」, 앨범 『Gore』의 타이틀 곡 「Gore」 등이다.

둘째로 죽음을 상징하는 제목들이다. 앨범 『White Pony』의 「Feiticeira(마녀)」, 앨범 『Deftones』의 「Deathblow」, 앨범 『Gore』의 「Acid Hologram」 「Doomed User」, 앨범 『Diamond Eyes』의 「976-Evil」 「The Pace is Death」 등이 그렇다. 감정의 폐쇄와 폭발이 극단화되어 있음은 죽음에의 충동을 지니고 있음이다. 죽음은 모순으로 점철된 어떤 형상이다. 수많은 귀결이 죽음으로 끝난다. 데프톤즈의 처절한 소리들도 죽음으로 향하고 있음이다. 하이데거의 이야기처럼 죽음은 언제나 우리 앞에 있다. 죽음을 미리 앞질러 가 보는 사람들이야말로 현실적인 존재이며 이때 그들은 죽음을 노래할 수 있다.

셋째로 위의 두 가지 경향과 상반되는 부드러움과 물러섬의 상징들이다. 이 기표는 데프톤즈의 거의 모든 표제들이 죽음과 공포, 투쟁, 파괴와 해체라는 강력한 이미지를 만들어 내고 있는 와중에서 끊임없이 교차로를 만들며 끼어든다. 이러한 느낌들이 전체 앨범을 중화시키는 작용을 한다. 강과 유가 교직한다. 그것은 인간 존재의 기본 구성이기도 하다. 이런 이미지들을 통해 데프톤즈는 쉬어 간다. 되돌아본다. 침착성을 잃지 않는다. 잃어버린 아름다움일 수도 있다. 그것은 언제나 듣는 이를 처연하게 하거나 감정을 부드럽게 달래 준다. 변증법은 희망이다. 변증법을 구성하는 강과 유는 답을 구하라고 요구한다. 앨범 『White Pony』에 나오는 「Teenager」「Passenger」, 앨범 『Gore』의 「Digital Bath」「Hearts/Wires」「Phantom Bride」 등이 대표적인데 이런 류의 부드러운 트랙은 모든 앨범마다 강 속에서 부드러움으로 몫을 한다.

넷째로 모순과 엉뚱함 그리고 모호함이다. 예를 들면 앨범 『Saturday Night Wrist』의 「Xerces」는 왜 나타났을까. 가사를 읽지 아니하고 우리는 기표를 잡으려 한다. 크세르세스는 고대 그리스를 침략하지만 실패한 페르시아의 왕이다. 한 번도 아니고 여러 차례 패했다. 육지에서 마라톤의 들판에서 패하고 바다에서는 살라미스 해전에서 참패했다. 서양인은 누구나 이 사실을 안다. 데프톤즈도 예외는 아닐 것이다. 그렇지만 그게 무슨 의미를 지닐까? 앨범 『Gore』의 「Xenon」도 마찬가지다. 역설의 대명사다. 날아가는 화살은 떨어지지 않는다. 이 단어들의 첫 알파벳이 'X'인 것도 흥미롭다. 거의 쓰이지 않는 알파벳 그리고 이름들이다. 이런 모순들은 다른 트랙들의 기표에서 한층 강화된다. 앨범 『White Pony』의 「Rx Queen」

「Knife Prty」, 섬뜩하면서도 모호하다. 「Korea」 「Pink Maggit」, 앨범 『Saturday Night Wrist』의 「U.U.D.D.L.R.L.R.A.B.Select,Start」와 앨범 『Diamond Eyes』의 「CMND/CTRL」('Command'와 'Control'의 약자일까), 앨범 『Gore』의 「(L)MIRL」. 상징을 독단적으로 규정하지 마라. 그것들은 언제나 허깨비요 허상이요 가상이다. 노래를 들어라. 느낌의 물결만 따라가면 된다.

마지막으로 나는 데프톤즈의 음악으로부터 균형을 읽는다. 데프톤즈는 반항아들이다. 주어진 현실을 부수려고 한다. 정상과 비정상을 가르는 사회적 기준을 거부한다. 인간이 규정화되는 것을 극도로 싫어한다. 멋대로 하는 것이 아니라 실제 생명의 흐름은 정해진 것이 없다. 정해진 방향이 없는데도 불구하고 인간들은 그 흐름에서 그 흐름이 빚어내는 만물의 현상으로부터 어떤 패턴을 추출한다. 그것은 바로 균형과 조화다. 인간 존재의 숙명이기도 하다. 빗나가거나 원의 테두리를 넘어선 어떤 것도 너무 멀리 가면 되돌아온다. 노자의 '원왈반(遠曰反)'이 그렇다. 인간은 무의식 중에도 이런 노력을 한다. 데프톤즈의 노래들은 물리적으로 강렬하고 내적으로도 치열하다. 우주에서 시간의 흐름은 한곳으로 치중되지 않는다. 데프톤즈도 마찬가지로 강한 흐름 속에 그림자를 심는다. 너른 강에 이르기 위해 흐르는 속도를 조절한다. 완만한 평지에 이르러야 물길의 유속은 잡힌다. 데프톤즈는 험난한 계곡을 흐르는 흐름 속에 이러한 그림자를 넣어 조절한다. 깨지더라도 마지막에는 붙잡을 그 무엇을 마련한다. 데프톤즈는 니힐리즘과는 거리가 멀다. 그들이 외치는 소리는 희망을 일깨우는 역설이기도 하다. 상반되는 강과 유가 노래에서 변증법으로 통일되어 우리의 감정을 뒤흔든다. 그것이 데프톤즈에게 나타나는 가장 커다란 패턴이다.

5.

사람들은 시대가 변천하면서 음악에도 형식을 만들어 내고 시대마다 어느 특정한 형식으로 소리의 세계를 지배하려 한다. 21세기 동아시아 한국을 살아가며 우리는 지난 한 세기 근대화 또는 현대화라는 미명 하에 서양의 고전음악을 배우고 도입했으며 연주했다. 음악대학을 보라. 거의 서양의 클래식만 가르친다. 그들은 고집스럽다. 지성인이라면 클래식을 들어야 할 것이다. 우리는 직시한다. 현재 클래식을 이어받은 서구의 전통은 이미 형식화되어 생동감을 상실했다. 진부하게 동일한 패러다임 아래에서 일정한 형식을 반복한다. 과거의 형식을 해체하고 새로운 음과 형식들을 부단히 찾고 있지만 그 바탕 자체가 이미 규정되고 한정되어서 그 그릇을 깨트리지 못하고 있다. 이는 서양의 문화가 근본적으로 기계적 유물론이 지배하고 있기 때문이다. 그들은 온갖 악기들을 통해 소리를 시험한다. 그것들은 생명에서 우러나오는 것이 아니라 순전히 인위적이고 논리적이며 기계적인 음들이다. 그런 음들의 배열은 듣는 이를 삭막하게 한다. 간혹 새로운 음이나 배열을 접하지만 전체적으로 그들의 새로운 음들과 새로운 구성은 메말라 있다. 그들의 철학이 신학적 관념론에서 벗어나 기계적 유물론으로 방향 전환을 하고 그 속에 허우적대고 있기 때문이다. 우리는 그러한 음악들을 접할 때 대체적으로 진하게 울려 나오는 느낌을 가질 수가 없다. 느낌이 있더라도 그 강도가 훨씬 미약해서 생명의 '활발발'한 생동감을 있는 그대로 가져올 수가 없다.

이런 면에서 우리는 대중음악을 다시 들여다보아야 한다. 솔직하기만 하면 된다. 느낌을 그냥 따르기만 하면 된다. 우리의 몸 안에 이미 반응하는 추가 있어서 느낌으로 충만한 소리가 다가오면 몸은 흔들리고 가슴은 출렁거린다. 그것이 바로 음악의 모태가 된다. 생명의 세계는 무한정으로 넓다. 우주가 소리로 가득 차 있다면 그 소리의 세계는 무한정이다. 음악이라고 하는 것은 조그만 부분에 불과하다. 사람이 인위적으로 패턴화하여 정형화한 것이 악곡일 뿐이다. 정형화는 일시적이다. 본질은 쉼 없이 흐른다. 악곡은 그 자체로 멋대로 변하고 흘러야 하는 것이 본성이다. 우리는 그러한 음악들이 지닌 밑바탕 느낌을 따르면 된다. 나이가 오십이 넘어 접한 중국의 고전음악 『모란정(牡丹亭)』을 보고 나는 눈물을 흘렸다. 그 아름다움에 헤어날 수가 없었다. 그리고 발견한 인도 음악은 또 얼마나 새로운 세계였던가. 나는 메탈 록을 그렇게 듣는다. 감동의 깊이를 운위하기 전에 그것은 신세계였다. 낯설었다. 판단 이전에 느낌이 먼저 왔다. 오래전 재즈를 접할 때도 그랬다. 빌 에반스와 키스 자렛은 음악의 보고다. 그 외에도 현재 활동하는 뛰어난 재즈 연주자들이 얼마나 많은가. 신중현이 작곡한 가요들은 정말 좋다. 김추자가 그렇다. 패티김이나 조용필 그리고 나훈아도 모두 한몫을 하는 노래들이다. BTX 방탄소년단, 춤만으로도 그들은 눈길을 사로잡는다. 그들의 세계는 또 얼마나 아름다운가. 나라는 개체가 눈길을 돌려 나만의 주관적인 빛을 투영할 수 있는 범위는 좁다. 빛이 비추어져야 그것은 나의 눈에 들어오고 나의 세계는 그만큼 넓혀진다. 음악의 세계도 마찬가지다. 우주가 소리로 가득하다면 음악의 세계는 무한하다. 나의 눈길은 오직 조그만 부분만을 쳐다보았거나 바라보고 있다. 나의 세계 옆에 무수히 널려 있는 세계들도 궁금하다. 그 세계를 탐험해서 새롭게 나의 세계에 추가할 때, 새로운 생명의 희열이 나를 감싼다. 자식들이 예전에 즐겨 듣던 록 음악들을 수시로 접하다가 장석원 시인의 추천을 계기로 메탈의 세계를 바라보는 지금, 음악의 세계는 날로 지평이 넓어지고 있다. 밴드 킹 크림슨(King Krimson), 밴드 툴(Tool)과 밴드 데프톤즈 그리고 앞으로도 열어 가야 할 밴드들이 무수히 널려 있다. 얼마나 행복한 일인가.

2018년 9월 2일

구름이 잔뜩 낀 하늘이 빗방울을 후드득 떨어뜨리는 남해 바닷가에서.

봄에 듣는 데프톤즈

언어들의 미세 먼지가
안개로 하얗게 둔갑한 날

섬들이 지워지고 푸른 바다가 물음표로 둥둥 떠다닐 때
한낮 대낮 민낯으로 흰빛 속에 소쩍새가 노래한다
봄밤을 찢어라 생식을 거부하라 멍하게
울음을 잊은 지 오래다

Deftones

움켜쥘 걸
시간을 부숴라
그냥 귓속으로 삼켜 버릴 걸
시간을 밀치고 눈동자에서 깨어지는 현재

破하고 波하고 破鬪를 놓는 波浪은 속으로 시퍼렇다

밤과 낮 사이
기억을 갈기갈기 찢으며
횡으로 주름을 그어 대는 파도의 무리들
목이 쉬어 사라지는 파동으로 세상을 흔든다

오월의 싱그러운 아침에
찔레와 아카시아는 하얗게 울었다
초록에 반항하며 흰옷에 피를 흘리면서,
사각형의 반듯한 세계에서 키득거리는 너희들의 시선을
죽어 있어 아무것도 듣지 못하는 그대들의 새까만 귓부리에,

부정형의
나는 나일까
황봉구는 기록한다

칠흑의 밤
순수의 검정에서 탈출해서
회색의 날개를 하늘로 펼치고
빛으로 뛰어드는 소쩍새의 무리들
하얗게 울어 대는 꽃무리를 향해 붉은 노래를 토한다

如是我聞
Tone Deaf

파도는 無明의 춤짓
바다는 인연의 그림이 펼쳐지는 하얀 캔버스
오월의 아침에 하얀 울음과 검은 침묵이 화면을 메운다

2019년 5월 13일

창밖으로 미세 먼지 속에 바다의 푸른빛과 섬들이 모두 사라지다. 찔레와 아카시아의 흰빛이 시선을 붙잡는데 때아닌 시각에 소쩍새가 울음을 토한다. 데프톤즈의 『Around the Fur』를 듣다.

대낮에 데프톤즈를 듣다가
—태풍 콩레이를 기억하며

녀석들이 몰아치던 밤
칠흑을 벗겨 내며 희번덕거리는
미치광이 벌거숭이 떼들

역류하는
빗방울의 군단들
바람의 머리채를 휘어잡고
땅에서 하늘로 치솟았다

힘 부쳐 고개가 꺾이면
회오리로 돌아 버리고
외침들은 소용돌이 되어
너를 때리고 나를 부쉈다

역진행은
블랙홀의 깔때기로 빨려 들고
어둠에 사라지는 모습이 서러워
끝내 울음 방울을 모두 태웠다

역진화[1]는
빛을 삼켜
언제나 말씀이어서
너의 그늘 밑에 숨어
시퍼런 눈동자에 불을 붙였다

유리창이
가슴을 조이며 울어 대던 밤
소리말씀은 칠흑을 흰자위로 짓이기고

영원한 잠을
겁탈당한 채
뜬눈으로 삶을 지새우는 너

살았을까
살아 있는 나는 토끼 눈에
온몸이 뜨거운 핏물로 사시나무처럼 떨었다

---

1 장석원, 『역진화의 시작』, 문학과지성사, 2012.

2018년 10월 23일

오후 삼천포에서 자동차 타이어를 갈아 끼우기 위해 멍하니 기다리며 데프톤즈를 듣다가 지난 태풍 콩레이가 몰아치던 밤을 떠올리다. 빛이 충만한 대낮에, 데프톤즈, 태풍과 미친 폭풍우, 휑한 가슴 안에 소용돌이로 벌떡 소리 지르는 벌거숭이 마음이 하나가 되어 나도 모르게 얼른 메모를 하다.

K-POP STAR를 즐기다

몇 달 동안 일요일 저녁이면 즐겁게 보던 SBS 음악 프로「K-POP STAR」가 오늘 드디어 막을 내렸다. 아쉬움이 짙게 남는다. 일요일이 기다려졌는데 또 이런 프로가 나올까 하는 생각이 든다. 무엇보다 아내와 함께 볼 수 있는 프로그램이 거의 없는 상황에서 이 프로는 우리 부부가 공동의 관심사를 적극 표명하며 서로 누가 잘하는가 알아맞히기도 하고 나름대로 평가도 하게 되는 즐거움을 선사하였다. 거의 시간 반이나 되는 긴 시간을 우리는 긴장도 하고 어떤 때는 코가 찡하거나 눈물이 날 정도로 감동하기도 하였다. 글쎄 그 수많은 TV 프로그램 중에서 아내와 함께 아무런 조건 없이 함께 쳐다볼 수 있는 경우는 상당히 드물다. 더군다나 나이가 들면서 채널 선택권을 안사람이 장악한 이후로 내가 볼 수 있는 프로그램이란 간혹 보는 9시 뉴스나 생활 건강 정보인 KBS「생노병사」 정도 등에 불과하였다.

요즈음 방송국들이 연예 프로를 꾸미면서 너도나도 앞을 다투며 가요 경연 대회 프로를 도입하여 근래 귀와 눈이 한껏 호사를 하고 있다. 지난해에는 「슈퍼스타 K-2」를 즐겨 보고 허각이 우승하는 것을 끝내 지켜보았고 지난해까지는 또 MBC의 「나는 가수다」가 일요일의 한가한 오후 시간을 즐겁게 채워 주었다. 이어진 「K-POP STAR」는 정말 압권이었다. 경쟁 심리를 쳐다보는 재미도 있지만 무엇보다 무대가 주는 전체적인 요소가 눈을 잡아당긴다. 화려하게 꾸민 무대, 멋진 조명은 물론이고 이런저런 무대장치가 모두 눈을 끈다. 다른 방송국도 모두 마찬가지다. 이로 보면 우리나라 방송의 기획력이나 무대 설정이나 운영 능력은 뛰어나다. 본무대에서 가수들의 뛰어난 가창력, 리듬이 넘치는 춤과 다양한 배경음악의 연주 등 모든 예술적인 요소가 함께 어우러져 종합적인 무대를 만들어 낸다. 우리는 예술을 문학, 음악, 미술, 건축, 또는 무용 등 여러 가지 세분화된 장르로 나누고 있지만 현대에 이르러 이런 형식적인 구분은 거의 의미가 없을 정도로 서로 섞이고 통합되고 있다. 특히 전자 기기가 고도로 발달하면서 이러한 개별적인 예술형식은 이제 점차 그 기능이 약화되고 영화나 또는 음악 무대와 같은 총체적이고 통합적인 예술이 전면에 등장하고 있다. 이런 종합적인 예술형식은 감상하는 관객에게 더 직접적으로 강하게 다가서며 동시에 가능하다면 관객을 작품 진행에 직간접으로 참여시키고 있다. 현대에 이르러 이런 예술의 급진적인 추세는 전 세계적으로 공통적인 현상이다. 그중에서 IT 기술이 뛰어난 우리나라는 이러한 흐름을 주도하는 선도 국가가 되고 있다. 무엇보다 아주 오랜 옛날부터 가무를 즐기는 우리 민족은 고기가 물을 만난 것처럼 예술의 융성한 기운이 활짝 꽃을 피우고 있다. 바람직한 일이요 한껏 고무되는 현상이다.

오늘 「K-POP STAR」에서는 16살 소녀 박지민이 우승하였다. 믿을 수 없을 정도로 노래를 잘하는 깜찍한 여자아이이다. 몇 달 전부터 유심히 보았지만 하늘이 내린 재능이라 하지 않을 수 없다. 무슨 곡이든 소화도 잘하고 어떻게 그런 목소리와 음악적인 감성을 지닐 수 있을까 신기한 생각이 든다. 준우승을 한 이하이도 17살 소녀다. 이하이도 그 어린 나이임에도 불구하고 도저히 이해가 안 될 정도로 아니 어떤 면에서 징그러울 정도로 독특한 개성적인 목소리를 지녔다. 천부적이다. 그런 아이가 또 노래는 어떻게 잘하는지 감탄을 자아내게 한다. 지난주 탈락한 고운 얼굴의 백아연은 청아한 목소리가 마냥 잘 어울리고 보는 이를 마냥 설레게 한다. 그보다 전주에 아쉽게 밀려난 이미쉘은 내가 보기에는 우승을 해도 아깝지 않은 발군의 노래 실력을 지니고 있다. 여러 가지 복잡한 문화적 요소 때문에 불리함을 피할 수 없었던 같아 유감스럽기도 하고 안타깝기도 하였다. 또한 남자 경쟁 후보로 마지막까지 남았던 이승훈의 무한한 창조 능력과 발랄함은 대단히 인상적이었다. 우리 시대가 매우 건강하고 새로운 아름다움을 위해 생기가 넘칠 정도로 진동하고 있음을 느끼게 해 주었다. 이승훈 같은 새롭고 창의적인 젊은 예술가들이 우리 저변에 무진장으로 숨어 있는 것 같아 마음이 든든하기도 하다.

이 글을 읽는 사람들은 내가 아직 성숙되지도 않은 젊은 아이들을 예술가로 부르고 그들의 무대를 예술 무대로 지칭하는 데 아마도 반감이나 거부감을 느낄 수 있겠다. 그러나 나는 예술에서 또는 무용에서 대중가요와 예술 작품 등을 구분하거나 질적인 차이를 적용하며 편을 가르는 데 전적으로 반대한다. 오히려 어설픈 예술 무대라 주장하며 고리타분한 무대를 꾸미는 기성 예술가들에게 신물이 날 정도로 거부반응을 느낀다. 예를 들어 19세기 오페라 작품에 나오는 아리아 등을 즐겨 부르거나 감상을 하며 우리 대중가요를 폄하하는 사람들이 있다면 이는 앞뒤가 바뀐 것이다. 도대체 19세기 이탈리아어나 독일어 또는 프랑스어로 노래하는 아리아를 들을 때, 그 가사도 모르겠고 전후 사정이나 스토리도 제대로 알 수 없는 상황에서 무엇이 그리 감동적인지 요란한 박수를 보낸다면 무엇인가 잘못되어 있다. 분명히 말하건대 현재 대중이 가장 즐겨 하고 또 즐기며 스스로 시연을 하거나 참여하는 그런 작품들은 예술적 가치를 지닌다. 폄하할 일도 아니며 그럴 이유도 정당하지 않다. 현재를 사는 대중은 현재에 맞는 그런 예술을 요구하고 있다. 그들의 뜻에 부응하여 일정한 시간이나 공간을 할애하여 그들을 즐겁게 하고 또 시공간을 멋지게 공유할 책임과 의무가 현재를 살아가는 연예인 또는 예술인들에 부과되어야 한다. 도대체 높은 품격으로 승화된 예술은 그 무엇을 지칭하는가. 내가 보기에는 대중이 즐기는 현재의 작품들이 보편적으로 지속되고 또 쌓여 갈 때 그중에서 어떤 작품들은 정감을 거르고 또 거르고 하여 좀 더 간결하고 미적 의식이 깊이 있게 녹아들어 바위처럼 단단하게 빚어지게 될 것이다. 또는 작품들 스스로 생존 능력을 획득하여 긴 세월이 지나도록 수많은 사람들의 사랑을 받게 될 것이다. 그것이 바로 예술 작품이다.

오늘의 우승자를 정하기 전에 막간으로 보여 준 보아의 무대와 박진영 그리고 인순이의 무대는 정말 멋진 공연이었다. 보아는 일본에서 활동을 하여 그동안 볼 기회가 거의 없었는데 오늘 보니 대스타답게 뛰어난 능력의 소유자였다. 그의 무대를 본격적으로 볼 기회가 있으면 한다. 또한 박진영은 오늘 새로운 곡 「너뿐이야」를 발표하였는데 젊은 댄서들이랑 한 치의 허술함도 용납하지 않는 그의 춤 솜씨는 가히 명불허전이라 하겠다. 그동안 출연하였던 젊은 경연자들과 함께 어우러지는 그의 무대 공연은 보는 이로 하여금 눈을 뗄 수 없을 정도로 즐거움을 선사하였다. 마지막 인순이의 무대는, 허허, 정말

뭉클할 정도로 대단원의 막을 내리는 압권이었다. 멋진 무대였다.

어떤 이들은, 대개 그들은 명망 있는 지식인이나 작가들 또는 학교 강단에서 후학을 가르치고 있는 분들인데, 최근의 젊은 아이들의 가요나 춤 등을 저속한 것이라고 평가절하하고 고개를 돌린다. 한마디로 역겨움이 생긴다는 것이다. 나는 정반대다. 도대체 어떤 음악이나 춤 공연 등을 보며 저렇게 감동적인 시간 또는 부담 없이 마냥 즐거운 시간을 얻을 수 있을까 궁금증이 일어난다. 이 나이에 예를 들어 이하이나 박지민 등은 옛날 같으면 손자뻘 되는 엄청난 세대 차이가 있음에도 그들의 공연을 마냥 웃으며 또 코가 찡하며 시간을 절절히 긴장하며 그리고 무엇보다 볼륨을 최대한 높여(아내와 내가 유일하게 아무런 이의 없이 서로가 동의하며 소리를 아주 크게 틀어 놓는다) 함께 소파에 질펀하게 앉아 마음 편하게 즐길 수 있을까. 나는 우리나라가 시대를 제대로 만났다는 생각이 든다. 달리 보면 우리가 때를 잘 탔다기보다 우리나라가 이 시대를 창의적으로 주도하고 있다는 생각마저 든다. 구태의연하게 서양의 옛날 음악이나 또는 그것을 흉내 내어 만든 어설픈 작품들을 거론하게 되면 그야말로 우물 안 개구리 신세가 될 것이다. 현재를 사는 젊은이들은 이제 동아시아나 서양의 정체성 같은 질문은 던지지 않는다. 물음에 대한 답을 구한 것이 아니라 그들은 분명 아무런 의식 없이 깨끗하게 그러한 정신적인 질곡에서 벗어나 있다. 무엇인가 분별하고 구분한다는 것은 그들에게 전혀 의미가 없다. 아무려면 어떤가가 아니라 그러한 구분 자체가 그들에게는 명제로 성립하지 않는다. 그들은 현재 그들이 느끼고 생각한 대로 작품을 해석하거나 작품을 창조하고 있다. 그것이 우리의 전통이나 해외 또는 서구적 문화 등과 어떤 연관이 있느냐 하는 질문은 필요 없다. 그런 생각도 전혀 하지 않는다. 그냥 그들은 그들 나름대로 그들이 맞이하는 시간과 공간을 수용하고 즐기며 또 괴로워하며 새로운 시대를 위하여 새롭게 전진하고 있다. 그 결과물에 대한 평가는 그들 자신의 몫이다. 아마도 진정한 평가는 우리가 아니라 그들 이후의 세대가 담당할 것이다. 우리 기성세대는 어떤 전제 조건 없이 그들의 무대가 즐거웠다면 사심 없이 박수를 한껏 쳐야 하리라. 만일 기존 관념에 얽매여 아직도 그들을 긍정적으로 평가하는 데 망설임이 있는 분이 있다면 그동안 두텁게 감싸고 있던 허울을 깨고 꽃 피는 봄날의 나들이처럼 새로운 세계로 건너가 함께 배를 타 보는 것이 좋을 것이다.

2012년 4월 29일

빌 에반스(Bill Evans)
—『You must believe in spring』

언제나 음악을 곁에 두고 있으면서 장르에 구애받지 않고 이것저것 다 듣기는 하지만 그럼에도 세월 따라 손이 더 많이 가는 음악이 있다. 대체로 해마다 그 경향이 조금씩 바뀌는 것 같다. 십 년 전쯤에는 중국 고대음악인『모란정』을 필두로 한 곤곡에 빠져 한참 동안을 벗어나지 못했다. 그리고 쇼스타코비치의 현악사중주는 베토벤의 현악사중주가 주었던 감동을 다시 일으킬 정도로 혼을 파고들었다. 또한 우리나라 산조 가락과 시나위 그리고 조선가곡이 마음을 흔들었고, 또 세월이 흐르자 인도 음악이라는 새로운 세계를 발견하고는 그 속에서 가 보지 못한 곳을 구석구석 다니느라 시간을 보냈다.

그다음에는 서구의 현대음악이 거대한 산맥처럼 앞을 가로막으며 눈 덮인 산봉우리들을 보여 주고 있었다. 산 능선을 타는 트레킹이나 산비탈을 오르는 클라이밍은 모두 긴장이 되고 멋진 순간들이었다. 이때 발견한 것이 한국 현대음악 작곡가인 윤이상, 최우정과 진은숙의 음악이고 또 서구의 죄르지 리게티와 필립 글라스 등이었다.

2012년도에는 말러를 새삼스럽게 다시 듣기 시작하였고 현대음악가로는 소피아 구바이둘리나를 발견하고 얼마나 기뻐했는지 모른다. 2013년도는 말러와 키스 자렛의 해였다. 재즈 피아니스트 자렛의 피아노를 왜 몰랐던지 아니 이미 녹음이 있었음에도 왜 주목을 안 했던지 나 스스로도 꽤나 의아스러웠다. 2014년도에는 말러와 키스 자렛이 여전히 계속 귀를 점유하였지만 연초에 발견한 지아친토 셀시의 발굴은 정말 기념비적인 사건이었다. 셀시는 위대한 천재였다. 그런 빛나는 보석이, 어두운 우주 어디에서나 눈에 보일 수 있을 정도로 빛나는 별이, 왜 나의 눈에는 그동안 보이지 않았던 것인지 세상일이란 그저 알 수 없는 노릇이었다.

올해는 바쁜 일이 있어 평소보다 음악을 덜 가까이했지만 그럼에도 말러와 재즈를 간간이 듣고는 했다. 그러다가 근래 빌 에반스를 다시 인식하고 그의 음악을 듣고 있다. 실은 작년에 이미 아들이 빌 에반스를 소개해 주었지만 몇 번 듣고는 옆으로 밀어 놓고 있었다. 그러다가 금년에 머리를 식힐 겸 또는 잠자리에 들 무렵 부담 없이 에반스의 트리오를 듣게 되었고, 점차 무슨 마법에 홀린 것처럼 그를 찾는 횟수가 급격히 늘어나게 되었다. 마일스 데이비스나 존 콜트레인의 음악은 이미 예전에도 접할 기회가 있었지만 재즈 음악을 본격적으로 듣게 한 것은 단연 키스 자렛과 빌 에반스라 해야겠다.

오늘 올리는 곡들은 빌 에반스가 말년에 녹음한 것이다. 1977년에 녹음한 앨범이니 그가 죽기 3년 전이다. 에반스의 음반들은 대개 클럽 같은 곳에서 취입된 것이 많은데 이 앨범은 정식으로 스튜디오에서 녹음되었다. 이 때문에 다른 잡음(그 잡음이 빼놓을 수 없는 매력이기는 하지만)이 없고 소리가 맑고 더 투명하다.

이제 물음을 물어야겠다. 당신은 왜 빌 에반스를 듣느냐고? 게다가 말러를 계속 들으면서 왜 빌 에반스를 찾느냐고? 그야말로 온탕 냉탕 뒤바뀌고 아열대와 극지만큼 서로 다른 것이 아니냐고? 도대체 공유점이 무엇이냐고? 답해야겠다. 사람 마음은 다 한가지라고. 무엇보다 음은 모두 같은 것이라고.

장미가 아름다우면 백합도 아름다울 것이고 백합이 예쁘고 향기롭다면 도라지도 예쁠 터다. 도라지가 아름다우면 민들레도 예쁘고 민들레가 그럴듯하게 보이면 꽃들을 피워 대는 모든 식물이 아름다울 것이다. 잡초나 정원의 꽃도 그리고 이름 모를 풀도 모두 아름다울 터. 그렇게 되면 그것들에 날아드는 벌이나 나비도 멋이 있을 것이고 나아가서는 풍뎅이나 날파리까지도 고개를 끄덕이게 만든다. 그것뿐일까? 멀리 보이는 산봉우리도 멋이 있고 눈앞의 바위나 길가의 돌멩이도 그 숨결이 느껴질 터다. 아하. 이래서 옛날 인도의 자이나 교도들은 입을 가리고 길을 쓸며 다녔다고 했을까? 그들은 조그만 미물인 날벌레가 입안으로 날아들까 봐 입을 가리고 그리고 길을 걷다가 개미 한 마리 밟을까 봐 길을 먼저 살살 쓸어 내고 다녔다고 하던가? 아마도 당신들도 언제인가 개미를 무심코 밟을 줄 모른다는 생각에 발길을 멈칫했을 그런 적이 있었을 것이 분명하다.

이렇게 생각을 뻗치다 보면 우리나라 신라 시대의 위대한 원효대사의 말씀이 떠오른다. 마음은 본디 하나로서(一心) 그 마음은 여래장자성청정심(如來藏自性淸淨心)이다. 이를 설명하기 위해 원효대사는 소리에 비유하고 있다. 견강부회일까? 조용필이나 베토벤이나 그리고 유명 가수가 되기 위해 「슈퍼스타 K-7」에서 곡을 짓고 노래를 부르는 젊은이들이 만들고 연주하거나 부르며 또 듣는 소리는 아마도 매한가지일 게다.

원음(圓音)이란 것은 곧 일음(一音)을 말한다. 일음이나 원음이란 무엇일까. 옛날부터 여러 스승들이 설한 것이 동일하지 않다. 어떤 스승은 이렇게 말했다. 모든 부처님은 제일의신(第一義身)이니 영원히 만상을 여의어 형태와 음성이 없다. 그러나 곧 기회에 따라 무량한 육성을 나타내는 것이었다. 마치 빈 골짜기에는 소리가 없지만 부르는 데 따라 반향이 있는 것과 같다. 부처님에게는 무음(無音) 하나만 있을 뿐이지만 중생의 근기에 따라 말하면 여러 가지 음성이 되어 하나가 아니다. 그러면 무슨 이유로 일음 원음이라고 하느냐. 그것은 모든 중생이 일시에 한자리에 모여 듣고 있지만 그 근기와 성품에 따라서 각기 하나의 소리만 얻어듣고 다른 소리는 듣지 못하므로 혼란됨이나 착오가 없다. 이 소리가 기록함을 나타내므로 일음이라고 하는 것이다. 이 소리는 시방(十方)에 두루 퍼져 근기가 성숙된 곳이라면 들리지 않는 곳이 없으므로 원음이라고도 한다. 그것은 허공과 같이 두루 가득 차 있기만 하고 운곡(韻曲)이 없는 것이 아니다. 경에서 말하듯 "각 종류의 소리에 따라 중생에게 고한다"고 한 것이 그것이다.

어떤 사람은 이렇게 말한다. 부처님에게는 실로 색성(色聲-肉聲)이 있다. 그 소리는 원만하여 미치지 않는 곳이 없으며 도무지 궁성이니 상성이니 하는 음계의 구별이 없고 평성이나 상성의 억양의 차별이 없다. 다른 곡조가 없으므로 일음이라 하고 미치지 않는 곳이 없으므로 원음이라 한다. 오직 이 원음이 원인이 되고 중생의 근기의 차에 따라 많은 소리가 나타난다. 마치 보름달이 오직 하나의 원형이지만 그릇에 따라 여러 가지 모습을 나타내는 것과 같다. 원음의 도리 역시 그러하다. 경에서 말하기를 "부처님께서 하나의 소리로 진리를 설파하시지만 중생은 그 유형에 따라 각각 다르게 이해한다 하였다."

또 어떤 사람은 이렇게 말한다. 여래는 실로 수많은 소리를 지니고 있다. 모든 중생이 가지고 있는 소리란 여래의 법륜의 소리에 포괄되지 않음이 없다. 다만 이 부처님의 음성은 막힘이나 걸림 없는 것이어서 하나가 곧 일체요 일체가 곧 하나다. 일체가 곧 하나이므로 일음이라 하고 하나가 곧 일체이므로 원음이라고 한다.

『화엄경』에서는 "모든 중생은 말하는 법을 한마디 소리로 연설하여 남김없이 모두 말한다. 청정한 숨겨진 음성을 모두 이해하려 한다. 보살은 이러한 이유 때문에 초발심을 내는 것이다."라고 한다. 또한 이 부처님의 소리는 불가사의하여 단 하나의 소리로 일체의 소리를 낼 뿐만 아니라 또한 모든 법에 평등하여 두루 하지 않음이 없다.

우리가 말하는 음악에 비유한다면 이렇게 말할 수 있겠다. 우주에는 오로지 소리가 하나 있다. 그 소리는 어느 곳에나 충만하다. 그런데 그 소리는 들리는 귀에 따라 여러 가지 서로 다르게 나타난다. 그 소리는 본디 하나다. 아마도 셀시가 찾아 나섰던 원음이 바로 이런 하나의 음인지도 모른다. 하지만 그것은 어디까지나 추상적인 실재다. 그럼에도 불구하고 우리는 우리의 귀에 들리는 여러 가지 소리들의 근원이 하나에서 비롯되었음을 직각적으로 느낀다. 이렇게 생각한다면 말러나 빌 에반스의 차이를 묻는다는 것은 우문이다. 더구나 왜 그런 음악들을 듣느냐고 묻는 것은 마치 당신은 왜 사람이냐고 묻는 것과 다름이 없다. 정말 그럴까?

이처럼 어렵게 말하지 않고 그래도 그 두 사람이 무슨 공통점이 있지 않을까 생각해 본다면 나름대로 답을 할 수 있을 게다. 그것은 그림자라고 할까 죽음이라고 할까 아니면 어둠이라고 할까. 막연하지만 깊게 드리운 그늘이 있음이다. 말러의 음악은 전 우주를 표현하려고 하고 있지만 그 음악은 언제나 어두움과 우울함이 짙게 깔려 있다. 그의 걸작들은 모두 죽음 그리고 그 죽음을 거부하는 희망과 빛을 느끼게 한다. 그는 어둠 속에서 언제나 빛을 갈망하고 있다. 에반스도 마찬가지다. 편안하고 달콤하고 부드럽기가 한이 없지만 언제나 그늘이 드리워 있다. 그 그림자를 애써 피하려 겉으로 드러나는 음들이 그렇게 부드러웠을까? 오늘 올리는 곡들도 모두가 그렇다. 죽은 사랑하는 여인을 그리워하며 쓴 곡이나, 하나밖에 없는 형, 이 곡이 녹음될 즈음에 자살한 형에 바치는 노래 등이 그렇다.

이렇게 정리해 보면 어떨까? 우주의 시초는 어둠인데 그 어둠은 빛을 만들어 내고 또는 빛을 찾고 있었다. 그 빛이 사라지게 되면 어둠은 시무룩하지만 그 소멸된 빛을 받아들인다. 빛이 변하여 생명체가 만들어지고 사람은 그중의 하나로 언제나 빛으로 살고 있지만 실제로는 어둠이 뒷받침하고 있다. 어느 순간 이렇게 숨겨지고 감추어진 어둠을 마주할 때 사람들은 깜짝 놀라게 된다. 하이데거의 현존재는 그렇게 발견되고, 예술가들은 이러한 어둠을 어느 누구보다도 먼저 감지하고 있지 않을까? 그 어둠을 직시한 자들이야말로 빛을 이야기하고 빛을 새삼스럽게 비추며 빛의 밝음과 따스함에 대해서 이야기할 수 있지 않을까? 그것이 예술이 아닐까? 말러와 에반스도 그렇지 않을까?

2015년 10월 21일

키스 자렛(Keith Jarrett)

봄의 공습—La Scala Concert

요즈음 미쳐 있다. 봄이 공습을 감행하고 있다. 그 요란한 폭발음에 귀청이 떨어질 것 같다. 요즈음 미쳐 있다. 손자 녀석 때문이다. 내가 언제 이렇게 어느 누구의 얼굴을 뚫어지도록 쳐다보았던가. 녀석의 손짓 하나하나, 말 한마디 한마디, 미소 한 방울 한 방울, 모두 나를 관통한다. 요즈음 정말 미쳐 있다. 키스 자렛의 즉흥 솔로 피아노 때문이다. 허 참, 그가 연주하는 솔로 피아노가 모두 들을 만하지만 라 스칼라(La Scala) 연주는 진실로 사람을 황홀하게 한다. 「Part 2」를 듣고 있노라면 코가 찡할 정도다. 음악의 본질이 무엇인가를 생각하게 해 준다.

위의 세 가지는 공통된 것이 있다. 쳐들어왔다는 사실이다. 녀석들은 무지막지하게 내 가슴 세계를 침탈하고 있다. 봄은 겨울에는 그저 상상의 나래로만 가능했었다. 그런 것이 어느새 슬금슬금 살며시 다가오더니 예고도 없이 수많은 폭격기를 날려 보내며 나의 세계를 폭격하고 있다. 마당 한구석에 처음으로 상사화가 초록 싹을 보이더니 꽃다지, 개망초, 참냉이, 보리냉이, 지칭개, 참쑥 등이 고개를 내밀고 있다. 그 와중에 보랏빛 제비꽃은 선봉대다. 가장 맹렬한 녀석이다. 나를 공격하는 그 부대는 폭격기만이 아니다. 그것은 오로지 선발대다. 공중에서 맹습을 하더니 뒤를 따라 본대가 따라 들어온다. 개나리가 피고 진달래도 꽃봉오리를 열었으며 노란 수선화도 고개를 올리고 있다. 목련의 꽃다발은 그야말로 다연장포거나 155㎜ 야포 공격에 버금한다. 중앙 지휘부가 오려면 아직 멀었다. 이곳 파주는 남한의 최북단에 위치해서 그들이 공격하기가 만만치 않다. 그 안에 살고 있는 파주 영감도 지난겨울 마음이 하도 차가워져 그것이 폭격이나 공격으로 깨지고 부서지려면 애를 좀 먹을 거다. 모든 게 쉬운 게 없다. 봄이 와서 이렇게 공격을 하더라도 쉽게 열리지 않다니. 그래도 그들의 공격은 정신을 차릴 수 없게 한다. 폭죽이 터지는 소리보다 더 시끄러운 봄의 소리들, 땅을 헤집고 올라오는 푸른 싹들의 소리, 휘파람새 허공에 흘리는 소리, 꽃망울을 안 터뜨리려 안간힘을 쓰는 꽃봉오리 소리, 이 모든 게 그저 귀를 멍하게 한다. 봄은 언제나 잔인하다. 그들의 공격을 막아야 한다. 막지 못할 그 무엇이라면 나를 견뎌 내야 한다. 저렇게 무시무시한 공습 속에서도 살아남으려면 나를 다독거리며 스스로를 달래면서 세월의 강에 몸을 맡겨야 할 터다.

손자 녀석이 하루가 다르게 무럭무럭 자라고 있다. 저것도 사람이려니 이것저것 모든 사물을 보며 인식하고 이름을 부른다. 신기하고 신통하고 대견하고 자랑스럽다. 자랑스러움이라니? 생성과 소멸이 지배하고 있는 우주 자연에서 녀석은 자기 몫을 하고 있다. 무엇보다도 할배로 하여금 스스로 몫을 다하고 소멸의 마지막에 다가서고 있음을 확인시켜 주었다. 녀석은 분명히 나와 끈이 연결되어 있어 나를 이어받아 삶을 끝나게 하지 않을 것이다. 이보다 더한 자긍심이 나에게 무엇이 있을까? 그래서 생명은 사라지지 않고 영속하나 보다. 동아시아 핵심 사상 중의 하나가 생명인데 바로 생생불식(生生不息)이다. '나고, 또 남이 쉼이 없다.' 들판의 달맞이꽃도 도중에 줄기가 꺾이면 다시 줄기를 돋아 세워 기어이 꽃을 터트리고 열매를 맺어 후일을 기약한다. 그래서 그럴까? 손자 바보 할배는 그저 녀석 앞에서 안절부절 두 손을 들고 항복이다. 그것은 맹목적으로 나를 공격한다. 거기에 무슨 판단이나 비교 또는 객관적인 상황을 파악할 여유나 겨를은 없다. 그것은 무조건적이다. 그것은 막연히 예기하였던 것이나 실제로 닥쳐오니 준비되지 않은 자의 가슴을 무자비하게 모두 앗아 가 버린다. 그 공격은 예리하고 무섭고 크게 말이 없다. 말은 없어도 그 소리는 천지를 울린다. 나는 그 소리에 미쳐 그만 울어 버릴 정도로 두 손을 하늘로 향해 높이 든다. 천지자연의 이치에 항복하지 않을 사람이 어디에 있겠냐마는 벌써 칠순을 바라보는 이 나이의 늙은이에게 그것은 뼈저린 깨달음으로 다가온다.

키스 자렛의 음악도 그렇게 쳐들어온다. 이명현 선생과 아들의 추천으로 듣게 된 음악이 넋을 놓도록 정말 좋게 들린다. 그가 트리오나 콰르텟을 구성하여 연주한 곡도 좋겠지만 아직 손길이 닿지 않는다. 그가 보낸 선봉대들이 너무 강해서 이것만도 감당하기 힘들기 때문이다. 한마디로 조그만 가슴에 지나칠 정도로 폭격이 심하고 격렬하다. 나는 그의 음악이 무슨 장르에 속하는지 모른다. 아마도 신무기인 것 같다. 공중에서 급강하하며 폭탄을 터트리는 저 이상한 비행기는 전에 잘 보지 못하던 것이다. 그가 흩어 놓는 폭탄들의 소리는 가공할 정도로 그 위력이 크다. 즉흥곡의 진수라 할 수 있는 그의 한없는 음악은 귀가 아무리 두꺼운 방탄막을 설치해 놓았더라도 뚫고 들어온다. 여기에 무슨 재즈다 또는 클래식이다 하는 규정을 붙이는 것은 우스꽝스러운 일이다. 그냥 소리요 음들의 조합이다. 강물이 어디 정한 길이 있을까? 하늘에서 비가 내리면 그것들이 모여 골을 따라 흐르고 낮은 곳으로 흘러간다. 막히면 한참 물을 모아 가득 차게 하고 둑을 넘쳐 다시 흐르기 시작한다. 물길은 오로지 물이 흘러간 다음에 보이는 법이다. 물은 정해진 곳이 없이 이치대로 흘러간다. 키스 자렛의 음악도 예측 불허다. 낮은 곳으로 골을 따라 흐르듯 그의 소리들은 마음이 이끄는 대로, 아마도 마음의 세계에는 여기저기 골이 파여 있을 터인데, 그늘진 골마다 소리가 흘러 빛을 발하고 그 텅 빈 공간을 가득 채운다. 그게 즉흥곡일 터다. 우리의 마음 한구석에도 그러한 골들이 무수히 있어 자렛이 공격을 하며 폭탄을 터뜨릴 때 골마다 그늘마다 부서지며 함께 반응을 하며 소리를 지를 것이다.

엊저녁에는 자렛의 음악을 두 번이나 되풀이 들은 후에 잠을 청했다. 오늘 아침에는 마당에 나가 봄의 폭격의 참상을 확인했다. 그 끔찍한 현장을 노란 아침 햇살이 보듬고 있다. 오늘은 손자 보는 날이다. 조금 있으면 데리러 갈 참이다. 하루가 온통 미치도록 즐거울 것이다. 이런 폭격이야 매일 찾아온다 한들 누가 마다하겠냐마는 그래도 늦은 나이 세월에 이러한 폭격을 감당할 만한 꿋꿋한 마음과 줏대가 있을까 저어한다.

2014년 4월 1일

Bregenz Concert

창 안으로 환하게 봄 햇살이 노랗게 비쳐 든다. 서가에 꽂힌 책들이 빛을 받아 반짝이고 몇 그루 화분의 화훼들도 한층 싱그럽게 보인다. 컴퓨터에 마주 앉아 음악을 들으면서 이런 글을 끼적거리고 있다니 얼마나 좋은 세상에 얼마나 좋은 시절인가. 순간이여 아름다워라.

방울방울 맺혀 떨어지는 자렛의 손가락 소리들이 느껴진다. 건반을 손가락이 두들기고 있을까. 숨어 있던 소리방울들이 손가락을 찾아 기다리고 있었을까? 틀림이 없는 사실은 봄날 아침이면 노란 햇살이 내 서재를 비추듯이 소리들이 밤새 어디 숨어 있다가 나타나서 시간을 타고 노랗게 흘러가고 있음이다.

아마도 자렛은 시인일 것이다. 시인은 숨어 있는 소리들을 불러낼 수 있는 그런 사람이다. 시인으로서 자렛이 소리들을 창조한 것이 아니라 숨어 있는 소리들이 진작 그들 스스로를 열어젖히고 얼굴을 드러내고 싶었는데 마땅치가 않아서 그동안 소리 죽여 지냈을 뿐이다. 잠자는 미녀를 깨우는 왕자처럼 시인인 자렛이 나타나서 그 소리들을 깨운다.

자렛은 즉흥에 뛰어나다. 즉흥이란 무엇일까. 이미 이에 대해 책을 쓰기도 하였지만 즉흥이란 마음 가는 대로 따라나서는 것이다. 이 글을 쓰는데 아래에 올린 「Part 2」가 끝나고 「Untitled」가 시작된다. 오호. 이런 소리들이라니! 나비의 깃처럼 경쾌하고 울긋불긋 가볍게 톡 쏘듯 소리들이 날아다닌다. 되풀이되는 마디들 그리고 마디들. 똑같은 마디들인데도 전혀 같지 않고 다르다. 반복하다가 조금씩 변화를 주지만 그 틀은 언제나 동일한 반복이다. 아무러면 어떨까. 되풀이되는 음들이 달갑다. 마냥 들어도 질리지 않는 그런 소리들. 아마도 건반을 두드리는 자렛은 스스로 홀려 그 소리들을 따라서 쉼 없이 부르며 또 부르며 따라나서고 있을 것이다. 즉흥은 창조도 아니요, 주관에 의한, 의지에 의한 작위도 없음이다. 그냥 공중에 떠도는 소리들이 빛을 발하니 신기하여 그것을 따라가 보는 것일 뿐이다. 정해진 길이 없다. 그 빛은 아래로, 위로, 옆으로, 가까이, 그리고 멀리, 희미하다가, 뚜렷이, 그러다가 약하게, 또는 강하게, 천천히, 그러다가 서두르듯이, 멈추다가, 빠르게 모습을 바꾸며 이리저리 옮겨 다닐 뿐이다. 이를 따라가는 사람은 몹시 바쁘다. 하지만 전혀 의식이 되지 않는다. 피곤하지도 않다. 왜냐하면 소리에 미쳐 있기 때문이다. 허허. 정신이 나간 사람이란 이를 두고 하는 말이다. 이러한 정신이 나간 사람에게 홀려 그 소리들을 듣는 우리도 최면에 걸린다. 그 소리들이란 자렛이 먼저 발견하였다 하더라도 우리 자신도 쉽게 공감할 수 있는 그런 아름다운 영롱한 빛의 방울들이다. 우리는 그저 그 소리들을 따라가면 그만이다. 여기서 무슨 음악의 형식을 찾는다든지 주제를 발견하고 그 주제의 전개를 의식한다든지 하는 것은 전혀 의미가 없다. 만일 그러한 것이 느껴지고 있다면 이 곡의 느낌을 제대로 이해하지 못하고 있음이다. 즉흥은 그냥 열려 있음이요 한없이 반짝임이다. 즉흥은 걸림이 없음이요 무한한 자유다. 즉흥은 흐름이요 멈춤이 아니다. 즉흥은 내맡김이요 주관을 정립함이 아니다. 즉흥은 마음을 능동적으로 적극적으로 열어 놓고 아무라도, 아무것이라도, 아무 때라도 맞이함이다.

봄날 아침 이곳 파주는 늦은 봄이 오지만 그래도 마당에는 벌써 상사화와 수선화가 파랗게 고개를 들고 있다. 조금 있으면 누런 잔디도 파랗게 변할 것이다. 열흘 전쯤 이미 휘파람새 노랫소리를 들은 적이 있으니 봄이란 녀석은 슬금슬금 나의 이마에 가까이 설 것이다. 그리고 키스 자렛의 소리들은 봄의 소리를 전달하며 나의 가슴 한구석에 봄을 새파랗게 피울 것이다.

2014년 3월 14일

Köln Concert

봄이다. 마당에는 상사화 초록 잎이 거세게 솟구치고 있다. 아침에 햇살이 너무 좋아 화분 갈이를 하였다. 아마도 그들도 새로운 맛에 흠뻑 취해 있을 것이다. 커피를 마시며 키스 자렛을 걸었다. 좋았다. 요즈음 키스 자렛의 앨범들을 모아 계속 듣고 있는 중이다.

나는 재즈에 대해서 깊이 알지 못한다. 키스 자렛을 듣고 있노라면 그저 좋다. 고전음악처럼 무슨 형식이 있는 것도 아니다. 놀랍게도 그의 피아노 솔로는 모두 즉흥곡이다. 그의 즉흥(improvisation)은 감탄을 자아내게 한다. 도대체가 어떻게 그렇게 긴 시간을 아무런 악보 없이 자유자재로 연주할 수 있을까? 이러한 물음은 아마도 서양 사람들에게 해당이 될 것이다. 인도 음악은 온통 즉흥 음악이다. 즉흥 자체가 음악의 필수 요건으로서 즉흥이 없다면 음악 자체가 성립되지 않는다. 우리나라의 시나위도 그 본질적 형태는 즉흥이다. 여러 사람이 모이면 형편에 따라 서로 어울려 한바탕 논다. 그게 전부다. 연주는 그러므로 어디까지나 일회성이다. 다시 반복할 수는 없다. 미국에서 비롯된 재즈가 인도 음악의 영향을 강하게 받은 것은 주지의 사실이다. 필립 글라스 같은 미니멀리즘 음악의 작곡가도 인도 음악에서 직접적으로 영향을 받았다. 재즈의 명인 존 콜트레인 또한 그러하다. 그러고 보니 키스 자렛은 온몸으로 인도 음악이나 동아시아 음악의 즉흥성을 물려받아 체현하고 있다.

그의 음악은 물 흐르듯이 흘러간다. 어디로 갈지 나도 모른다. 분명한 것은 물은 높은 곳에서 얕은 곳으로 그리고 막히지 않은 열려 있는 곳으로 흘러간다는 것이다. 낮은 곳은 편안하다. 변동성이 작다. 우리가 의지할 수 있는 곳은 낮은 곳이다. 막히지 않고 열려 있는 곳은 우리의 마음이 아무런 거리낌이 없이 의지할 수 있는 곳이다. 아무런 압박감이나 부담감이 없는 곳이다. 키스 자렛의 음악은 그렇게 흘러간다. 아무런 형식도 없고 구애받음도 없으니 듣는 이도 편안하다. 그냥 귀만 열어 놓고 있으면 된다. 가슴이 뛰는 대로 맥박이 노는 대로 음악의 리듬도 따라간다. 너와 나의 구별이 없다. 동서양의 차이도 없다. 그저 인간이기에 소리와 리듬에 맞추어 시간의 흐름을 함께 타면 된다.

그렇다고 아무런 밑바탕이 없는 것은 아니다. 예술은 과거에서 비롯된다. 현재의 새로움은 과거의 틀을 깨면서 나온다. 키스 자렛의 음들은 어디까지나 서구의 악기인 피아노와 그 피아노를 위한 과거의 무수한 악곡들이 자양분을 이루고 있다. 화음이나 리듬 그리고 피아노 연주 기법까지 어느 하나 전통이 아닌 것이 없다. 키스 자렛은 이 모든 것을 잘 마스터하고 있음이 틀림없다. 마음대로 즉흥적으로 연주할 수 있다는 것은 이미 그전에 모든 형식을 섭렵하였다는 이야기다. 그가 바흐의 「평균율곡집」이나 「골드베르크 변주곡」 등을 연주한 것은 잘 알려져 있다.

오늘은 일요일이다. 며칠간 하늘을 메우던 미세 먼지도 사라지고 없다. 햇살이 노랗다 못해 백열이다. 빛이 직진하며 나의 가슴을 관통하고 있다. 그 흐름 속에 키스 자렛의 피아노가 뿌리는 소리방울이 흥건하다. 오늘은 지난번 쾰른 연주의 「Part 2—a, b, c」를 모두 듣는다.

2014년 3월 2일

Book of Ways

이른 아침 저 멀리 수평선 위로 짙은 구름이 가득하다. 이곳은 구름 한 점 없이 하늘이 보이는데 먼바다 넘어서는 구름이 몰려오나 싶었다. 그것은 천천히 다가왔다. 짙은 바다 안개가 시야를 덮었다. 아무것도 보이지 않았다. 어둠까지 몰고 왔다. 해무는 물러서다 다가오다 되풀이하며 바다를 휘감는다.

오랜만에 키스 자렛의 「Book of Ways」를 듣는 중이었다. 곡도 걸맞게 바다 안개처럼 자욱이 갖가지 느낌을 거느리고 다가왔다. 자렛의 녹음은 지천에 깔린 것처럼 무수히 많다. 트리오나 사중주 연주 음반도 상당히 많다. 재즈 음악계에서 그는 빌 에반스 이후 최고로 주목을 받는 재즈 피아니스트다. 그렇다고 그는 재즈만을 연주하지 않는다. 그는 정통 클래식 명곡들을 여럿 음반으로 내놓았다. 주로 바흐나 헨델의 건반악기 작품들이다. 바흐의 「평균율곡집」이나 「골드베르크 변주곡」 등이 눈에 띈다. 놀랍게도 쇼스타코비치의 「24개 전주곡과 푸가 Op.87」도 있다. 샤무엘 바버나 모차르트의 피아노 협주곡도 눈에 보인다. 아무래도 피아니스트이므로 이와 관련된 곡들이 대부분이다. 그가 연주하는 재즈 음악이나 여러 즉흥곡들에서 클래식 요소를 자주 느끼게 되는 이유이기도 하다. 그만큼 그의 음악적 기반이 단단하다는 이야기도 된다. 재즈 음악계에서 그의 활동은 광범위하다.

나는 주로 그의 솔로 곡을 즐겨 듣는다. 그의 독주곡은 대부분 즉흥곡들이다. 악보 없이 어떻게 그 많은 즉흥곡들이 튀어나왔을까. 아무런 사전 준비도 없이 어떤 메모나 주어짐이 없이 그 자리에서 곡들이 줄줄이 흘러나왔는데 정말 믿어야 할까. 지금 듣고 있는 「Book of Ways」, '현들의 느낌(The Feelings of Strings)'이라는 부제가 달려 있는 곡들도 모두 즉흥연주다. 우선 악기 이름 클라비코드(clavichord)가 특이해서 눈을 끈다. 이 악기는 피아노가 나타나기 전 16세기부터 쳄발로 또는 하프시코드와 더불어 널리 연주되고 피아노가 등장한 이후에도 19세기 초반까지 그 명맥을 유지했다. 음의 빛깔과 셈여림이 잘 반영되어서 음악이 한층 부드러운 특징을 지니지만 한편으로 그 소리가 너무 작아서 가까이에서만 들을 수 있는 것이 커다란 단점이었다. 바흐가 이 악기의 부드러운 음색을 선호해서 「평균율곡집」이나 「인벤션」 등을 썼다고 한다.

키스 자렛 본인의 설명을 들어 보니 지금 우리가 듣는 곡들은 두 대의 클라비코드를 함께 놓고 동시에 연주한 것이라고 한다. 그가 일하던 스튜디오에 세 대의 클라비코드가 있었는데 두 개를 앞에 엇갈리게 놓고 연주했다고 한다. 음량이 작은 클라비코드의 단점을 보완하기 위해 마이크를 바짝 가까이 놓고 녹음을 해서 소리 음량을 최대화시켰다고 한다. 그의 삼중주단의 연주회 일정이 앞뒤로 있는 중간 휴식일에 이를 약 4시간 동안 녹음을 했다고 한다.

키스 자렛의 음악 중에서 내가 아마도 가장 많이 들었거나 지금도 여전히 즐겨 듣는 곡이 바로 이 곡이다. 이 곡을 들을 때는 마치 바흐의 작품을 듣는 것처럼 모든 마음을 그냥 내려놓고 텅 빈 상태로 한없이, 끝없이 듣는다. 귀를 깊이 기울이지 않아도 된다. 그냥 빠져들기만 하면 된다. 간혹 쫑긋 귀를 세울 때도 있지만 그것은 임의적이다.

곡은 1부와 2부로 나뉘는데 각 10곡과 9곡으로 되어 있어 모두 19곡이 녹음되어 있다. 총 연주 시간이 무려 100분 정도 된다. 마치 바흐나 쇼스타코비치의 전주곡이나 푸가를 듣는 것 같다. 무엇보다 곡의 다양성이 엄청나다. 즉흥곡이라는데도 이렇게 여러 가지 다양한 악곡들을 즉흥적으로 늘어놓을 수 있다니 참으로 자렛은 하늘이 내린 재능이라고 하지 않을 수 없다. 마치 바흐의 18세기 전주곡들이 21세기에 새로운 모습으로 얼굴을 드러내는 것 같다. 시대를 반영해서 어떤 부분은 미니멀 음악풍으로 연주된다. 어떤 부분은 포크송 같기도 하다. 어떤 부분은 재즈이고, 어떤 부분은 전혀 새롭고 낯선 세계를 소개한다. 변화무쌍하다. 예측을 불허한다. 그렇다고 느낌을 부담스럽게 하지는 않아서 들어도 그만 안 들어도 그만인데 그럼에도 귀를 멀리 떨어지게 하지 않는다. 그 긴 연주 시간 동안 우리는 멀리 떠날 수가 없다. 집중해서 듣든 아무렇게나 듣든 듣는 이를 사로잡아 그냥 팽개치고 멀리 떠나가는 것을 허락하지 않는다.

키스 자렛의 즉흥연주는 하도 유명해서 모르는 사람이 없다. 1975년 나이 서른에 독일 쾰른에서 연주한 콘서트는 이미 고전이다. 1995년 이태리 밀라노 라 스칼라 좌에서 연주한 즉흥 콘서트도 명연주이다. 이 음반에서 특히 「Part 2」는 사람을 한없이 몰입하게 한다. 「Book of Ways」는 1986년에 녹음되었으니 그의 나이 마흔을 갓 넘긴 시절이다. 앞의 쾰른 콘서트와 라 스칼라 콘서트의 딱 중간 시기에 이루어진 녹음이다. 스튜디오에서의 녹음 작업이 약 4시간 정도 이루어졌다고 하는데 본인이 나중에 인터뷰한 기록을 위키피디아에서 읽어 보니 믿을 수가 없을 정도로 정말 즉흥적으로 연주된 작품이다. 그는 말하고 있다. "전체 녹음이 어느 날 오후에 이루어졌는데, 모든 것이 첫 번째로 연주된 것 그대로다. 아무것도 사전에 준비된 것이 없었으며, 나는 아무것도 가진 것이 없었다."

클라비코드로 연주되는 음들은 고색창연하다. 선입감일까. 피아노처럼 반듯하고 고르지가 않다. 울림이 중첩되는 것일까. 둔중하고 떨림이 강하다. 그러면서도 마냥 부드럽다. 우리 가슴 깊숙이 걸려 있는 마음의 선들이 그렇지 않을까. 고르지 않고 이상할 정도로 복잡하게 걸쳐 있으면서도 부드럽기가 한이 없는 그런 소리를 품거나 뿜어내는 마음이 그렇지 않을까. 자렛은 의도적으로 이 악기를 택해서 그의 마음을 표현하고 있음이 분명하다. 우리는 그가 망망대해에서 클라비코드 건반들로 노를 저으며 헤쳐 나가는 그의 배에 타기도 하고 타지 않아도 되고 또 그냥 멀리 바라보기만 해도 된다.

음악이 마냥 흘러가다가 끝이 났다. 다시 처음부터 듣는다. 아무래도 상관이 없다. 느낌은 다시 이어진다. 안개도 흩어지기 시작하며 여려진다. 나무들이, 집들이 그리고 바다가 모습을 드러낸다. 안개는 산등성이를 휘감으며 올라간다. 사라질 것이다. 마치 소리들이 울리며 허공으로 사라지듯이 안개도 그렇게 모습을 감출 것이다. 자렛의 손끝이 두들기는 클라비코드의 건반들이 만들어 내는 소리도 그냥 아득히 사라져 간다.

2020년 8월 30일

제2부

시나위 예술 정신과 블랙 스트링

1. 들어가며

2017년도 국립극장 여름철 페스티벌인 '여우락'은 그 마지막을 블랙 스트링의 공연으로 장식했다. 과문으로 그들에 대해 알지 못했던 탓으로 그들의 실제 공연을 관람할 기회를 놓쳤다. 유감이었다. 뒤늦게, 이번 여우락을 기획하고 감독하였던 원일의 추천으로 그들의 연주를 들을 수 있었고 영상도 감상할 수 있었다. 그 느낌은 한마디로 충격 이상이었다. 동서 음악이 어우러진 퓨전이라고 잘라 말하기에는 그들의 음악은 전혀 새로운 생성이 이루어졌음을 대내외에 알리고 있었다. 2011년 3인조로 시작해서 뒤늦게 타악의 합류로 현재의 4인조 밴드 블랙 스트링(Black String)이 구성되었다. 밴드의 리더는 거문고 주자이며 연장자인 허윤정이 떠맡았다. 대금을 불지만 단소나 양금을 보조 악기로 사용하는 이아람, 재즈 전자기타의 오정수, 장고를 중심으로 꽹과리와 징, 서양의 북이나 벨을 다양하게 활용하는 타악 주자이면서도 구음이나 노래를 부르는 황민왕이 그 구성 멤버들이다. 악기 구성이 이미 상상을 넘어 파격적이다. 악기들의 구성은 인위적인 혼합이 아니라 그들의 음악이 요청해서 이루어진 필연적 결과다.

이들은 2016년에 재즈 레이블인 ACT와 해외에서 먼저 음반을 냈다. 타이틀이 「Mask Dance」이며 모두 7개의 곡으로 이루어졌다. 그들의 음악이 월드뮤직으로서 이미 외국의 음악계에서 주목을 끈 것이다. 그렇다면 그들의 음악은 대중음악일까? 그리고 그들의 음악의 뿌리는 무엇일까? 우리는 단호하게 말할 수 있다. 통상적으로 대중음악과 정통음악을 구분하는 것은 전혀 잘못된 관습이다. 그것은 편견이다. 대중음악과 정통음악을 구분하는 기준은 품격이나 예술성이다. 그러나 품격이나 예술성의 기준은 모호하기만 하다. 그 기준은 취향에 불과할 수 있다. 무엇보다 그들의 음악이 지닌 뿌리는 시나위 정신이다. 이때 시나위 정신은 한국의 전통음악에 국한되지 않는다. 그것은 월드뮤직이 갖는 음악 자체의 본질로서 인류 보편의 예술 정신을 지칭한다. 나아가서 시나위 정신은 예술의 모든 장르에도 공통이다. 시나위 예술 정신을 구현하는 예술 작품은 많다. 모든 예술 작품은 시나위 정신을 지닌다. 회화에서도 그 정신은 빛이 난다. 그중에서 특출한 실례를 열거한다. 스페인 알타미라의 동굴벽화를 필두로 해서 카라바지오, 고야, 반 고흐, 잭슨 폴록, 팔대산인이나 서위 그리고 김홍도와 이중섭 등이 시나위 정신을 잘 표현하였다고 말할 수 있다.

좁게 말해서 지금까지 구체적으로 모습을 드러낸 시나위 음악의 연원은 우리 전통음악이다. 지난 세기말부터 현재까지 국악을 공부한 일단의 음악인들을 주축으로 새로운 음악 활동이 활발하게 이루어졌다. 양악과 우리 음악의 퓨전이 여러 방식으로 실험되었다. 그러한 초기 단계를 거쳐 이제는 동서를 구분할 수 없을 정도의 새로운 음악이 생성되고 있다. 이는 시대가 요청하고 시대가 만드는 거대한 흐름이다. 예를 들어 원일은 '푸리(Puri)'와 '바람곶' 등의 그룹 활동을 통하여 새로운 음악을 시도하였다. 그는 새로이 맡은 국립극장의 관현악단 예술 감독과 지휘자로서, 2015년부터 일련의 '컨템퍼러리 시나위 프로젝트 1-2'를 기획하였다. 이에 따라 다양한 팀들이 새로운 실험을 시도하였다. 블랙 스트링의 리더 허윤정도 그러한 팀들 중의 하나였다. 이들은 시대의 요구를 외면하지 않았다. 이들은 몸으로 시대를 느끼고 음악으로 표현한다. 그들에게 전통과 현대의 구분은 없다. 동과 서의 음악 구분도 모른다. 대중성과 예술성이라는 이분법에 대해서 생리적으로 거부감을 느낀다. 그들은 모든 제도권의 형식으로부터 탈주하여 새로운 세계를 구축한다. 멀리 거슬러 올라간다면 이미 윤이상이 동서 음악의 정체성이라는 문제를 극복하고 새로운 음악을 창출하였다. 그의 음악은 젊은 음악도들에게 커다란 영향을 미쳤다. 금년의 여우락 공연에서도 '컨템퍼러리 시나위'가 공연되었는데 이러한 작품의 공연은 여전히 새로운 음악이 생성의 과정에 있음을 알려 준다. 이번 블랙 스트링의 공연은 이러한 다양한 실험과 시도들이 어느 정도 결실을 맺고 있음을 보여 주었다. 이는 생성의 시작이다. 새로운 생성은 성장과 완성의 과정을 걸어간다. 앞으로 갈 길이 멀다. 그 방향은 아무도 모른다. 신명(神明)의 시나위는 신(神)을 따르는데 생명의 움직임인 신은 그 방향이 정해지지 않았기 때문이다.

2. 시나위 예술 정신

(1) 시나위의 유래

시나위라 하면 사람들은 판소리나 육자배기와 같은 남도 가락을 연상한다. 진도나 해남의 씻김굿도 이에 속한다. 그것들은 남도 시나위다. 경기 지방이나 함경도에도 시나위는 내려온다. 이혜구는 일찍이 시나위를 너른 의미의 일반 명칭으로 이해하였으나 민속음악에만 국한시키는 오류를 범했다. 시나위는 아주 옛날부터 한반도에서 전래되고 있는 전통음악을 총칭해서 말한다. 나는 책 『소리의 늪』에서 시나위를 새롭게 정의했다.

> 시나위란 특정 음악이나 장단이 아니며 일반적인 명칭이다. 한반도에서 살아온 백성들이 삼국시대 이래로 전통적으로 연주해 온 모든 음악을 총칭하나, 조선 시대에는 민속음악을 뜻하게 되었으며, 한민족의 미적 정서와 정취를 내용으로 하는 가락을 의미한다.[1]

시나위란 어휘는 어디서 유래한 것일까. 김부식의 『삼국사기』에 이두로 기록된 명칭이 여럿 나타난다. '사내(思內)'란 어휘가 자주 보이며 「찬기파랑사뇌가(讚耆婆郎詞腦歌)」의 사뇌(詞腦)도 발견된다. 순수 우리말을 이두로 해서 한자로 표현한 것이다. 이미 향가에 정통한 양주동을 비롯해서 여러 학자들이 이두식 한자 발음에서 어떻게 시나위라는 말로 변천해 왔는가를 풀이한다. 이로 보면 시나위는 삼국시대의 신라를 중심으로, 또는 그 이전부터 이 땅에서 전승되어 내려오는 모든 음악을 지칭한다. 이를 더 확대하면 시나위 음악은 아시아 전반에 걸쳐 이루어져 온 음악이라는 추정도 가능하다. 한반도

---

1 황봉구, 『소리의 늪』, 서정시학, 2011, p.20.

에서 살고 있는 한민족의 혈통이나 문화는 단일하지 않다. 흑해 지방의 고대 스키타이 문명부터 시베리아 북아시아 계통, 만주와 그 북방의 동북아시아, 그리고 인도에서 시작하여 동남아시아와 중국 남부 계통이 함께 어우러져 있다. 전통음악이 장단을 기본으로 하고, 악곡의 짜임새가 세틀 형식으로 되어 있는 것은 인도 계통의 영향이다. 전통악기인 태평소는 세간에서 흔히 날라리로 불리며 문헌상으로는 쇄납, 쇄나, 호적(胡笛), 철적(鐵笛) 등의 이름이 있다. 이와 유사한 이름이 중국이나 동남아시아에 널리 분포되어 있다. 이 악기는 인도의 셰나이(shenai)가 그 연원이며 현재 인도에서도 널리 연주되고 있다. 해금은 인도의 사랑기(sarangi) 그리고 중앙아시아의 마두금(馬頭琴)이나 중국의 이호(二胡)와 그 연원이 같다. 악기만이 아니라 노래와 가락도 마찬가지로 민족의 이동과 함께 다양하게 영향을 받았을 것이다. 시나위 음악에서 시나위라는 말 자체는 이 땅에서 오랫동안 사용된 것이지만, 그 내용은 한층 광범위한 뿌리를 가졌음이 틀림없다. 우리는 알타이산맥, 중부 시베리아의 투바(Tuva) 음악이나 길약(Gilyak)족을 포함하는 동부시베리아의 무속음악이 우리의 정서와 흡사한 느낌에 감동한다. 또 인도 음악이 다양한 장단을 기본으로 하고, 우리의 진양조, 중모리, 자진모리에 상응하는 알랍(alap), 조르(jor), 잘라(jhala)의 세틀 형식을 갖고 있는 것에 놀라움을 금치 못한다. 그들의 음악 또한 즉흥을 본질로 하지만 긴장과 이완, 맺고 풂을 바탕으로 한다. 마치 우리의 산조 가락을 듣는 것처럼 흥겹다. 이로 보면 시나위는 그 음악의 본질이 한반도에만 국한된 것이 아님을 알 수 있다. 시나위 음악은 한반도만의 것이 아니라 수천 년 동안 아시아 대륙을 이리저리 옮겨 다녔던 인류의 공통 자산이다. 그것은 인류가 여태껏 존속하듯이 지금도 살아서 숨 쉬고 있다.

시나위는 시대에 따라 변용한다. 시대를 살아가면서 시나위는 그 몸을 더 크게 불리고 있다. 현대를 살아가는 시나위는 동아시아에 국한된 것이 아니라 아시아 전역이 공유하는 시나위다. 무엇보다 시나위는 당대의 흐름에 순응하며 시대의 변화를 받아들인다. 우리의 시나위는 근대화 과정에서 서구 문화의 영향을 압도적으로 받으며 환골탈태에 가까울 정도로 그 모습을 바꾸고 있다.

우리는 과거가 아니라 현재를 살아가고 있다. 전통의 뿌리를 배우고 익혔지만 당대의 젊은 음악인들은 시대를 살아가고 있다. 그들은 현재(contemporary)의 시간과 공간을 생생하게 호흡한다. 지금 지구는 하나의 생활 세계(Lebenswelt)다. 앞선 세대부터 서구 문화가 강하게 이입되었고 현재는 동과 서를 구분하는 것이 거의 의미가 없을 정도로 혼융되어 전혀 새로운 문화 예술이 창출되고 있다. 이제 음악인들은 활동 무대를 세계 전체로 전 방위적으로 확대하고 있다. 시나위 음악의 외연이 넓어지고 있다. 시나위 음악이 까마득한 옛날에 자유롭게 유랑하였던 광대한 영역을 다시 되찾고 있다. 오래전에 시나위가 이 땅으로 전래되어 뿌리를 내렸으나 이제 우리 음악인들은 현재(current)의 시나위로 무장하고 공간적으로 한반도를 넘어서고 있다. 시간적으로 시대를 거슬러 올라가 전통에 안주하는 것이 아니라 새로운 시대와 새로운 지평을 넓히며 시나위 음악의 외연을 넓히고 있다. 그것은 창조다. 이를 가능하게 하는 것은 시나위 음악의 보편성이다. 인류에게 공통인 정신의 본질을 시나위 음악은 본디 지니고 있다. 시나위 음악의 본질은 바로 시나위 예술 정신이다.

(2) 시나위 음악의 본질

① **전일성(全一性)**

시나위 음악은 전일성을 지닌다. 나뉘어 있는 부분이나 개체가 다시 모여 조화를 이루고 전체인 하나를 구성하는 것이 아니다. 본디 하나가 나뉘어 여러 개체를 이룬다. 물리적으로 하나가 반으로 쪼개지는 것이 아니다. 나뉘지만 세포분열되는 개체처럼 둘은 종전의 하나와 동일하다. 개체는 하나에 부속된 부분이 아니라 그것 자체로 또 다른 전일성을 지닌다. 우주는 본디 하나다. 원일(元一)이다. 원일을 우리는 본생(本生)이라 부른다. 본생은 으뜸이 되는 근원적이고 본원적인 생명이다. 우주의 궁극적 실재로서 하나다. 그 하나는 하나성(一性, oneness)을 지니며 복합성(plurality)을 갖는다. 그 하나는 둘이 되고, 둘은 셋이 되며 점차적으로 N이 된다. 동아시아 고대 사상에서는 하나가 둘이 되는데 그것이 바로 음과 양이다. 둘인 음과 양이 우주 만물을 창조하며 무한한 변화를 이끈다.

이러한 해석은 음악의 구성에 중요한 말미를 제공한다. 서양의 오케스트라는 다양한 악기로 편성된다. 작곡가는 이러한 악기들을 잘 이끌어 조화롭게 통일성을 지닌 악곡을 만든다. 음악 작품은 어떤 경우라도 통일성이 요구된다. 그들의 음악이 화음을 중시하고 대위법을 발전시킨 이유다. 음 하나는 기계적이고 물리적 음가를 갖는다. 그것이 살아남기 위해서는 여러 개의 다른 음과 함께 쌓아 올려져야 한다. 바흐의 푸가는 여러 성부의 완벽한 조화를 시현하고 있다. 통일성이라는 말은 서로 다른 부분 또는 개체를 하나로 통합시키는 것을 말한다. 전일성은 이와 달리 전체로서 하나가 있으며 그 하나는 무수한 개체인 부분으로 드러나지만 그 개체는 그것 자체로 또 하나의 전일성을 갖는다. 다시 말하면 개체의 전일성은 우주의 궁극적인 하나가 갖는 전일성과 동일하다. 음 하나는 물리적 음가만을 지니는 것이 아니라 그것 자체가 전일성을 지닌 생명체로 살아서 움직인다. 음 하나가 바로 우주다. 그 음이 무한한 공간과 시간 속에서 헤엄을 친다.

이는 음악적인 면에서 두 가지 특성으로 드러난다. 첫째 시나위 음악은 헤테로포니의 특징을 지닌다. 헤테로포니는 동일한 선율을 동시에 여러 성부로 연주하면서 각 성부가 선율과 리듬을 변주하는 연주법이다.[2] "헤테로포니가 생기는 이유는 무엇일까? 첫째는 각 악기가 음역과 음색이 다르기 때문이다. 둘째는 각 악기가 가지고 있는 관용 선율이 각각 다르기 때문이다. 셋째는 각 연주자가 곡에 대한 해석을 달리하기 때문이다. 헤테로포니를 중국 음악계에서는 지성복조(支聲復調, branch sound polyphony)라고 한다. 이것은 각 성부 연주자가 상대방을 헤아리며 연주하는 기법이다. 예를 들면 한쪽이 복잡하게 연주하면 다른 쪽은 단순하게, 또는 반대로 상대가 단순하면 내가 복잡하게 연주하는 것을 말한다. 이것은 미리 약속하거나 연습하여 만들어지는 것이 아니고 이심전심으로 서로 이해하여 생기는 것이다. 이것을 중국에서는 묵의(默矣, moqi, tacit understanding)라고 한다."[3]

하나의 악곡이 연주될 때 그 곡은 정해지지 않은 임의의 악기 하나로 연주될 수도 있으며, 두 개 또는 세 개 또는 악기 종류에 상관없이 여러 개의 악기 조합으로도 가능하다. 우주가 전일성을 지닌 하나이며 우주를 이루는 모든 생명체 역시 그 자체로 이러한 전일성

---

2 황봉구, 『소리의 늪』, p.31.

3 전인평, 「한국 줄풍류와 중국의 사죽악」, 『한국음악연구』 32권, 한국국악학회, 2002: 황봉구, 『소리의 늪』, pp.31-32에서 재인용.

을 동일하게 갖는다. 시나위 음악의 구성과 연주 또한 그러하다. 악기 하나가 갖는 전일성은 악곡이 지닌 전일성과 같다. 악곡이 갖는 하나로의 전일성은 흔들림이 없기 때문에 어떠한 악기로 연주되어도 문제가 없다. 시나위 음악이 연주될 때 각 악기는 구심점인 하나로부터 일탈의 가능성을 보이며 제멋대로 움직일 수 있다. 부분적으로 일시적으로 부조화를 이룰 수도 있다. 이러한 불협화음은 전일성 속에서 그냥 녹아든다. 우리는 개체들이 보여 주고 또 표현하는 개별성에 강한 느낌을 갖게 된다.

하나의 시나위 음악 작품은 전일성을 지니며 악기 분할은 무한한 가짓수의 조합을 가능하게 한다. 이는 시나위 음악 연주는 전통악기뿐만 아니라 임의의 어떤 악기라도 소화할 수 있음을 의미한다. 재즈기타면 어떻고 피아노면 어떤가. 아프리카의 토착 악기라도 아무런 문제가 없다. 블랙 스트링이 전통악기에 재즈기타를 합하고 타악에 있어서도 장고와 꽹과리뿐만 아니라 다양한 타악기를 도입하며 한술 더 떠 신시사이저와 악기마다 앰프를 사용하면서 완전히 새로운 시나위의 '소리나라'를 창출할 수 있는 것도 바로 이 때문이다. 우리의 시나위 음악이 보여 줄 수 있는 보편성은 이러한 전일성으로부터 비롯된다.

둘째로 시나위 음악은 전일성으로부터 조화를 이룩한다. 조화와 균형의 아름다움은 서양의 미학이 오랫동안 추구한 것이다. 베르니니의 조각과 건축들은 수학적 비례를 지니며 조화를 달성한다. 음악에서도 바흐의 작품은 이러한 미학의 최고봉이다. 그는 푸가와 대위법의 완결자다. 푸가는 여러 성부의 완전한 어울림을 도모한다. 불협화음은 가급적 배제된다. 곡의 형식도 잘 다듬어지고 절제된 소나타 형식이 발전되어 왔다. 악곡을 연주할 때 이러한 조화와 통일을 얻기 위해 개별 악기 하나의 일탈은 허용되지 않는다. 전체를 위해 악기 하나하나는 종속된다. 협주곡이라면 독주 악기를 위해 오케스트라는 협조자에 머무른다. 화(和)는 그냥 얻어지는 것이 아니다. 개체의 희생이 요구된다. 서구 사상에서 우주는 카오스다. 카오스는 전체다. 혼돈은 미지의 것으로 개체에게 두려운 존재다. 지성은 이를 붙잡아 절단하거나 해체하여 분석을 해야 한다. 대상의 파악은 필수다. 조화와 균형은 서로 이질적인 개체들을 분석하고 정리하여 나란히 정렬시킬 때 이루어진다.

동아시아에서도 장자는 우주를 '혼돈(渾沌)'에 비유하고 있다. 그 혼돈은 '카오스(混沌)'가 아니다. 장자의 우화는 혼돈을 파악하려 구멍을 뚫었더니 혼돈이 죽어 버렸다고 말한다. 파악을 하려면 분석하고 기준을 세워야 하는데 우주에는 상대적이며 절대적 기준이란 없다. 헤테로포니 음악은 이러한 실상을 그대로 나타낸다. 북송의 장재는 우주의 근원을 태화(太和)라 불렀다. 서양인들에게 부정적이고 두려운 혼돈이 동아시아에서는 태초부터 태화를 이루고 있었음이다. 그것은 지성적인 분석의 대상이 전혀 아니다. 그것은 그냥 하나다. 그것은 원인을 지니고 있는 것이 아니라 '절로 그러한 자연(自然)'이다. 모든 개체는 독자성을 지닌다. '원인과 결과(cause and effect)'를 굳이 운위할 이유가 없다. 시나위 음악의 이러한 특성은 즉흥과도 연결된다.

시나위 음악은 '절로 그러한' 조화를 이룬다. 그러한 조화는 개체로 분화하더라도 여전히 조화를 이룬다. 개체가 아무리 멋대로 움직인다 하더라도 그것 자체가 이미 조화 안에서의 운동이다. 멋대로의 움직임은 그것 자체로 커다란 조화, 전일성의 조화가 지니는 특성이기도 하다. 시나위 음악의 연주는 악보를 따르지 않는다. 서양의 음악 연주는 악보의 음표 하나가 틀리더라도 문제가 된다. 음을 틀린 연주자는 힐난받는다. 시나위 음악의 연주는 상대적이다. 연주가 흐르면서 예상치 못한 다양한 굴곡을 겪을 수 있다. 하나의 악곡은 상황에 따라 악기 편성이 언제나 다를 수 있다. 연주 속도와 연주 길이, 연주의 강도 등은 흘러가는 구름처럼 변할 수 있다. 그럼에도 불구하고 악곡의 전일성은 변동되지 않는다. 위에서 인용한 전인평의 글은 이러한 특징을 잘 설명하고 있다. 시나위 음악은 곡이 연주될 때 특정한 악기의 지나친 방종도 허용할 수 있다. 예상치 못한 것이라도 다른 악기의 주자들은 즉시 그 마음을 헤아릴 수 있고 또 그것에 어울려 연주를 지속할 수 있기 때문이다. 특정 악기의 전일성은 바로 전체 악곡의 전일성과 동일하기 때문이다.

② 방일과 즉흥

시나위는 즉흥과 방일을 그 본질로 한다. 방일은 속성이요 즉흥은 그것을 드러내는 방법이다. 방일은 동아시아 미학에서 강조하는 '일(逸)'을 바탕으로 한다. 북송의 황휴복(黃休復)은 회화의 품격을 일(逸), 신(神), 묘(妙), 능(能)으로 구분하고 그중에서 '일'을 최고의 미로 쳤다. 그는 "그림의 일격(逸格)은 그것을 규정하기가 가장 어렵다. 사각형이나 둥근 원을 정해진 대로 그리는데 서투르고, 채색을 꼼꼼하게 하는 것을 무시하며, 붓은 간결하지만 형상은 갖추니, 절로 그러함(自然)을 얻는다. 이는 본뜨거나 모방할 수 없고, 마음의 뜻이 드러나는 대로 나온다. 그러므로 그런 것을 보고 일격이라 할 뿐이다."[4]라고 말한다. 이러한 일격을 작품에 최고도로 발휘한 인물은 원

---

4 黃休復, 『益州名畫錄』, 逸格. 畫之逸格 最難其儔 拙規矩於方圓 鄙精研於彩繪 筆簡

(元)의 예찬(倪瓚)이다. 그의 그림은 서구 회화의 미적 기준으로 보면 도저히 이해가 되지 않을 정도로 휑하다. 성글지만 간결하고 비었지만 충만하다. 중국의 전통음악인 고금곡(古琴曲)을 듣노라면 우리는 이러한 일(逸)의 미감을 흠뻑 느끼게 된다.

방일(放逸)은 무엇일까. 예찬의 그림은 일기(逸氣)가 가득하지만 사람의 생동하는 숨결이 부족하다. 마치 멈추어 있는 듯한 그의 그림들은 고매하지만 외롭고 쓸쓸하다. 극도로 절제되어 있다. 방일은 이러한 답답함을 깨트린다. 방일은 '아무렇게나'다. '아무렇게나'는 김원룡이 이미 지적한 아름다움이다. 그는 우리의 예술에 '생략과 무관심'이 깃들어 있는데[5] 그 예로서 신라의 토기를 거론한다. 지금도 국립박물관에 진열되어 있는 신라의 소형 토기들을 바라보노라면 웃음이 절로 나온다. 이에 대해서 이미 『소리의 늪』에서 언급한 적이 있는데 다시 인용한다.

> 신라 토기는 이렇게 신라 특유의 조건들을 가지고 있으면서 한편으로 조선 자기와 공통하는 한국적 특색을 지니고 있기도 하다. 즉 그것은 '제작 태도'의 완전한 결여이며 철저한 무작위, 그리고 무엇보다도 세부에 대한 무집착 또는 소홀이다. 신라 토기에서 뚜껑이 제대로 맞는 예는 하나도 없다. (중략) 그런 그릇들이 불합격품으로 폐기되지 않고 왕릉에까지 사용되고 있다. 그것은 결국 조선, 아니 현대까지도 한국에 뿌리 깊게 남아 있는 '완전한 것'에 대한 무관심, 무집착이다. (중략) 여하튼 신라 토기의 멋은 철저하게 세속적이면서 또 일면으로

形具 得之自然 莫可楷模 出於意表 故目之曰逸格爾.

5 김원룡, 『한국미의 탐구』, 열화당, 1996, p.39.

는 세속을 떠나 버린, 이율배반적인 성격, 흙을 묻히고 기름을 바른 듯 한 강한 흙내와 이 세상에서는 존재할 수 없을 것 같은 괴이한 정신적 세계, 이 모든 것의 제멋대로의 발산, 그러면서 그들의 불가사의한 조화에 있다고 하겠다.[6]

방일은 생성의 미학이다. 그것은 정해진 규칙이 없다. 생명의 신(神)은 본디 방향이 없다. 『주역』에서 "낳고 낳음을 역이라 하고(生生之謂易)" "음양은 헤아릴 수 없어 신이라 한다(陰陽不測謂之神)"고 말한다. 이때 신(神)은 묘함이나 기이함을 의미하지 않는다. 그것은 생명의 움직임 또는 약동이다. 우주의 역동성이 바로 신이다. 그것은 방향이 없이 제멋대로다. 목적성도 없다. 흐르는 대로다. '아무렇게나', '제멋대로' 그리고 '절로 그러함'은 모두 일맥상통한다. 방향이 없으니 정해진 것도 없다. 예술에서 기존의 제도권이 정해 놓은 규범은 어디까지나 하나의 패러다임으로서 당대를 살아가는 사람들이 익숙한 형식과 절차를 의미할 뿐이다. 방일은 이를 지나 더 멀리 나간다. 초월(超越)도 아니고 초절(超絕)이라고도 할 수 없다. 들뢰즈처럼 탈주하거나 데리다처럼 해체해 버리지 않는다. 그냥 버리지 않고 딛고 넘어설 뿐이다. 넘어서 올라선 산봉우리는 그것 아래 지나온 무수한 언덕을 그냥 품는다.

진정한 방일은 장자의 소요유(逍遙遊) 경계로 진입한다. 장자는 "하늘과 땅의 참모습을 타고서 날씨의 변화를 부림으로써 무궁함에 노닌다(乘天地之正 而御六氣之辯 以遊無窮者)"라고 했는데, 이는 우주 만물과의 전일성을 깨달은 경계다. 본디 모든 생명체는 하나에서 갈래

6 김원룡, 『한국미의 탐구』, p.21.

를 치며 스스로도 전일성을 갖는다. 올라가며 개체들이 합하여 통일성을 구축하는 것이 아니라 본디 하나였음을 체득하기만 하면 된다. 그것이 바로 '노님(遊)'이다. '노는' 세계에서 모든 개체는 전일성을 지니며 가치에 차등이 없다. 쓰르라미나 대붕이 소요유의 경계에 들어선다면 그것들은 모두 존재의 동일한 무게를 지닌다. 제물(齊物)이다. 시나위 음악에서 거문고만큼이나 꽹과리도 중요하다. 대금이 멋대로 불어 대도 다른 악기들은 이를 최대한 존중한다. 블랙 스트링이 재즈기타를 멤버로 맞이한 것은 기존의 관습으로 보아 파격이지만 전혀 낯섦이 없는 것은 바로 방일의 미를 체득하였기 때문이다.

방일의 아름다움은 자연스럽게 즉흥으로 인도된다. 어찌 보면 즉흥성이 방일의 미를 낳았음이다. 둘은 동전의 양면이다. 즉흥은 음악 생성의 가장 기초적인 본질이며 여건이다. 즉흥의 연못에서 음이 발생하고 음들의 구성이 이루어진다. 즉흥은 음악의 원초적 모습이다. 즉흥은 'improvisation'이고 즉흥곡은 'Impromptu'이다. 바흐는 즉흥의 대가다. 그가 베를린의 프리드리히 왕을 알현하였을 때 왕이 던져 준 몇 마디 악절을 바탕으로 「음악에의 헌정(Musikalische Opfer)」을 완성하였다. 그는 왕이 보는 앞에서 대왕의 주제를 놓고 수많은 변주 즉흥곡을 만들어 냈다. 모차르트나 슈베르트 또한 즉흥의 일화가 많다. 슈베르트의 즉흥곡 작품 번호 D899과 D935는 불후의 걸작이다.

서양과 달리 인도나 동아시아의 음악은 대부분이 그 자체로 즉흥을 토대로 연주가 이루어진다. 인도의 라가는 몇 개의 기본음만 설정하고 전체 커다란 형식으로 알랍(alap), 조르(jor), 잘라(jhala) 등의 세틀과 마지막 가뜨(ghat)로 구성된다. 각 부분에서 모두 즉흥의 음악이 이루어지지만 특히 마지막 가뜨에서 서양 협주곡의 카덴차

(cadenza)처럼 연주자 마음대로 즉흥연주를 한다. 인도 음악은 총체적으로 즉흥이며 악보를 보면서 재생하는 연주는 존재하지 않는다. 인도 음악이 관현악 합주를 할 수 없는 이유이기도 하다. 우리의 음악도 다르지 않다. 동아시아 음악이 전반적으로 즉흥성이 강하지만 특히 한반도 시나위 음악은 즉흥성을 기반으로 발전해 왔다. 몇 가지 장단의 얼개만 맞추어 놓으면 얼마든지 음악이 생성된다. 심지어 음악의 즉흥연주가 진행되는 동안 상황에 따라서 장단까지 얼마든지 변할 수 있다. 현재 전통을 유지 계승하기 위해 악보를 만들고 이를 재현하려고 노력하지만 실제로 우리 음악에서 동일한 음악의 재생은 불가능하다.

즉흥에 대해서 이미 『소리의 늪』과 『생명의 정신과 예술—제3권 예술에 관하여』에서 여러 번 서술했다. 음악의 생성은 흥(興)에서 일어나는 것이며 흥은 바로 기(起)다. 기(起)는 기(氣)가 일어남이다. 기(氣)는 우주의 본체로서 그것은 생명의 내재적 질료다. 생명은 힘과 움직임을 갖는데 그것이 다름이 아닌 정신(精神)이다. 정신은 마음에 속해 있다. 생명의 움직임인 신(神)은 바로 마음의 움직임이기도 하다. 음악은 생명의 움직임이 파동으로 변환되고 그 파동에서 소리가 되어 음으로 나타난다. 생명의 움직임은 그 자체로 파동이고 파동은 감각이다. 감각이 우리 몸에서 이루어지는 것이 아니라 감각은 어디까지나 우리와 상관없이 하나의 이미지로 우주 만물이나 현상에 내재한다. 그 감각의 주파수가 우리 몸이 지니고 있는 감각의 주파수와 일치할 때 우리는 감정을 지니게 되고 마음이 흐르게 된다. 그 흐름이 부호로 전환되어 구성될 때 우리는 음악을 만나게 된다. 인류는 이미 이러한 생각을 공통적으로 지니고 있었다. 『예기』「악기」에서 "음악이란 마음이 움직이는 것이다"[7] "무릇 음이 일어남은 사람의 마음이 생기기 때문이다. 사람의 마음이 움직이는 것은 사물이 그렇게 만들기 때문이다. 사물에 감응하면 움직이고 이로 인해 소리가 모습을 지니게 된다. 소리들이 상응하면 변화가 나타나고 변화가 위치를 잡게 되면 이를 일러 음이라 한다"[8]고 하였다. 마음의 움직임을 꼭 심리적 상태의 변화로만 이해할 필요는 없다. 『중용』에서 칠정(七情)은 중(中)에서 발하고 이러한 칠정이 절도가 있을 때 이를 중화(中和)라고 하는데 중은 마음인 동시에 우주의 궁극적 실재인 근원을 말한다. 마음의 움직임이란 다시 말해서 생명의 힘이 작용해서 움직임이 일어나는 것이요 그것은 생성의 흐름에 일어나는 약동이다. 음악은 바로 이런 근원적이고도 원초적인 힘과 움직임이 소리로 변환되어 표현된다. 우주는 소리로 가득하다. 음악의 무한한 다양성은 바로 이러한 우주의 넓이와 깊이에 상응한다.

즉흥곡은 바로 이러한 마음의 움직임을 그 자리에서 시간의 차이를 최소화하며 소리들의 음으로 변환시킨 것이다. 즉흥의 대가라 할 때 그들은 보통의 사람들보다 생명의 움직임의 강도를 더 크게 느끼는 사람들이고 동시에 흘러가는 느낌을 정확하게 그리고 음악 표현의 양식대로 끄집어낼 능력을 뛰어나게 지닌 사람들이었다.

즉흥곡을 써 내려가거나 그 자리에서 직접 연주할 때 결과적으로 연주의 어떤 형태가 남는다. 이러한 결과적 형태물들이 누적이 되어 일종의 양식으로서 형식을 갖게 되는데 그것이 바로 음들의 배열과 악곡의 구성 형식이다. 형식이 규범화되면 그것은 하나의 패러다임

---

7 『禮記』, 「樂記」. 樂者心之動也.

8 『禮記』, 「樂記」. 凡音之起 由人心生也 人心之動 物使之然也 感於物而動 故形於聲 聲相應故生變 變成方謂之音.

으로 시대를 구속한다. 서양의 경우는 음악 형식이 고도로 세분화되고 발달되었고, 마침내 즉흥성을 대체로 상실하였다. 잔존하는 것은 카덴차 정도이다. 다만 20세기 들어 다양한 음악 장르가 대두되면서 록이나 재즈 등에서 즉흥의 형식이 크게 중요시되기 시작하였다. 빌 에반스나 키스 자렛은 모두 즉흥연주의 대가들이다.

서양과 달리 지금껏 즉흥성을 가장 잘 유지하고 다듬은 나라가 바로 인도다. 인도 음악은 즉흥 자체이며 이를 빼 버린다면 음악 자체가 존립할 수 없다. 동아시아의 경우는 서양과 인도의 중간이라고 할 수 있다. 한반도의 시나위는 인도와 마찬가지로 즉흥을 그 핵심으로 한다. 즉흥연주는 그 옛날 고고한 선비들이 대금이나 거문고 등이나 가곡 등으로 이루어졌겠지만 실제 가장 의미 있는 즉흥연주는 계급에 상관없이 모여 한판을 즐기는 마당놀이의 음악에서 나타난다. 삼현육각이 그러하고 줄풍류, 대풍류 등이 그러하며 판소리나 농가(農歌), 산가(山歌), 어가(漁歌) 등이 그러하다. 마당은 신명(神明)이 나는 장소였다. 신(神)나는 놀이에 온통 흥이 가득한 공간이 창출되고 원초적 예술성이 풍부한 춤과 노래와 악기 연주가 충만하였다.

이러한 시공간에서 어떤 제한된 규범은 있을 수 없다. 흥이 나면 날수록 연주되는 음악은 그 강도를 달리하고 시간의 길이도 늘어난다. 몇 개의 악기로 시작하였다면 농기구나 항아리 등 무어라도 가세하여 두드리며 음을 연출할 수 있었다. 그런 것들이 모여 악곡을 이루고 즉흥은 이러한 연주를 발동시키는 원천이 되었다. 그것은 헤테로포니의 음악이며 제멋대로의 형식이고 이유가 없는 절로 그러함의 모습을 지닌다. 바로 방일의 미가 넘쳐나고 즉흥의 즐거움이 예술의 만족도를 최고도로 높인다.

③ 무기교의 기교

시나위 음악은 무기교(無技巧)의 기교(技巧)를 요청한다. 악기를 연주하거나 노래를 불러 음악의 완성도를 높이려면 기교가 필요하다. 연주 방법을 숙지해서 자유자재로 악기를 다룰 줄 알아야 한다. 악보를 정확하게 해석하고 이해도 해야 한다. 기교가 기술이나 유희로 끝나서는 안 된다. 그것은 음악의 연주가 아니다. 기교는 기예(技藝)로 전환되어야 하고, 기예는 예술성을 획득해야 한다. 기술은 오랜 기간 끊임없는 노력을 기울여야 한다. 동아시아에서는 예부터 기술의 지나침을 경계해 왔다. 노자가 '대교약졸(大巧若拙)'을 운위한 이유다. 진정한 기술의 완성도는 마음의 훈련이 수반되어야 함이다. 당의 장언원은 『역대명화기』에서 "사물을 그리는 데 있어 그 모습에서 겉의 무늬를 가려서 뚜렷하게 모두 갖추고 매우 조심스러우면서도 매우 세세하여 밖으로 그 공교로움과 치밀함이 드러나는 것을 특히 피해야 한다(精者爲病也 夫畫物特忌形貌 采章歷歷具足 甚謹甚細 而外露巧密)", "겉으로는 우주 만물의 조화를 배우고(外師造化) 안으로는 마음의 원천을 터득한다(中得心源)"고 말했다.

하지만 뛰어난 기술이 없이 예술 작품의 창조나 연주는 불가능하다. 대부분의 기예는 수십 년을 쉼 없이 갈고 닦아야 한다. 이 과정에서 기술은 점차 발효가 된다. 기술을 지닌 사람은 점점 정신적으로 성숙해진다. 인간적으로 완숙해진다. 공자가 말했듯이 '악으로 완성한다(成於樂)'는 것은 마음속에 깊은 깨달음이 있어야 가능하다. 그 깨달음은 마음의 원천을 인지해야 한다. 마음의 원천이란 다름이 아닌 생명의 힘과 움직임이다. 그것은 생생하게 살아 움직이는 생명의 약동을 의미한다. 예술가는 기술을 익힐 뿐만 아니라 마음의 수양까지 곁들어 갖추어야 함이다. 이렇게 마음과 기술이 서로 어우러질 때 예술 과정은 최고의 원숙미에 도달한다. '마음의 원천을 터득하고' 기술을 자유자재로 활용할 만큼 익히게 되면 '마음과 손이 서로 따른다(心手相應)'. 『장자』에는 이에 관한 우화가 여럿 등장한다. 「지북유」에는 무기 제작에 뛰어난 80세의 노인이 오로지 한 가지 일에 집중하여 기교가 아닌 도를 깨우쳤다. '포정해우(庖丁解牛)'의 고사는 「양생주」에 보인다. 소를 해체하는 백정의 칼 소리는 모두 음률에 들어맞고 그는 마치 춤을 추는 것 같기도 했다. 그의 동작은 음악의 절주(節奏)와 같았다. "제가 좋아하는 것은 도로서 기교보다 앞서는 것입니다. (중략) 신명으로 소를 대하며 눈으로 보지 않습니다. 감각을 통한 지식을 멈추고 신명에 따라 움직입니다."[9] 신명은 생명의 움직임을 밝게 하는 것이다. 생명의 약동을 그대로 느끼고 그것을 리듬처럼 행하였을 뿐이다.

이때 기교는 무기교의 기교가 된다. 그것은 '절로 그러함'의 경계다. 노자가 "사람은 땅을 따르고, 땅은 하늘을 따르며, 하늘은 도를 따르지만, 도는 자연을 따른다(人法地 地法天 天法道 道法自然)"라고 했으니 '절로 그러함(自然)'이야말로 예술이 추구해야 하는 최고의 미적 경계다. 기교는 사람에 의해 행해지는 것이지만 그것은 우주의 순리를 따르며 생명의 약동이 뒷받침되어야 함이다. 그리고 생명의 정신 즉 힘과 움직임은 절로 그러하다. 그것은 아무런 의도나 목적이 없다. 예술가에게 미리 주어진 규칙이나 규범은 바람직하지 않다. 무기교의 기교로 완성된 기술과 도의 깨달음을 갖춘 예술가는 언제나 절로 그러하게 창조나 연주를 할 것이다. 물이 흐르듯 말이다.

현대의 예술 세계에서 이런 무기교의 기교에 도달한 예인들이 가

9 『莊子』, 「養生主」. 臣之所好者 道也 進乎技矣 臣以神遇 而不以目視 官知止而神欲行.

능할까. 특히 전통음악에서 이러한 우려가 분명히 있었다. 우리의 시나위 음악은 몇 단계의 발전 과정을 거쳤다. 일제 강점 이전까지는 예인들은 가업으로 전승되거나 도제와 같은 사제 관계를 통해 전수되어 왔다. 특히 무속음악이나 남사당패 음악이 그러하고 판소리도 특정인에게만 사사되었다. 해방 후에 한국전쟁을 거쳐 서구 문화의 도도한 유입 물결에 전통의 소멸을 우려되었다. 예인들은 특수학교를 설립하고 후진을 양성하기 시작했다. 실기로만 전승되던 음악을 채보해서 악보를 만들고 전통을 전승하기 위한 특수 기관을 설치하였다. 이는 사라져 가는 전통을 살리는 데 크게 기여했다. 그러나 부작용이 발생하였다. 지나친 규범화는 시나위의 본질인 멋대로의 자유로움을 억제하고 시나위의 미적 경계인 방일의 미나 즉흥성을 해쳤다. 심수상응(心手相應)의 경계에 들어선 예인들이 모여 시나위를 연주할 때와 규범에 충실하고 어렵게 기술을 취득한 사람들이 앞선 예인들의 연주를 그냥 흉내 내듯이 연주하는 것에는 엄청난 차이가 있다. 다행스럽게도 예인의 길을 천직으로 택하고 어려서부터 기술을 연마하고 이제 세계화된 시대의 조류도 익힌 젊은 세대들이 내면적으로도 마음의 원천을 터득하고 심수상응하는 단계에 도달하기 시작했다. 그들은 생명의 약동을 몸으로 체득하고 시대에 충실했다. 신(神)이, 생명의 움직임이 방향이 없듯이 무한의 시공간으로 뻗어 나갔다. 이러한 예인들이 전통음악뿐만 아니라 음악의 전 분야에서 폭발적으로 폭넓게 나타나서 우리 음악의 세계를 한층 넓고 두텁게 형성하기 시작했다.

진정한 시나위는 완숙한 예인들만이 달성할 수 있다. 시나위 팀을 이루려면 이러한 예인들의 조합이 선행되어야 한다. 개개인이 심수상응의 경계에 도달해야 하고 팀원들은 서로 호흡을 완벽하게 맞춰야 한다. 이런 점 때문에 팀을 구성하는 사람들은 팀원의 선택에 어쩔 수 없이 까다롭고 제한을 둘 수밖에 없다. 자격 요건 중에 필수 조건은 예인으로서 무기교의 기교에 도달하고 마음의 원천을 깨달은 사람으로서 방일의 미를 표현할 줄 알아야 함이다.

④ 열린 음악과 마당놀이

시나위는 열려 있다. 시나위는 정신으로 이루어져 있으며 그 정신은 열려 있다. 생명의 힘(精)은 창조의 힘이지만 그 움직임(神)은 방향이 정해지지 않았으며 목적도 없다. 방향은 한 줄기 빛이 향하는 선(線)의 공간을 말한다. 생명의 움직임은 편벽되게 한 줄기 빛으로만 향하지 않는다. 그것은 우주 전역을 한 곳도 '빠트림이 없이(不遺)' '지나침이 없이(不過)' 흘러간다. 우주는 생명의 기운으로 가득하다. 시나위가 정신(精神, 精=생명의 힘, 神=생명의 움직임)으로 이루어져 있기에 시나위 음악은 당연히 열린 구조를 갖는다. 구조는 결과적인 이야기이며 시나위 음악은 본디부터 열려 있다. 시나위가 형식을 지닌다고 이야기한다면 그것은 특정한 형식이 아니라 시나위 음악이 연주되고 나서 결과물로서 규정하는 형태를 말할 뿐이다. 앞서 이야기한 것처럼 시나위 정신은 그 본질이 방일과 즉흥이다.

이러한 음악은 필연적으로 어떠한 규범이나 규칙에 한정될 수 없다. 음악을 연주하는 데 도대체 정해진 것이 없다는 말이다. 시나위 음악의 창작에도 이는 똑같이 적용된다. 작품의 창작이라고 하면 우리는 통상적으로 음가를 표시하는 음들을 나열하고 배치하는 악보를 연상한다. 창작은 작품을, 악보를 쓰는 것이다. 연주자들은 이를 악기를 통해 소리로 재현한다. 시나위 음악은 실제로 악보가 없다. 시나위 음악을 좁은 의미로 국한할 때 인도 음악과 한국의 음악이

해당되는데 전통적으로 악보가 요청되지 않았다. 예외는 있다. 궁중음악이 그렇다. 궁중음악은 대개가 의례(儀禮)음악이다. 연례(宴禮)나 제례(祭禮)에 사용되는 음악이다. 이런 음악은 그 목적이 뚜렷하다. 이는 시나위 정신을 한정한다. 목적에 상응하는 규범이 요구되었기에 악보가 필요하였고 그것이 바로 정간보(井間譜)다.

시나위 음악은 열린 음악이다. 작곡이나 연주 그리고 감상의 참여에 있어서도 모두 열려 있다. 어떠한 규칙이나 제한이 없다. 작곡에 있어서 어느 특정한 음악인이 노래나 악곡을 창작하고 그것을 연주로 재현해서 오랜 세월 유지되며 내려오는 경우는 거의 없다. 악보가 없기 때문일지도 모른다. 그렇다고 우리의 음악을 모두 민요처럼 작곡자가 없는 것으로 해석하는 것은 문제가 있다. 어찌 보면 전승되는 우리 시나위 음악은 특정한 작곡자가 있다기보다는 그것이 집단의 음악인들에 의해서 만들어졌다고 이해하는 것이 옳다고 본다. 어느 누군가가 일정 분량의 새로운 악곡을 만들었을 것이다. 여러 사람이 그것을 수정하거나 또 다른 악곡을 덧붙였을 것이다. 이러한 과정이 세월을 겪으며 되풀이되고 하나의 악곡은 그 완성도를 높여 가며 악곡의 제목을 획득하고 또 반복적으로 연주되었을 것이다. 서양의 경우처럼 세부적인 음표 하나하나가 고정되고 지시되는 것은 아니다. 시나위 악곡은 얼개만 정해지고 나머지는 즉흥으로 열려 있었을 것이다. 19세기 신재효가 판소리를 여섯 마당으로 정리하여 그때까지 전승되던 열두 마당의 판소리를 정비하고 가사나 창법에 일관성을 부여하며 작품에 통일성을 갖추도록 노력한 것은 시나위 음악에서 작곡이 어떠한가를 보여 주는 좋은 예다. 신재효는 작곡가가 아니다. 그렇지만 광대나 민간에 의해 집단적으로 전승되던 것을 수집 정리하여 후대에 온전히 전승하도록 한 것은 그의 위대한 업적이다.

연주의 경우도 비슷하다. 서양의 음악인들은 악보에 충실해야 한다. 따라서 작곡자의 의도를 어떻게 해석하는가에 따라서 연주의 양상이 달라진다. 그 차이는 시나위 음악의 연주 변화에 비해서 그 크기가 극히 작다. 강도도 약하다. 연주의 길이가 약간 차이가 나거나 강조하는 것이 다를 뿐이다. 시나위의 연주는 전혀 다르다. 한마디로 제멋대로다. 장단이나 가락의 얼개만 정해지면 나머지는 임의대로 덧붙이거나 생략하거나 마음대로 조작한다. 바로 즉흥이다. 악기의 구성도 서양은 미리 정해진다. 시나위는 얼마든지 악기를 바꾸거나 가감을 할 수 있다. 연주의 길이 또한 그렇다. 서양은 30분짜리 음악을 10분으로 줄여 연주할 수 없다. 시나위는 그것이 20분이 될 수도 있고 두 시간이 될 수도 있다. 도대체 표준이 없다. 시나위 악곡은 서양의 기준으로 보면 일종의 무형의 음악이다. 무한한 허공에서 연주자들이 임의대로 끄집어내어 조립을 하고 구성을 한다. 우주 공간은 무한으로 열려 있다. 마찬가지로 시나위 음악도 무한으로 열려 있기 때문에 연주자들은 정해진 음악을 그대로 재현하는 기능인들이 아니다. 그들은 일종의 작곡가이며 악곡의 주인으로서 시간과 공간을 장악한다.

무엇보다 연주자들은 대체로 가만히 앉거나 서서 연창을 하거나 연주한다. 필요하다면 주위의 사람들 속으로 들어간다. 주위 사람들은 흥이 나면 그들 자신이 또 다른 연주자가 되어 합세할 수 있다. 이러한 흥겨운 연주 놀이는 마당에서 열린다. 마당은 열린 공간이다. 그것은 공간적으로도 막힘이 없지만 마당을 구성하는 장치나 마당을 점하는 사람들에 대해서도 아무런 제한이 없다. 남녀노소 모두가 관심만 있다면 마당 안으로 들어올 수 있다. 그곳은 시끄러운 장터일 수도 있다. 관혼상제가 행해지는 곳일 수도 있다. 이때 음악은 그 본원의 위치로 돌아간다. 예술의 근원은 인간의 깊은 곳에 자리 잡은 예술성이다. 예술성이 무엇인가는 달리 이야기하기로 한다. 예술성이 갈래를 치며 현현하는 것이 여러 장르의 예술들인데 마당놀이에서 음악은 무용과 연극 등과 결합된다. 본디 하나였던 예술성으로 모여들고 동시에 그 전일성을 공유하며 여러 양상의 예술이 흥겹게 놀이마당으로 분화되어 분출된다.

시나위 음악은 종적인 관계를 거부한다. 연주에서도 지휘자는 필요 없다. 지휘자가 지시하는 대로 연주할 이유가 없다. 요구되는 것은 오로지 열린 마당에서 참여하는 모든 관계자, 악기별 연주자들, 마당놀이를 둘러싸고 구경하는 사람들 또는 마당 안으로 뛰어들어 춤을 덩실덩실 추는 자들, 대청에서 내려다보는 주인장, 관람객을 따라나선 코흘리개들, 나아가서 마당 위 하늘을 지나가는 구름들이나 나뭇가지에 앉은 새들까지 모두 관계로 묶이고 그 관계만 중시된다. 그 관계는 어디까지나 장자가 이야기하는 제물(齊物)에 따라 수평이다.

시대가 변했다. 모든 음악 공연은 대체로 실내에서 이루어진다. 지정된 폐쇄 공간에서 연주자와 감상자는 서로 분리된 공간에서 감상자는 숨을 죽이고 아무런 동작도 허용되지 않은 채로 연주자의 행위에만 집중해야 한다. 관현악단이 생기고, 지휘자가 나타났으며, 모든 악곡은 사전에 악보가 배부되고, 연주자들은 그것을 있는 그대로 재현하고자 애를 쓴다. 무용이나 극적인 요소는 모두 배제된다. 마당 안에서 참여했던 모든 요소들은 연주 자체에 진입할 수 없다. 기껏해야 추임새를 넣는 정도만 허락된다.

우리는 시나위 음악의 본질을 외면해서는 안 된다. 오히려 겉모습은 달라졌을지 모르더라도 시나위 정신과 그 본질을 체득해야 한다.

무엇보다 이를 현대의 실정에 걸맞게 변용하고 시대의 새로운 정신을 흡입하여 더욱 새로운 음악으로 발전시켜야 한다. 음악인은 예술인이다. 예술은 언제나 새로움을 갈구한다. 전통에 뿌리가 있더라도 그것을 일신하거나 부정하는 한이 있더라도 새로움은 추구되어야 한다. 예술은 그 삶 자체가 창작이요 새로움을 찾아가는 과정이다. 우리는 희망을 갖는다. 현재를 살아가고 있는 무수한 젊은 음악인들이 시나위 정신으로 무장되었다. 새로움을 엄청나게 발굴하고 천착하며 또 만들어 내면서 꾸준하게 앞으로 걸어가고 있다. 우리는 그들에게 격려의 박수를 보내며 시나위 마당에 참여한다.

3. 블랙 스트링

시나위 음악계에 새로운 팀이 혜성같이 등장하였다. 바로 블랙 스트링이다. 이 팀은 2011년 허윤정의 주도로 구성되었다. 블랙 스트링(Black String)의 의미가 '검은 현'인데 아마도 이는 리더인 허윤정의 거문고를 상징하는 것일 게다. 『삼국사기』에 검은 학이 날아와서 춤을 추었고 이에 현학금(玄鶴琴)이라 하였으며 후에 현금(玄琴)이라 불렀다는 고사가 나온다. 팀의 이름을 굳이 영문으로 한 것도 역시 팀의 성격을 보여 주는 것 같다. 전통에 뿌리를 두었음을 확실히 하면서도 과거에만 머무는 것이 아니라 국제화 시대에 걸맞은 보편적인 음악을 추구한다는 의미일 것이다. 거문고를 맡은 허윤정, 대금을 주로 하고 양금을 울리는 이아람, 재즈 전자기타를 사용하는 오정수 등이 그 원년 멤버였고, 나중에 타악의 황민왕이 합류하였다. 황민왕은 장고나 꽹과리 등을 연주하지만 구음도 담당하며 서양의 타악기들도 함께 다스린다. 과문이어서 이들의 공연을 직접 관람한 경험이 없다. 리더인 허윤정은 2012년, 원일이 주관하는 국립극장 '시나위 프로젝트 1'에서 '더할 나위 없이 좋은'이라는 팀으로 참가하였는데, 팀은 모두 8명으로 대금, 가야금, 아쟁, 타악, 피리, 해금, 거문고, 양금 등으로 편성되었다. 이때 팀원들은 옛 가락을 일부 사용하기는 했지만 전체적으로 새로운 음악을 보여 주었다. 당시 카탈로그에서 허윤정은 "나의 역할은 조언과 조정으로 제한하였다. 우리 모두 전통음악에 내재된 즉흥, 창작 능력을 가지고 있다고 믿기 때문이다."라고 하였다. 실제로 그녀는 시나위 정신을 관통하고 있었고 팀의 음악 감독이라는 명칭에서 벗어나 팀원에게 열린 음악을 주문하였음이 틀림없다. 나는 당시 공연을 직접 관람했고 지금껏 좋은 기억으로 남아 있다.

2016년 그들은 해외에서 "Mask Dance"라는 타이틀로 새로운 음반을 내놓았다. 블랙 스트링 최초의 음반이 국내가 아닌 유럽에서 발매된 것이다. 그만큼 그들이 연주하는 시나위 음악이 보편성을 획득하였다는 반증이다. 다음의 글은 음반에 실린 곡들을 유튜브에서 하나씩 찾아보고 소감을 약술한 것이다. 우리는 이번 음반에서 블랙 스트링이 보여 준 음악 연주들이 시나위 예술 정신을 구현하면서 시나위 음악의 본보기가 되었음을 확신한다.

(1) Seven Beats

곡이 시작되자마자 재즈기타가 신비스럽게 얕은 구름 소리를 깔아 놓고 북소리가 약하게 잦은 울림을 하는 상태에서 거문고가 울려 나오는데 통상적으로 들었던 거문고 소리가 아니다. 산조나 정악 가곡의 연주 등에서 울리는 거문고 현의 소리에 익숙한 귀가 깜짝 긴장을 하게 된다. 현을 퉁기는 것이 마치 타악기를 두드리는 것처럼 들린다. 자세히 보니 퉁기는 것이 아니라 술대로 현을 마구 두들긴다. 현들이 아프겠다. 타악은 조그만 벨 소리로 시작해서 북을 조심스레 살며시 건드린다. 천천히 대금이 선율을 등장시키자 거문고도 그제야 현을 뜯는다. 작은북도 따라나선다. 거문고와 재즈기타는 본디 탄주악기다. 현을 활대로 긋는 것이 아니라 손가락이나 술대로 뜯거나 두드린다. 곡의 초입부터 그들은 일상의 습관을 거부하고 술대는 두드리고 기타는 손바닥으로 전체 현을 쓰다듬으며 저음의 구름소리를 만든다. 시나위는 본디 그렇듯이 언제나 비정상의 정상이다.

둥둥 북소리를 신호로 대금은 잠깐 숨을 돌아 쉬며 거문고와 기타가 본연의 탄주악기로 돌아온다. 화면에 자막이 뜬다. "농악 장단 중에 칠채, 육채, 삼채 등을 뼈대로 음악을 만들었구요, 곡 안에 다양한 변화가 있어서 한 편의 이야기를 듣는 느낌으로 감상하시면 좋을 것 같습니다." 대금 주자는 양금을 두드리면서 밴드는 점차 타악 놀이로 진입한다. 모든 악기가 그저 뜯거나 두들긴다. 타악은 언제나 원시적 양상이다. 속도도 점차 빨라지고 소리의 강도도 커지기 시작한다. 안내 자막이 또 나온다. "제14회 한국대중음악상 최우수 연주 부문 수상이라는 쾌거를 이룬 이들은 장르를 뛰어넘어 새로운 소리의 조합을 꾀하고 있으며 멤버들 간의 좋은 호흡을 통해 인상적인 즉흥연주를 선보이고 있다." 새로운 소리의 발굴이나 즉흥연주라는 말은 모두 옳은 말이지만 한국 대중음악이라 지칭하는 것은 문제가 있다. 이에 대해서는 나중에 별도로 이야기할 기회가 있을 것이나 한마디로 말해서 블랙 스트링의 음악은 장르나 구분을 거부한다. 그들의 음악은 '현재의 음악(current music)'이며 '시대의 음악(contemporary music)'일 뿐이다.

연주는 중반을 향해 치달으며 강도를 높이면서 타악 놀이는 점점 신명을 돋운다. 그러다가 다시 연주는 숨을 돌리고 기타의 낮은 음역 안으로 대금의 청아한 선율이 진입한다. 거문고가 이어받으며 가락을 연주하는데 우리 전통 가락의 흥취가 흠뻑 묻어 있다. 대금이 리드하며 속도를 높이자 다른 악기들도 분주하게 반응한다. 재즈기타가 앞으로 나선다. 강력한 사이키델릭 음향이 솟아 나온다. 현란하다. 장고도 어울리며 강도 있게 동참한다. 네 개의 악기가 모두 합주를 하며 종반으로 향한다. 휘모리다. 장단이 요란하면서도 흥겹다. 종지부 전에 반전이 일어난다. 조용해지더니 높이 올라간 대금이 달밤에 어스름 빛을 받으며 갑자기 청아한 얼굴을 드러낸다. 매듭이 곱게 마무리되고 있다.

(2) Growth Ring

이 곡의 연주는 타악기가 빠진, 거문고 대금 그리고 기타의 삼중주다. 먼바다의 깊은 심연에서 울려 나오는 듯 기타 신시사이저의 리듬 소리가 무대를 긴장시킨다. 단소가 얼굴을 내밀며 청아한 소리로 공간을 점한다. 전통 가곡 태평가를 변형한 청성자진한잎, 청성곡이다. '청성'이란 높은음을 말하는 것이고 '자진'은 빠르다는 뜻이다. 실제로 현대음악 기준으로 이 곡의 빠르기는 보통이나 느리게에 속한다. 단소는 우리가 흔히 듣던 전통 가락을 즉흥으로 변주한다. 거문고는 여기서도 무현과 괘하청으로 시작해서 대현으로 넘어간다. 이때 거문고는 단소의 독주에 발을 맞추는 통주저음(continuo) 악기 역할을 하고 있다. 단소와 거문고의 이중주처럼 들린다. 기타도 슬며시 저음으로 나타나 대금을 지원하고 있다. 거문고와 기타의 이중주도 진행된다. 곡은 처음부터 신시사이저의 반복되는 일정한 리듬이 배음으로 깔려 있다. 마치 인도 음악에서 땀부라(tampura) 현의 울림 같다. 우주는 본디 이런 소리가 충만해 있으며 그 가운데로 생명의 움직임과 약동이 이루어지고 있는 것이 아닐까. 다시 삼중주로 모두 모이고 대금이 선율로 곡을 끌고 가면 다른 두 악기는 통주저음으로 발을 맞춘다. 곡 전체로 보면 신시사이저 배음을 깔아 놓고 독주와 이중주 그리고 삼중주가 반복적으로 진행된다. 나무는 자라면서 흔적을 남기는데 그것이 바로 나이테(growth ring)다. 해마다 생기는 나이테는 그 모습이 비슷하지만 분명 차이가 난다. 그것은 성장의 표시다. 블랙 스트링의 '나이테'라는 악곡 역시 반복을 하되 성장을 하면서 나이테를 그린다. 이 곡은 음반의 다른 곡들과 달리 식물성이다. 느리다. 음이 길다. 깊다. 조용하다. 은밀하다. 그럼에도 저 멀리 깊숙이 우리는 생명이 움직이는 시나위의 깃발이 나부낌을 본다.

(3) Mask Dance

거문고 홀로 탄주를 한다. 오로지 무현 하나만을 뜯는다. 소리가 정말로 무(武)현으로 씩씩하고 거칠다. 곧바로 자막이 나온다. "잡귀를 물리치고자 처용 가면을 쓰고 추는 춤을 일컫는 처용무(處容舞)에서 영감을 받아 만든 곡입니다. 가면의 이국적이고 초현실적인 느낌은 블랙 스트링이 추구하는 음악적인 색깔과도 잘 맞아요."

처용무는 가면을 쓰고 잡귀를 내쫓는다는 춤이다. 『삼국유사』에 나오는 일화다. 해석이 분분하지만 처용은 이국에서 온 사람이 분명하다. 아마도 실크로드를 타고 신라까지 내려온 중앙아시아 계통의 사람이거나 인도나 동남아에서 배를 타고 온 사람일 것이다. 원성왕릉에서 발견된 무인상은 서역인의 얼굴이다. 블랙 스트링이 말하고 있는 "이국적이고 초현실적인 느낌"은 본디 서양의 낭만주의자들이 탐닉하던 느낌이다. 그들은 언제나 먼 동방을 그리워하고 여행한다.

여행 중에 만난 이국의 여인들을 사랑하고 고대의 꿈같은 세상 속에서 살기를 바란다. 그것은 현실에서 가능하지 않다. 그들은 언제나 동경(Sehnsucht)의 꿈속에서 살아간다. 가면극은 한반도뿐만 아니라 전 세계적으로 고루 발달되었다. 그것은 현실을 표현하되 그 방식은 역설적으로 비현실적이다. 가면을 통해 풍자하고 다른 세계로 이입한다. 그러나 블랙 스트링의 「Mask Dance」는 복잡하게 분석할 이유가 없다. 그냥 흥이 절로 나올 정도로 신이 나는 음악이기 때문이다. 우리는 처용이 현실을 긍정하고 체념하며 승화된 감정으로 노래하고 춤을 추는 느낌만을 생각하면 그만이다.

거문고에 이어 재즈기타가 등장하고 다시 대금이 나타난다. 대금 소리가 통상 우리가 접하던 음색이 전혀 아니다. 이아람은 횡적(橫笛)인 대금을 순음(脣音)으로 부는 것이 아니라 치음(齒音)을 취공으로 불어넣고 있다. 이 사이로 깨어지고 갈라진 바람이 취공으로 흘러들고 갈라진 파동은 관을 통하여 증폭되며 그대로 갈라지는 소리로 재현된다. 처음으로 듣는 대금 소리다. 새로운 음색이 창출된다. 뉴사운드를 창출하는 대금의 변신력이 높다. 대금의 가능성을 파격적으로 개척하고 있다. 이 팀은 정말로 시나위 정신이 투철하다. 시나위 정신의 음악이야말로 어디로 튈지 모르는 무방향의 열린 음악이다. 또 재즈기타의 음향은 마치 록 음악을 듣는 것 같다. 그러면서도 절묘하게 다른 악기들과 조화를 이룬다. 헤테로포니의 효과일까. 멤버들은 다 함께 신나게 한판을 벌인다. 음이 뚝 떨어지며 전환점을 돈다. 느린 템포에서 황민왕이 구성진 구음으로 진입한다. 타악기로 꽹과리도 등장한다. 구음은 가사가 없는 노래다. 처용가의 가사는 널리 알려져 있지만 이 시대를 사는 사람들의 처용가는 가사가 필요가 없나 보다. 그래도 그 느낌만은 전달되고 있지 않을까. 처용가는 체념의 승화다. 낙천적이고 긍정적이다. 생명의 시나위는 언제나 새로움을 향해 전진한다. 다시 대금이 나오고 갈라지는 소리가 등장한다. 마지막으로 타악 놀이가 신나게 연주된다. 정말 신이 난다. 마무리는 거문고의 몫이다. 거문고의 괘하청과 무현이 바삐 움직이더니 끝내 무현이 마감의 손을 놓는다.

EBS 프로그램 「공감」에서 동영상을 보았는데 타이틀이 '경계를 허물다'이다. 어떠한 경계들인지 설명이 필요 없다. 경계는 하나의 영역을 말한다. 인간세계와 우주 만물의 세계에는 무수한 영역이 있다. 특히 사람들은 생활 세계를 살아간다. 개체의 삶과 그 삶들이 모여 사회를 이루고 그것들이 바라보고 인식할 수 있는 최대의 공간 범위가 바로 생활 세계다. 이 지구상에는 여러 생활 세계가 있었지만 지금 지구는 전체가 하나의 생활 세계가 되었다. 동서를 구분하는 것은 거의 의미가 없게 되었다. 전통과 현대를 굳이 구분하는 것도 새삼스럽다. 블랙 스트링은 그들의 말대로 현대를 살아가는데 현대는 '지금'의 집적 중에서도 맨 위층의 벽돌이다. 그것은 경계를 지니지 않는다. 중심은 부정된다. 중심을 세워 휘둘러보는 것이 아니라 무한 공간의 생활 세계에서 이리저리 마음껏 휘젓는다.

이러한 내달음은 블랙 스트링의 미적 세계에 국한되지 않는다. 그들의 악기 선택, 그 악기들이 내는 소리, 그 소리들의 조합, 악곡의 흐름의 선택과 즉흥성, 각 멤버들의 독립성과 관계성 등 모든 면에서 나타난다. 들뢰즈가 이야기하는 것처럼 그들은 기존의 영토에서 탈주한다. 벗어나서 다른 세계로 진입하여 그곳에 새로운 영토를 구축한다. 기존의 경계가 허물어진다. 아마도 곧바로 그 새로운 영토에서도 벗어나야 할 것이다. 이러한 탈주와 벗어남, 벗어나며 내달음질하는 것은 계속해서 반복될 것이다. 새로운 경계는 차이를 만든다. 그것은 생명의 창조다. 생명의 시나위 음악이 바로 그러하다.

(4) Flowing, Floating

이 곡은 음반에 실린 일곱 개의 곡들 중에서 가장 전통적인 가락을 연주한다. 타악의 반주를 곁들인 거문고 독주다. 팀의 리더인 허윤정을 위한 코너가 마련된 듯하다. 이 곡이 전통적인 산조 가락을 모방한 것이라고 생각하면 커다란 오산이다. 완전히 새로운 더늠이 탄생하였다. 우리는 19세기 말 대한제국 시절에 백낙준이 처음으로 거문고 산조를 탄 이래로 지금껏 거문고 산조라는 유형을 벗어나지 못했다. 여러 개의 유파가 있어서 더늠을 달리하였을 뿐이다. 허윤정은 거문고 연주자로서 젊었을 적에 거문고의 전설적인 명인인 한갑득으로부터 배움을 전수받았다. 복이었다. 오늘 허윤정이 연주하는 「Flowing, Floating」은 완전히 전혀 다른 곡이다. 그동안 국악계를 짓누르고 있던 전통의 굴레를 벗어나는 순간이다. 도대체 산조는 크게 보아 그 유형과 양태에서 변화가 없었다. 새로운 시대를 맞아 새롭게 산조의 무형적인 정신을 되살려 새로운 악곡이 창조되어야 하는데 음악계의 실정은 전혀 달랐다. 그저 전승된 것을 재현하는 수준에 멈추었기 때문이다. 허윤정은 그녀의 거문고 독주 음반에서 다음과 같이 말한다.

> 더늠은 판소리 명창들에 의해 새로 만들어지거나 다듬어져 이루어진 판소리 대목을 일컫는 말입니다. 판소리 창자들은 오랫동안 수련해 명창이 되면 각자의 개성에 따라 소리를 바꾸어 부르게 되는데, 이때 새로 소리를 짜서 사설과 음악적 표현을 원래의 판소리에 추가한 것이 후세에 전해져 그 창자만의 독특한 더늠이 됩니다. (중략) 국립국악고

등학교 시절 거문고의 명인 한갑득 선생님을 만나 산조라는 놀라운 신세계와 마주하게 되었던 순간을 지금도 잊지 못합니다. 한순간도 멈추어 있지 않고 천변만화하는, 인간의 생사고락이 그대로 녹아 있는 민속음악의 세계는 저에게 전통의 힘을 뼛속 깊이 각인시켜 주는 원천이었고 새로움을 찾아가는 창작의 원동력이 되어 왔습니다.[10]

허윤정의 지적처럼 산조는 그 속성이 "천변만화하는, 인간의 생사고락이 그대로 녹아 있는" 것이다. 산조는 시나위 정신이 가장 깊이 배어 있는 음악이다. 시나위 정신은 열려 있음을 그 본질로 한다. 전통의 계승과 재현이라는 굴레는 시나위 정신과는 어긋난다. 진정한 배움이란 그 본질을 먼저 깨우쳐야 함이다. 허윤정이 이끌고 있는 블랙 스트링은 아마도 시나위 정신에 가장 투철한 밴드 중의 하나일 것이다. 허윤정이 지금 연주하고 있는 「Flowing, Floating」은 새로움이 잔뜩 묻어난다. 마침내 새로운 산조(?)가 탄생하였음이다. 악곡의 구성을 보면 크게 보아 세틀 형식, 진양조, 중모리, 자진모리 또는 휘모리로 짜여 있다. 세부적으로는 세틀 형식에 크게 구애받지 않고 새로운 다양성을 도입하였다. 기존의 산조 관념을 깨고 혁신적인 지평을 열고 있다.

저음의 신시사이저 배음이 지속적으로 울리고 거문고가 조용히 다스름을 시작한다. 악기의 뒤편에 무슨 장치를 달았는지 왼손 조작을 통해서 퉁기는 음들이 되풀이해서 다시 울린다. 여음을 넘어서 새로운 음향효과가 창출되고 있다. 첫 시작부터 신비스런 느낌을 유발하고 있다. 곡은 점차 본궤도로 진입한다. 진양조로 들어서

10 허윤정, 음반 『더늠』의 머리말, 악당이반, 2016.

고 중모리로 직행한다. 대현과 무현이 가장 자주 번갈아 퉁긴다. 타악이 반주를 한다. 장고가 아니라 징이나 꽹과리를 눕혀 놓고 막대기로 두드린다. 채편을 두드리는 듯한 마른 소리가 난다. 속도는 빠르게 높아지며 자진모리로 들어서는데 이러한 악곡의 진행 과정이 마치 물이 흐르는 것 같이 유려하고 자연스럽다. 요란스럽지도 않다. 제목처럼 물이 흐르고(flowing) 현의 울림이 공중을 떠다니고 있다(floating). 느낌이 흐르고 감각이 날개를 달고 떠다닌다. 마지막 휘모리에서는 미친 듯이 격렬하게 현을 뜯거나 한꺼번에 훑기도 한다. 전통 산조에서 볼 수 없었던 연주 기법들이다. 휘모리 후에 끝맺음이 곧바로 이어지지 않는다. 곡은 점차 속도와 크기를 줄이며 잔잔해져 간다. 정적이 기다리고 있다. 도도하게 흐르던 강물이 침묵의 바다로 들어서며 모습을 감추고 있다.

음반의 일곱 곡 중 가장 가운데 중반에 이 곡을 배치함으로써 음반 곡의 배열이 한층 짜임새를 갖추게 되었다. 아방가르드적인 연주의 전개가 한숨 돌리고 쉬어 가는 형국이다. 앞으로 나올 곡들을 위해 다른 팀원들은 거문고 가락을 들으며 전열을 정비하고 있음이다. 이런 구성 요소를 떠나서 우리는 이 곡이 거문고 산조 분야에서 새로운 길을 열었다고 생각한다. 세틀 형식이라는 기본 뼈대의 변화, 배음의 설정, 반주악기의 다양성, 거문고 탄주 기법의 변화, 무엇보다 산조 가락이 지닌 더늠 자체를 완전히 바꾸었다. 연주자 자신이 말한 대로 천변만화를 꾀함으로써 진정한 산조의 시나위 정신에 도달하고 있다. 이 곡을 시작으로 우리는 음악계에 무수한 산조 가락이 탄생할 것임을 확신한다.

(5) Song from Heaven

이 곡은 진도 씻김굿의 초가망석 신노래에서 따왔다 한다. 연주는 기타 소리로 시작된다. 마치 기타로 연주하는 재즈 음악회에 온 것 같다. 잔잔하게 기타 소리가 진행되면서 홀연히 황민왕의 구음이 진입한다. 목소리가 구성지다. 노래의 음 하나가 잘게 나뉜다. 멜리스마 음악이다. 하나의 음이 구슬프게 허공을 휘저으며 사라지지 않는다. 그림자가 깊게 배어 있다. 재즈기타와 구성진 굿소리의 어울림이라니. 아방가르드의 실험이다. 노래 가사는 다음과 같다.

신이로구나 신이로 허어어어~어 어허어어~로구나
마이장서 어나리로구나 애 애 애해 해애 해아야
나야 시러 애해 애해 이야
등잔 가세 등잔을 가세 불쌍하신 만자님의 넋 빌러 가자
등잔을 가세 하느님 전에 등잔을 가세 *후렴 구음

나무야 나무 나무 나무야
나무 풀이나 새로 아미 났네
나무야 나무 나무 나무야
나무 풀이나 새로 아미 났네

동으로 뻗은 가지
금호보살 열리시고
남으로 뻗은 가지
수호보살 열렸네

나무야 나무 나무 나무야

나무 풀이나 새로 아미 났네

서으로 뻗은 가지
목토보살 열리시고
북으로 뻗은 가지
수호보살 열렸네

나무야 나무 나무 나무야
나무 풀이나 새로 아미 났네

유튜브 동영상에 자막이 나온다. "진도라는 섬에 전해 내려오는 죽은 이를 위한 씻김굿 중 신을 부르는 장면입니다. 애절하면서 처연한 감성의 전통적인 노래이지만 세계인의 보편적인 감수성에도 맞는 곡입니다." 실제로 느낌이 그렇다. 후렴이 되풀이될 때 거문고와 대금이 가세한다. 그들의 즉흥적인 연주가 돋보인다. 우리는 이 곡을 들으면서 블랙 스트링이 얼마나 아방가르드적인 실험을 하면서 새로운 음의 세계를 추구하는지 알 수 있다. 그들은 기존의 틀을 거부한다. 부정하는 것이 아니라 새로운 길로 나서고자 함이다. 신천지가 그들을 기다리고 있음이다. 시나위의 생명 정신은 세차게 흐른다. 그것은 방향이 없지만 가는 곳마다 닿는 곳마다 새로운 세계에 새로운 생명체를 창조하고 있다. 블랙 스트링은 그 물결을 따라가고 있음이다.

(6) Dang Dang Dang

곡은 장고로 시작된다. 장고의 둥둥 두드리는 소리는 언제 들어도 신비하다. 먼 태고의 소리 같다. 우리의 느낌은 깊은 곳으로부터 어떤 그리움을 갖게 된다. 아마도 원초적 마성이 일깨워지는 것일까. 장고의 리듬 속으로 대금이 진입한다. 이게 대금 소리인가 싶어 듣는 사람을 놀라게 한다. 대금의 소리란 취구를 깊은 호흡으로 불며 소리를 길게 끌어야 하는 것이 아닌가. 대금 주자는 듣는 이의 놀람은 아랑곳하지 않고 음을 토막토막 잘게 끊는다. 스타카토다. 거문고도 현을 짧게 뜯으며 스타카토로 합세한다. 기타까지 스타카토로 따라나선다. 흥이 나나 보다. 대금이 화려한 주법을 선보인다. 음의 희롱이다. 점차 흥이 돋우어지며 네 개의 악기가 합주를 한다. 흥겹다. 속도가 빠르게 높아지지만 스타카토의 연주는 아직 끝나지 않는다. 마침내 유려하게 흐르는 자진모리의 소리들. 대금이 새로운 음의 세계를 열고 있다. 우리가 평소 들어왔던 대금의 세계가 아니다. 다시 장고의 독주가 나타나고 사람 목소리의 추임새도 끼어든다. 다른 악기들도 추임새를 넣더니 다시 합주로 되돌아간다. 이제는 거문고 차례다. 속도를 조절하며 거문고만의 즉흥의 순간을 맞는다. 장고는 조용하게 반주를 한다. 나중에 대금이 따라붙고 재즈기타가 덧붙는다. 연주의 강도가 높아진다. 끝맺음이다. 잦아지는 소리들. 대금의 청아한 가락이 홀로 아우라를 관통하며 낮게 사라지고 있다.

(7) Strangeness Moon

마지막 곡의 제명이 흥미롭다. 낯설고 신기한 달은 어떻게 생겼을까? 그 답을 우리는 음악을 들으면서 얻는다. 곡은 장고의 잔잔한 울림으로 시작한다. 대금이 나타난다. 어! 이 소리는 문묘제례악 첫머리에 나오는 소리가 아닌가. 블랙 스트링이 허를 찌른다. 편경이 없으니 벨 소리도 자그마하게 등장한다. 박을 치는 소리도 난다. 거문고가 등장하지만 거문고는 현을 뜯지 않는다. 술대와 손바닥으로 현들을 훑는다. 아닌 홍두깨로 활대가 튀어나와 거문고의 현을 연주한다. 이것이 무슨 일인가. 상상이 되지 않는 일이 벌어지고 있다. 우리 음악계에서 사건이 이루어지고 있는 현장이다. 바탕을 이루는 소리들이 모두 신시사이저 음처럼 들리고 그 소리들은 우리를 먼 나라로 인도한다. 첫머리부터 고대의 제례악으로 우리를 꿈나라로 데리고 가더니 이제는 완전히 신비의 세계로 빠져들게 만든다. 소리들이 은밀하다. 아마도 이 곡을 연주하는 무대에 조명이 비추고 나머지는 어두컴컴한 공간이었을 터다. 정령들이 나타난 것 같다. 귀신들이 춤을 추는 느낌도 든다. 귀신들이 점차 격렬하게 춤을 추기 시작한다. 악곡이 강하게 흘러간다. 소리 음향이 록의 사이키델릭한 소리에 견줄 바가 전혀 아니다. 완전히 새로운 음향 세계가 창출되고 있다. 이들은 기계장치를 적극 활용하는 것 같다. 공명 장치나 신시사이저일까. 소리들이 음향의 여운을 확대하거나 크기를 증폭하고 있다. 신비스런 느낌이 강도를 더해 가고 우리는 마치 새로운 행성에 우주선을 타고 날아온 것 같다.

분위기가 다시 숨을 돌린다. 거문고가 되울림 효과를 갖는 음들을 조용하게 연주하기 시작한다. 벨 소리도 다시 나타난다. 거문고가 점차 궤도에 올라서서 장중하게 독주하기 시작한다. 지금껏 우리는 타임머신을 타고 지구를 벗어나 새로운 행성으로 들어섰다. 새로운 영토다. 새로운 땅에서 사람들은 새로운 소리를 연주한다. 새로 정착한 사람들은 분명 지구인들이다. 그런데 그들이 부르는 소리가 익숙하다. 가만히 들어 보니 그 소리는 그들이 떠나온 지구에서 먼 옛날 할아버지들이 즐겨 노래하고 연주하던 가락이 아니던가. 거문고의 가락은 우리를 갑자기 먼 옛날로 되돌리고 있다. 신천지에서도 뿌리는 면면히 지속되고 있다. 하지만 그들이 걸쳐 입은 옷들은 완전히 다르다.

우리는 이 곡을 들으면서 신비로운 느낌에 깊이 몰입하게 된다. 곡의 느낌은 우리를 먼 옛날과 현재 그리고 미래를 넘나들게 만든다. 그만큼 블랙 스트링의 내공은 깊고 넓다. 우리는 이 곡에서 블랙 스트링의 실험 정신을 체감하며 그들에게 경의를 표하게 된다. 시나위 예술 정신은 위대하다. 시나위 음악은 걸맞게도 시나위를 잘 이해하고 새롭게 모습을 일신하는 가솔들을 드디어 만났다. 앞으로 그들의 활약이 더욱 기대된다.

2017년 8월 27일
남해에서

국립극장 음악회 「新. 들림」에 다녀와서

지난봄에 국립극장 국립국악관현악단의 예술 감독으로 부임한 원일이 반년이 지나 드디어 그가 갈고닦은 새로운 국악관현악단의 모습을 선보였다. 2012년 9월 21일과 22일에 열린 국립국악관현악단 제56회 정기 연주회였다. 전임 감독들과 달리 사십 대의 음악인이 악단을 책임지며 지휘봉을 잡은 것은 보수적인 음악계에서 신선한 충격이었다. 국악인으로서 원일은 그동안 청소년국악관현악단을 지휘하기도 하였지만 한편으로는 정통적인 국악에서 약간 빗겨나 퓨전 음악을 시도하였었고 또 외국의 음악인들과 어울려 새로운 앙상블을 꾸리기도 하였으며 최근에는 다양한 분야의 젊은 음악인들과 함께 앙상블 '바람곶'을 조직하고 새로운 변화가 가득한 음악을 선보이고 있었던 터다.

이날의 연주회 이름은 '新. 들림'이다. 매우 의도적인 제목이다. 신들림이란 신 내린 무당이 굿을 행할 때 도달하는 어떤 정신적 경계다. 그 경계는 하늘과 땅 그리고 사람이 혼연일체가 되어 서로 완전하게 교감을 하는 상태다. 또한 신들림의 더 근원적인 의미는 동아시아 철학에서 이야기하는 신명(神明)을 의미한다. 신(神)은 여기서 생명의 움직임이다. 명(明)은 그러한 생명의 움직임이 활성화되어 환하게 드러나는 것을 뜻한다. 신들림이란 한마디로 생명의 힘과 열기가 벅차오를 정도로 솟아 나오는 심리적·정신적 상태를 말한다. 전통음악에서 이러한 신명의 미학은 가장 본질적인 핵심이다. 시나위야말로 신명이 가득 찬 음악이다. 원일 감독이 이러한 제목을 취한 것은 국악관현악이 새롭게 비약을 하되 전통미의 핵심적인 요소인 신명을 기초로 해서 이루어져야 한다는 뜻일 게다. 어쩌면 그간의 국악관현악단이 고식적이고도 타성적인 연주에 젖어 들면서 이러한 신명의 상태를 소홀히 하였다는 비판적 자각에서 비롯되었을지도 모르겠다.

첫날은 둘째 날과 공통 곡목으로 「대취타」, 김영동의 「단군신화」, 김대성의 「국악관현악 '열반'」이 연주되었고, 이와는 별도로 첫날은 이상규가 작곡하고 정재국이 피리를 독주한 「피리 협주곡 '자진한 잎'」, 김성국의 「공무도하가」가, 그리고 둘째 날에는 김영재가 작곡하고 본인이 해금을 독주한 「해금 협주곡 '공수받이'」, 위촉 초연인 이영자 작곡의 「하늘과 땅 사이 산과 바다 흐르고 그 안에 너와 나 축복이네」가 연주되었다. 우리가 선택한 날은 둘째 날이었다. 토요일이라 넉넉한 시간적 여유도 있었지만 김영재의 연주를 보고 싶은 마음 탓이기도 하였다.

첫 곡은 원일이 편곡하고 재구성을 한 「대취타」였다. "이번 대취타의 구성은 불고(吹) 치는(打) 악기들끼리의 원초적인 소리들(音色)을 더욱 확대하여 1장에서는 도발적인 소리들이 공간을 채우도록 하였고, 2장에서는 국악관현악단의 입장과 각 악기군의 고유한 소리적 특징이 나타날 수 있도록 의도하였다." 그의 설명대로 이번 대취타의 연주는 그동안의 통념을 완전히 일신하였다. 대취타는 조선 왕조의 궁중 행사 때 연주하던 일종의 행진곡이다. 대규모로 완전하게 편성할 경우 전부(前部)인 취고수(吹鼓手)와 후부(後部)의 세악수(細樂手)로 나눈다. 취고수는 징, 자바라, 나각(螺角, 소라), 나팔, 장고, 용고(龍鼓) 등의 타악기와 유일한 선율악기인 태평소로 편성된다. 세악수는 선율악기인 적, 해금, 피리 등으로 구성한다. 보통 대취타 음악은 취고수로 충분하지만 조선통신사나 정조의 수원 능행에서 보듯이 특별한 경우에는 세악수를 덧붙여 대편성으로 구성하여 음악을 장엄하면서도 위의(威儀) 있게 연주한다. 옛날 대취타 악대가 우렁차게 음악을 연주하며 장안 거리를 누비는 모습은 장관이었을 것이다. 일본에서도 지금까지 남아 있는 그림들을 보면 당시 조선통신사가 지나는 길목엔 그야말로 인산인해를 이루었다. 그 모습은 위의가 있고 음악은 장엄하면서도 신비로웠을 것이다. 「한양가(漢陽歌)」에 나오는 가사를 보면 당시의 모습이 떠오른다.

명금(鳴金) 삼성(三聲)한 년후에
고동이 세 번 울며 군악이 일어나니
엄위한 나팔이며 애원한 호적이라
정기는 표표하고 금고는 당당하다
한가운데 취고수는 흰 한삼 두 북채를
일시에 수십 명이 행고를 같이 치니
듣기도 좋거니와 보기도 엄위하다[1]

---

1 장사훈, 『국악총론』, 정음사, 1976, p.359. 필자가 현대어로 고쳤음.

편곡자 원일은 본디 거리에서 연주되는 악곡을 폐쇄된 무대 공간으로 이동시키면서 새로운 시도를 하고 있다. 연주가 시작되자 무대에는 놀랍게도 지휘자와 한 명의 타악기 연주자만 등장한다. 그 넓은 무대가 텅 비어 있다. 전통 대취타의 시작을 알리는 커다란 구령소리도 들리지 않는다. 엉뚱하게도 트라이앵글의 조용하고도 잔잔한 울림이 무대의 적막을 깨트리고 있다. 그런 다음에 텅 빈 무대 공간 안으로 먼저 취고수들이 악기별로 차례로 들어오며 자리를 잡고 악기 소리로 인사하기 시작한다. 청중은 이를 통해 각 악기의 모습과 소리를 개별적으로 인지하게 된다. 나각이 들어와서 그들의 악기를 연주하고 또 태평소(호적)나 나팔이 등장하며 문자 그대로 나팔을 불어 댄다. 우렁찬 소리가 극장을 가득 메운다. 평소 한꺼번에 합주를 하여 별로 주목을 받지 못했던 관악기와 타악기들이 개별적으로 들어오며 각기 힘껏 소리를 질러 대니 청중은 그 힘찬 소리에 놀라고 또 그 악기의 모습을 새삼스럽게 쳐다보게 된다. 우리 악기가 개별적으로 생생하게 그 모습과 음색을 청중에게 알리는 순간이다. 타악기 연주자와 북 치는 고수들이 모두 등장을 하고 나서야 세악수들이 들어온다. 전통과 달리 아쟁과 25현 가야금, 거문고, 세피리와 향피리 그리고 대금까지 모두 입장을 한다. 악대 편성을 보니 취고수는 태평소(호적, 날라리) 1, 나팔 2, 나각 2, 장고 1, 용고 1, 쟁 1, 자바라 1로 되어 있다. 특이하게도 편종이 추가되어 있다. 세악수는 모두 복수 편성이다. 피리 8, 대금 8, 해금 10, 아쟁 8, 25현 가야금 8, 거문고 3 그리고 객원 악기로 두 대의 콘트라베이스가 보인다. 청중은 차례로 입장한 악기들의 모습을 정확하게 눈으로 보며 동시에 그 악기가 지니는 소리 빛깔을 분명하게 구분할 수 있었다. 편곡자의 의도가 돋보인다. 또한 이들 악기가 모두 함께 연주하는 모습은 장관이었다. 대취타 전통의 선율도 있지만 일부는 새로운 가락을 집어 넣었는데 특히 날라리나 나팔을 비롯한 타악기를 적극 활용하여 음악당을 쩌렁쩌렁 울리게 하는 연주는 청중을 흥분시키고도 남음이 있었다. 대취타는 바로 이 음악회의 방향을 시사하는 일종의 서곡이었다.

김영재가 작곡하고 또 해금을 협연한 「해금 협주곡 '공수받이'」도 기억에 남는 연주였다. 김영재는 해금과 거문고의 명인이다. 명인으로서 산조 연주에 능하고 여러 종류의 새로운 산조를 편곡하기도 하였다. 젊은 시절에 이미 그는 여러 개의 해금곡을 썼다. 「비(悲)」「적념(寂念)」「조명곡(鳥鳴曲)」 등이 그의 창작 작품이다. 또 「새 생명의 환희」「광대의 꿈」「가사호접」 등을 작곡하며 명인으로서의 연주 활동도 활발하게 하고 있는 보기 드문 국악인이다. 초기 작품들은 대개 독주곡이나 이중주였지만 이제 대편성의 협주곡을 쓸 정도로 그 영역이 한껏 넓어졌다. 연주회 안내서를 보니 그의 해금 협주곡을 간단하게 설명하고 있다. "공수란 무당이 저승에 있는 자의 말을 전하는 것으로서 공수받이는 이러한 의식인 굿의 절정 부분을 표현하는 곡이다. 해금은 이러한 의식 음악에서 중요한 선율악기로서 무속음악 장단의 선율 진행에 화려한 국악관현악이 합쳐지게 된다. 주선율은 모두 한강 주변의 굿 음악에서의 것들로 서울 가락과 경기 가락이 적절하게 넘나드는 듯한 느낌을 받게 된다."

이 작품은 독주 악기와 관현악단이 어우러져 연주하는 협주곡 형식으로 되어 있다. 서양에서의 협주곡은 그 역사도 오래고 그 과정에서 다양한 형태의 협주곡 형식이 전개되어 왔다. 통상적인 협주곡은 보통 '빠르게, 느리게 그리고 빠르게'의 3악장으로 구성된다. 첫 악장은 보통 소나타 형식을 채택하며 제1주제와 제2주제의 변주와 되풀이 그리고 끝부분에서 독주 악기 홀로 연주하는 카덴차가 나타나며 마지막은 코다로 마무리한다. 김영재가 서양의 음악 형식을 얼마나 염두에 두고 작곡하였는지는 모르겠다. 그가 의식을 하든 아니든 커다란 의미는 없을 것이다. 그냥 단순하게 독주 악기와 관현악의 협주라고 이해하는 것이 타당하다. 우선 악장 구분이 없이 단 악장으로 구성되어 있다. 악곡의 전개도 밀고 당기는 긴장과 이완의 자유로운 형식으로 어우러져 있다. 또한 주제는 하나만 선정하여 그것을 변주하며 전개하는 것이 아니라 여러 가지 전통 가락을 적절히 변형하고 배합하여 곡을 구성하고 있다. 한마디로 그의 협주곡은 철저하게 전통음악의 선율에 바탕을 둔 변주곡으로 특정 형식에 구애받음이 없이 자유롭게 진행되고 있다. 전통음악 선율의 활용은 젊은 시절 김영재가 작곡한 작품들에서도 공통적으로 보이는 특징이다. 거문고와 해금의 명인으로서 어쩔 수 없는 그의 한계일 수 있지만 동시에 전통에 뿌리를 두고 이루어진 단단한 기초를 근거로 하여 좀 더 새로운 세계를 찾을 수 있는 가능성이기도 하다. 무엇보다 그의 음악은 고루하지 않으면서도 과거의 가락을 현대적인 감각으로 마음껏 음미할 수 있게 해 준다. 그의 음악이 보여 주는 뛰어난 장점이다. 특히 중간에서 그가 신명 나게 연주하는 독주는 해금의 아름다운 음색과 서정성 깊은 가락을 청중에게 선사하고 있다. 조명을 받아 하얗다 못해 눈처럼 흰 한복을 말쑥하게 차려입고 꼬장꼬장한 몸짓과 단정하게 가부좌하고 연주하는 모습은 그의 음악이 어떤 성격인가를 이미 암시하고도 남는다. 어설픈 퓨전 음악에 비해서 그의 전통 지킴이로서의 역할은 박수갈채를 받고도 남음이 있다.

이날 연주회의 마지막은 김대성의 개작 초연곡 「열반」이었다. 연주회의 대미를 장식하기에 충분한 선곡이었다. 이 곡으로 인해 청중은 어떤 아쉬움도 없이 가을의 음악회를 만끽하였고 우리 국악관현악의 무한한 가능성을 확인하면서 자리에서 일어날 수 있었다. 이 곡은 그간 우리 관현악이 처해 있는 근본적인 어려움을 다시 한번 각인시키면서도 동시에 하나의 가능성을 햇살처럼 환하게 비춰 주는 것이었다. 이는 국립국악관현악단의 새로운 수장으로 부임한 원일이 찾고자 하는 방향이었을 것이다.

원일은 "오랫동안 비판적 입장에서 국악관현악을 지켜봐 왔다." 그가 말하는 '비판적 입장'이 구체적으로 어떤 문제점을 지적하고 있는지는 모르겠으나 한마디로 국악관현악은 "아직 불완전한 존재"라고 규정짓고 있다. 그가 말하는 국악관현악이란 과거로부터 전승된 전통음악을 어떠한 변경도 없이 본디 모습 그대로 연주하는 음악을 말하는 것이 아니라 현대를 살아가는 우리가 연주하고 또 즐겨야 하는 그런 새로운 시대의 음악을 지칭하고 있음이 분명하다. 또한 새로운 음악은 과거의 아악 연주단의 배치나 악기 구성에서도 다르고, 무엇보다 연주하는 악곡이나 그 형식이 달라야 함을 의미한다. 현재 우리가 관현악이라고 지칭할 때 그 개념은 서양의 오케스트라에서 비롯된다. 서양의 교향악단 체제와 구성은 전통 관현악과 본질적으로 다르다. 그럼에도 현재 우리 국악관현악단은 서양의 오케스트라 편제를 그대로 모방하고 있다. 한편으로는 전통국악 악단의 편제도 살리고자 한다. 결과적으로 그 모양새가 어정쩡하여 악단의 체제를 명료하게 확립하지 못한 상태다. 좋게 말하면 현재의 국악관현악단은 새로운 시대에 맞는 형식은 무엇일까 적극적으로 모색하며 발전하고 있는 현재진행형이다.

우리 전통음악은 크게 나누어 아악과 민속악으로 구분된다. 아악에서의 관악합주는 편경과 편종을 포함하여 거의 모든 악기를 망라

한 대편성이 가능하다. 대편성 관악합주는 통상적으로 제례악 등에서 사용된다. 그러나 가곡의 반주 등을 비롯한 대부분의 악곡은 줄풍류와 대풍류로 구성되며 악기 구성은 소편성이다. 민속악의 경우는 거문고나 가야금을 포함한 줄풍류도 있지만 삼현육각처럼 단잽이 대풍류가 주를 이룬다. 시나위는 그 영역이 우리 민속음악 전반을 아우르는데 그 악기 편성이 한층 열려 있어 독주와 병주는 물론이고 어떠한 조합의 악기 구성도 가능하다. 몇 개의 악기를 임의로 조합하기만 하면 현대적 개념의 앙상블로 만들 수 있다. 연주 형태는 독주, 병주, 제주, 합주 등으로 구분할 수 있는데, 병주는 두 개의 악기를 연주하는 것이고 제주는 동일한 선율을 여러 악기가 함께 연주하는 것이다. 합주는 일종의 교향악이라 할 수 있는데, 관악기, 현악기, 그리고 타악기가 모두 어우러져 연주하는 것을 말한다.

우리의 전통음악은 합주 분야에서 그 특징이 두드러지게 나타난다. 특히 시나위를 합주 형식으로 연주할 때 각개의 악기가 연합을 하되 헤테로포니 형식을 갖춘다. 헤테로포니라는 단어는 이음성(異音性)이라 번역하지만 적절치가 않다. 중국에서는 이를 지성복조(支聲復調)라 부른다. 이는 여러 독립된 악기들이 동일한 선율을 연주하지만 성부를 달리하며 하나의 성부는 독립적으로 선율과 리듬을 변주하며 전개한다. 서양의 푸가와 비슷하지만 푸가는 서로 다른 성부가 동일 선율을 시차를 달리하며 하나의 선율이 끝나기 전에 중간에서 이어달리기식으로 연주를 한다. 각 성부는 하나의 동일한 선율을 연주하지만 같은 시점에서 서로 다른 부분이 연주되고 이 부분들이 겹쳐진다. 그 통합된 음악은 대위법 등의 형식으로 엄격하게 통제되어 전체적인 조화와 균형을 획득한다. 이에 비해 헤테로포니 연주는 각 악기가 지나칠 정도로 자유롭게 중심에서 이탈할 수 있다. 동일한 선율이지만 강약이나 리듬을 포함하여 여러 가지 변주도 가능하다. 언뜻 보면 아주 다른 곡을 연주하는 듯이 보일 정도로 연주자는 그만의 개성을 마음껏 발휘할 수도 있다. 하지만 지나칠 정도로 너무 멀리 떠나지는 않는다. 원심력에 의해 팽팽하게 당겨지듯이 모든 연주자는 하나의 악곡을 완성시키기 위해 하나의 부분으로서 그 역할을 수행한다.

어떤 이들은 헤테로포니가 원시적 형태의 음악이라고 그 의미를 가볍게 본다. 서양에서도 중세 이전에 헤테로포니 형태의 음악이 있었음이 알려지고 있다. 현대의 고도로 복잡하게 발전된 서양음악을 기준으로 삼는다면 헤테로포니는 다듬지 않은 원초적 형식의 음악이라 할 수 있다. 그렇다고 헤테로포니 형식의 음악이 원시적 수준에 머물고 있는 초보적 음악이라고 말할 수는 없다. 이는 우리 음악의 본질적인 특성을 간과한 것이다. 우리 음악은 어디까지나 동아시아적 문화 전통 위에서 발전되어 왔다.

동아시아 문화는 서양과 근본적으로 그 얼개가 다르다. 첫 단추부터 다르게 끼어 있다. 동아시아의 우주론에서는 부분이 전체요 전체가 부분이 된다. 일원성을 추구하되 일원성은 다원성 안에서 허용된다. 동시에 다원성은 일원성을 중시하는 데서 가능하다. 개별적인 것이 모여 전체를 이룬다. 그리고 개별적인 것들은 서로 이(異)와 동(同)을 동시에 지닌다. 다르면서도 같고 같으면서도 다르다. 유가(儒家)에서는 예악(禮樂)을 존중한다. 예(禮)와 악(樂)은 사람들이 공동체로 살아가는 데 필수 불가결한 요소다. 예는 차례나 순서를 가리킨다. 즉 차이와 구별이 있음이다. 이에 비해 악은 화(和)를 추구한다. 화는 동일함을 바탕으로 한다. 서로 다른 이질적인 것이 함께 어울릴 수 있는 것이 바로 화다. 이를 통하여 악은 궁극적으로 조화를 이루게 된다. 음악의 궁극적 경계는 조화와 균형이다. 이러한 궁극적인 목표는 바흐의 음악에서 보듯이 서양음악에서도 다를 것이 없지만 두 음악은 그 과정과 기법에서 완전히 다르게 나타난다. 헤테로포니는 바로 이러한 동아시아 문화에 걸맞은 음악 형식이라 할 수 있다.

우리 음악이 지니는 특성으로 위에서 언급한 헤테로포니 이외에 '열려진 공간에서의 열려진 음악' 그리고 '춤의 연관성'이 거론되어야 한다. 우리 전통음악의 대부분은 춤을 연상시킨다. 음악을 듣고 있노라면 나도 모르게 몸이 움직이게 되고 심한 경우 어깨와 몸을 들썩이게 된다. 이는 우리 음악이 호흡을 바탕으로 한 음악이기 때문이다. 서양의 경우처럼 맥박을 느끼게 하는 비트 음악과는 본질적으로 다르다. 비트는 박으로서 이 또한 율동을 느끼게 한다. 율동은 춤이다. 그러나 비트는 하나의 매듭지어진 단면이다. 이러한 고정되고 멈춘 단면이 줄지어 전개될 때 전체적으로 춤이 만들어진다. 그래서 그 춤은 딱딱 떨어지고 각이 서 있다. 동작의 구분이 명확하다. 이에 반해 우리의 춤은 끊어짐이 없이 한없이 흐른다. 지속적이다. 심리적 매듭은 가능하지만 표면적으로 드러나는 춤사위에는 단절이 전혀 없다. 물 흐르듯이 유연하게 그리고 유장하게 흘러간다. 그것은 생명의 호흡과 다름이 아니다.

또 열려진 공간에서의 열려진 음악은 전통음악이 갖고 있는 아주 유별난 특질이다. 도대체 전통음악은 궁중음악이든 민속음악이든 문을 걸어 닫은 폐쇄된 공간에서 연주되는 경우가 없다. 궁중음악은 등가(登歌)음악과 헌가(軒架)음악으로 편성되는데 등가음악은 대전(大殿)의 댓돌 위 즉 당상(堂上)에서 연주되며 헌가음악은 당하(堂下)의 앞뜰에서 연주된다. 시골의 굿거리 음악도 문이라는 문은 모두 열어 놓고 활짝 트인 공간에서 진행된다. 판소리나 장터의 삼현육각은 말할 것도 없다. 이러한 특성을 지닌 음악이 바로 시나위다. 시나위에서 참가하는 연주자들은 제멋대로 연주를 한다. 그 모습이 정말로 가관이다. 그러면서도 전체적으로 통제되고 조화를 이룰 수 있으니 이야말로 방일(放逸)의 미요 우주 조화에 비견된다.

이런 전통음악의 특성을 현대적 개념의 서양 오케스트라로 개변하고자 하는 것은 많은 어려움이 따르게 마련이고 결국은 이것도 저것도 아닌 어정쩡한 결과를 초래하게 된다. 이의 좋은 본보기로 윤이상의 교향악을 들 수 있다. 그의 실내악 작품들은 우리 음악의 특성을 어느 정도 살리는 데 성공하고 있다. 그가 동아시아 악기들의 음과 음색을, 그것도 동아시아의 연주 기법을 적용하여 작곡한 작품들은 서양인들에게 커다란 감동을 불러일으키는 데 성공하였다. 음악당이나 무대라는 제한된 공간 때문에 우리의 전통 악곡처럼 춤의 연관성이나 열려진 음악의 경계까지 도달할 수는 없었지만 실내악을 구성하며 우리의 개별적 특성을 최대한 발휘하도록 한 그의 음악은 서양인들에게 새로운 경계를 느끼게 하였고, 서양의 음악 형식을 채택하여 작곡을 하였음에도 동아시아적 숨결을 보여 주고 있다. 그러나 그의 교향악은 본질적 모순이 되는 한계를 전혀 돌파하지 못하고 있다. 오케스트라가 요구하는 합주와 제주는 그가 강조하는 의도와는 달리 우리 음악이 지니는 개별성을 덮어 버리게 되었고 결과적으로 아무런 개성도 없는 복잡한 구성의 음악이 되고 말았다. 형식이 불완전하니 듣는 이도 어리둥절할 정도로 음악은 지루하게 전개되고 감동이 약할 수밖에 없었다.

국악관현악단은 그 구성이 서양의 오케스트라를 모방하여 이루어졌다. 생태적으로 그 연주 효과가 한계를 지닐 수밖에 없다. 이를 돌파하기 위해서는 기존의 관념을 전부 불식하고 처음부터 새로 시작해야 한다. 우선 훌륭한 곡이 창작되어야 한다. 윤이상의 예를 거울 삼아 새로운 노력이 이루어져야 한다. 우리 음악의 특질을 최대한 살린 악곡이 작곡되어야 한다. 또한 이러한 창작을 용이하게 하기 위하여 우리 관현악단의 구성과 편제도 다시 조정되어야 한다. 예를 들어 현대음악의 추세에 맞춰 다양한 타악기의 도입이 필요하다. 원일의 악단은 이미 여러 종류의 타악기를 편입시키고 있는데 한 걸음 더 나아가 우리의 타악기뿐만 아니라 다른 나라의 타악기도 적극 검토하여 추가해도 무방할 것이다. 또한 베이스의 예처럼 우리 악기가 지닌 구조적 한계를 보완하기 위해 서양의 악기를 일부 도입하는 것도 허용되어야 한다. 우리 음악의 특성은 겉으로 드러난 형태보다 내면적으로 지니고 있는 본질적 특성이 더 존중되어야 하므로 너무 외면적인 형식에 구애받을 필요는 없다고 본다.

이런 의미에서 김대성의 「열반」은 여러 가능성을 동시에 보여 준 무대였다. 이 곡은 2001년 KBS 국악관현악단 주최 국악관현악곡 공모에서 대상을 획득한 작품이다. 원일은 이미 2003년에 청소년국악관현악단을 이끌고 이 곡을 지휘한 경험이 있다. 김대성의 작품집 음반 『다랑쉬』에 수록된 해설에서 원일은 다음과 같이 이야기하고 있다.

> 2000년에 접어들면서 탄생되는 관현악곡 「청산(靑山)」과 2001년에 작곡된 「열반(涅槃)」은 그의 관현악 작품에 있어서 의미가 남다를 뿐만 아니라 '국악관현악곡의 역사'에서도 '전환기적 의의를 가지는 작품'이라고 감히 평가하고 싶다. 김대성 작품 세계에서 이 작품들이 가지는 의미라고 한다면 '국악관현악 어법의 완전한 획득'이라고 할 수 있을 것이며 이는 전통음악 어법의 진정한 이해를 바탕으로 이루어진 현대

적 관현악 작품이라는 데 있다. 그의 초기 관현악, 실내악 작품들을 연주해 보고 지휘해 온 본인으로서는 「청산」「열반」, 이 두 작품을 이제까지 그의 작품들 중에서도 높은 완성도를 지닌 작품들이라고 생각한다. (중략)

「열반」에 있어서는 김대성의 탐미적이며 현대적인 음악 어법의 현주소를 잘 드러내고 있는 역작이라고 생각한다. 첫 부분에 나타나는 가야금의 집중된 오스티나토(ostinato)와 그 위에 그가 펼쳐 보이고 있는 관현악적 전개는 아름답고 탐미적인 선율들을 직조해 내는 인간의 위대한 '정신적 풍경(spiritual landscape)'들을 느끼게 한다. 현대적이면서 난해하지 않으며 매우 아름다우면서 웅장함의 장관을 놓치지 않고 쓰인 작품이 「열반」이라고 생각한다.

김대성은 젊은 신진 작곡가다. 서양음악을 전공하였지만 그의 작곡 범위는 어떤 한 분야에 머물러 있지 않다. 서양음악 형식으로 피아노 협주곡도 작곡하고 피아노 독주곡도 창작하였으며 서양 악기와 국악 악기를 혼합한 일종의 퓨전 음악도 여럿 만들어 냈다. 그는 1990년 이래 전통음악을 주로 하여 제3세계의 음악 등에 관심을 갖고 다양한 음악 형식을 실험하고 있다. 특히 그는 전통음악을 습득함에 있어 실제 현장을 답사하며 그 뿌리부터 파고들었다. 그는 여느 작곡가들과 달리 폭넓게 그리고 무엇보다 심도 있게 전통음악을 자기 것으로 만들면서 한편으로는 서양음악을 과감하게 수용하여 완전하게 융합된 작품을 쓰고 있다. 이런 면에서 그의 작품들은 윤이상이 지녔던 한계를 아주 자연스럽게 넘어서고 있다고 생각된다. 학창 시절 김대성 자신도 윤이상을 좋아하여 그의 작품을 연구하였다는 사실은 그가 새로운 시대에 어떻게 동서양의 정체성이라는 문제의식을 초월하여 개성 있는 그만의 음악 즉 음악 자체로만 바라보아야만 하는 음악들을 창작할 수 있게 되었는가를 보여 주고 있다. 이런 면에서 앞으로 김대성이 만들어 나갈 작품 세계는 우리 음악계에서도 커다란 관심을 가지고 주목을 해야 할 것이다. 작곡가 자신은 같은 음반의 해설에서 이 곡을 자세하게 설명하고 있다.

이 곡은 범패와 서도민요를 연구하면서 받은 영감을 바탕으로 2001년에 작곡한 곡이다. 나는 범패 중 '짓소리'에 관심이 많았는데 특히 '인성(人聖)', '단정례(單頂禮)'의 채보 작업은 이 곡을 쓰는 데 많은 자극을 주었고 채보된 선율 중 일부 변용하여 이 곡에 사용하였다. 서도민요는 '긴아리'라는 노래의 선율에 나타난 골격 음도 이 작품의 중요한 동기로 사용하였다. 또한 범패, 서도민요와 더불어 이 곡에 영향을 준 것은 일본의 신악과 가가꾸 중 고마가꾸의 선율들이다. 이 선율들을 직접 채보하면서 나는 한국 고대음악의 특징을 찾아보았는데 특히 고마가꾸 중 나소리규란 곡의 고마부에(소금같이 고음을 내는 관악기) 선율은 나에게 인상적이었다.

한 음을 중심으로 인접 음이 장식적으로 나타나는 일본 신악(이러한 특징은 이 작품의 초반부에 나타나는 주선율에 나타난다)과 고마가꾸에 나타나는 헤테로포니성, 투박한 장단의 반복 그리고 범패에 나타나는 변화무쌍한 시김새와 음색의 변화, 자유로운 이조, 묘한 음의 출현 등은 나를 고대음악을 신비한 눈으로 바라보게 했으며 나의 음악의 지평을 넓혀 줄 그 무엇으로 느끼게 했다. 나는 이러한 음악적 특징들을 적극적으로 반영한 곡을 평상시에 쓰고 싶었고 그래서 나는 오랫동안 고민을 하면서 이 곡을 작곡하였다.

이 곡에 나타나는 여러 선율을 담아내는 그릇으로 나는 '경기도 무속 장단'을 사용하였다. 그러나 이 무속 장단을 그대로 사용하지 않았고 선율과 마찬가지로 많은 변화를 주어 새로운 장단으로 탈바꿈시키고자 하였다. 즉 원 장단을 단순히 분해시키면서 전체 구성(음악 형식)에 걸맞은 형태로 장단을 구조화시켰으며 관현악과의 울림에 대해 많은 관심을 갖고 서로가 들리고 상보할 수 있는 형태로 장단을 변화시켰다. 변용하여 사용한 장단은 권선, 진쇠, 푸살, 울림채, 노랫가락 장단이고 이 장단들은 1991년에 채보한 지영희 육성 무속 장고 가락 채보를 바탕으로 하고 있다.

나는 여러 음악 양식들을 통해 우리 고대음악의 특징을 찾아보고자 하였으며 이러한 음악 양식을 바탕으로 인간 내면 속에서 오래전부터 흘러왔던 '종교적 이야기'와 '인간적인 번뇌' '번뇌 다음의 해탈' 등을 매우 부족하나마 표현해 보고자 하였다.

특히 이날의 개작 초연은 성악을 포함하여 눈길을 끈다. 당초의 작품은 성악이 없는 순수 기악곡이었다. 그동안 작곡가는 한국의 전통 가곡에도 눈을 돌려 새로운 가곡을 여럿 작곡하였고 이날 출연한 가객인 강순권과 함께 가곡 창작집 『첫마음』도 출간한 바 있다. 이러한 노력은 상당히 귀중하다. 전통 조선가곡은 정해져 내려온 27곡이 전승되는 곡의 전부였고 그 이상의 악곡은 존재하지 않아 그 범위가 좁았다. 실제로는 조선 시대 가곡은 끊임없이 변화하고 있어 새로운 곡들이 추가되고 있었지만 20세기 전통의 단절로 인해 그만 고착되고 말았다. 이러한 정황에서 전통 가곡의 본질적인 음악 특성을 유지하며 새로운 가곡을 창작한다는 것은 획기적인 사실이다. 이러한 경험을 바탕으로 김대성은 그의 작품 「열반」에 새로운 성악을 삽입하고 있다. 네 명의 가곡 전문 성악가가 보여 준 소리는 관현악과 어울려 제목에 어울리는 깊은 감동을 이끌어 내고 있다. 가곡이 전통에만 머물지 않고 그 창법이 관현악의 전면에 현대적으로 되살아나고 있다. 가곡과 관현악의 합주는 윤이상의 「목소리, 기타 그리고 타악기를 위한 가곡」(1972)을 연상케 한다. 윤이상이 자기만의 음악을 모색하기 위한 과정에서 탄생한 이 작품은 우리의 조선가곡에서 영감을 얻어 작곡된 것이다.

김대성의 가곡 산입은 관현악단 반주를 통한 가곡 연창 또는 가곡만의 목소리를 통하여 그 효과를 한층 극대화하고 있다. 인간의 목소리야말로 가장 멋진 악기가 아니겠는가. 「열반」은 목소리를 포함한 모든 악기들의 개별성을 최대한 존중하며 전체적으로 심리적 긴장감을 팽팽하게 고조시킨다. 또한 열반에 이르는 신명의 열정을 선적인 시간 나열로 강화하면서 곡을 클라이맥스로 끌고 간다. 이는 또한 제목이 보여 주는 마지막 단계인 열반이라는 경계에 이르는 심적 과정이기도 하다. 곡은 전체적으로 크게 보아 두 개의 단락으로 구성되어 있다. 첫 단락에서 가야금이 낮은음들을 짧게 지속적으로 반복한다. 일종의 바탕음이다. 해금이 여린 가락을 시작한다. 관악기들이 차례로 가담하며 음향을 키우고 급기야 타악기를 포함한 모든 관현악기가 악곡을 연주한다. 이러한 절차는 마치 파도가 처음에 만들어져 점차 커다란 파도가 되고 나중에 파도 마루가 높이 형성되어 마침내 하얗게 물보라로 부서지는 것처럼 보인다. 이러한 파동이 모양새를 달리하며 세 번 정도 되풀이된다. 두 번째 단락에 이르러 가야금이 앞으로 모습을 드러낸다. 곧바로 모든 악기들이 참여하며 악곡을 총체적으로 연주한다. 각 악기들은 일종의 헤테로포니 형식으로 독립적이되 전체 악곡의 연주에 참여하고 있다. 곡은 자진모리를 지나 휘모리로 빠르게 진행되며 곡의 내면적 긴장을 한껏 높인다. 그러다가 뚝 떨어지듯이 곡은 다시 느려지고 나각 소리 등이 나타나며 곡의 긴장을 풀어놓는다. 열반에 이르러 모든 것을 편안하게 내려놓았을까? 천상의 악곡인 수제천을 연상시키는 장엄하고 화려한 가락이 등장하고 곡은 마지막 맺음을 한다. 형식과 내용이 교묘하게 상응하며 곡은 청중의 가슴을 열반으로 이끌고 있다. 열반은 불교에서 의미하는 궁극적 경계이지만 이 음악에서의 열반을 그렇게 어렵게 의식할 필요는 없다. 그저 신이 들려 둥둥 떠오르듯이 심적 경계가 흥분된 상태로 그리고 신명이 가득한 상태로 최고의 경계에 도달하면 그만이다. 음악은 그렇게 무대 공간을 들뜨게 하면 매듭을 짓는다. 「新. 들림」은 그렇게 막을 내린다.

2012년 11월 2일

죽음에 관한 음악
—해남씻김굿

죽음에 관한 곡을 우리 음악 중에 고르면 어떤 곡을 선택할까 궁리를 했지만 그 시간은 오래 걸리지 않았다. 바로 무속음악이었다. 지금은 거의 사라졌지만 내가 대학생이던 지난 1960년대까지만 해도 굿거리는 동네에서 흔히 볼 수 있는 마당 행사였다. 몸이 아파도 굿을 하고 집안일이 잘되라고 기원하는 의미에서도 굿을 하고 춘하추동 절기에 맞추어 동네 굿이 벌어지기도 했는데, 무엇보다 사람이 죽으면 굿을 했다. 특히 불행하게 죽은 사람, 특히 사고를 당하여 죽었거나 너무 젊어서 죽은 사람의 경우 곧잘 그 혼을 달래기 위해서 굿판을 벌였다. 그 굿판에는 일종의 무대 연희가 이루어졌다. 음악이 있고, 춤이 있으며, 무당들의 서사적인 이야기가 전개되고, 무엇보다 이러한 것을 함께 공유하는 여러 선량한 백성들이 있었다. 지금에 이르러서는 이러한 전통은 모두 사라졌다. 다만 무형문화재로 일부만 그 전승의 맥을 잇고 있을 뿐이다. 이 중에서도 남도의 굿거리는 그 보존의 질적인 면이나 또 그 예술성에서 단연 돋보인다.

경기도굿이나 동해안 오구굿, 또 진도씻김굿, 해남씻김굿, 그리고 제주도 칠머리당굿 등 관련 음반들을 모두 지니고 있었지만 오늘 곡으로는 해남씻김굿을 선정하였다. 진도씻김굿과 거의 대동소이하다고 판단되지만 그래도 진도씻김굿은 널리 알려져 그 음반들이 여러 종류 나와 있는 반면에 해남씻김굿은 그 원형을 잘 보존하고 있으면서도 상대적으로 덜 소개된 까닭이다.

이 굿을 들으며 실제 그 연행하는 모습을 보지 못하는 것이 무척 유감스럽다. 왜냐하면 우리 음악의 특징은 마당음악이기 때문에 열린 공간에서 여러 대중과 함께 그 분위기를 함께 공유하면서 흘러가는 음악의 장단과 무엇보다 무당들이 움직이는 몸의 움직임이 내뿜고 있는 신명의 기를 함께 느껴야 그 진정한 멋을 향유할 수 있기 때문이다.

굿 음악은 철저하게 민속음악이지만 실제 그 내용을 들여다보면 우리 민족이 갖고 있는 예술철학을 놀라울 정도로 완벽하게 반영하고 있다. 우선 형식이다. 씻김굿의 음악을 이루고 있는 것은 목소리와 관현악이다. 중심이 되는 목소리는 두 무당의 소리와 사설이다. 관현악을 구성하고 있는 악기는 피리, 대금, 아쟁, 해금, 장고 등이다. 기본적으로 삼현육각의 얼개다. 이들이 꾸며 내는 악곡의 진행이 매우 특이하다. 음악을 진행하기 위해서는 악보가 있거나 아니면 확실한 틀이 필요하다. 그러나 굿거리에서 사람의 소리와 악기 소리들로 하여금 연주를 할 수 있도록 정해진 악보는 없다. 형식이 없는 것이 바로 형식이다. 무한대의 개방이라고도 할 수 있다. 실제로는 시나위조 또는 계면조 그리고 구체적으로는 여러 가지 장단이 버무려져 음악이 전개되고 악기 연주자들은 이러한 공통분모에 발을 맞추어 걸음을 옮긴다. 이는 어디까지나 결과물에 대해 분석하여 붙이는 이름이요 틀이다.

둘째로는 그 내용이다. 굿의 내용은 죽은 자의 넋을 달래 하늘 세계로 인도하는 것이다. 이승에서의 모든 응어리를 깨끗하게 씻어 낸 다음에 저승 세계로 옮겨 가야 한다. 이를 위해 산 자들이 망자를 위해 굿판을 벌이고 넋을 씻어 낸다. 망자는 이미 이승을 떠나 말도 없고 움직임도 없다. 굿판은 실제로 산 자들을 위한 슬픈 축제다. 망자를 빌미로 살아 있는 사람들이 그 마음의 한을 모두 털어 내고 현실의 삶으로 인한 여러 응어리를 씻고자 한다. 이를 위해 음악도 필요하고 '덩더궁 덩더궁' 몸의 움직임도 요청된다. 너만의 외로운 정화(淨化)가 아니라 너와 나, 그리고 망자까지 포함한 모든 자들의 정화요 씻김이다. 이를 통해 무엇보다 삶과 죽음이 하나가 되어 있음을 실감한다. 삶은 죽음을 본질적으로 지니고 있지만 평소에는 이를 의식하지 못한다. 그것은 두려움이요 공포다. 숨어 있는 그 죽음은 살아 있는 자와 가까운 어떤 사람이 죽었을 때 불현듯 솟아올라 살아 있는 사람을 무섭게 한다. 그러한 공포를 직접 겪은 망자의 처지를 슬퍼하게 된다. 죽은 자도 슬프고 살아 있는 나도 서럽다. 이러한 슬픔과 두려움은 치유되어야 한다. 삶과 죽음은 전혀 다르지 않은 하나로 받아들여져야 한다. 굿은 이러한 치유의 외향적 형식에 불과하다.

셋째로 이러한 내용을 표현하는 음악은 그 모습도 내용과 다를 것이 없다. 우선적으로 느껴지는 것은 춤을 연상시키는 요소다. 무당들은 한시도 가만히 있지 않고 몸을 움직이거나 춤을 춘다. 접신의 경계에 들어서면 그 춤은 격렬하게 뒤바뀌기도 한다. 굿 마당 안에 신명의 기운이 널리 확산된다. 이러한 기운을 나타내기 위해 음악은 '몸짓'으로 충만하다. 음악만 들어도 몸이 움직이게 된다. 다음으로 무형식을 바탕으로 한 악기들은 그 독립성이 강하다. 시나위의 전형적인 특징을 잘 드러내고 있다. 악곡이 연주될 때 우리는 각 악기들의 음을 쉽게 구분하여 그것만을 좇을 수가 있다. 다른 악기들과 같은 선율이나 리듬을 연주하는 것이 아니라 제멋대로 하고 싶은 대로 연주를 하기 때문이다. 언뜻 보면 악기들과 대립의 각을 세우고 있는 것 같지만 전혀 그렇지가 않다. 지나침이 없기 때문이다. 서로를 존중하며 조화와 균형을 찾는다. 장자의 제물론 사상과 동일하다. 또한 장자가 갈파한 "사물은 사물일 따름이며 사물이 다른 사물에 상대적으로 따르는 것이 아니다(物物而物不於物)'"라는 말을 아주 잘 드러내고 있다. 뒤집어 말하면 대대(對待)는 실제 세계의 현상이지만 인간은 그 노력으로 인해 합일의 경계에 도달하게 된다. 죽음과 삶은 대대의 경계에 속한다. 해남굿은 이러한 대대를 굿판을 통하여 산 자들과 죽은 자들 모두를 삶과 죽음이 여일한 합일의 경계로 인도하고 있다. 음악은 이를 위해 형식과 내용이 어우러져 있다. 이 역시 합일의 경계가 아니겠는가.

우리는 서양의 진혼곡과 현대 작곡가인 치나리 웅의 음악을 죽음과 관련하여 들을 수 있다. 진혼곡은 문자 그대로 망자의 혼을 달래는 곡이다. 그 혼이 절대자인 하느님에게 편하게 귀의하여 천국에서 살 수 있도록 기원하고 있다. 진혼곡을 통하여 살아 있는 사람들도 스스로를 위로하겠지만 그 본질은 어디까지나 죽음에 대한 두려움이요 망자의 후생이 하느님의 영광 아래 복을 받도록 하는 기원이다. 복을 비는 음악인 것이다. 이는 절대자에게 도달할 수 없는 살아 있는 사람들의 경계와 천국의 경계를 확연하게 구분하고 있다. 같을 수가 없는 것이다.

치나리 웅의 노래는 죽음에 대한 생생한 공포를 보여 준다. 크메르루주에 대한 기억이 끔찍할 정도의 고통을 주고 있기 때문이다.

음악은 이를 드러낸다. 망자들이 겪었을 무서운 죽음의 과정 그리고 이를 상상하는 산 자들의 악몽이 교차되고 있다. 작곡가는 이러한 고통을 잊기 위해 그리고 치유하기 위해 티베트 승려들의 기원과 노래하는 이의 슬픔 정도로 수동적인 받아들임을 마지막에 표현하고 있다. 듣는 사람의 입장에서는 아쉬움이 짙게 남는다. 치유가 완전하지 않기 때문이다.

이로 보면 우리의 씻김굿은 정말로 위대하다고 할 수 있다. 음악면에서뿐만 아니라 그 실질적인 효과 면에서 우리가 고마움을 느낄 정도로 삶과 죽음에 대한 해결책을 제시하고 있다. 참고로 윤이상 역시 이러한 면을 자각하고 있었음이 틀림없다. 그리고 그의 음악에 반영하고자 노력하였다. 하지만 궁극적 결과에 있어 그는 실패하였다. 대대의 경계를 벗어나지 못하고 합일의 경계에 도달하지 못한 것이다. 그 가장 핵심적인 이유는 역설적으로 윤이상이 그토록 강조하던 도가(道家)에서 찾아볼 수 있다. 바로 인위적인 요소다. 윤이상은 그의 목적을 달성하기 위해, 현실적으로 낯설어하는 서양음악 연주자들을 위해, 그의 음악을 철저하게 아주 세부적으로 규정을 하여야만 했다. 이는 무작위적인 우리 시나위 특성과 반하는 것이었다. 시나위가 본질적으로 성립되려면 무엇보다 즉흥성이 우선하여야 하고 그 즉흥성은 바로 개방성과 자유 그리고 무위적인 바탕에서 가능한 것이었다.

연주 시간이 무려 100분 45초에 이르는 긴 곡이다. 설명에 의하면 굿은 며칠 연속하여 계속된다 하였으니 녹음을 위해 핵심만 간추려 공연하였음이 분명하다. 연주에는 당대의 내로라하는 명인들이 출연하였다. 소리에는 무녀인 이장단과 김대례가 나왔으며, 악기 연주를 보면 피리(소리) 박영태, 장고 박진섭, 아쟁 박병원, 대금 김방

현, 해금 홍옥미 등이다. 소리의 김대례와 아쟁의 박병원은 무형문화재 제72호 진도씻김굿의 인간문화재로 지정을 받은 명인들이다.

음원은 "무악, 해남굿, E&E MEDIA, 1997"이다.

2011년 2월 13일

양진모, 한국 가곡

추석 연휴를 맞이하여 아들 부부와 함께 강화도로 나들이를 해서 하룻밤을 묵고 왔다. 강화도로 떠나던 19일 일요일에는 비가 억수같이 퍼붓고 있었다. 벼 이삭도 익어 가는데 어쩌려고 이렇게 비가 오는지 속으로 걱정을 하며 떠난 길이었다. 강화도 서편의 우포항으로 발길을 돌리고 발 닿는 대로 가다가 숙소를 찾았다. 굵은 빗줄기 속으로 바라다보이는 회색빛 바다 옆으로 펜션이 보이고 그 이름이 '노을빛 바다'였다.

우산을 들고나온 주인은 사십 대가 될까 아니면 삼십 대 후반쯤 되어 보이는 남자였다. 안으로 들어가니 커다란 홀이 나왔다. 거실이라기에는 크고 응접실이라기에는 어울리지 않는 널찍한 공간에 바다를 향한 벽은 통째로 유리를 끼워 시야가 탁 트였다. 벽마다 기둥마다 글씨들이 걸려 있었다. 행초도 보이고 예서도 보인다. 꽤 잘 쓴 글씨로 보인다. 노부부가 눈에 띈다. 운영은 아들 내외가 하고 있었지만 실제 주인은 바로 노부부였다. 아들이 음악을 틀어 준다. 주인인 아버지가 직접 작곡한 것이라 한다.

반가웠다. 주인의 이름은 양진모라 하였다. 1941년생으로 일찍이 서울 음대에서 작곡을 공부하고 진주교대와 경인교대에서 후학을 오랫동안 가르쳤다. 서양음악 전공이지만 세월이 흐르면서 서양음악 기법을 통한 우리 가곡이나 음악을 창작하는 것에 깊은 회의를 느끼고 독자적으로 한국적인 아름다움과 정서를 함양한 가곡을 작곡하는 데 심혈을 기울였다고 한다. 그는 주장한다. "홍난파 선생이 음악의 현대화에 커다란 공을 세우기는 하였지만 그의 가곡은 진정한 한국 가곡이 아니다. 그 말고도 여러 음악가들의 경우가 다 그렇다. 우리 가곡은 우리말을 토대로, 우리의 숨결을 바탕으로 만들어져야 한다. 우리 전통음악은 숨의 음악이다. 숨이 모여 한배가 된다. 산조 가락처럼 진양조, 중모리, 자진모리, 휘모리 등의 호흡으로 음악이 전개되어야 한다."

절절이 옳은 말이고 크게 공감이 간다. 그의 음악을 정작 들어 보면 아무래도 서양음악의 영향이 아직 그대로 남아 있어 소위 현대의 가곡으로 우리에게 잘 알려진 현제명이나 김동진 또는 채동선 같은 작곡가들의 맥에서 크게 벗어나지 못하고 있는 것 같다. 그럼에도 음악의 전개에 있어 진양조나 자진모리 등의 빠르기로 전개를 하고 있음은 매우 주목할 만한 새로운 시도임이 분명하다. 일부 노래들은 우리말의 흐름을 그대로 채택하고 있다. 이 또한 우리의 느낌을 자연스럽게 건드린다. 그런데도 전체적으로 왜곡되어 있는 현대 우리 가곡의 틀에서 크게 벗어나지 못하고 이유는 무엇일까?

전문적인 소양이 없는 사람이 무어라 지적하기에는 두려운 일이기는 하다. 짧은 소견으로 보아 첫째 창법이 다르다. 벨칸토 창법으로 노래를 부르고 있다. 무엇보다 테너, 소프라노 등의 노래가 악곡 자체와 조화를 이루지 못하고 있다. 다시 말해서 테너나 바리톤 등의 성부가 우리 노래를 부르는 것에 무슨 문제가 있음이 아니라 테너와 바리톤 등이 우리의 노래를 완전히 소화하지 못하고 있음이다. 성악 성부들은 일종의 악기로 간주된다. 그렇다면 어떤 악기라도 우리 가락을 연주한다면 그것은 우리 음악이다. 이런 면에서 악곡 자체가 그런 가능성을 제시했어야 한다.

벨칸토 창법은 음을 유려하게 부른다. 특히 높은음에서 매끈한 음색을 유지한다. 반면에 우리 가락은 구성지다. 거칠고 탁하다. 저음에서 그 서정성을 한껏 강조하기도 한다. 음색과 정조라는 면에서 테너와 소프라노 등이 우리 음악의 본질을 건드리기는 무척 어렵다. 이를 극복하기 위해서는 악곡 자체가 획기적 발상을 도입해야 한다. 이는 작곡가들에게 너무 어려운 과제가 아닌가 싶다.

둘째 반주음악에서도 문제가 느껴진다. 반주를 하는 피아노나 첼로의 연주는 화성을 기초로 하고 있다. 노래를 떼어 놓고 듣는다면 한마디로 서양음악이다. 노래와 반주가 진행할 때 듣는 사람에게 독자적 차별성을 각인시키지 못하고 있다. 결과적으로 그의 음악은 전통적인 가곡 즉 홍난파 이래의 서구적 가곡 양식에서 크게 벗어나지 못하고 있다.

셋째로는 형식과 내용에서 새로움이 부족하다. 형식 면에서 우리 산조 가락의 진행과 전개를 채택한 것은 새로운 시도지만 전체적인 효과를 일신시키기에는 모자람이 느껴진다. 내용도 마찬가지다. 아무래도 세대 차이일까? 아니면 인간 심성에 대한 호소력의 차이 때문일까? 새로운 시대에 걸맞은 새로운 정서가 표현되어야 한다.

여기서 기본적인 질문이 성립된다. 한국인이 서양음악의 기법을 기초로 하여 악곡을 작곡한다면 그것은 서양음악인가? 답은 '그렇다'이다. 또한 그 악곡이 한국적인 것을 소재로 하였거나 한국적인 토속 정취를 물씬 풍기고 있다면 어떤 것인가? 이에 대한 답도 마찬가지다. 한국적인 정서를 지니고 있다고 해서 그것이 한국음악이 되는 것은 아니라고 생각한다.

대표적인 사례가 윤이상이다. 그는 한국에서도 서양음악을 전공하며 서양 악곡을 작곡하다가 유럽으로 건너가 새로운 현대음악을 접하고 수용하였다. 그가 일부 악곡에서 한국의 전통음악 형식이나 역사적 소재를 차용하거나 그가 한국인이라 한국의 정서가 배어 있다고 해서 그의 작품들이 한국음악으로 분류되지는 않는다.

우리의 근대화 과정은 우리의 정체성을 부인하고 서양의 문화와 사상을 무조건적으로 도입하는 작업이었다. 예술도 마찬가지여서 우리의 고전적 전통은 단절되거나 무시되었다. 탈근대에 들어서 우리는 스스로를 자각하고 우리의 정체성을 찾기 시작하였다. 이런 의식 운동의 결과로 우리는 한국적인 것을 서양과 구분하고 떼어 내었다. 음악에서도 한국음악과 서양음악을 나누고 우리의 음악을 국악이라고 이름을 붙였다. 앞뒤가 뒤바뀐 처사였다. 전통을 보존하기 위해 극단적인 처방이라고 할 수 있는 비정상적이고 임시적인 조치는 결국 부메랑으로 돌아와 우리의 멍에가 되고 있다. 다시 말하면 한국음악과 서양음악을 이분법으로 양분하는 것은 고식적이고 문제가 있다. 한국음악을 뿌리로 하여 개방적인 자세로 서양음악을 적극적으로 수용하여 새로운 음악을 전개해야 했다. 유감스럽게도 우리의 음악인들은 서양음악을 토대로 하여 우리의 전통을 가미하려 하였다. 본말이 전도되었다. 그러한 작업은 실패로 끝나거나 한계가 있기 마련이었다.

21세기의 예술은 이를 뛰어넘어야 한다. 양자를 혼합하는 것은 일시적이고 아무것도 아니다. 혼합이라는 과정을 하나의 경험과 시도로 겪기는 하겠지만 궁극적인 종착점은 융합 또는 융화여야 한다. 대립되거나 어울리지 않는 두 개의 상반된 요소들이 완전히 녹아 용해되고 그것이 새로운 실로 뽑아져야 한다. 쉽지 않은 작업이다.

윤이상의 작품은 아직 융합의 단계에 도달한 것이 아니다. 그는 서양음악 그것도 현대음악을 바탕으로 하여 원숙하고도 뛰어난 기법으로 한국이나 아시아의 정서를 어느 정도 표현하는 데 성공하였다. 신세대 작곡가로 독일에서 활동 중인 진은숙의 경우도 마찬가지다. 한국에서 태어나 한국에서 정규교육을 받으며 서양음악을 전공하고 다시 유럽으로 건너가 현대음악을 접하고 배운 그녀의 음악도 완전히 서양음악이다. 그 내용이 동양적 신비함과 사상을 담았다고 해서 그것이 두 문화를 완전히 융합한 그 무엇이 되는 것은 결코 아니다.

이런 면에서 양진모의 작품들은 우리의 현실을 적나라하게 보여준다. 작곡가 자신도 한국의 근대화 과정에서 서양 문화 즉 서양음악을 공부한 사람이다. 그를 가르친 사람들도 마찬가지다. 양진모는 이러한 문제점을 인식하고 무엇인가 전환점을 찾고자 하였다. 그러나 이미 사상과 논리 그리고 미적 감정 훈련 등도 모두 서양의 영향을 깊숙이 받고 있었음을 본인 자신이 뼈저리게 인식하고 있었다. 그는 "일생 동안 서양 문화의 잔재를 없애려고 노력하였다. 베토벤을 가슴에서 지우고자 무진 애를 썼다."고 토로한다. "노래를 작곡할 때 우리의 말씨와 갈래 그리고 우리말의 율조를 노래에 싣고 싶었다."고 한다. "조선의 송강 정철이 지은 「장진주사」 같은 시가에서 무엇인가 영감을 얻었고 결국 판소리나 산조 가락에서 방향을 찾았다."고 했다.

그의 작품 「하나가 되어 한마음으로」는 메기는소리다. 바리톤과 테너가 번갈아 곡을 이어받아 노래를 한다. 푸가처럼 이어지며 겹쳐서 화성을 이루는 형식은 아니지만 우리의 전통 형식을 도입하고 악곡의 전개도 진양, 중모리, 중중모리, 잦은모리 등으로 구성을 하고 있다. 그리고 진양은 24박을 한숨으로 그리고 중모리는 12박을 한숨으로 하고 있다. 다른 작품 「아무것도 아닌 것을」은 양주옥의 시에 붙인 노래다. 잦은모리로 전개하고 여섯 박을 한숨으로 하고 있다. 짧은 시로 우리말의 율조를 살리고 있다.

그래 그래 아무것도 아닌 것을

봉창 뚫리는 그래 그래 빗살무늬

그래 그래 온몸에 간지럽다

그래 그래 고샅길 씨앗 뿌려

그래 그래 살아나는 그래 그래

비 내린다 그래 그래 그래

—「아무것도 아닌 것을」(바리톤 김승철, 양진모 작곡, 양주옥 시)

평범한 시요 내용이다. 하지만 단순하면서도 우리의 가장 자연스러운 율조인 3.4조, 또는 4.4조의 리듬을 지니고 있다. 양진모의 작품은 우리말을 그대로 살리고 있다. 마치 말하는 듯 자연스럽게 우리의 호흡을 노래에 담는 데 성공하고 있다. 바리톤이 부르는 창법도 많이 완화되고 있다. 참신함이 느껴진다. 새로운 노력이 돋보인다.

그래도 아쉬움이 짙게 남는다. 앞서 지적한 대로 전체적으로 서양음악의 틀에서 벗어나지 못하고 있음이다. 우리말로 된 노래 가사와 우리의 음악 기법을 일부 적용하였다고 해서 한국음악이 된 것이 아니다. 그렇다고 한국음악이 과연 무엇인가에 대한 정답이 있는 것도 아니다. 어찌했든 양진모와 같은 노력이 두루 음악계에 쌓이고 널리 퍼질 때 새로운 융합의 음악은 그 태어날 가능성이 한층 커진다.

덧글

이 자리를 빌려 두서없이 감히 선생의 음악을 비판한 것에 부끄러움과 미안함을 표하고 싶다. 오히려 누가 크게 알아주는 것에 상관없이 자기의 길을 꿋꿋이 걸어온 선생의 의연함에 박수를 보내고 싶다. 선생은 가곡의 작곡 분야에 높은 탑을 쌓았을 뿐만 아니라 늦은 나이에 서예를 시작하여 나름대로 일가를 이루었다. 특히 개성적인 서체를 모색하기 위해 호태왕비의 서체를 수년간 연습하였다고 한다. 광개토대왕비의 서체는 투박하면서도 간결하고 단아한 고체 양식의 글씨다. 그가 쓴 새로운 서체를 보니 그것은 해서도 아니고 예서도 아닌 간결하면서도 힘차고 고아한 양식이었다. 새로운 서체를 찾아냈음이 틀림없다. 선생의 글씨는 예서뿐만 아니라 행초도 단단하게 보였다. 게다가 한글의 궁서체도 터득하여 일가견을 이루고 있었다. 음악뿐만 아니라 동아시아의 전통적인 서예에도 끊임없이 정진하여 실제 행동으로 커다란 성취를 이루어 낸 그의 열정에 탄복하며 존경의 마음을 금할 수가 없다. 눈으로 보고 귀로 듣기만 하는 나 같은 사람은 한계가 있다. 삶을 통해 실제로 작품을 창작하는 그 정신이야말로 무엇보다 훌륭한 예술 정신이요 그 자체가 작품이 아닌가. 앞으로도 길이 장수하시어 마음껏 즐겁게 멋진 예술 작품들을 창작하시기 바란다.

2010년 9월 28일

쥐똥나무 꽃과 제주도 민요「산천초목」

울타리로 심어 놓은 쥐똥나무 꽃이 한창이다. 신록의 오월이 지나가고 낮이면 한참이나 뜨거워 벌써 여름이 왔나 싶을 즈음이면 녀석들은 꽃을 하얗게 매단다. 마른바람에 향기가 축축이 젖어 난다. 바람결에 실린 내음은 주위를 한껏 진동시키지만 정작 녀석들의 품새는 볼품이 없다. 꽃 빛깔도 눈에 잘 띄는 백색이 아니고 연둣빛에 물든 듯 그저 그런 하양이다. 쥐똥나무는 그런 자기의 분수를 누구보다도 잘 알고 있다. 삼월부터 사월을 거쳐 오월까지 내로라하는 꽃들이 울긋불긋 한창일 때 녀석은 그냥 숨만 죽이고 잔치 마당 밖에서 서성거리기만 한다. 사람들의 눈은 현란한 색을 좋아하기 마련이어서 향기가 없는데도 철쭉이나 영산홍의 화려한 맵시를 보면 그만 멍해지고 만다. 봄에는 정말 자태가 고운 꽃들이 줄지어 핀다. 진달래와 목련을 필두로 모란과 작약 그리고 붓꽃에 이르기까지 시선을 어디에 두어야 할지 모를 정도다. 이렇게 잘난 꽃들이 많을 때에 쥐똥나무는 그저 가만히 숨어 있는 것이 상책이다. 그렇다고 바보처럼 아무런 준비도 하지 않는 것은 아니다.

꽃의 목적은 본디 벌이나 나비와 같은 날벌레들을 유혹하여 화분을 받는 것이다. 수분을 통하여 열매를 맺고 종을 번식하고 유지한다. 날벌레를 얼마만큼이나 잘 끌어들이느냐가 실은 생존경쟁에서 이길 수 있는 관건이다. 이 면에서 쥐똥나무는 타의 추종을 불허한다. 왜냐하면 가을의 흰벌개미취처럼 생김새는 못났지만 그 향기에서는 단연 뛰어나기 때문이다. 가을의 흰벌개미취는 그의 사촌인 벌개미취나 큰벌개미취 또는 구절초나 쑥부쟁이에 비해서 키도 작고 들판 어디서나 흔하게 자라는 꽃이다. 꽃 크기도 제일 작다. 녀석들은 밀집해서 무수하게 피어난다. 무엇보다 향이 강해서 멀리서 그것을 느낄 정도다. 가을이면 벌이나 호랑나비 심지어는 파리 떼까지 몰려드는 곳은 바로 흰벌개미취 군락이다. 바로 쥐똥나무 꽃이 그렇다. 봄이 다 지나가고 모두들 풀이 죽어 있는 상황에서 홀연 어둠의 빛처럼 나타난다. 녀석은 정말 어둠 속에서 말없이 인내심을 지니고 생명의 꽃을 준비하고 있었음이다. 오월을 마지막으로 장식하는 아카시아에도 벌이 몰려들지만 아카시아까지 사라지고 난 다음에는 쥐똥나무가 날벌레들을 독식한다. 그래서 그런지 쥐똥나무의 번식력은 무서울 정도다. 한두 해만 지나면 녀석들은 벌써 사람의 키만큼 웃자라고 또 땅 밑을 파고들며 새로운 대궁과 줄기를 무수히 세워 놓는다.

유월에 피는 꽃에는 하얀 초롱꽃이 있고 또 늦게 피는 밤나무 꽃이 있다. 초롱꽃은 하얀 초롱을 대궁에 매다는데 참으로 못생겼다. 그래서 그런지 꽃은 언제나 하늘을 쳐다보지 못하고 땅만 바라본다. 하늘이 가장 길게 느껴지는 하지가 되면 밤나무는 꽃을 주렁주렁 가지에 매단다. 밤나무 꽃을 유심히 쳐다보는 사람은 없다. 멀리서 보면 그냥 초록 잎 사이에 연한 연둣빛이 듬성듬성 묻어 있는 것처럼 보일 뿐이다. 꽃잎이라고 하지만 그것은 잎이 아니라 무슨 오징어나 해파리 다리처럼 칙칙하게 늘어져 영 꼴이 사납기만 하다. 침대에 누워 잠이라도 청하려 하면 녀석들은 쥐똥나무처럼 짙은 향내로 창을 건너와 누워 있는 사람을 흔들어 댄다. 그 내음은 마치 남정네들의 그것과 거의 같다. 그래서 밤꽃이 피면 과부가 밤잠을 이루지 못한다는 속설이 있는 게다. 허우대는 못났어도 하늘은 공평해서 향이라도 강하게 뿜어낼 수 있게 하였나 보다. 밤나무 꽃이 한창이면 이미 나뭇잎들은 검은 초록으로 탈바꿈을 완료하고 깊은 여름을 준비하게 된다. 한세상 꿈이 절정에 이르렀음이다.

이렇게 보면 생명은 제일(齊一)하다는 장자의 이야기가 와 닿는다. 장자의 제물론은 평등하다는 개념과는 약간 거리가 있다. 근대화를 거쳐 서구에서 정착된 자유, 평등, 인권은 주로 인간을 위주로 성립한 것이다. 인간 사회에서 계급은 부정되며, 재능이 있는 사람이나 못난 사람이나 인간으로서의 동등한 존엄성을 갖는다. 장애인이나 정상인과의 차별도 거부된다. 서구의 이런 사상은 근본적으로 두 가지 한계를 지닌다.

첫째로 못난 사람이나 장애인을 분명하게 비정상으로 분류한다. 차별이 아니라 어디까지나 분류이기는 하지만 그 배경에는 은폐된 차별이 숨어 있다. 중세 시대에는 간혹 마귀에 씌었다는 명목으로 잔인하게 죽이기도 하였다. 근대 계몽주의가 대두하여 인간의 존엄성을 강조한 이래로 그들은 비정상을 정상으로 만들려고 애를 쓴다. 정신병자는 정신병원에 가두고 치료를 해야 하며 술주정뱅이는 술을 못 마시게 하여 고쳐야 한다. 장애인도 어디까지나 장애를 지니고 있기에 이들을 따로 분류하여 이들이 자활할 수 있도록 제도와 장치를 고안해야 한다. 이때 어쩔 수 없이 비정상인들은 자유를 구속당하고 인간의 존엄성도 결국 해를 입는다. 이에 비해 동아시아 문화에서는 무책임할 정도로 이들을 그냥 데리고 산다. 현재의 세태를 보면 정작 그런 것은 아니지만 예전의 우리 사회에서는 장애인은 장애인대로 술주정뱅이는 술주정뱅이대로 좀 모자란 바보는 그저 그러려니 하며 이들을 아무런 의식 없이 받아들이고 살았다. 그저 팔자려니 하는 생각이 지배적이었다. 그것은 차별 이전의 상태이었음이 분명하다. 요즈음 세태가 얼른 변해서 이들을 못되게 차별하다 보니 서구처럼 제도가 미비하고 사람들 간에 합리적인 관습이 덜 준비되어 있어 사회적인 문제를 야기하고 있다. 옛날처럼 모두가 다 그러려니 하는 생각은 사라지고, 서구의 좋은 점은 미처 배우지 못하고 못된 점만 받아들인 결과임이 분명하다. 서구 문화에서는 인위적이고 지성적인 노력을 요구한다. 차별의 문제는 지성적인 제도를 수립하여 극복해야 한다. 장자의 제물론은 이보다 더 고차적이다. 인간은 그것이 선과 악에 관련된 것이 아니라면 어떠한 경우의 인간도 모두 받아들인다. 정상과 비정상의 구별 자체가 불필요하다. 그것은 상대적 분류일 뿐이다. 진정한 인간의 존엄성은 바로 이런 곳에서 그 진정성을 발휘한다.

둘째로 제물론은 인간을 넘어서 만물에 적용된다. 인간 사회에서 개체 간의 평등만을 주장하는 것이 아니라 인간을 포함한 모든 만물이 제일하다. 『장자』 첫머리에 「소요유」가 나오는데, 소요유는 만물이 가질 수 있는 최고의 깨달음 또는 최고의 열락의 경계다. 그 경계는 어떠한 사물이나 생명이라도 자기 본성에 충실하기만 하면 된다. 일부러 그렇도록 노력하는 것이 아니라 무위자연으로서 즉 인위적이지 않고 절로 그렇게 놓아두어 하늘에 의해 주어진 본성 그대로 살아가기만 하면 된다. 이렇게 소요유의 경계에 도달한 생명은 전혀 상대적이지 않다. 그것은 대립이나 상대성을 넘어선다. 그곳에는 인간 사이의 차별도 없으며 파리나 개미와 같은 미물이라고 해서 얕보지 않는다. 심지어는 바위나 소나무도 모두 나름대로의 존재 이유가 있어서 자기 나름대로의 삶을 살아간다. 그것을 존중하는 것이야말로 진정한 제일(齊一)이요 평등이다.

쥐똥나무 꽃이나 초롱꽃 그리고 밤나무 꽃이 못생겼다고 하지만 이는 언제나 스스로를 이 세상에서 제일 잘났다고 으스대는 인간들의 판단일 뿐이다. 인간의 그 좋은 머리로 곰곰이 생각을 해 보니 그들이 뿜어대는 향과 삶의 치열함이야말로 우리가 배워야 할 현명함이요 인내심이다. 나이가 들어가면서 다시 한번 또 옷깃을 여미게 된다. 내 삶이 그렇게 귀중함을 느끼게 되고 마당 울타리에 숨어 거의 아무도 보아주지 않는 쥐똥나무 꽃도 한껏 고맙고 귀하게 여겨진다.

오랜만에 음악을 한 곡 골랐다. 조영배 편곡의 제주도 민요 「산천초목」이다. 노래는 강권순이 불렀다. 그녀는 조선가곡 명인으로 여창 가곡 한바탕을 녹음한 앨범 『천뢰(天籟)』를 내놓았다. 가사는 다음과 같다.

> 산천초목 속잎이 난다
> 구경 가기가 얼화 반갑도다
> 꽃은 꺾어 머리에 꽂고
> 잎은 따다가 얼화 입에 물어
> 날 오라 하네 날 오라 하네
> 산골 처녀가 날 오라 하네

돋아 오는 반달처럼
도리주머니 주워 놓고
만수무강 글자를 새겨
수명당사 끈을 달아
정든 님 오시거든
얼화 채워나 봅시다

동백꽃은 피었는데
흰 눈은 왜 오나
한라산 선녀들이
춤을 추며 내려온다

산천초목 속잎이 나고, 동백꽃이 피어나며, 높은 한라산에는 간간이 흰 눈도 내리는 것을 보면 이곳 경기도 파주를 기준으로 할 때 아마도 계절은 사월이 아닌가 싶다. 제주도라면 이른 삼월이 아닐까 싶기도 하다. 가사의 내용이 봄과 그리움이다. 봄은 꽃과 그리움의 계절이니 당연한 일이다. 흐르는 음조가 내용과는 전혀 다르게 무척이나 구슬프다. 그것도 그냥 처량하거나 슬픈 것이 아니라 몇 년 묵은 매실청의 맛과 향처럼 깊고 진하다. 어인 일일까? 게다가 곡조는 다채롭지 못하고 그냥 담백하고 간결하게 반복된다. 서구의 음악처럼 구분이 되어 주제와 전개 그리고 매듭 같은 것이 전혀 보이지를 않는다. 그래도 듣는 이는 아무런 생각도 하지 않은 채 구슬픈 가락에 한없이 매몰된다. 도대체가 이런 가락에 무슨 구별이나 분석이 필요할까? 그저 있는 그대로 받아들임이다. 『주역』을 빌면 본성은 그저 이간(易簡)이다. 쉽고 간결하다.

위에서 이야기한 쥐똥나무 꽃과 민요 「산천초목」은 제법 닮았다. 예술 작품이 만들어질 때 지성적인 구성이나 인위적 기교는 최소한의 필요로 제한해야 한다. 지성만을 바탕으로 창작된 것들은 겉보기에 화려할지 모르나 사람들의 마음을 오래 붙잡아 두지는 못한다. 서양의 20세기 음악 중에서 음렬 기법이 바로 그렇다. 그것은 냄새도 없고 뒷맛이 전혀 없다. 사람도 생명인 것을 그리고 사람들이 만드는 음악도 또 하나의 생명인 것을 우리는 깨닫는다. 생명의 밑바닥에서 끊임없이 흘러가는 그 무엇인가를 작품에서 느낄 때 우리는 감동한다. 그것은 지성적으로 배열될 수 있는 것이 전혀 아니다. 그것은 우연이며 예측 불가다. 생명의 움직임(神)은 어느 구석도 빠트림이 없지만 그것은 언제나 예측을 불허한다.

생명은 어둠 속에 던져진 빛 한 줄기다. 그 빛은 한 차례 삶을 살아간다. 그것은 바탕에 어둠을 깔고 있다. 우리는 삶의 모습만을 보고 있지만 그것은 언제나 그림자를 매달고 다닌다. 그 그림자은 어둠이요 죽음일지도 모른다. 빛은 어둠의 부정이요 삶은 죽음의 부정이지만 실제로 그것들은 한 몸이다. 예술 작품이 이를 절묘하게 표현할 때 우리는 그 작품에서 생명의 흐름을 느낀다. 아마도 지금 우리가 듣는 「산천초목」은 그 가사가 빛이 환하게 따스하고 온갖 꽃이 만발하지만 한편으로 그것은 그림자를 잠깐 숨겨 놓았을 뿐이다. 그 숨은 흐름이 노래와 가락으로 천천히 스며 나와 우리의 가슴을 타고 흐른다. 청아하면서도 구성진 노랫가락이 쥐똥나무처럼 화려하지도 않고 단조롭지만 그 향내는 저 깊은 생명의 우물에서 길어 올린 것마냥 세상을 흘러간다.

2015년 6월 5일

원일의 「Bardo-K」에 붙여

새벽의 어둠 속에서 원일의 신작 「Bardo-K」를 듣는다. ‘Bardo’는 죽은 영혼이 환생을 기다리며 49일을 걸어가는 기간이다. 죽음과 환생의 사이이다. 인간의 목소리가 구음으로만 살아남았다. 목소리가 그냥 소리다. 소리로 돌아간 목소리의 흐느낌이 마냥 처절하다. 악곡의 구성과 전개가 마치 브루크너 교향곡 7번의 2악장을 듣는 것과 같다. 동서와 시대를 가릴 것 없이 죽음에 대한 인간의 느낌은 본원적으로 이렇게 흡사한가 보다. 어둠이 걷히는데도 미세 먼지가 태양빛을 가리고 있다. 살아 있는 인간에게도 삶의 호흡이 간단치 않다.

죽은 소리가
발걸음을 내딛는다

이승과 저승 사이
죽음과 환생 사이

어둠과 빛
틈새로 환생이 손짓하는데

저 멀리 피안에
소리들이 무리 지어 춤을 춘다
느낌의 강물이 살아서 펄떡인다

머나먼
그늘의 길

언어는 사라지고
목소리만 흐느끼는 소롯길

해금 소리
무겁게 젖은 목소리
눈물이 메마른 울부짖음 소리
한 발 또 한 발 소리가 찾아가는 빛소리

걸음마다 빛방울
숨길마다 붉은 소리방울
생명의 느낌이 맺힌 소리꽃이여

받아 주소서
환생의 미륵 세계

다시 숨을 쉬게 해 주소서

숨소리
시나위소리
생명의 가락을 들려주소서
생명의 흐느낌을 부르게 해 주소서

—「환생의 길—원일의 Bardo-K에 붙여」, 『허튼 노랫소리』

2020년 1월 3일

제3부

조광호

정적의 후원에서(Garden of Silence 1)

새로운 음악을 접하고 듣는다는 것은 언제나 커다란 즐거움이다. 최근에 유튜브에서 발견한 조광호의 「Garden of Silence 1」은 한마디로 수작이다. 처음 듣는데도 귀를 번쩍 뜨이게 한다. 곡이 끝날 때까지 한시도 빈틈을 허용하지 않고 듣는 사람을 강하게 끌어당긴다. 그것은 강력한 파동이지만 겉으로는 내색하지 않아도 되는 울림이다. 그 느낌을 정리한다면 정중동(靜中動)이라고 할까. 곡의 제목은 '조용한 정원'이라는 의미지만 너무 밋밋하다. '정적(靜寂)의 후원(後園)에서'가 그럴듯하게 보인다. '정적'이라는 단어는 깊다. 조용하면서도 쓸쓸하고 걸림이 없는 맑음의 상태다. '후원'이라 함은 뒷마당 또는 뒤 정원이라는 뜻인데, 평소에는 외부인에게 타인에게는 열리지 않는 공간이다. 나만이 홀로 거닐 수 있거나 바라볼 수 있는 그런 시공간이다. '후원'이 아니라 '후원에서'라고 토씨를 붙이면 그 정원은 사람이 없는 곳이 아니라 이미 정원의 일부로 어느 누군가가 그 공간에 위치를 점하고 있음이다.

곡은 현으로 시작된다. 바이올린을 비롯한 현들이 나직이 소리를 내면 곧바로 관악기들이 이어받는다. 오보에가 나오고 클라리넷이 따르고 곧이어 바순이 넘겨받는다. 마지막으로 대금이 받으며 곡을 본격적으로 전개하기 시작한다. 연주 악기는 바이올린, 비올라, 첼로, 대금, 오보에, 클라리넷, 바순, 그리고 건반악기인 피아노다. 대금을 서양의 관현악기들과 함께 편성한 것이 눈에 띈다. 악곡은 전체로 일종의 짧은 협주곡이나 합주곡인 콘체르티노(concertino)의 형식을 지니며 각 악기들이 독립적인 역할을 한다. 그중에서 대금은 전체 곡을 주도적으로 끌어가고 있다. 대금의 부드러운 음색이 잘 어울린다. 곡의 긴장이 높아질 때 대금의 쉬면서 갈라지는 듯한 음색도 절묘하게 곡을 한 차원 끌어올린다. 작곡가가 관악기들 중에 목관악기들만 골라서 편성한 것은 아무래도 의도적으로 보인다. 이들은 트럼펫이나 트롬본 그리고 플루트에 비해 훨씬 부드럽고 저음이다. 우리 음악에서 계면조에 잘 어울리는 악기들이라고 할까. 대금은 일본의 샤쿠하치, 중국의 소(簫), 인도의 반수리와 함께 아시아의 목관악기를 대표한다. 목관악기들은 재료 그대로 식물적인 특성을 보여 준다. 요란스럽지 않고 부드럽고 나지막하게 흘러가는 음색을 지닌다. 그것은 생명의 소리들이다. 악곡의 내용과 악기들이 이미 하나로 어울린다. 조용하게 흐르는 악곡의 저음에 현들이 바탕을 깔아 주고 중간중간 피아노가 분위기를 바꾸며 거들고 있다.

곡은 전체적으로 기승전결(起承轉結)의 구조를 가진 것처럼 보인다. 부드러움과 조용함이 몇 번 교차되며 클라이맥스로 올라간다. 기승(起承)이다. 중간쯤에 피아노의 음악을 계기로 다시 전결(轉結)의 부분으로 들어간다. 곡이 진행되면 각 악기들은 각자의 길을 서로 다르게 걷는다. 그럼에도 관현악이 이루어 내는 조화의 강도는 아주 크고 긴밀하다. 작곡가는 젊은 나이임에도 이미 악기 구성에 능숙한 것 같다. 관현악을 함께 다루는 것이 쉽지 않은 일인데 이를 마스터하고 곡을 신기할 정도로 편안하게 이끌고 있다. 마치 말러의 교향곡에서 거대 편성의 오케스트라임에도 중간에 빈번히 몇 개의 악기들만 편성하여 이들의 소리가 전체 오케스트라와 조화를 이루며 나름대로 공간을 점하는 것에 비유될 수 있다. 말러의 관현악 편성(orchestration) 기술은 엄청 감탄을 자아내는데 바로 「정적의 후원에서」의 작곡가 솜씨가 그렇다.

한편으로 우리는 의문을 지닌다. '정적의 후원'에서는 일견 소리가 없어야 하는데 어떻게 해서 음악으로 이를 상징적으로 표현할 수 있을까. 소리는 시끄럽고 정적을 깨는 것이 아닌가? 나는 「정적의 후원에서」가 대단히 표현적이라고 생각한다. 표현적이라는 말은 이미 상징적이라는 의미를 함축하고 있다. 작곡자는 어느 날 후원에 있다. 혼자 걷고 있을 수도 있고 툇마루에 우두커니 앉아 상념에 젖어 물끄러미 후원의 풍경을 바라보고 있는지도 모른다. 숲으로 둘러싸이거나 꽃들이 만발해 있거나 정원 한가운데에 연못이 있을 수도 있다. 가을일까. 연꽃은 시들고 줄기와 잎들이 메마르며 꺾이어 있을 수도 있다. 그것은 하나의 상(象)이다. 상은 본디 움직임이다. 상(象)은 정중동(靜中動)이다. 후원을 구성하고 있는 만물은 이미 흐르고 있어 언뜻 보아서 그냥 가만히 있는 것 같지만 바람에 잎새가 흔들리고 연못에는 잔잔한 물결이 일고 있다. 작곡자도 그것을 쳐다보며 과거를 회상할 수도 있고 내일의 일을 이리저리 견주어 보고 있을지도 모른다. 모든 게 움직이며 흐르고 있다. 상념이 깊어지면 강도가 높아지고 느낌이 드러나거나 솟구친다. 상(象)이 겉으로 구체적으로 드러날 때 그것은 언어나 부호일 수도 있지만 소리가 될 수도 있다. 우주 만물은 본디 소리다. 우주 창생부터 소리가 있었고 소리가 만물을 구성한다. 작곡가는 분명히 그가 눈앞에 보고 마음으로 느낀 것을 어디선가 들려오는 소리로 들었을 거다. 그가 들은 소리가 그가 알고 있는 악기를 통해 구체적인 음과 음의 구성으로 둔갑하였을 것이다.

우리는 이 음악을 들으며 악곡이 끌고 가는 대로 또는 작곡가가 경험한 느낌을 공유하는 음의 구성대로 천천히 따라가면 된다. 현대 음악은 대체로 난해하고 시끄럽다. 시끄럽다고 하는 것은 아마도 그 음악을 이해하지 못할 때 음악을 이루는 음들을 악곡의 음으로 받아들이지 않고 그냥 불규칙하고 불협화음의 소리로 들었기 때문이다. 문학의 시편들이나 회화에서도 이런 현상은 공통적으로 일어나는데 대체로 예술가들은 그들의 작품이 이야기하는 것을 감상자들이 제대로 읽어 주기를 바란다. 일종의 요청이다. 감상자가 느끼는 대로, 이해하는 대로가 아니라 작가들은 분명 이미 정해진 해석을 요구한다. 관객이나 청중에게는 한마디로 부담스럽다. 그들의 요구 수준에 도달하기는 쉬운 일이 아니어서 종종 서로 간에 오해를 불러일으킨다. 이런 현상이 심하게 되면 결국 일반 대중과 예술가는 괴리되어 돌이킬 수 없는 간격을 지니게 된다. 예술이 오로지 예술가들의 세계에서만 통용되게 된다. 그들끼리의 놀이가 될 뿐이다. 이런 현상은 음악은 이래야 된다는 학교 또는 제도권의 관습이 커다란 이유이기도 하다. 예술가는 이런 기존의 환경에서 온 힘으로 탈주해야 한다. 그가 기댈 곳은 인위적인 요소가 최대한 배제된 시공간으로 돌아가는 것이다. 앞서 이야기한 것처럼 우주 만물이 보여 주는 상(象)을 듣고 보면 된다. 그 상은 밖에만 있는 것이 아니라 안에도 있다.

정호가 이야기한 대로 '일본(一本)'이다.

「정적의 후원에서」가 작품의 표현성에서 크게 성공을 이룬 이유는 바로 작곡가가 젊고 신선한 마음으로 작품을 있는 그대로 옮겼기 때문이다. 학교에서 나름대로 작곡 기법을 배웠겠지만 그것은 기초적으로 필요한 조건에 불과하다. 중요한 것은 우주 만물의 상을 파악하는 것이다. 그것은 내면의 성숙도 요청된다. 우리는 이 작품을 들으며 관현악기법을 마스터한 젊은 작곡가가 내면의 깊은 느낌을 조용한 정원에 투사하고 다시 그것들을 음으로 옮긴 것에 경탄하게 된다.

이 작품을 듣고 나서 그의 다른 작품도 들어 보았다. 2013년도 제네바 국제 음악 콩쿠르의 작곡 부문에서 일등을 수상한 작품 「Pneuma」이다. 영어의 'spirit'에 가까운 말인데 정신 또는 '혼불'이라고 해석할까. 아마도 곡을 듣게 되면 혼불이라는 단어가 더 어울릴 것 같다. 『혼불』은 최명희의 소설 제목이다. 연주 악기는 플루트, 클라리넷, 바이올린, 첼로, 타악기와 피아노 등이다. 이 곡 역시 콘체르티노 형식인데 플루트를 위한 조그만 협주곡이다. 곡을 듣고 있노라면 생명의 혼불이 여기저기 통통 튀어 오르는 것 같다. 곡 전체로 생명의 약동이 강하게 흐름을 느끼게 된다. 「정적의 후원에서」도 이러한 생명의 흐름을 느끼게 되는 것을 보면 아마도 젊은 작곡가는 삶과 우주의 생명에 대해 깊은 성찰을 한 사람임이 분명하다.

유튜브에는 '숨(SUM)'이라는 4인조 재즈 밴드가 나오는데, 팀을 구성하는 면면을 보니 조광호, 현용선, 유성재, 민경환 등이다. 조광호는 건반을 맡고 있다. 이들이 연주하는 프리 재즈(free jazz)를 들어 보니 어느 것에 구애됨이 없이 자유롭다. 확인은 되지 않지만 이 밴드에 나오는 조광호가 아마도 위의 두 작품을 작곡한 사람 같다. 밴드의 이름도 '숨'인 것을 보면 조광호는 분명 생명의 호흡을 깊이 느끼고 이를 강조하고 있음이 틀림없다. 클래식이나 현대음악이니 하는 것에 전혀 개의치 않고 모든 음악에 열려 있음은 바로 생명의 현상이다. 생명을 이루는 '정신(精神)'에서 신(神)은 방향이 없이 활짝 열려 있음이다. 그것을 먼저 느끼며 따라가게 될 때 작곡자는 어떤 형식이나 장르에 매이지 않고 자기만의 길을 걸을 수 있게 된다. 그 길은 또한 우주 만물과 공유하는 길일 것이다. 그의 음악을 듣는 청중도 또한 어떠한 간격 없이 그의 음악을 즐겨 들으며 갈채를 보낼 것이다. 그의 앞날이 기대되고 우리 음악계의 미래도 한껏 희망적이다.

2017년 10월 9일
남해 바닷가, 한낮 정적 속에 숨을 느끼며….

혼불(Pneuma)

「혼불」은 플루트, 클라리넷(베이스 클라리넷), 바이올린, 첼로, 피아노, 타악기로 이루어진 소편성 실내악곡이다. 전체적으로 플루트가 악곡을 이끌어 가고 있다. 플루트를 위한 콘체르티노라 할 수 있지만 악기 구성이 단순하여 그냥 실내악곡이라 부르는 것이 좋을 듯하다. 이러한 편성은 작곡가가 선택한 것이 아닌 것 같다. 이 곡은 2013년 제네바 음악 콩쿠르 작곡 부문에서 일등을 한 작품이다. 경연에 올라온 다른 작곡가의 곡을 보니 똑같은 악기 편성이다. 아마도 플루트를 중심으로 하는 악기 구성은 주최 측에 의해 규정 사항으로 미리 통보되었나 보다. 플루트는 서양의 관악기 중에서도 금관악기를 대표하는 악기다.

제목 'Pneuma'가 특이하게 눈을 끈다. 쉽지 않은 단어다. 우리말로 정신 또는 영혼 등으로 번역될 수 있지만 본래의 뜻을 전달하는

데 미흡하다. 'Pneuma'는 어떤 창조적인 힘이나 생명의 힘 또는 생생한 정신을 의미하기 때문이다. 이는 우주 만물을 창조하고 생성시키는 힘을 말한다. 사전을 확인해 보니 그것은 동아시아의 기(氣), 인도의 prana, 희랍어의 psyche에 해당되며, 또한 그것은 숨(breath)을 의미하기도 한다. 이는 분명 우주 만물을 생동시키는 어떤 힘을 말한다. 이로 보면 'Pneuma'를 단순하게 영혼이나 정신으로 옮긴다면 악곡이 함의하고 있는 내용을 충분히 파악할 수 없다. 음악에서 어떤 표제가 있다고 해서 그것이 악곡의 내용을 한정하고 지시하는 것은 아니다. 그렇지만 작곡가가 의도적으로 어떤 제목을 설정하는 것은 일차적으로 작곡자 자신이 작품에서 표현하고자 한 것을 알려주기 위함이다.

곡을 들어 보니 곡 전체에 생명의 뛰노는 힘이 가득하다. 그것은 무한 적막 속에서 세차게 타오른다. 이로 보아 'Pneuma'는 '혼불'이라고 번역하는 것이 좋을 듯하다. 이는 시대를 넘어서며 생명체를 강인하게 이끌고 있는 어떤 생명의 근원적인 힘이나 기운을 가리킨다. 그것은 특정한 사람에게만 있는 것이 아니다. 그것은 인간을 포함한 모든 생물이나 무기물까지 아우르는 전체 생명체들에게 내재되어 있다. 우리는 이를 본생(本生)이라 부른다. 본생은 우주의 궁극적 실재로서 우주 만물의 시원이다. 젊은 작곡가가 이렇게 난해한 개념을 인식하고 그것을 곡에 담으려 했다고는 생각하지 않는다. 그럼에도 곡의 전반에 걸쳐 생명의 힘이 이곳저곳에 용솟음치고 있다. 마치 『주역』에 나오는 생명 창조의 과정을 읽는 것 같다. 『주역』 첫머리의 건괘(乾卦)는 우주 창조의 과정을 기술하고 있다. "건은 크게 통하니 곧고 발라야 이롭다(乾 元亨利貞)." 단사(彖辭)는 이를 다음과 같이 풀이한다.

건원의 양기는 크도다! 만물이 그것에 의하여 시작되니, 바로 하늘의 도를 포괄한다. 구름이 떠다니고 비가 내리어, 온갖 물건이 형상이 유전(流轉)하여 형성된다. 처음이나 나중이나 크게 밝아서 육효(六爻)의 위치가 제때에 이루어지니, 때때로 여섯 용을 타고서 하늘을 올라간다. 하늘의 도가 변화하여 각각 물건의 타고난 성명을 바로잡으니, 큰 화기(和氣)를 보존하고 합치어 바로 이롭고 곧아진다. 먼저 여러 물건을 내놓으니, 온갖 나라가 다 편안하다.[1]

작품 「Pneuma」는 위에 설명한 과정을 거의 차례대로 받아들인다. 곡은 거칠고 날카로운 음 하나가 공간을 때리며 폭발시키는 것으로 시작한다. 그것은 빅뱅이다. 우주 생성의 시작이다. 처음부터 긴장이 고조된다. 휘파람처럼 울려 내려오는 현의 소리들은 마치 거대한 행성들이 빠르게 날아다니는 것 같다. 각 악기들의 소리들은 우주를 구성하고 있다. 요란하다. 별들이 여기저기 탄생하고 불을 밝히며 은하수를 이룬다. "구름이 떠다니고 비가 내린다." 시초는 언제나 혼돈이다. 혼돈에서 시작이 이루어진다. 그것은 서양에서 카오스라 불리지만 동아시아에서는 『장자』에 나오듯 그냥 혼돈(渾沌)이다. 카오스는 지성이 분석하기 이전의 알 수 없는 상태로 혼란스럽고 두려우며 부정적이다. 전혀 파악되지 않는 어떤 상태를 말한다. 이를 규정하고 해석하기 위하여 절대자 신이 요청되며 신이 이를 창조하고 궁극적 원인을 이룸으로써 사태는 해결된다. 신을 부정하는 현대에서

---

1 『周易』, 「乾卦」, 文言傳. 彖曰 大哉乾元 萬物資始 乃統天 雲行雨施 品物流形 大明終始 六位時成 時乘六龍以御天 乾道變化 各正性命 保合大和 乃利貞 首出庶物 萬國咸寧. 김경탁 역.

는 인간의 지성이 혼돈을 한정하고 나눈다. 이에 비해 동아시아에서 혼돈은 무유(無有)이며, 무엇이 없으면서 있고 또한 그것은 긍정적이다. 도가에서는 이를 태초, 태허 등으로 부르고 이의 영향을 받은 유가에서는 태극이라 하였다. 그것은 원초적 느낌을 이미 내재적으로 내포하고 있다. 생명이 생명체를 잉태하는 것은 언제나 느낌에서 비롯된다. 그 느낌이란 기가 지니는 음과 약의 작용일 수 있다.

> 태허는 기의 본체다. 기는 음과 양을 지니고 있어서 굽힘과 폄의 상호 느낌이 끝이 없다. 그러므로 신(생명의 움직임 또는 작용)이 느끼는 것도 끝이 없다. 그 흩어짐은 무수하게 많으니 생명의 움직임이 느끼는 것도 무수하게 많다. 비록 끝이 없다고 해도 실제로는 깊고 고요하다. 비록 무수하게 많다고 하나 실제로는 하나일 뿐이다. 음양의 기는 흩어져 여러 가지로 다르게 나타나나 사람은 그것이 하나임을 알지 못한다. 합하여 섞여 있으나 사람들은 그 다름을 보지 못한다. 형상이 모여 사물이 되고 형상이 무너져 원점으로 돌아간다. 그 돌아다니는 혼이 바로 변이되는 것이리라. 변이라는 것은 모이고 흩어지며 존재하고 사라짐이 겉으로 드러나는 것으로 풀이 썩어 반딧불이 되고, 참새가 물속으로 들어가 조개가 되는 것처럼 앞과 뒤의 몸을 가리켜 말하는 것이 아니다.[2]

태허의 기는 소리로 현시될 수 있다. 혼돈 속에 홀연 플루트가 모

2 張載, 『正蒙』, 「乾稱」. 太虛者 氣之體 氣有陰陽 屈伸相感之無窮 故神之應也無窮 其散無數 故神之應也無數 雖無窮 其實湛然 雖無數 其實一而已 陰陽之氣 散則萬殊 人莫知其一也 合則混然 人不見其殊也 形聚爲物 形潰反原 反原者 其遊魂爲變與 所謂變者 對聚散存亡爲文 非如螢雀之化 指前後身而爲說也.

습을 강하게 드러낸다. 다른 악기들은 잠깐 멈추고 호흡을 다듬는다. 플루트는 우주를 이끌어 가는 주요한 힘이다. 그것은 기일 수 있다. 그것은 생명의 약동이다. 공기를 악기의 취구에 거칠게 푯푯 불어넣는 것에 강한 힘과 움직임이 느껴진다. 어둠과 적막이 지배하는 곳에서 플루트는 소리를 만들어 간다. 소리가 퍼져 나간다. 실제로 우주는 소리로 이루어져 있다. 그것은 파동이며 울렁임이고 또한 색이 있는 빛이기도 하다. 소리의 종류는 무한하다. 이번에는 플루트가 우리의 귀에 들리도록 구체적으로 소리를 생성하며 우주의 비밀을 우리에게 전달한다. 어둠 속에 모든 것이 보이지도 않고 잠잠하지만 실제로 그 안에는 강하게 흐르는 움직임이 있고, 그 움직임이 소리로 드러난다. 다른 악기들도 소리를 내고 있지만 그것은 지금 침묵의 소리일 뿐이다. 오로지 플루트만이 대표적으로 우주의 상태를 재현하고 있다.

플루트의 기운에 상응하여 다시 다른 악기들이 잠을 깨며 흐름에 합세한다. 감응이다. 하나가 다른 하나를 일깨운다. 하나는 본디 다원적(plural)인 하나(oneness)다. 소리가 다양해지고 빛깔을 드러내며 생성의 움직임이 거세진다. 은하수가 이합집산을 하며 팽창한다. 거대한 초신성이 폭발하고 오래된 행성은 사라진다. 샛별이 무수하게 탄생하며 은하수를 점점이 수놓는다. 다시 천천히 조용함이 찾아온다. 소리들이 약해지며 평온함이 우주를 감아 돈다.

악곡의 구성은 전체적으로 세 부분으로 나뉜다. 지금껏 강과 약이 두 번 되풀이되었다. 각 부분은 강과 약의 대립으로 구성된다. 악곡의 첫 시작에서 빅뱅이 나타나고 악기들이 요란하게 각자의 얼굴을 드러냄은 우주의 바쁜 생성을 상징한다. 그다음에 나타나는 플루트의 독주는 숨을 돌리는 평온함이다. 평온함이라 해서 간단한 것은 아니고 거대한 힘의 움직임은 지속된다. 우주 생성의 비밀을 적나라하게 설명하고 있음이다. 악곡의 두 번째 단락에서 다시 시끄럽게 악기들이 우주를 팽창시키고 다시 조용하게 적막을 이룬다. 강과 약이 되풀이된다.

둘째 단락이 끝나면 잠깐 숨을 돌리며 음악이 호흡을 멈춘다. 셋째 단락으로 넘어가고 있음을 분명하게 알려 주는 표시다. 그만큼 셋째 단락이 마지막을 장식하는 부분으로 악곡의 전체 표현성을 강조한다. 중요하며 동시에 가장 길다. 셋째 부분은 베이스 클라리넷의 강한 음들로 시작된다. 저음이지만 마냥 무겁고 둔중한 소리가 연이어 터져 나온다. 잠에서 깨어난 생명의 약동이 넘쳐난다. 피아노도 짧은 스타카토로 힘을 보태고 타악기도 부지런히 가세한다. 플루트를 제외한 전 악기들이 바쁘게 움직인다. 플루트가 마침내 힘껏 숨을 내뿜으며 뛰어들고 분위기가 한층 고조된다. 이곳이 곡의 마지막이면서 클라이맥스다. 플루트가 다시 조용한 선율을 노래하고 다른 악기들도 숨을 가다듬으며 호흡을 정리한다. 소리는 점점 낮아지며 잦아든다. 강이 지나고 약이 지배한다. 약(弱)은 평화로움이다. 장재가 말한 인온(絪縕)이다. 약(弱)과 유(柔)는 만물의 어머니로서 우주를 이끌어 간다. 우주의 모습이 틀을 잡아 간다. 어려움이 많았지만 앞서 첫 번째, 두 번째 단락을 거치며 우주 만물은 제 모습과 제자리들을 찾아간다. 앞서 인용한 것처럼 "구름이 떠다니고 비가 내리어, 온갖 물건이 형상이 유전하여 형성된다. 처음이나 나중이나 크게 밝아서 육효의 위치가 제때에 이루어지니, 때때로 여섯 용을 타고서 하늘을 올라간다. 하늘의 도가 변화하여 각각 물건의 타고난 성명을 바로잡으니, 큰 화기를 보존하고 합치어 바로 이롭고 곧아진다. 먼저 여러 물건을 내놓으니, 온갖 나라가 다 편안하다.(雲行雨

施 品物流形 大明終始 六位時成 時乘六龍以御天 乾道變化 各正性命 保合大和 乃利貞 首出庶物 萬國咸寧)"라 했는데 악곡은 이를 현시하고 있음이다. 이러한 현상은 여러 가지 상으로 드러나는데, 작품「Pneuma」는 음악이라는 형식을 차용하고 있을 뿐이다. 악기들의 편성, 작품의 구성 그리고 구체적으로 전개되는 음의 조합과 배열은 형식으로서 작품의 '가지런함'을 표현적으로 나타내고 있다.

> 생겨남에 앞과 뒤가 있으므로 하늘의 차례(序)라 하고, 작고 큼 그리고 높고 낮음이 나란히 있어 서로 모습을 이루니 이를 일러 하늘의 가지런함(秩)이라고 한다. 하늘이 사물을 낳는 데 차례가 있고, 사물이 모습을 갖추는 데 가지런함이 있다. 차례를 알고 난 후에야 법도가 올바르게 되고, 가지런함을 알고 난 후에야 예가 이루어진다. 사물이 서로 느낄 수 있다 함은 귀신이 베풀고 받는 성질이다. 느끼지 못하는 것도 귀신은 또한 이를 체현하여 무엇이 되어 가게 한다.[3]

지금까지 악곡은 세 번 강과 약을 반복하였다. 그것은 거셈과 부드러움, 거침과 섬세함, 큰소리와 적막 등의 양상으로 나타난다. 그것은 맺고 풂이다. 우리 전통음악에서 악곡의 진행은 긴장과 이완, 맺고 풀고, 달고 잇고 등의 연속으로 구성된다. 그것은 또한 음과 양의 맞물림이다. 음은 곤(坤)으로 대지이고 양은 건(乾)으로 하늘이다. 우리는 작곡자가 한국인임을 깨닫는다. 젊은이로서 이미 서구의 문

---

3 『正蒙』,「動物」. 生有先後 所以爲天序 小大 高下相竝而相形焉 是謂天秩 天之生物也有序 物之既形也有秩 知序然後經正 知秩然後禮行 凡物能相感者 鬼神施受之性也 不能感者 鬼神亦體之而化矣.

화를 접하고 무엇보다 서양의 음악 이론을 배워서 이를 지금 실천에 옮기고 있다. 그의 작품은 누가 무어라 해도 서구 전통의 음악 양식에 따라 작곡가의 생각을 표현하고 있다. 하지만 그는 뿌리 속에 잠재되어 흐르고 있는 한국인의 전통 사상을 부지불식간에 세계적으로 통용되고 있는 기보법에 따라, 그리고 서양의 악기를 빌려 이를 표현하고 있을 따름이다. 다시 말해서 이제 어느 특정 국가나 민족의 음악을 차별화하여 이야기할 이유는 없다. 한국의 현대를 살아가는 젊은이로서 동서의 구분 없이 보편성을 획득한, 생명에 대한 그의 느낌이나 정신을 음악으로 형상화하고 있다.

> 태화는 도라 이른다. 그 중심은 뜸과 가라앉음, 오름과 내림, 움직임과 고요함, 서로 감응함 등의 본성을 품고 있는데 이는 음양의 어울림, 서로 녹아듦, 또 더 좋거나 못함, 굽음과 폄 등의 시작이다. 그것이 올 때 그 조짐은 쉽고 간단하지만 그 끝은 넓고 크며 단단하고 고착되어 있다. 쉬운 것에서 알게 되는 것이 건(乾)이요 간단한 것에서 법을 본뜨는 것이 곤(坤)이다. 흩어져 개별화되어 상(象)을 이룰 수 있는 것이 기(氣)이고, 맑게 통하나 상을 이룰 수 없는 것은 신(神)이다. 아지랑이나 음양의 어울림과 같지 않으면 태화라 이르기에 부족하다.[4]

> 기는 한없이 넓어 태허이며 오르고 내리며 날거나 흩날리며 머물러 쉰 적이 없으니 이른바 역(易)에서 인온이라 하고 장자가 "살아 있는

---

4 『正蒙』, 「太和」. 太和所謂道 中涵浮沈 升降 動靜 相感之性 是生絪縕 相盪 勝負 屈伸之始 其來也幾微易簡 其究也廣大堅固 起知於易者乾乎 效法於簡者坤乎 散殊而可象爲氣 淸通而不可象爲神 不如野馬 絪縕 不足謂之太和.

것이 숨을 쉬며 서로 불어 대거나" 또는 "들판의 아지랑이"라 하는 것일 게다. 이는 허와 실, 움직임과 고요함의 계기이고 또 음과 양, 강함과 부드러움의 시작이다. 떠서 오르는 것은 양의 맑음이요 내려가 가라앉는 것은 음의 흐림이다. 그것은 느낌을 일으켜 모이고 흩어지니 바람과 비가 되고, 눈과 서리가 되며, 온갖 사물의 형상을 만들고, 산과 내가 녹거나 맺어지고, 술찌끼나 타고 남은 재가 되니, 모두 가르침이 아닌 것이 없다.[5]

작곡자는 우주의 정중동(靜中動)의 이치를 꿰뚫고 있다. 대대(對待)와 합일(合一)의 개념도 파악하고 있다. 그의 또 다른 작품인 「Garden of Silence」를 들어 보아도 "허와 실, 움직임과 고요함의 계기이고 또 음과 양, 강함과 부드러움"이 되풀이된다. 작품 「Pneuma」에 나오는 소리들은 한마디로 상(象)이다. 우주의 형상이 음악의 소리라는 상으로 변형된 것이다. 그것은 우주에 가득한 기(氣)이며 기는 바로 소리이고, 그 움직임은 파동으로 신(神)이다. 신은 생명의 움직임을 말한다. "흩어져 개별화되어 상(象)을 이룰 수 있는 것이 기(氣)이고, 맑게 통하나 상을 이룰 수 없는 것은 신(神)이다."

이 부분에서 설명을 좀 보태야겠다. 나는 작곡자가 이런 우주 생성의 시나리오를 생각하고 곡을 만들었다고 생각하지는 않는다. 음악 작품에 대한 나의 철학적 설명은 견강부회이며 쓸데없는 상상의 언어의 나열들로 간주될 수 있다. 그럴지도 모른다. 생명의 힘은 어

5 『正蒙』, 「太和」. 氣坱然太虛 升降飛揚 未嘗止息 易所謂絪縕 莊生所謂生物以息相吹野馬者與 此虛實 動靜之機 陰陽 剛柔之始 浮而上者陽之淸 降而下者陰之濁 其感遇聚散 爲風雨 爲雪霜 萬品之流形 山川之融結 糟粕煨燼 無非敎也.

느 곳에나 넘쳐난다. 풀 한 포기, 돌멩이 하나, 바람이나 불 그리고 물 등에 모두 어려 있다. 지구뿐만 아니라 우주의 모든 행성과 그 행성들을 품고 있는 성운(galaxy)도 마찬가지다. 모두 생명의 힘과 그 움직임이 작용하고 있다. 조그만 미물이 그러하다면 작곡가 조광호 역시 그러할 것이며, 그가 쓴 악곡 「Pneuma」도 그러할 것이고, 이를 듣고 감상하는 나도 또한 그럴 것이다. 우주를 생성한 혼불은 어디를 가릴 것 없이 우주 곳곳에 '빠짐이 없이(無遺)' 가득 차 있음이다. 작곡가는 눈앞에 보이는 생명의 현상을 보고 아마도 어떤 숨겨져 있는 소리들을 하늘로부터 들었을 것이다. 그는 그 소리들을 듣고 악곡으로 바꾸어 놓았고, 이를 듣는 나는 언어문자로 이해하고자 접근하였을 뿐이다. 우주 만물을 구성하고 있는 모든 생명체는 생명에서 비롯되었으며 그 생명의 근원은 본생이라 불린다. 본생이 지니고 있는 정신(精神)은 생명의 힘과 생명의 움직임이며 그것은 일종의 생명의 혼불로서 기일 수도 있다. 그것이 드러나는 양상은 소리이기도 하고 빛이나 색일 수도 있다.

작품 「Pneuma」에는 깜깜한 절벽, 어두운 절망, 숨이 막힐 정도의 긴장, 냉정할 정도의 차가움, 이지적이고 분석적인 음의 배열 등은 전혀 찾아볼 수 없다. 제목이 '혼불'이다. 생명을 노래하고 있다. 그것은 느낌의 시작부터 긍정적이다. 부정적인 파악은 배제된다. 음, 약, 부드러움의 단계에서도 그것은 어두운 그림자가 아니라, 생명을 드러내기 위한 부드러운 그림자다. 플루트라는 악기가 절묘하게 어우러진다. 다른 악기들도 이런 맑고 부드러움을 뒷받침하고 있다. 장재의 글로 이 글을 마감한다.

기가 맑으면 통하고 어두우면 막힌다. 맑음이 지극하면 생명이 움직인다. 그러므로 모이되 틈이 있으면, 바람이 불고 소리가 있어 모두 들게 되니 맑음의 징표이리라. 바람이 불지 않아도 이르게 되면 그것은 통함의 극치일 것이다. 태허로 말미암아 하늘이라는 이름이 있고 기는 화(化)하므로(무엇이 되어 감으로) 도라는 이름이 있다. 허와 기를 합하여 본성이라는 이름이 있고 본성과 지각을 합하여 마음이라는 이름이 있다.[6]

기의 근본은 텅 비어 있음이며 맑음의 근본은 형상이 없음이다. 느낌이 있어 낳음이 있으니 모여서 형상이 있게 된다. 형상이 있으면 그와 상대되는 것이 있게 되고, 그 상대는 반드시 반대로 작용한다. 반대로 작용하면 짝이 있게 되고, 짝은 반드시 조화를 이루어 풀리게 된다. 그러므로 사랑과 미움의 정은 모두 똑같이 태허에서 나와 마침내는 물욕(천지 만물의 실정)으로 되돌아간다. 갑자기 생겨나고 홀연히 이루어진다. 터럭만큼의 틈도 용납하지 않으니 신묘하도다.[7]

2017년 10월 23일

남해 바닷가, 하늘은 구름 한 점 없이 맑은데, 강풍이 몰아치는 한낮에.

---

6 『正蒙』, 「太和」. 凡氣淸則通 昏則壅 淸極則神 故聚而有間則風行而聲聞具達 淸之驗與 不行而至 通之極與 由太虛 有天之名 由氣化 有道之名 合虛與氣 有性之名 合性與知覺 有心之名.

7 『正蒙』, 「太和」. 氣本之虛則湛本無形 感而生則聚而有象 有象斯有對 對必反其爲 有反斯有仇 仇必和而解 故愛惡之情同出於太虛 而卒歸於物欲 倏而生 忽而成 不容有毫髮之間 其神矣夫.

이성현

이 곡은 젊은 작곡가의 작품이다. 작곡자 이성현은 고등학교 시절에 이미 두각을 나타내 여러 차례 음악 경연 대회에서 수상을 했다. 서울대학교 작곡과에서 수학하면서 2015년 제네바 국제 음악 콩쿠르 현악사중주 부문 작곡에서 2등으로 입상하고 Audience Prize도 획득했다. 2016년에는 중앙음악콩쿠르에서 작곡 부문 1등 수상의 영예를 얻었다.

작곡가는 아직도 작곡 수업을 받고 있는 상태다. 그의 근래 작품들은 음악의 여러 기법을 실험하고 있음을 보여 주고 있다. 예를 들어 최근에 발표한 피아노 연습곡 「Glassy, Glossy, Gliss! for Pianoforte」는 '건반 위에서의 다양한 글리산도들과 그를 포함하는 여러 복합적 음형들에 대한 연습곡'이다. 또 주목을 요하는 작품 「hmm… do you LOVE suspensions?」은 '비화성음에 관한 이야기'다.

오늘 소개하는 새로운 작품 「Night Fantasies(밤의 환상곡 또는 야상곡)」에 대해 작곡가 자신은 다음과 같은 설명을 붙여 놓고 있다.

이 작품은 밤에 주로 작업하는 나에 관한 이야기이다. 바쁘고 현란한 서울에 살며 겪은 이야기들과 들어온 수많은 음악들을 토대로 클라리넷의 다양한 표현 가능성과 성격에 맞추어 작곡되었다. 그렇기에 지금까지 '작곡법적 적용' 내지는 '기술적 탐구/연습'을 위하여 작업한 작품들과는 성격이 매우 다르며, 더 솔직하고 편하게 음악을 써 보고자 하였다.

작가가 스스로 이야기하였듯이 곡은 자유로운 형식을 취하고 있다. 아마도 음악을 연구나 배움의 대상으로 인식하지 않고 작가 마음대로 표출하고 싶었던 악상들이 잘 드러나 있다. 그만큼 듣는 이도 부담 없이 들으며 멋대로의 느낌을 가질 수 있었다. 작품은 모두 다섯 개의 장으로 구성되어 있다. 작가가 설정한 소제목들이 벌써 곡의 느낌을 암시하고 있다. 언제나 느끼는 것이지만 음악은 감상 그 자체로 충분하다. 언어로 이러쿵저러쿵 서술하거나 설명하는 것은 한계가 있다. 오해를 불러일으킬 수도 있다. 그럼에도 곡을 언급하기 위해서는 나름대로의 문학적 서술이 요구된다. 곡의 전체 길이는 약 25분 50초다. 각 장의 구분은 임의대로 상정해서 구분하였다.

1. 네온 불빛 아래서(Under the Neon Lights)

도입부가 인상적이다. 피아노와 클라리넷의 이중주인데 첫 소리가 이상하다. 두 악기의 소리가 아니다. 드럼일까. 무엇을 두드리다가 연주자들이 발로 바닥을 한번 일제히 때린다. 그리고 이어지는 피아노와 클라리넷이 강렬하다. 벌써부터 어둠을 헤치며 네온사인 불빛이 현란하다. 야경이다. 온갖 불빛이 바라보는 눈을 자극한다. 밤의 세계다. 어둠이 지배하고 있지만 그 안에서 세상의 갖가지 일들이 벌어지고 있다. 피아노포르테의 스타카토로 이어지는 강한 리듬을 바탕으로 이리저리 클라리넷이 선을 따라 세차게 흐른다. 그러다가 소리가 엷어지며 내향적이다. 시선은 밖을 바라보고 있지만 눈은 이미 허공에서 안으로 향하고 있다. 밖으로는 울긋불긋 야경이 화면을 가득 채우고 있지만 안으로는 마음에 이런저런 생각들이 점점 커지며 부풀어 오른다. 내면에 또 하나의 야경이 펼쳐지고 있다. 그것도 불빛들로 가득하다. 무한히 열린 상상의 세계에 환상이 날개를 달고 이리저리 떠다니고 있다. 그것들은 갖가지 모습을 띠고 있다. 화려하다. 다양하다. 이를 적나라하게 표현하기 위해 트릴, 글리산도 등의 기법이 동원되고 있다. 피아노의 탄주가 리드미컬하다. 크레센도로 꿈의 강도가 높아지다가 다시 디크레센도로 차분함을 찾는다. 여리고 서정적인 꿈도 삽입된다. 젊은 작곡가의 풋풋한 삶이 녹아든다. 그리고 깊게 스며 나오는 욕망도 모습을 보인다.

2. 그루브 위에서 춤을(Dance on the Groove) 04:22

피아노가 미끄러지듯 리듬을 탄다. 그 속에서 클라리넷이 천천히 꿈에 날개를 단다. 환상의 세계로 진입한다. 가볍고 리드미컬하다. 클라리넷의 음색이 마냥 아름답게 느껴진다. 꿈속에서 춤을! 누구와 추는가. 춤을 함께할 대상은 무한하게 열려 있다. 답할 이유가 없다. 그럼에도 울려오는 음은 아마도 짝을 찾지 못한 것 같다. 혼자 추는 춤일까. 쌉쌀하면서도 애틋한 감미로움이 수를 놓는다. 젊음의 아픔인가. 젊기에 아픔도 생생하도록 아름답다. 춤의 몸짓이 강렬해진다.

3. 미친 즉흥곡(Mad Improvisation) 08:10

돌연 곡은 일변한다. 대중가요 블루스 가락처럼 애련한 멜로디를 클라리넷이 분다. 약간은 청승맞다고나 할까. 꿈에서 드디어 님을 만났을까. 둘이 부둥켜안고 빙빙 돌듯이 춤을 춘다. 그렇다고 어떤 환희의 즐거움이 있는 것이 결코 아니다. 오로지 허상이요 꿈일 뿐이다. 순간적으로 비애가 스치듯 지나간다. 밤이 어둡다. 마음도 어둡다. 그래도 무심하게 밤하늘 아래 네온사인은 쉴 사이 없이 명멸하고 있다.

젊음은 정면으로 이를 돌파한다. 낭만과 젊음이 부풀어 오른다. 강한 피아노포르테의 흐름 속에서 클라리넷이 슬프다. 결국은 피아노포르테가 강한 탄주로 꿈을 깨며 분방한 현실을 일깨운다. 피아노 리듬에 클라리넷이 바쁘게 불어 댄다. 일상으로 돌아왔을까. 남은 것은 음악뿐이다. 음악이여, 노래하라. 넘쳐나는 열정을 감당하며 생각나는 대로 음들이 솟아난다. 즉흥곡의 나열이다. 격렬하다. 연주의 갖가지 기법이 동원되고 있다. 스타카토의 피아노를 따라 클라리넷도 짧게 끊기는 음을 연주한다. 글리산도도 나타난다. 제멋대로다. 작곡가의 뜨거운 젊음이 생생하게 드러나고 있다.

다시 곡의 속도가 느려지며 트릴이 등장한다. 천천히 호흡을 가다듬으며 낮은 클라리넷이 나타나고 피아노가 일정하게 음을 반복하며 이를 뒷받침한다. 서정적이다. 약간 쓸쓸하다. 피아노가 다시 높은음자리에서 강하게 음을 두들긴다. 발소리도 나타난다. 분명히 발소리다. 나는 악곡 연주에서 연주자가 발이나 몸짓을 통해 어떤 소리를 삽입하는 것을 처음 접했다. 현을 피치카토로 뜯는다든지 악기의 몸통을 두드리거나 피아노의 철선을 튕기는 경우는 흔하지만 악기 이외에 몸을 직접 움직여서 음향효과를 내는 것은 새로운 경험이었다. 작곡가 이성현은 이러한 기법을 이미 다른 작품들에도 종종 적용하고 있다. 피아노의 트레몰로가 나타나고 음들은 크레센도로 치솟는다. 거칠고 강하게 연주하는 피아노포르테 사이로 클라리넷이 아주 여린 음을 토해 낸다. 여린 음을 헤치며 피아노가 포르테로 즉흥곡을 매듭짓는다.

4. 멀리서—점점 더 긴장을(Da Lontano—Tension Over and Over) 18:27

앞의 격렬한 즉흥곡을 거치고 나서 숨을 돌린다. 느낌이 사뭇 진정되었다. 가볍다. 조용하다. 열기가 식은 상태다. 클라리넷이 스타카토로 리듬을 타며 연주한다. 리듬을 타는 선율이 크레센도와 디크레센도로 몇 차례 상향과 하향을 되풀이한다. 선율이 절묘하다. 두 악기가 천천히 힘을 가미한다. 강하게 내려친다. 리듬이 빨라진다. 피아노와 클라리넷이 경쾌한 리듬을 주고받는다. 클라리넷의 독주가 나타나며 다시 쓸쓸함이 엄습한다. 피아노는 최소한의 음으로 절제한다. 클라리넷의 우울한 음색이 도드라지고 거기에 맞추어 리듬이 어우러진다. 다시 발바닥의 연주가 나타난다.

5. 비트박스 영원히(Beat Box Forever) 24:37

악곡의 끝맺음은 클라리넷의 여린 음으로 시작된다. 곧이어 피아노와 클라리넷이 서로 발랄한 음들을 통통 튀기듯 연주한다. 디크레센도로 두 악기가 줄지어 병행한다. 이를 되풀이하며 곡은 종결된다.

이 곡은 피아노와 클라리넷을 위한 이중주다. 피아노를 반주로 하는 이중주는 상당히 많다. 가장 흔히 우리가 듣는 것은 바이올린이나 비올라 또는 첼로와의 이중주로 대체로 소나타 형식이다. 피아노와 클라리넷 이중주는 약간 낯이 설다. 현대음악에서 과거와 달리 관악기가 중심이 되어 연주되는 작품이 많아졌다. 재즈 트리오나 콰르텟이 대표적이다.

현대음악은 통상 듣기가 난해하다. 대중에게 낯설기 때문이다. 여러 가지 이유가 있겠지만 작곡 기법이 끊임없이 발전하여 빠른 속도로 새로운 기법이 창출되고 악기의 연주도 병행하여 발전하지만 일반인들은 이를 숙지하지 못하기 때문이다. 새로운 기법은 음의 세계에서 새로운 음색과 음향을 창출한다. 새로운 음의 지평이 열린다. 예술에서 기호는 본질적으로 그 의미의 전달에서 한계를 지닌다. 기존의 관념을 깨트리는 새로운 형식은 더욱 그렇다. 서로 약속되어 있지 않은 기호는 의미 전달에 실패한다. 음악도 예외는 아니다. 악보들이 기존의 것과는 달리 복잡한 기호로 가득하게 되었지만 그것들이 울려 내는 소리는 비정형화된 것이어서 그 의미를 읽어 내기가 지난하다. 이 문제는 아마도 대중을 따라오라고 할 것이 아니라 음악에 전문적으로 종사하는 사람들이 해결해야 할 난제이기도 하다.

음악을 배우는 사람들은 이런 새로운 변화에 적응하려고 노력한다. 연주자나 작곡자나 새로운 기법을 끊임없이 연습한다. 젊은 작곡가 이성현도 예외는 아니다. 그의 작품은 언제나 새로움으로 충만하다. 하지만 어떤 작품의 예술성은 새로움과는 별개다. 고맙게도 작곡가는 음악 문외한인 이 늙은이에게 그의 작품 녹음들을 여럿 보내 주었다. 새삼 감사를 드린다. 그 곡들을 들어 보며 최근 음악의 변화에 둔감한 나의 한계를 절감한다. 그럼에도 몇 개의 곡은 강하게 귀를 잡아당겼다. 느낌이 강하게 전달되었다. 그중에 가장 듣기가 좋았던 것이 바로 「Night Fantasies」이다. 추측하건대 작곡가는 이런저런 이유에 매달리지 않고, 일상의 삶을 살며 젊은이로 느낀 것을 있는 그대로 표현하고 싶었을 것이다. 작품 「Night Fantasies」에는 낭만과 꿈이 가득하다. 그러면서도 곳곳에 어떤 아련함이 깊게 배어 있다. 있는 그대로 부담감이 전혀 없이 바삐 돌아가는 서울의 하늘 아래 살면서 고단함과 젊음 그리고 꿈과 야망 또는 어떤 시련 등이 작품에 모두 표현되어 있다. 곡의 세 번째 악장인 〈미친 즉흥곡〉은 이 악곡의 중심이요 정수다. 음악을 듣는 재미가 바로 이런 즉흥성에서 비롯되는 것이 아닐까. 듣는 우리는 그저 작곡가가 가는 대로, 악곡이 흘러가는 대로 그냥 따라가기만 하면 된다.

한마디로 이 곡은 대학교 재학 중인 학생 신분의 젊은이가 작곡했다는 사실이 믿기지 않을 정도로 걸작이다. 작곡가는 이미 2015년 제네바 국제 음악 콩쿠르에서 「Moment étincelant pour quatouor à cordes—Présenté par le quatour Voce(현악사중주의 빛나는 순간—사중주의 목소리로 표현)」로 그의 뛰어난 기량을 보여 준 바 있다. 또 2016년 중앙음악콩쿠르에서 피아노 곡 「Color of Blue」로 강한 인상을 심어 주었다. 이 곡들 역시 자유분방함과 정열적인 힘이 넘쳐나는 수작들이다. 이런 작품들로 인해 우리는 이 작곡가가 앞으로 어떤 새로운 작품들을 보여 줄지 벌써부터 기대를 하게 된다. 많은 정진이 있기를 기원한다.

2018년 3월 11일
봄기운이 가득한 남해 바닷가에서.

2021년 새해 들어 작곡가의 새로운 곡들을 유튜브를 통해 접할 수 있었다. 모두 일곱 개의 곡이다. 「Need More T, S, D?—Aleatoric Music for 7 or More Players(T, S, D가 더 필요할까?—일곱 또는 그 이상의 연주자를 위한 우연성의 음악)」, 「Le Chant de la Lumiére I pour Orchestre (오케스트라를 위한 빛의 노래)」, 「Onde I pour Six Instrumentistes(여섯 명의 기악 연주자를 위한 파동)」, 「School Bell Paraphrase for Pianoforte(피

아노를 위한 학교 종 변주)」, 「Overture Bong-sun-hwa(봉선화 서곡)」, 「Concerto for Sheng and Orchestra(생황과 관현악을 위한 협주곡)」 등이다. 곡들을 듣고 깜짝 놀랐다. 이미 곡들은 완숙한 경계로 진입해 있었다. 한국의 전통악기를 다루거나 또는 귀에 익숙한 가락을 변주한 것들도 눈에 띈다. 무엇보다 앞의 세 곡 「우연성의 음악」 「오케스트라를 위한 빛의 노래」와 「여섯 명의 기악 연주자를 위한 파동」에서 뚜렷하게 보듯이 작곡가는 이미 복잡함을 지양하고 단순 명료하게 선율과 리듬을 전개한다. 곡들이 전개되며 느낌이 고조된다. 무엇보다 현대음악의 난해함이 없다. 쉽다. 그러면서도 편안하다. 아름다움이 넘쳐난다. 한국음악계에 수작들이 탄생했다. 무엇보다 아직도 이십 대인 작곡가의 앞날이 창창하다. 앞으로 얼마나 아름다운 곡들이 나올까 벌써부터 기대가 된다.

최우정

1. 작곡가에게 보낸 편지

보내 주신 음악들을 잘 들었습니다. 감사를 드립니다. 이번 주말에는 온종일 선생님 작품만 들었습니다. 보내 주신 초기 작품들이 계기가 되어 그동안 받았던 모든 기악곡들을 하나씩 새롭게 음미를 해 보았습니다.

1988년 어린 나이에 작곡한 「Eyes」, 1990년도의 「3 Pieces」 그리고 1996년도 작품인 「In halber Stimme」와 「Das Lied der Unfruchtbaren」을 모두 들었습니다. 또한 새삼스레 2003-4년도에 작곡한 「12 Preludes」, 그리고 「San」과 「Air」(2005)를 다시 들었습니다. 그리고 나서야 전체적인 윤곽이 새삼스럽게 아련히 손에 잡히는 듯하였습니다. 유감스러운 것은 최근의 연주회에 들었던 「Looper」를 다시 들을 수 없다는 점이었습니다. 그래야 맥락을 더 잘 파악할 수 있을 터인데 말입니다.

결론 삼아 말씀을 드리자면 역시 「12개의 피아노 전주곡」과 「Air」

그리고 「San」은 아주 멋진 작품입니다. 특히 「12개의 피아노 전주곡」은 선생님의 젊은 시절을 총정리하고 그 이후에 나갈 새로운 방향을 위한 시금석이었음을 깨달았습니다. 젊어서부터 통상적인 화성이나 선율 음악을 마다하고 현대음악이 요청하고 있는 음 자체의 본질에 접근한다는 생각이 돋보였습니다. 그렇다고 남들이 하는 것만을 따라다니지 않고 선생님 특유의 자유롭고 분방한 사고방식이 두드러지게 나타났습니다. 근원적으로 따지면 베버른과 같은 현대음악의 거목의 영향을 받았다고 하겠지만 직접적으로는 리게티나 셸시 같은 전위적 작곡가들의 영향이 뚜렷하게 엿보입니다. 그뿐만 아니라 과거 고전음악으로 거슬러 올라가 바로크 이전이나 바흐, 그리고 베토벤의 그림자도 모두 느껴집니다. 한마디로 잡다합니다. 하지만 그 어느 작곡가가 이러한 그림자에서 벗어날 수 있겠습니까? 바흐나 베토벤 자신도 앞서의 위대한 음악 유산이 있었기에 가능한 천재들이었습니다.

중요한 것은 선생님은 젊은 시절부터 새로운 해석과 새로운 음색이나 음향의 발굴에 노력을 쏟고 있음입니다. 선생님의 작품에는 음 하나의 생명력, 이러한 음이 여러 개로 또는 반복을 통해서 쌓여 가는 조그만 최소 단위의 패턴, 그리고 이러한 패턴들이 여러 개로 복잡하게 구성해 가는 다층적 패턴 등의 창출이 여기저기 드러납니다. 이러한 과정에서 굳이 현대음악에만 매달리지 않는 것 같습니다. 아무러면 어떻겠습니까? 어떠한 패턴이라도 그것이 오래된 방법이라도 선생님의 작품 속에서는 거의 대부분이 현대음악이 요구하고 있는 새롭고 독창적인 패턴들의 배열로 뒤바뀌며 새로운 감성을 자아내고 있습니다. 「12개의 피아노 전주곡」이나 「Air」 등에서 이러한 작업들이 멋지게 성공하고 있습니다.

또 한 가지 놀라운 것은 이러한 작업들이 마치 수학의 공식들이나 기계의 조립처럼 메마른 것이 아니라 음악 창작의 가장 중요한 본질인 인간의 감성을 일깨우고 있다는 점입니다. 상당히 긴 작품인 「12개의 피아노 전주곡」이나 약 15분이나 연주되는 「Air」나 「San」 등은 듣는 이로 하여금 절로 온통 마음을 집중하게 할 정도로 구성도 좋고 긴밀도도 높으며 사람들의 흘러가는 감성을 자극하고 있습니다.

다만 아쉬운 점이 있습니다. 2004-5년을 고비로 해서 그 후에 작품이 거의 없다는 점입니다. 전주곡을 모두 듣고 나면 우리는 생각을 하게 됩니다. 우리는 이러한 전주곡이 아마도 작곡가가 더 높이 그리고 깊게 뛰어오르기 위한 사전 작업이라는 사실을 인지합니다. 하지만 유감스럽게도 그 후속 작품을 거의 찾을 수가 없습니다. 뛰어난 재능과 가능성을 어디에다 맡겨 놓은 듯싶습니다.

추측하건대 개인적인 삶에 굴곡이 많은 것 같습니다. 이는 어쩔 수 없는 현실이고 피할 수도 없습니다. 이 사회를 살아가는 대부분의 사람들이 아마 모두 비슷한 실정에 처해 있을 것입니다. 선생님의 메일을 보니 음악적으로도 많은 고민이 있으신 것이 분명합니다. 먼저 현대음악 자체에 대한 회의입니다. 대중과의 연관성일 것입니다. 이 문제는 곧바로 사회에 대한 기여와 상관되기도 합니다. 한국사회에서 지난 1970·80·90년대에는 특히 예술의 사회참여와 리얼리즘이 극도로 강하게 거론되던 시절이었습니다. 아마도 선생님 연배의 사람들이 이 영향을 가장 많이 받았지 않나 싶습니다.

나는 감히 말합니다. 첫째 사회참여와 리얼리즘(한국 예술계에서의 리얼리즘을 의미합니다. 예를 들어 카라바지오의 걸작 회화들은 리얼리즘의 생생한 표현이지만 그것은 우리 사회에서 병폐처럼 떠들어 대고 있는 리얼리즘과 근본적으로 상이합니다)은 전적으로 정치적 관념에 불과한 것입니다. 예술가는 사회적 동물이기 때문에 어떠한 경우에도 정치적인 현실과는 완전히 괴리되어 있을 수는 없습니다. 정치와 사회에 대한 직접적인 참여만이 인간들이 꿈꾸고 있는 유토피아를 실현하는 것이 아닙니다. 무엇보다 유토피아를 주장하는 사람들은 그들 자신이 마치 신앙인처럼 어느 이념에 치우쳐 있는 것이 분명합니다. 그들은 어느 예술가에게 예술가는 현실(reality)을 직시하고 그 현실을 '개혁'하기 위하여 이러이러하게 행동으로 실천해야 한다고 강요합니다. 직접 몸으로 참가하지 못한다면 예술가답게 작품으로 이러한 내용을 표현해야 한다고 주장합니다. 그것을 거부하는 사람은 그들의 적이 됩니다. 그것은 마치 볼셰비키 혁명 후 공산 사회에서 요구하는 것과 그 본질이 다를 것이 없습니다. 또한 히틀러의 나치가 집권한 후에 보수 이념으로 탄압을 가하여 쇤베르크나 아도르노 등이 모두 망명하게 만든 극단적인 사고와도 그 근본적인 양상에서는 다를 것이 하나도 없습니다. 예술가는 정치적 사회 현실에서 자유로워야 합니다. 그가 이것에 참여하든 아니든 그것은 강요할 것이 아니라 그 예술가의 자유입니다. 정치가들의 주장이나 현실참여론을 주창하는 사람들은 모두 당대를 살아가며 일순간의 왜곡된 이념을 실현하고자 하는 것입니다. 예술가는 더 근원적인 것에 가까이 갑니다. 그것은 시대를 살아가며 현시대에 확고하게 뿌리를 내리고 있음에도 불구하고 그 시대를 넘어서 과거와 미래를 전부 아우릅니다. 대중에 앞서서 분명하게 여러 가지 선택 방향을 제시하여 줍니다. 그 방향은 대부분 인간의 본성이 요구하고 있는 즐거움이나 만족 또는 행복이며 동시에 인간이 마땅히 해야 할 고차원적인 도덕성도 함께 제시합니다. 우리는 1960년대 학생운동이 한창이던 유럽에서 아도르노가 이론적으로 엄청난 변화와 개혁을 논하였지만 행동으로 실천하지 않는다는 불만이 팽배한 학생들에 의해 희생이 된 사실을 알고 있습니다. 아도르노의 주장은 히틀러의 유대인 학살 같은 전체주의의 비극을 고발하여 인간 본성을 회의적으로 새삼스럽게 검토한 데 있습니다. 그가 탐구한 길은 현실에 주안점을 두면서도 좀 더 근원적이고 시대를 넘어서는 물음을 탐구하고 있습니다. 또 분명한 것은 유럽에서 이미 반세기 전의 이러한 과격한 운동은 이미 하나의 역사적 현상에 불과한 것으로 치부되고 있다는 점입니다. 그런데도 우리는 분단을 빌미 삼아 여전히 많은 지식인들이 이 문제를 거론하고 오히려 대중과 사회를 심각하게 왜곡하고 오도하고 있습니다. 작금의 우리 사회가 처해 있는 이념의 갈등은 깊은 한숨을 자아내게 합니다. 음악은 이러한 차원을 넘어서서 우주와 인간의 진정한 참모습을 보여주어야 합니다. 그런 음악의 예술성을 접함으로써 이념과 편견에 찌든 사악함을 순화시켜야 합니다.

둘째로 대중음악에의 참여입니다. 실은 대중음악이냐 순수음악이냐 전통음악이냐 현대음악이냐 하는 문제는 당혹스러운 것입니다. 왜냐하면 그 근본에서는 전혀 나눌 수 없는 음악을 굳이 이해관계가 개입되어 대립적으로 구분하려 하기 때문입니다. 전통음악이 없이 현대음악이 있을 수 없음은 자명합니다. 현대음악, 문자 그대로 contemporary music은 우리가 살아가고 있는 이 시점에 만나고 있는 음악을 가리킬 뿐입니다. 그것은 과거의 음악의 전통 위에서 천천히 시대에 걸맞게 변하여 있는 음악일 뿐입니다. 예술가는 다만 새로운 시대의 새로운 감성을 표현하기 위하여 새로운 감성을 지니고 새로운 기법이나 형식을 찾아내어 다른 사람들의 공감을 요청하고 있습니다. 그러면서 앞으로 나갈 방향 즉 미래의 음악이 흘러갈 흐름을 한 사람의 예술가로서 보통 사람보다 먼저 참여하여 도움을 주고 있습니다.

나는 대중음악 작곡가나 연주가들을 사랑합니다. 그들이 없다면 우리의 삶은 참으로 밋밋할 것입니다. 그 음악이 상업적이고 세속적이라고 비하한다면 아마도 그 예술가는 인간의 본성을 제대로 파악하지 못한 것이라고 단언할 수 있습니다. 사람들은 살아가면서 희로애락을 겪습니다. 보통은 쾌락을 선호합니다. 고통보다는 쾌락이나 행복이 우선입니다. 그것이 일시적이라 해도 사람들은 순간의 쾌락을 찾습니다. 그것은 사람이 살아가는 데 있어서 커다란 동기부여를 합니다. 순수음악이라는 것은 아마도 이러한 대중음악이 좀 더 세련되고 정제되어 이루어진 것이라고 생각됩니다. 일상을 평범하게 지내지만 한편으로 하이데거처럼 '빠져 있는' 사회 세계에서 어느 순간 스스로에게 돌아와 자기와 마주하는 순간 현존재는 그 모습을 드러냅니다. 순수음악은 이런 면에서 어떠한 사회적 요청과도 무관하며 또한 상업적인 이해에도 빠지지 않고 스스로의 삶을 걸어가기에 그 음악을 듣는 우리가 내면에서부터 깊은 감동을 느끼게 됩니다. 하나의 악곡이 낮은 음역에서 높은 음역으로 올라가기도 하고 내려가기도 하며 전체로서의 통일성을 구하는데 대중음악이나 순수음악도 음악이라는 전체 통일된 영역에서 이렇게 서로 영역을 공유하며 함께 있는 것입니다. 이런 점은 불교에서도 찾아볼 수 있습니다. 부처가 되려면 여래장자성청정심(如來藏自性淸淨心)에 도달해야 합니다. 이 마지막 경계의 마음은 최고로 순수하지만 동시에 속세의 마음도 함께 열어 놓고 있습니다. 마음 하나가 두 개의 마음의 문을 열어 놓고 있는데, 하나는 순수한 진여의 마음이요 다른 하나는 덧없이 생사를 거듭하고 있는 세속의 문입니다. 보살은 이러한 점을 깨달아 혼자만의 청정심에 이르러 부처가 되는 것이 아니라 이를 보류하고 다시 속세로 내려와 중생과 삶을 같이하고 그 중생을 보살이나 부처가 되도록 구제하여 인도합니다. 왜냐하면 모든 중생 자신도 그 마음 안에는 본래 불성이 있어 언제든지 노력만 하면 부처가 될 수 있기 때문입니다.

이렇게 볼 때 작곡가는 순수음악 즉 궁극적 깨달음을 위하여 노력을 하여야겠지만 진정으로 그러한 깨달음에 이르기 위해서는 대중의 마음을 이해하고 함께 삶을 살아가야 할 것입니다. 이러한 면에서 선생님의 자괴감이나 갈등은 어떻게 보면 부질없는 노릇입니다. 그냥 마음을 편하게 가지시면 될 일입니다. 내키면 뮤지컬도 창작하시고 무대 음악도 만들고 필요하다면 통속적인 노래도 만들 수 있을 것입니다. 말러처럼 거리의 군악대나 통속적인 민요나 노래도 그가 교향곡에서 취하면 다른 것이 됩니다. 본디 다른 것이 아니라 생각하는 이의 근본이 같기 때문입니다. 열린 자세는 대단히 중요합니다. 한 가지에 이분법으로 매달리게 되면 그렇게 나누는 것에는 언제나 갈등과 대립과 고통만이 따를 것입니다.

선생님의 경우에는 한 가지 유념하실 일이 있다고 감히 이야기하겠습니다. 「12개의 피아노 전주곡」을 음미해 보면 선생님은 부산 가는 열차를 타시고 이제 수원 정도에서 그냥 정차하여 열차가 떠나지 않기를 바라고 있는 상태입니다. 수원은 작은 도시입니다. 천안을 거쳐 대전도 있고 대구도 있으며 부산에 가면 커다란 도시와 너른 바다를 만날 수 있을 것입니다. 그게 본디 선생님의 목적이고 방향일 것입니다. 열차의 기관사에 요구하여 다시 열차를 움직여야 할 것입니다. 그리고 그 기관사는 다른 사람이 아니라 선생님 자신일 것입니다.

무엇보다 선생님은 자신의 능력과 재능을 그대로 욕심껏 실현하시는 것이 바로 사회에 기여하는 것이고 나아가서 인류에게 봉사하는 것입니다. 누가 무어라 해도 거들떠볼 것이 없습니다. 사회적 명예와 부가 우리를 항시 유혹하지만 그것은 인지상정입니다. 다만 절제와 균형이 요청되고 스스로 가장 잘할 수 있는 일이 무엇인가를 판별하여 집중하는 것이 중요할 뿐입니다. 왜냐하면 인간의 능력이 아무리 위대하더라도 그 사람의 삶의 시간은 짧고 유한하기 때문입니다. 한눈을 팔 수 없는 이유이기도 합니다. 선생님은 그저 가고 싶은 길을 선택해서 가기만 하면 됩니다. 선생님의 그동안의 작품을 보면 자신을 가져도 좋습니다. 자랑스럽게 긍지를 가지셔도 괜찮습니다. 그러한 마음 자세는 다음의 창작을 위해 필요한 것이지만 실제로 선생님의 작품들은 뛰어납니다. 전주곡 같은 것은 걸작으로 불러도 좋을 것입니다. 리게티나 구바이둘리나도 젊은 시절 이와 비슷한 피아노 모음집을 창작하였지만 모두 들어 본 사람으로서 감히 말하건대 선생님의 작품이 더 훌륭하고 감상자를 더 사로잡습니다. 바이올린 독주곡이나 협주곡을 작곡하고 있다는 말씀을 들었습니다. 멋진 작품을 기대하여 봅니다. 부담감을 느끼시면 안 됩니다. 그저 선생님이 지니고 있는 마음의 소리만 들리는 대로 따라가시면 됩니다. 그게 우주의 조화입니다.

주말에 들은 음악에 대한 감상문을 정리하여 첨부로 보내 드립니다. 내킨 김에 그동안 써 놓았던 선생님의 작품 감상 글을 모두 실었습니다. 전주곡에서는 과거 선생님께 보내 드린 작품 감상문을 새로운 서술 밑에 '*감상' 표시를 하고 덧붙여 옮겼습니다. 음악학적인 지식이 부족하고 너무 주관적인 서술들이라 괜스레 오해를 불러일으킬까 염려가 됩니다. 그래도 나름대로 선생님의 작품을 모두 일관되게 서술하는 것에 커다란 보람을 느낍니다.

건강하시기 바랍니다.

음악을 보내 주신 것에 다시 한번 감사를 드리며.

2015년 2월 2일

2. 두 개의 바이올린을 위한 눈(Eyes for two Violins, 1988, revised 1999)

갓 스물을 넘긴 작곡가의 의욕이 엿보이는 작품이다. 크게 보아 두 개의 단락으로 나누겠는데 앞부분은 렌토의 아주 느린 단락이다. 여기서 그는 아주 느린 음의 지속을 통해 하나의 음이 갖는 여러 모습을 보여 주려 한다. 둘째 단락에서는 템포를 빠르게 전환하고 통상적인 음의 배열로 되돌아간다. 하지만 전통과는 차이를 드러내는데 왜냐하면 바이올린들이 내는 음의 색깔이 완연히 개성적이고 새롭기 때문이다. 젊은 감성 탓일 게다. 그리고 마지막 부분에서 다시 느린 음으로 되돌아간다. 보통의 익숙한 빠르기에서 정상적인 범위를 넘어 아주 느리게 되면 우리는 전혀 새로운 모습을 보게 된다. 예를 들어 영화의 필름은 정지된 영상을 빠르게 돌려 그 영상들의 연결이 마치 움직이는 것처럼 착시 효과를 만들어 낸다. 이때 그 필름을 정지시키면 우리는 하나의 영상을 집중적으로 보게 되고, 또 그 영상들을 아주 느리게 돌리면 우리는 전혀 색다른 동작이나 느낌을 갖게 된다. 낯선 효과가 일어나게 된다. 이러한 효과가 곡 전반에 걸쳐 이루어지고 있지만 이를 통해 우리는 제2의 감정이 일어남을 인지하게 된다. 그것은 여운이다. 하지만 전체 곡의 구성에서 긴밀도가 조금 약한 것이 느껴진다. 그럼에도 불구하고 젊은 감성에서 격렬함이나 방종함을 찾아볼 수 없을 정도로 강하게 절제를 하고 있음은 우리로 하여금 음악의 안정된 미감을 얻게 한다.

3. 비올라와 피아노를 위한 세 개의 소품(3 Pieces for Viola and Piano, 1990, revised for Cello and Piano 2011)

이 곡 또한 소품이지만 서정성이 가득하고 구성이 조밀하다. 대략 세 개의 단락으로 이루어져 있는데 첫 단락에서 도입부는 통상적인 첼로 소나타를 연상시키듯 강한 서정적인 음률로 시작된다. 간혹 첼로가 강한 저음과 높은음을 번갈아 가며 길게 지속하지만 전체적으로 음 하나를 집요하게 천착하는 긴장은 완화되고 있다. 둘째 단락에서 피아노가 포르테로 음을 시작한다. 곧 피아노는 단절된 음과 쉼표를 거듭하고 그 바탕에는 첼로가 아주 약한 저음으로 지속음을 유지한다. 그러다가 갑작스레 피아노와 첼로가 함께 어우러지는 음들의 덩어리가 격렬하게 쏟아져 나온다. 이런 음들의 흐름은 단절된 음과 지속되는 음을 대비시키고 크게 보아서는 조용함과 요란함을 대비시킨다. 셋째 단락은 종합이다. 곡은 「두 대의 바이올린을 위한 '눈'」보다 그 구성이 훨씬 조밀하고 서정성이 풍부하다. 음의 본질을 철저하게 탐구하는 작업에서 약간은 조임새를 풀어 그러한 작업과 병행하여 마음 편하게 듣는 이의 마음을 흔들게 하는 서정성에 주안점을 두고 있다. 이십 대의 풍부한 감성이 곡 전체에 스며들어 있다.

4. 바이올린 독주곡 '나지막한 소리로'(In halber Stimme for Violin Solo, 1996)

이십 대 후반에 쓴 바이올린 독주를 위한 이 작품은 평이한 것 같으면서도 전혀 그렇지 않다. 선율을 주로 하는 이 악기의 특성으로 인하여 아무래도 저음이나 탁한 음으로 보완하여 균형을 잡기 위해서는 콘티누오(continuo)가 요청된다. 바흐는 독주 악기와 콘티누오를 위한 작품을 많이 창작하였다. 하지만 그의 무반주 바이올린 소나타 등을 보면 아무런 반주악기 없이 오로지 바이올린 혼자서 처음부터 끝까지 연주한다. 이 경우에 우리는 대체로 여러 음들이 전개하며 구성하는 기다란 선율보다는 바이올린이 내는 각각의 단절된 음을 더 의식하게 되고 우리는 음마다 갖는 특성에 주목하게 된다. 이런 살아 있는 독립음들의 복잡한 구성이 바흐의 바이올린 독주곡에 생생한 감동을 부여한다. 최우정은 마찬가지로 의도적으로 독주 바이올린을 통하여 음을 탐구한다.

이 곡은 모두 여섯 악장으로 구성되어 있으며 전체 연주 시간은 약 12분 정도 소요된다. 첫 악장은 'Senza Misura, Senza Tempo, Ad Lib(박자 없이, 템포 없이, 임의대로)'이다. 2악장은 'Quasi Ad Lib(거의 마음대로)'이다. 여기서 바이올린은 음 하나를 길게 끌며 지속한다. 음을 끝까지 추적한다. 음이 과거의 화성이나 리듬 또는 선율을 이루는 부품으로서의 존재가 아니라 어디까지나 독립된 음으로서 확실하게 그 모습을 드러낸다. 간간이 약하게 피치카토도 나타나지만 이는 곡의 균형을 잡아 주는 역할을 하고 있다. 3악장은 'Con Moto, Senza Misura(활기차게, 박자 없이)'이다. 4악장은 'Senza Misura'로 박자 없이 연주하라는 지시가 붙었다. 이 두 악장에서도 바이올린은 지속음을 계속 연주하지만 앞부분에 비해 활기차다.

5악장은 아무런 지시가 없다. 이 악장에서 우리는 돌연 전통적인 음률을 접하게 되는데 바흐의 조곡을 연상하게 된다. 앞의 첫 부분과 대비된다. 대비(contrast)는 대조(opposition)가 아니다. 대비는 서로 비교하여 그 대상들을 더 적절하고 분명하게 드러나게 하는 것이다. 바흐의 조곡이 전통적이지만 이미 그 시대에 바흐는 음 하나가 무엇인지를 동시대인들보다 앞서서 탐구하였다. 하지만 최우정은 현대인으로서 음 하나의 가치를 극단적으로 밀고 간다. 화음이나 대위법에서 떠날 수 없었던 바흐의 한정된 타협이 아니다. 이를 알고 있는 최우정은 첫 부분과는 다르게 숨을 돌리며 전통적인 방식의 음 탐구를 하나의 대비로 등장시킨다.

마지막 6악장은 'Senza Misura, Senza Tempo, Ad Lib, Adagio-Lento-Largo'다. 1악장과 거의 동일한 지시가 붙어 있다. 이 악장은 다시 첫 부분의 방식으로 돌아가 극단적으로 음을 분리시킨다. 보통 하나의 마디에 들어 있는 몇 개의 음들은 서로 쌓여서 화음을 만들고 그 음들이 이어지며 리듬과 멜로디로 구성되지만 이 작품에서 그 음들은 하나씩 단절되어 독립적으로 그 모습을 드러낸다. 냉정할 정도로 음이 다른 음을 부르는 연속성을 차단하며 하나의 음을 민낯으로 쳐다보게 만든다. 그 음은 짧게 또는 길게 지속되며 그 과정에서 음색과 강도를 달리하며 음의 변화를 추구한다. 마치 몬드리안의 기하학적 선과 사각형의 군집으로 이루어진 추상화가 연상된다. 그 선과 사각형은 모두 크기가 다르며 색채를 달리한다. 이렇게 음색과 강도의 상이한 변화가 계속되면 우리의 마음에도 이와 상응하는 감정의 선이 움직이게 된다.

여기서 우리가 간과하면 안 될 사실이 있다. 이 작품에 음을 탐구하는 노력이 몇 가지로 시도되지만 궁극적으로 이러한 노력은 모두 하나의 공통된 목적을 지니고 있다. 목적이라기보다 결과적으로 전체 작품이 반드시 지녀야 하는 요소다. 그것은 분해된 음들의 조각과 그 구성을 통한 전체 작품이 통일성을 갖추어야 하며 그 통일성은 바로 인간의 살아 있는 정서를 표현해야 한다. 그렇지 않다면 그 음들은 기계적인 음에 불과하며 마치 죽어 있는 고목에 붙어 있는 가지나 마른 잎에 다름이 아니다. 젊은 작곡가의 감성은 이러한 기대에 충분히 부응하고 있다.

5. 잉태하지 못하는 자의 노래(Das Lied der Unfruchtbaren für Flöte und 13 Streicher, 1996)

첫 단락에서 현으로 긁어 대는 소리일까 아니면 타악기일까 탁하고 거칠지만 아주 여린 마찰음이 나온다. 그러다가 정적을 깨뜨리는 플루트의 쇳소리가 우리 음악의 박처럼 시간을 그어 대더니 어떤 음, 아마도 중심이 되는 음이 나온다. 그 음은 지속된다. 그 음을 중심으로 하여 천천히 어떤 독립된 음의 덩어리들이, 각각의 악기들이 만들어 내는 음 덩어리들이 하나 그리고 둘씩 나타난다. 그 수들은 점차 늘어나지만 동시에 그 덩어리들은 나타났다가 사라지고 다시 나타났다가 사라지기를 되풀이한다. 무엇보다 음 덩어리들의 색깔이 개성적이고 두드러진다. 이러한 색깔들은 음 덩어리마다 다르게 나타나서 다양한 색깔들의 덩어리들이 강약을 달리하며 악곡의 부분들을 이루고 있는데 묘하게도 이런 다양성이 중심음을 주축으로 하는 통일성을 더 돋보이게 한다.

둘째 단락에서 다시 플루트가 여린 음으로 중심음을 길게 지속한다. 그 음은 자기의 모습을 끝까지 관철한다. 그것은 마치 직선처럼 갈 길을 곧장 간다. 아마도 그것은 시간의 길일 것이다. 그리고 앞에서처럼 독립된 현악기들의 소리 덩어리들이 어둠 속에서 출현하는 것처럼 나타난다. 하나, 둘, 셋… 그리고 아주 여러 개의 덩어리들이다. 그것들은 첫 단락보다 강도를 한층 높이기도 한다. 그 와중에서도 플루트는 자기의 음을 지속하며 존재를 잃지 않는다. 전체적으로는 어떤 통일성을 구성한다. 중심음을 감싸며 이 소리들은 여기저기 나타나 자기들의 존재를 알린다. 마치 우주에서 어떤 중심음이 하나의 자아라면, 그 자아가 아마도 작곡가 자신이거나 아니면 음악의 주제인 잉태하지 못하는 자아라면, 우주 만물이 혼자가 아니듯이 그 주체를 둘러싸고 무수한 자연 만물이나 현상들이 나타났다가 사라지며 명멸을 거듭하면서 하나의 세계를 형성하고 있는 것 같다. 곡은 점점 격렬해지며 주축을 이루는 음들도 높은 음역에서 최고조를 이루다가 다시 낮게 돌아오며 잠잠해진다.

셋째 단락에서 중심음은 낮은 음역에서 아마도 첼로나 베이스에 의하여 매우 느린 속도로 다시 지속되고 곧이어 관악기들이 이어받는다. 곧바로 또다시 외곽의 음의 덩어리들이 나타나기 시작한다. 중심음은 다시 연속적으로 존재한다. 현이 이러한 지속을 되풀이하는 동안에 다른 독립 악기들이 첫째와 둘째 부분에서처럼 하나둘씩 나타난다. 그 독립음들도 천천히 중심음과 어울리며 곡은 전체로서의 통일성을 획득하며 흘러가며 매듭을 맺는다.

위의 서술은 순전히 느낌의 흐름을 주관적으로 서술한 것이다. 그래도 분명한 것은 악곡에 어떤 생생한 생동감이 있음이다. 중심음을 지속하여 강하게 끌고 가는 것도 그렇고, 그 주위를 강렬하게 그리고 아주 생기 있고 강하게 수많은 모양의 서로 다른 음 덩어리들이 생성과 소멸을 드러내 보이는 것도 그렇다. 전체적으로 리게티나 셸시가 사용한 현대음악 기법이 엿보인다. 무엇보다 시작부터 듣는 이의 마음을 사로잡으며 계속하여 귀를 집중시키게 하고 있다. 곡이 끝나더라도 기다란 여운이 남는다.

6. 산(散)(San for Piano, Percussion, and 6 Instruments, 1999)

현대음악에서 죄르지 리게티와 지아친토 셸시는 음악계에 새롭고 커다란 흐름을 형성한 창의적 천재들이다. 셸시는 음악을 구성하는 음 자체가 과연 무엇인가를 묻는다. 그 음들이야말로 하나의 생명체로서 생명의 약동이 가득한 것임을 깨닫는다. 우주 만물에서 모든 사물은 하나의 개체로서 생명력을 지니고 있으며 이는 본생의 현현이다. 소리를 이루고 있는 음도 예외는 아니어서 음은 살아 있는 개체로서 그 삶을 살아간다. 그 삶을 들여다보는 것이 바로 셸시의 음악이다. 리게티도 마찬가지다. 셸시는 극단적으로 음을 추구한 데 비하여, 리게티는 전통의 기법도 마다하지 않고 오로지 인간의 깊은 서정성을 위해서라면 어떠한 형식도 마다하지 않는다. 음의 탐구에서 셸시보다 리게티가 좀 더 열린 자세로 신축성 있는 자세를 보였다고 할 수 있다. 리게티가 작곡한 「Apparitions」(1958-59)나 「Atmosphere」(1961) 등은 당시 하나의 충격이었다. 이 작품들에서 여러 개의 악기들은 동일한 하나의 음이나 유사음을 긴 시간 지속한다. 음들의 변화가 있다면 그것은 여림이나 강함, 바이브레이션 등일 뿐이다. 각각의 악기들이 불어 대는 이러한 음들이 모이고 쌓여서 오케스트라는 거대한 음향을 만들어 내는데 이 음향은 과거와는 완전히 다른 색깔을 지닌다. 지금껏 들어 보지 못한 새로운 음색을 창조한다. 그동안 중시하지 않았던 음의 색깔이 다양한 모습으로 얼굴을 드러낸다. 이제 음 하나는 강약, 높이, 입체적 부피와 면적, 그리고 색깔과 그림자까지 모두 갖추게 되었다. 그것이 음의 본디 모습이다.

「산」은 이러한 음악 경향을 잘 보여 주고 있다. 작품 전체가 보여주는 모습은 셸시보다는 리게티에 가깝다고 하겠다. 이 작품은 전체적으로 세 단락으로 구성되어 있는데 첫 단락에서 음을 천착하며 찾아 나선다. 피아노는 독주 악기의 면모를 거의 잃는다. 악곡의 중요 악기로서 위치를 점하고는 있지만 단지 타악기와 같은 기능을 나타낸다. 둘째 단락에서 반전을 보이는데 마치 재즈를 듣는 것 같다. 이는 첫 단락과 극명하게 하나의 대비를 이루며 듣는 이로 하여금 음에 대하여 그리고 악곡 구성을 반성하게 한다. 셋째 단락에서 피아노가 저음으로 시작을 열며 첫 단락의 모습으로 되돌아간다. 이렇게 세 단락으로 나누며 대비를 이루어 전체적으로 단락을 차별화한다. 결국 마지막에 모든 단락의 통일성을 구축하는데 이는 최우정의 대부분의 작품에서 보인다.

7. 12개의 피아노 전주곡(12 Preludes for Piano, 2003-4)

이 곡은 최우정의 대표작이라 해도 손색이 없다. 이 작품에서 젊은 이십 대부터 그가 추구하여 왔던 음의 본질과 그 음들이 구성되어 이루어 내는 패턴 그리고 그러한 독립된 음이나 패턴화되어 중첩된 음이 표현하는 또 다른 새로운 음향에 대한 그의 끈질긴 실험을 총정리하고 있다. 여러 실험을 통하여 파악된 음형들에 대해 그는 완숙하게 여러 가지 기법을 통하여 개별의 전주곡을 각기 완성하고 있다. 각 전주곡마다 서로 다른 방법으로 악곡을 표현하고 있다. 그러한 방법은 잡다하다. 서양음악의 전통에서 그동안 누적되어 왔던 대부분의 기법들이 하나둘씩 소개된다. 그렇다고 그가 교과서적으로 그리고 의도적으로 그러한 기법들을 제시하고 있는 것은 전혀 아니다. 음을 본질적으로 탐구하다 보면 결국은 이미 과거에 실험하고 또 사용하였던 기법이나 해석을 마치 처음 대하는 것처럼 작곡가가 대면하게 되는 것은 피할 수 없는 사실이다. 하지만 그의 작업 과정은 전혀 색다르며 그는 그만의 길을 걸어간다.

이 작품에서 작곡가는 하나의 음에 대한 기본적인 인식을 전통과 달리하고 있다. 과거에 음 하나는 전체를 위한 부분에 불과하였다. 예를 들어 화음을 이루기 위해서 세 개의 음이 쌓일 때 그중 하나의 음은 독립성을 상실하고 존재로서의 가치가 거의 무의미하다. 그러한 음들이 길게 나열되어 리듬을 만드는데 선율을 구성할 때도 마찬가지다. 짧은 마디가 모여 구성하는 어떤 모티브 또는 패턴은 그것 자체로는 의미가 없으며, 그 모티브에 의해 곡이 주도되고 전체 곡이 이루어질 때 그 가치가 성립한다. 최우정은 이와 달리 리게티나 셀시처럼 음 하나의 가치에 주목한다. 리게티는 각각의 악기들이 내는 음 하나하나에 눈을 돌리고, 일정한 음을 여러 악기들이 개별적으로 만들 때 그 음들이 합쳐서 이루어 내는 전체 음향의 새로운 효과를 발견한다. 셀시는 음 하나를 생명체로 인식한다. 그 생명체는 그것 자체로 삶을 살아간다. 최우정은 셀시처럼 음 하나를 생명체로 간주하지만 동시에 그 음들이 모여 이루어 내는 여러 가지 패턴 자체도 생명체로 인식한다. 셀시처럼 하나의 음으로 이루어진 극도의 간략한 형식을 위해 극단적으로 밀고 가는 것을 지양하고, 악곡의 형식 면에서는 리게티처럼 자유롭고 열려 있는 자세를 유지한다.

우리는 여기서 유기체 철학을 주장하며 현실적 존재의 생성과 소멸을 체계화한 화이트헤드의 이론을 접목시킬 수 있다. 현실적 개체(actual entity)는 우주 만물의 기본 단위다. 그것은 최초에 느낌에 의해 탄생한 것이다. 그 느낌은 동아시아 사상에서의 음양이 서로 감통하는 것에 비견된다. 이 현실적 개체는 다른 현실적 개체를 흡수하고 파악한다. 이렇게 수많은 현실적 개체들이 엇갈리고 뒤섞이며 느낌과 파악을 통해 현실적 개체로서 완성을 향해 나아간다. 하나의 현실적 개체는 그것 자체로 존립하는 것이 아니라 다른 현실적 개체와의 결합과 합생을 통하여 새로운 현실적 개체로 발전한다. 과정의 어느 순간에 그 개체는 '만족'의 상태에 이르게 된다. 여기서 '만족'이란 현실적 개체가 무수한 '결합'과 '합생'을 통하여 앞으로 나아가는 과정에서의 어느 한순간의 현실적 개체이다. 이때 그 현실적 개체는 우주의 개별적 현상이나 사물을 이루게 된다.

여기서 우리는 현실적 개체라는 단어를 음으로 대체하면 즉각적으로 음악에서의 음이 어떻게 생명력을 갖고 생성과 발전 그리고 소멸을 이루며 시간을 따라 흘러가는지를 파악할 수 있다. 하나의 음은 생명을 지닌 현실적 개체다. 그것들이 결합하여 합생을 이루게 되면 그것은 또 다른 현실적 개체로서의 패턴을 만든다. 그 패턴들은 다시 복잡한 패턴들을 이루게 되고 결과로서의 마지막 복잡한 패턴은 악곡 전체를 의미하게 된다. 개별음도 살아 있는 것이지만 악곡 전체도 하나의 현실적 개체로서의 생명력을 지니며 그것 역시 생성과 소멸의 과정을 거쳐 살아간다. 최우정의 전주곡은 이러한 현실적 개체로서의 하나의 음과 음들의 패턴을 탐구한다. 이 우주에는 무수한 패턴이 있을 수 있으며 실제로 그러한 패턴들을 발견해 내고 음으로 전환하는 것이 바로 작곡가의 작업이다. 12개의 전주곡은 이런 면에서 서로 다른 생명력을 지니고 살아가는 독립된 현실적 개체들이다.

한편 전주곡에서 보여 주는 최우정의 작업은 윤이상과 비교된다. 윤이상은 동아시아적인 음악 기법을 서양음악에 성공적으로 접목시킨 작곡가로 평가된다. 처음에는 정체성의 문제를 겪었지만 후기에 이르러 동서 구분이라는 모호한 잣대를 벗어나 그만의 음악 세계를 임의롭게 성취한다. 그의 작품 목록에는 의외로 피아노 곡이 거의 보이지 않는다. 그가 작곡한 다섯 개의 교향곡도 크게 성공하지를 못하였다. 윤이상도 역시 음을 생명이 있는 생명체로 간주하고 있다. 이러한 인식은 서양의 어느 작곡가보다 선취한 것이다. 이를 나타내기 위하여 그는 현이나 관악기를 통하여 음을 길게 지속시키는 방법을 창안한다. 창안하였다고 하기보다 전통 한국 악기 연주법을 차용한다. 피아노는 찰현악기가 아니라 타현악기로서 음이 단절된다. 서양의 피아노 연주법이 보통 그렇다. 음을 하나 두드리면 기다림이 없이 곧바로 다른 음들을 연속적으로 생산해야 한다. 그러한 음들이 모여서 악곡을 이루기 때문이다. 윤이상은 피아노의 음을 길게 끌 수가 없었다. 그가 대편성의 오케스트라에서 실패한 이유도 바로 이 점에 있다. 우리의 전통음악처럼 헤테로포니를 사용하여야만 겨우 그 많은 악기들이 어느 정도 독립성을 유지하고 음을 길게 유지할 수 있으나 실제로 서양 오케스트라를 끌고 나감에 있어 이는 불가능하다.

피아노에 대한 이러한 부정적이고 제한된 생각을 최우정은 깨트린다. 피아노는 실제로 현악기의 일종이다. 현을 건드려 음을 만드는데 우리의 가야금이나 거문고와 마찬가지의 원리다. 이 음들은 언제나 음의 그림자로서 퇴성을 갖는데 연주에 따라 이를 농현이라고 부른다. 피아노의 음을 하나씩 단절시켜 쉼표를 도입하면 우리는 피아노의 기다란 울림을 들을 수 있다. 실제로 현대음악에서 어떤 경우는 피아노 건반 뒤의 현들을 마찰시켜 음을 지속시키기도 한다. 무엇보다 최우정은 생명체로서의 음의 다양성을 인정하고 받아들인다. 피아노는 그에게 모든 가능성을 지닌 악기일 수도 있다. 선율악기지만 찰현이나 타현을 넘나들며 동시에 타악기로서도 완벽한 성능을 지니고 있다. 피아노의 이런 음들을 모두 생명으로 존중하면서 작곡가는 다양한 실험을 시도하고 있는 것이다.

다음의 글은 12개의 전주곡들에 대한 곡의 기본적인 구성과 그 악곡으로 느껴지는 주관적인 감정을 서술한 일종의 감상문이다.

1번: 음들이 반복된다. 하나의 음을 끝없이 계속한다. 반복되는 음들이 마치 비 오는 날 처마에서 낙숫물이 댓돌 위에 떨어지는 물방울 같다. 그 과정에서 때때로 다른 음들이 섞여 든다. 그것은 바람결일 수도 있다. 바람에 묻어온 외부의 음들이기도 하다. 그 바람은 한 가지가 아니라 여러 개로 다양하다. 음이 생명체라 한다면 하나의 음이 살아가는데 홀로 지낼 수는 없다. 혼자만의 존재를 지속하되 그 존재는 바람과 같은 다른 존재들의 영향을 받으며 더불어 살아간다.

*감상: 시작부터 동일한 음들이 짧은 마디로 반복된다. 되풀이되는 음의 덩어리들이 곡의 배경으로 설정되어 곡을 주도하고 있다. 그러면서도 끊임없이 간헐적으로 독립된 낱개의 음들이 연이어 나타난다. 그 음들은 고요함 속에서 잔잔하게 파문을 일으키고 있다. 배경의 음 덩어리는 높낮이를 달리하며 지속된다. 필립 글라스의 미니멀리즘 음악이 연상된다. 글라스는 동일한 음을 상당히 장시간 여러 개의 악절에 해당하는 길이로 같은 크기와 높이로 계속하다가 가끔 한 번씩 음의 높이를 변경한다. 이러한 높이의 변경은 건조하기 이를 데 없는 사막에 흩날리는 빗방울 같다. 최우정의 1번 전주곡은 동일한 크기와 높이의 음들이 비교적 짧은 몇 개 마디만으로 조합을 이루고 있다. 마디들은 수시로 높낮이를 달리하며 나타나고 있다. 이러한 높낮이 다양한 변화는 감정의 움직임을 유발한다. 느낌이 새롭고 신선하다. 이렇게 지속되는 음들은 곡의 수평을 구성한다. 마치 낙숫물이 떨어지는 것 같다. 낙숫물의 크기와 속도는 내리는 비의 상황에 따라 그리고 비의 종류에 따라 다르다. 비가 세게 내리면 그만큼 낙숫물 소리가 요란하고 낙하하는 시간의 주기가 빠르게 된다. 점점 곡은 여리게 된다. 가랑비나 보슬비가 내린다. 낙숫물 소리가 점점 사그라진다.

우리는 대청마루에 앉아 멍하니 뜨락을 내다보고 있다. 댓돌 위로 줄기차게 낙숫물이 떨어지는 소리를 듣는다. 조용한 뜰에 떨어지며 튕겨 나가는 낙숫물 소리는 횡적으로 그리고 아득한 수평으로 공간을 지배한다. 우리는 상념에 젖어 든다. 수평의 가지런한 처마에서 댓돌 위로 수직 낙하하는 빗방울은 평평한 수평의 상념 속에 파문을 일으키며 우리를 상상의 세계로 인도한다. 수평과 수직의 음들이 서로 교차하며 마음의 심연에서 아스라이 먼 추억을 끌어내고, 우리는 자유로운 상상과 기억의 날갯짓에 몸을 싣는다. 어떤 면에서 이 곡은 드뷔시가 전통 형식에 얽매이지 않고 열린 형식으로 작곡한 피아노 곡 모음집을 연상하게 한다. 최우정은 음의 조성까지 탈피하고 음 하나하나의 절대적 가치를 존중하며 드뷔시보다 더 넓게 확 트인 공간으로 이동하여 음을 구성하고 있다. 그만큼 상상의 유발은 더욱 직접적이고 강하다.

2번: 하나의 음이 아니라 복수의 음들이 반복된다. 복잡해진다. 조그만 패턴이 구성되기 시작한다. 음들이 모여 최소 단위의 패턴을 이룬다. 단순 세포들은 언제나 다세포의 복합체를 이루는 기초다. 그것들은 모두 살아 있는 생명체들이다.

*감상: 비도 멈추고 처마에서는 더 이상 낙숫물이 떨어지지 않는다. 밖의 정경에는 아랑곳하지 않고 앞서의 전주곡에서 시작된 상념은 멈추지 않고 그 상상의 영역을 무한으로 확대하고 있다. 조용하면서도 성글다. 간결하며 투명하다. 음들이 마치 꿈속을 헤매고 있는 것 같다.

3번: 단순한 패턴이 점차 복잡한 패턴으로 변형되며 발전한다. 한편으로 새로운 요소가 진입하는데 그것은 강도를 달리하는 높은음의 피아니시모와 낮은음의 포르테의 대비(contrast)다. 대상들의 대비는 언제나 그 모습을 좀 더 뚜렷하고 명확하게 보여 준다.

*감상: 첫마디의 투박한 음들이 꿈에 젖어 들던 감상자를 갑작스레 일깨운다. 눈과 귀는 제자리로 돌아와 눈앞의 정경을 감각으로 전달하고 현실은 생생하게 다시 드러난다. 상념이 불러일으켰던 과거의 어떤 추억이 불현듯 모나게 마음을 건드렸을까? 낮고 굵은 음들이 폭발하고 있다. 작곡가는 손가락으로 피아노를 마구 두들겨 대고 있다. 듣는 이도 폭포처럼 쏟아지는 감정의 거센 물줄기를 함께 공감하여 받아들이고 있다. 같은 전주곡 안에서 낮과 밤의 서로 다른 감정이 교차하고 있다. 작곡자의 예민한 감성의 변화가 직각적으로 강하게 느껴진다.

4번: 두세 개 정도의 인접한 음들로만 구성되어 있는 조그만 패턴이 포르테로 계속 반복된다. 일종의 오스티나토(ostinato) 기법이다. 짧게 지속적으로 되풀이되고 있다. 그것은 기하학적 도형처럼 부피와 면적을 지니고 있으며 선과 면이 선명하다. 이러한 도형들은 음, 색, 강도, 높이, 시간, 길이 등의 조합으로 이루어진다.

*감상: 앞의 전주곡에서 나타났던 낮과 밤의 교차가 뚜렷해지고 그 감정의 기복은 점점 크게 심화되고 있다. 포르테로 두드리는 음들이 반복되고 있지만 마디 안에 들어 있는 음들은 높낮이가 다르다. 동일한 음들이 아니다. 서로 다른 음들이 한 마디 또는 두 마디를 이루며 반복되고 있다. 이러한 음들의 효과는 강하게 감정을 뒤흔든다. 조용한 수평에서 감정의 꽃들이 분출되고 있다. 이 점에서 최우정의 작품은 필립 글라스의 음악과는 확연하게 다르다. 작가는

그만의 개성적인 음들을 창조하고 있다. 그리고 이러한 새로운 시도는 음악의 본질인 서정성을 훌륭하게 획득하고 있다. 곡은 전체적으로 명쾌하고 분명하다. 깔끔하다. 높은음에서 저음으로 이동한다. 낮은음에서 음량이 크지만 간결한 느낌은 지속된다. 피아니시모와 포르테의 잦은 변화는 강한 감정의 출렁임을 일으킨다. 처음부터 속도는 일정하다. 일정한 속도는 수평의 바다다. 그 위에서 파도를 타는 음들은 파도의 수많은 변화처럼 유희를 한다. 단순하면서도 간결한 구성으로 힘찬 느낌을 준다.

5번: 잠시 숨을 돌리고 긴장을 완화시킨다. 최소한으로 절제된 약한 선율적 구성이 나타난다. 아주 조심스럽다. 하지만 우리의 귀에는 익숙하다. 작곡가는 음과 그 구성을 냉정하리만큼 탐구하지만 음의 본질적 특성 중의 하나가 선율을 구성하는 것이 아닌가? 여기서 우리는 작곡가가 하나의 양식 특히 현대적인 음악의 양식에 구애받지 않고 음의 본질적인 서정성을 추구하기 위하여 한층 자유롭게 마음을 열어 놓고 있음을 알 수 있다.

*감상: 다시 상념에 젖어 든다. 마치 절간의 처마에 매달려 있는 풍경과 같다. 고요한 정적 속에서 잔잔하게 바람이 불 때마다 이리저리 흔들리며 풍경은 소리를 낸다. 높고 여린 음과 낮고 강한 음들은 먼 기억을 불러낸다. 중간에 나오는 여린 음들이 멈추듯 기억 속의 아주 깊은 심연을 건드린다.

6번: 12개의 전주곡 중에서 가장 길게 연주된다. 트레몰로(tremolo) 기법이 차용되고 있다. 통속적인 트레몰로가 아니라 상당히 복잡한 다층적 방법이 적용되고 있다. 일정한 음이 층차를 달리하며 반복된다. 반복은 다시 여러 가지 서로 다른 모습을 보여 준다. 먼저 음의 높이를 달리하는 반복이 있다. 그 음들은 다시 포르테와 피아니시모를 되풀이한다. 이렇게 구성되는 짤막한 패턴은 그 안에서 음이 점점 강하게(cresendo), 또는 점점 약하게(decresendo) 전이되는 모습을 보여 준다. 저음과 고음의 대비는 인상적이다. 마치 베토벤의 32번 소나타를 듣는 것 같다.

*감상: 7분이 넘는 곡이다. 12개의 전주곡 중에서 가장 길다. 이 작품의 중심을 차지하는 클라이맥스라 할 수 있다. 시작은 먼 곳에서부터 떨림으로 울려 나오며 커다랗게 소리가 확대된다. 동굴에 숨어 있다가 밝은 곳으로 튀어나오는 음들 같다. 음의 떨림이 처음에 언뜻 들어 보면 하나의 고정된 음과 약간 높은음을 연속하여 반복적으로 울려 대는 트릴(trill) 같지만 자세히 귀를 기울이면 우리는 곧바로 서로 다른 음들의 조합이 연속되고 있음을 간파하게 된다. 일종의 트레몰로라 하겠는데 그렇다고 통상적인 트레몰로도 아니다. 한 묶음의 음들이 음의 높낮이를 달리하며 마구 쏟아져 나온다. 그 묶음 속에 들어 있는 음들은 미분화된 음들이다. 음 하나가 잘게 나누어져 분할되어 있다. 그 분할된 음들은 독립적으로 살아 있다고 할 수 있다. 음 하나하나가 생생하다. 극단적으로 나누어져 그 음의 길이는 매우 짧다. 작은 길이의 음들이, 키는 서로 다르게 정렬하여 있다. 음들은 짧은 시간과 공간 안에서 셈여림을 달리한다. 한 음이 울리고, 다음 음들은 약간 강하게 나타나고, 다시 다음 음은 더 세게 나타나고, 또 그다음 음은 더욱 세차게 울린다. 이러한 과정이 아주 짧은 음의 배열로 순식간에 이루어진다. 일종의 크레산도라고 할까. 크레산도는 곡의 흐름을 점차로 강하게 끌고 가는 반면에 여기서 크레산도는 짧은 마디 안에서 아주 짧은 음들로 배열되어 급격한 셈여

림의 변화를 추구한다. 이러한 기법은 아주 특이하다. 듣는 이의 감정을 아주 세차게 뒤흔든다.

서로 다른 크기의 구름들이 저편 하늘에서 눈앞 가까이로 몰려와 물컹물컹 흘러 터지듯이 음들이 쏟아진다. 그러면서 느낌은 뭉게구름처럼 누적되어 높은음의 세계로 솟구쳐 오른다. 하늘 높이 멀리서 울려 대는 트레몰로다. 마침내 검은 적운은 물기를 잔뜩 품고 더 이상 그 무게를 감당치 못하고 소나기 폭풍우가 되어 땅으로 낙하한다. 굵은 음들이, 거칠고 낮은 트레몰로가, 눈이 보일 정도로 커다란 빗방울들이 대지에 부딪치며 파열된다. 미분화된 음들이 덩어리로 묶여 일정한 길이로 반복된다. 그 덩어리들은 또 높낮이를 수시로 달리한다. 그들이 움직이는 힘은 어떨 때는 여리고 어떨 때는 강하게 강약을 마음대로 바꾸며 반복적으로 앞으로 전진한다. 12개의 전주곡 중에서 가장 길다. 미묘하게 알록달록 빛을 발하는 음색들과 덩어리 음들을 절묘하게 배치한 구성이 돋보인다.

7번: 도입부에서 짤막한 노래와 같은 음들이 나타난다. 음을 도레미파식으로 한 도씩 올리기도 한다. 이러한 패턴이 되풀이된다. 이 곡 전체는 바흐를 연상케 한다.

*감상: 서정적이다. 첫마디는 언뜻 우리 가곡의 한 소절 같다. 아주 단조롭고 짧은 선율들이 수줍게 얼굴을 보인다. 그 얼굴은 한 가지 표정으로 굳어 있는 것이 아니다. 수시로 다양하게 변화하는 표정이다. 선율들이 감미롭고 서정적이다. 작가는 이 작품의 12개 전주곡에서 전통적인 선율 방식의 작곡을 배제하고 있다. 조성이 없는 음악임에도 이 작품은 뛰어난 서정을 획득하고 있다. 무조성이며 기다란 선율은 보이지 않지만 한 마디 또는 두 마디 정도에 해당하는

짧은 길이로 음들을 조합 나열하고, 또 이들을 반복시킴으로서 감정의 굴곡을 이끌어 내고 있다.

8번: 한마디로 경쾌하다. 톡톡 튀기는 발걸음이다. 왼발, 오른발을 번갈아 움직이며 나아가는 것처럼 음들이 발랄하게 전개된다. 빠르게 움직이는 종종걸음도 보인다. 하지만 결코 내달리거나 멈추거나 하지 않는다.

*감상: 반전이다. 유머레스크한 해학이 넘쳐난다. 음의 반복이 재미있고 웃음을 자아낸다. 이런 곡을 실제로 연주하게 되는 연주자의 표정이 궁금하다. 그러면서도 어린아이들이 이런 곡을 연주한다면 어떨까 싶다. 어린이들의 천진난만한 표정이 떠오른다. 순수성이 뛰어나다. 작곡가의 뛰어난 감성이 엿보인다.

9번: 피아노의 단절된 음들이 그 음 후에 나타나는 쉼표의 멈춤과 잘 어울리고 있다. 피아니시모로 나타내는 이러한 단절음과 멈춤은 하나의 패턴을 이루면서 되풀이되고 있다.

*감상: 비는 계속 내리고 있지만 그 비는 아닌 홍두깨로 여우비다. 여우비는 하늘의 한편에서 해가 쨍쨍 빛나고 있는데도 어느 한 귀퉁이에서는 허연 구름덩이 몇 개가 머리 위를 지나가며 흩뿌려 대는 비다. 낙숫물 소리도 들린다. 들리다 말다가, 떨어지다가 멈추다가, 간헐적으로 빗방울 소리도 약하고 여리며 일정치가 않다.

10번: 지금껏 실험해 온 여러 가지 패턴들을 마치 종합하는 듯 열거하고 있다. 일정한 높이의 음을 단순 반복하거나, 몇 개의 음 또는 두 개의 음을 아래위로 연속해서 되풀이하는 오스티나토, 짧은 선율을 반복하기도 하고 또 일정한 음의 반복에 강도를 도입하여 변화를 주는 방법 등이 나열되어 있다. 이러한 새로운 패턴들의 종합은 결국 또 하나의 새로운 패턴 즉 바꿔 말해서 새로운 현실적 개체로서의 음들이 생성되고 있음을 알려 주고 있다.

*감상: 예민한 감성의 굴곡이 느껴진다. 저음을 굵게 두드리다가 갑자기 텅 빈 고음을 두들겨 댄다. 텅 빈 그야말로 알맹이가 없는 공허한 음들이다. 이러한 음들의 진행을 듣고 있노라면 우리는 작곡가가 한편으로 자신의 감정으로 추스르며 절제하고 있지만 뜻대로 되지 않아 내면적으로 갈등이 점점 심화되고 있음을 알게 된다. 기어이 폭발하듯 음들이 높게 포르테로 울린다. 그래도 이러면 안 되지 하며 다시 추스르고, 다시 높아지고, 다시 달래고, 다시 터지고… 우리는 내면 깊숙이 숨어 있던 감정들이 겉으로 알록달록 갖가지 색의 추상화로 드러나는 것을 보게 된다. 음들은 겉으로 튀어나와 캔버스 위에서 임의대로, 마음이 내키는 대로 흩뿌려진다.

11번: 패턴의 대비를 다시 한번 강조하며 보여 주고 있다. 고음과 저음의 극단적인 대비가 돋보인다. 대비는 언제나 기초로서 중요한데 왜냐하면 그것은 다음에 올 선택의 대상들이기 때문이다.

*감상: 추상화로 나타나는 그림은 이제 아무런 구속력이 없다. 추상화는 마냥 여러 가지 형태로 변화하며 나타날 수 있다. 기하학적인 도형들이 무수히 변화하는 것처럼 색채들이 갖가지 조합으로 수만 가지의 얼굴로 나타나듯이 음의 추상적인 구성은 끝이 없다. 단지 지금껏 펼치던 상상의 나래들이 가지런히 균형을 잡고 있다. 제자리를 찾은 성싶다. 감정의 치우침이 절제되고 조절되고 있다.

12번: 앞머리에 아주 짧게 불협화음을 거쳐 곧바로 작은 패턴들로 이루어진 기다랗고 복잡한 패턴이 나오고, 이것은 푸가 형식으로 높은 음역에서 낮은 음역으로 4개의 성부로 이어 가면서 그 패턴들은 또다시 중첩된다. 중첩된 음들은 아래위로 쌓여 또 하나의 새로운 패턴들을 형성해 나간다. 작곡가는 앞의 전주곡들에서 갖가지 실험을 시도한 다음에 마지막으로 가장 복잡하다고 할 수 있는 푸가 형식까지 도입하여 음들의 다발 또는 덩어리들이 전체적으로 이루어 내는 음향을 탐구하고 있다. 나중에 다시 음들은 앞에서 시도한 여러 패턴을 재차 실험하면서 곡을 종결하고 있다.

여러 현실적 개체들로서의 음의 패턴들, 그것은 하나의 음일 수도 있고, 동일한 음의 중첩되는 나열일 수도 있고, 서로 다른 복수의 음들이 구성하는 작은 마디일 수도 있으며, 이런 작은 패턴들이 모여서 구성하는 더 커다란 패턴일 수도 있다. 동시에 이러한 커다란 패턴에 또 다른 이질적 요소 예를 들어 음의 강도나 음색의 변화를 가미시켜 만들어 낸 더 복잡한 패턴일 수도 있다. 중요한 것은 모든 패턴들이 그 스스로의 모습을 형성할 때 그 순간의 음들은 현실적 개체로서의 '만족' 상태에 이른다. 화이트헤드의 만족이란 어느 시점에 삶의 과정으로서의 현실적 개체가 주위의 무수한 현실적 개체를 흡수하여 만들어 내는 새로운 현실적 개체를 지칭한다. 그 순간은 완성된 모습이라 할 수 있지만 실제로는 흘러가는 과정의 순간에 불과하며 그 개체는 소멸의 과정으로 진입한다. 이렇게 소멸하는 개체는 결국 또 다른 현실적 개체로서의 음들을 생성하는 바탕으로 흡입된다.

*감상: 첫머리의 폭발적이고 힘찬 시작은 곡의 종결을 암시하고 있다. 되풀이되는 음의 배열. 단조롭지만 단단하고 견고하다. 그리스의 아테네에 있는 파르테논 신전의 기둥들은 똑같은 크기와 모양

으로 일렬로 나열되어 있지만 기둥 하나하나는 전체적인 통일성 내에서 독립적으로 독자적인 역할을 하고 있다. 하나라도 뺀다면 건물 전체의 통일성은 붕괴될 것이다. 음의 기하학적인 배열과 반복은 균형이 잡혀 있다. 그리스의 조각처럼 단단하게 빚어져 조화와 균형을 얻고 있다. 6번 전주곡에서 나온 분할된 음들의 덩어리가 다시 나타나고 있다. 마치 베토벤의 마지막 32번 소나타처럼 여린 음과 센 음들이 서로 자리를 바꿔 가며 단조롭게 지속되고 있다. 특히 끝부분에서 마냥 여린 음으로 들릴 듯 말 듯 사라져 가는 모습이 베토벤의 32번과 유사하다. 32번 소나타는 2개의 악장으로만 구성되어 있다. 2악장의 종결 부분에서 여린 음들은 아스라이 멀리 사라져 간다. 이것이 곡의 맺음일까, 곡의 전부일까 하는 아쉬움과 여운이 강하게 남는다. 그럼에도 우리는 곡이 종결되었음을 곧바로 인지하게 된다. 최우정의 전주곡집은 우리에게 강한 그림자를 남기며 저 멀리 떠나가고 있다.

12개의 전주곡이 여기서 끝나는데 그것은 전주곡 전체의 삶을 살아온 어느 음들의 소멸이며 그 소멸은 바로 하나의 악곡의 종결이다. 그 종결은 깊은 여운을 남기는데 그것은 새로운 악곡의 탄생을 위한 뚜렷하고도 확실한 징후이기 때문이다. 다시 말하면 전주곡의 전개는 아직 끝나지 않았으며 더 많은 전주곡이 이루어질 것이고, 더 나아가서는 전주곡을 바탕으로 더 많은 새로운 양식의 음악들이 생성될 것임을 기약하고 있다.

8. 피아노 전주곡 No. 15 & No. 25

작곡가 최우정 선생이 새로운 작품이 연주되었다고 하며 참고 동영상을 보내 주었다. 벌써 오래전에 전주곡 1-12번이 완성되어 음반으로도 출시되었다. 작곡가는 아마도 24개의 전주곡으로 작품을 통일적으로 매듭지으려 하는 것 같다. 이미 18번이 발표되었고, 이번에 15번과 25번이 함께 초연되었다. 작곡가에게 감사의 변을 전하고, 그에게 보냈던 메일을 약간 수정하여 다시 작성한다. 음원은 유튜브에서 들을 수 있다.

전주곡 15번과 24번은 처음 듣습니다. 15번이 먼저 소개되었나요? 동영상으로 18번은 몇 번 들은 적이 있습니다. 일견 느낌에 18번은 앞서 발표하신 1-12번까지의 전주곡 풍이 남아 있어 그 연장선에 있는 것 같습니다. 이에 비해 15번과 25번은 많이 다르네요. 그냥 제 느낌인가요? 아니면 시기가 상당히 떨어져서 작곡된 것이라 요즈음 선생님의 취향을 드러낸 것인가요? 피아니스트 최희연이 후원하고 또 직접 초연으로 연주를 하셨군요. 그분에게도 감사를 드려야겠습니다.

15번이 상대적으로 길고 내용도 풍부하며 깊군요. 추상표현주의 그림들을 보는 것 같습니다. 폴 클레나 후안 미로와 같은 색채가 풍부하고 다양한 형상으로 이루어진 그림들 말입니다. 모자이크 기법이라고 할까요 알록달록한 스테인드글라스로 구성한 작품이라 할까요 음들이 빛이 납니다. 색채가 현란합니다. 낭만적 감정이나 흐름은 최대한 절제되거나 배제되어 있습니다. 색채의 뒤에 간접적으로 감상자가 상상으로 낭만적 느낌을 지니는 것은 자유이며 악곡은 그런 가능성을 열어 두고 있습니다. 그러나 악곡은 음의 흐름에 있어 그런 느낌보다는 음들 자체가 지니는 색깔을 중시하고 있습니다. 음 하나하나가 나름대로 색채의 빛을 발산하고 있군요. 아름다운 곡입니다. 끝머리에 여린 음으로 마무리하는 것은 아마도 감상자의 상상이 시작되는 곳이기도 합니다. 여운의 그림자가 깊습니다.

24번은 선생님이 계획하는 전주곡 시리즈 전체의 마지막 곡입니까? 부제를 보니 '물속의 거울'이군요. 드뷔시의 연장선인가요? 나는 이렇게 생각합니다. 부제를 보고 음악을 들어 보니 언뜻 불교에서 말하는 연못의 달이 연상됩니다. 부처님의 말씀은 일음(一音)이며 원음(圓音)입니다. 그것을 달에 비유합니다. 원음은 호수가 있고 물이 있으면 물속에서 거울처럼 되비쳐 빛이 납니다. 그것은 달을 따라 움직이기도 합니다. 어느 곳이나 한 가지 모습으로 빛이 납니다. 서울의 창덕궁 후원 연못에 비치는 달이나 아프리카의 어느 호수에 반영되는 달은 모두 하나입니다. 하지만 사람들은 그 달빛을 오로지 창덕궁 풍경의 하나로 이해합니다. 달은 하나입니다. 물에 비친 달도 그 모습은 하나입니다. 그것은 스스로 빛이 납니다. 일종의 '자명(自明)'입니다. 우리 마음에도 이런 자명한 달빛이 있습니다. 직지인심(直指人心) 견성성불(見性成佛)이라 했습니다. 아마도 최 선생님은 마음속에 빛나는 달빛을 보았을 것입니다. 하늘의 달은 아니지만 거울과 같은 물에 비친 달처럼, 끊임없이 물처럼 흐르는 선생님의 가슴 안에 자리를 잡고 있는 달을 보았을 것입니다. 부처님이 지니신 원음의 소리가 선생님의 가슴의 소리와 합해서 새로운 음악의 소리로 변환하였을 것입니다. 24개의 전주곡을 마무리하는 작품의 부제로서 아주 좋군요.

허허. 너무 거창한가요? 갖다 붙였나요? 선생님의 24개 전주곡은 완성되지 않았지만 이미 그 다채로움과 형식이나 느낌의 다양성과 깊이에서 획기적인 작품입니다. 앞선 위대한 전주곡 작곡가들, 바흐나 쇼팽, 드뷔시, 쇼스타코비치의 것들에 비해서도 손색이 전혀 없습니다. 나는 형식의 완성도나 창조성에 대해 문외한입니다. 중요한 것은 얼마나 자주 친숙하게 듣는가입니다. 전주곡들 중에서 가장 손을 가까이하는 것은 바흐의 전주곡입니다. 평균율의 작품들이야말로 언어 이전입니다. 그다음에 선생님의 작품들입니다. 왜냐고요? 그냥 들으면 좋기 때문입니다.

궁금한 것은 나머지 발표 안 되거나 미완성의 곡들은 이미 스케치가 일부 모두 되어 있나요? 어떤 일관성을 갖고 작품을 쓰시나요? 아니면 작품 하나하나가 독립성을 지니고 오로지 전주곡 형식만을 통일하고 나머지는 그때그때 개성적으로 쓰시나요? 예를 들면 장편소설은 일관된 스토리로 진행되는데 그런 어떤 일관된 의도나 기획이 있습니까?

생각건대 앞선 12개의 전주곡을 완성한 다음에 나머지 곡들은 많은 시간이나 세월이 소요되고 있습니다. 전주곡 하나하나가 별도의 독립적 색채를 강하게 풍기고 있습니다. 그런 면이 오히려 한 가지 풍으로 통일된 전주곡 시리즈보다는 더 개성이 있고 다양한 느낌을 풍부하게 지니고 있습니다. 사람들을 더 강하게 잡아당기는 이유도 될 것입니다.

선생님의 피아노 전주곡들을 들으면 우리가 살고 있는 이 세상의 음악계도 괜찮구나 하는 생각이 듭니다. 당대를 살아가며 동일한 시대에 살고 있는 음악가의 작품을 즐겨 들을 수 있다니 얼마나 행복합니까.

아 참, 페북을 할 때 알게 된 젊은 작곡가들에 관한 것입니다. 이성현은 선생님의 제자로 알고 있습니다. 작품 몇 개를 들어 보았더니 참신합니다. 앞으로 가능성이 기대가 되는 친구죠? 그리고 연대 출신인 조광호의 작품도 인상적입니다. 특히 조광호의 작품 두 편을 유튜브에서 들어 보았더니 경탄이 느껴질 정도였습니다. 이런 젊은 작곡가를 지니고 있다는 것은 우리 음악계의 행운입니다. 음악계가 좁으니까 선생님은 이미 잘 알고 계시리라 믿습니다. 선생님 같은 분이 이런 사람들을, 특히 학교에 상관없이 조광호 같은 신진을 잘 이끌어 주셔야 된다고 생각합니다.

한 가지 더 말씀드리고 싶은 게 있습니다. 지난여름 국립극장 '여우락' '컨템포러리 시나위' 공연입니다. 아무리 생각해도 낯이 설고 구성이 잘못되었습니다. 바흐의 「골드베르크 변주곡」을 현으로 연주하고 한편으로 국악 시나위를 연주하는데, 전혀 이질적인 것이 어울리지 않아 곤혹스러웠습니다. 아마도 퓨전 음악을 시도하며 새로운 음악을 창출하려는 기획이었으리라 추측합니다. 음악의 정신적 깊이에서 어떤 합일점을 찾으려 노력했으면 이런 일이 생기지 않았을 터인데 물리적 측면에서 합치려 하니까 부작용이 생겼습니다. 우리 전통음악과 서양음악은 당대의 음악 조류에서 혼융이 되어야 한다는 것은 과제이며 당연합니다. 원일도 이런 노력을 기울이고 있고 선생님도 이런 문제점을 인식하고 있으리라 믿습니다. 새롭게 부단하게 여러 가지 노력이 이루어져야 한다고 생각합니다. 조광호의 「Garden of Silence」를 들어 보니 우리의 대금이 아주 훌륭한 목관악기로 서양의 것들과 완벽한 조화를 이루고 있었습니다. 이로 인해 악곡이 한층 색채가 풍부한 음악이 되었습니다. 무엇보다 작곡가가 의도했던 표제인 '조용한 정원'의 느낌을 표현하는 데 성공적이었습니다.

형식이나 악기 구성이 중요한 것이 아니라 내용입니다. 현대를 살아가는 우리는 서양의 문화에 많이 젖어 들었으며 동시에 몸속 깊숙이는 전통적인 문화 의식이 여전히 살아 있습니다. 이제 우리는 윤이상처럼 정체성의 문제에 괴로워하지 않습니다. 그냥 있는 대로 받아들입니다. 혼융의 음악이라고 했지만 굳이 구분할 이유도 없습니다. 어떤 정신적 통일성을 지니고 있다면 그리고 그것이 이미 완전한 혼융의 색채를 지니고 있다면 그냥 표현하면 되지 않겠습니까? 굳이 악기를 구분하고, 오케스트라와 같은 형식 구성을 구별하는 게 무슨 의미가 있겠습니까? 국악관현악단이 서양의 오케스트라를 흉내 내고 악기 구성이나 심지어 무대 내 위치까지 서양을 따라 하는 것이야말로 아무런 의식도 없는 음악인들이 습관적으로 그렇게 하는 것 아니겠습니까. 내가 보기에 선생님처럼 기악곡에 능통한 분들이 서양 악기나 국악 악기 또는 제3세계의 악기들을 마음대로 사용하고, 또 가장 마음에 드는 형식으로 창작한다면 그것으로 충분하지 않겠습니까?

2017년 11월 24일

9. 피아노오중주 에어(Air for Piano and String Quartet, 2005)

이 작품은 2003-4년에 작곡한 「12개의 피아노 전주곡」과 함께 그의 대표작이라 할 만하다. 이 곡에서 작곡가는 젊어서부터 추구하였던 음 하나의 생명력과 그 음들을 둘러싸고 있는 다른 음들과의 조화를 원숙하게 짜임새 있는 구성으로 보여 주고 있다.

정적 속에 피아노 소리가 튀어나온다. 그 음은 딱 하나의 음이다. 하나의 음이라 하지만 여러 개의 손가락이 다수의 음을 한꺼번에 누르고 있다. 밖으로 드러나는 것은 단조롭고 간결하지만 그 내부의 구성은 언제나 복잡하다. 어떻든 표면에는 음의 배열이 아니라 독립되어 홀로 남은 음 하나가 존재한다. 그 음은 높은 음역에 자리를 잡고 있지만 날카롭고 미세하면서도 둔탁하고 거칠다. 음의 여운이 멈추자 정적이 흐른다. 의외의 정적이다. 조용함이 길고 깊다. 다시 정적을 가르며 앞서 나온 음과 동일한 음이 나타난다. 다시 죽은 듯 적막이 감싼다. 이런 소리와 정적의 반복은 듣는 이로 하여금 즉각적으로 긴장을 하게 한다. 이러한 반복은 집요하게 계속된다. 세 번째 피아노 음 뒤에 처음으로 현의 아주 짧은 소리가 얼굴을 내민다. 바이올린이다. 그 음조는 극히 여리고 섬세하다. 통상적으로 듣는 바이올린 소리가 아니다. 보통의 바이올린이 그동안 주시하지 않았던 그런 소리 효과를 끄집어내고 있다. 이러한 비정상적인 음색과 음조는 청각 신경을 가파르게 집중시킨다. 피아노와 현 사이에도 깊은 정적이 지속된다. 현을 이어 다시 소리는 멈추고 정적이 흐른다. 다시 피아노가 네 번째로 같은 음을 낸다. 정적. 현의 음이 약간 길어진다. 정적. 다섯 번째 피아노의 음 그리고 기다란 쉼표. 다시 앞보다 약간 더 길어진 현의 소리. 적막. 여섯 번째 피아노의 음이 나타난다. 바이올린과 더불어 낮은음의 첼로가 가세한다. 앞부분보다는 길지만 여전히 짧다. 긴장은 팽팽하게 고조된다. 나지막이 불안이 솟아나고 있다. 신경은 이미 예민하다. 나뭇잎 굴러가는 소리도 들을 수 있을 만큼 듣는 사람들은 촉각을 곤두세우고 있다. 일곱 번째 피아노의 음과 현이 나타나는데 현의 소리들이 무슨 삐꺼덕거리는 소리 같다. 무엇이라도 균열이 되고 있을까. 긴장의 말미에 불현듯 나타나는 이런 여리면서도 날카로운 음색은 마치 무엇인가 단단하였던 것이 세월을 견디다 못해 갈라지듯이 그리고 생명이 늙어 쓰러지기 직전에 토하는 어떤 신음 소리처럼 들린다.

다시 등장하는 피아노의 소리들은 의외로 통상적인 음들이다. 부드럽기까지 하다. 그러면서도 불안하다. 지금까지의 상황과 걸맞지 않은 소리들은 오히려 곤혹스럽다. 피아노를 이어 나오는 현들은 여전히 신경을 날카롭게 한다. 렌토보다 늦은 속도로 전개되는 소리들. 고음이지만 무척이나 여리고 미세한 음들이 예리하고 아프다. 바이올린은 높은 음역에서 기다란 직선을 예리하게 그어 대고 있다. 지속적으로 길게 음을 유지하고 있다. 첼로는 둔중하며 탁한 소리로 아주 무겁게 소리를 점점 크게 울리고 있다. 고음의 현악기와 저음의 현악기가 불안하게 대립적으로 울리며 아픔의 강도를 크게 확장시키고 있다.

피아노가 다시 울린다. 피아노는 곡의 시작부터 무엇인가를 첫머리에 암시하는 역할을 하고 있다. 악곡을 구성하는 각 부분의 앞에서 다음에 나올 무엇인가를 제시한다. 그것은 어떤 음들의 배열을 지칭하는 것이 아니라 심리적 상황을 가리킨다. 갑자기 피아노 소리가 영롱하게 울린다. 부드럽다. 동시에 무엇인가 불안하다. 역설적이다. 아니나 다를까. 사이렌 소리가 나온다. 현들이 일정한 음의 덩어리를 반복한다. 마치 응급환자를 싣고 가는 병원 구급차의 규칙적인 사이렌 소리 같다. 그렇구나. 정말로 아팠었구나. 무엇인가 불안하였었는데 아픔이 가득했었구나. 피아노 소리는 안정적으로 조용하게 흐르고 있는데 현들의 소리는 불안하다. 어서 빨리 병원에 도달해야 하는데. 소리들이 마냥 초조하다. 피아노와 4개의 현악기는 모두 독자적으로 각자의 소리를 내고 있다. 아픔이 한곳에만 나타나는 것이 아니라 여기저기 한꺼번에 드러나는 모양이다. 주위는 밤하늘에서처럼 조용하지만 느낌은 마냥 춥고 어둡고 시름시름 마음은 아슴푸레 통증이 서려 있다.

이제 곡은 한 단락을 끝내고 두 번째 단락으로 넘어간다. 곡의 속도는 일정하지 않지만 매우 느리다. 어느 부분은 렌토 아싸이보다 더욱 느리다. 앞 단락에서처럼 정지와 휴지가 가세하여 곡을 더욱 깊게 하고 있다. 드디어 다섯 개의 악기들이 대화를 나누기 시작한다. 왜 아팠을까. 무엇이 우리를 이렇게 아프게 하였을까. 어디가 아플까. 그 통증은 어떤 모습일까. 서로가 이야기를 끄집어내고 있다. 아름다웠던 기억도 짧지만 되살아난다. 삶이란 본디 그런 것일까. 다시 둔중하게 피아노가 울리고 현들은 점점 강도를 높여 간다. 하고 싶은 말들을 하고 있는 것일까. 피아노와 현들의 대립이 격해지고 있다. 이야기를 하다가 아마도 피아노가 무슨 질문을 하였던 모양이다. 현들의 답이 수차례 반복된다. 현들은 악기마다 그 대답이 다르게 나타난다. 불협화음이 고조에 달한다. 그동안 아픔과 불안이 어디 그렇게 간단할까. 가슴속의 모든 앙금이 그리고 깊었던 시름이 속살을 드러내고 한꺼번에 토해진다. 가슴이 격랑을 일으킨다. 악곡도 출렁거린다.

피아노가 갑자기 하나의 음을 낸다. 곡의 첫머리에 나타나던 바로 그 음이다. 전통음악에서 악곡의 시작과 끝을 알리는 박처럼 그 음은 일거에 혼란을 수습하고 곡을 간결하게 만든다. 마지막 단락에서 마무리가 이루어지고 있다. 악기는 다시 곡의 흐름 속으로 집합한다. 첫 단락과 비슷한 모습이 전개되지만 비해서 사뭇 안정되고 조용하다. 여전히 불안하고 여린 음들이 잔영을 이루지만 그래도 다섯 개의 악기들은 조화를 갖추기 시작한다. 병을 치유한 것이 아닐 것이다. 아픔이 사라지거나 그 원인이 제거되어 더 이상 통증을 느끼지 않는 것은 더욱 아닐 터다. 삶이란 그 과정의 순간순간에 이런 불규칙한 현상이 나타났다 또 사라지고 하는 것이 아닐까. 나지막하고 조용하고 또 쓸쓸한 음들이 여리게 전개되며 시간 속을 흐르다가 사라지고 있다. 삶이 그런 것처럼….

마치 밤하늘에 별똥별이 불현듯 나타나 기다랗게 불꼬리를 남기며 사라지듯이 착각의 눈은 그 잔영을 한참이나 느끼고 있다. 실제로는 그런 빛의 선형은 존재하지 않는다. 추운 겨울날 밤에 별똥별이 떨어지듯이 불꽃은 망막에 남아 있지만 그 선적인 불은 하나의 선으로 가슴을 가르고 날카롭게 통증을 느끼게 한다. 중요한 것은 살아 있는 숨소리요 아픔의 소리다. 음들은 그렇게 궤적을 남기고 있지만 전체로서 뚜렷하게 그 삶을 내보인다.

이 음악에서 선율은 존재하지 않는다. 몇 마디 짧은 선형의 음들이 집합되어 있을 뿐이다. 그 음의 덩어리들은 연속되지 않고 단절된다. 음의 덩어리 다음에 정지가 있고 한참의 적막 속에서 다시 새로운 음 덩어리가 나타난다. 그 음 덩어리는 앞에서 나온 덩어리와 유사한 점이 없다. 악곡 전체로 보아 뒷부분에서 앞부분에 나오는 음 덩어리를 반복하기도 하지만 구조적으로 내부적으로 이 악곡에서 악기들은 서로 다른 음의 덩어리들을 연주한다. 특히 피아노가 악곡의 각 구성 부분에서 선도적인 역할을 하고 있다. 현악사중주들도 독립적으로 피아노와 어느 정도 대립을 이루면서 보완의 기능도 지니고 있다. 그뿐만 아니라 현들은 각기 개별적으로 개성을 강하게 드러내며 하고 싶은 이야기를 하고 있다.

기본적으로 전통적인 음악은 모두 선형의 구조로 되어 있고 그것은 시간과 더불어 연속된다. 최우정의 이 작품은 의도적으로 이러한 선형을 분할한다. 쪼개진 짧은 선형은 하나의 음 덩어리를 이룬다. 그 덩어리들은 연속되지 아니하고 단절되어 있는데 그 틈이 인상적으로 다가온다. 음악에서 쉼표는 문자 그대로 숨을 잠깐 돌리는 호흡의 필요 때문에 사용된다. 「Air」에서의 정지와 쉼은 그 길이가 길뿐더러 그것 자체가 음악의 기본 구성 요소로 작용하고 있다. 음이 정지된 순간에 흐르는 적막이 그것 자체로 하나의 독립된 음이 되고 있다. 정지를 통한 이러한 단절은 각각의 음 덩어리들이 모자이크를 이루게 한다. 모자이크로 처리되는 음 덩어리들이 선적으로 나열되어 하나의 완성된 모자이크 형상을 만들어 낸다. 분할된 덩어리들이 통합적으로 구성되어 마무리된 전체 음악은 하나의 '지속'으로 그리고 살아 있는 작품으로서의 생명을 획득한다. 분할은 고정된 것이 아니고 흐름 속의 순간이었을 뿐이다. 전체 악곡은 단절된 것이 아닌, 그리고 고정된 것이 아닌, 끊임없이 흘러가는 하나의 유기체요 생명이 된다. 마치 베르크손이 별똥별의 예를 들어 '지속'의 개념을 설명하듯이 이러한 모자이크들은 '계기(succession)'를 이루는 고리들이다. 그 음 덩어리들은 횡적으로뿐만 아니라 층층이 종적으로 쌓여 하나의 느낌(feeling)을 창조하고 있다. 그 느낌은 아마도 인간적인 정서(emotion)에 속한다.

음 덩어리들이 갖는 독립성은 우리 전통음악의 헤테로포니 기법과 닮아 있다. 기본적으로 헤테로포니는 각 악기가 동일 선율에서 분화된 독립성을 유지한다. 최우정의 구성은 그 차원이 완전히 달라서 공통 선율도 보이지 않을 뿐만 아니라 하나의 음 덩어리는 기다란 정적이 만들어 내는 단절된 악곡 구성에서 각각 독립된 세계를 이루고 있다. 어떠한 상관성도 없는 음 덩어리들이 모여 하나의 작품을 구성하고 있음이다.

이 곡은 상상력을 자극하는 무수한 상징들로 가득 점철되어 있다. 소리도 하나의 상징을 이루고 있다. 그러나 그 상징은 언어에서처럼 간접적이고 연역적인 것이 아니라 보다 더 직접적이고 감각적이다. 언어 이전의 우리가 가지고 있는 원초적 느낌 그리고 그 느낌이 개념이나 고정된 의식으로 진전되기 이전의 상태를 언어는 구체적으로 재현하는 데 한계가 있다. 음악은 감각을 감각 자체로 전달한다.

언어처럼 중간에 약속된 매개체가 필요하지 않다. 음은 당신의 음이지만 그것을 듣는 나는 그음을 나의 음으로 곧바로 장식 없이 직접적으로 그리고 여과 없이 받아들인다. 이런 면에서 최우정은 소리가 지니는 직접적인 심리적 상징을 그 누구보다도 그리고 아주 현대적으로 표현할 수 있는 작곡가다. 그의 작품「피아노를 위한 전주곡」에서도 그는 멍한 상태에서 전개되는 듯한 알록달록 꿈의 세계를 적나라하게 보여 준 바 있다.

예를 들면「Air」첫머리와 끝부분에서 아주 작고 짧은 음 덩어리들이 나타난다. 그 음 덩어리들은 점차 크기와 강도를 달리하며 전면에 드러나는데 그 음들은 색다른 효과를 지닌 음색 덩어리다. 무엇인가 마음에 심리적 형상이 나타나며 그것이 균열되어 삐꺽거리는 것 같은 소리가 난다. 아주 천천히 늙은 고목이 꺾이는 소리 같기도 하다. 우리는 이런 새로운 음의 효과를 통해 즉각적으로 어떤 상징성을 지각하게 된다. 어떤 사물이 노후화되었다든가 늙었다든가 아니면 충격을 받았다든가 아니면 스스로의 삶이 버거워 천천히 균열이 일어나 통증이 느껴지든가 하는 그런 심리적 상징이다. 그것은 아마도 강한 느낌일 터인데 그 아픔은 음악 전체가 진행되면서 강도가 높아진다. 악곡 중간에 틈틈이 알록달록 가벼우면서도 편한 소리가 들리지만 그것도 전체적인 아픔 속에서 일어나는 어떤 아름다운 기억의 일부에 불과하다.

베토벤의 후기 사중주를 들어 보면 4개의 악기는 서로 독립적으로 공간을 갖고 각자의 소리를 낸다. 푸가처럼 이어달리기식으로 하나의 악기가 울리면 그것을 따라 울리기도 하고, 하나의 악기가 질문을 하면 다른 악기가 대답을 하고 이 상황에서 남아 있는 다른 두 악기는 공감을 표시하는 소리를 내고 있다. 마치 4개의 악기가 소리를 내며 대화를 하는 것처럼 느껴지기도 한다. 베토벤의 현악사중주가 위대한 것은 이런 인간적인 대화를 느끼게 할 정도로 어떤 심리적 정서가 짙게 깔려 있으면서도 그것의 궁극적인 상징성은 그보다 높은 어떤 것을 지향하고 있기 때문이다. 예술이 이미 즐거움을 넘어서 현명함과 철학의 경계로 승화하고 있다.

이런 면에서 「Air」의 현들은 베토벤의 그것보다는 다양성과 심도에서 차이가 나지만 그럼에도 불구하고 이 작품은 베토벤의 상징성과 무척 닮아 있다. 이 작품에서 4개의 현들은 수많은 다른 작곡가들의 작품과는 달리 매우 개성적이며 독립적이다. 현악 안에서 4개의 악기가 독립적으로 편성되어 피아노와 더불어 5개의 구심점을 만들고 그 5개들이 어우러지는 작품으로 성공하고 있다. 언뜻 들으면 불협화음의 사용이나 불규칙적인 음 덩어리들의 등장으로 인하여 현들의 독립성이 모호하다고 생각되기 쉽지만 곰곰이 들어 보면 각 현들은 피아노와 대립을 하면서도 어울리고 현들 서로가 떨어져 있으면서도 합쳐지며 전체 악곡이 부분적 덩어리들이 집합되어 조화를 이루는 데 크게 기여하고 있음이 인지된다. 무엇보다 베토벤이 그보다 이전의 음악과 달리 음악에 서정적인 상징성을 도입하여 크게 성공하였듯이 「Air」도 놀라울 정도로 음악의 상징성에 도달하고 있다. 지금까지 「Air」를 문학적으로 서술하려고 노력하였지만 이러한 작업은 음악이 직접적으로 그리고 효과적으로 전하는 상징성에 한참 미흡하다.

우리는 최우정의 「피아노와 현악사중주를 위한 Air」가 우리 음악계에 새롭고 신선한 음의 세계를 보여 주었다고 생각한다. 서구 전통음악에서 피아노오중주는 실내악곡 중에서 중요한 형식 중의 하나다. 우리는 슈베르트, 슈만 그리고 브람스 등의 오중주들이 길이 역사에 남을 불후의 명곡임을 잘 알고 있다. 그만큼 새로운 작품을 쓴다는 것도 부담스럽고 어려운 일일 것이다. 그럼에도 작곡가 최우정의 창조적인 도전은 기억하고 또 감상해야 할 하나의 중요 작품을 만들어 내었다.

최우정의 「Air」는 난해한 음악이다. 전통적으로 고정된 아름다운 선율에 익숙한 청중이 음악의 상징성에 맞추어 그들 마음 내부에서 상응하는 심리적 상징을 느껴야 할 것을 요구하고 있다. 과연 그것이 대중적으로 가능할까 의문이 든다. 그럼에도 불구하고 이 작품은 순수음악이라는 절대성을 충분히 확보하고 있다. 또한 상상력이 풍부한 음악을 듣는 우리는 이루 말할 수 없는 즐거움에 빠지게 된다. 아리스토텔레스가 말한 것처럼 그 내용은 어둡고 춥고 아프지만 그것을 들은 후에 우리는 카타르시스를 체험한다.

별똥별이,
차갑게 빛나는 화살이
가슴을 직선으로 가로지른다

빛의 잔영이
아픔의 궤적을 남기고
붉은빛 통증이
균열된 틈 사이에서
밤새 흐르는 몸을 뒤척이고 있다

그것은
존재 없는 허상,

착각이 텅 빈 시름을 메우는데

소리들은
나직하게 기억으로 몰려와
허리를 곧추세워 걸어가고

알록달록
쪼개진 시간 위로 다리를 놓으며
공간의 검은 심연을 유영하고 있다

봄날의
추상화는
순간이었어라

겨울의 어둠은
가시 돋혀 날카롭게 성에를 만들고

달빛이라도 별빛이라도
잦아드는 소리가
목 타듯
빛을 찾고 있다

—「소리가 아프다—최우정의 '피아노와 현악사중주를 위한 Air'에 부쳐」, 『넘나드는 사잇길에서』

10. 피아노삼중주 루퍼(Looper for Piano, Violin and Violoncello, 2012)

선생님의 신작인 「Looper for Piano, Violin and Violoncello」는 기억에 남을 작품입니다. 우선 제가 들어 본 곡 중에서 한국 작곡가가 쓴 삼중주는 윤이상의 「피아노삼중주」 「플루트 바이올린과 오보에를 위한 삼중주」, 그리고 HAAN Trio의 음반에 실린 여러 한국 음악가들의 클라리넷, 바이올린, 피아노를 위한 삼중주 곡들이 전부였습니다. 그러니까 피아노삼중주는 윤이상 이후 처음으로 들어봅니다. 잘은 몰라도 다른 분들이 많이 작곡을 하였을 터이지만 음반으로 나온 것이 없으니 접할 기회가 없었습니다.

선생님의 작품은 한마디로 특이하고 인상적입니다. 윤이상의 작품만 해도 동서양의 문화 차이를 극복하기 위한 여러 노력이 엿보입니다. 그가 강조하는 개별음의 전개도 그러합니다. 한국 전통음악의 특징에서 영향을 받아 나름대로 윤이상이 화한 기법입니다. 선생님의 작품에는 이런 정체성의 문제나 전통음악에 대한 의식 같은 것은 완전히 사라지고 소멸된 것 같습니다. 그냥 음악만 남은 것이지요.

카탈로그에 기술한 것처럼 이 작품은 "하나의 주제적 요소를 전개 혹은 발전시켜 나가는 관습적인 방식을 피하고 하나의 음악적 '사건' 또는 '장면'을 다양한 크기의 단위로 준비해 놓고, 그것을 병치시키거나 중첩시킴으로써 여러 차원의 시간적 흐름이 공존"하고 있다는 사실을 보여 줍니다. 이는 곡을 듣게 되면 금방 깨닫게 됩니다. 이러한 방식은 20세기 전반에 프랑스를 중심으로 나타난 예술운동인 초현실주의를 연상하게 합니다. 문학에서 그들은 '자동기술법'을 주장합니다. 시인은 이미지를 창조합니다. 서로 연관이 전혀 없는 듯한 이미지들이 거의 무의식적인 상황에서 그리고 특정한 목적 없이 무의미할 정도로 생성되어 함께 나열됩니다. 우리의 현실에서는 접하기 어려운 상황이 창출됩니다. 이는 비현실적이라기보다 일종의 메타리얼리티입니다. 리얼리티를 넘어서 좀 더 진정한 리얼리티를 추구합니다. 미술에서도 그런 운동이 일어났습니다. 살바도르 달리나 르네 마그리뜨와 같은 화가들이 바로 그렇습니다. 입체파도 초현실주의와 동일하다고는 할 수 없지만 서로 영향을 주고받았습니다. 피카소는 하나의 실체를 여러 이미지로 나누어 설정한 다음에 다시 하나의 화면에 통합합니다. 화가의 내면은 그런 분해와 통일을 동시에 요구하고 있기 때문입니다.

「Looper」도 이와 비슷하지만 그래도 근본적으로 차이점이 느껴집니다. 초현실주의는 눈앞의 현실을 넘어서 어떤 초월적이고도 비현실적인 실재를 추구합니다. 따지고 보면 낭만주의에 있어 비정상적이고 병적인 요소가 강조되어 드러난 것입니다. 그러나 선생님의 작품은 각 음악 덩어리가 하나의 이미지를 형성하면서도 상당히 정감적이고 현실적입니다. 인간의 숨소리가 들립니다. 과민할 정도의 심리적 움직임도 포착이 됩니다. 현실을 있는 그대로 받아들입니다.

제가 '음악 덩어리'라고 표현을 했습니다. 선생님이 이야기하는 음악적 사건이나 장면을 의미합니다. 그 덩어리 하나하나는 무작위적입니다. 즉흥적이라고 할까요? 그 덩어리들이 마치 레고 장난감의 입체 형태들로 흐트러져 있다가 하나씩 조합이 이루어지고 있습니다. 그 입체들은 형태가 각기 모두 다릅니다. 같을 수도 있지만 그리고 반복을 의미할 수도 있지만 시간의 흐름 속에 그것은 차이를 지닙니다. 그 형태들은 기하학적 도형으로 다양하게 나타납니다. 육면체, 사면체, 타원형, 원형, 피라미드 등 갖가지 모양을 지니고 있습니다. 색도 울긋불긋합니다. 한 가지 색만 있는 것이 아니지요. 진은숙의 이야기처럼 공간과 시간 속에서 색깔을 읽고 있는 것이라고나 할까요? 선생님의 작품을 들을 때 마치 클레나 후안 미로의 추상화를 보는 느낌을 받았습니다. 알록달록 무수하게 다양한 크기의 기하학적 도형들과 선이 보여 주는 꿈같은 이미지들, 그리고 어린아이의 천진스러움을 나타내는 듯한 단순하고도 원시적인 분위기 등이었습니다. 그것들은 우리가 잡을 수 없는 피안의 세계에 존재하는 것이 아니라 눈앞의 현실 속에 무의식적으로 순간적으로 느껴지는 그런 내면적인 이미지들입니다.

사람들은 시간과 공간을, 딱 집어 형태화할 수 없는 대상을 인식하기 위하여 시간을 정지시킵니다. 정지된 상황에서 공간을 절단하여 그 크기를 획정합니다. 정지된 시간과 절단된 공간을 합쳐 수중에 넣고 마치 그것을 장악하여 자기 것으로 만든 것처럼 이해합니다. 순간을 낚아채는 것입니다. 작곡을 할 때 떠오르는 영감이 바로 그런 것일 수도 있습니다. 선생님의 음악 덩어리도 아마 그런 순간일지도 모르겠습니다. 중요한 것은 그런 덩어리를 구성하는 것입니다. 바로 조합이지요. 덩어리는 홀로 있으면 의미가 없습니다. 서로 영향을 주고 함께 존재해야만 의미가 부여됩니다. 따라서 덩어리들이 조합되어 평면을 채우거나 선적(線的)으로 나열되면 바로 그것이 시간의 흐름이 되고 살아 있는 공간이 되어 우리의 생생한 현실로 살아납니다. 결국 작곡가는 스스로의 의지 또는 의식적인 목적은 피할 수가 없습니다. 그것 없이는 구성이 불가능하니까요. 그럼에도 불구하고 개별 요소는 생명의 흐름 속에 느껴진 아주 자연스런 부분입니다. 그 부분들이 종합되는 것이니 작품이라는 생명체로 나타나는 것 역시 생명의 흐름일 것입니다. 작가 자신도 생명체로서 그 작품의 일부가 되고 청중도 그 작품을 들으며 함께 생명의 흐름에 몸을 맡길 것입니다.

'looper'라는 제목이 흥미롭습니다. 연주회에 오기 전에 영어 사전으로 찾아보고 고개를 갸우뚱거렸습니다. 특이한 단어를 사용한 이유가 무엇일까 궁금하였습니다. 선생님의 설명을 보고, 그리고 음악을 들은 다음에야 깨달았습니다. 아무런 의도 없이 지하철을 타고 가다가 그것도 한강 철교를 통과하다가 아마도 멍하니 창밖을 내다보다가 "입술과 혀의 우물거림을 통해 나온 단어"였고 그런 무의미한 단어를 곡의 제목으로 붙여 결국 작품의 의도가 무엇인가를 상징하고자 하였습니다. 멋진 발상입니다. 시인이 따로 없는 것 같습니다.

작품을 들으면서 현대적인 감각이 물씬 풍겨 나오고 있음을 느꼈습니다. 형식과 내용은 서로 연관이 있다는 진부한 사실을 다시 인지하기도 하였습니다. 이 복잡한 시대에, 헤아릴 수 없을 정도로 다양한 감정과 심리의 세계가 난무하는 시대에, 과거 같으면 도저히 상상할 수 없을 정도로 가지각색의 개성이 있는 인간 군상들로 꽉 찬 세상에서, 이미 하나의 주제 또는 제2주제를 설정하고 이를 변주하며 전개하는 선형(線形)의 형식은 한계에 도달하였습니다. 20세기에 새로운 현대음악이 등장하고 여러 형식들이 실험되었습니다. 하지만 얼른 생각을 해 보아도 최 선생님처럼 레고 토막과 같은 여러 음악 덩어리들을 함께 모자이크식으로 구성한 것은 없는 것 같습니다. 윤이상도 주요음을 음악의 중심으로 삼으며 전개를 하고, 리게티의 음향음악도 횡적으로 일정한 크기로 흐릅니다. 소위 미니멀리즘의 음악도 무한의 선적인 형태를 도입하고 있습니다. 일정한 직선이 변화 없이 마냥 흐르기만 합니다. 선생님의 덩어리는 우선 그 모양이 일정하지 않고 그 크기도 각양각색입니다. 그 덩어리는 또한 무미건조한 것이 아니라 생명체의 숨소리가 들립니다. 감정이 살아 있습니다. 서정적이기도 합니다. 멋진 덩어리입니다. 그 덩어리들은 횡적으로 종적으로 서로 엇그으며 운동을 하고 있습니다. 그 덩어리들은 다른 덩어리들을 찾습니다. 이 세상에서 홀로 사는 것은 불가능하기 때문입니다. 화이트헤드가 이야기하는 유기체의 철학이 생각나기도 합니다. 생명은 관계로 구성되어야 생존을 지속할 수가 있습니다. 음악 덩어리들은 작곡가라는 의식 있는 생명체에 의해 그것 자신도 생명을 지닌 음악 작품으로 다시 창조됩니다. 청중은 선생님의 이야기처럼 이 작품을 들으면서 청중 자신의 레고 쌓기를 병행합니다. 작곡가도 쌓아 가고 청중도 다른 색과 별개의 도형을 선택하여 또 다른 레고 쌓기를 진행할 수 있습니다. 그것은 자유입니다. 그러면서 곡은 흘러갑니다. 그게 곡의 완성일 것입니다.

2012년 9월 20일 편지 전재

11. 최우정—꿈길이(Kumkiri for flute, clarinet, percussion, piano, violin, and violoncello)

작곡가 최우정의 호의로 새로운 작품을 접하게 되었습니다. 10월 27일 미국 산타크루즈(Santa Cruz)에서 초연되었다고 합니다. 작곡가에게 이 자리를 빌려 새삼 감사의 말씀 전합니다. 작곡가는 친절하게 이 작품을 작곡하게 된 경위에 대해 짤막하게 이야기를 해 주었습니다.

작곡가는 평소 전통국악인 조선가곡 여창 가곡을 좋아하는데 다음과 같은 곡에서 영감을 받았다고 합니다.

꿈에 다니던 길이 자취 곧 나량이면
임의 집 창밖에 석로라도 닳으련마는
꿈길이 자취 없으니 그를 슬허하노라.

지금 말로 하면, '꿈에 다니는 길에 만일 자취가 남는다면, 님의 집 창밖에 돌길이 나서 닳으리라. 꿈길은 자취가 없으니 그것을 슬퍼하노라'라는 내용입니다. 조선 중기 이명한(李明漢, 1595-1645)이 지은 시조라 합니다. 가곡은 여러 곡패(曲牌)에 시조와 같은 가사를 붙입니다. 한 곡패, 예를 들면 '편락'이라 하면 하나의 악곡에 여러 가지 시조를 가사로 할 수 있습니다. 시조를 바탕으로 하는 가사들이 모두 확정되어 가곡 전곡을 부르게 되면 그것이 바로 가곡 한 바탕이 됩니다. 두 번째 바탕은 다시 각 곡패의 가사가 다른 시조들로 채워지게 됩니다. 위의 곡이 어떤 바탕으로 이루어진 가곡의 일부인지 아직 확인은 하지 못했습니다.

작곡가는 위의 가곡에 덧붙여 슈베르트의 가곡 「Der Doppelgänger」의 앞부분과 아메리카 인디언의 민속음악 중에서 멜로디 일부가 인용되었다고 하는데, 내 귀로는 그것을 분별할 능력이 없습니다. 작곡가는 말합니다. 국악과 서양음악의 이론적인 접합이나 구성이 전혀 아니며 그동안 즐겨 들었던 음악을 바탕으로 그냥 손이 가는 대로 움직여 악보를 썼다고 합니다. 이런 면에서 이 곡은 동서 예술의 서로 다른 형식이나 내용을 바탕으로 어떤 퓨전이나 융합의 음악을 시도한 것이 아닙니다. 그냥 이 시대를 살아가는 우리가 그동안 소화하며 살았던 것들을 그냥 끄집어낸 것입니다. 그것은 이미 보편화된 것이며 동시에 세계성을 지닌 감각이요 이미지라 할 수 있습니다. 작곡가 최우정은 이런 면에서 우리 음악계에 새로운 획을 긋고 있습니다. 새로운 방향이 보입니다.

이제 곡을 들어 봅니다. 첼로의 현을 거칠게 뜯고 타악기가 울리는 된소리로 곡이 열립니다. 첫머리부터 '어? 이게 뭘까' 하는 궁금증을 강하게 불러일으킵니다. 음악을 알리는 박이 연상됩니다. 마치 우리의 피리나 대금이 불어 대는 것 같은 플루트의 지속음이 강렬하게 등장합니다. 클라리넷과 현들이 마찬가지로 하나의 음을 길게 끌며 나타납니다. 편경과 같은 타악과 북소리도 강도를 더하는군요. 이어받는 현들이 그리고 관악기들이 느낌을 이어 갑니다.

도입부 단락이 매듭을 짓고 멀리 아득히 현과 관악기의 극히 여린 음이 새는 듯 다가오며 커집니다. 새로운 단락입니다. 슬며시 피아노가 등장하더니 강도가 더해지며 곡은 반전을 시작합니다. 이어지는 여린 음들과 강한 음들이 교차하는 피아노는 작곡가의 특성을 그대로 느끼게 합니다. 작곡가마다 즐겨 사용하는 일종의 패턴이 있는데, 이 부분에서 바로 그냥 최우정의 곡이구나 하는 것을 금방 알게 만듭니다. 이제 현들이 나오고 관악기도 가세하며 타악기들의 반주에 맞춰 함께 올라갑니다. 지금껏 평지의 세상에서 천천히 산기슭을 올라왔는데 본격적으로 그 높이를 더해 고산준령으로 진입합니다. 올라가는 능선은 기복이 심합니다. 중앙의 봉우리들이 보입니다. 걸음을 걷는 도중 틈틈이 높은 산등성이도 타고 또 능선이 아래로 향하기도 합니다. 현들과 타악기도 바쁩니다. 관악기의 지속음이 절묘합니다. 피아노는 탄현악기에 속하니 아마도 거문고나 가야금에 갈음한다고 할까요. 마침내 장중하게 합주곡이 울리고 박이나 북 등이 울립니다. 두 번째 단락이 악곡 전체에서 클라이맥스입니다. 높은 준령에 서로 모습이 다른 깊은 계곡들이 많으니 긴장감도 높아집니다.

마지막 단락은 실로폰과 같은 타악기의 부드러운 음들로 시작되더니 장중한 합주곡이 나옵니다. 다시 거칠 정도로 타악기가 울립니다. 국악의 편경이나 편종 또는 여러 타악기에 비견되네요. 그리고 빠른 피아노 음들. 여러 봉우리들이 이리저리 둘러싸였던 높은 산에서 이제 내려옵니다. 퉁기는 피아노 음들을 이어받는 바이올린의 짧고 여린 선율이 아주 절묘합니다. 이어지는 몇 소절의 현의 소리에 얹히는 피아노 음들과 이를 뒤받치는 관악기는 작곡가의 또 다른 작품인 「피아노와 현악사중주를 위한 Air」를 연상하게 합니다. 비슷한 음들이지만 그때는 좀 아픈 느낌이었는데 이 곡에서는 담담하면서도 고요하게 드러납니다. 그냥 깊습니다. 마무리는 관악기의 여린 지속음입니다.

전통국악의 향기가 전혀 다른 양태로, 발효되어 숙성된 국악이 다시 증류된 상태로, 스카치위스키처럼 향기를 품고, 그러니까 우리의 예술 정신의 향기를 지닌 채로, 장인(匠人)의 손과 영혼에 의해서 한 방울 한 방울 맺혀 떨어집니다. 향이 깊습니다. 주도(酒度)도 높군요. 깊은 그늘의 여운이 길게 남네요. 악곡의 매듭이 지어집니다. 마지막 부분은 거대한 평원으로 내려와서 펼쳐지는 무한한 길이와 깊이입니다.

처음부터 끝까지 귀를 뗄 수 없게 만드는군요. 지난번 「피아노 전주곡」 15번과 25번을 들었을 때 이미 작곡 방향이 과거와는 무엇인가 다르다고 느꼈는데, 오늘 들은 곡은 그런 막연한 것이 아니라 확연히 하나의 방향을 잡고 본격적으로 작품으로 표현했다는 인상을 강하게 받았습니다.

나는 윤이상 이후에 진은숙이 커다란 발자취를 남기고 있다고 생각했습니다. 하지만 그것에 비례해서 아쉬움이 상당히 많았습니다. 진은숙은 그냥 한국 출신으로 세계화된 서구 현대음악에서 뛰어난 재능을 가진 작곡가일 뿐입니다. 한국인이기에 우리가 더 많은 관심을 기울이는 것이지 그게 아니라면 그냥 현대의 유수한 작곡가들 중의 하나로만 간주될 것입니다. 그녀가 간혹 인도네시아의 가믈란이나 중국 음악의 인용, 우리의 생황 등을 사용해서 음악을 만들지만 그것은 새로운 음색을 추구하는 것이지 그 깊은 예술 정신까지 파고 드는 것은 결코 아닙니다. 그런 면에서 진은숙은 윤이상의 계승자는 전혀 아닙니다. 굳이 윤이상의 계승자라는 것은 어폐가 있고 그럴 이유도 없습니다. 하지만 윤이상이 정체성의 문제에 괴로워하고 나름대로 자기 방식의 음악 형식을 한국의 전통문화와 예술 정신에서 찾아냈다는 것은 높이 평가해야 합니다. 그의 방식을 그대로 모방할 이유는 없습니다. 그러나 벨라 바르톡이 그가 태어나고 자라난 헝가리나 루마니아 전통음악을 깊이 연구해서 세계적으로 보편화된 음악 내용을 창출했다는 것은 우리가 새겨야 할 점이라고 생각합니다.

이런 면에서 최우정의 이번 작품은 매우 획기적입니다. 작품을 써 놓았더라도 발표할 기회가 적은 척박한 우리 음악계에서 그가 이미 완성한 작품을 들을 수 없었기에 어떤 다른 작품이 이와 비슷한 내용과 형식을 지녔는지는 모릅니다. 내가 접한 최우정의 음악들만을 놓고 보면, 이번 작품은 이전의 것들과 완연히 하나의 선을 긋고 있습니다. 그동안 닦아 쌓이고 쌓였던 관현악 기법 특히 소형 챔버 오케스트라나 현대 실내악 등에서 좋은 작품을 보여 주었었는데, 그런 것들이 모두 밑거름이 된 것이 틀림이 없습니다. 그런 완숙된 기법을 바탕으로 이제 한국인으로서 전통의 뿌리를 갖고 있지만, 그것에 전혀 구애받지 않고 완전히 새롭게 보편화된 새로운 양태의 음악을 창출하는 데 성공하였습니다. 엄청납니다. 경탄스럽고 감사의 느낌이 앞섭니다. 이 곡의 초연을 들은 미국인들이 어떤 느낌이었을까 궁금합니다. 분명히 그들의 귀에는 익숙한 악기 편성입니다. 약간은 특별한 실내악 편성이라고 할까요. 타악기와 피아노가 어울리고 관악기와 현악기들이 모두 포함되는 실내악으로 어떤 기묘하고도 무엇인가 형용할 수 없는 그런 음악을 표현하였다고 그들은 생각할 것 같습니다.

현묘(玄妙)함이 돋보입니다. 제목 "꿈길이"와 같다고 할까요. 꿈에서 걸어가는 길이 바로 그런가요? 장자의 호접몽(胡蝶夢)이 생각나기도 합니다. 명료한 듯하면서도 약간의 어둡고 신비함이 가득한 악곡입니다. 여창 가곡을 토대로 했다고 하지만 이미 승화를 시킨 작품입니다. 가곡 같기도 하고 정악인 제례악의 어떤 부분이 있는 것 같기도 하지만 그것은 아주 짧은 일순에 불과합니다. 중요한 것은 면면히 흘러오는 우리의 예술 정신이 적나라하게 새로운 형식과 내용을 지니고 그 모습을 드러냈다는 사실입니다.

이제 새로운 지평이 열리고 있습니다. 무한히 펼쳐져 있는 평원에 작곡가는 앞서가며 무수한 기념물(monument)들을 세우면 됩니다. 들뢰즈가 말한 대로 예술은 기념물을 세우는 것입니다. 감성의 바다에서 길어 올린 것들을 기념물로 조성하여 세워서 모든 사람들이 느낌을 공유할 수 있도록 만드는 것입니다. 작곡가는 그 바다를 정확히 발견하고 그 무한한 바다에서 재료를 길어 올리는 어선과 그물을 만들어 잡아내는 방법을 터득한 것입니다.

2017년 12월 2일 수정

12. 피아노 연습곡 '반음계로'(Piano Étude 'Chromatique')

피아노 음악을 듣는다. 최우정이 작곡한 「반음계(Chromatique)」라는 피아노 연습곡이다. 이 곡을 마주하며 나는 새삼스레 음악의 어려움에 당혹한다. 음악을 들을 때 통상적으로 아무런 부담감 없이 소리가 흐르는 대로 따라가며 어떤 느낌을 갖게 된다. 귀에 들리는 소리 그 자체로 충분하다. 굳이 다른 것을 생각할 이유가 없다. 그러나 음악을 어떤 목적을 지니고 듣고자 하면 이야기가 달라진다. 바로 이 곡이 그렇다. 이 곡은 연습곡이라는 형식 요구가 전제되어 있다. 더구나 악곡에 반음계라는 표제가 달려 있다. 반음계는 수리적으로 온음의 반음을 가리키지만 반음의 단어 자체는 본디 색채를 의미한다. chromatic color는 유채색을 뜻한다.

> 이 작품은 반음음계(Chromatic scale)가 가진 다양한 색채들을 보여준다. 원래 'chromatique'란, 어떤 음계에 속한 음(들)이, 그 음계에 속하지 않은 음(들)으로 진행함으로써 그 음계의 색채가 달라지는 상황을 설명하는 개념이다. 그런데 성부가 두 개 이상일 때는 또 다른 문제가 발생한다. 이 작품에서 볼 수 있듯이, 두 개의 반음음계가 여러 옥타브 사이를 넘나들며 서로 시차를 두고 각각 다른 방식으로 진행하면 다양한 음정들의 연결, 즉 일종의 음정 띠, 또는 음정 층이 생겨나는데 그건 다름 아닌 색채의 변화 과정이며, 바로 이 과정이 반음계적 곧 'chromatique'라는 개념을 가장 잘 설명해 주는 대상이라 생각한다.[1]

악보의 구성을 바라보니 대체로 음 두 개가 동시에 울린다. 두 개의 음이 합해 어느 한순간 하나의 음을 만들며 일종의 화성음으로서 음색을 창출한다. 아마도 듣는 이는 굳이 들리는 음을 분석하지 않는다면 특정한 음색과 음가를 지닌 하나의 음으로 받아들일 것이다. 하지만 분명히 악곡은 수직적인 면에서 높은음자리에서 하나의 음과 낮은음자리에서 하나의 음을 합성하거나, 높은음자리만으로 두 개의 음을 합치거나 하는 방식으로 악곡을 전개한다. 다만 낮은음자

1 최우정, 음반 『Nouvelles Études』, 「Chromatique」 해설에서.

리의 음은 높은음자리 음들에 일일이 대응하는 것이 아니라 시차를 두고 일정한 음에만 반응하며 흐른다. 낮은음자리가 울리지 않을 때 높은음자리에서 음 두 개가 함께 울린다. 동시에 수평적인 면에서 시간의 흐름과 함께 높은음자리나 낮은음자리에서의 반음계는 각기 하나의 흐름을 형성하며 진행된다. 수직적으로 절단하면 아래위로 두 개의 음이 겹쳐지고, 수평적으로 절단하면 높은음자리의 반음계는 그들대로 낮은음자리의 반음계는 그들대로 시차를 두고 나열되어 있다. 고음과 저음의 합성이다. 나열된 음들은 그것 자체로 흐름을 형성한다. 동시에 이 두 개의 성부의 흐름은 서로 수직적으로 합쳐지며 다채로운 색깔을 보여 준다.

악곡 「Chromatique」는 연습곡이다. 연습곡이라는 형식은 오로지 연주자나 작곡가 등 음악에 정통한 직업적 전문가를 위한 음악 형식이다. 피아노 연습곡은 당연히 피아노를 배우는 사람에게 필요한 음악이다. 또한 이를 작곡하는 음악가는 피아노라는 악기를 완벽하게 파악하고 있어야 한다.

> 휘몰아치듯 빠른 속도와 고난도의 손가락 포지션, 팔·손목·손가락·근육의 정교한 순간적 조절과 같은 신체적 기교의 비르투오시티(virtuosity)를 넘어서, 악기 몸체의 울림을 통한 음향의 생성과 소멸, 찰나에 뒤바뀌는 소리와 침묵을 듣고 다스리는 비르투오시티까지 나아간다. 오선 위에 그려진 음고와 음가, 성부와 프레이즈의 정확하고 섬세한 실현으로부터 오선에 다만 기호화된 오선 밖 세계의 경계 없는 상상에까지 연주자와 청중을 이끌어 간다.
>
> 'Study'라는 의미에서 출발한 19세기적 에튀드의 모습은 이처럼 물성(物性)의 영역에 정신과 감각, 감성을 더한다. (중략) 연습이란 본래

무대에 오르기 전 혼자만의 공간, 예비의 시간에 이루어지는 행위다. 무언가를 연습한다는 것, 약한 손가락을 강하게, 무딘 근육과 신경의 움직임을 민첩하게 하기 위해 반복적인 훈련을 하는 것은 더 높은 기술, 거의 기계적인 완벽함을 얻으려는 연주자의 가장 기초적이며 필수적인 행위다. '에튀드'는 그러한 개인적인 미완의 작업, 목표에 선행하는 도구로서의 연마 과정이 다수의 타인 앞에서 '연주'하는 공적인 영역으로 옮겨진 독특한 유형의 음악이다. (중략)

에튀드는 악기에 대한 작곡가의 정통한 지식과 경험을 어느 음악 장르보다도 요구한다. 형태적 특성과 소리 발생 구조를 잘 알지 못하는 악기를 위해 에튀드를 작곡하기는 거의 불가능할 만큼 어려울 것이다. 그런 면에서 에튀드는 연주자를 위한 것일 뿐만 아니라 작곡가를 위한 것이기도 하다. 어떤 예술적인 아이디어를 컴퓨터 음원이 아닌 연주자의 몸과 유형의 악기를 통해 울려 내야 하는 과제, 전통적인 작곡 행위를 이렇게 묘사해 본다면, 에튀드는 그중에서도 더욱 피지컬(physical)한 성격을 띤다. 연주자의 육체와 악기의 몸체가 갖는 물성은 극대화되고, 이러한 정형의 그릇에 정신과 감성, 감각을 담는 일은 그래서 더욱 어려울지도 모른다.[2]

악곡 「Chromatique」는 피아노를 위한 연습곡이다. 음반 해설에서 이야기한 것처럼 연습곡은 19세기 이후에 악곡 그 자체로 예술성을 지니도록 발전해 왔다. 연습곡이라 하지만 일반인도 음악으로 곡을 감상하기 시작한 것이다. 우리는 연습곡을 마주하면 갑작스레 커다란 어려움을 느낀다. 연습곡이라는 선입감 때문일까. 더구나

---

2 서정은, 음반 『Nouvelles Études』의 해설에서.

chromatique처럼 악곡이 어떤 기술적인 의미를 지닌다고 했을 때, 과연 감상자인 나는 작곡가의 의도를 충분히 이해하며 듣고 있는 것일까. 연습곡이 피아니스트가 '신체적 기교'나 마음의 표현에 이르기까지 '비르투오시티(virtuosity)'의 경지로 발전하는 기술의 습득을 위한 악보라면, 건반을 제대로 두들겨 보지도 못한 감상자가 과연 그 음악을 이해할 수 있을까. 음악을 구성하는 악보, 악보를 이루는 여러 가지 기호들을 정확히 알면서 음악을 들을까. 내가 아무런 설명도 없이 이 음악을 들었다면 어떤 느낌으로 받아들였을까.

음악은 창작자인 작곡가, 악곡을 분석하며 실연하는 연주가, 소리를 듣는 감상자 등 세 가지 요소를 지닌다. 작곡가는 음과 음의 배열, 그리고 음의 패턴들을 조합하여 악곡을 구성한다. 악곡이 발생하기 이전에 작곡가는 피아노 앞에 마주 서야 한다. 실제 피아노가 눈앞에 실재하는가의 여부에 관계없이 그는 피아노 건반 72개의 세계로 진입한다. 무한 공간에서 그가 잡아내는 음들을 피아노라는 특정 악기로 한정하여 변환시켜야 한다. 아마도 작곡가는 전문 피아니스트만큼은 아니더라도 기본적으로 피아노를 능숙하게 다룰 것이다. 피아노를 연습하는 음악가들의 테크닉을 한 차원 높이기 위한 것이라면 그에 상응하는 피아노 악기 자체에 대한 지식이 선행되어야 한다. 아마도 모든 작곡가는 이러한 상상이나 실제의 피아노 앞에서 어떤 막연한 두려움을 느낄 것이다. 소리로 가득한 무한 공간의 우주에서 가느다랗게 접선되는 음들을 가려내야 한다. 그 소리들은 가공되지 않은 날것이다. 규정되지 않은, 무한하게 열려 있는 음의 세계다. 작곡가는 음을 선정하되 피아노의 음이어야 한다. 또한 그 날것의 음을 그만의 숙련된 기교와 마음의 전개로 다듬고 익혀야 한다.

작곡가를 더욱 어렵게 하는 것은 악곡이 연습곡으로만 끝나는 것이 아니라 어떤 예술성을 갖추도록 작곡을 해야 한다는 점이다. 예술성이란 무엇일까. 연습곡을 거론하고 있는 이 자리에서의 예술성은 피아노의 기술적인 문제를 넘어선 어떤 느낌의 세계가 악곡의 후면에 숨어 있어야 함이다. 연습곡이지만 듣는 이로 하여금 어떤 미적인 감정을 유발시켜야 한다. 모든 음들은 기초적으로 음가를 지니며 그것은 인간으로 하여금 어떤 느낌을 일으킨다. 그 느낌은 예술작품의 시작이다. 그렇다고 해서 연습곡을 작곡하며 기교 연마를 위한 음만을 나열한다면 그것이 예술성을 지니게 될까. 쉽지 않은 물음이다.

우리는 20세기 회화에서 르네 마그리트가 던진 물음을 기억한다. 예를 들어 「이것은 파이프가 아니다」에서 작가는 캔버스에 담배를 피우는 파이프만을 덩그러니 그려 넣고 그 아래에 '이것은 파이프가 아니다(Ceci n'est pas une pipe)'라고 써놓았다. 이는 실재(reality)에 대한 철학적 물음의 회화적 변형이다. 플라톤적인 이념이 짙게 배어 있다. 캔버스, 색채와 형상으로 이루어진 그림만이 전부가 아니다. 빛과 물감으로 이루어진 색채 조합을 포함하는 여러 가지 기법이 동원된 그림이겠지만 그것은 눈에 보이는 대로 파이프가 아니다. 파이프라는 실제 사물 형상을 평면에 닮은꼴로 흉내 낸 것에 불과하다. 여러 가지 부호나 상징에 해당되는 회화의 다양한 기법은 파이프의 실제 형상을 얼마만큼 잘 드러내는가와 관련된다. 감상자는 파이프라고 인식하겠지만 그림은 즉각적으로 파이프가 아니라고 외치고 있다. 도대체 무엇을 그린 그림일까. 그림이 숨겨 놓은 어떤 별도의 형상 또는 이데아를 찾아야만 할까. 음악에서 악보에 있는 하나의 음은 인간들이 설정한 어떤 음가를 지니지만 그것은 실제의 음이 아니다. 음이 지닌 어떤 개연성을 최대한 공약시켜 만들어 낸 것이다. 예를 들어 사람의 목소리는 천차만별이다. 음색이 모두 다르다. 손가락 지문처럼 우리는 어떤 목소리의 음색을 들으면 목소리의 주인공이 누구인지 구별한다. 이러한 음색의 목소리 음들을 악보의 음으로 표시하는 것은 불가능하다. 따라서 피아노 악기를 위한 연습곡의 각 음들은 빙산의 일각처럼 어느 특정한 음의 한정된 일부만을 나타낸다. 피아노로부터 울리는 어떤 음 자체를 하나의 절대음으로 간주한다면 이야기가 달라진다. 과연 그럴까. 작곡가는 마음의 음을 피아노라는 악기 수단을 통해 피아노의 음으로 변용하여 표현한다고 추정할 수 있다. 묻는다. 악보 후면에 어떤 다른 실재 다시 말해서 음들이나 음들의 배열을 통한 구성이 어떤 별도의 의미 함축성을 지니고 있을까. 그것이 악보를 이루는 기호들이 지닌 진정한 모습일까. 그것이 바로 예술성일까.

위의 물음들은 바로 연주자와 감상자의 문제로 승계된다. 연주자들은 피아노를 연습하며 동시에 작곡가가 장치해 놓은 어떤 예술성을 파악하고 해석해서 연주해야 한다. 작곡가가 의도했던 기술적인 면을 잘 수행하면서 동시에 음들이 표현하고 있는 어떤 느낌을 제대로 연주해야 한다.

감상자는 더욱 복잡한 지층을 갖는다. 첫째는 아무런 선결 조건 없이 그냥 들리는 대로 다가오는 음과 그 음들로 인한 어떤 느낌이다. 둘째는 이 악곡이 반음계로 구성된 피아노 소품이라는 점이다. 셋째로 실제적으로 이 악곡은 피아니스트의 기교 연마를 위한 연습곡이라는 층위다. 그렇다면 나는 어떻게 「Chromatique」를 들었을까. 서울대 음대 동문들의 연습곡 작품들을 모아 놓은 『새로운 연습곡(Nouvelles Études)』이라는 음반은 모두 12개의 연습곡이 실려 있다.

「Chromatique」는 그중의 하나로 맨 나중에 실려 있다.

결론부터 이야기를 한다면 나의 귀는 복잡한 지층을 모두 향유할 능력이 없다. 여러 지층이 함께 어우러져 최종적으로 드러내는 모습을 파악해야만 이 악곡의 진정한 모습을 읽을 터다. 하지만 첫째의 느낌을 제외한다면 나는 악곡이 보여 주는 다채로운 음색의 향연이 실제로 기호화된 악보에서 반음계로 나열되는 음가를 지니며, 또한 두 성부가 합하여 만들어 내는 음정 색깔의 차이에서 비롯된다는 사실을 파악하지 못한다. 연습곡이라는 형식이 요구하는 감상의 조건 즉 연주자가 실제 연주 과정에서 숙지하고 단련되어야 하는 어떤 음의 패턴이나 전개 그리고 기술적인 요소에 대해서도 아는 바가 거의 없다.

느낌으로만 이 악곡을 들을 수 있을까. 그렇다고 대답해야겠다. 사뭇 긍정적이다. 느낌에는 원초적 느낌과 물리적 느낌의 두 가지가 있다. 느낌은 본래 일원적이지만 굳이 두 가지 느낌으로 분류한 것은 악보상에 나타나는 기호 때문이다. 그 음을 지시한 대로 피아노에 울리면 그것은 물리적 충격에 의한 어떤 음이며 그것은 느낌을 지닌다. 하지만 본디 작곡가와 연주자 그리고 감상자를 관통하게 하는 것은 인간이 지니고 있는 어떤 원초적인 느낌이다. 그 느낌이야말로 순수하다. 순수함이 기호로 채색되어 하나의 특정한 형상을 지니고 나타나게 되는데 그것이 바로 악보를 구성하는 음들이다. 악보의 음들은 물리적 느낌을 수리적으로 규정하고 있지만 이러한 물리적 음들은 실제로 원초적 느낌의 음들에 종속된다. 마음의 느낌이 항시 우선이다.

음이 일어나는 것은 사람에게 어떤 마음이 생겨나기 때문이다. 사람

> 의 마음이 움직이는 것은 사물이 그렇게 만드는 것이다. 사물을 느끼게 되면 움직이게 되는데 이에 따라 소리가 만들어진다. 소리는 서로 응하며 이는 변화를 낳는다. 변화가 구별이 되면 이를 일러 음이라 한다. 음을 엮고 그것을 음악으로 만들고 춤에 맞추면 이를 일러 음악이라 한다.[3]

수천 년 전에 만들어진 『예기』의 「악기」에 나오는 말이다. 「Chromatique」는 바로 인용된 글의 절차를 따른다. 두 개의 성부가 갖는 음들은 '서로 응하며' 변화를 낳는다. 새로운 음정의 색깔을 만든다. '변화가 구별되면' 다시 말해서 색깔 있는 음들이 음계를 이루고 성부를 구성해서 흐르게 되면 그것들이 엮이면서 바로 악곡이 된다. 이 모든 것에 우선하는 시작은 바로 움직임이고, 사물을 통한 느낌이며, 그것은 바로 마음의 움직임이다. 마음에 내재한 어떤 것이 움직여 느낌을 창출한다. 느낌이야말로 샘물이며 그것은 강물이라는 악곡의 시작이다.

「Chromatique」는 반음계로 이루어진 연습곡이다. 표제가 부과하는 제한적인 규정과 달리 악곡 자체는 느낌의 구성이다. 반음계의 성부들이 서로 어우러져 이루어 내는 음정의 색깔과 그 흐름을 통해 작곡가는 새로운 느낌을 창출한다. 느낌의 흐름이 형상화되며 여러 가지 굴곡을 지닌다. 악곡은 빠르기로 기준 해서 거칠지만 모두 다섯 개의 단락으로 구성된다. 천천히 다스리고(lentissimo), 긴장으로 고양되며(vivo), 다시 풀어 흐트러뜨리고(andante), 다시 한껏 저

3 『禮記』, 「樂記」. 凡音之起 由人心生也 人心之動 物使之然也 感於物而動 故形於聲 聲相應 故生變 變成方 謂之音 比音而樂之 及干戚羽旄 謂之樂.

음으로 무겁게 팽팽하도록 빠르게 당기고(vivo), 짧게 풀다가 종국에는 원점으로 되돌아가 고요함을 이루며 종지부를 세차게 찍는다(lentissimo).

첫 단락에서 왼손과 오른손이 각기 하나의 음을 동시에 내리친다. 조용한 무한 공간에 하나의 음이 울린다. 두 개의 음이지만 그것들은 서로 상응하며 하나의 미묘한 색깔을 지닌 음으로 모습을 드러낸다. 적막한 우주에서 들려오는 신호다. 그것은 정중동(靜中動)의 움직임이다. 내 마음에 있는 어떤 바탕을 일깨우며 천천히 음의 세계로 인도한다. 처음에는 낮은음의 성부가 별도의 음계로 일관되게 흐르고 있지만 이를 파악하기는 쉽지 않다. 그저 두 개의 서로 상응하는 음들이 조합의 음을 계속 이어 가고 있기 때문이다. 느리다. lentissimo라고 지시되어 있지만 한없이 느리다. 음이 울리고 여음이 공간을 채워 가면 마치 전 우주가 하나의 음으로 꽉 찬 것 같다. 그런 음들이 천천히 이어지며 흘러간다. 듣는 귀에 색채가 뚜렷한 하나의 중층(重層) 음이 이어지며 흐르는 것 같다. 이러한 정적 속의 미세한 움직임을 갑작스레 둘째 단락이 빠르고 요란한 음들로 깨어 버린다. 지시 언어는 vivo다. 격렬하다. 짧지만 낮은음의 성부가 뚜렷하게 드러난다. 우주에서 느낌이 형상을 이루어 내기 시작한다. 『주역』에서 말하는 "조용히 가만히 움직이지 않고 있다가, 느낌이 있어 마침내 통하여, 세상 만물을 이루어 낸다(寂然不動 感而遂通 天下之故)"라는 문장에 부합된다. 이어지는 안단테 단락이 다시 반전을 이룬다. 서로 상응하는 성부의 성격이 점차 강하게 부각된다. 형상을 확연하게 드러낸 성부들이 서로 어우러지며 음정의 색깔과 그 색깔들의 흐름이 자아내는 또 다른 색깔을 보여 준다. 우주 만물이 자리를 잡으며 조화를 이룬다. '각정성명(各正性命)'이다. 넷째 단락은 이 악곡의 가장 기다란 부분을 이룬다. vivo다. 힘차고 빠르게 연주하라는 지시다. 그것은 순전히 낮은음자리에만 이루어진다. 낮은 저음 성부 두 개가 만들어 내는 효과는 가히 저돌적이고 인상적이다. 색깔이 뚜렷하게 표현적이다. 둔중한 바위들이 부서지며 강물 바닥에 휩쓸려 굴러가면서 자갈이 되고 모래가 된다. 시간의 무게가 한없이 무겁지만 그것은 생명이 깨어나는 무거움이다. 하늘 밑 이 세상에서 우주 만물의 생명체들이 여기저기 요란스럽게 생명을 이어 가며 왁자지껄 소란을 떤다. 락 음악처럼 강한 리듬에 온 세상이 시끄럽다. 이 부분을 통하여 악곡 전체의 색깔이 드러나기 시작하고 작곡가가 말하고자 하는 것을 어느 정도 감지하게 된다.

그것은 무엇일까. 르네 마그리트의 역설적인 회화처럼 작곡가는 반음계를 기본으로 한 피아노 연습곡이지만 음악을 듣는 이에게 곧바로 '이것은 반음계 연습곡이 아닙니다'라고 말하는 것 같다. 나는 그렇게 들었다. 반음계나 피아노 악기 등에 서투르면서도 내 나름의 느낌을 갖고 음악을 들었다. 한마디로 음악을 듣는 맛이 진하다. 마지막 다섯째 단락은 회귀다. lentissimo가 다시 나타난다. 지금껏 조용한 우주의 정적에서 마음의 파문이 일어났다. 마음에서 비롯된 생명체들이 우주 만물을 이루었다. 생명의 힘과 움직임이 그려 내는 파문은 동그라미를 그리며 무한한 크기로 번져 나왔다. 무한의 퍼짐은 수축을 반작용으로 갖는다. 노자가 말한 것처럼 멀리 나가면 되돌아온다. 악곡을 맺어야 할 때다. 음악의 흐름이 다시 원점의 구심점으로 되돌아와 응축된다. 그것은 느리고 조용하다. 얼마나 느려야 될까. 멈출 정도로 느리다. 음과 음 사이에는 역사가 있다. 고요한 만큼 온음으로 구성된 음들이 여러 겹으로 쌓이면서 지나온 모든 시간의 축적을 더욱 고밀도로 압축한다. 네 개의 겹친 포르테가 매듭이다. 종지는 바로 이를 알리는 매듭의 폭발이다.

2018년 1월 10일 수정.
남해 바닷가에서.

13. 덧붙이는 글

작곡가 최우정은 위에 소개한 기악곡 이외에도 오페라를 비롯한 악극에도 많은 관심을 기울이고 주목할 만한 작품을 여럿 창작했다. 2011년에 LG아트센터에서 초연된 오페라 「더 코러스, 오이디푸스」를 필두로 해서, 2016년 2월에는 세종문화회관에서 오페라 「달이 물로 걸어오듯」을 초연했다. 2017년 가을에는 악극 「적로」를 서울돈화문국악당에서 공연했다. 대본은 배삼식이 썼다. 대금 명인인 박종기의 삶을 그렸다. 2018년 가을에는 같은 국악당에서 옛 조선의 가곡 전통을 이어받아 새롭게 창작한 「추선(秋扇)」이 공연되었다. 노래 가사는 배삼식이 썼다. 노래는 하윤주가 맡았다. 옛 조선가곡의 뛰어난 예술성을 현대에 되살리고 그 가능성을 새롭게 연 중요한 작품이다. 2019년 가을에는 야심작인 「오페라 1945」가 예술의 전당에서 초연되었다. 해방을 맞이한 조선인 위안부와 일본인 위안부와의 따스한 인간관계를 묘파한 작품이다. 대본은 배삼식이 맡았다. 우리 한국인에 의해 순수하게 창작이 된 오페라가 드물고, 공연에서는 특히 척박한 환경에서 작곡가 최우정의 노력은 높이 평가되어야 한다. 여기서 최우정의 성악곡에 대해 좀 더 상세하게 그 의미와 평가를 기술하지 못한 것에 많은 아쉬움을 느낀다.

제4부

말러(Gustav Mahler)

죽은 어린아이를 위한 노래—한 해를 보내며

2012년 한 해가 또 저물어 간다. 올해 나의 관심을 사로잡고 있었던 사람은 화이트헤드와 윌리엄 제임스였다. 화이트헤드는 나중에 별도로 언급할 기회가 있을 것이다. 봄에 화이트헤드의 책들을 읽고 여름에 이것저것 잡다하게 책을 읽다가 결국 11월부터 제임스의 책에 매달리게 되었다. 이제야 그를 내려놓게 되었다. 윌리엄 제임스의 『심리학 원리』였다. 무려 2,500쪽 가까이 되는 방대한 책이었다. 1890년에 발간된 책이지만 20세기 철학을 이해하기 위해서, 누구나 궁금해하는 인식론의 핵심을 터득하기 위해서는 반드시 읽어야 하는 책이었다. 제임스의 방대하고 깊은 지성에 경탄하며 동시에 둔재에 불과한 나라는 사람의 부족한 능력이 절감될 정도로 좌절을 느끼게 하는 책이었다. 한편으로 인생을 마감할 때까지 이 책을 완역한 정양은 선생의 열정과 의지도 또한 나의 옷깃을 새롭게 여미게 하였다. 삼가 영전에 감사의 마음을 전한다.

음악은 거의 습관적으로 매일 듣지만 올 한 해에 관심을 둔 음악은 첫째로 최우정의 새로운 음악이었다. 한국의 음악이 이미 세계화되어 있으며 앞으로도 무한한 가능성을 지니고 새로운 형식의 음악들이 창작될 것임을 그의 음악이 알려 주고 있다. 둘째로는 국립국악관현악단이 연주한 악곡들이었다. 원일이 지난봄 국립극장 예술 감독으로 부임한 이래 새로운 노력이 관현악단에 이루어지고 있다. 그가 지휘한 연주회는 거의 빠짐없이 참관하였다. 특히 12월 16일 공연된 '시나위 프로젝트 1'은 우리 국악, 아니 우리 음악의 나아갈 길을 제시해 주는 획기적인 연주회였다. 셋째로는 바로크 음악과 말러의 음악이었다. 바로크 음악이나 그 이전의 음악은 늘 듣는 것이라 별도로 언급할 말이 없지만 말러의 경우는 특이하다고 할 수 있겠다. 나이 서른을 넘으면서 교향곡을 가까이하지 않았다. 주로 실내악을 선호하여 특히 현악사중주를 즐겨 들었다. 긴 세월이었다. 간혹 생각이 나면 이 곡 저 곡 느낌이 정하는 대로 교향곡을 선정하여 듣기는 하였지만 그것은 순전히 임의적인 선택이었을 뿐이었다. 그러다가 올해 들어 말러가 생각이 났다.

그의 교향곡은 무엇인가 달랐던 것이 기억이 났다. 그의 가곡은 또 얼마나 감동적이었던가? 말러에 빠져드는 사람들을 '말러리언'이라고 하듯이 그의 음악은 무엇인가 사람을 홀리게 하는 마력이 있음이 틀림없다. 말러는 고전주의, 낭만주의 그리고 신고전주의나 바그너리즘을 지나 독일 음악이 최고의 성숙 단계로 진입하여 이제 쇠락의 길만 남았을 때 이를 총정리하며 동시에 현대음악으로 가는 길을 열어 놓은 중간 지점에 위치한다. 말러는 기존의 형식을 마스터하고 이를 십분 활용하고 있었지만 그 한계를 이미 간파하고 새로운 형식을 모색하고 있었다. 복잡한 현대에 이미 음악이 새로운 표현력을 획득하기 위해서는 불가피하게 전통 형식을 벗어나는 새로운 변화가 요구되고 있었다. 그의 음악은 대단히 표현적이다. 인간의 복잡다단한 내면적인 정서가 적나라하게 표현되고 있다. 현대음악을 실질적으로 시작한 아놀드 쇤베르크는 젊은 시절에 말러를 숭배하고 있었다. 말러가 순수하게 기악만을 사용하여 작곡한 교향곡 5, 6, 7번은 이미 현대음악의 기법을 내포하고 있지만 특히 7번에서 쇤베르크는 어떤 새로운 영감을 얻으며 동시에 7번 교향곡이 새로운 음악의 시대를 열었음을 선포한다.

오늘은 말러의 「죽은 어린아이를 위한 노래」 다섯 곡을 블로그에 올린다. 이 곡을 블로그에 올리기 전에 망설였다. 그냥 불길해서다. 하지만 새로운 해를 맞이하기 위해서 그리고 어두운 빛을 멀리 떠나보내고 액땜을 하기 위해서라도 올해의 마지막 곡으로 선정하였다.

이 곡을 올리면서 나는 또 한 사람의 위대한 음악인을 만나게 된다. 바로 캐슬린 페리어(Kathleen Ferrier, 1912-1953)다. 아마도 마리아 앤더슨과 더불어 우리가 20세기 가장 위대한 콘트라알토로 기억해야 하는 성악가일 것이다. 그가 또 한 사람의 위대한 지휘자인 브루노 발터와 함께 공연한 「죽은 어린아이를 위한 노래」는 아직껏 그에 버금할 수 있는 연주를 발견하지 못할 정도로 대단한 녹음이다. 한마디로 그녀의 노래를 들으면 전율이 느껴진다. 말러의 음악에 깊이 감동하면서 동시에 이를 최고의 목소리로 저 깊은 심연까지 울리게 하는 호소력으로 부르는 그녀의 노래는 뇌리에 박히다 못해 우리로 하여금 슬픔이 무엇인가 새삼스럽게 생각하게 한다. 브루노 발터 또한 생전에 말러의 친구이며 말러에게 배웠던 사람으로 그 누구보다도 말러를 깊이 이해하고 있는 지휘자다. 이 곡을 녹음한 것으로 버나드 하이팅크(Bernard Haitink, 1929-) 지휘와 자넷 베이커(Janet Baker, 1933-)

의 노래, 헤르버트 폰 카라얀(Herbert von Karajan, 1908-1989) 지휘와 크리스타 루드비히(Christa Ludwig, 1928-) 노래 등의 명반이 있지만 감히 말하건대 앞의 캐슬린 페리어의 노래와는 전혀 비교될 수 없다고 생각한다. 그녀의 노래는 정말로 하늘이 내려주신 천부적인 재능이다.

「죽은 어린아이를 위한 노래」는 뤼케르트(Friedrich Rückert, 1788-1866)의 시에 붙인 노래다. 곡에 대한 가사와 곡의 창작 배경에 관한 이야기는 너무 잘 알려져 있으므로 생략한다. 다만 시와 음악의 관계에 대해 한마디 덧붙인다. 말러는 그의 딸을 잃고 분명히 뤼케르트의 시를 읽고 깊은 감명을 받았으리라 생각한다. 어린 시절 일찍 세상을 떠난 그의 동생에 관한 추억도 일종의 트라우마로 그의 내면 깊숙이 자리 잡고 있던 터였다. 자식을 잃고 이를 시로 읊은 뤼케르트의 시야말로 동병상련의 아픔을 지니고 있지 않은가. 그러나 뤼케르트의 시가 언어로 된 문장으로서 우리를 직접적으로 감동시키는데 한계가 있다면 말러의 음악은 시가 건드리고 있는 느낌을 훨씬 넘어서는 강도로 어딘가 다른 곳으로 우리를 인도하고 있다. 뤼케르트의 시가 평범한 부호들의 나열이라면 말러의 음악은 불후의 예술작품이라고 할 수 있다. 시가 멈출 수밖에 없는 경계선에서 음악은 새로운 출발을 한다. 언어가 닿을 수 없는 곳, 느낌이 원초적으로 시작되는 곳, 개념이 만들어지기 전에 느낌이 흐르는 곳, 우리 인간이 생명을 얻어 처음으로 그 생명의 움직임을 표현하는 곳, 그곳이야말로 음악이 살고 또 음악이 만들어지는 곳이다. 그런 면에서 우리는 말러의 이 노래들을 접할 때 가사의 내용이 무엇인지 몰라도 그냥 제목만 듣고도 깊은 감동을 받게 된다. 더구나 이 생명의 슬픈 느낌을 살아 있는 명창의 생생한 목소리로 들을 때 더 이상 무엇을 언어로 표현하리오?

다섯 곡은 다음과 같다.

1. Nunn will die Sonn so hell aufge'n
2. Nun seh' Ich Wohl, warum so dunkle Flammen
3. Wenn Dein Mutterlein tritt zur Tür
4. Oft denk' Ich, sie sind nur ausgegangen
5. In diesem Wetter, in diesem Braus

2012년 12월 30일

교향곡 9번 4악장

초겨울 그래도 햇살이 따사하게 남아 있던 어제 일요일, 하루 종일 구스타프 말러의 음악을 들었다. 특히 교향곡 9번이 좋았다. 그 중에서도 4악장은 여운이 짙어 어쩔 수 없이 반복해서 여러 번을 듣고야 말았다. 독일 교향곡의 마지막 거장으로 독일 낭만주의와 고전주의를 총결산한 듯한 그의 음악은 어떠한 거창한 수사와는 전혀 상관없다는 듯이 아주 미세하게 가슴을 파고들었다. 거대한 교향곡의 곳곳에 스며들어 있는 여린 꽃잎들의 애잔한 소리들이 인간의 모순된 삶을 극명하게 표현하고 있다. 한마디로 비극적인 감정이 철철 넘쳐난다. 그렇다고 폭포처럼 쏟아지는 것이 아니다. 도리아식 슬픔이라고 할까. 단단하게 뭉쳐지고 또 비석처럼 빚어져 어디라도 허튼 틈을 허락하지 않는 아주 잘 정제된 비감이다. 그만큼 깜깜함이 깊은 바다처럼 깊고 또 슬프도록 파랗게 아름답다.

교향곡이 지니는 슬픔을 거론한다면 아마 차이코프스키의 「비창(Pathetic)」이 생각날 터이고, 또 벨라 바르톡이 말년의 비참한 상황에서 쓴 「Concerto for Orchestra」의 3악장 〈Elegia〉도 떠오른다. 「비창」은 문자 그대로 애처롭다. 가을에 낙엽이 떨어져 바람에 날려가듯 종잡을 수 없는 처량한 심정이 가슴을 헤맨다. 바르톡의 〈엘레지〉는 비통함이 절절하다. 이차 대전 중에 나치를 피해 건너온 미국에서의 객지 생활에 병고까지 겹쳐 그의 시름은 더 이상 참을 수 없을 만큼 깊어지고 그로부터 터져 나온 음악은 그야말로 비통함 그 자체였다.

말러의 슬픔이라고 크게 다르지는 않았을 터다. 하나밖에 없는 딸을 잃고 심장병을 앓으며 건강이 크게 상하고 또 그가 자랑스러워하던 비엔나 오페라단의 감독직마저 잃은 상황에서 그리고 결정적으로 사랑하는 아내 알마와의 불화가 깊어지면서 말러는 어디 발을 붙일 곳이 없이 내면으로 슬픔과 비애가 삭아 들고 있었다. 그러나 말러의 음악은 위의 두 사람에 비해 매우 의도적이고 구성이 섬세하면서도 복잡하다. 또한 전체적인 완성도가 마치 기념비를 깎아 세운 듯 완벽하다. 단단한 비감이 천천히 녹아내리듯 그리고 돌이 눈물을 흘리듯 소리가 작아지며 마지막 부분에서 천천히 사라지고 있다. 그 사라져 보이지 않는 슬픔의 그림자는 결국 듣는 이의 가슴에 고여 천천히 발효가 이루어진다.

말러의 교향곡 9번은 전체 네 개의 악장이 무려 79분이 소요될 만큼 장대한 음악이다. 음악을 들으며 시구도 갑자기 떠올라 시편 하나를 끼적거려 여기에 붙인다.

돌에
물기가
스며 나왔어
메마른 하늘에

소리 없는 흔적이었어

누군가
비문으로 남겼을 간절함이
비바람에 시달리며 아팠을 거야

이름 모를 희귀병에
병원도 가지 못하고
시름시름 앓았을 거야

즈믄 해
허깨비로 아니
마음 비운 돌덩이로
어둠에 벙어리로 살다가

먼 우주 은하들이
수천억 별들이
부딪치며
부서져
부나비처럼 사라질 때

얼굴에 새겨진 낙인이
아마도 언어일까
더는 읽지 못할 굴레들이
산산이 깨어질 때

블랙홀

저승 속으로

으스러지는 별 하나

부둥켜안고

바보처럼

너는 울고야 말았어

무거웠던

너의 무게를 내려놓고

손짓으로만

몸짓으로만

돌 속에

이승의 삶에

갈무리한 빗물이

그래 그것은 빗물일 거야

한 방울 또 한 방울

너는 울고야 말았어

—「돌의 눈물, 말러 '교향곡 9번' 4악장을 슬퍼하며」,

『넘나드는 사잇길에서』

2012년 12월 30일

쇤베르크(Arnold Schönberg)

정화된 밤(Verklärte Nacht)

현악육중주인 「정화된 밤」은 쇤베르크가 그의 나이 25세(1899년) 때 쓴 작품이다. 당시의 정황은 최고 정점의 바그너와 브람스라는 두 양대 산맥이 세상을 떠나고 새로운 시대의 요구에 따라 새로운 강줄기가 모색되고 있었다. 쇤베르크가 벌써 젊은 시절에 「정화된 밤」과 같은 뛰어난 작품을 쓴 것은 아마도 시대적 산물이라 할 수 있겠다. 또 우리가 주목해야 할 점은 쇤베르크가 독일 음악계의 정통 교육에서 벗어나 거의 홀로 음악을 배운 아웃사이더 출신이라는 사실이다.

이 작품은 리하르트 데멜(Richard Dehmel, 1863-1920)이라는 시인이 쓴 연작시 「아내와 세계(Weib und Welt)」에 나오는 「정화된 밤」이라는 제목의 시를 프로그램으로 하여 쓴 것이다. 당시에 프로그램 음악이라고 하면 오케스트라로 쓴 것이 통상적이었다. 쇤베르크는 이러한 보이지 않는 관습적인 굴레를 무시하고 현악기로만 이루어진 육중주로 작품을 만들었다. 바이올린, 비올라 그리고 첼로가 각 2개씩으로 편성된 것 자체도 특이하였지만, 그것으로 구성된 작품이 순수음악이나 또는 전통적인 형식을 따르지 않고 단악장으로 그것도 프로그램 음악으로 쓰였다는 사실이 당시의 음악계에 파문을 불러일으켰다. 상당수 음악인들이 그의 작품에 강한 거부감을 표시하였다. 아직 이때는 쇤베르크가 무조음악이나 12음 음렬 기법을 사용한 작품을 선보이기 훨씬 전이다.「정화된 밤」자체에서도 전통적인 조성음악을 바탕으로 작곡을 하고 있다. 다만 작품의 커다란 틀에서 기존의 방법과는 달리 새로운 방향을 모색하고 있었다. 이로 미루어 보아 벌써부터 쇤베르크는 기존의 음악 관습에서 벗어나 새로운 양식을 골똘하게 찾고 있었음을 알 수 있다. 당시 음악계에 색다른 교향곡으로 커다란 파문을 던지고 있었던 구스타프 말러에게 쇤베르크가 열렬한 찬사를 보낸 것도 실은 말러의 음악에서 기존의 음악과는 다른 새로운 양식과 무엇보다 새로운 정신적 내용을 감지하였기 때문이다.

우리가 유의하여야 할 점이 있다. 쇤베르크가 언제나 제일 먼저 강조한 것은 인간의 원초적인 감정 또는 생명력이 넘치는 사람다움의 표현이다. 양식은 이를 위해 존재한다. 시대가 느끼고 있는 복잡한 인간의 감정과 느낌은 기존의 음악 양식으로 표현하기에는 한계가 있어 필연적으로 새로운 양식을 요청한다. 새로운 양식이 먼저 주어지는 것이 아니라 내용으로 인하여 새로운 표현 방법이 요구되는 것이다. 쇤베르크는 말년까지 이러한 기본적인 생각을 바꾸지 않았다. 그가 1913년 바실리 칸딘스키에게 보낸 편지에도 이런 구절이 나온다.

양식은 그것 이외의 모든 것이 같이 있을 때만 중요하다. 그리고 그런 경우라도 그것은 여전히 중요하지 않은데 실은 우리가 베토벤을 좋아하는 것이 당시에 새로웠던 그의 양식 때문이 아니라 지금도 여전히 새로운 그의 음악 내용 때문이다. 당연히 작품에서 아무것도 듣지 않는 사람에게 현대적 양식이란 그 작가와 어떤 관계를 설정하는 데 편리한 수단이 된다. 그러나 그것은 나에게 커다란 즐거움을 주지는 못한다. 나는 사람들이 내가 어떻게 말하는 것에보다도 내가 무엇을 말하는지에 대해 주목을 해 주었으면 한다. 사람들이 음악 내용을 지각하였을 때만이 그들은 양식이 왜 독창적인가를 깨닫게 될 것이다.[1]

「정화된 밤」에서도 작곡가가 느끼는 강한 감정이 표출되고 있다. 전통적 세 악기의 현악삼중주가 아닌 더블 삼중주로 편성하여 그 감의 폭이 훨씬 더 넓고 깊게 조감되고 있다. 또한 소나타 형식 등을 배제하고 단악장으로 단지 그 안에 흐름의 맥만을 설정하여 전곡을 썼다. 이는 그 내용이 지니고 있는 긴장도가 변함이 없이 처음부터 끝까지 유지되게 하였다. 결과적으로 음악은 원작 시가 지니고 있는 내용보다 훨씬 깊고도 강한 느낌을 효과적으로 전달하고 있다. 감상

---

1 From a letter to the artist Kandinsky, Sep. 28, 1913. Style is important only when everything else is present! And even then it is still not important, since we do not like Beethoven because of his style, which was new at the time, but because of his contents, which is always new. Naturally, for some one who otherwise hears nothing in a work, a modern style is convenient means of establishing a relation with the author. But what doesn't give me much joy. I would like people to take notice of what I say, not how I say it. Only when people have perceived the former will they realize the latter is inimitable.

자는 처음에 표제가 달린 프로그램 음악으로 인식하여 원작 시가 지니고 있는 내용의 전개에 관심을 지니고 음악을 듣게 되지만, 실제로는 그러한 텍스트의 내용이 오히려 음악을 이해하고 접근하는 데 방해가 될 수 있음을 자각하게 된다. 아마 쇤베르크 자신도 원작 시는 하나의 지표로만 해석하였을 것이다. 시를 읽고 감동을 느꼈겠지만 그것으로 족하였을 것이다. 시의 운율이 음악에 끼친 영향을 정확히 분석할 수는 없지만 아마도 음악은 음악 자체의 표현 방법으로 무엇인가를 전개하고 있다. 그 무엇인가는 시 이전의 원초적 느낌일 것이다. 시가 표현하고자 애를 쓰면서도 도달하지 못하는 그러한 경계에서 인간의 원초적 느낌을 음악으로 표현한 것이다. 이런 면에서 쇤베르크의 음악 「정화된 밤」은 시의 감흥을 훨씬 넘어선다. 쇤베르크의 「정화된 밤」은 백 년을 훌쩍 넘어 음악으로 아직도 생생하게 살아서 우리를 감동시키고 있다. 그 배경이 된 데멜의 시는 거의 무시될 정도로 음악 안에서 사라지고 없다.

2013년 1월 24일

달에 홀린 피에로(Pierrot Lunaire)

1.

요즈음 현대음악에 빠져들고 있다. 지난여름, 뜻하지 아니하게 병으로 쓰러졌으나 운이 좋게 삶을 다시 건졌다. 몸을 추스르며 휴가철에 식구들과 조심스럽게 다녀온 곳이 바로 강화도였다. 그곳 펜션에서 뜻밖에 양진모 선생을 처음으로 만났다. 서양음악을 전공한 분이 우리의 음악이 앞으로 어떻게 전개될 것인가 아직도 고심하고 있었다. 그는 이미 수많은 가곡을 작곡하고 있었다. 그가 서양의 음악 그리고 기존의 한국 가곡과 차별화하며 모색한 방법은 우리 언어의 일상적인 운율을 그대로 살리는 것이었다. 산조 가락에서 사용되는 빠르기와 장단을 가곡에 적용하고 있었다. 그가 음악을 하는 자세는 나에게 많은 것을 일깨워 주었다. 그는 20세기 들어 서양의 영향을 받아 생성된 기존의 한국 가곡에 대해 비판적인 시각을 지니고 있었다. 한국어 가사를 바탕으로 한국인이 작곡하여 한국인의 정서를 드러내고 있지만 그럼에도 불구하고 그 가곡들은 진정한 한국음악이 아니라는 것이다. 그렇다면 도대체 무엇을 한국음악이라고 하는가?

이 질문은 음악에만 적용되지 않는다. 회화를 포함한 모든 예술 분야에 똑같은 의문이 성립된다. 국악에서 많은 새로운 작품이 등장하고 있다. 전통 악법을 바탕으로 한 새로운 가락이 있는 반면에 서양의 음악처럼 우리 관현악을 대편성으로 구성하여 연주하는 작품도 있다. 퓨전 음악이 등장하기도 한다. 첼로나 바이올린 등으로 산조를 연주하기도 한다. 우리 악기와 서양 악기들이 어울리는 작품들이 무수하게 등장하였다. 그럼에도 불구하고 20세기 이전의 전통음악을 제외한다면 현재 무엇이 한국음악이라고 지칭되는지 모호하기 짝이 없다. 진정 한국음악이라는 것이 있기는 한 것인가? 차라리 현재 당대를 사는 한국 사람들이 한국에서 생산해 내고 또 연주하는 모든 음악을 일컬어 한국음악이라고 하는 것이 맞는 말일까?

이 문제와 관련하여 나는 윤이상을 떠올렸다. 한국의 남해안 통영에서 태어나 어린 시절을 그곳에서 보내고 일본으로 유학하여 서양음악을 배웠다. 일본에서 돌아와서 서양음악을 바탕으로 하여 작곡도 했다. 학교에서 음악을 가르쳤던 그는 1956년 어느 날 음악 공부를 본격적으로 수행하기 위해 유럽으로 유학을 떠났다. 독일에 정착한 그는 1995년 타계할 때까지 40년 동안 뛰어난 음악 작품들을 수없이 남겨 놓았다. 유럽의 일각에서 생전에 그의 작품들은 한국을 포함한 동아시아의 음악 전통을 잘 살려 내었다는 평가를 받아왔다. 정말 그럴까? 그의 음악은 서양음악인가, 아닌가? 한국음악의 어떤 요소가 그에게 영향을 주었을까? 한국인이 작곡하고 한국인의 전통적인 정서와 정신을 표현하였다면 그는 현대에서 새로운 한국음악을 창조한 것일까?

결론부터 이야기한다면 그의 음악은 한국음악이 아니다. 그는 서양의 전통을 바탕으로 하여 20세기에 대두한 새로운 음악 혁신을 받아들이고 새로운 기법을 적용하여 새로운 음의 세계를 창조하였다. 새로운 기법은 물론 서양음악의 기법이었으며 당시 유럽의 음악계에서 보편적으로 사용되는 그런 기법들이다. 그의 작품은 한마디로 서양음악이다. 유럽이라는 땅에서 유럽 전통을 바탕으로 유럽에서 새로 나타난 음악 형식과 기법을 사용하여 윤이상이라는 한 개인의 삶을 음악으로 표현하였을 뿐이다. 그가 작곡을 하면서 한국어로 제목을 붙이고, 「심청전」처럼 한국의 모티브를 주제로 하여 오페라를 작곡하고, 또 한국 전통음악처럼 하나의 음을 생생하게 독립적으로 사용하는 기법을 차용하고, 고구려 벽화의 사신도에서 영감을 받아 정신적으로 한국의 정신을 표현하려 하였다는 사실 등으로 그가 서양음악도 아니고 한국음악도 아닌 융합의 음악을 썼다고 이야기하는 것은 분명 지나친 주장이다. 서양음악의 거대한 강물 속에 한국적인 요소가 하나의 실개울처럼 흘러들어 갔을 뿐이고, 서양음악이 동구나 중동 그리고 인도나 아프리카 등의 이국적인 요소들을 폭넓게 받아들이며 그 폭을 넓히는 데 윤이상도 기여했을 뿐이다. 그러나 한 가지 분명한 사실은 윤이상이 작곡가로 그만의 색채가 뚜렷한 윤이상의 음악을 일관되게 창작할 수 있었다는 점이다. 그는 태생적으로 한국인의 정서를 지닌 작곡가로 비록 서양음악의 훈련을 받아 서양음악에 익숙하고 무엇보다 서양음악이 지니고 있는 언어 부호를 체득하여 작곡하였지만 이에 나름대로 동아시아의 음악 기법을 가미하고 동아시아적인 정신을 표현하고자 하였다.

우리가 윤이상을 평가하는 데 있어 그의 음악이 한국음악이냐 서양음악이냐 하는 이분법적 구분은 전혀 중요한 사실이 아니다. 본질은 그의 작품들 자체다. 그의 작품들은 현대를 사는 우리에게 아름답게 들린다. 한국의 전통음악만을 들었거나 서양의 고전주의나 낭만주의만을 즐겨 들었던 감상자들에게 그의 음악은 낯설 수가 있지만 이는 어디까지나 감상자의 문제에 속한다. 유럽처럼 현대음악의 변화라는 조류에 익숙한 서양의 음악인들이나 감상자들에게 윤이상의 음악은 더욱 신비롭고 심오하며 아름다움으로 가득 차 있다. 윤이상은 서양의 현대음악 기법을 완전히 자기 것으로 만들었다. 여기에 한국음악적인 요소도 가미하였다. 이를 통해 그는 새로운 언어를 창조할 수 있었다. 그가 만들어 낸 새로운 언어기호들을 우리가 감지하고 이해하는 순간에 그의 음악들은 새로운 미의 경계를 우리에게 선사한다. 그의 음악들은 새로운 미적 경계를 창출하였다. 그 미적 경계에 들어가 그 아름다움을 만끽하려면 들어가기 전에 그가 만든 언어 부호를 읽는 방법을 체득하여야 한다. 한국인이라고 해서 그 이해도가 더 빠를 것이라고 판단해서는 안 된다. 오히려 한국인은 그의 음악을 이해하기가 쉽지 않을 것이다. 서양음악이라는 토양에서 자라나고 익숙한 서양인들만이 그의 음악을 더 용이하게 접근할 수 있다. 왜냐하면 그의 음악은 서양의 음악이 또 다른 하나의 형태로 변용되었기 때문이다.

그의 음악을 이해하고 제대로 듣기 위해 우리는 서양의 현대음악을 처음부터 다시 들어야 한다. 보통 서양음악을 감상할 때 대부분의 사람들은 고전주의와 낭만주의 그리고 후기 낭만주의나 인상파까지의 음악만을 듣게 된다. 독일의 구스타프 말러나 리하르트 슈트라우스가 마지막이고, 프랑스에서는 드뷔시나 라벨 등이 마지막이다. 조금 더 듣는다면 스트라빈스키와 프로코피에프 그리고 쇼스타코비치에 이르는 러시아 작곡가나 영국의 벤자민 브리튼 등을 선택하게 된다. 그러나 이들과 달리 20세기 초부터 새로운 음악운동이 일어났다. 하우어나 쇤베르크 등의 12음 기법 등이 그 예다. 20세기 후반의 현대음악들은 무엇보다 이러한 새로운 음악들과 관련이 깊다. 하지만 그들의 음악은 접근하기가 어렵다.

윤이상의 음악을 이해하기 위해서는 현대음악의 조류를 파악하여야 한다. 근래 진은숙도 활발한 작곡 활동을 하며 유럽 악단에서 좋은 평가를 받고 있다. 그녀의 작품들도 맑은 유리알처럼 아름답다. 윤이상을 듣기 전에 우리는 천천히 현대음악의 시작부터 하나씩 감상해야 한다. 이러한 작업의 일환으로 앞으로 현대음악을 차례대로 싣는다.

윤이상이나 진은숙의 작품들을 감상하고 난 다음에 우리는 무엇을 한국음악이라 하는가 하는 본래의 주제로 돌아갈 것이다. 이 문제는 특히 회화와도 연관성이 있다. 음악처럼 미술 분야에서도 한국화와 서양화라는 이분법적인 용어를 사용하는데 이는 적절한 개념인가? 실제로 그 경계는 모호하기 그지없다. 한편으로 회화에서의 근대적 발전이란 개념을 동양화나 한국화에도 적용할 수 있을까? 서구 현대 회화에서 표현주의라는 용어들이 자주 쓰이는데 이러한 표현주의의 의미는 광범위하면서도 모호하다. 좁은 의미에서 표현주의는 인간의 심리적 움직임이나 정서를 그림이라는 형태의 미술로 다시 말해서 그림의 대상이 되는 사물에 투영하여 이를 적나라하게 표현한다. 동아시아 회화에서 표현주의는 이미 사오백 년 전에 나타났지만 지난 수백 년간 정체를 겪으며 새로운 변화를 일으키지 못했다. 반면에 19세기 후반과 20세기 초에야 나타난 서양 회화의 표현주의는 다양한 새로운 물줄기를 만들어 내고 현대 회화를 복잡하게 발전시켰다. 이러한 발전 단계를 거꾸로 도입한 동아시아 화단은 아직도 그 정체성의 문제를 겪고 있다. 무엇이 한국화이고 서양화인가? 회화에서 발전이란 개념은 무엇이란 말인가? 그리고 음악에서의 윤이상처럼 1958년 프랑스로 건너가 1989년 작고할 때까지 그림을 그린 고암 이응로의 그림들은 서양화인가? 아니면 한국화인가?

회화 예술에서 나타난 현상들은 음악에도 그대로 적용된다. 이는 한 시대의 모든 예술 활동이 전체적으로 그 시대적인 양상을 드러내기 때문이다. 개별적인 예술은 그 시대를 벗어나 독립적으로 전개될 수는 없다. 문학이나 회화 그리고 음악 등의 예술은 서로 상호 영향을 주며 함께 새로운 양식을 형성하며 발전한다. 그렇게 나온 새로운 양식은 바로 그 시대가 처하고 있는 예술 정신의 표상이다. 윤이상과 이응로가 공통적으로 한 시대의 상황을 살아갔다면 이를 이어받고 있는 당대의 우리는 그들이 처했던 문제점이 무엇인가를 검토하지 않을 수 없다. 시대는 연속해서 흘러가고 있고 현재를 살고 있는 우리는 이러한 문제에서 자유로울 수 없기 때문이다.

2.

1912년 쇤베르크는 「달에 홀린 피에로」를 썼는데 이는 기존의 성악곡과는 전혀 다른 음악이었다. 조성도 무시한 무조음악이었다. 표현주의 색채가 아주 강렬하게 드러나고 있는 작품이다. 1912년은 바실리 칸딘스키가 『예술에서의 정신적인 것에 대하여』를 발간하였고, 또한 프란츠 마르크와 함께 『청기사』라는 예술 연감을 발행한 해이기도 하다. 쇤베르크는 칸딘스키와 의기를 투합하여 서구 유럽의 전통을 벗어나 새로운 예술 세계를 창출하고자 하였다. 쇤베르크 자신이 『청기사』 연감에 「음악과 텍스트의 관계」라는 글을 투고하기도 하였고 말미에는 그의 제자들인 알반 베르그와 안톤 베베른과 함께 새로운 악곡들의 악보를 올리기도 하였다.

이 곡이 초연이 되었을 때 노래하는 사람 혼자 덩그러니 무대에 섰고, 쇤베르크 자신이 지휘하는 소규모 악단은 무대 뒤에 가려 있었다. 반주는 모두 다섯 사람이 8개의 악기(플루트, 피아노, 첼로, 바이올린, 클라리넷, 베이스 클라리넷, 피콜로, 비올라)를 맡아 연주를 하였다. 이 곡은 크게 세 부분으로 나누어져 있고 각 부분은 7개의 곡으로 구성되어 있다.

이 곡은 프랑스 시인인 알베르 지로(Albert Giraud, 1860-1929)의 시를 독일어로 번역한 것을 텍스트로 하여 작곡되었다. 쇤베르크는 제목에서 '말하는 목소리(Sprechstimme)'를 위한 작품이라고 명기하고 있다. 노래도 아니고 말하는 것도 아닌 독특한 실험을 하고 있다. 우리의 시창(詩唱)이나 송서(誦書)와 유사한 형식이지만 반주를 비롯한 곡의 전개가 다양하고 무엇보다 음을 통한 표현성이 뛰어나다.

가사는 달빛 아래에서 주인공의 방황하는 심정을 토로하는 내용인데 병적이고 퇴폐적인 요소가 눈에 띈다. 하지만 이 음악에서 노래의 가사 내용은 크게 중요하지 않다. 특히 외국인으로서 노랫소리를 알아들을 수도 없지만 굳이 애를 써서 그 내용을 확인하며 말뜻을 새겨들을 필요도 없다. 왜냐하면 반주음악이나 노래하는 소리를 들으면 그것으로 작품이 지향하는 표현성을 즉시 공감할 수 있기 때문이다. 쇤베르크 자신이 이러한 주장을 하고 있다. 그는『청기사』연감에 발표한「음악과 텍스트의 관계」라는 글에서 다음과 같이 이야기하고 있다.

> 이러한 관찰에서 분명하게 알 수 있었던 것은 예술 작품이 하나의 완벽한 유기체와도 같다는 사실이다. 예술 작품은 그 구성상 아주 균질적이므로 아주 사소한 부분에서조차 작품의 가장 진정하고도 가장 내적인 본질을 드러낼 수 있다. 인체의 어느 한 부분을 찌르면, 어디서나 똑같은 붉은 피가 나온다. 어떤 시의 한 구절, 어떤 음악의 한 소절을 들으면, 그 시와 음악의 전체를 파악할 수가 있다. 이와 마찬가지로 하나의 단어, 하나의 시선, 하나의 몸짓, 걸음걸이, 머리카락의 색깔만으로도 한 인간의 본질을 아는 데 충분하다. 이렇게 해서 나는 서정시를 포함한 슈베르트의 가곡을 오로지 그 음악에서부터 완벽하게 이해했으며, 슈테판 게오르게의 시도 오로지 그 소리의 울림에서부터 완벽하게 이해했다. 나의 이해는 분석과 통합을 통해서는 거의 다다를 수 없을 정도로, 아무튼 그러한 방법으로는 능가할 수 없을 정도로 완벽했다. 어쨌든 그런 인상들은 대개 나중에야 지성에 호소한다. 이 인상들은 오직 전체로만 소유할 수 있을 뿐이지만, 지성은 이들을 매일 사용하기 적합하게 만들기 위해 낱낱이 해체하고 분류하고 재고하고 검토하기를 요구한다.
>
> 물론 가끔씩은 예술가의 창조조차도 원래의 개념에 도달하기 전에 그러한 지성의 우회로를 거치기도 한다. 그러나 음악 이외의 다른 예술, 좀 더 소재적인 것에 가까운 예술조차도 지성과 의식의 일방적인 위력에 대한 믿음을 극복해 가고 있다는 표시들이 이제 나타나고 있

다. 카를 크라우스가 언어를 사고의 어머니라고 부르고, 칸딘스키와 오스카 코코슈카의 그림에서 외적 대상이, 지금껏 음악가들이 자신을 표현했듯 화가가 색과 형태를 통해 자신을 표현하고 환상을 펼치기 위한 계기에 불과하다면, 이것은 진정한 예술의 진정한 본질에 대한 인식이 점진적으로 확산되어 간다는 징후다. 나는 칸딘스키의 책『예술에서의 정신적인 것에 대하여』를 아주 기쁘게 읽고 있는데, 이 책은 회화가 나아가야 할 길을 보여 주고, 또한 텍스트와 소재적인 것에 대한 의문도 이제 곧 종식되리라는 희망을 안겨 준다.

다른 예술의 경우에는 이미 명확해진 일이지만, 음악에서도 앞으로 분명해질 문제가 있다. 역사적인 소재를 다루는 문학가가 아주 자유롭게 움직일 수 있다는 것을 의심하는 사람은 아무도 없다. 오늘날 어떤 화가가 역사화를 그리려 할 때, 역사학 교수와 경쟁할 필요가 없다는 사실을 의심하는 사람은 없다. 우리는 예술 작품이 우리에게 주고자 하는 것에 마음을 쓰지, 그것의 외적 동기에는 집착하지는 않는다. 마찬가지로 문학작품을 배경으로 한 작곡에서 사건의 전개를 그대로 음악적으로 상세하게 재현하는 것이 중요하지 않다는 것은, 초상화의 예술적 가치를 결정하는 것이 그 대상과 유사한 정도가 아닌 것과 마찬가지다. 백 년 후에는 초상화 속 인물이 실제의 대상과 얼마나 유사한지를 검증할 수 없지만, 예술 효과는 계속 유지된다. 인상주의자들은 이렇게 주장할지도 모르지만, 예술 효과가 유지되는 것은 가상적으로 표현된 그 실제의 대상이 우리에게 다가서기 때문이 아니라, 그 인물을 그림으로써 자신을 표현한 예술가, 즉 좀 더 높은 현실성 속에서 작품 자체와 닮은 예술가 자신이 우리에게 말을 걸어오기 때문이다. 만일 이것을 이해했다면, 낭독법, 속도, 소리의 세기로 나타나는 음악과 텍스트의 외적인 일치란 내적인 일치와는 별로 상관이 없으며, 그리고 이러한 외적인 일치는 어떤 대상을 그대로 모사하는 것과 같은 원시적 인 자연모방과 같은 단계에 있다는 것도 쉽게 알 수 있었을 것이다. 따라서 표면상 불일치해 보이는 것은 더 높은 단계에서 서로 나란히 가기 위한 필연적인 과정일 수도 있다. 즉, 텍스트로 음악을 판단하는 것은 탄수화물의 특성을 근거로 단백질을 판단하는 것처럼 믿기 어렵다는 말이다.[2]

예술의 내면적이고도 본질적인 내용은 어떠한 지성이나 논리가 아니더라도 직각적으로 이해될 수 있다는 주장이다. 표현주의자들의 이야기와 상통하고 있다. 칸딘스키는 말한다. "음악적인 음은 영혼에 이르는 직접적인 통로를 가지고 있다. 그리고 그것은 인간이 '음악을 본래적으로 가지고 있기' 때문에 반향을 일으킨다." 쇤베르크는 칸딘스키의 책을 인용하며 예술의 진정한 본질에 대한 새로운 인식을 거론하고 있다. 그러나 그들은 개념의 사용에 있어 혼란을 일으키고 있다. 특히 칸딘스키는 '내면의 세계', '내면의 소리', '내적인 요소', '내적인 인식', '내적 필요성', '내적인 생명', '내적인 자연' 등등의 어휘를 구사하고 있는데 한마디로 사람의 내면에 있는 영혼을 지칭하고 있다. 이 영혼은 감정으로 충만하다. 사물이나 자연을 처음으로 접하는 것은 감각이다. 그 감각을 통해 얻게 되는 감정은 영혼의 한 양태이다. 그 감정이 예술적 형태를 취하게 되는데 바로 그것들이 예술 작품이다. 영혼은 정신에 속한다. 정신은 고급 세계다. 감각이나 감정에 바탕을 둔 예술은 더 높은 경계인 영혼과 정신

---

2 바실리 칸딘스키 외, 『청기사—20세기 예술 혁명의 선언』, 배정희 역, 열화당, 2007, pp.75-77.

의 세계를 지향한다. 그 세계 안에서 자연 대상의 사실적인 요소는 이제 더 이상 중요하지가 않다.

칸딘스키와 쇤베르크는 유럽을 지배하였던 관념론의 세계를 거부한다. 정신을 해방시키고자 한다. 그 정신은 바로 자유로운 감정이요 생동감이 넘쳐나는 실제의 내면적 삶이다. 그러한 '내적인 생명'은 전통적인 아름다움과 괴리가 있다. 그것은 '새로운 추(醜)의 영역'에 속한다. 그러나 이러한 인식에서 비롯되어 새로운 예술운동을 일으켰음에도 불구하고 그들이 추구하고 있는 것은 또 다른 정신이다. 헤겔이 주장하는 절대정신의 억압에서 벗어나고자 하였음에도 결국 그들은 수천 년간 서구의 문화를 지배해 온 정신 즉 플라톤이 주장하였던 이데아의 세계를 떠나지 못하고 새로운 방법으로 현대에 걸맞은 이데아를 찾고 있다. 논리와 분석을 거부하고 감정의 자유를 주창하였지만 결국 그들은 새 시대에 적합한 새로운 논리와 형식을 창안하고 그 틀에 맞게 옷을 입기를 주장하였다. 모순의 되풀이다.

예술 정신의 역사는 반동의 연속이지만 칸딘스키와 쇤베르크는 궁극적인 돌파구를 찾지 못하고 순환을 되풀이하고 있다. 그렇다고 이들을 잘못 평가해서는 안 된다. 이들은 기존의 질서와 형식을 거부하고 새로운 시대의 삶을 새로운 형식으로 표현하고자 했다. 그들의 치열한 노력은 그들만의 독특하고도 새로운 형식과 언어 부호를 창출해 냈다. 새로운 언어 부호를 통해 새롭게 해석된 자연과 인간의 세계를 이해하게 된 일반 대중은 자유로운 예술이 이룩해 낸 아름다움의 세계가 한층 넓어지고 깊어졌음을 감사하게 된다.

1912년 「달에 홀린 피에로」는 쇤베르크가 기존의 형식들을 일거에 무너뜨리고 새롭게 구축한 형식을 기초로 해 탄생한 작품이다. 무조음악 그리고 선율을 무시한 노래 형식은 당시에는 커다란 충격이었을 것이다. 이를 시작으로 하여 무조음악과 12음 기법이 발전하게 된다. 20세기 후반의 현대음악은 쇤베르크가 이끄는 제2비인악파 없이는 상상할 수가 없다. 윤이상의 음악을 제대로 듣기 위해 우리가 쇤베르크부터 시작하는 이유다. 음색을 강조하고 음의 표현성을 드러내고자 하였던 드뷔시 등의 인상주의 음악도 현대음악에 영향을 준 것은 틀림없지만 아무래도 본격적으로 기존 형식을 타파하고 새로운 논리 체계를 수립한 비인악파를 우리는 더 주목하게 된다. 당시 새로운 미술운동을 열렬하게 주창하고 있던 칸딘스키는 쇤베르크에 대하여 다음과 같이 이야기하고 있다.

이처럼 관습적인 미를 완전히 포기하고, 자기표현의 목적을 이룩할 수 있는 모든 수단을 신성하게 이름 짓고, 열광하는 몇 사람에 의해서만 인정을 받으며 외로운 길을 걷는 사람은 오늘날 비엔나의 작곡가인 쇤베르크이다. 이 '엉터리 선전자', '사기꾼', '삼류 악사'는 그의 「화성론」에서 다음과 같이 말한다. '모든 화음과 모든 전개가 가능하다. 그러나 오늘날 나는 여기에서 이런저런 불협화음을 쓸 수 있도록 만드는 일정한 규칙과 조건이 있음을 이미 느끼고 있다.'

여기에서 쇤베르크는 모든 것 중에 가장 위대한 자유, 즉 무제한으로 공기를 호흡할 수 있는 예술의 자유가 결코 절대적일 수 없다는 사실을 분명히 깨닫는다. 모든 시대는 이 자유의 일정한 척도를 얻고 있다. 그리고 가장 천재적인 힘도 이러한 자유의 한계를 넘어설 수 없다. 그러나 이러한 척도는 어떠한 경우에도 완전히 발휘되어야만 하며, 매번 발휘될 것이다. 고집 센 마차는 자기가 가고 싶은 대로 끌고 다닌다! 쇤베르크는 그러한 자유를 만끽하려고 노력하고 있으며, 이미 내적 필연성에 이르는 길에서 새로운 미의 보고를 발견했다. 그의 음악은 우리를 새로운 영역으로 인도한다. 거기에서 음악적인 체험은 청각적인 것이 아니고, 순수히 영혼적인 것이다. 그리하여 여기에서부터 '미래 음악'이 시작된다.[3]

음원: Schönberg, Pierrot Lunaire, Vanguard Classics USA, NY, 2001. 이 음반에는 「Verklärte Nacht(정화된 밤)」가 함께 실려 있다. 연주는 Chamber Ensemble, 소프라노에 Ilona Steingruber다. 총 연주 시간 34:54.

2010년 11월 27-30일

바르샤바에서 돌아온 생존자

게릴라성 폭우가 새벽부터 쏟아지고 있다. 지금은 소강상태지만 저녁부터 또 강한 비바람이 몰아칠 것이라는 예고다. 벌써부터 먼 하늘에 천둥이 울리고 있다. 수증기를 가득 머금은 시꺼먼 구름이 하늘과 땅을 짙게 누르고 있다. 여름은 만물이 무성하게 자라나는 계절이지만 한편으로는 하늘이 자연에다 강제적이고 물리적인 힘을 휘두르는 시절이기도 하다. 그게 자연의 이치라 하지만 평화롭게 숨쉬기를 원하는 우리 사람들에게는 선뜻 이해가 안 가고 또 두렵기만 하다.

하늘의 그런 못된 버릇을 배웠을까? 인간도 간혹 무섭고 끔찍한 일을 같은 인간에게 저지른다. 인간이 행하는 폭력의 정도와 수위

---

3 바실리 칸딘스키, 『예술에서의 정신적인 것에 대하여』, 권영필 역, 열화당, 1998, p.46.

는 상상을 절해서 어느 때는 구름을 뚫고 하늘에 치닿는다. 모든 상상력이 허용되고 또 가능한 하늘도 그리고 자연에 압박을 가하는 하늘도 인간이 저지르는 폭력과 잔인성에 놀라서 기절할 정도다. 여름 폭풍우의 뇌성이 우리 귀를 때릴 때, 횡선으로 내리치는 빗줄기가 창문을 요란스럽게 두드릴 때, 그리고 휘어지다 못해 꺾이고 마는 나무줄기의 외마디 비명 소리를 들을 때, 우리는 인간이 내지르는 또 다른 외침을 선택하게 된다. 바로 쇤베르크의 「바르샤바에서 돌아온 생존자」다.

쇤베르크는 무조음악의 창시자다. 그로부터 진정한 현대음악이 대두되었다고 할 수 있다. 1921년 「피아노 모음곡」 작품 25를 통해 그는 12음 기법을 보여 준다. 이미 십여 년 전부터 그의 작품은 조성을 탈피하고 새로운 작곡 기법을 선보이고 있었다. 쇤베르크 자신은 무조(atonality)음악이라는 용어보다는 범조성(pantonality)이라는 말을 선호했다. 이는 무조음악과 조성음악이 대립적인 국면을 지니고 있다는 것보다는 음악이라는 커다란 틀에서 어떠한 가능성도 허용이 되어야 한다는 점을 시사한다. 후기 낭만주의의 절정을 직접 경험한 작곡가로서 그 한계를 벗어나야 한다는 사실을 통감하고 있었지만 전통은 배제되어야 하는 것이 아니라 모든 새로운 가능성의 시발로 이해되어야 했다. 전통이 죽는다면 바로 그 전통을 자양분으로 해서 새로운 버섯이 솟아 나온다. 쇤베르크는 그의 제자인 알반 베르크와 안톤 베버른과 함께 새로운 음악 형식을 완성하고 또 보급시킨다. 그럼에도 한편으로 그의 말년에 이르기까지 전통적인 조성음악에 기초한 작곡을 멈추지 않는다. 이런 점에서 새로운 기법만을 중시하고 전통을 무시하며 극단적인 음렬주의로 이행한 다음 세대 작곡가들과 대비된다. 음악의 본질은 기법에 있는 것이 아니라 인간이 지니고 있는 근본적인 서정성에 있다.

쇤베르크가 미술의 칸딘스키 등과 더불어 새로운 예술운동을 주도하고 있을 무렵인 1912년, 그는 「달에 홀린 피에로」를 완성한다. 표현주의 예술이 한창일 때 발표된 이 악곡은 기악 연주와 성악이 교묘하게 어우러진다. 성악은 과거의 선율에 의한 노래가 아니라 일종의 레치타티보(낭송)로 이루어지고 있다. 우리는 여기서 예술의 표현성에 대해서 다시 한번 숙고하게 된다. 예술의 표현은 어떤 도구 즉 표현을 할 수 있게 해 주는 어떤 수단이 필요하다. 음악은 음이 수단이고 문학은 언어와 텍스트를 통해 표현된다. 음악 중에서도 성악은 대개 반주 기악을 통한 음과 목소리를 통한 음이 엮이며 창작된다. 그 목소리는 음과 더불어 그 음이 지니고 있는 기호를 통하여 어떤 기의를 전달하게 된다. 슈베르트는 가곡이라는 형식을 통해 기악의 음과 목소리의 음이 절묘하게 상관관계를 이루도록 뛰어난 창작 능력을 보여 주었다. 기악이 지니고 있는 한계점을 돌파하여 그 기악에 목소리를 더함으로써 그 예술 작품이 이루고자 하는 표현성에 더 확실하게 다가설 수 있었다.

실제로 하나의 음과 그 음들의 배열은 어떤 원초적 의식의 단계에서 머물고 있다. 의식되기 이전의 상황과 의식으로 진전하고 있는 과정을 음악은 음이라는 감각적 기호로 표현한다. 의식은 더 진전되면 개념이 되고 그 개념은 결국 언어로 규정되며 그 언어는 다시 문자화되어 타인에게 전달된다. 그러나 언어화와 문자화는 전달 수단과 보존 수단으로 유용하지만 동시에 일상적인 의미를 지니게 된다. 일상적이라 함은 수학의 공리처럼 명료하지 않고 모호하다는 사실을 적시하고 있다. 일종의 유사적 의미로 광범위하게 그 뜻을 지칭하게 되어 본래의 의미가 정확하게 전달되지 않을 수 있다. 언어는 그 제한된 특성으로 인하여 시간이 흐르며 수많은 의도가 덧붙여지고 그 의미의 외연은 마냥 넓어지게 된다. 극단적으로 말하면 언어는 때가 묻어 그 본래의 모습을 알아볼 수가 없다. 음악은 이에 비해서 본래의 순수성을 지니고 있다. 마치 아직 말을 배우지 않은 어린아이가 얼굴에 웃음을 가득 담아 무엇인가 의미를 전달하려 하면 우리는 즉시 무엇인가 느낌을 지니게 되고 함께 웃게 된다. 언어가 필요 없다. 음악의 요소인 음은 의식의 개념화 이전의 느낌의 세계에 속한다. 이러한 느낌은 인종이나 지역 그리고 시대를 넘어서 모든 인간이 공통되게 공유한다. 그러나 우리 인간은 궁극적으로 개념이 필요하다. 원초적 순수 느낌만으로는 내면의 절실함을 모두 표현할 수는 없다. 문자는 그 의미가 모호하고 부적절하지만 그래도 정확한 기의가 공유될 수 있다면 훌륭한 기호요 소통 수단이다. 무엇보다 중요한 것은 사람은 그 자신의 분명한 인식을 자신이 아닌 모든 사람과 함께 공유하고 또한 기록으로 남기고 싶어 한다. 음악의 시간적 한계성을 넘어서는 텍스트로 보존하려 한다.

「달에 홀린 피에로」는 이런 음악과 언어의 특성을 함께 지니고 있다. 음악 자체의 표현성만으로는 부족함을 절실하게 느끼고 언어를 최대한 음악적인 낭송으로 전환하여 듣는 이로 하여금 그 음악이 의미하고자 하는 내면적 표현을 언어를 통하여 전달하고자 한다. 정확한 표현이 관건이 된다. 과거의 선율에 의한 음악은 한계성을 지닌다. 뜻을 지닌 언어지만 내면의 상황을 더 세세하게 표현할 수 있도록 언어는 낭송으로 전환된다. 「달에 홀린 피에로」는 음악과 언어가 아슬아슬하게 서로 상통하며 하나의 접점을 이루는 경계선상에 존재한다.

오늘 소개하는 곡은 「바르샤바에서 돌아온 생존자(A Survivor from Warsaw Op.46)」다. 쇤베르크는 유대인이다. 나치 히틀러의 탄압을 피해 1933년 미국으로 건너온다. 그리고 그동안 그가 소홀히 하였던 유대교에 다시 귀의한다. 이차 대전 시기에 나치가 저지른 유대인 학살은 역사상 그 유례를 찾아볼 수 없을 정도로 대규모로 자행되었다. 그 실상은 끔찍하기 이를 데가 없다. 이차 대전 기간에 일본이 중국 난징에서 수십만 명의 민간인을 학살한 것도 하늘과 사람이 공노할 일이요 관동대지진 때 수많은 우리 조선 민족이 무고하게 죽임을 당한 것도 경우가 다르지 않다. 유대인으로서 그리고 음악을 통한 세계인으로서 쇤베르크가 느낀 감정은 그 참담하기가 상상을 절하였을 것이다. 그러한 내면적인 절망과 울분 그리고 삶에 대한 희망을 그는 음악을 통해 절규하고 싶었을 것이다.

이 작품을 통하여 쇤베르크는 그가 젊어서 작곡하였던 「달에 홀린 피에로」가 이룩한 표현성에 다시 도달하고 있다. 기악의 음과 목소리가 재차 만나고 있다. 다만 여기서는 내레이션이 등장한다. 내용은 작가 자신이 직접 썼다고 했다. 레치티타보보다 더 서술적이다. 그만큼 언어 표현이 절실하다고 볼 수 있다. 내레이션은 사건의 전말을 설명하는 것이다. 제3자가 객관적으로 표현하고 있다. 그만큼 냉정하고 차갑다. 그러한 형식을 통하여 우리는 오히려 더 깊은 감동과 전율을 느끼게 된다. 대사는 영어지만 틈틈이 독일어가 등장한다. 유대인 게토에서 유대인을 수용소로 끌고 가려는 독일 군인들이 내지르는 소리다. 영어의 틈바귀 안에서 독일어는 낯설게 들린다. 이 또한 잔인한 공포심을 한결 자극하고 있다.

음악과 문학이 만나는 이러한 형식은 앞으로 21세기에 더 천착해야 할 예술형식으로 간주된다. 음악은 순수하지만 그 폐쇄성과 협의의 순수성을 열린 형식인 문학을 통해 보완하고, 문학과 텍스트는 광범위하고 모호한 의미에서 더 집중적이고 감정적인 음악의 섬세함을 통하여 그 의미를 뚜렷하게 부각시킬 수가 있다. 감상자는 그만큼 더 강렬하게 작품의 표현성에 직접 도달할 수 있게 된다.

2012년 8월 19일

쇼스타코비치(Dmitri Shostakovich)

현악사중주(String Quartet)

20세기에 활동한 서양의 음악가들 중에서 가장 위대한 작곡가를 한 사람만 꼽으라 한다면 누구를 선택해야 할까? 구스타프 말러(1860-1911), 클로드 드뷔시(1862-1918), 리하르트 슈트라우스(1864-1949) 등은 20세기 전반에 활동하였던 음악의 거장들이지만 아무래도 그들은 19세기에 태어나 20세기로 넘어가는 과도기적 인물들로 기억된다. 그들이 창작한 음악의 내용들도 또한 그렇다. 말러나 슈트라우스는 독일의 위대한 음악 전통을 마지막으로 장식한 작곡가들이고, 드뷔시는 19세기 말 회화 예술에서 풍미하였던 인상주의를 음악에 도입한 사람이다.

20세기의 서양 예술은 문학을 포함하여 모든 부문에서 마치 판도라의 상자가 열린 듯이 갖가지 실험이 이루어졌다. 예술이 포괄하는 영역도 거의 무한대로 넓어졌다. 음악도 예외는 아니었다. 고전주의와 낭만주의 등을 통해 서양음악을 대표하고 있던 전통음악은 급격히 쇠퇴하기 시작했다. 혁신적이고도 창의적인 음악가들이 기라성같이 등장했다. 무조음악에 12음 기법을 주창한 아놀드 쇤베르크(1874-1951), 불협화음을 과감하게 도입한 무용곡의 대가 스트라빈스키(1882-1971), 기존의 음악 형식을 모두 무너뜨린 존 케이지(1912-1992), 민족음악을 발굴하여 인류의 보편적 서정성으로 승화시킨 벨라 버르토크(1881-1945), 역시 헝가리 출신으로 현대음악을 실험하고 궁극적으로는 새로운 기법에 의한 서정성을 획득한 죄르지 리게티(1923-2006), 사회주의 독재에 시달리면서도 음악의 길을 꿋꿋하게 걸어간 드미트리 쇼스타코비치(1906-1975) 등은 20세기 음악사에서 각자 커다란 족적을 남긴 인물들이다.

그렇다면 누구를 선정하여야 할까? 쉬운 일이 아니다. 예술에서 예술가나 예술품을 수학적으로 재단하여 좋고 나쁨을 상대적으로 비교한다는 것은 불가능하다. 좋고 나쁨의 기준도 모호하다. 그런 평가를 받을 만큼 예술은 여유롭지 않다. 서두에서 언급한 질문은 그 자체가 잘못되었다. 질문은 다른 문장으로 변경되어야 한다. 당신은 개인적으로 어떤 작곡가 또는 어떤 작품을 가장 좋아합니까? 결국 감상자 개개인의 취향이나 선호도의 문제로 남게 된다.

이 질문에 대한 나의 대답은 쇼스타코비치다. 새로운 형식의 창출이라는 면에서 그는 다른 작곡가들에 비해 상대적으로 부족하다. 그의 작품들은 20세기 후반에 들어서도 여전히 오래된 서구 전통음악의 형식을 유지하고 있다. 12음 기법 등 새로운 현대음악을 나름대로 소화하여 작곡에 적용하기도 하였지만 전체적으로 그는 고전 형식을 고수하였다. 한편으로 20세기 작곡가들이 예술을 위한 예술형식에 치우쳐 결과적으로 대중과의 소통을 외면하게 된 것과 달리 쇼스타코비치는 음악의 본질인 서정성을 훌륭하게 유지하고 또 새로운 세기에 걸맞은 새로운 서정성을 창조하고 있었다. 시대의 일방적인 경향에 휩쓸리지 않고 나름대로의 개성과 본분을 유지하며 음악의 순수성을 지켜 내고 있었다. 이 사실만으로도 쇼스타코비치는 위대한 음악가였다.

나는 쇼스타코비치의 음악 특히 현악사중주를 사랑하며 즐겨 듣고 있다. 게으른 탓인지 아직도 나는 쇼스타코비치의 전체 음악을 섭렵하지 못했다. 그의 잘 알려진 교향곡 15개는 거의 손을 대지 않고 있다. 음식으로 말하면 편식을 하고 있는 셈이다. 일종의 선입감 때문인데 그의 교향곡들은 대부분 그가 소비에트 사회주의 체제 아래서 어쩔 수 없이 생존을 위해 쓴 작품들이다. 프롤레타리아 사회주의 혁명을 위해서, 그리고 이차 대전의 승리를 위해서, 인민을 위해서 음악은 봉사해야 했다. 가장 순수한 작곡가의 한 사람이기도 한 쇼스타코비치가 그의 진정한 모습과는 정반대로 선동적이고 표제적인 음악을 작곡하였다는 것은 모순이요 비극이다.

쇼스타코비치의 작품들은 다양한 장르를 아우른다. 기악곡을 포함하여 연극이나 영화음악에도 수많은 작품을 남기고 오페라 작품도 있다. 내가 그중에서도 특히 그의 사중주를 자주 듣게 되는 이유는 무엇일까? 그 이유는 여러 가지다. 우선 서양음악 형식 중에서 교향곡이나 협주곡 등 대편성의 관현악곡보다는 소규모의 실내악을 개인적으로 선호하기 때문이다. 실내악은 오페라나 교향곡에 비해서 좀 더 내면적 성향을 지닌다. 미세한 감각을 집중하며 작곡가의 내면과 그 작품을 연주하는 연주자의 손놀림을 강하게 연상할 수 있다. 작곡자의 영혼과 생명의 숨결이 느껴지기도 한다. 감정이입이 용이하고 또 강하게 이루어진다.

실내악 중에서도 현악사중주는 단연 완성된 형식이라 할 수 있다.

두 개의 바이올린과 비올라, 그리고 첼로로 구성된 형식은 서양음악의 그리스적 건축물에 비유된다. 피아노나 클라리넷, 호른, 플롯 등 다른 악기를 포함한 삼중주, 사중주, 오중주에도 걸작들이 많지만, 현악사중주는 현악기로만 구성되어 있으면서 견고한 형식을 획득하고 있다. 고대 그리스 건축양식으로 말하면 도리아식이라고나 할까. 가장 단순하면서도 조화와 균형이 이루어진 형식이다. 대부분의 서양 작곡가들이 무수한 현악사중주 작품들을 썼다. 하지만 단단한 형식이기에 그만큼 아름다운 작품을 쓰기란 쉽지 않아 훌륭한 작품들은 의외로 그리 많은 편이 아니다. 쉽지만 가장 어렵다. 평이하면서도 자연스러운 조화는 예술의 궁극적 목표일 수 있다. 현악사중주는 하이든이 집대성하고 또 완성한 형식이다. 하이든은 무수히 많은 현악사중주를 썼다. 그중에는 선율이 아름다운 작품들이 많다. 그러나 현악사중주의 잠재적 가능성을 확대하여 불후의 걸작들을 쓴 사람은 다름 아닌 베토벤이다. 그의 작품들은 음악사에서 기념비적이다. 시대를 넘어서는 음악성은 현대를 사는 우리에게까지 깊은 감동을 선사하고 있다. 형식과 내용에서 파격적으로 새로운 창조가 이루어졌다. 4개의 현악기로 구성되었다는 점만을 제외하고 베토벤은 과감하게 자유로운 형식을 도입하였다. 내용도 한 인간이 부딪치고 있는 존재의 궁극적 상황을 실감 나게 표현하였다. 인간의 내면적 정신 상황이 적나라하게 음악으로 가감이 없이 표출되었다. 베토벤 이후에도 슈베르트나 브람스를 비롯한 많은 작곡가들이 아름다운 현악사중주를 썼다. 그러나 감히 말하건대 베토벤의 작품들과 견주어도 손색이 없을 만큼 뛰어난 사중주를 쓴 사람은 다름 아닌 바로 쇼스타코비치다. 쇼스타코비치의 현악사중주들은 베토벤의 작품들을 20세기라는 새로운 시대에 맞게 변용시킨 것이라고 할 수 있다.

이들 두 위대한 작곡가들의 현악사중주는 공통점을 지녔다. 그들은 전체적 기본 틀에서 현악사중주라는 전통 형식을 유지하고 있다. 하지만 악장 구성이나 배열에서 이미 전통을 부정하고 새로운 방식을 도입한다. 전통 양식에서 사중주의 악장들은 크게 소나타 형식으로 구성된다. 보통 4개의 악장으로 구성하는데, 첫 악장은 알레그로, 둘째 악장은 모데라토나 안단테, 셋째 악장은 스케르초, 넷째 악장은 피날레로 알레그로나 프레스토의 속도로 배열된다. 그러나 베토벤은 이러한 절차를 무시하고 오로지 그가 표현하고자 하는 내용에 형식을 맞춘다. 6개의 악장도 있고 단악장도 있다. 빠르기의 순서는 무시된다. 심지어는 한 악장 속에서 무수한 빠르기의 변화를 채택하고 있다. 쇼스타코비치도 마찬가지다. 악장의 수는 중요하지가 않다. 빠르기는 더구나 아무래도 좋다. 그가 가장 선호한 빠르기는 아다지오다. 그의 현악사중주들의 악장들을 보면 아다지오가 제일 많다. 렌토도 있다. 느린 속도의 연주를 그가 선호하고 있기 때문이다. 한 작품의 전 악장이 아다지오로 시작해서 아다지오로 끝나는 것도 있다. 「현악사중주 13번」은 오로지 아다지오 단악장이다. 형식과 내용은 일치한다고 할 때 베토벤과 쇼스타코비치의 현악사중주들은 새로운 내용을 담기 위해 필연적으로 새롭고 창의적인 형식이 요구되었다고 할 수 있다.

두 작곡가들의 현악사중주가 지니는 가장 커다란 특징은 보편적 미감을 표현하고 전달하는 데 성공하였다는 점이다. 특정한 음악 작품이 예술적으로 뛰어나다 함은 그 음악이 인류의 보편적 미감을 획득했기 때문이다. 그러한 미감을 제공하는 가장 커다란 요인은 고금을 막론하고 서정성을 손에 꼽는다. 서정성이야말로 시대를 넘어서고 또 지역과 나라를 초월하는 인류의 기본적 토대다. 서정성이란 마음의 감정을 펼쳐 보이는 것이다. 인간은 심리적 존재다. 삶과 생명은 정지되어 있지 않다. 끊임없이 변화하고 흘러가고 있다. 그러한 생명의 흐름 상태는 바로 심리적 변화 과정이다. 심리적 상태라고 해서 느낌(feeling)이나 감정(emotion)과 같은 본능적이고도 감각적 면만을 의미하지는 않는다. 여기서 심리적 상태란 생명 즉 살아 있는 개체와 동일한 의미이며 이는 감각과 지성 모두를 포함하는 포괄적 개념이다. 넓게 해석한다면 서정성은 정신을 포함한다. 여기서 정신은 서양적 의미의 이성(reason)이 아니라 동양적 의미의 정신이다. 동양에서의 정신은 육체를 떠난 껍데기의 그런 이성이 아니라 생명의 본질 전체를 지칭하고 있다. 정(精)은 생명의 핵이요 신(神)은 생명의 움직임이다. 그러한 정신은 서양에서 말하는 소위 육체와 정신, 감각과 지성 그리고 이성, 본능과 지성 등의 모든 대립적 요소들을 포괄하고 있다.

베토벤의 현악사중주들은 이러한 서정성을 풍부하게 담고 있다. 18세기 고전음악의 전통에서 19세기로 넘어가면서 인간의 적나라한 감정을 있는 그대로 음악에 담아 표현한 사람은 바로 베토벤이다. 20세기 초에 서구 회화에서 대두한 표현주의 기법을 이미 훨씬 전에 베토벤은 음악에서 달성한 셈이다. 베토벤의 현악사중주는 바로 베토벤 자신의 투영이다.

쇼스타코비치는 이런 면에서 더 극적이다. 사회주의 독재 체제에서 그는 숨을 쉴 수가 없었다. 1930년대에 들어서 스탈린은 예술인들을 포함한 무수한 지식인들을 반혁명으로 몰아 처형하거나 유배시켰다. 20세가 되기도 전에 러시아의 떠오르는 천재로 각광을 받던 쇼스타코비치도 이러한 칼날 앞에 속수무책이었다. 그는 어쩔 수 없이 당국의 요구대로 타협하여 생존을 도모하였다. 그러나 그의 내면의 불꽃은 죽을 수가 없었다. 이러한 시대적 상황 속에 처한 인간과 개인들의 비극적인 감정은 결국 그의 현악사중주를 통해 표출되었다. 실내악은 관현악이나 오페라 등의 음악에 비해 검열의 눈을 교묘하게 피할 수가 있었다. 깊은 내면을 드러내는 실내악은 이현령비현령으로 해석될 수 있기에 작곡가는 겉으로는 당국의 방침에 부응하는 것으로 본의 아닌 의견을 피력하고는 하였다.

쇼스타코비치가 다른 작곡가들과 달리 더 심금을 울리는 것은 바로 이러한 비극적 상황에 기인한다. 창작의 자유를 마음껏 누렸던 다른 작곡가들과 달리 그는 선동적인 음악이나 표제음악에도 많은 시간을 할애하여야 했다. 그런 상황 아래에서도 그가 심혈을 기울여 작곡한 현악사중주들은 진실로 인간의 깊은 심연에서 우러나오는 그런 선율이었다. 절망적인 상황에서 부딪히고 있는 삶과 죽음이, 그리고 인간의 자유와 억압을 받고 사라져 간 수많은 슬픈 영혼들이 음악이라는 예술로 승화되고 있다. 이런 면에서 현악사중주라는 형식은 쇼스타코비치에게 일종의 구원이었다. 당시 소비에트 정권 하에서 음악가들은 작품을 발표하기 전에 당국의 검열을 먼저 받아야 했다. 당국의 의문점에 대해서는 작가가 직접 소명해야 했고 검열에서 불온으로 낙인이 찍히면 그 작품은 발표하지 못하고 사장해야 했다.

20세기 들어서 이데올로기의 투쟁은 인류의 비극이었다. 이 문제는 소비에트 정권이 무너진 지금에도 완전히 사라지지 않고 우리를 괴롭히고 있다. 특히 21세기에 들어선 우리나라는 이미 퇴색할 대로 퇴색한 진보와 보수라는 대립을 아직도 극복하지 못하고 있다. 좌와 우는 한마디로 아무런 의미가 없는 껍데기요 허수아비다. 예를 들어 공산주의는 사회주의를 극단적으로 대표하는 이념이다. 공산혁명은 그 바탕이 인간의 존엄성과 평등에 철저하게 그 기초를 부여하고 있다. 휴머니즘의 적극적 표현으로 행동에 옮긴 것이 바로 공산혁명이다. 그들은 소수 귀족들에 의해 착취되는 노동자와 농민을 보호하고 그 권리와 자유를 쟁취하기 위해 봉기하였다. 그러나 거기까지였다. 이념은 맹신을 불러왔다. 그 이념적인 목적을 달성하기 위해 그들은 프롤레타리아 독재라는 허울 좋은 체제를 도입하였고 그나마 극히 일부 사람들이 전횡하는 독재정치 체제를 만들어 냈다. 이를 수행하기 위해 그들은 이념이 다른 사람들을 무자비하게 숙청하였다. 지식인들이나 예술가들은 물론이고 심지어는 반대하거나 항거하는 노동자까지도 처형하거나 유배를 시켰다. 휴머니즘에 기초한 혁명이 결과적으로 가장 무서울 정도로 휴머니즘에 역행한 것이었다. 목적이 옳다고 생각하는 사람들에게 수단은 아무래도 좋았다.

이러한 사람들이 주창하는 예술은 리얼리즘이었다. 그들에게는 리얼리티 즉 사실주의를 추구하는 것이 옳은 예술이었다. 그 리얼리티란 바로 인간이 현실적인 사회에서 부딪히고 있는 실제 현상을 이야기한다. 눈앞에 보이지 않는 허망한 이상 세계나 종교적 신의 세계는 모두 미망에 불과하다. 그 리얼리티는 고귀한 존엄성을 지닌 모든 인간이 평등 사회로 갈 수 있도록 방향을 정해야 한다. 사회현상 속에 무수하게 일어나는 여러 다른 양상들은 무시되어야 한다. 초현실적이거나 퇴폐적이거나 한 예술은 배척되어야 한다. 그런 말초적 예술들은 말살되어야 할 운명이었다. 정신은 오로지 한 가지 방향을 향하여 설정되어야 한다. 인민을 위해서, 투쟁하는 인민을 위해서 정신은 종속되어야 한다. 이러한 주장은 리얼리티가 거부하는 이데올로기 즉 맹목적 관념을 낳는다. 리얼리티의 모순이었다. 결과적으로 예술은 리얼리즘이라는 허구의 노예가 되었고 리얼리즘을 떠들어 대는 사이비 예술인들의 억압을 받았다. 사회주의 예술가들이 그렇게 주창하였던 인간의 존엄성은 거꾸로 극심하게 훼손되었다. 쇼스타코비치는 이러한 시대의 정황을 누구보다 꿰뚫어 보고 있었다. 그러나 그는 힘이 없었다. 거대한 사회주의 권력 앞에 그는 생존을 걱정해야 하는 처지였다. 그럼에도 불구하고 그는 음악 특히 현악사중주를 통하여 미약하나마 한 개인의 저항 정신을 보여 주었다. 혁명도 저항이요 투쟁이었지만 그 와중에 휩쓸린 쇼스타코비치도 역시 반대급부로 그 혁명에 항거하고 있었다.

이런 면에서 그의 사중주는 그의 일생을 대변한다. 예술 작품은 그 창작자를 있는 그대로 드러낸다고 하지만 쇼스타코비치의 사중주야말로 한 인간이 살아간 시대의 아픔, 개인이 감당하기에는 너무 벅찼던 역사의 모순, 그 역사의 흐름 속에서 괴로워했던 한 음악가의 생생한 여정이 여과 없이 드러나고 있다. 시대를 넘어서는 삶과 죽음의 문제들도 표현되고 있다. 절망과 모순만이 있었던 것은 아니다. 젊은 시절의 희망과 기쁨도 투영된다. 현악사중주들이야말로 쇼스타코비치가 그려 낸 자화상이었다.

쇼스타코비치는 자화상을 그리며 한 인간의 가슴속 깊이 숨어 있는 모든 정신을 음악으로 표현한다. 이러한 정신은 앞서 이야기한 대로 인간 생명의 핵이요 흐름이며, 동시에 서정성을 수반한다. 정신은 인간적이고 인간적인 것이다. 가장 인간적인 것이 진정한 리얼리티다. 그렇게 탄생한 음악은 일체의 가식이 없다. 순수하고 소박하다. 어떤 경우에는 선율이 날카롭고 어떤 때는 눈물이 흥건하더라도 그때 그 상황이 그랬을 뿐이다. 숨김이 없이 솔직하다. 그렇게 희로애락이 넘나드는 그의 음악에서 우리는 인간의 진정성을 느끼게 되고 감동하게 된다. 이런 면에서 쇼스타코비치의 사중주는 보편적 미감을 획득한다. 이러한 미감에 대한 우리의 공감은 왜 이들 작품이 위대한가를 실질적으로 깨닫게 한다.

2010년 8월 28일

소리들의 윤회—비올라 소나타 Op.147a 아다지오

우주를 덮은 사랑은 어두워라. 앞가림을 못해 헛발질만 하는구나. 등불을 들고 있는 온전한 사람들이여! 이 글을 읽는 그대들이여, 소리에 갇힌 쇼스타코비치를 구원할 수 없을까. 제우스가 뿜어내는 무지개 바이올린도 마다하고, 하데스가 즐겨 찾는 첼로까지 잃어버리고, 비올라는 사람이구나, 하늘과 땅 사이에서 두 발로 쓸쓸히 걸어가네.

피아노를 지팡이 삼아 비올라가 절뚝거리며 걷는다. 그들이 추위에 온몸을 떤다. 빙하보다 무서운 사람들, 세상에서 몸서리를 쳐 본들 소리는 동굴 속에서 희미하게 들리고, 정녕 동굴 밖에는 소리가 있어 소리가 될 수 있을까. 좁은 동굴에서 억겁의 세월로 맴도는 굴레 소리. 입구를 찾을 수 있을까. 벗어나 창공의 맑은 소리를 들을 수 있을까. 소리는 흘러나올 뿐. 가슴이 우주 되어 맥박이 허공에 소리를 울릴 뿐, 깊게 팬 계곡에 눈만 살아 새파란 호수가 방울방울 바위 밑으로 저며 내는 소리일 뿐. 구름도 숨차 오르는 만년설의 봉우리에서 칼바위와 칼얼음이 끝내 사람이 되어 천천히 녹아내리는 소리. 못생긴 자갈 밑으로 숨었다가 부끄럽게 솟아나는 소리. 바닷가 모래알만큼 수많은 소리. 소리들이 천년만년 고여 호수는 끝내 넘쳐 자신을 불사르며 홍수가 되는가.

당신은 백조의 노래를 들어 보았을까. 텍스트들은 모두 꿈인데 오늘 어두운 호숫가에서 백조들이 노래를 부른다. 들리는가. 보이지 않는 저 날갯짓을. 고니라고 부르지 마라. 당신의 이름에는 오직 하얀 날개만이 파닥거리고 있을 뿐. 허공 속에 당신은 우상을 만들어 경배하고 있다. 우상은 숨을 쉬지 않는다. 호숫가 고니들은 노래를 하지 않는다.

천마총 금관에 달린 금빛 새들은 지금도 노래를 하는가. 삶과 죽음이 하나 되어 날개 달린 천마를 타고 하늘로 떠났는데, 소리를 남겨 놓았을까. 무덤 속에 영생하던 새들이 햇볕에 얼굴을 드러내어 소리를 들려줄까. 누가 죽음의 노래라고 그랬던가. 살아서 흐느끼는 저 소리들을 백조는 모른다. 가슴을 도려낸 미라의 비쩍 마른 몸뚱이도 소리를 기억하지 못하고, 겨울의 앙상한 나뭇가지에 걸린 비올라만이 소리들을 울리고 있다. 그림 속 백조는 그대들의 그림일 뿐. 화석이 되어 소리 없이 듣는 이 없이 노래할 뿐, 꿈을 깨트린 당신은 숨을 쉬며 백조를 부정한다.

한평생 삶이 꿈이런가. 소리는 거울로 숨어들어 남가지몽을 꿈꾸고, 깨어져야만 했던 거울은 소리를 날카로운 파편으로 찌르는데. 그대여 당신은 지금 무슨 노래를 하고 있는가. 소리들이 시간을 녹음하고 있는데, 아니 세월 속에 발효된 소리들을 다 떨쳐 버려야 하는데 마지막 남은 무슨 소리가 있어 그대는 가슴을 떨고 있는가.

잠을 잘 순간이 다가오고 있다. 어제 잠들었던 그 시각을 당신은 살아서 기억하지 못한다. 백조의 노래를 불러 천국의 문을 두드리고 있다 한들 그 순간을 소리로 기록할 수 있을까. 차라리 등신불이 되었으면. 깨어나 죽음에 이를 수 있다면. 죽어서도 살아날 수 있다면. 못났던 소리들이 등신불의 귓속에 숨어들 수 있다면. 한 세상 또 살아 소리가 소리답게 노래를 할 수 있다면. 당신도, 나도 빛나는 소리를 들을 수 있다면. 소리가 윤회의 길을 걷고 있다. 메마른 등신불의 눈에서 눈물이 흐른다.

시대를 살았던 하우어(Hauer)의 무조음악에는 나무들이 살지 않는다. 스탈린의 세상에는 목소리를 숨긴 새들만이 땅바닥을 기어 다녔다. 타조가 새이면서 새가 아니듯이. 그림은 그냥 그림이듯이. 그림인데도 낙엽조차 잃어버린 얼굴에는 살내음 소리들이 사라지고, 소리를 잊어버린 소라 껍질은 텅 빈 소리들만 붙들고 파도에 밀려가고 있다.

쇼스타코비치! 그대여, 불쌍타 당신만의 노래를 부르는가. 스스로가 그렇게 슬펐던가. 여름에 내리는 함박눈을 하얗게 두 눈으로 쳐다보며 한낮의 어둠 속에서 소리를 부둥켜안고 있는 그대여. 귀머거리 베토벤을 불러라. '달빛'의 피아노 소리가 그대의 걸음을 그림자가 되어 따라가고 있다. 하늘과 땅 사이에서 재두루미가 다리 하나에 몸을 싣고 비올라를 켜고 있다.

마지막 비올라는 적멸의 길로 들어서는데, 피아노 소리는 있으되 들리지 않고, 아라한과 보살은 꿈일 뿐, 음표 하나를 붙들고 당신은 멈추고 흘러가고 다시 흘러가고 멈추고, 음은 소리가 되어 그림자만이, 떨쳐 버리지 못한 윤회의 돌덩이들이 가슴에 파문을 그리고 있다.

2010년 8월 28일

지아친토 셸시(Giacinto Scelsi)

Elegia per Ty

엊저녁 자정 무렵에 아내와 함께 집으로 돌아오면서 하늘을 쳐다보았다. 유난히 별이 많이 보였다. 총총히 빛나는 별무리들. 카시오페이아도 보이고 북극성과 북두칠성도 눈에 띈다. 날이 추워 냉기가 돌면서도 고개 쳐들어 하늘의 별을 보는 눈길은 그냥 푸근하고 따뜻하게 느껴졌다. 어린 날 하늘을 뒤덮었던 은하수도 보이지 않고, 허옇게 하늘을 수놓았던 별들도 거의 사라지고 없지만, 그래도 오늘따라 저렇게 별을 많이 볼 수 있음은 아마도 시골에 사는 복일 터다. 그랬을까? 아닐 게다. 어제는 아내의 육순 생일이었다. 아내는 하루를 약간은 흥분해서 보냈으리라. 영감한테 받은 선물과 편지. 무엇보다 아들 부부가 만들어 하루를 그렇게 짧게 느끼게 했던 몇 가지 이벤트들. 허허. 늦은 나이에 그게 사는 재미려니. 별들이 그래서 하늘에 가득하고 환하게 웃으며 빛이 났을 게다. 세월에 빛바랜 사랑도 허허로움 속에서 이렇게 은근하게, 높이 커다랗게 다시 빛이 날 수 있음이 그냥 마냥 고맙기만 하다.

토요일 아침이 쨍하다. 하늘이 날카로울 정도로 파랗다. 추위가 깊다. 한겨울에 비하면 별것이 아니지만 그래도 갑작스레 추위가 닥쳐오니 상대적으로 정말 춥게 느껴진다. 이렇게 환한 대낮에 하늘이 시퍼렇도록 얼음장처럼 투명할 때 우리의 시선은 또렷이 맑게 무엇인가 응시한다.

아침부터 셀시를 들었다. 모든 트랙이 감동적이고 귀를 당기지만 「Elegia per Ty」를 듣다가 그만 코가 찡해졌다. 슬픔은 이렇게도 솟아나는구나! 'Ty'는 셀시가 사랑하는 아내의 애칭이었다. 그녀는 이차 대전이 끝나자마자 세상을 달리했다. 그리고 십여 년이 흘러 셀시는 그녀를 생각하고 '비가'를 쓴다. 이렇게도 슬플 수가 있다니! 십 년이 훌쩍 넘었는데 그 슬픔은 어디로 사라지지 않고 가슴에 묶여 있다가 거르고 걸러 마침내 무슨 일이 있어 이렇게 봇물이 터지듯 흘러나왔던 말인가! 아마도 셀시는 아내를 엄청 사랑하였나 보다. 사랑은 경험한 자만이 안다. 그것을 잃었을 때의 슬픔은 어떠할까? 모르겠다. 그래도 슬픔이 흐르고 흐르는 양태는 이래저래 여러 가지 모습일 게다.

-주위에 아랑곳없이 큰소리로 마구 울어 대다가 기절한다.

-털썩 주저앉아 하염없이 눈물을 흘린다.

-눈동자는 허공을 똑바로 바라보면서 얼굴에 두 줄기 눈물이 주르륵 흐른다. 소리가 없다.

-땅바닥에 대굴대굴 구르다가 일어나 앉아 땅을 두 손으로 치다가 마침내 머리를 쥐어뜯으며 소리를 지르며 울어 댄다.

-바짝 메마른 가을 수수처럼 휑하니 서서 소리도 없이 운다. 소슬

바람에 수숫대가 약간 휘어지며 휘청거린다. 누군가 부축을 해 주어야 할 게다.

-가만히 있다. 아무런 소리나 동작도 없다. 그래도 울고 있음이 틀림없다. 울음을 삼켰을 게다.

-냉정하다. 침착하다. 평소에 하던 일을 모두 그대로 한다. 밥도 잘 먹는다. 뒤치다꺼리도 모두 잘 처리한다. 슬픔은 존재하지 않는다. 적어도 눈에 보이는 것에 한해서 그렇다. 아마도 슬픔과 눈물은 꿈속에 저장해 두었을 것이다.

-슬픔은 당장에 존재하지 않는다. 비문에 새겨진 글자들 속이나 일기장에 철저하게 숨어들었다. 그리고 아마도 비바람에 씻겨 어느 날 십 년이 지나서 아니 백 년이 지나서, 심지어 천 년이 지나서 그 비석에 눈물이 맺히고 천천히 스며 나오듯 눈물이 흐른다.

셀시의 죽은 아내를 위한 비가를 듣고 있노라니 위에 적은 모든 슬픔이 한꺼번에 녹아들어 나를 엄습하였다. 아아, 이럴 수가 있을까? 도대체 작곡가 셀시는 어떻게 이 우주와 같은 슬픔을 감당하며 악보를 만들었을까? 정말로 위대한 감성이요 하늘이 내린 천재다. 스스로 메소포타미아에서 기원전 수천 년 전에 살았던 사람이라고 비유했던 그이기에 그는 아마도 분명 하늘의 소리를 사람들에게 건네주려고, 전달해 주려고 세상에 나온 사람이 틀림없다. 왜냐하면 그 끝을 다하는 슬픔은 오직 하늘만이 온전히 알고 또 이해하며 감당할 수 있지 않을까? 인간은 그래도 하늘을 조금 닮아서, 하늘의 성질을 조금은 받아서, 그 슬픔을 조금은 이해하고 공감하며 또 하늘에게서 배워 그 슬픔을 조금은 이겨 내고 있지 않을까? 그래도 듣는 자인 나는 그런 슬픔이랑 부딪히지 않았으면 좋겠다. 그것이 만일 온다면 그것을 모두 하늘에게 맡기고 괜스레 하늘로부터 그것을 찾아내어 사람들에게 슬픔이란 이런 게다라고 절대로 말하지 않을 게다. 나는 어젯밤에 본 밤하늘의 별처럼 시든 사랑이라도, 그 열기가 이미 사라져 온기가 조금밖에 남지 않은 사랑이라도, 그것을 느끼고 가슴에 품으며 오래 살고 싶다. 슬픔이 생긴다면 그것을 아예 단단한 다이아몬드에 새기고 밀봉하여 만년이 지난 후에야 자기 스스로 몸을 드러냈으면 좋겠다. 그게 지금 사는 욕심이겠다.

2014년 11월 9일

Xnoybis(1964)

누워서 들었다. 눈을 감고 들었다. 먼동이 트고 얼마 지나지 않은 이른 아침, 냉기가 엄습해 오는 침대 위에서 음들은 하나같이 직선으로 흐르고 있었다. 창밖에 기러기 떼 나는 소리가 들린다. 눈앞에 시각으로 확인을 하지 않았지만 놈들은 언제나 그렇듯이 대장 기러기를 앞세우고 기다랗게 삼각형 편대로 날고 있을 것이다. 끼럭끼럭 소리들이 들린다. 그것은 울음일까, 아니면 길을 맞추기 위한 신호일까? 기러기 떼의 기다란 선은 멀리서 보면 일정하다. 변동이 없다. 셀시의 음도 단조롭게 일직선으로 흐른다. 그러나 기러기 떼는 여러 마리들이 모여 선형의 대열을 이룬다. 날갯짓도 모두 다르다. 엄연히 각자의 개체들이 날갯짓을 하며 날아가고 있다. 우리는 그냥 기러기 떼로 생각할 뿐이다. 하지만 그 덩어리와 그 기다란 선형 속에서 우리는 미세한 개체의 숨소리를 듣는다. 어떤 놈은 아픔에 시달리며 날아가고 있을 터이고, 어떤 놈은 올해 태어나서 힘에 부쳐 호흡 소리가 높을 수도 있고, 한창 나이의 기러기는 힘차게 새로운 세계에 대한 기대에 부풀어 힘차게 날아가고 있을 것이다. 모두 선형을 이루고 있다. 셀시의 음악은 그렇게 흐르고 있다. 단조롭고 간결하면서도 귀를 집중할 수밖에 없을 정도로 긴장된 소리의 미세한 변화가 감지된다. 여리기도 하고, 날카롭기도 하고, 아프기도 하다. 마지막 셋째 악장의 높은음들은 긴장이 최고조다. 하지만 폭발하지는 않는다. 아마도 폭발하면 기러기들의 선형 그 자체가 사라질 것이기 때문이다.

하나의 음이 무한대로 지속된다. 하나의 음이 방황을 하며 우주 곳곳을 채우고 있다. 셀시가 다루는 음들은 분명 아시아의 개념이 틀림이 없다. 실제로 그는 티베트 음악이나 인도 음악에서 많은 영감을 얻었다고 한다. 아마도 인간이 창조해 내는 소리가 우주에 잠겨 숨어 있던 무한한 소리들의 변신이라고 한다면 그것은 셀시의 음들을 두고 하는 이야기일 것이다.

제목이 생소해서 찾아보았더니 다음과 같은 영문 글귀가 보인다.

> 크노이비스는 라틴어로 종교적 표현이다. 그것이 의미하는 것은 영혼의 초월로서 현실도피의 형태를 갖는다. 우리는 언제나 현실도피와 같은 것들을 시험한다. 우리는 사람들이 어떻게 이 세상을 도피할 수 있는가, 또는 사람들이 세상에 어떻게 빠져들 수 있는가, 또는 사람들이 어떻게 노예가 될 수 있는가 등등, 서로 다른 여러 가지 형태의 생각에 사로잡혀 있다.[1]

---

1 Xnoybis is a Latin expression, like a religious thing. What it means is a spiritual transcendence, that form of escapism. We're always examining things like escapism, we're obsessed with people's different forms of how they can escape the world, or how they can become more involved, or how

2014년 11월 9일

Quattro Pezzi(su una nota sola)(1959)

「Quattro Pezzi(su una nota sola)」라는 이태리어 제목을 영어로 풀이하면 'Four pieces on only one note for 25 musicians'가 된다. 우리말로 '25명의 음악인을 위해 오로지 한 음으로만 쓴 네 개의 곡'이다. 이 곡은 셀시의 기념비적인 작품이다. 이 작품을 계기로 그는 전통적인 서구음악의 작곡 기법과는 완전히 다른 길을 걷는다. 이미 1959년에 이런 음악을 구상하고 또 작품으로 썼다는 사실에 엄청난 경외감이 앞선다. 그는 그야말로 천재다.

이 곡은 모두 4개의 악장으로 되어 있는데 각 악장은 오직 하나의 음만으로 전개된다. 여러 음의 화성적인 구성과 나열이나 멜로디 등에 의존하였던 기존의 음악과는 완전히 다른 세계의 음악이다. 공통된 점이 있다면 사용하는 악기가 서구의 악기라는 사실뿐이다. 생각하건대 음에 대한 이러한 생각은 그가 선호하였던 동양음악의 영향일 것이다. 그는 일찍이 젊은 시절 이집트 여행을 하며 중동의 음악을 접한 적이 있고 후에 인도와 네팔의 음악으로부터 커다란 영향을 받았다. 인도와 네팔의 음악에는 몇 개의 특징이 있다. 첫째로 즉흥성이다. 둘째로 하나의 음이 무한한 공간과 시간을 소유한다. 하나의 음이 우주에서 유영한다. 셋째 인도 음악의 경우 모두 24개의 음으로 구분된다. 서양음악의 경우 반음을 포함하여 12개에 비하면 그 미세한 음의 구분은 경이롭다. 이러한 특징은 실제로 중국이나 한국 그리고 일본의 전통음악에도 해당된다. 다만 인도 음악과 달리 동아

---

they can be a slave.

시아 음악은 다섯 가지 음(중국은 일곱 또는 다섯)으로 제한되어 있으나 실제 연주에 있어서는 농현과 같은 기법을 통하여 수없이 다양한 미분음을 창조하고 있다. 이러한 미분음들은 악보상에서 기표를 할 수 없는 것들이다. 특히 음악의 즉흥성은 동아시아 음악이나 인도 음악의 가장 중요한 특징이다. 셀시가 그의 작곡 과정에 있어서 즉흥성에 절대적으로 의존하고 있었다는 사실은 그가 얼마나 동양의 음악에 심취하였는가를 반증한다. 어떤 면에서 음악의 본질은 즉흥성이다. 이는 동양이나 서양의 구별이 없다. 바흐나 슈베르트 그리고 모차르트 등이 모두 즉흥성에 뛰어나다는 점은 이를 잘 보여 준다. 위의 곡에 대해 음반의 설명을 그대로 옮기기로 한다.

이 작품은 25명의 연주가를 위한 실내음악이다. 각 악장은 오로지 하나의 pitch(F, B, A flat and A)로 제한되어 있다. 그러나 음의 미분적인 변동(바이브레이션, slur, 트레몰로, spectral changes 등등)을 사용하거나 때때로 옥타브를 옮기기도 한다. 화성을 거의 포기하기 때문에 듣는 사람은 오로지 새로운 소리 자체의 미세함과 전체로서의 오케스트라의 음색에 집중할 수 있다. 음색은 작곡에서 과거에는 음들 자체와 관련하여 거의 무시되는 것으로 간주되기도 하였지만 실제로는 음악을 지각하는 데 있어서, 다시 말하면 청각에서 주요 특성 중의 하나다. 지아친토 셀시의 이러한 노력에 힘입어 음악은 틈새로 스며들거나 균열을 이루는 것처럼 보이기도 하고, 또는 음악 자체의 깊이에서 우러나와 여기저기로 흩어지는 음의 영상들처럼 보이기도 한다.[2]

---

2 Jean Noel vo der Weid, 『Giacinto Scelsi, The Orchestral Works 2』, Mode Label, USA, 2005.

초겨울이다. 어제 비가 꽤나 많이 내렸다. 날이 여간 포근한 것이 아니다. 다음 주부터는 춥다는 예보다. 겨울은 겨울다워 추워야 하겠지만 그래도 춥지 않으니 사람이 살 것 같다. 금년 한 해도 이제 끝을 향하여 달려가고 있다. 그래도 이렇게 셸시의 음악을 새롭게 발견하고 이를 집중적으로 들을 수 있으니 올해 한 해도 산다는 게 실감 난다. 무어라도 이 나이에 새로움을 접한다는 것은 얼마나 커다란 즐거움인가.

2014년 11월 29일

KNOX-OM-PAX(평화)

갑작스레 기온이 뚝 떨어지더니 오늘 다시 완연히 기온을 회복하고 있다. 그래도 서해에서 불어오는 바람이 마냥 매섭기만 하다. 오늘도 셸시의 음악을 올린다. 새해가 시작되고 일찍이 올리려 했지만 게으름이 한껏 가득 차 이제야 움직인다. 새해 첫 음악으로 생각했던 이유는 곡의 제목이 평화이기 때문이다. 음반 해설을 읽어 보니 'KNOX'는 고대 아시리아어이며, 'OM'은 산스크리트어, 그리고 'PAX'는 라틴어로서 모두 평화라는 의미다. 곡은 모두 세 악장으로 이루어져 있는데, 작곡가에 의하면 소리의 세 가지 국면을 표현하고 있으며, 첫 번째는 영원불변을, 그리고 두 번째는 창조의 힘을, 그리고 마지막 악장은 'OM'을 표현하는데 그것은 불교나 힌두교에서 신성을 뜻한다.

인간은 언제나 평화를 기원한다. 우리는 묻게 된다. 우주는 본디 평화로웠을까? 인간만이 그 본성으로 인하여 서로 다투고 고통을 자초하며 평화를 깨트리고 있을까? 평화는 결국 선악의 문제로 연결된다. 나는 생각한다. 우주나 자연에는 본디 선악이 없다. 평화라는 개념도 없다. 선악과 도덕 그리고 평화는 모두 인간을 기준으로 한 언어에 불과하다.

우주는 생생불식이다. 낳고 낳음을 쉬지 않으며 끝없이 흘러간다. 인간도 마찬가지다. 낳고 낳으며 계속해서 흘러간다. 생성과 소멸이 쉬지 않고 연속된다. 생성은 소멸의 시작이며 소멸은 생성의 시작이다. 낳고 낳음은 우주의 최초부터 주어진 절대적 원리다. 이 원리에 부합되어 있다고 사람들이 사람들의 언어로 생각할 때 바로 그것은 선이 되며 또한 도덕의 기준이 된다. 그것이 제대로 유지되고 있으면 평화가 존재한다. 그러나 하잘것없는 사람들은 그들의 생활 세계에서, 그들이 살아가는 한정된 세계 안에서 서로 다투고 해치며 자연이라는 대상까지 해치고 있다. 그것은 인간 본연의 모습이 아니다. 인간은 본디 본생의 현현으로서 개체이면서 우주와 동일하기 때문이다. 우주 그 자체에는 평화라는 말이 없지만 그리고 도덕이나 선악이라는 것이 없지만, 만일 인간은 본디 착하고 평화롭다고 생각한다면 그 즉시 우주도 착하고 평화롭다. 우주와 인간은 동일하게 하나이기 때문이다. 결국 평화는 우리 인간 자신에게 달려 있다. 눈을 감고 막막하고 어둠의 신비로 가득한 우주에 귀를 기울이고 있으면 우리는 마음 안에 또 다른 우주의 모습을 발견할 것이다. 그것은 평화와 선으로 충만해 있음을 깨닫게 될 것이다. 우리 인간은 그것을 따라가기만 하면 된다.

이로 보면 인간의 본디 모습이란 우주를 닮아 선과 악이 없는 그런 존재다. 그게 바로 선이다. 인간은 그들 세계 너머 무한한 우주를 아직 잘 모르고 있다. 그것은 아마도 인간의 지각이나 상상 또는 관찰을 모두 초월하는 미지의 공간 세계다. 우리의 언어와 다르고 우리의 귀와 눈과도 다른 그 무엇이 있을 게 틀림없다. 말이 전혀 없는 우주이지만 그것을 우리는 굳이 평화라고 부르고 인간은 평화를 희구한다. 그리고 그것은 우리의 가슴을 들여다보기만 하면 된다.

또한 우주는 소리로 가득 차 있다. 그것은 인간이 들을 수 있는 파동을 포함하여 한없이 광대한 음역으로 구성되어 있을 것이다. 셀시는 이런 음을 보여 주려 한다. 비록 그는 인간으로서 인간이 들을 수 있는 음역대에서만 그가 잡을 수 있는 소리밖에 들려줄 수 없지만 그래도 그가 들려주는 음들은 이 무한하고 영원한 우주가 지니고 있는 한없는 깊이의 평화스러움이다. 인간이 볼 때 그렇다는 이야기다. 그리고 희망하건대 이처럼 인간의 실제 세계에도 평화가 존속되기를 갈망하고 있음이다.

이 곡은 웅장하다. 합창과 오케스트라를 위한 대편성의 곡이다. 합창은 마지막 악장에 나온다. 가사는 없다. 오로지 'OM'만 되풀이한다. 이 광대한 우주에서 인간의 구체적 언어들이 무슨 의미가 있겠는가?

2015년 2월 10일

한 해를 보내며

엊저녁 진눈깨비가 내리더니 마당이 온통 얼음판입니다. 벌써 추워지려고 바람이 날카롭습니다. 이곳 파주는 내일 아침 기온이 영하 12도라고 합니다. 며칠 전에 영하 16도까지 떨어지더니 올겨울에는 만만치 않은 추위가 엄습할 것 같습니다.

지난 일요일에 무리를 좀 했더니 월요일에 금년 처음으로 하루 종일 누워 있었습니다. 좋습디다. 책도 안 보고, 전혀 움직이지도 않고, 그저 누워서 지아친토 셀시의 음악만 들었습니다. 늦은 나이에 호사를 누리나 봅니다. 그리고 며칠 후에는 살아나서(?) 친구 부부들과 하룻저녁 자고 오는 짤막한 여행도 다녀왔습니다.

이 쓸쓸하고 으스스한 휴일에 지나간 일 년을 되돌아보니 여러분이 무척이나 고맙게 느껴집니다. 찾아오는 이 거의 없이 그리고 누구를 부르지도 않고 홀로 조용히 지내는 이 세월에 그래도 만나면 웃어 주고 가르침도 주고 어줍잖은 이야기도 들어주고 그리고 함께 밥도 먹고 소주도 마시고 마음대로 떠들어 대도 받아주는 여러분들이 정말 사람 사는 맛 느끼게 해 주었던 것이 분명합니다. 새삼스레 세모를 맞아 감사를 다시 한번 드립니다.

해서 감사의 마음을 전하기 위하여 셀시의 음악을 한 보따리 보내 드립니다. 음악이 생소할 것입니다. 하지만 음악은 다른 것과 달리 그냥 마음에서 마음으로 전달하는 것입니다. 특히 셀시의 음악은 설명하기가 무척 어렵습니다. 그냥 직관적으로 느끼면 됩니다.

첫 번째 곡은 「Anagamin for 11 strings, Colui che scelse di ritornare o no(돌아오지 않는 사람)」(1965)인데 'Anagamin'은 산스크리트어로 깨달음의 네 단계에서 세 번째 깨달음을 이룬 사람이라고 합니다. 정확히 무엇을 의미하는지는 모르겠습니다. '돌아오지 않는 사람'이라는 뜻으로 이태리어가 부제로 되어 있는데 이는 아마도 윤회에서 벗어난 사람을 의미할 것입니다.

두 번째 곡은 「Natura renovatur(Nature is renewed) for 11 strings」(1967)입니다. 생명력 가득한 우주 만물을 노래하는 것 같습니다. 우주 만물은 언제나 생성을 하며 흐르고 있고 또 언제나 새롭습니다. 생생불식입니다. 셀시 자신이 이 곡을 자신의 최고 작품 중의 하나로 생각하였습니다.

세 번째 곡은 「Uaxuctum—The Legend of the Mayan City which they themselves destroyed for religious reasons, for ondes Martenot, seven percussionists, timpanist, chorus and 23 musicians」(1966)입니다. 'Uaxuctum'의 뜻은 작곡가 이외에는 아무도 모릅니다. 모두 다섯 개의 악장으로 이루어져 있습니다. 합창의 가사는 전혀 내용이 없는 철자 발음일 뿐입니다. 셀시의 노래나 합창은 극히 예외적인 경우를 제외하고는 모두 가사 내용이 없는 발음 그대로입니다. 사람의 목소리 그 자체를 소리로 간주하고 있습니다. 그것은 아마도 가장 원초적이고도 가식이 없는 순수함 그 자체일 것입니다.

네 번째 곡은 「Sauh 1-4, Liturgy for voice with magnetic tape」(1973)입니다. 모두 4개의 악장으로 이루어진 성악곡입니다. 이미 녹음이 된 테이프를 틀어서 나오는 목소리에 맞추어 또 다른 목소리가 부르는 노래입니다. 'liturgy'는 기도라는 뜻입니다. 가사는 없습니다. 임의의 음절만 발성이 될 뿐입니다. 그래서 나라에 상관없이, 각기 사용하는 언어에 구애받지 않고, 인간의 순수한 발성을 접하여 우리는 즉각적으로 무엇인가 느낍니다. 아마도 시와 음악과 무용이 구분이 되지 않았던 아득한 옛날에 이런 소리들로 주고받지 않았을까 생각해 봅니다.

제 개인적 소견으로 보았을 때 셀시는 20세기 음악 부문에서 최고의 천재입니다. 쇼스타코비치가 있지만 그는 공산주의라는 이념의 압제와 굴레에서 벗어나지 못하여, 하고 싶은 대로 마음껏 기량을 표현할 수가 없었습니다. 그의 현악사중주는 베토벤 이후의 최고의 걸작입니다. 과거 전통적인 형식을 고수하면서도 현대인의 감성을 그렇게 깊게 표현할 수 있었던 사람은 드뭅니다. 20세기 후반에는 죄르지 리게티(György Ligeti)라는 걸출한 천재가 있습니다. 그의 음악은 새로운 지평을 열고 있습니다. 특히 1960년대에 발표한 곡들은 과거 전통음악이 전혀 중시하지 않았던 'tone color'에 대해 신세계를 펼쳐 놓았습니다. 그의 기법은 셀시와도 흡사합니다. 하지만 셀시는 리게티보다 훨씬 앞서 이러한 문제의식을 지니고 작품을 썼습니다. 리게티는 분석적인 방법으로 새로운 개념을 설정하고 음에 접근하고 있지만, 셀시는 음색뿐만 아니라 하나의 음이 지니고 있는 생명력에 주목하고 하나의 음이 전체 우주와 상통하고 있음을 보여주고 있습니다. 리게티는 단선적이지만 셀시는 『주역』의 상(象)처럼 만 가지 변화와 움직임을 하나의 상으로 표현하려 하고 있습니다. 우리는 상을 읽을 때 괘상(卦象) 하나가 의미하는 다층적이면서도 유동적인 갖가지 모습을 한꺼번에 읽습니다.

셀시의 음악은 동양적인 색채가 강하게 느껴집니다. 젊어서 인도와 네팔에 여행도 오래 하였습니다. 일본 전통음악도 접하였습니다. 미치코 히라야마라는 일본 소프라노와 이미 1950년대 후반부터 공동 작업을 하면서 수많은 성악곡을 썼습니다. 아마도 그녀로부터도 영향을 받았을 것입니다. 하지만 우리가 유념하여야 할 점은 그의 음악에서 인도나 동아시아 전통음악이 보여 주는 어떠한 형식이나 구성도 찾아볼 수 없다는 것입니다. 물론 기존의 서양음악으로도 그의 음악은 설명될 수 없습니다. 셀시의 음악은 오로지 그의 것일 뿐입니다. 오직 정신적인 면에서, 음의 본질이 무엇인가 하는 생각의 방향에서 그는 아시아와 생각을 비슷하게 할 뿐입니다. 그런 이유로 그의 음악은 우리가 들어도 생소하고, 서양인들에게는 악기만 서양

악기일 뿐이지 전혀 다른 세계의 음악으로 들릴 정도로 파격적이고 충격적입니다. 서양인들은 이럴 때 '신비하다'라는 단어를 사용합니다. 그들에게 인도 브라만 사상이나 불교, 동아시아의 도가나 유가 등이 주장하는 사상들은 결국 모두 신비주의에 속합니다. 한마디로 분석이 되지를 않습니다.

셀시의 음악이 바로 그러합니다. 음악을 감상하거나 평함에 있어서 보통 두 가지 기본 방식을 적용합니다. 첫째로는, 문학적인 서술입니다. 느낌이 어떻고 구성이 어떠하며 전개가 어떠한지 그리고 그에 따른 느낌의 변화 등을 있는 그대로 서술합니다. 둘째로, 앞의 서술 형식은 주관적이므로 이를 배제하고 순전히 음악적으로 그 구성과 전개를 설명합니다. 어떤 음조로, 음의 화음과 멜로디의 전개, 마디와 절의 구성, 예를 들어 소나타 형식이나 론도 형식 등입니다. 푸가라든지 대위법이라든지 하는 것이 모두 그렇습니다. 음악의 속도도 임의적인 것은 지양하려고 메트로놈까지 발명하여 사용합니다. 그런데 셀시의 음악은 이런 두 가지 방법이 모두 통하지를 않습니다. 서양인들이 셀시의 음악을 말로 설명하려면 언어를 사용하여야 하는데 아무리 생각해도 적절한 개념어들이 떠오르지 않습니다. 해당되는 개념어들이 없기 때문입니다. 조성도 없고 리듬도 없고 멜로디도 없고 화성도 없고, 도대체가 음 하나로 10분 20분씩 끌어가는 것을 어떻게 설명할 수가 없습니다. 그러므로 그들은 셀시의 음악을 제대로 평론할 수가 없었습니다. 더구나 그가 운둔 생활을 하였기 때문에 일상적인 자료도 절대 부족입니다. 공개된 사진도 겨우 몇 장에 불과합니다.

예를 들어 하나만 더 이야기하면 바로 시간개념입니다. 음악은 시간의 음악입니다. 음이 흐르고 음들의 구성이 시간과 함께 흐릅니다. 서양인들은 이러한 시간을 미분합니다. 잘게 나누어 규정을 내리고 그 음의 가치를 한정합니다. 그것이 다시 합하게 되면 음악을 이루고 시간을 이루어 흘러갑니다. 그것은 어떻게 보면 물리적인 시간으로 크로노스의 시간입니다. 객관적이기도 합니다. 객관적이다 함은 모든 주관들이 서로 공유하여 작품을 이해하기 위한 필연입니다. 그러나 셸시의 음은 독립적으로 그것이 이루어 내는 시간은 카이로스의 시간입니다. 주관적인 시간입니다. 주관과 객관을 나누는 것 자체가 마땅하지 않습니다. 카이로스의 세계에서는 시간은 규정이 되지를 않습니다. 무한과 직결이 됩니다. 우리가 재미있는 게임에 몰두할 때는 먹는 것도 잊고 하루가 마치 한 시간처럼 지나갑니다. 그러나 하기 싫은 노동을 하게 되면 한 시간이 천추처럼 길게 느껴집니다. 셸시의 음들은 바로 그러한 카이로스의 시간을 이루어 내고 있습니다. 이는 듣는 이의 마음대로입니다. 이러한 상황을 서양인들은 이해하기 힘이 듭니다. 그들은 크로노스의 세계에 익숙하며 카이로스를 이야기할 때도 실은 크로노스에 상대적인 것으로 규정하고 있습니다.

우리는, 인도를 포함한 아시아 문화권에 사는 사람들은 이러한 상황에 익숙합니다. 동양인이 깨달음에 이를 때는 카이로스의 세계마저 벗어납니다. 상대적인 것은 모두 초월하게 됩니다. 말도 필요 없이, 우리는 소리를 있는 그대로 전체로 받아들입니다. 전체가 하나이며 음 하나하나가 또한 전체입니다. 음 하나는 살아 있는 생명체입니다. 그것은 우주 만물의 하나로서, 절로 그렇게, 본디 그러하게, 생성과 소멸을 거듭하며 흘러갑니다. 이러한 소리들이 우주에 가득합니다. 귀만 기울이면 우리는 이러한 소리를 음악 없이도 언제나 들을 수 있습니다. 바람이나 나무, 돌이나 모래 그리고 바위도 그러하고,

꽃들이 그러하며, 파도가 그러하고, 별들이 그렇습니다. 동물들이나 식물들은 말할 것도 없습니다. 무엇보다 그들 사이에 흐르는 어떤 파동도 끊임이 없이 소리를 이루며 우리의 귀를 울리고 있습니다.

그것은 모두 관계입니다. 관계는 소리로 이루어집니다. 노자가 말하기를 보아도 보이지 않는 것이 이(夷)이고, 들으려 해도 들리지 않는 것이 희(希)이며, 잡으려 해도 잡히지 않는 것이 바로 미(微)라 하였는데, 바로 우주 만물의 각자 소리와 그들이 서로 관계를 이루며 만들어 내는 소리들이 이(夷), 희(希), 미(微)입니다. 실제로 셸시는 그것을 보고 듣고 또 잡습니다. 그것을 그만의 형식으로 음악으로 소리로 표현합니다. 아마도 우리도 조금만 마음을 순수하게 지니면 그것을 셸시처럼 보고 듣고 붙잡을 수 있을 것입니다. 셸시가 생전에 자기는 구성을 창조하는 작곡가가 아니라 이미 우주에 널려 있는 소리들을 그냥 표현하고 또 전달할 뿐이라고 하였는데 그의 음악을 듣게 되면 충분히 이해할 수 있을 것입니다.

생각건대 훗날 우주 행성의 어느 외계 생명체가 나타났을 때, 무엇인가 소통을 해야 하는데 아마도 셸시의 음악은 대단히 유용할 것입니다. 영어도 아니고, 한국어도 아니고, 또 서양의 교향곡도 아니고, 한국의 시나위도 아니고, 그저 셸시의 음악을 들려주면 상대가 분명히 무엇인가 느낌을 지니고, 나름대로 상(象)을 이루어 낼 수 있을 것이라 짐작을 합니다.

그의 음악은 이제 시작입니다. 은둔 생활을 하였기 때문에 죽을 때까지 크게 주목을 받지 못하고 있다가 이제야 본격적으로 발굴되고 있습니다. 귀족의 아들로 태어나서 일생 동안 아무런 직업도 갖지 않고, 직업이나 생활 수단과는 아무런 관련이 없이, 그리고 무엇보다 어떠한 인정이나 명예도 바람이 없이, 작품 발표에 아무런 미련도 없이 지내며 창작 활동을 한 예술가는 아마도 그가 유일하지 않을까 생각해 봅니다. 그는 또 시인이었습니다. 불어에 능통하여 불어로도 많은 시 작품을 남겼다고 하는데 상세한 작품 내용을 알지 못하는 것이 안타깝습니다. 그의 음악 작품에 붙인 제목에 가끔 '서정적인 시풍'이라는 것들이 보이기도 합니다. 아직도 그의 딸이 지니고 있는 자료가 더 자세하게 발굴되어야 할 것입니다. 1960년대 음악과 1970년대 음악이 일부 드러나고 있지만, 1970년대 음악 대부분과 1980년대 음악은 아직도 궁금할 정도로 미궁입니다. 얼마 전에 1980년대 작품을 하나 들었는데 짤막한 노래였습니다. 정말 깜짝 놀랐습니다. 마치 우리나라의 뽕짝이나 일본의 엔가 풍의 노래였습니다. 서정적이고 궂었는데 그만 코가 찡하고 말았습니다. 거기에는 초탈함이 묻어나고 있었습니다. 마치 보살이 깨달음을 이루었으나 부처가 되어 열반에 들지 않고 다시 세속에 내려와 중생과 함께 살을 비비며 허허롭게 살아가는 것 같았습니다. 이러한 경계의 음악은 정말로 깨달은 자만이 가능한 것입니다. 듣는 이도 그것을 머리로 상상하지만 그래도 조금 아주 조금은 무엇인가 알 것 같아 깊은 감동을 느끼게 됩니다.

일설에 의하면 그는 1988년 8월 8일(혹은 9일)에 로마에 가까운 해변에서 뜨거운 태양 빛을 받으며 갑자기 사망하였다고 합니다. 그는 이미 그의 죽음이 그때일 것이라는 것을 알고 있었으며 아주 가까운 사람들에게 이야기를 하였다고 합니다. 믿어야 할까요? 도에 이른 스님들이 '나 이제 간다'라고 말하며 열반에 든다는데 정말 그럴까요? 나이가 들어가며 나도 그렇게 되면 좋겠다고 생각하지만 언감생심일 것입니다. 그렇게 한 해를 또 보냅니다.

긴긴 겨울에 건강 유의하시고 재미있게 보내시기를 바랍니다.
새해 복 많이 받으시기 바랍니다.

2014년 12월 20일

구바이둘리나(Sofia Gubaidulina)

2014년 5월, 현대음악계에서 최고의 작곡가라고 불러도 전혀 손색이 없을 구바이둘리나가 한국을 처음으로 찾았다. 이웃 일본의 경우는 이미 오래전에 그녀를 초청한 바 있다. 이때 그녀는 일본의 전통 현악기인 '코토'를 위한 곡을 작곡하기도 하였다. 이번 그녀의 방한은 서울국제음악제에서 그녀를 주빈으로 초빙하면서 그녀의 작품들을 중점적으로 소개하였기 때문이다.

그녀의 한국에서의 구체적인 일정은 알려지지 않았다. 나는 그녀를 5월 23일 금요일, 서울대학교 음악대학 예술관에서 만날 수 있었다. '소피아 구바이둘리나의 삶과 음악'이라는 제목으로 Lecture Concert가 준비되어 있었다. 서울 음대 강사로 독일에서 공부한 서정은이 소피아 구비아둘리나의 걸작으로 간주되는 「요한수난곡」을 간략하게 해설하고 곧이어 그녀의 사회와 통역으로 구바이둘리나와 대담이 진행되었다. 그다음에는 비교적 짧은 소품들에 속하는 4개의 곡이 연주되었다. 관객은 주로 음대 학생들이었다. 그들의 관심이 뜨거워 대담 시간이 길어졌다. 나중에는 사회자의 요청으로 대담을 끝마쳐야 했다. 하지만 학생들의 질문 수준은 전반적으로 그리 높지 않아서 실망스러웠다.

그녀는 1931년생으로 우리 나이로 하면 올해 84세다. 노령의 여인이 아마도 독일에서 오랜 시간 비행기를 타고 왔을 터인데도 전혀 힘든 기색이 없었고 목소리는 카랑카랑 힘이 찼다. 정말 반가운 모습이다. 아무쪼록 오래 살아 더 많은 작품을 남겨야 할 터다.

5월 26일에는 예술의 전당에서 두 개의 프로그램이 진행되었다. 오후 5시 IBK챔버홀에서 '구바이둘리나와 동시대의 음악가들'이라는 제목으로 모두 5개의 곡이 연주되었다. 그녀의 곡으로는 「Quasi Hoquetus for Viola, Bassoon and Piano」가 연주되었다. 그 외 Galina Ustvolskaya의 「Grand Duet for Cello and Piano」, 서울 음대 작곡과 교수인 최우정의 「Salmos for Countertenor, 2 Tenors and Bass」, 같은 대학 작곡과 교수인 이신우의 「Lament—O, Daughter of Zion! for Flute and Piano」, Alfred Schnittke의 「Psalms of Repentance for Cappella Choir No.2, 4, 10」이 연주되었다. 이 프로그램은 최우정 교수의 호의로 친구 몇과 함께 관람할 수 있었다. 전체적으로 이해하기가 어려웠다. 구바이둘리나의 작품은 그래도 음반으로 몇 차례 사전에 들은 적이 있어 그래도 접근할 수 있었는데 다른 작품들은 아무래도 그 언어를 완전히 알아들을 수는 없었다.

저녁 8시에는 순전히 구바이둘리나의 작품들로만 구성한 프로그램이었다. 「Rubaiyat for Baritone and Chamber Orchestra」 「Introitus for Piano and Chamber Orchestra」 「Two Paths for two Violas and Orchestra」 등이 연주되었는데 유감이지만 참석할 수 없

었다. 음반으로 익히 들은 곡들이지만 그래도 실제 연주는 그 효과가 크게 다를 터다. 아쉬움이 남는다.

그녀의 서울대학교 음대에서의 대담은 주로 독일어로 진행되었는데 이를 그대로 알아듣지 못한 것이 영 아쉽다. 사회자의 매끄럽지 못한 진행도 한몫을 했다. 그럼에도 불구하고 그녀의 이야기는 새겨들을 만하였다. 두서없이 적어 놓은 노트 메모를 정리해 본다.

사회자가 그녀의 정신적이고 종교적인 음악 경향에 대해서 물었다.

답: 작곡하는 목적은 정신의 회복, 즉 renewal에 있다. (사회자는 이미 그녀가 과거에 언급하였던 어록 중에서 "음악은 삶의 연결 고리를 회복하는 것(restoring the legato of life)이다"라는 말을 제시하였다. 또 사회자는 준비된 자료에서 종교(religion)를 're'와 'ligion'의 연결로 풀이하였다. 사전을 찾아보니 're'는 '다시'라는 회복의 의미가 있으며, 'ligion'은 라틴어의 'ligare' 즉 '연결하다, 묶다'에서 유래되었다.)

사회자가 쇤베르크의 Style & Idea, 그리고 Charles Ives의 Manner & Substance와 관련하여 그녀의 생각을 물었다.

답: 새로움인가 아니면 오래된 것인가 하는 것은 중요하지가 않다. 예술은 새로움이 아니라 깊이를 추구한다. 새로움을 강조하다 보면 예술가는 집중력을 잃는다. 외적인 효과에 너무 관심을 갖는 것은 바람직하지 않다. 청중은 정신적인 집중을 찾는다. 집중된 심리를 경험하게 해 주고 전체의 상태로 들어가게 해 주어야 한다.

맞다. Style & Idea는 모든 작곡가가 겪는 문제다. 하지만 음악의 내적인 본질이 중요하다. 이것은 영원하다. 테크닉은 변화할 뿐이다. 내적인 자신의 음악을 어떻게 만들 것인가. 나무나 돌에서 소리를 듣는 것은 어렵다. 음악에서 기존의 선입감으로 인하여 한 작곡가가 독립적인 성향을 갖기란 쉽지 않다. 과거 쇼스타코비치의 조언이 도움이 되었다. 그는 자신의 존재를 간수하고 뒷받침하라고 충고하였다. 나는 지금까지도 이 말을 명심하고 있다. 나는 나 자신의 음악을 쓰고 보여 준다. 내적 자신을 찾는 것은 지금까지 가장 중요한 일이었다.

사회자가 그녀는 직관적인 경향의 작곡가로 불리는 데 대하여 물었다. 아울러 음악에서 형식의 리듬(Rhythm of the Form), 그리고 직관과 논리에 대해서 물었다. (사회자가 사용한 직관이라는 어휘는 선별해서 사용하여야 한다. 철학에서 직관(Anschauung)은 아무 매개도 없이 곧바로 마주하여 바라보는 것이다. 그리고 일상용어에서의 직관(intuition)은 직각(直覺)의 의미가 강하다. 아마도 사회자가 말하고자 한 것은 심리적(emotional) 작용이 일어나는 즉흥성이 아닐까 싶다.)

답: 현대 작곡가가 당면한 매우 중요한 과제라고 생각한다. 즉 직관과 지적인 작업 사이에서 상호 관계를 찾는 것이다. 나 자신은 직관적이다. 그러나 오늘날 21세기는 20세기의 지적 경향과는 다르다. 직관의 지나친 흐름을 제한하고 조정해 줄 필요가 있다. 규제가 요청된다. 시간의 비율 즉 긴장이 상승하거나 긴장이 완화되는 비율 등 직관적 성향을 구조로 생각하고 조절한다. 프랑스에서 어느 누군가가 온 우주와 철학 등을 수열 등으로 해석하는 것을 보았다. 바흐의 인벤션도 그렇다. 비례와 수열적인 측면이 있다. 시간의 정점, 건축의 비례 등은 음악의 정점과 유사하다. 지적인 면과 직관적인 면이

조화를 이루어야 한다. 그래도 나는 직관적이고 자유로운 의식을 잃고 싶지 않다. 하지만 외적인 규율로 균형이 필요한 것은 사실이다.

Form과 Material에 대해서

답: 음고, 음색, 리듬 등 재료를 함께 작업하는 것은 어렵다. 20세기에는 재료에 관심이 많았다. 하나하나의 재료를 발굴하고 만들었다. 그러나 21세기에는 form에 관심을 기울여야 한다.

쇼스타코비치의 교향곡 중에 무엇을 좋아하느냐고 물었다.

답: 4, 8, 13번을 개인적으로 좋아한다고 답하였다. (확인이 필요하다. 구바이둘리나가 말한 작품들은 아마도 현악사중주가 아닐까 싶다.)

싸이의 강남스타일을 들어 본 적이 있는가? 그리고 대중음악에 대한 견해는?

답: 유감스럽게도 듣지 못했다. 그것뿐만 아니라 대체로 대중음악에 대해 무지하다. 대중음악을 존중하지만 거의 듣지를 못했다. 그러나 분명한 것은 재미만으로는 충분치 않다는 점이다. 음악에서 두 가지 면, 존재와 본질은 중요하다.

(추기: 나는 이날 구바이둘리나와 악수를 나누었고 그녀에게 "당신은 위대한 작곡가입니다. 나는 당신이 살아 있음에 감사를 드립니다."라고 어설픈 영어로 이야기를 해 주었다. 그녀는 나를 똑바로 보면서 감사하다를 연발하였다. 가지고 간 음반과 그녀의 영문판 전기에 사인을 받고 사진도 찍었다.)

오늘 듣는 곡은 1977년도 작품으로 「Duo Sonata for two Bassoons」이다. 그녀의 천재성이 유감없이 발휘된 작품이다. 바순은 파곳으로도 불리는 저음 관악기다. 현의 콘트라베이스처럼 반드시 필요한 악기지만 다른 악기들의 화려한 음색에 비해서 그 소리가 둔중하고 탁하고 어두워 독주 악기로는 각광을 전혀 받지 못하는 악기다. 하지만 베토벤의 작품을 보면 바순이 긴요하게 사용되었고 윤이상도 바순 독주를 위한 작품을 썼다. 바순 악기만을 위한 작품은 무척 드문데 두바이둘리나가 오로지 바순만을 위하여, 그것도 다른 보조 악기들의 도움 없이 두 개의 바순만으로 걸작을 만들었다. 소나타 형식답게 두 개의 바순이 서로 주고받으며 음색을 보완함과 동시에 그 내용을 대립과 긴장, 그리고 다시 보완과 완화로 이끌고 있다. 무엇보다도 이러한 형식이 보여 주고 있는 음악의 내적 측면이 고전적이고 생동적이며 감동적이다. 현대음악에서 그리고 이렇게 희귀한 악기 편성으로 이렇게 깊은 감동을 주기란 지극히 어려운 일이다. 우리는 이 곡을 들으며 구바이둘리나가 왜 위대한 작곡가인가를 새삼 깨닫게 된다.

태양 찬가(The Canticle of the Sun)

한낮의 태양이 이글거리고 있다. 비 소식은 감감하다. 대지의 초목이 말라 죽어 가고 있다. 정원의 나무들도 예외는 아니다. 이른 아침부터 기다랗게 호스를 끌고 와 나무에 물을 주었다. 나무 밑둥에 흠뻑 주어야 했기에 시간도 많이 걸렸다. 오전 내내 물을 주었다. 태양이 타오르면서 함께 타 죽을 뻔했던 나무들이 생기를 머금는다. 이로 보면 태양은 만물을 창조하면서도 만물의 생사여탈을 좌지우지한다. 무섭고 두려운 존재다.

오늘은 태양과 관련된 곡을 싣는다. 한마디로 걸작이다. 현대음악을 들으며 우리는 새로운 양식과 새로운 음색을 바탕으로 현대인의 심금을 울리는 예술적 가능성에 커다란 놀라움과 기쁨을 느끼게 된다. 그 기쁨은 예술이나 인문학이 죽었다는 비관론에 대한 생생한 반박이다. 분명히 인간과 관련된 예술 정신은 사라지거나 쇠퇴함이 없이 영원히 마치 태양처럼 찬란하게 빛날 것이다. 이 곡에 대한 해설은 음반에 실린 작가 자신의 말을 직접 옮기도록 한다.

이 곡은 20세기 위대한 첼리스트인 므티슬라브 로스트로포비치의 70세 생일을 맞이하여 그에게 헌정되었다. 그리고 당연하게도 이 곡은 그 성격과 특징에 있어서 그의 개성과 연관된다. 생각하건대, 그는 태양과 태양 빛, 그리고 태양의 에너지에 의해 끊임없이 불타오르는 사람이다.

그의 첼로 소리가 갖는 개개의 힘과 소리의 깊이는 나의 상상을 자극하여 매우 중요한 음악적 제스처를 일으키고, 결국 나로 하여금 아시시의 성 프란시스코가 지은 "태양 찬가"의 텍스트를 바탕으로 이 작품을 감히 창작하게 하였다. 물론 이 작품의 대담성은 므티슬라브 로스트로포비치라는 찬란하게 빛나는 음악인의 태양과 같은 개성을 드러내게 하는 데 매우 중요하다.

나는 어떠한 상황에서도 이 텍스트가 노래로 불리면 안 된다는 것을 이해하고 있었다. 어떠한 상황에서도 이 찬가의 표현이 음악으로 강조되어서도 안 된다. 이 성스러운 텍스트와 접하여서 어떠한 상황에도 음악이 궁극적으로 다듬어지거나 화려하게 복잡해지거나 과장되도록 얽히거나 해서는 안 된다. 이 텍스트는 겸손하고 단순한 기독교 수도승이 쓴 창조주와 창조의 영광이다. 이런 이유로 나는 합창 부분을 매우 절제 단순화하여 심지어 신비스럽게 하였다. 그리고 모든 표현을 첼리스트와 타악기 연주자들의 손에 맡기도록 하였다. 합창에 참가하는 사람들은 수시로 이러한 표현에 반응을 하게 되는 사람들이다. 이런 까닭으로 작품의 중심에는 일종의 성가인 답창(答唱) 부분이 있다. 첼리스트는 몸짓을 통하여 합창단의 반응을 이끌어 낸다.

곡의 형식은 네 개의 에피소드로 구성되어 있다.

1. 창조주와 창조의 찬양—해와 달
2. 창조주와 네 요소, 공기, 물, 불 그리고 땅의 제작자의 찬양
3. 삶의 찬양
4. 죽음의 찬양

전체적인 형식은 첼리스트가 그의 악기를 포기하는 하나의 에피소드에 의해 두 개의 부분으로 나뉜다. 오버톤의 음렬 동기(이 곡에서 여러 번 반복된다)가 C현에서 연주된다. 그런 다음에 첼리스트는 이 현을 다시 조율한다. 그리고 점차적으로 가능한 낮은 피치에 도달한다. 이 피치에서 그는 그의 악기가 허용하는 가장 마지막 끝까지 도달하게 되는데, 처음에는 브리지의 근처에서 그리고 다음에 나무 막대로 브리지의 꼭대기 부분에서 그리고 브리지의 뒤에서 나중에는 악기 끝부분에 이르고 결국 첼리스트는 그의 악기 전체를 모두 포기하게 된다. 이제 그는 베이스 드럼을 마찰 막대로 부드럽게 연주한다. 그다음에 더블 베이스 활대로 합창단으로부터 반응을 이끌어 낸다. 그런 다음에야 즉 답창이 이루어진 후에야 그는 그의 악기로 되돌아가서 '죽음의 찬양'에서 가장 높은 음역을 달성하게 된다.

바흐(Johann Sebastian Bach)
—평균율곡집, 파르티타와 신포니아

1.

지금까지 고전음악 중에서 가장 많이 들은 음악을 꼽으라면 아마도 바흐의 「평균율곡집」일 것이다. 아침이면 습관적으로 걸었던 음반은 주로 바흐의 곡인데 주로 「평균율곡집」「푸가의 기법」「무반주 바이올린 파르티타와 소나타」「음악에의 헌정」 등이다. 그중에서도 「평균율곡집」은 젊어서부터 아침의 공간을 점령하던 음악이다.

오죽하면 아이들이 학창 시절에 「평균율곡집」 선율만 나오면 '몸서리쳤을까.' 어린 시절 고단하게 늦잠을 자고 있는데 꿈인가 생시인가 들려오는 소리는 처음에는 좋았을지도 모르지만 나중에는 단잠을 깨우는 악몽이 되고 말았다. 곡의 선율을 싫어하였던 것이 아니라 그 당시 그 자리에서는 포근한 이불 속의 꿈이 더 좋았을 터다. 그래도 그 아이들이 성장하여 어른이 되고 또 모두 결혼을 하여 일가를 이루었으니 참으로 세월이 무섭다. 그리고 이제는 말한다. 그 곡이 좋아 자주 듣는다고….

문명이 고도로 발달된 현대사회에서 사람들은 음악을 선택해서 듣는다. 어느 특정한 시간과 상황에서 느껴지는 감정의 상태 또는 희망 사항에 따라 우리는 무수한 음반 중에서 하나를 선택하여 오디오 기기에 걸기만 하면 된다. 하지만 아침이라는 하루의 시작에 들을 수 있는 음악은 개인적으로 서로 다른 선호에도 불구하고 그렇게 적당한 음반이 많지 않다. 아침이라면 하루를 시작하는 순간이다. 희망에 찬 행진곡이나 힘찬 리듬이 들어 있는 음악을 선택할 수가 있지만 이는 항용 상투적이라 마음에 차지 않을 수도 있다. 그렇다고 내면적으로 침잠하는 음악을 고르기에는 쏟아지는 아침 햇살이 부담스럽다. 비가 오는 궂은 날씨의 아침이나 몹시 추운 겨울 아침이면 더욱 곡을 고르기가 쉽지가 않다. 블랙 커피 한 잔 마시며 모차르트 음악이나 중국 고금 음악을 들을 수도 있겠지만 너무 단조롭고 맑다. 잘 치워진 깨끗한 방은 사람이 살기에 썩 좋은 것만은 아니다. 그렇다면 적당하게 사람의 체취가 흐트러져 있으면서도 그것을 정돈해 놓은 그 무엇은 없을까. 그 주어진 마음이 외부의 사물이나 자연과도 적절하게 어울리며 균형을 잡고 있는 것은 없을까.

바흐의 「평균율곡집」은 외부의 어떠한 상황이라도 잘 맞아떨어진다. 외부의 세계가 어떻게 변화하더라도 그 곡은 그것에 상응해서 움직인다. 살아서 움직이는 유기체 생명과도 같다. 외부에 대한 적응력이 뛰어나다. 이는 곡 자체가 지니고 있는 광대무변한 모습에서 기인한다. 곡의 구조는 단순하고 명료하지만 곡이 그 안에 지니고 있는 정서는 무한하다. 우주 만물의 질서가 나란히 모습을 드러내고 있다. 곡 자체의 포용성이 그렇게 크니 외부의 어떠한 변화라도 받아들일 수 있게 된다. 이 곡이 지니고 있는 위대함이다.

「평균율곡집」은 모두 96개의 곡(48개의 작품 번호)으로 이루어져 있다. 오늘은 첫 번째로 앞의 24곡을 모리지오 폴리니의 연주로 싣는다. 1942년생이니 우리 나이로 일흔하나다. 같이 늙었다. 자켓에 실린 그의 얼굴을 보니 흰머리가 귀머리를 덮었다.

2.

이른 새벽 빗소리에 잠을 깼다. 모처럼 많은 비가 내렸다. 이곳 파주는 가뭄이 오래되어 밭작물에 타격이 컸다. 반가운 비다. 멀뚱멀뚱 빗소리를 마냥 듣다가 책도 마다하고 음악을 골랐다. 무슨 음악이 이럴 때 어울릴까? 바흐가 떠올랐다. 언제나 가장 무난한 선택이다. Clavier Büchlein에 실린 곡들을 올려 본다. 첫 번째 아들 프리드리히를 위한 「인벤션과 신포니아」도 좋았고, 사랑하는 아내 막달레나를 위한 「파르티타」도 듣기가 편안했다. 이 중에서 두 곡을 골라 듣는다.

이 곡들을 들으면서 생각해 보았다. 이른 새벽에 어둠 속에 멍하게 아무런 생각이 없을 때 바흐의 음악을 아무런 부담 없이 들을 수 있는 이유는 무엇일까? 물론 바흐 음악이 모두 그러한 것은 아니어서 칸타타나 수난곡 또는 오케스트라 곡들을 꼭두새벽에 듣기란 편안하지가 않다. 하프시코드나 피아노 등의 잔잔한 곡들이 마땅하다. 예를 들어 바이올린을 위한 파르티타나 조곡 등도 이러한 시각에 듣기가 약간은 거북스럽다. 왜냐하면 감정의 굴곡이 크고 깊기 때문이다.

나는 그동안 바흐의 음악이 위대한 것은 악곡들이 모두 조화와 균형을 달성하고 있기 때문이라고 생각해 왔다. 내용도 그렇고 특히 형식에서도 그러하다. 한쪽으로 치우침이 없기에 마치 그리스의 조각들이 지닌 균형미가 바흐의 곡에서도 느껴지기 때문이었다. 하지만 조화와 균형이라는 어휘들은 진부하기만 하다. 근래 동아시아 사상을 숙고하면서 아마도 바흐 음악의 핵심은 '치중화(致中和)'에 있지 않을까 생각하고 있다. 『중용(中庸)』의 제1장에 다음과 같은 말이 나온다.

> 희로애락이 아직 나타나지 않음을 중이라 하고, 나타나서 모두 절도에 맞는 것은 화라고 한다. 중은 천하의 커다란 근본이고 화라고 함은 천하의 달도이다. 중과 화에 이르면 천지가 제자리에 놓이게 되고 만물이 육성된다.[1]

위의 구절은 유학(儒學)에서 미발지중(未發之中)과 이발(已發) 등의 문제로 오랫동안 논란이 되어 온 사항이다. 나는 왕양명의 해석을 취한다. 중(中)은 우주 본체로 본심(本心)이다. 그것은 순수하고 아직 희로애락이 없다. 그것이 겉으로 드러날 때 희로애락으로 나타날 뿐이다. 희로애락이 드러날 때 그것은 모두 절도에 맞는다. 치우침이 있거나 모자람이 있는 것이 아니다. 절도라 함은 우주 본체가 지니고 있는 순리에 들어맞는 것을 말한다. 우주 본체인 중(中) 또는 본심과 어긋남이 없음이다. 이럴 때 그것은 화(和)라 불린다. 화는 어울림이요 조화다. 만물은 모두 조화 속에 그 삶을 이어 간다. 만물 현상은 언제나 화로 드러나 있다. 따라서 "중은 천하의 커다란 근본"으로서 본체가 되며, 화는 최고도의 원만한 도가 된다. 이렇게 되면 우주 만물이 자리를 잡고 생성의 과정을 진행시킨다. '치중화'는 바로 이러한 상태를 의미한다. 『주역』「건괘」에 나오는 "하늘의 도가 변

---

1 喜怒哀樂之未發 謂之中 發而皆中節 謂之和 中也者 天下之大本也 和也者 天下之達道也 致中和 天地位焉 萬物育焉.

화하니 만물이 각기 그 본성과 명을 바로 한다(乾道變化 各正性命)"라는 구절도 바로 동일한 의미를 지닌다.

달리 말하면 우주의 본체는 본생(本生)이다. 본생이란 근원적이고도 가장 원초적인 생명을 뜻한다. 그 생명은 무기물을 포함한 우주의 모든 현상과 형체를 포괄한다. 그 본생은 우주 만물의 개개 사물에 그 모습을 동일하게 갖고 있다. 다시 말하면 만물은 모두 각기 본생을 갖고 있다. 본생은 우주에서 하나인 동시에 만물로 나누어져 있다. 사물의 본생은 부분이 아니라 그것 자체가 완전한 본생이다. 본생을 지닌 생명체로서 인간도 역시 본생의 현현이다. 양명학에서의 본심은 바로 본생이라 할 수 있다. 마음이 전부다. 그 마음이야말로 창생을 주도하는 것이며 만물을 존재하게 한다. 하지만 나는 양명학의 이러한 극단적인 유심론 일원론에 문제가 있다고 본다. 내가 주장하는 본생과는 약간 다른 면이 있다.

바흐를 들을 때 바흐의 음악에는 이러한 근원적인 본심 또는 본생이 흐르고 있다. 그것은 유동적이지만 그 모습은 언제나 하나다. 끊임없이 낳고 낳는 생생불식(生生不息)으로서의 생명이지만 그것은 틀림없이 하나로 순일(純一)하며 정일(精一)하다. 바흐가 꿰뚫고 있는 것은 바로 이러한 순일함이다. 그것은 바로 중(中)이다. 그러한 중을 군자가 하듯이 언제나 '강건(剛健)'하게 보존하고 있는 사람이 바로 바흐다. 그러한 바탕이 있으면서 동시에 생명체로서의 인간이 지니고 있는 희로애락을 발산한다. 달도(達道)에 이른 바흐는 지나침이 없다. 넘어섬이 없다. 그렇다고 '빠트림'이 있는 것도 아니다. 그의 감정 표현은 섬세하기 이를 데 없다. 그 폭은 한없이 넓으며 그 깊이 또한 알 수 없을 정도로 깊기만 하다. 우리는 왜 바흐가 모든 강이 흘러들고 또 모든 강이 발원하는 거대한 호수 또는 바다인지 이해가 간다. 그 바다는 깊이를 알 수 없다. 순수하고도 깨끗한 샘물이 한없이 흘러나온다. 그것을 접하는 사람은 목의 갈증을 시원하게 해소할 수 있다. 바흐가 왜 서구의 음악에 그토록 커다란 영향을 주었는지 언뜻 수긍이 간다. 분명한 것은 바흐의 본질은 서구적이거나 동양적인 것 등의 구별을 넘어선다. 그것은 생명체로서의 인간의 본질이다. 또한 인간을 포함한 모두 생명 즉 우주 만물의 본원인 본생 또는 하나와 관통한다. 그러한 깨달음이나 경계는 깊은 산속이나 수도 생활 등을 통해서만 이루어지는 것은 아니다. 진정한 깨달음은 현세에 살고 있는 우리 자신과 현실 안에 모두 내재해 있기 때문이다. 동아시아의 위대한 선각자들이 대부분 벼슬을 살거나 궁경(躬耕: 친히 농사를 짓고 사는 것) 등을 하며 바삐 현실적인 삶을 살면서도 높은 달도의 경지에 도달하였다는 것은 중요한 의미가 있다. 겉으로 드러난 삶과 우리의 본질 그리고 우리를 에워싸고 있는 그 모든 일이나 현상에 이러한 도가 일관되게 흐르고 있음이다. 바흐야말로 그러한 사람들 중의 하나다. 그 많은 자식들을 거느리고 그들을 일일이 가르치면서 또한 카펠마이스터로 바쁜 일상을 살았다. 그러한 일상의 삶에서 그는 순일함을 지키고 또 '치중화'에 이르렀기에 음악의 성인이라고 불린다. 평범한 삶을 살아가는 한 개인으로서 우리는 바흐의 순일함에 그리고 절도가 있는 감정의 조화에 음악을 통해서 접할 때 같은 생명체로서 커다란 기쁨을 맛보게 된다. 우리가 언제나 바흐를 듣는 이유이기도 하다.

제5부

가을에 듣는 노래

누구에겐가, 누구라도 아무래도 좋은 어떤 이에게, 겨울을 앞두고 있는 늦가을 휴일에 편지를 보내고 싶어 이 글을 끄적거립니다.

아침에 일어나 보니 찬 기운과 함께 안개가 자욱합니다. 안개 빛은 회색이라기보다 하얀 색깔로 느껴집니다. 나무들이 검은 실루엣으로 보이고 그저 만물이 조용하게 덮여 있습니다. 창밖 단풍나무 잔가지에 벌써 안개가 이슬로 맺혀 있군요. 올해도 열매를 맺지 못한 살구나무 가지에는 짙은 갈색의 직박구리 한 마리가 미동도 하지 않고 가만히 앉아 있습니다. 해마다 이쯤이면 짙은 안개가 우리를 찾아옵니다. 얼마 전까지 마당에서 추위에 견디지 못하고 엉금엉금 기어 다니던 당랑이나 방아깨비 그리고 귀뚜라미 등은 이미 사라지고 보이지 않습니다. 하늘을 날지 못하고 땅바닥에 떨어져 숨을 할딱거리던 고추잠자리도 이제는 그만입니다. 모두 겨울 초입에 일어나는 일입니다. 그래도 그들은 알을 낳아 미래의 생명을 기약했을 것입니다. 겨울이 무엇인지 알지도 못하고 그렇게 했을 것입니다.

참으로 신기합니다. 그들은 인간처럼 미래라는 개념이 없을 터인데도 그냥 온몸으로 미래를 보증합니다. 중요한 것은 그들의 죽음이 새로운 생명으로 건너간다는 사실입니다. 죽음은 소멸이 아니라 새로운 탄생이 됩니다.

안개가 이렇게 눈앞을 가리고 있는 날, 그래도 마음은 편안해집니다. 사람들은 겨울이 오는 것을 알지만 그래도 죽음이라는 기다란 겨울을 알지 못할 것입니다. 그것이 스스로의 체험이 아닌 이상 오로지 타인의 죽음을 통하여 그저 짐작만 합니다. 그래도 안개는 곧 걷힐 것이고 아마도 죽음을 겪어야 할 우리도 긴 겨울을 지나 새로운 생명으로 이어지리라 하는 확실한 믿음이 있습니다. 아이들이 있고 또 손자들이 있으며 다른 개인들도 그렇게 살고 있는 것을 보면 우리의 죽음은 그냥 죽음이 아니라 분명 새로운 삶을 위한 디딤돌이요 건널목입니다. 삶과 소멸 그리고 탄생은 생명의 현상입니다. 생명은 소멸되지 않고 영원히 흐르며 존속합니다. 우리도 그 생명의 일부로 살아가고 있는 것인 만큼 아마도 나 자신이 아닌 다른 사람의 시각 또는 더 나아가 우주 전체로 보아서 나의 생명은 영원 안으로 편입될 것입니다.

리게티—3인의 가수와 7개의 악기를 위한 아방튀르

며칠 전 가을의 맑은 날씨에 비해 마냥 변덕스러운 마음을 달래지 못해 죄루지 리게티의 「아방튀르」를 찾았습니다. 역시 현대음악은 우리에게 지평을 넓혀 주었습니다. 기존의 음악 관습을 모두 거부하고 오로지 음만을 찾아서 그리고 음으로서의 목소리만을 찾아서 인간의 본성을 있는 그대로 표현하고자 한 그의 노력에 감탄하게 됩니다. 더 직접적으로는 이런 음악을 듣고 나면 한편으로 마음이 후련해지기도 합니다. 그것은 과거의 고전인 베토벤의 감동적인 악곡을 듣고 나서 느끼는 감정과 크게 다를 것이 없습니다. 인간의 본성은 그만큼 복잡하게 얽혀 있나 봅니다. 음악이라는 예술의 본질은 인간의 생래적인 본성에 가까이 접근해 있을 때 그 가치가 더 높습니다. 이런 면에서 리게티의 음악은 무엇인가 아쉬움을 남게 합니다. 현상을 드러내 우리의 마음을 이끌어 내기는 하였지만 우리의 마음이 궁극적으로 희구하는 즐거움이나 편안함과는 거리가 있는 듯이 보입니다. 예술의 가장 중요한 가치는 생명의 지속적인 보존에 도움이 되는 즐거움을 선사하는 것인데 리게티의「아방튀르」는 아무래도 거리가 있어 보입니다. 그럼에도 그를 높이 평가하는 이유는 지금껏 규정되지 않았던 반대의 방법이 미지의 어둠에서 빛의 영역을 더욱 넓히고, 무엇보다 예술 공통의 목적인 인간의 생생한 본성 즉 생명의 드러냄을 위하여 한껏 노력하였기 때문입니다. 우리는 리게티가 말년에 작곡 기법이나 어떤 사상에 경도됨이 없이 자유롭게 모든 형식을 아우르며 마음이 내키는 대로 작품을 썼다는 사실을 기억합니다. 마음이 내키는 대로 작품을 쓴다는 것은 이미 인간의 본성을 어느 정도 파악하고 그것에 가까이 섰다는 이야기입니다.

인간은 원죄를 지니고 태어났으며 또한 태어나면서부터 생로병사의 사고(四苦)에 시달리고 있다고 합니다. 가을이 되면 그런 느낌은 한층 도를 더합니다. 삶은 정말 고통일까요? 그럴지도 모릅니다. 이러한 고통을 위해 많은 사람들은 또 다른 고통이라는 체험을 통하여 극복하려 하고 있습니다. 고통을 고통으로 이겨 냅니다. 불교와 기독교를 비롯한 옛 선현들의 많은 가르침이 이에 해당됩니다. 우리는 분명하게 압니다. 삶은 즐거움의 연속이라는 것을. 태어남은 축복이라는 것을. 여기에는 신이 필요가 없을 것입니다. 그저 생명으로서의 태어남과 살아감이 커다란 기쁨이라는 것을 우리는 인지합니다. 때때로 사회와 자연환경에 의해 커다란 고통과 슬픔이 찾아오기는 하지만 그럼에도 불구하고 시간의 흐름 속에서 언제나 기쁨은 우리를 반가이 맞이하고 있음을 압니다. 그 기쁨의 본질은 살아 있다는 사실이며 또한 시간과 함께 살아가고 있을 것이라는 믿음입니다. 이러한 기쁨은 선택이 아니라 그냥 우리에게 주어져 있는 것입니다.

어가조(漁歌調)

앞의 리게티 음악이 분해와 해체를 통해 인간 본성에 다가서려고 하였다면 다음의 음악은 거꾸로 모든 것을 봉합하고 또는 모든 것을 잊어버리고 평안에 이른 상태에서 인간 본성을 표현합니다. 리게티 음악의 아쉬움을 달래고 안개가 자욱한 오늘 아침에 듣고 싶은 음악으로 몇 가지 고른 것 중의 하나입니다. 첫 번째 곡은 중국의 고금곡입니다. 금가(琴歌)로서 우리의 가야금 병창과 같은 형식입니다. 곡명은 「어가조(漁歌調)」로 당나라 유종원의 시 「어옹(漁翁)」에 곡을 붙였습니다. 곡의 성립은 명나라 때입니다.

가사는 다음과 같습니다.

漁翁夜傍西巖宿 늙은 어부 야밤에 서쪽 바위에 기대어 자고
曉汲清湘燃楚竹 새벽녘 맑은 상강 물에 댓잎으로 밥을 짓는다
煙銷日出不見人 안개 걷혀 해는 솟아도 사람은 없고
欸乃一聲山水綠 어기야 한마디 산과 물이 푸르다
廻看天際下中流 고개 돌리니 하늘 가 아래 강 한가운데
巖上無心雲相逐 바위 위에 무심하게 구름이 꼬리를 문다

곡의 느낌이 소탈하고 텅 비어 있지만 마음은 한껏 고양되어 있습니다. 가사의 내용도 마치 도연명의 「음주」 제7수에 나오는 심미 경계와 비슷합니다. 음악이 이런 높은 시적 경계를 어떻게 표현할 수 있을까 궁금하지만 음악은 그 이상의 느낌을 직접적으로 전달하고 있습니다. 실제로 유종원도 시인의 고양된 느낌을 말로 표현하는 데 어려움을 느끼고 의성어 한마디(欸乃一聲)를 채택하고 있습니다. 도연명의 경우도 으쓱하며 불어 대는 휘파람 소리(嘯傲)를 통하여 감정의 표현을 좀 더 직접적 묘사로 전환하고 있습니다. 문자 기호에 비해 소리는 우리의 신경을 직접적으로 건드리고 있습니다.

秋菊有佳色 가을 국화가 때깔이 곱구나

裛露掇其英 이슬 머금은 꽃부리를 따네

汎此忘憂物 이를 술에 띄우니

遠我遺世情 멀어지는 내가 속세를 떠나는구나

(중략)

嘯傲東軒下 동쪽 기둥 아래에서 으쓱 휘파람 부니

聊復得此生 정말 이런 삶을 다시 얻었네

청성곡(김성진 대금 독주)

두 번째로 고른 곡은 우리 옛 음악인 청성곡(淸聲曲)입니다. '청성잦은한잎'이라고도 불리는데 이는 익히 아시다시피 '높은음으로 약간 빠르게 부르는 큰 곡'이라는 의미를 지니고 있습니다. 무형문화재였던 명인 김성진(1916-1996)의 연주입니다. 벌써 고인이 된 지 한참이나 되었습니다. 사람은 떠나갔는데 이름과 음악만이 남았습니다. 그래도 그는 그의 후손과 더불어 음악에다 생명을 이어 놓았으니 할 일을 다한 셈입니다. 곡은 앞의 금가 「어가조」에 비해 세속으로 다시 내려와 슬픔을 껴안고 다시 높은 바위에 올라 노래를 부르는 듯합니다. 초승달 아래 차가운 밤기운이 느껴집니다. 맑기도 하고 슬프기도 하고 깊이 절제된 바윗덩어리도 생각나게 합니다. 「어가조」가 도교에서 말하는 선인(仙人)들의 경계라 하면 청성곡은 아무래도 관세음보살 밑에서 일하는 아라한(阿羅漢) 정도의 경계라 하겠습니다.

금가(琴歌) 보암주 연주와 노래 범이빈(范李彬)
보암주 고금 서원백 이호 장량

세 번째로 중국의 고금곡을 다시 골랐습니다. 이것도 금가입니다. 「보암주(普庵咒)」입니다. 이 곡은 송나라 때 임제종의 제13대 선사인 보암 선사가 만든 주사(咒詞)입니다. 이 곡이 금곡으로 나타난 것은 청나라 때입니다. 대개 고금 독주로 연주되지만 오늘은 금과 노래의 병창을 들어봅니다. 가사는 "나무아미타불 나무달마 나무승가 등등"을 범어 발음으로 계속해서 되풀이하는 것이므로 크게 의미가 없습니다. 단순한 가사와는 달리 음악은 놀라울 정도로 높은 심미 경계를 획득하고 있습니다. 이 곡에 대하여 제가 쓴 책 『태초에 음악이 있었다』에서 자세하게 기술한 적이 있습니다. 마지막 순간 부처가 되기를 마다하고 중생을 인도하여 똑같은 깨달음을 이루게 하려고 동분서주하고 있는 관세음보살의 마음이 느껴집니다. 허허, 이러다가는 제가 관세음보살을 마음속 깊이 이해하는 듯 보입니다. 전혀 아닙니다. 그냥 상상이나 해 보는 것입니다. 그러한 상상에 따라 음악을 따라가게 되니 음악이 감동적으로 느껴지게 됩니다. 천 개의 손을 내민 그 커다란 가슴 바다에 그냥 풍덩 안기어 마냥 눈물을 흘려 보는 것도 괜찮을 것입니다. 아마도 관세음보살은 당신이나 나나 어느 누구도 가림이 없이 다 받아 주실 것입니다.

듣기가 괜찮기는 하지만 「보암주」에 대한 기대와 달리 노래에 힘이 넘쳐납니다. 아무래도 연주자가 젊어서 그런가 봅니다. 관세음보살께서는 그렇게 표면적으로 힘이 왕성하게 나타나시지 않을 것이 분명합니다. 대만의 젊은 연주자로 1965년생이며 2000년에 녹음을 하였으니 서른 중반입니다. 아쉬움에 고금의 명인인 서원백(徐元白, 1893-1957)의 연주를 들어봅니다. 「보암주」를 녹음한 명인은 많습니다. 하지만 마침 고금과 이호(二胡) 병주가 있어 선택을 하였습니다.

중국의 고금곡들은 서양의 악보처럼 통일되어 있는 것이 거의 없습니다. 옛날 문헌인 악보에 따라 다르고 각 금파(琴派)에 따라 또 달리 연주됩니다. 서원백은 절파(浙派)로 분류됩니다. 앞의 고금 병창과도 곡이 다릅니다. 무엇보다도 서원백의 고금과 장량(張亮)의 이호는 완전 일치되어 우리에게 깊은 느낌을 줍니다. 대개 이호와의 병주는 서로 독립적으로 주고받는데 이번 연주에서 이호는 마치 고금의 그림자처럼 그리고 고금이 낮은음을 연주하는 것처럼 고금을 돕고 있습니다. 들릴 듯 말 듯 하면서도 전체적으로는 완성된 조화를 이끌어 내고 있습니다. 그들의 연주는 「보암주」의 깊은 미적 경계를 잘 표현하고 있습니다. 가을의 쓸쓸함과 인생의 무상함이 보살의 깊은 연못으로 흘러들어 조용한 안식을 취하며 새로운 긍정을 얻는 듯합니다. 그게 다름 아닌 생명의 길일 것입니다.

라가 Bhupali Dhrupad Alap 노래 Ustad H. Sayeeduddin Dagar

마지막으로 신앙의 길을 엿보러 갑니다. 이리저리 생각할 것도 없이 절대자에게 귀의하는 것이 가장 어려우면서도 쉬운 길이고 또 이해가 빨리 됩니다. 인도의 뚜루팟(Dhrupad) 음악이 그렇습니다. 힌두스타니 전통음악에 속한 이 곡의 형식은 정형화되어 있습니다. 오늘은 라가 「부팔리」에서 알랍 부분을 듣습니다. 알랍은 우리식으로 말하면 산조의 진양조에 해당합니다. 악곡의 깊은 맛은 이 부분에서 밀도가 한층 높아집니다. 인도 전통음악을 대표하는 음악 가문 중의 하나인 다가르 가문의 Ustad H. Sayeeduddin Dagar의 노래를 선택합니다. 뚜루팟은 다른 인도 음악과는 달리 반주악기로 따블라 대신에 빠가바즈를 대동합니다. 하지만 이 알랍 부문에서는 오로지 드론(drone)을 연주하는 땀부라만이 들립니다. 졸저 『소리의 늪』에서 이 곡에 대하여 자세하게 언급을 한 바 있습니다.

가을이 깊어 갑니다. 마당에서 바라보니 커다란 목련 한 그루에 무수하게 많은 잎들이, 여름에 초록으로 그렇게 가득 찼던 잎들이 갈색으로 시들어 가고 있습니다. 조금 있으면 우수수 떨어져서 마당을 덮을 것입니다. 봄에는 그 화사하던 꽃들이 바보처럼 갈색으로 변해 흩날리더니 가을이 되니까 잎마저 그 길을 따라갑니다. 아마도 함께 살아가는 집사람이 빗자루를 들고 한데 모아 태울 것입니다. 늦은 가을날, 어설픈 애상은 다가르의 노래로 씻어 볼까 합니다.

2013년 11월 3일

시인에게 보낸 편지
—장석원 시인에게

편지 1

꼭지 하나

파주로 돌아가는 아내를 진주역에 바래다 주고, 떠나는 KTX 열차에 몸을 실은 아내에게 손을 흔들어 주고, 그리고 영화의 장면이 전혀 될 수 없는 뜨악하고 덤덤한 심정으로 뒤돌아 나와 차의 시동을 걸고, 천천히 아주 천천히 남해 끝자락으로 향해 움직이면서, 이미 익숙해진 터라 남해의 그 아름다운 바닷가에는 크게 눈길을 주지 않고, 소음이 크게 들리지 않는 차 안에서, 오롯이 멍한 눈으로 앞만 보면서….

툴(Tool)의 『Ænima』를 틀었습니다. 그것도 아주 큰 소리로 차 안의 공간을 꽉 채웠습니다. 참으로 정신이 나간 친구들입니다. 조용하게 악기 연주만 하다가, 들릴 듯 말 듯 나지막한 소리로 읊다가, 갑자기 귀 떨어지도록 크고 높은 음량에 고래고래 악을 지르듯 소리를 높이면서 끌고 가는 음의 나열들, 그것들은 울부짖음이기 이전에 이미 파열이요 깨짐이요 때려 부숨이요 박차고 나가기였습니다. 간주곡으로 부드러움의 악기 연주를 틈틈이 넣으면서도 그리고 곡의 시작을 부드러운 저음으로 달래듯 참다가도 왜 저리 탈바꿈을 하는 것일까?

저들은 소리를 왜 저리 만들어야 했을까? 필연일까? 무엇이 그들을 그토록 짓누르기에 온몸으로 온 힘을 다해 저항하고 온갖 것들을 휩쓸어 무너뜨리려 할까? 저 리듬은 도대체 어떤 리듬일까? 숨소리일까? 아니면 심장의 박동일까? 그도 아니면 핏줄 터지는 소리일까?

꼭지 둘

어제 한낮에 부산에서 오는 건축설계사를 남해읍으로 마중 나갔습니다. 설계도 맡았지만 감리도 함께 하는 분이었습니다. 집의 공사가 진행되는 과정에서 몇 주에 한 번 정도는 이곳 멀리 다녀갑니다. 부산에서 이름이 난 건축사입니다. 블로그에서 십여 년 전에 만난 관계이지만 남해 증축이 인연이 되어 올 초에 처음으로 만난 분입니다. 음악을 좋아하는 분입니다. 오디오에도 정통합니다.

함께 오는데, 마침 툴의 음반이 걸려 있었습니다. 손님을 태웠으므로 음악을 틀지 않고 있었는데, 그분이 물었습니다. 요즈음 무슨 음악을 들으십니까? 대답 대신에, 스위치를 On 하는 동시에 즉각 시끄러운 메탈이 차를 부수는 것 같았습니다. 깜짝 놀라 아마도 그분의 안경이 앞으로 떨어지지 않은 것이 다행일지 모릅니다. 아니 선생님께서도 이런 음악을 들으십니까? 후후.

젖꼭지

어제 오후 늦게 이른 저녁으로 바닷가 횟집에서 설계감리사와 마주 앉아 소맥을 불었습니다. 다시 묻습디다. 늙은이는 이렇게 답했습니다. 나이 칠십이 되니까 사람들은 나를 어떤 특정한 사람으로 규정짓는 것 같다. 그들은 단정한다. 우선 나이가 들어 점잖고, 경제적 여유가 있으며, 아는 것이나 배운 것이 많은 사람이다. 무슨 허튼짓을 할 사람이 아니다. 그가 약간이라도 이상한(?) 짓을 하거나, 통상적인 상식에 어긋나면, 사람들은 말할 것이다. 그러면 안 되지. 나이 들고 점잖은 사람이 어떻게 그럴 수가 있어. 나이 들면 마땅히 어떠어떠해야지. 그렇고말고. 그 사람이 그런 짓을 하거나 그런 것을 좋아하거나 그런 생각을 하거나 그런 말을 하였다면 정말로 그 늙은이는 주책이다. 나이를 헛먹었다. 구제 불능이다 등등.

말했습니다. 늙은이지만 그것은 세간에서 그렇게 말할 뿐이다. 나는 마음이 시꺼멓다. 잿빛처럼 시꺼먼 마음에 아직도 예전 같지는 않지만 타오르는 불씨가 있어 기회만 되면 타오르려 한다. 지하 멀리 마그마가 뜨겁게 타오르며 지각을 뚫고 언제라도 용출할 수 있듯이, 나도 그렇다. 나는 욕망의 화신이다. 아마도 죽을 때까지 그럴지 모른다. 부처님 같은 깨달음은 언감생심이지만 노력은 할 것이다. 그래도 이 순간, 욕망이 느껴진다면 그것을 터뜨리는 것이 좋지 않을까. 하지만 눈치는 있어서 마음대로 하지는 못해서 아마도 두껍게 불만의 얼음이 나를 감싸고 있을 것이다. 이럴 때 이런 음악을 듣는다면, 마치 내가 이런 두꺼운 얼음을 깨뜨리고 폭발하며 나를 만족시키지 않을까. 붉은 용암이 거칠게 흐르며 나라는 존재를 새삼스레 확인시켜 주지 않을까.

고추꼭지

후훗. 고추는 빨갛게 익으면 말리고 반드시 꼭지를 따야 고춧가루로 만들 수 있습니다. 꼭지가 있으면 안 되겠지요. 풋고추도 맵지만 익은 고추는 매우면서도 빨갛습니다. 익을수록 더 맵지요. 나이도 그럴까요. 나이가 들면 욕망을 절제하고 모든 일과 행동을 법도에 맞게 행한다고요? 법도가 무엇인데? 절제가 무엇인데?

나는 늘 우주는 소리로 가득 차 있다고 말합니다. 소리가 맺힌 것이 아마도 사물일지 모릅니다. 소리로 구성되어 있는 우주 속에서 우리 인간은 오로지 일부만 보고 듣고 읽습니다. 예를 들어 방송국 주파수만 해도 부지기수요 단파나 초음파 등을 합한다면 상상을 할 수 없을 만큼 음파가 많습니다. 인위적 음파 이외에도 우주 만물이 뿜어내는 음파는 헤아릴 수 없습니다. 부처님의 말씀은 하나인데 듣는 사람마다 달리 들어서 모든 불경은 늘 여시아문(如是我聞)으로 시작합니다. "나는 이렇게 들었다"입니다. 사람들은 각기의 능력과 취향에 따라 그 소리를 듣습니다. 예술가들은 강도가 높아 더 많은 소리들을 깊고 넓게 듣습니다. 그들은 듣고 보는 대로 시도 쓰고 그림도 그리고 음악도 작곡합니다.

아마도 나 같은 속인은 모든 소리를 욕망으로 이해할지도 모릅니다. 부처님의 소리도 욕망으로 해석될 수 있으니 말입니다. 진여문과 생멸문은 하나라고 했던가요. 우리가 보는 속세의 모든 현실과 사물 안에 이미 진여가 들어 있으니 말입니다. 욕망이라고 내치는 것도 실은 진실함을 지니고 있음이 틀림없습니다. 철학적으로 말하면 그것은 생성의 소리일지도 모릅니다. 베르크손이 말한 대로 생명의 약동일 것입니다. 동아시아 철학에서도 신(神, 생명의 움직임)은 곳곳에 미치며 빠트림이 없고 방향이 없습니다. 소리의 특성과 동일합니다. 생성은 욕망을 산출합니다. 욕망은 소리가 맺힌 것입니다. 욕망이 분출해야 소리가 파동이 되어 퍼져 나갈 것입니다.

툴의 불같은 열정의 소리는 수많은 소리들 중의 하나일 뿐입니다. 그것은 평가의 대상이 아닙니다. 어떤 사람은 그 소리를 듣지 못하거나 듣더라도 엉뚱하게 듣고 외면합니다. 나는 단지 툴이라는 밴드가 사용하는 영어를 알아듣지 못하면서도 그 소리에 깊이 침잠합니다. 소리가 소리를 부릅니다. 밖의 소리가 내 안의 소리와 마주치며 커다란 음향을 일구어 냅니다. 제3의 소리가 생성됩니다. 그 소리들은 나를 새롭게 만들어 줍니다. 깨뜨린다고요?

허물벗기도 있습니다. 탈바꿈입니다. 소리 없이 진행되지요. 아플까요. 그럴지도 모릅니다. 몸을 부수고 새로운 날개를 다는 것이 어디 쉬운 일이겠습니까. 아파서 소리를 크게 내지르는데도 우리 인간은 미물에 불과한 벌레의 울음을 듣지 못하고 있을지도 모릅니다. 시끄러울 수도 있지만 숨죽이고 흐느끼는 소리 파동일 수도 있습니다. 클래식이니 현대음악이니 재즈니 록이니 하는 것들의 구분은 수많은 허물벗기의 종류일 뿐입니다. 각기 벗는 양태도 다르고, 들리는 소리도 다를 것입니다. 록 음악으로서 툴의 곡들은 아마도 기다림에 지쳐서, 짓눌림이 견딜 수가 없어서 수동적으로 부드럽게 허물을 벗는 것이 아니라, 그들 스스로 죽을지도 모를 위험을 무릅쓰고 과감하게 스스로 허울을 찢어 내고 있습니다. 평가요? 허울 좋은 단어일 뿐입니다.

꼭지 다섯

책 『우리 결코, 음악이 되자』를 잘 받았습니다. 인사가 너무 늦었습니다. 지난 11월 중순에 며칠 잠깐 서울에 다녀왔습니다. 집안 행사가 있었습니다. 짬을 내어 공부 모임에서 이찬 선생도 만났습니다. 반갑더군요. 그때 파주로 보내 주신 책을 열어 보았습니다. 남해로 가지고 와서 이제 머리말만 읽었습니다. 전적으로 공감합니다. 시적인 것에서 파생된 시와 음악, 그리고 대중예술과 고급예술의 구분에 대한 부정적인 시각 등. 대중예술은 그냥 시류적인 규정에 불과할 뿐입니다. 예술에 무슨 우열이 있습니까? 예술성? 그 기준은?

앞서 부처님 말씀을 인용했는데, 모든 사람은 불성이 가슴 안에 있어 언제든지 부처가 될 수 있다고 이야기합니다. 마찬가지로 우주에 가득한 소리는 사람이면 누구나 들을 수 있고, 짐승이나 초목들도 듣습니다. 부처님이 중생을 말씀하면서 돌과 바위까지도 포함시키는 이유입니다. 하물며 사람이라면 소리를 듣습니다. 그게 예술이라면 사람마다 예술성을 가슴에 지니고 있습니다. 예술은 이제 모든 인간의 기본적인 인권이기도 합니다. 향유하고 창작하고 즐길 권리는 인간이면 누구나 가지고 있습니다. 쟁취해야 하는 권리가 아니라 자연권입니다.

다만 들리는 소리의 강도와 빛깔에 차이가 있을 것입니다. 선택도 작용합니다. 그것은 습관일 수도 있고 취향일 수도 있습니다. 강도와 빛깔이 다른 사람에게도 커다란 공감을 불러일으킨다면 그것은 아마도 당대에서 훌륭한 예술 작품이라고 평가받을 것입니다. 이런 기준으로 이야기한다면 현재 우리가 살고 있는 사회에서 가장 대중적으로 인기가 높은 작품들이 아마도 가장 예술성이 높은 것이라고 말해야 할 것입니다. 역설적입니다.

거두절미하고 「목포의 눈물」은 나의 애창곡인데, 왜색 가요라고 비난하기 이전에 나는 이 곡을 좋아합니다. 주현미의 「비 내리는 영동교」를 듣노라면 마음이 아련해지고 그 구슬프면서도 애절하고 매혹적인 목소리는 나를 어느 한곳으로 말없이 인도합니다. 무엇이 더 필요합니까. 클래식이라고 하는 음악은 서양의 근대 약 250년의 기간에 유행하던(!!!) 음악에 불과합니다. 슈베르트의 예술가곡이요? 당시 귀족 상류층들에게는 소외당하였던 대중음악이요 유행가였습니다. 소위 고전음악이라는 수많은 곡들 중에 주현미나 나훈아의 노래만큼 귀를 솔깃하게 하고 또 따라 부르고 싶은 곡이 얼마나 될까요? 솔직해져야 할 것입니다.

요즈음 이것저것 매달리느라 시간이 혼란스럽습니다. 보내 주신 책을 천천히 음미하면서 읽겠습니다. 우선 대강 훑어보니 장 선생님이 써 내려가는 형식에 무척 호감이 갑니다. 시와 음악 그리고 무엇보다 이들을 선입견 없이 받아들이는 선생님의 글쓰기가 매혹적입니다.

수도꼭지

수도에도 꼭지가 달려 있어 잠그면 물이 안 나오고 열면 나옵니다. 세게 틀면 콸콸 소리를 내면서 나옵니다. 조금 틀면 졸졸 흘러내립니다. 이 늙은이가 아직은 수조에 물이 어느 정도 남아 있나 봅니다. 장 선생님이나 젊은 시인들처럼 콸콸 나오게 틀어 놓을 수는 없지만 그렇다고 수도꼭지를 틀어도 물 한 방울 나오지 않는 수도가 되고 싶지는 않습니다. 졸졸 끊이지 않고 줄기차게 물이 나오는 수도라면 좋겠습니다. 아마도 전기가 통해야 수도도 나오겠지요. 전기라는 에너지는 장 선생님 같은 분들의 뜨거운 기입니다. 그게 시 작품이든 아니면 음악이든 에너지는 충전될 것입니다. 새삼 감사를 드립니다. 덕분에 요즈음 록을 가까이합니다. 특히 툴은 연구 대상입니다. 그들이 자꾸 머리를 점유하기 시작했습니다.

그렇지 않아도 어제는 모처럼 장 선생님 메일과 서울대 최우정 선생의 메일이 함께 들어왔습니다. 최우정 선생이 새롭게 작곡한 피아노 전주곡을 첨부했더군요. 새로운 작품을 들을 수 있다는 사실은 영광입니다. 덕분에 힘을 얻습니다. 에너지가 무엇이라도 형태를 갖추며 변환되겠지요.

뒷꼭지

감기에 걸리셨다구요? 아프면 모든 게 풀리지 않습니다. 이제 오십 줄을 바라보는데 건강에 유의하셔야 할 것입니다. 그리고 무엇보다 담배를 멀리하는 게 좋을 것입니다. 후후. 나 자신은 심장병으로 쓰러질 때까지, 63세까지 피웠지만 말입니다.

장철환 선생과의 만남이 기대됩니다. '빛나는 이마'가 어떤 것인지 궁금합니다. 나는 주름진 이마를 가졌거든요. 가까운 시일에 만나기는 쉽지 않겠습니다. 12월 중에 집안 행사로 며칠 얼른 다녀와서 내년 2월까지는 체류해야 됩니다. 일차 공사가 내년 1월 말까지 예정되어 있습니다.

얼마 전에 끼적거린 잡문을 두 편 첨부합니다.

겨울철 건강에 유의하시고, 좋은 작품도 많이 쓰시기 바랍니다.

2017년 11월 23일

아침 기온이 뚝 떨어진 쌀쌀한 저녁에, 남해 바닷가에서.

편지 2

어느 7월의 횡설수설

말이란 여러 종류가 있습니다. 입으로 소리를 내서 떠드는 것, 소리 없이 문자로 남기는 것, 혼자서 이런저런 생각을 하면서 머릿속에 정리를 해 놓는 것, 기억 속에 영화의 자막처럼 지나가는 말들, 그리고 우주 만물이 떠들면서 자기들의 삶에 대해 떠드는 것들이 강렬하게 전달되어 오면서 내 귀에 새겨 놓는 것, 또 무엇이 있을까요?

비바람이 창을 때리고 있습니다. 벽 한 면이 모두 창이라 밖으로 거대한 바다 풍경이 한눈에 들어옵니다. 바람이 무척 거셉니다. 나뭇가지들이 휘었다 굽혔다 곧추세웠다 하면서 어쩔 줄을 모르네요. 그래도 이들은 나보다 태풍과 같은 비바람에 훈련이 잘 되어 있을 것입니다. 누구한테 배우지 않아도 몸을 잘 가누어 살아남을 것입니다. 창밖으로 빗줄기가 무섭게 흘러내립니다. 멀쩡하던 창이 비바람이 불더니 이리됩니다. 사람이 가만히 있으려도 무엇인가 건드리면 마음이 휘청거리거나 폭발하는 것처럼 말입니다. 오늘은 장 형의 편지와 노래들이 나를 그렇게 만드네요.

이곳에 머물면서, 아내도 서울로 올라간 지가 보름이 되어 오는데, 거의 만나는 사람이 없이 혼자서 아무 말도, 한마디 입도 뻥긋함이 없이, 하루의 해가 뜨고 또 떨어지는 것을 본다면 사람은 어떻게 될까요? 내가 원한 나날의 일상입니다. 경상남도 전체로 아무런 연고가 없는 사람이 갑자기 남해에 내려와 살기로 작정한 것은 노년의 중대한 결정입니다. 끄트머리 여생을 그냥 허비하고 싶지 않기 때문이었습니다. 그래도 사람이 누군가와 말을 하지 않고 어떻게 살까요? 간혹 사귀어 놓은 횟집 주인이랑 두런두런 말을 나누기도 하고 밭일하는 노인과 실없는 말도 합니다. 그래도 사람이 살면서 말이 너무 없는 것 같아요. 위에서 언급한 말의 종류들 중에서 첫 번째의 경우만 더욱 그렇습니다. 다른 경우는 잡다한 것이 너무 떠들어대요. 머리가 복잡할 지경입니다. 소리들이 넘쳐나서 천천히 그중에 내 귀에 들리는 소리들만 들으면서 반응을 하고 나도 이야기를 하거나 묻습니다.

오늘은 태풍의 몰아치는 비바람과 장 선생님이 추천해 준 음악들이 내 귀를 두들기며 소리를 전하고 있습니다. 그들은 무슨 할 말들이 그리 많은지 귀가 시끄러울 정도입니다. 정신이 하나도 없을 정도예요. 제임스 브라운(James Brown)? 처음 듣는 이름입니다. 얼른 찾아 「It's a man's man's world」를 비디오로 보았습니다. 비명 소리일까 절규일까, 어찌 인간의 음악이 저래야만 될까. 어떻게 저런 소리들이 나올까. 요즈음 나는 새벽에 스트레칭과 체조를 한 시간 이상 하면서 음악을 듣는데 최근에 들었던 음악들은 모두 클래식입니다. 지난 몇 일간 들은 것들은 베토벤의 후기 피아노 소나타와 바흐의 음악들입니다. 오늘 아침에는 바흐의 「Invention and sinfonia」를 하프시코드 연주로 듣고 또 코롤리오프(Koroliov)의 피아노 버전으로도 들었습니다. 쓸쓸한 적막의 생활 속에 바흐의 음악은 엄청난 힘으로 삶을 뒷받침합니다. 그 음악들에 대해서는 어떻게 말을 할 수가 없어요. 참고로 내가 쓴 책 3권 음악 편에 바흐 항목에서 엉뚱하게 동아시아에서 가장 오래된 고전인 『서경(書經)』을 빌미로 서술했어요. 한번 읽어 보시기 바랍니다. 이러니저러니 평가를 할 수 있는 한계를 넘어섰기 때문입니다.

하지만 제임스 브라운의 노래를 들으니 정신이 또한 번쩍 납니다. 시대가 바뀌어, 첨단을 산다는 이 시대가 인간의 모든 감정의 출구를 자유롭게 허용하기 때문에 저런 소리가 나올까도 생각해 보지만 전혀 그런 것 같지는 않군요. 그저 인간이 그가 살아가는 삶에서 축적된 느낌이 그동안 압박의 힘을 받아 오다가 더 이상 버티지 못하고 터져 나오는 소리, 그것을 음악이라는 특정한 형식을 빌려 표현했다고 할까요. 비디오를 보니 금방 이해가 갑니다. 소리보다 영상이 이야기를 해 주네요. 소리는 직접적이고 시간을 건너뛰는 터라 내 마음을 무조건적으로 흐트러지게 하지만 영상의 시각은 천천히 시간을 지니고 나를 이해시키면서 설명을 하는군요. 흑인으로 태어나서, 그것도 굴레인가요, 인종차별을 겪으면서, 어린 나이에 면화밭에서 죽도로 일하고, 어린 나이에 이미 절망으로 십자가를 태우면서 편견에 가득 찬 주 야훼를 부정하고, 그리고 도시로 나가 마약과 매춘, 강도 그리고 감옥을 드나들며 살아야 했던, 정말 길고도 길었던 삶의 여정, 그리고 이를 견디다 못해 말로 음악으로 떠들어 댔더니 갑작스레 찾아온 부와 명예, 그리고 매달리는 노래, 나는 제임스 브라운의 생애를 알지 못하지만 비디오는 왜 '그건 인간의 인간의 세계였어'를 노래하는지 곧바로 알게 해 줍니다. 절실하군요. 이 노래를 듣는 나는 동일한 인간으로 태어나서 저 인간만큼 어떤 절실함을 과거의 삶에 겪어 본 적이 있을까? 아마도 소극적으로 긍정을 할 수는 있을 터. 그래서 조금이라도 그의 노래가 들려오지 않을까?

골때리는 인간인 나는 새삼스레 진부한 질문을 다시 합니다. 음악에서도 실재와 현상의 괴리가 있을까. 서구 사상에서 플라톤 이후 지금껏 이 물음을 기반으로 모든 철학이 나열되어 왔다고 해도 과언이 아닙니다. 서양의 예술도 예외는 아닙니다. 특히 회화에서 폴 세잔느가 현대 회화의 문을 연 거장으로 평가받는 이유도 바로 그림으로 그려 낸 것과 눈으로 본 현상, 그리고 그보다도 그 현상이 지니고 있을 참모습을 만족스러울 정도로 작품화하려고 치열한 노력을 기울였기 때문입니다. 흔히 아는 피카소도 이러한 정신을 이어받아 입체파라 불리는 회화 양식을 만들어 냈는데 그것이 바로 실재에 가장 가까운 것이라고 판단하였기 때문이었습니다. 눈으로 피상적으로 전면에서 바라보는 상은 진실이 아니었습니다. 그것은 제한된 시각의 현상일 뿐입니다. 그 현상을 지니고 있는 실체의 참모습은 다양한 각도로 구성되는 집합입니다. 그것을 이차원 평면의 캔버스에 다시 옮겨야 하기 때문에 어쩔 수 없이 입체파라는 형식이 추출된 것입니다.

음악도 그럴까요? 다른 예술 장르에 비해 추상적이고 감정적이면서 관념적인 느낌으로 충만한 음악이 현상이 감추고 있는 실체를 드러낼 수 있을까요? 아마도 제임스 브라운의 음악을 들으면 그것이 무엇을 의미하는지 실감할 수 있을 것입니다. 현상, 아니 살아가는 이 순간의 현실들을 외면할 수는 없습니다. 왜냐하면 그것은 추상이 아니라 우리의 몸뚱이가 몸을 담고 있는 세계이기 때문입니다. 우리의 정신 그리고 그 정신이 만들어 내는 음악도 여기서 벗어날 수 없습니다. 정말 그럴까요? 하지만 예술의 어떤 드러난 모습들은 현실의 극단화된 경우가 많습니다. 가장 뚜렷하고 극적인 순간과 장면을 취해서 표현을 해야 그 공감이 크게 울릴 수 있기 때문입니다. 하지만 이런 치열한 순간, 절실하고 고통스럽거나 비명을 지를 만한 순간들이 점철되어 있는 삶이라도 그것만이 지속될 수 없습니다. 그런 것들만 있었다면 벌써 죽음에 이르렀거나 아니면 스스로 죽음의 길을 택했을 것입니다. 듣는 이도 마찬가지입니다. 분명히 말하건대 이런 음악들에 철저히 공감하면서 함께 비명을 지르지만, 한편으로 나 같은 인간은 이런 것들로부터 도피하거나 숨고 싶습니다. 예를 들어 고즈넉한 산사의 밤이나, 이곳 남해 바다의 아득한 물결 속에서 이런 음악을 들을 수 있을까요? 분명 선택이 요청될 것입니다. 한편으로는 그냥 받아들이되 내 마음 한편으로 치부해 그냥 쌓아 두고 싶습니다. 내 마음이라고요? 아마도 그것은 또 다른 하나의 너른 바다가 아닐까요? 아니면 천인합일이라고 했는데 정말 나의 마음은 하늘과 같을까요? 아니면 쉽게 말해서 아날로그 시대의 낭만일까요? 아마 존재하지 않는 것으로 낙인이 찍힌 고전적인 낭만일까요? 나는 낭만이 아니라고 말합니다. 그것은 삶이 흐르고 흘러 모여든 곳에서의 무엇인가 포용하는 깊고도 넓은, 아마도 지금 태풍으로 비바람이 몰아치는 창밖 바다의 모습일 수도 있습니다. 제임스 브라운이 겪고 표현한 삶과 음악 세계는 하나의 경계입니다. 그 경계는 인간들이 억겁의 시간에 펼치는 무수한 삶의 경계들 중에서 하나의 것에 불과합니다. 부처님의 세계는 일음(一音)입니다. 원음(圓音)이기도 합니다. 그 소리가, 부처님의 하나의 말씀이 온 누리로 퍼져 나가 많은 사람들에게 닿습니다. 그리고 사람들은 각자 들은 그 소리를 들은 대로 이야기합니다. 여시아문(如是我聞)은 바로 그런 뜻입니다. 또한 많은 사람들이 비슷한 경험을 하였어도 그것은 동일하거나 비슷한 경계에 해당할 뿐입니다.

우리는 선택을 합니다. 비가 내리면 상류의 산기슭에는 없던 도랑이 생기고 물이 졸졸 흐릅니다. 또는 산 계곡 어디선가 샘이 있어 샘물이 솔솔 솟아나 흐름을 만들 것입니다. 그것들이 계류를 만들고 계류들이나 시냇물들이 모여 개울을 이룹니다. 이때까지 흐름의 소리들은 직접적입니다. 소리의 음향도 다양하고 크게 울립니다. 온갖 소리들이 개울의 흐름에 참여하고 덧붙여집니다. 심지어 새소리, 바람 소리, 바위 굴러떨어지는 소리, 달이 이울며 빛을 바래는 소리 등이 모두 모여듭니다. 개울은 하나가 아닙니다. 여기저기 온갖 방향에서 개울들이 모여듭니다. 그들은 흐릅니다. 노자가 '상선약수(上善若水)'라 했습니다. 최고의 선은 흐르는 물과 같다고 했는데, 이런 온갖 삶의 흐름들은 그저 물처럼 흐르는 것이 최선입니다. 가만히 놔두어도 흐릅니다. 그게 바로 선(善)입니다. 선은 천연(天然) 그대로입니다. 그래도 인간의 실생활에서는 어렵습니다. 어렵다고 했는데 '선'은 『주역』에서 "한 번 음하고 한 번 양한 것을 도라고 하는데, 이를 이어 가는 것이 바로 선이며, 그것을 이루어 가는 것이 바로 본성이다(一陰一陽之謂道 繼之者善也 成之者性也)"라는 문장에 나옵니다. 또 '생생지위역(生生之謂易)'이라는 말도 있는데, 바로 '낳고 낳는 것이 바로 역'이라는 말입니다. 역은 우리가 사는 우주 세계의 모든 현상을 '하나'로 총칭하는 말입니다. 그렇습니다. 도랑이나 계곡의 흐름이 모여 시내와 개울을 이루고, 이들이 다시 모여들어 강을 만듭니다. 강들이 모여 거대한 강을 이룹니다. 거대한 강의 하류에서는 물의 흐름 소리가 거의 들리지 않습니다. 흐르는 모습도 눈에 잘 띄지 않습니다. 그렇게 많은 소리들과 흐름이 모였는데도 그것은 아무 말도 하지 않습니다. 아마도 제임스 브라운의 노래들은 강물 어디엔가 한편에 놓여 있을 것입니다. 한 모퉁이에 불과하지만 분명 생명체 개체로서 주어진 자리가 있습니다. 소리도 냅니다. 부처님 말씀처럼 더 큰 강물 소리가 있어 그 강물 소리에 묻혀 드러나지 않을 뿐입니다. 물론 부처님 큰소리도 모두 제임스 브라운의 노래를 거두어들였기 때문에 가능했을 것입니다. 제임스 브라운의 노래뿐만 아니라 베토벤도 있고 판소리도 있고, 패티 김의 노래도 모두 함께 있습니다. 큰소리는 바로 낳고 낳으며 흘러가는 소리입니다. 낳고 낳으며 생명의 흐름은 도도하게 흘러갑니다. 제임스 브라운의 소리도 그 속에 묻힙니다. 우리 개개 개체로서 인간도 마찬가지여서 우리의 하잘것없지만 그래도 귀중하기 짝이 없는 나의 생명의 삶은 같은 처지의 브라운의 삶에 공감을 표하면서 천천히 강물 속으로 흘러들어 갑니다.

지금 오후 두 시입니다. 비바람이 엄청 거세졌습니다. 창밖으로 흘러내리는 빗방울 줄기가 쉴 사이 없이 눈길을 찾습니다. 앞의 섬이 안 보입니다. 비가 눈을 가렸습니다. 그렇군요. 멀쩡하게 푸르렀던 바다가, 물결이 잔잔했던 바다가 이렇게 변할 줄이야! 어떤 모습이 참모습일까요? 원효가 주석을 붙인 『대승기신론』에는 이에 대한 비유가 수없이 반복되어 나타납니다. 진실은 진여이며 현상은 무명입니다. 그것들은 둘이 아니라 하나입니다. 진여와 무명은 서로 다르지만 다른 것이 아니라 하나입니다. 바다가 성난 파도에 파도머리가 하얗게 부서지지만 그것은 무명의 바람과 힘 때문입니다. 언제든 다시 진여의 본디 모습인 잔잔한 파도로 돌아갑니다. 또 저 잔잔하기만 한 바다가 언제 또 성난 물결과 깨어지는 파도로 가득할지 아무도 모릅니다. 진여와 무명은 번갈아 있는 것도 아니고 본디 하나이므로 나눌 것이 아닙니다. 음악도 그럴 것입니다. 분명 그 음악 소리들은 진여이기도 하고 무명이기도 할 것입니다. 제임스 브라운의 노랫소리들을 어떻다고 우리가 나누어 평가하지 못하는 이유이기도 합니다.

이 글을 횡설수설 생각나는 대로 갈기면서(?), 한편으로 나는 장 선생님이 말한 핑크 플로이드 2016 폼페이 공연을 보고 또 듣습니다. 원형의 극장이 인상적입니다. 아마도 로마 유적의 원형극장에서 공연한 것일까요? 그럴 가능성이 크지만 지금 확인할 수 없습니다. 알 필요도 없습니다. 나는 공연을 보면서 이렇게 말합니다. 데이비드 길모어, 저 늙은이는 백발이 되었는데, 도대체 어떤 힘이 남아 있어 어떻게 새로운 힘을 만들어 저렇게 정열적으로 기타를 뜯고 또 노래할 수 있을까? 그는 도대체 어떤 느낌이 있기에 늙은 목소리에도 남의 귀를 느낌으로 휘감을까? 그들이 부르는 노래는 대체로 옛날 한창 날리던 시절 부르던 노래인데도 수십 년이 지난 지금에도 왜 여전히 들을 만할까? 무슨 이유가 있을까? 음악의 기본적인 힘일까? 1946년에 태어났으니 나보다 두 살이나 더 많은데 노래를 되풀이해야 할 어떤 이유가 있을까? 삶에 어떤 힘이 그를 노래 속으로 몰아넣고 있을까? 죽을 날이 얼마 안 남았는데도 그는 영원한 삶을 꿈꾸고 있는 것일까? 제임스 브라운 같은 절규로 가득한 삶은 아닐 것 같은데 그들의 노래는 어떤 경계에 속하는 것일까? 나의 삶은 어떨까? 비교 가능할까?

삶에서 순간순간은 귀합니다. 순간은 실제로 없습니다. 순간이 합한 것이 시간이라 하지만 그것은 수학에서 점처럼 직선의 흐름 속에 점은 실제로 없습니다. 지속이 있을 뿐입니다. 그러므로 지속 전체가 귀중합니다. 다시 말하면 나의 삶 전체가 만일 개체의 삶을 '하나의 삶'이라 할 수 있다면 정말로 그 하나의 삶은 귀중합니다. 바꿀 수도 없습니다. 그것은 생명체입니다. 낳고 낳아 가는 이 우주의 현실 속에서 그것은 한몫을 합니다. 그것이 최상의 선이기 때문입니다. 이를 깨닫는 순간에 나는 나에게 주어진 지속의 시간들을 그냥 흘려보낼 수가 없습니다. 그것은 나의 의지와 상관없이 흘러가 시간의 끝에 도달하겠지만 나의 정신(이때의 정신은 내가 책에서 주장하는 생명의 힘과 생명의 흐름을 뜻합니다)은 치열할 정도로 이들을 그냥 놓아두지 않고 붙듭니다. 내가 귀해서 그런 것이 아니라 생명이 본디 그러하기 때문입니다. 내가 늦은 나이에 남해로 내려온 이유이기도 합니다. 적막 속에서는 가느다란 소리도 들립니다. 그 소리를 붙잡고 싶습니다. 그리고 브라운처럼, 길모어처럼 나만의 경계를 노래하고 싶습니다. 그게 아마도 글일 것입니다.

한계도 있습니다. 원형의 극장은 밤과 어둠에 휩싸여 있지만 사이키델릭한 음들이 공간을 잘라 내고 있습니다. 무엇보다 조명의 빛들이 어둠을 찢습니다. 인간이 만드는 빛들은 언제나 기하학적 도형을 이룹니다. 이렇게 말할 수 있습니다. 어둠이 우주를 지배한다. 그 우주를 드러나게 하는 것은 빛이다. 빛은 어둠 전체를 밝힐 수 없기에 선택적으로 뻗어 나갈 뿐이다. 그 빛이 닿는 곳을 인간은 인지한다. 주로 서양 문화에서는 그 빛을 대체로 기하학적 도형으로 그려 내는데 그 이유는 인간의 인식 또는 지성이나 이성 등이 이해하고 붙잡을 수 있는 평면이나 제한된 공간이 필요하기 때문입니다. 후설의 말대로 어둠으로 빛이 투시된 만큼의 음영은 우리의 인식 세계로 들어오며 그것의 확장이 계속되어 온 것이 인간의 문명의 역사입니다. 들뢰즈의 혼돈은 동아시아와 달리 무섭고 부정적입니다. 그것을 파악하기 위하여 그는 '고른 평면'을 만듭니다. 지성은 그것 위에 차곡차곡 지층을 쌓아 갑니다. 주름도 생기지요. 동아시아의 사유 형식은 전혀 다릅니다. 이에 대해서는 아마도 나중에 또 말할 기회가 있을 것입니다.

데이비드 길모어의 공연은 바로 어둠 속에 던지는 빛줄기입니다. 그의 삶이, 밴드의 걸어온 길이 바로 빛이 쏘아지고 또 사라지고 한 궤적의 발자취입니다. 빛을 던졌기에 그 순간의 빛이 닿은 곳은 흔적으로 남습니다. 우리의 세계로 들어왔습니다. 길모어는 나이와 상관없이 오히려 나이가 많아 이러한 흔적들을 가득 지니고 있습니다. 그는 후회를 안 할 것입니다. 지금 다시 빛을 쏘아 올려 그 흔적들을 다시 비추고 노래합니다. 그 생생한 흔적이 바로 음악입니다. 그것은 영상으로 악보로 남지만 빛이 살아 있는 것이 아닙니다. 길모어는 공연에서 빛을 투사해서 그 음악을 다시 살려 냅니다. 아마도 그렇게 음악을 살려 내는 순간 길모어의 삶 자체도 다시 빛을 받아 살아날 것입니다. 그 삶은 지속됩니다. 본원적인 생명의 힘을 받아 끝까지 걸어갈 것입니다. 낳고 낳음의 삶은 지속될 것입니다. 아마도 그가 떠난다 하더라도 누군가가 빛을 다시 비추기만 하면 그 음악은 살아나오고 그 뒷배경에는 길모어가 흐릿하더라도 비추어질 것입니다. 나도 그럴 수 있을까요? ㅋㅋ

'글빚'이라는 단어를 처음 접합니다. 그런 경우를 그렇게 말하는군요. 나는 이렇게 생각합니다. 피상적으로만 글빚을 말한다면 그것은 과학자나 학문을 하는 사람들의 세계에서 통용되는 것이지 예술이라고 말하는 시문학에서는 전혀 아닙니다. 공자가 이미 말했습니다. "아는 것은 좋아하는 것만 못하고, 좋아하는 것은 즐기는 것만 못하다(知之者 不如好之者 好之者 不如樂之者)." 해야 된다는 의무가 주어지면 그것은 이미 본질을 잃기가 쉽습니다. 좋아서 하는 것도 즐거워서 하는 것만 못하다고 하는데, 빚에 쫓기는 것처럼 의무감을 갖고 문학을 다룬다면 그것은 진정 슬픈 일입니다. 아마도 브라운이나 길모어는 공연 일정에 쫓기는 적은 있었겠지만 그렇게 표현하지 않으면 안 되는 절실한 그 무엇인가에 이끌려 작품을 쓰고 노래했을 것입니다. 좋아서 그리고 즐거워서 하기도 했지만 아마도 이 모든 것의 차원을 넘어서 삶이 요구하는 대로, 삶의 천연대로 따라서 그렇게 했을 것이 분명합니다. 생각건대 장 선생님의 많은 시들은 이를 따랐으리라 믿습니다. 어떻든 이번 여름이 정말 뜨겁겠네요. 건투를 바랍니다.

비바람이 한층 거셉니다. 비안개가 세상을 뒤덮었네요. 저 속으로 풍덩 뛰어들어 헤엄을 칠까요. 내 마음이 이미 음악처럼 비안개로 뒤덮였는데 이미 나는 마음 바닷속에서 헤엄치고 있을 겁니다.

장 선생님은 말이 없는 적막 세계의 연못에 몽돌을 던져 주었습니다. 돌멩이는 소리로 적막을 깨트리고 파문을 그렸습니다. 그리고 사라졌습니다. 그래도 소리와 파문의 흔적은 빗소리와 어울려 나를 그림자 속에 계속 잡아 둡니다.

감사합니다.

2018년 7월 3일
태풍이 몰아치는 바닷가 포구에서.

나의 시의 리듬

예술 장르의 하나로서 문자로 이루어진 텍스트인 시가 리듬을 필요로 하는가 또는 시에 본디부터 리듬이 존재하는가 하는 물음은 답하기가 쉽지 않다. 문학의 형태를 구분 짓는 장르라는 개념 자체가 모호한 것으로 인식되고 시라는 장르가 기존의 영역을 깨트리며 무한으로 확대되고 있는 실정에서 리듬이라는 개념의 의미와 실제 창작에서의 사용 양상을 묻는 것은 여러 가지 문제점을 야기한다. 무엇보다 리듬이 무엇인가 하는 개념의 정의가 분명치 않다. 따라서 시를 짓는 사람으로서 '나의 시의 리듬'이라는 표제는 간단치 않은 과제다. 이는 문자 기호인 언어를 늘어놓는 시인이 시 창작의 전제조건으로 반드시 리듬을 사용해야 하는가 그리고 어떠한 리듬을 어떻게 적용하는가 하는 물음을 전제하기 때문이다.

통상적으로 우리는 리듬을 전통의 시들이 지닌 압운이나 운율 등과 연관 짓는다. 대체로 그것들은 시의 외부 형태로 드러나는데, 한시의 오언이나 칠언의 절구나 율시, 일본의 하이쿠, 각운을 기초로

한 서구의 소네트, 우리의 전통 시가인 시조 등이 대표적이다. 시에서 리듬을 찾는 것은 아마도 시와 음악의 본질을 동일하게 간주하는 데서 비롯되었을 것이다. 음악에서 리듬은 크게 박(beat)과 마디를 중심으로 하는 서양의 운율과 호흡을 기준으로 하는 일부 동아시아 특히 한국의 전통음악에서 드러나는 장단 등으로 나눌 수 있다. 서양에서 음은 세분화되고 음과 음은 단절되며 하나의 음은 장단, 강약, 고저를 지닌다. 하나의 음은 그 자체로 독립성을 지니지 않고 다른 음과의 관계 속에서만 그 의미를 지닌다. 화성과 대위법 등 다성음악이 발전된 이유다. 국악에서 하나의 음은 그 장단, 강약, 고저가 일정한 값으로 고정되지 않는다. 하나의 음이 무한히 지속될 수 있고 또 끊임없는 변화 등을 통하여 하나의 음으로 독자적인 생명력을 획득한다. 이러한 음의 특질은 결과적으로 무정형의 음악을 추구하며 즉흥성을 강조한다. 여러 악기가 합주를 할 때에도 하나의 선율에 예속되는 것이 아니라 각 악기는 제멋대로, 독립적으로, 즉흥으로 창조된 가락을 연주한다. 이러한 헤테로포니식 음악은 각 개체의 독립성을 최대한 유지한다. 중요한 점은 이러한 각기 독립적인 악기 또는 음들이 모여 하나의 통일성을 지닌 작품을 만들어 간다는 사실이다. 이때 통일성을 가능하게 하는 것이 바로 리듬이라고 말할 수 있는 호흡 장단이다. 그것은 매체로서 적극적인 작용을 수행한다. 그것은 수학적 비트가 아니며 생명의 열려 있는 자유로운 호흡이다. 독립해 있는 개별적 부분들이 생명의 약동으로 흐르면서 동시에 전체적으로 통일성을 지닌 작품을 함께 구성할 수 있도록 기능한다. 한마디로 '활발발(活潑潑)'한 흐름이다. 흐름의 방향과 양태, 그것을 리듬이라 할 수 있다면, 그것은 작품의 생명력과 완성도를 높인다. 클래식 계열의 현대음악이나 즉흥성을 지닌 재즈 그리고 현대

회화가 특정한 형식을 거부하고 자유로운 실험을 계속하는 것처럼 어떤 면에서 우리의 전통음악을 포함하는 시나위 예술은 이러한 현대적 특성인 방일(放逸)과 신명(神明)의 미를 본질적으로 지니고 있다고 할 수 있다. 시나위 예술은 생명에 뿌리를 두고 생명을 표현하며 생명의 약동을 두드러지게 함축하는 모든 예술을 의미한다. 그 어휘의 기원은 우리나라이지만 그 범위를 넘어서 우주적으로 보편화된 것을 말한다.

시나위 예술은 좁은 의미, 통상적 의미에서의 리듬의 차원을 넘어선다. 이때 리듬은 음악이나 시의 반복된 규칙을 의미하는 리듬이 아니라, 생명 차원의 리듬, 우주적인 리듬의 특성을 지닌다. 우주에는 리듬이 가득하다. 이때 리듬은 파동이다. 그것은 에너지를 지니며 끊임없이 움직인다. 그것에는 목적도 없고, 방향도 정해지지 않았으며, 우리가 그것을 규정할 수 없을 정도로 일체의 예측을 허락하지 않는다. 우리가 특정한 파동을 감지할 때, 일정한 주파수나 펄스를 지각할 때, 우리는 그것들로부터 어떤 규칙적인 반복과 차이 등을 인식하고 분류한다. 그것은 이미 인간의 지성이 결과적으로 추출한 것에 불과하다. 그것은 오직 인간의 능력 한도 내에서 파악한 극히 일부의 움직임에 지나지 않는다.

우주는 생명체 그 자체이며 모든 사물과 인간 역시 생명체다. 우주가 힘을 발산하거나 응집할 때 우주 만물은 움직이며 변화한다. 이러한 변화와 움직임의 과정에서 우주의 사건이 발생하며 모든 생명체가 생성된다. 이는 생명체로서 인간이 그 생성부터 우주 본원과 동일한 움직임과 에너지를 내재하고 있는 이유다. 이러한 움직임과 변화는 파동으로 해석된다. 그 파동은 인간의 지성이나 상상을 훨씬 뛰어넘는 일파만파 무한의 가짓수로 구성된다. 구성이라는 말도 한계를 지닌다. 우주의 파동은 '자연(自然)으로 절로 그러함'일 뿐이다. 인간은 오로지 인간이 내재하고 있는 파동의 가능성 한계 내에서 우주의 극히 일부분에 불과한 파동을 결과적으로 읽어 내며 동일한 파동 위에 몸을 놓는다. 두 개의 서로 다른 사물이 동일한 파동을 일으킬 때 공진화(共振化) 현상이 일어나는데 이때 공진화는 엄청난 에너지를 발산하며 하나의 사건으로서 새로운 환경이나 창조물을 창발(創發, emerging out)한다. 리듬이 존재한다면 이러한 혼돈의 변화 속에서 인간이 지각하고 인식하여 개념화하는 그 무엇이다. 그것은 단적으로 이야기해서 무한한 비정형의 우주 파동 속에서 인간이 조그맣게 단면으로 절단해 놓고 규정하는 파동이다. 한 사람에 의해서 창조된 예술이 다른 사람을 공감시킨다면 바로 이러한 우주의 리듬을 공유하기 때문이다.

시는 시상(詩象)이다. 시 작품은 시상을 특정하게 표현하는 상(像)이다. 또한 시는 시나위 예술이어야 한다. 시나위 예술은 그 본질을 신명으로 갖는다. 신명은 생명의 움직임을 한껏 고양한다는 뜻이다. 상(象)은 주역에서 말하는 상이다. 상은 여덟 가지 기본 괘로 이루어지는 64괘로 구성되지만 상은 결코 어떠한 기호가 아니며 그것의 의미는 본질적으로 고정된 형식과 내용을 지니지 않는다. 우주의 현상과 만물의 궁극적 본원은 생명이며 그것은 언제나 가변적이고 움직이며 흐르고 있다. 그것은 일정한 기호로 나타낼 수 없지만 그럼에도 불구하고 인간은 소통을 위하여 개념을 창조하고 그 의미를 한정 짓는다. 그때 나타나는 것이 상일 뿐이다. 이때 상은 객형(客形)일 뿐이다. 서양인들은 우주의 근원을 카오스라 하지만 동아시아에서는 이를 궁극적 실재인 태허나 태초로 명명한다. '하나'로서, 일자(一者)로서 태허는 우주 만물을 창생하며 흘러가는데 상은 이러한 규정될 수 없는 것을 드러내기 위한 인간의 개념에 불과하다. 이러한 상의 본질이 힘과 유동이라면 그 상을 구성하고 있는 하나의 부분, 인간 지성에 의해서 인식되는 것이 바로 리듬이라 하겠다. 힘과 운동은 반복될 수 있으며 그러한 반복은 시간을 매개로 차이를 만들며 새로운 생명체를 창조한다. 사람들은 이러한 지속적인 현상을 절단하여 하나의 면을 취하고 그것을 리듬이라 명명할 뿐이다. 또 리듬을 지닌 상을 인간의 감각에 구체적으로 드러내기 위하여 현실적인 어떤 사물 형태로 만들어 가는 과정이 바로 예술이고 그 결과물이 바로 상(像)으로의 예술 작품이다. 예술은 상(象)을 상(像)으로 드러낸다. 예술은 우주의 본질인 생명을 표현한다. 개개의 작품은 이러한 생명의 힘과 움직임을 드러내는데 그것을 우리는 예술 작품으로서 상(像)이라 한다. 그러한 상은 언제나 신명을 표출한다. 예를 들어 미켈란젤로의 「다윗 상」은 돌조각으로 만들어진 차고 고정된 상(像)이지만 우리는 그것을 바라보며 그 속에서 흘러가고 있는 생명의 흐름을 읽는다. 그것은 아마도 신명과 통하고 있음이 틀림없다. 빈켈만이 거론하는 「라오쿤 상」도 한마디로 인간에 내재하는 생명의 힘과 움직임을 강하게 표현하고 있다. 그 모두는 바로 시나위 예술에 속함이다.

시나위 예술에서 시가 시상이라고 할 때, 이미 시는 비정형으로, 불규칙적으로, 인간의 인위적인 규정이나 한정을 넘어서, 전통에 얽매이지 않고, 지속적으로, 예측을 불허하며, 흐르고 있어야 한다는 것을 의미한다. 오로지 시에 공통적인 것은 생명 그 자체일 뿐이다. 시가 충실해야 할 것은 오직 생명의 뜨거운 힘과 움직임이다. 생명체로서 우주는 무한한 리듬을 지닌다. 우리가 특정한 리듬을 지칭할 때 그 리듬은 이미 사후의 결과물이다. 무한한 리듬 중에서 어느 새로운 리듬을 발견하는 것이 바로 시인의 몫이다. 예를 들어 유럽 현대음악에서 작곡가이며 시인인 지아친토 셀시는 7음계 중에서 오로지 하나의 음만 취하여 악곡을 구성한다. 단음이지만 그 변화는 무한으로 전개되며 우리는 생명의 흐름을 느낀다. 하나의 음이 파동을 이루며 흘러간다. 그것은 셀시 이전에 볼 수 없었던 전혀 새로운 리듬이었다. 그는 평소에 음악을 창작한다고 이야기하지 않았다. 그는 우주에 충만한 음들의 파동 중에서 그의 귀에 들리는 것을 발견하고 인간이 감상할 수 있는 음악으로 변환시켰을 뿐이라고 말했다. 문자예술인 시도 생명체인 인간이 만들어 낸 것으로서 생명의 의미를 내포하고 있다면 이러한 우주적 생명 정신의 리듬을 반영하여야 하지 않을까? 복잡다단하기 그지없는 현대를 살아가면서 시인이 현대성을 드러내려면 아직도 은폐되어 있는 우주의 무한한 생명 리듬 중에서 새로운 것을 발견하고 이를 표현해야 하지 않을까?

정형시와 비정형시, 운문시와 자유시, 시와 산문 등을 굳이 구분하며 시를 규정하고 분석하며 하나의 틀을 구성하려는 것은 인간이 지닌 지성 또는 분별지의 특질이다. 지성은 생명체의 일시적 생존에 도움이 되지만 진화를 통한 새로운 종을 만들어 내는 데는 역부족이다. 차갑고 굳어 있으며 수리적이고 분석적인 지성이 아니라 생명체가 지닌 본래의 힘과 움직임을 한껏 드러내는 것, 다시 말해서 신명을 나게 하는 것이 바로 시나위 예술의 방향성이요 새로운 시가 지녀야 할 덕목이다. 지성이 아니라 직각과 신명을 따라야 함이다. 그렇다고 전통을 거부하는 것이 아니며 또한 어떠한 형식도 없는 무형식의 작품을 주장하는 것이 아니다. 무형식이란 있을 수가 없다. 시작품은 이미 기호화된 텍스트이며 그것은 시각적·청각적 형태를 피할 수가 없다. 다만 인위적인 구분인 장르나 음운론, 서정성이나 해체성, 전통의 유지나 파괴 등을 기준으로 하여 가치 평가를 하는 것에 구애를 받지 않으려 함이다. 생명 정신의 리듬에 충실한 시는 어느 시대를 막론하고 시대의 한정을 뛰어넘어 무한 우주 공간으로 흐드러지듯 튀어 올라 마음껏 질주할 것이다. 생명의 본질에 충실하여 새로운 리듬을 발견하고 그것을 상으로 드러내었을 때, 그리고 그것과 유사한 것이 반복되어 나타날 때, 아마도 사람들은 그것은 어떤 형식이라고 새롭게 규정할 것이다. 하지만 생명의 힘과 움직임은 이러한 규정을 거부한다. 사람들이 어떤 틀로 개념화하여 규정하려 할 때 이미 생명은 이를 벗어나 또다시 새롭게 도주하고 있을 것이다. 사람들은 현대성(modernity)을 운위한다. 현대는 끊임없이 과거가 되어 밀려나며 새로운 현대를 맞이한다. 예술에서 현대의 의미는 낯선 것이나 새로운 것 그리고 기존의 개념으로 규정될 수 없는 그 무엇이다. 생명은 언제나 흐르고 있다. 생명은 언제나 현대적이다. 예술이 필연적으로 생명에서 비롯된다면 시 작품이 현대성을 지녀야 함은 당연하다. 마찬가지로 시에서 리듬을 이야기한다면 우주 생명의 무한한 리듬 중에서 새로운 것을 발견하여야 하지 않을까. 오르페우스의 신화는 현재에도 요청된다.

나는 시를 지을 때 좁은 의미에서의 리듬을 거의 의식하지 않는다. 리듬을 생명의 파동이라 이해한다면 단연코 말하건대 나의 시는 리듬을 지녀야 한다. 리듬이라는 서구적 개념을 지양한다면 나의 시는 생명을 노래하고 신명을 드러내야 한다고 생각한다. 신명은 파동을 수반한다. 신(神)은 정신(精神)의 신으로서 그 의미는 생명의 움직임이다. 신은 전혀 방향도 없고 예측을 불허하지만 우주 어느 한 곳이라도 빠트림이 있거나 지나치지 않는다. 시도 마찬가지다. 내가 시를 만족스럽게 지었다면 분명히 그 시는 생명의 기운을 내재하고 있을 것이다. 그것을 읽음으로써 신명이 드러나고 그 신명은 독자로 하여금 그 자신 안에 있는 신명과 공진화 현상을 일으킬 것이다. 이러한 신명이 갈래로 분화하여 최적화된 형식으로 나타나는 것이 노래이거나 운율일 것이고 그것은 결과적 산물일 뿐이다.

기존의 형식은 새로움으로 흐르는 내용에 선행하지 않는다. 형식은 내용을 규정할 수 없다. 내용으로서 생명은 시대를 초월한다. 생명의 강도와 색채 그리고 그 차이에 따른 형식은 시대에 따라 변화한다. 우리가 굳이 앞선 시대의 형식을 고수하거나 준수할 이유가 없음이다. 우리가 전통을 참고하는 것은 앞선 시대에서 생명을 표현하기 위하여 어떤 시대적 상황이 어느 특정한 형식을 창출하였을까 하는 이유를 밝히기 위함이다. 생명을 표현하기 위해, 신명을 가장 극적으로 드러내기 위해 옛사람들이 얼마나 진지하게 노력했는지 그 자세를 배우기 위함이다. 우리가 본원적이고도 광의의 리듬이 아니고 굳이 예술 장르의 하나로서 시 작품의 시적 리듬을 운위한다면 그것은 시나위 예술 전반이 공유해야 하는 생명이라는 내용을 시라는 형태로 가장 적절히 드러내기 위한 내적이고도 외형적인 양식 다시 말해서 작품 하나가 갖는 전체적 통일성을 이루기 위한 매체로서의 리듬이다.

이런 면에서 나는 나의 시를 창작하면서 끊임없이 반성한다. 시재가 부족함을 절감한다. 그렇다고 천재가 따로 있다고는 전혀 생각하지 않는다. 모든 인간은 신명을 지니고 있음이다. 모든 인간은 예술적 소양을 공히 지니고 있음이다. 오로지 배우고 수양하고 닦으며 어느 한순간 우주의 리듬이 나를 관통할 때, 적기에 이를 놓치지 않고 가장 적합한 단어와 문장을 구성하여 시를 짓도록 노력할 뿐이다. 무엇보다 이런 생명의 리듬을 들을 수 있는 능력을 지속적으로 지녔으면 좋겠다. 부처가 말씀한 대로 '일심개이문(一心開二門)'의 정신 경계에 도달하여 우리의 일상을, 인간 만사의 현상을 모두 긍정하고 받아들이면서 우주의 생명 정신의 리듬을 있는 그대로 들을 수 있으면 좋겠다. 시로 맺는다.

태양이 갈기는 한낮
자외선 경보가 울리는 날엔
머리부터 발끝까지 발가벗고
햇살을 품으며 걸어라

호박잎은 축 늘어지고
물망초가 꽃잎을 눈꺼풀로 숨기면
햇빛은 척후병으로
총을 겨누며
뜨거워 흐늘거리는 잎새마다
최후의 적까지도 찾는다

맞서라
유월의 밤꽃은
불가사리처럼
바닷속 깊은 어둠까지도
비린내로 흐느끼고
상수리나무는 도토리를 잉태하려
태양이 쏘아 대는 총탄을
잎새마다 핏빛으로 포옹한다

맞이하라
두 손을 벌리고
끓어오르는 땅의 열기와
어머니의 정기를 빨갛게 흡인하고

걸어라
맨발로
창백한 얼굴아
아스팔트를 치우고
진흙이 말라 갈등의 균열이
비를 기다리고 있는
그 맨살 위로
걸어 보아라

얇고 흰 발바닥에
부르튼 물집은
부끄러워하리니

비 오기 전에
불바다와 태양만이 용솟음치던
옛날의
한 모퉁이 한 자락이라도
뜨겁게 잡아 보아라

—「뜨겁게 걸어라」, 『새끼 붕어가 죽은 어느 추운 날』

2017년 4월 18일

시와 음악은 어떻게 그리고 왜 만나는가

나무로 말한다면 시는 나뭇잎이요 음악은 꽃이다. 모두 한 뿌리, 한 기둥에서 갈려 나와 나무 전체를 이룬다. 이런 핵심 문제를 크게 의식하지 않고 나뭇잎을 보는 사람은 그 모습만을 이야기하고 꽃의 아름다움에 매혹당한 사람들은 꽃의 향기와 색에 대해서만 운위한다. 21세기를 맞이하는 우리 시문학과 음악의 좌표가 바로 그렇다. 언어는 무엇인가 대상을 가리킬 수 있는 기호이므로 언어는 우리가 보고 접하고 느끼는 모든 것을 이야기할 수 있다. 어떤 사람들은 언어가 문자로 서술되기만 하면 그것들이 시라고 주장한다. 사람에게서 나온 것들 그리고 사람과 관련된 어떠한 것들이라도 언어 또는 문자라는 기호로 바뀌면 시가 될 수 있다는 말이다. 과연 그럴까. 아닐 것이다.

시가 시이기 위해서는 시적인 요소가 언어 속에 들어 있어야 한다. 겉으로 드러나는 형식이 되었든 그 말이 함축하는 내면의 뜻이건 모두 시적이어야 한다는 의미다. 시적 요소가 무엇인가에 대해서는 분분하게 논의가 많지만 시가 갖는 특성의 하나는 바로 음악성이다. 나무가 잎을 매달고 꽃을 피우던 옛 시절로 돌아가면 우선 "시란 뜻을 말로 나타낸 것이고, 노래란 그 말을 길게 읊조리는 것이다(詩言志 歌永言)"[1]라 했다. 시와 노래는 분명하게 하나의 뿌리에서 솟아난 것임을 말한다.

그렇다면 음악은 무엇일까. 『예기』「악기」는 말한다. "무릇 음이 일어나는(起) 것은 사람의 마음이 생기는(生) 데서 비롯된다. 사람의 마음이 움직이는(動) 것은 사물이 그렇게 만드는 것이다. 사물에 감응하여 움직이고 그래서 소리(聲)를 형성한다. 소리는 서로 응하고 변화를 빚어내며 변화는 바로 음이라는 것을 만든다. 음을 비교하고 악이 간척이나 우모에 미치게 되니 이를 일러 악이라 한다."[2] 「악기」의 첫머리에 나오는 유명한 말이다. 또 이렇게 이야기를 계속한다. "무릇 음이라는 것은 사람의 마음을 생기게 한다. 마음 한가운데서 정(情)이 움직이고 그래서 소리가 만들어진다. 소리는 문채(文)를 이루니 이를 일러 바로 음(音)이라 한다."[3] 여기서 정(情)은 사람의 감정에 국한할 것이 아니라 정(精) 즉 생명의 본질까지로 확대된다. 고대 중국에서는 정(情)과 정(精)이라는 글자는 호환성을 지니고 있었다. 한마디로 음은 마음 즉 감정이나 생명의 기운이 움직이는 것에 비롯되고 또 만들어진 음은 거꾸로 사람들에게 그런 작용을 불러일

---

1 『書經』,「堯典」. 詩言志 歌永言 聲依永 律和聲 八音克諧 無相爭倫 神人以和.

2 凡音之起 由人心生也 人心之動 物使之然也 感於物而動 故形於聲 聲相應故生變 變成方謂之音 比音而樂之及干戚羽旄謂之樂. '간(干)'은 방패요 '戚(척)'은 도끼다. 무무(武舞)에 쓰인다. '우(羽)'는 새의 깃이고 '모(旄)'는 깃대를 말한다. 문무(文舞)에 사용된다.

3 凡音者生人心者也 情動於中形於聲 聲成文謂之音.

으킬 수 있다. 시(詩)도 다름 아니다. 시는 한마디로 소리다. 음악을 지닌 만물을 표현하는 소리가 바로 시인 것이다. 소리는 파동이 있으며 파동은 바로 음악이다. 음악이 시요 시가 음악이다.

덧붙일 말이 있다. 고대 동아시아에서 신(神)은 마음의 작용(用)을 의미했다. 우리가 정신(精神)이라고 이야기할 때, 이는 바로 마음 즉 감정이나 생명의 기운이 활발하게 살아서 움직이고 있음을 뜻한다. '신이 나다' 또는 '신명 나게 놀아 보자'라는 말들은 모두 여기서 비롯된다. 예술이란 무엇인가에 대한 답일 수도 있다. 눈여겨보아야 할 대목이 있으니 바로 "소리가 문(文)을 이루니 바로 그것이 음이다"라는 부분이다. 문은 본디 무늬, 빛깔 또는 아름다운 외관 등을 뜻한다. 글자 또는 문장이라는 의미가 덧붙여진 것은 나중의 일이다. 음악이 문이라 했는데, 문에서 진전된 것이 바로 시문이요 문장이니 우리는 또다시 시와 음악이 한 뿌리임을 알게 된다.

실천적인 삶을 살아 만고 이래의 사표로 추앙받고 있는 공자는 시와 음악에 대해서 어느 성인보다도 많은 말을 남겼다. 모두 귀담아 들을 이야기들이다. 그는 "시는 사람의 감흥을 일으키게 하고, 사물을 볼 수 있게 하고, 다른 사람(또는 자연 만물)과 어울리게 하며, 감정(怨)을 지니게 해 준다"[4] 하여 시를 공부할 것을 권유한다. '흥관군원(興觀羣怨)'의 시론이다. 또한 인간의 완성도 시와 음악에서 찾으니 "시는 흥에서 나오고, 사람의 됨됨은 예로 이루어지며, 인간의 완성은 악에서 만들어진다."[5] 사람이 시를 읽게 되면 마음에 감흥이 일어나게 된다. 또한 시인은 어느 정도 감흥이 충만한 상태에서 시구를

---

4 『論語』, 「陽貨」. 詩可以興 可以觀 可以羣 可以怨.

5 『論語』, 「泰伯」. 詩於興 立於禮 成於樂.

짓게 된다. 흥(興)은 바로 기(起)다. 「악기」에서 음이란 사람의 마음이 움직여 생긴다 했는데, 시 또 마찬가지다.

공자는 시와 음악을 인간의 인격 완성에 필요한 수단으로 간주한다. 최고의 방법으로 시 그리고 특히 음악을 꼽는다. 『논어』「양화」편에서 시경을 공부하지 않으면 사람으로서 담장을 마주하고 있는 것과 같다고 지적하기도 한다. 시는 바탕으로 필요조건이요 음악은 충분조건으로 완성이다. 내세 신앙에 대한 언급을 회피하고 있는 공자로서는 어떤 깨달음의 경지를 운위하지 않고 사람이 실제 살아가는 과정에서 실천적인 방법만을 논한다. 그리고 그 방법은 바로 예(禮)와 더불어 시요 음악이다.

그렇다면 시와 음악은 실제로 어떤 모습을 지니고 우리 앞에 나타나는가. 시와 음악은 동근동원(同根同源)이지만 외면적으로 나타나는 모양은 꽃과 잎처럼 전혀 다르다. 음악은 음과 음의 조합이요 배열이다. 음이 쌓여 화성을 이루고 박자로 매듭을 지으며 선율을 구성한다. 『춘추좌전』에는 "음악은 맑고 흐림(淸濁), 크고 작음(大小), 짧고 긴 것(短長), 서두름과 천천히(疾徐), 슬픔과 즐거움(哀樂), 굳세고 부드러운 것(剛柔), 느리거나 빠름(遲速), 높음과 낮음(高下), 나감과 들어옴(出入), 집중과 분산(周疏) 등으로써 서로 가지런해집니다"[6]라는 말이 나온다. 시는 어떻게 상응할까. 운과(韻)과 율(律)이다. 그리고 구(句)와 행(行)과 연(聯)에 일정한 형식 규범을 적용한다. 음악처럼 조화를 이루기 위해 시에도 음악적 요소를 도입한다. 시를 짓는 규범은 동서양이 다르고 나라마다 차이가 있지만 크게 보아 이러한 엄격한 형식들은 20세기 초까지 면면히 그 전통을 유지하고 있었다.

---

6 『春秋左傳』, 昭公 20年.

이러한 형식을 통하여 우리는 시와 음악에서 예술의 아름다움을 만끽할 수가 있었다. 무엇보다 시를 읽으며 아름다움을 느끼는 데는 음악적 요소가 절대적이었다.

다른 예술들과 달리 시와 음악에는 공통점이 하나 있다. 시간성의 예술이라는 점이다. 시도 눈으로 읽거나 소리 내어 읽어야 한다. 시간이 흐른다. 음악은 물론 노래를 부르거나 악보에 의거하여 악기로 연주를 해야 한다. 또한 시간이 흐른다. 시간이 흐르며 우리는 시와 음악이라는 작품 속에 들어 있는 조화를 느끼게 된다. 조화란 우주 만물의 화(和)다. 우주 만물은 하늘과 땅과 사람으로 구성된다. 우주 만물이란 바로 앞서 비유한 나무의 뿌리요 기둥이다. 시와 음악은 함께 태어난다. 동복형제인 것이다. 우주 만물을 노래하되 시는 상외지상(象外之象)의 경계에 이르는 형식이고 음악은 운외지치(韻外之致)의 세계로 들어간다. 궁극적으로 상외지상과 운외지치는 형식과 내용 면에서 호환성을 보이고 시와 음악은 결합한다.

한마디로 이야기해서 지난 수천 년간 음악과 시는 거의 구분될 수 없을 정도로 밀접한 관계를 맺어 왔다. 서양에서는 그리스, 로마 이래 종교음악이 지배하던 중세를 지나며 12세기부터 소위 방랑 시인들이 등장한다. 독일에서는 'Minnensinger'로 불리고, 프랑스에서는 'Troubadours'라 불리는 일단의 음유시인들이 바로 그들이다. 바그너의 악극에 나오는 탄호이저는 바로 13세기에 활동한 음유시인이다. 16세기 말에 들어서 원시적 오페라의 모습이 보이고 18세기를 거쳐 19세기 낭만주의자들에 이르러서야 음악과 시의 본격적인 결합이 나타난다. 베토벤의 가곡, 그리고 본격적으로 노래(Lied)를 쓴 슈베르트, 슈만 등이 그 예다. 그들은 모두 기존의 시인들이 쓴 시에다 곡을 붙였다. 그러고 보면 20세기 초 말러에 이르기까지 서양에서 예술가곡의 역사는 이백 년이 안 된다. 서양의 시와 음악의 발전은 동양에 비해 한참 더디다고 할 수 있다.

동아시아에서 시와 음악의 긴밀한 발전은 그 격을 달리한다. 우선 『시경』이다. 『시경』은 춘추시대 공자가 제후의 나라들에서 불리는 노래를 채집하여 편집한 노랫말이다. 노래이지만 우리가 현재 보는 것은 시문이다. 악보라는 표현 수단이 없어 곡이 사라진 것이 아쉬울 뿐이다. 전국시대 굴원의 『초사』 또한 노래다. 한(漢)대 이르러 『악부시집(樂府詩集)』이 등장하고 당나라 때부터 생긴 사(詞)는 송대에 이르러 그 전성기를 맞는다. 오언시나 칠언시가 내려오고 있었지만 송나라 때에 단연 사곡(詞曲)이 시의 근간을 이룬다. 사곡은 노래다. 하나의 곡패(曲牌)에 무수한 시인들이 여러 노랫말을 붙인다. 여기서 노랫말은 물론 시가 된다. 시가 음악이요 노래가 시였던 셈이다. 원나라 때는 마찬가지로 산곡(散曲)이 등장하는데 이는 사곡보다 격률의 엄격함을 낮춘 것이다. 시에다 통상적으로 말하는 구어체를 삽입하기 시작한 것도 산곡에서 비롯된다. 명청대에 이르면 희곡이라는 또 다른 종합예술이 완성된다. 중국 고대에서부터 내려오던 설창(說唱)문학이 송과 금대에 이르러 제궁조(諸宮調)의 노래로 바뀌고 원대에 이르러 잡극을 만들어 낸다. 그것이 더욱 다듬어져 명대에 곤곡(崑曲)이라는 인류가 자랑할 만한 기념비적 종합예술 유산 중의 하나로 완성된다. 서양에서 오페라가 태동하기 훨씬 전의 일이다. 그 내용의 질적인 면에서도 비교가 안 된다. 곤극(崑劇)은 시와 음악, 노래와 기악, 무용, 잡기, 미술, 건축, 의상 등을 총망라한다. 21세기를 사는 우리가 근래 디지털 종합예술이라는 모호한 용어를 사용하고 있는데 참고로 할 일이다.

우리의 경우는 어떤가. 고조선의 여옥이 지었다는 「공무도하가」를 시작으로 해서 신라의 향가와 고려의 속요가 모두 음악을 바탕으로 하는 노래다. 모두 시이면서 노래다. 고려 말기에서 조선 초에 이르면 시조가 대두되는데 시조가 노래로 시작하였는지는 확실치가 않다. 윤선도의 시조들을 보면 노래임이 틀림없지만 시조라 해서 모두 노래와 음악으로 연주된 것 같지는 않다. 조선 후기에 이르러 시조와 가사 문학이 본격적으로 발달하는데, 이때 가곡이 함께 형성 발전되어 먼저 음악이 있고 시조는 그 바탕을 이루는 노랫말로 시 작품이 이루어졌다. 가곡이라는 바탕 예를 들어 조선가곡 「이삭대엽」이라는 곡이 있으면 그것에 시조를 한 수 붙이고 노래를 하면 '한 바탕'이 이루어진다. 가곡의 형식이 다양해지면서 사설시조가 나타나고 강창(講唱)문학이라고 할 수 있는 판소리가 발전하기 시작한 것도 이 무렵이다. 판소리는 문학과 음악의 또 다른 결합인 셈이다.

20세기 들어 서구 문화의 무절제한 도입으로 전통과 현재가 급격히 단절되고 시문학에서도 자유시가 등장하여 지난 한 세기를 풍미하였다. 그러다 보니 수천 년간 지속되어 온 시의 형식 규범이 해체되고, 시가 지닌 내용에서의 음악성도 사라지거나 홀대를 받고 있다. 하지만 21세기에 새로운 시문학의 창조를 위해서는 음악성을 다시 살려야 할 것이다. 모든 예술이 보편화·대중화되고, 또다시 종합예술로 수렴되는 경향이 강한 새로운 시대에 시문학과 음악은 종합예술의 한 부분으로 편입이 될 것이다. 시와 음악은 독립되면서도 동시에 떼려야 뗄 수 없는 그런 관계를 유지하며 새로운 면모를 보일 것이다. 시에서 음악성이란 생명줄과 같은 요소가 되는 것이다.

천오백 년 전 유협은 이미 시대를 뛰어넘는 통찰력을 보여 준다. 유협은 통(通)과 변(變)을 이야기하는데, 여기서 통은 과거로부터 내려오는 전통을 가리키며 구체적으로 전통에 익숙한 것을 말한다. 변은 새로움이다. 전통과 다른 무엇이다. 전통의 한계를 깨고 새로운 지평을 여는 것을 의미한다. 하지만 그 근원은 같다. 유협의 이러한 생각은 『주역』을 바탕으로 한다. 『주역』「계사전」에 "궁하면 변화하고, 변화하면 통하며, 통하면 오래 간다(窮則變 變則通 通則久)"라는 말이 나온다. 시와 음악을 밀접한 관계로 새롭게 복원시키는 것은 21세기를 맞이한 우리의 커다란 과제다. 그래야 시문학은 21세기를 넘어서도 예술로서 살아남을 것이다. 유협의 말로 다음과 같이 매듭을 짓는다.

> 글짓기의 규율은 주위를 맴돌며 변화하므로 매일매일 그 배움을 새롭게 해야 한다. 변화하면 오래 가고 옛것에 통하면 부족하지 않다. 시류의 변화를 따르면 반드시 결과가 있을 것이요 그 기미를 타게 되면 두려워할 것이 없다. 다만 현재 새로움을 만들려 하면 옛날의 정해진 법칙을 참고로 하라.[7]

---

7 劉勰, 『文心雕龍』, 「通變」. 贊日 文律運周 日新其業 變則堪久 通則不乏 趨時必果 乘機無怯 望今制奇 參古定法.

조지훈의 음악적 심미 경계

1. 소리가 보인다

지훈 조동탁의 시집들을 열어젖히는 순간 즉각적으로 우리가 만나는 것은 시어들의 청각적·시각적 효과들이다. 시문은 분명 언어로 구성되어 있지만 우리는 사물의 뚜렷한 대상과 색채를 인지하게 되고 무엇보다 음악을 듣게 된다. 시마다 시구마다 소리가 넘쳐난다. "눈으로 읽으면 귀에 리듬이 울려오고 귀로 들어도 눈에 모습과 빛이 떠오른다."[1]

그의 첫 시집『청록집』에 나오는 열두 편의 시들은 하나같이 소리를 담고 있다.「봉황수」에서는 풍경 소리와 패옥 소리가 나오고 봉황의 울음도 들린다.「고풍의상」에서는 하늘로 날아갈 듯한 부연 끝에 풍경이 울고 두견의 소리와 발자취 소리도 나타난다. 그리고 거문고의 가락이 빠질 리 없다. 다른 시편들에도 목어를 두드리는 소리, 여

1 조지훈,『시의 원리』(조지훈 전집 2), 나남출판, 1998, p.113.

흘물 소리, 낮종 소리, 아스럼 흔들리는 소소리 바람, 해금의 줄을 혀는 소리, 성긴 빗방울 소리도 들린다. 정말 들어도 싫지 않은 소리들이다. 마지막 시편인 「승무」에는 소리와 직접적으로 연관되는 단어는 없지만 시편 자체가 음악과 춤의 상징으로 가득 차 있다.

이에 덧붙여 지훈은 시의 제목으로 악기나 춤을 선택하기도 하고 시문에 노래를 삽입하기도 한다. 제목으로는 「무고(舞鼓)」「피리를 불면」(또는 「의루취적(倚樓吹笛)」) 「율객(律客)」「승무」「가야금」「월광곡」「고조(古調)」「대금」이 그러하고, 시문에는 산조 한 가락, 범패 소리, 옥적(玉笛) 소리, 수심가 소리, 영산도 한 가락, 흐드기는 갈대청 대금 소리야, 이십오현 금슬(琴瑟), 애국가 합창 소리 등이 또한 그렇다. 심지어 시인은 아침에 나팔꽃을 보자마자 나팔 소리를 듣는다.

그의 시집에 소리가 넘쳐나는 까닭은 두 가지다. 첫째, 시의 대상이 되는 만물이 본디 소리로 이루어져 있기 때문이다. 성경에서 태초에 말씀이 있었다 하였지만 이는 소리보다 절대자의 뜻을 의미하는 면이 크다. 동아시아에서 태허는 만물의 시초요 근원인데, 이는 텅 빈 진공이 아니라 기(氣)가 바탕을 이루고 있으며 기의 움직임을 통해 소리와 빛이 탄생한다. 현대 과학에 있어서도 태초에 빅뱅이 있었으며 이는 우주의 시초라 하는데 빅뱅이란 바로 크나큰 폭발로 그것은 거대한 소리의 탄생을 의미한다. 우주의 시작은 바로 소리와 함께 더불어 이루어진 것이다. 우주의 자연 만물은 그 시작부터 소리를 태생적으로 지니고 있음이다. 소리는 꽃잎에서도 묻어나고, 풀잎이나 나무에도 있고, 돌에도 숨어 있으며, 흐르는 강에도 있다. 눈에 보이고 귀에 들리고 손과 몸으로 느껴지는 모든 것들이 소리들이다.

무엇보다 당신의 가슴에도 소리가 출렁거리고 있다. 만물의 근원이 모두 소리요 하늘도 소리다. 『삼국유사』「감통(感通)」 제칠 '광덕(廣

德) 엄장(嚴莊)' 편에 "구름 밖에 하늘의 음악 소리 들리고 밝은 빛이 땅에 가득하다(雲外有天樂聲 光明屬地)"고 했다. 그리고 원광 법사가 열반에 이를 때 절의 동북쪽 텅 빈 곳에 음악이 허공을 온통 채우고 낯선 향기가 경내에 가득하였다.[2] 불교가 발생한 인도에서는 오래전부터 유사한 생각들이 엿보인다.

인도에서는 우주 만상이 원초음인 옴(Om), 또는 프라나바(pranava)로부터 창조되었으며, 나아가 신(神) 자체가 우주를 관장하는 소리이자 음악으로 간주되어 왔다. 이는 본원적인 우주음(宇宙音)인 나다(Nada)가 세상을 창조한 브라만과 동일시되는 점에서도 확인된다. 산스크리트어로 '소리'를 의미하는 나다는 두 가지로 대별된다. 하나는 요가 수행을 통해 자신의 내아(內我, Atman)로부터 감지되는 영혼의 소리이며, 하나는 물리적 접촉이나 타박에 따른 공기의 진동이 청각적으로 감지되는 일반적 의미의 소리이다. 따라서 음악은 전자가 후자로 변환되어 표출된 것이며, 내적 정신의 움직임이 선율과 장단을 통해 감각화된 결과라 할 수 있다. 나아가 브라만에서 비롯된 소리로 조성된 음악은 곧 우주의 본원인 브라만의 소통과 합일을 실현하기 위한 주술적 수단이기도 하다.[3]

옛날에는 샤먼이 하늘과 소통하는 주술적 수단을 노래하였다. 현대에서는 시인이 샤먼의 역할을 대신하고 있다. 지훈은 「소리」라는

---

2 當終之時 寺東北虛中 音樂滿空 異香充院 道俗悲慶 知其靈感. 『三國遺事』, 「義解」 第五 第七 '圓光西學'.

3 허동성, 「인도 전통 연극에서의 음악의 기능」, 전인평 외, 『아시아 문화 아시아 음악』, 아시아음악학회, 2001, p.221.

시에서 노래한다. 들리느니 빛이요 보이나니 소리다.

햇살 바른 곳에 눈을 꼬옥 감고 서 있으면
귀가 환하게 열려 온다.

환히 열리는 귓속에 들려오는 소리는
화안한 빛을 지닌 노랫소리 같다.

지금 마악 눈 덮인 앞산을 넘어
밭고랑으로 개울가으로
퍼져 가는 바람 소리는 연두빛이다.

냉이싹 보리싹 오맛 푸나무 잎새들이
재잘거리는 소리다.
그것은 또 버들피리 소리가 난다.

그리고 논두렁으로 도랑가으로
울타리 옆으로 흙담 밑으로
살살 지나가는 바람은 노랑빛이다.

민들레 개나리 또는 담을 넘어
팔랑팔랑 날아오는 노랑나비 날개 빛이다.
아 이것은 바로 꾀꼬리 소리다.

그리고는 또 이제 앞뒷산으로

병풍을 두르듯이 휘도는 세찬 바람 소리는
연분홍 보라빛 꼭두서니 빛이다.

진달래 복사꽃 살구꽃 빛이다.
온 마을을 온통 고까옷을 입혀 놓은 명절 빛이다.
아 이건 애국가 합창 소리가 난다.

눈을 뜨면 아무 소리도 없고
귀를 감으면 아무 빛도 안 보인다.
앙상히 마른 나뭇가지와 얼어붙은 흙뿐이다.

그러나 봄은 겨울 속에 있다.
풀과 꽃과 열매는
얼음 밑에 감추여 있다.

그리고 꿈은 언제나 생시보다는
한철을 다가서 온다.

햇살 바른 곳에 눈을 꼬옥 감고 서 있으면
화안한 새 세상이 보인다.

—「소리」, 『여운(餘韻)』

둘째 이유는 시인의 속성에서 찾을 수 있다. 시인은 뭇 사람들과 다를 것이 없지만 그래도 여린 귀와 더 큰 눈과 너른 가슴을 지니고 있다. 그들은 노래하는 무당이요 배우일 수도 있다. 예전에는 시인들이란 무릇 노래하는 자들이었다. 대중을 위해 그들은 시를 만들고 노래를 불렀다. 그들은 눈에 띈 모든 대상들을 읊었다. 앞서 이야기한 대로 모든 대상들은 소리로 이루어져 있기에 가능한 일이었다. 그 소리들을 감성으로 느끼는 것은 바로 시인들이다. 바로 시인들이 지닌 힘이다.

그리스에서는 오르페우스가 그런 시인이었고 동아시아에서는 유백아(兪白牙)와 사광(師曠)이 그랬다. 님을 찾아 하디스를 만나러 가는 오르페우스가 류트를 연주하면 꽃과 나무들 그리고 짐승들이 모두 함께 흐느꼈다. 백아는 종자기와 더불어 황하의 노도 같은 흐름을 같이 느꼈고, 사광이 연주하면 학이 날아오고 천둥 우레가 울렸다. 우리나라 삼국시대에도 그런 이야기가 나온다. "신라 사람들은 언제나 향가를 숭상하여 왔는데 대개 시나 송가 같은 것들이었다. 그래서 때때로 하늘과 땅 그리고 귀신을 감동시키고는 하였는데 한두 번이 아니었다."[4] 지훈도 그러한 시인의 속성을 누구보다도 잘 인식하고 있었다. 만물을 꿰뚫어 보고 그 생명의 본질을 생생하게 노래로 표현하는 시인에게 시는 또 하나의 새로운 생명적 자연이며 유기체로서 살아서 움직이는 것이었다.[5] 어느 의미에서 시인은 자연이 능히 나타내지 못하는 아름다움을 시에서 창조함으로써 시는 한갓 자연의 모방에만 멈추지 않고 '자연의 연장(延長)'으로서 자연의 뜻을 현현하는 하나의 대자연일 수 있다. 시는 시인이 자연을 소재로 하여 그 연장으로써 다시 완미(完美)한 결정(結晶)을 이룬 '제2의 자연'

4 『三國遺事』, 「感通」 第七. 月明師兜率歌 羅人尙鄕歌者尙矣 蓋詩頌之類歟 故往往能感動天地鬼神者 非一.

5 조지훈, 『시의 원리』, p.113.

이라고도 할 수 있다.[6] 마찬가지로 사람과 사람의 삶도 결국은 자연의 일부에 불과하고 시인도 시인이기 전에 사람이다. 시인들은 사람들의 삶을 시로 읊기도 한다. 시인은 "먼저 시를 지을 줄 아는 사람이요, 인생 의미의 새로운 발견을 언어의 음률적 조형을 통하여 개성적으로 형상화할 수 있는 사람"[7]인 것이다. 약관에 불과하였던 젊은 지훈은 이미 그의 초기 작품에서 시의 이러한 속성을 온몸으로 체득하고 있었다. 「피리를 불면」에서 시인은 노래한다.

다락에 올라서
피리를 불면

만리(萬里) 구름ㅅ길에
학(鶴)이 운다

(중략)

다락에 기대어
피리를 불면

꽃비 꽃바람이
눈물에 어리어

---

6 조지훈, 『시의 원리』, p.21.
7 조지훈, 『시의 원리』, p.23.

바라뵈는 자하산(紫霞山)
열두 봉우리

싸리나무 새순 뜯는
사슴도 운다

—「피리를 불면」, 『청록집』(『풀잎 단장』에는 「의루취적(倚樓吹笛)」)

이제 시인이 울면 만물이 운다. 만물을 울리는 수단은 다름 아닌 소리다. 시인의 마음에서 우러나오는 소리요 바로 그 소리는 피리와 같은 음악 악기를 통하여 전달된다. 피리 소리가 닿으면 만물은 시인의 슬픔을 느끼고 함께 슬피 운다. 시인이 먼저인가 만물이 앞서는가. 다람쥐 쳇바퀴 돌 듯 시와 음악이 그리고 시인과 만물이 앞서거니 뒤서거니 하며 맴을 돈다. 『삼국유사』에 나오는 「만파식적(萬波息笛)」은 시인이 불어 대는 피리에 다름 아니다. 시인이 피리를 불면 "바람이 잦아들고 파도는 잔잔해진다."[8] 만물의 하나인 사람들 또한 시인의 춤과 노래를 통해 하늘의 조화와 그 기미를 엿볼 수 있게 된다.

天造從來草昧間 하늘의 조화는 본디 풀섶 어둠 속에 있나니
大都爲伎也應難 크나큼은 무릇 기예와 같아 따르기 어려워라
翁翁自解呈歌舞 늙은이들은 스스로 이해하여 노래와 춤으로 드러내
보이니
引得旁人借眼看 옆 사람을 인도하여 눈을 뜨게 하네[9]

8 『三國遺事』, 「紀異」 第二 '萬波息笛'.
9 『三國遺事』, 「興法」 第三 '難陁闢濟'.

2. 어떤 바탕에서 우러나오는가

> 도잠(陶潛), 이두(李杜), 동파(東坡), 백낙천(白樂天)을 주로 한 시의 세계, 나아가 다시 조선의 노래, 동양의 하늘에 빛나는 광망(光芒), 우리의 고향으로 돌아오지 않으렵니까. 남화(南華), 금강(金剛), 시경(詩經)에 칠보장엄(七寶莊嚴)한 화엄의 세계. 촛불을 켜고 질향로에 향을 사르고 눈을 감아 보자. 푸른 죽엽창(竹葉窓)[10]

지훈은 할아버지의 영향을 받아 어린 시절 한문학을 배웠다. 그는 조선의 선비였다. 조선의 문화 아니 우리의 문화의 근저에는 유가와 불가 그리고 도가 및 무속 신앙이 깔려 있다. 남화는 바로 장자를 이름이요 금강은 불교에서 최고의 깨달음을 지칭하는 것이며 『금강반야경(金剛般若經)』은 최고의 경전 중의 하나다. 『시경』은 유학의 사서삼경 중의 하나다. 조선의 선비들은 뼛속부터 유두불도양각(儒頭佛道兩脚)의 모습이다. 즉 유학을 머리 정점에 이고 불교와 도가를 두 다리로 거느리고 있는 형국이다. 이는 우리만의 특징이 아니라 동아시아 문화 전반에 걸쳐 나타나는 현상이다. 조지훈의 시적 경계는 이러한 문화 정신을 바탕으로 하고 있다. 그는 이미 시선일미(詩禪一味)라는 글도 남긴 바 있다. 그러나 우리가 굳이 시정신을 운위한다면 그의 시 세계는 아무래도 도가 사상의 영향을 많이 받고 있다고 하여야 할 것이다. 불교에서의 깨달음이란 인간을 포함한 모든 사물의 자성(自性)을 부인한다. 자성이 없으므로 인생이 무상하다고 한다. 무상이란 한결같지 않다는 뜻이다. 진여(眞如)의 경계에 도달하려면

---

10 조지훈, 『시의 원리』, p.200.

철저한 적멸의 세계로 들어가야 한다. 사람 안에 부처가 산다고 하지만 평범한 사람들이 이러한 경지에 이르기란 쉬운 일이 아니다. 비해서 도가들은 양생을 주장한다. 삶과 생명에 대한 철저한 존중이 이루어진다. 자연과의 합일도 적멸이 아니라 자기 자신을 잠시 잊은 상태에서 도달할 수 있다. 자신이 부정되는 것이 아니라 존재는 유지하면서 참의 경계에 들어간다. 이러한 경계에서는 생명의 자연스러움이 절로 나타나게 된다. 생명이 지니고 있는 모든 특질이 생생하게 드러난다. 바로 시정신은 이러한 생명이 고요하게 머물러 있거나 또는 움직이는 것에서 비롯된다. 장자의 좌망(坐忘)과 심재(心齋)는 바로 생명이 하나로 모아져 '하나'로서 고요한 상태에 도달하였음을 말한다. 그것은 심리적 상태이며 바로 예술 정신의 모태다.

실눈을 뜨고 벽에 기대인다 아무것도 생각할 수가 없다

짧은 여름밤은 촛불 한 자루도 못다 녹인 채 사라지기 때문에 섬돌 우에 문득 석류(石榴)꽃이 터진다

꽃망울 속에 새로운 우주(宇宙)가 열리는 파동(波動)! 아 여기 태고(太古)쩍 바다의 소리 없는 물보래가 꽃잎을 적신다

방 안 하나 가득 석류(石榴)꽃이 물들어 온다 내가 석류(石榴)꽃 속으로 들어가 앉는다 아무것도 생각할 수가 없다

—「화체개현(花體開顯)」, 『시선(詩選)』

위의 시는 장자의 좌망과 심재의 경계다. 좌망은 피아양망(彼我兩

忘)이다. 나를 잊고(吾喪我) 대상을 잊는다. 좌망은 "팔다리나 몸을 떼어 버리고, 귀나 눈의 밝음을 쫓아내고, 형체를 떠나고 앎을 버려서 커다란 도(道)와 함께하는 것"이다.[11] 심재는 무엇인가. "뜻을 하나로 하고, 귀로 듣지 않고 마음으로 들으며, 마음으로 듣지 않고 기(氣)로 듣는다. 듣는 것이란 귀에 머무는 것으로 그치고, 마음이란 사물에 감응하는 것으로 그치지만, 기는 텅 비어 사물을 받아들인다. 도는 오로지 텅 빈 곳에 모인다. 텅 비어 있는 상태 그것이 바로 심재이다."[12]

캄캄한 밤 촛불 하나만 불을 밝히고 있다. 주위는 고요하다. 시인은 생명의 탄생을 느낀다. 생명이 생명을 느끼고 있다. 시인은 석류꽃이 터지는 것을 바라보며 석류꽃을 마음에 받아들인다. 동시에 새로운 우주가 열리고 있음을 감지한다. 또한 영원한 생명의 일부인 "바다의 소리 없는 물보래"도 자리를 함께한다. 생명끼리 흐름이 통하고 있다. 그리고 시인은 석류꽃 안으로 들어간다. 생각이 필요 없다. 아무것도 생각할 수가 없다. 존재는 유지하되 물아양망(物我兩忘)이요 피아일체(彼我一體)가 된다. 이러한 심미 세계는 오로지 허(虛)와 정(靜)의 경계를 바탕으로 가능하다. 노자의 '치허극(致虛極) 수정돈(守靜篤)'에서 시작하여 장자에 이르러 이러한 경계는 예술 정신으로 발전한다.『장자』의「천도」편에는 이에 대한 부연 설명이 따른다.

비어 있음, 고요함, 편안함, 담담함, 조용함, 쓸쓸함 그리고 아무것

11『莊子』,「大宗師」. 墮肢體 黜聰明 離形去知 同於大通.

12『莊子』,「人間世」. 若一志 無聽之以耳 而聽之以心 無聽之以心 而聽之以氣 聽止於耳 心止於符 氣也者 虛而待物者也 唯道集虛 虛者 心齋也.

도 하지 않음은 하늘과 땅이 그렇게 이루어지고 도와 덕이 이르게 되는 곳이다. 그런 까닭으로 왕이나 성인은 쉬는 것이다. 쉼은 비어 있음이요 비어 있음은 여묾이 있고 여물면 도리가 있음이다. 비어 있음은 고요함이요 고요함은 움직임이며 움직이게 되면 얻음이 있다. 고요하며 아무것도 하지 않는 것이 바로 아무것도 하지 않음이며 각기 일을 맡고 책임을 지는 것이다. 아무것도 하지 않으면 즐겁고 즐거우면 근심이나 걱정이 머물 수가 없고 삶이 길어지게 된다. (중략) 무릇 하늘과 땅의 덕이 밝고 분명하게 드러난 것 바로 그것을 일러 커다란 근본이요 커다란 뿌리라 하는 것이며 또한 하늘과 화합하는 것이다. 그렇기에 천하를 골고루 조절하고 사람들과 화합하게 된다. 사람들과 화합하는 것을 일컬어 인락(人樂)이라 하고 하늘과 화합하는 것을 일컬어 천락(天樂)이라 한다.[13]

"비어 있음, 고요함, 편안함, 담담함, 조용함, 쓸쓸함 그리고 아무것도 하지 않음(虛靜恬淡寂漠無爲者)"은 바로 시인이 시를 짓기 위한 심리적 필요조건이다. 그러한 심리적 변화의 바탕은 바로 기(氣)다. 기는 또한 생명의 원천이다. 생명은 움직인다. "생명적 자연으로서 유기체인 시의 생명은 움직임 속에서도 정신의 율동이다."[14] 여기서 정신이란 어떤 차가운 이성적인 것을 의미하지 않는다. 정(精)은 생명의 정기를 말함이요 신(神)은 생명의 현묘한 움직임 즉 기가 움직

13 『莊子』, 「天道」. 夫虛靜恬淡寂漠無爲者 天地之平而道德之至也 故帝王聖人休焉 休則虛 虛則實 實則倫矣 虛則靜 靜則動 動則得矣 靜則無爲 無爲也 則任事者責矣 無爲則俞俞 俞俞者 憂患不能處 年壽長矣 (중략) 夫明白于天地之德者 此之謂大本大宗 與天和者也 所以均調天下 與人和者也 與人和者 謂之人樂 與天和者 謂之天樂.

14 조지훈, 『시의 원리』, p.57.

이는 것을 뜻한다. 이러한 정신의 율동은 바로 시를 탄생하게 하고 또 시의 다른 모습으로 음악이 흐르게 된다. 지훈은 「대금(大笒)」이라는 시에서 태초로부터 존재하고 있는 허무를 느낀다. 하지만 이러한 허무는 소멸이나 진공이 아니라 생명에 대한 역설적 인식이다.

어디서 오는가
그 맑은 소리

처음도 없고
끝도 없는데

샘물이 꽃잎에
어리우듯이

촛불이 바람에
흔들리누나

영원(永遠)은 귀로 들고
찰나(刹那)는 눈앞에 진다

운소(雲霄)에 문득
기러기 울음

사랑도 없고
회한(悔恨)도 없는데

무시(無始)에서 비롯하여

허무(虛無)에로 스러지는

울리어 오라

이 슬픈 소리

—「대금(大笒)」,『시선』

위진(魏晉) 시대 유협(劉勰, 466-520?)은『문심조룡(文心雕龍)』제26장「신사(神思)」에서 말한다. “글이라는 것은 생각이며 그 마음의 움직임은 멀다. 그러므로 적막하여 한곳에 모이게 되면 생각은 천년의 세월을 접하게 되고, 고요하여 감정이 움직이면 시야는 만 리를 통하게 된다. 읊고 노래하는 속에 주옥같은 소리를 만들어 내고, 바로 눈앞에 바람과 구름의 빛을 펼쳐 놓게 된다. 그것이야말로 생각의 극치가 아니겠는가?”[15] 그는 계속해서 “思理爲妙 神與物遊” 즉 생각하는 이치 다시 말해서 상상력이 묘하게 되면 정신(생명의 움직임)과 사물은 함께 노닐게 된다고 하였다. 마음이 적막하고 생각이 모이게 되면 상상력은 천년을 넘나든다. 고요한 마음의 경지는 사람으로 하여금 먼 곳까지 내다보게 하는 통찰력을 가능하게 한다. 이런 상황에서 주체가 되는 자아와 객체로서의 사물들은 일체가 되어 주체와 객체라는 대립 관계가 사라지게 된다. 시라는 것은 바로 이런 경지에서 솟아 나오는 산물이다.

---

15 劉勰,『文心彫龍』,「神思」. 文之思也 其神遠矣 故寂然凝慮 思接千載 悄然動容 視通萬里 吟咏之間 吐納珠玉之聲 眉睫之前 卷舒風雲之色 其思理之致乎.

지훈은 「고사(古寺) 1」이라는 작품에 대해 스스로 그 창작의 순간을 이야기한 바 있다. 바로 유협의 신사(神思)와 다름 아니다.

목어(木魚)를 두드리다
졸음에 겨워

고오운 상좌아이도
잠이 들었다

부처님은 말이 없이
웃으시는데

서역(西城) 만리(萬里)ㅅ길
눈부신 노을 아래

모란이 진다

—「고사 1」, 『청록집』

깊은 산중 단청이 낡은 옛 절에 봄도 무르익어 첫여름으로 들어설 무렵 무척 고요한 대낮에서 저녁 어스름으로 넘어갈 때였다. 목탁 소리마저 그치고 산속은 그만 적적(寂寂)하다. 법당에는 부처님이 자비스런 미소를 머금을 뿐 말이 없는데 극락정토(極樂淨土)가 있다는 서녘으로 놀이 물들어 온다. 서역 만릿길은 눈부신 놀 속에 열리고 눈앞에서는 모란이 뚝뚝 떨어진다. 시간과 공간, 대상과 주체, 논리와 감정이 모조리 비약했다.[16]

3. 어떤 형태로 나타나는가

어떤 언어가 시가 되는가. (중략) 정신 속에서 춤추는 언어가 시의 언어란 말이다. (중략) 시에 쓰이는 언어는 (중략) 짧고도 함축 있는 생명 현상 그대로의 최초 발성이어야 한다. 얘기하는 것이 아니라 생명 현상 그대로 보여 주고 들려주는 것이므로, '시는 노래하는 정신의 그림이요, 그림 그리는 마음의 음악인 것이다.' 그러므로 시의 언어는 언어 중에도 선이 있고 색채가 있는 언어여야 하고 리듬이 있고 멜로디가 있는 언어가 아니면 안 되는 것이다. 다시 말하면 시에서 언어의 선과 색채는 언어를 妙理 있게 조화하는 데서 이루어지는 것이요, 시의 리듬과 멜로디는 언어를 묘리 있게 배열하는 데서 이루어지는 것이다. 그러나, 사실은 이 조화와 배열보다 먼저 조화되고 배열될 언어, 그러한 춤추는 관념을 나타내기에 알맞은 선택된 언어가 있는 것이다.[17]

(1) 형식미

시의 언어가 색채감을 느끼게 하고 리듬이나 선율을 들을 수 있도록 하기 위해서 시인이 사용하는 첫 번째 수단은 어휘의 선택이다. 지훈의 시어들을 보면 시대적 상황에 따른 한자의 사용이 눈에 띄지만 그 한자들은 그냥 고식적으로 사용된 것이 아니라 일종의 고조(古調)를 강조하기 위해 차용된 것들이다. 옛날 가락을 연상케 하기 위함이다. 동시에 그는 순수 우리말을 다듬는 데도 주력하고 있다. "여흘물" "혀으며" "머흐란" 등 우리 고전에 보이는 아름다운 단어들

---

16 조지훈, 『시의 원리』, pp.99-100.

17 조지훈, 『시의 원리』, p.49.

을 다시 살려 내기도 한다. 필요하다면 단어를 새로 만들기도 한다. "나빌네라" "파르라니" "파르롭은" "흐드기는" 등은 표준말이 아니다. 그러나 이러한 새로운 단어들은 어감 하나만으로 읽는 사람으로 하여금 무엇인가를 직관적으로 느끼게 한다. "나빌네라"에서는 바로 춤의 동작과 음악이, 그리고 "파르라니"에서는 파동의 음악과 색채감이 동시에 감지된다.

시인이 음악성을 강조하기 위하여 택한 방법에는 또한 음보율이 있다. 우리의 옛 노래들에는 일정한 형태의 음보율이 있다. 향가가 그렇고 고려가요에도 규칙적인 음률이 나타난다. 시조는 말할 것도 없이 규정화된 운율의 지배를 받은 정형시다. 우리의 시가에서 주요한 음률은 보통 3.3조, 3.4조, 4.4조, 7.5조 등이다. 지훈의 시들에는 어김없이 이러한 음률들이 적용되고 이러한 음보율은 결국 시를 읽는 우리로 하여금 음악을 듣게 만든다.

시인은 또한 한시에도 두루두루 조예가 깊다. 어려서부터 집안 분위기 탓으로 당시를 비롯한 한시를 무수히 읽었을 것이다. 그의 시에는 오언절구나 칠언율시 등의 한시에 보이는 내재율이나 기승전결의 구조상 배치도 자주 나타난다.

한두 개 남았던 은행잎도 간밤에 다 떨리고
바람이 맑고 차기가 새하얀데

말 없는 밤 작은 망아지의 마판 꿀리는 소릴 들으며

산골 주막방 이미 불을 끈 지 오랜 방에서
달빛을 받으며 나는 앉았다 잠이 오질 않는다

풀벌레 소리도 끊어졌다

—「정야(靜夜) 2」

제목에서 이미 당시(唐詩)의 영향을 보여 준다. 짤막한 네 개의 연은 바로 한시의 절구(絕句)와 다름 아니다. 그리고 내용에서도 기승전결의 구조가 여실히 드러난다. 이러한 기승전결을 바탕으로 한 네 개의 연은 저절로 운율을 느끼게 하고 기다란 호흡을 지닌 가락 장단을 감지하게 한다.

그의 시들을 더욱 음악적으로 만드는 것은 줄 바꿈과 연을 나누는 데서도 엿보인다. 그 자신이 말한 것처럼 언어와 시구들을 묘리 있게 배열한 것이다. 하나의 연이 대부분의 경우 보통 두 줄로 이루어진다. 세 줄로 된 것들도 있지만 거의 모든 시편들이 두 줄로 이루어진 연으로 구성되어 있다. 한 줄과 한 줄이 합쳐 두 줄이 되고 그 두 줄은 대개 두 개의 문장이 아니라 하나의 문장으로 되어 있다. 규칙적으로 두 줄이 한 연이 되어 반복되는 것에 리듬이 느껴진다. 동시에 두 줄이 하나의 문장으로 이루어진 하나의 연은 호흡을 중단하지 않고 길게 선율을 만드는 데 성공한다. 이는 우리 가락의 장단과 같은 효과를 나타낸다. 문자 그대로 묘리 있는 조화인 것이다.

약관의 나이에 만들어진 시들에서 벌써 이러한 음악적 운율이 나타나는데 이는 아마도 김소월이나 김안서 등의 영향을 받은 측면이 없지 않아 있었을 것이다. 하지만 그보다는 이미 지훈은 우리 시가의 아름다움이 무엇인가를 전통에서 찾아 몸으로 체득하고 있었음이 분명하다. 『청록집』이나 『풀잎 단장』에 실린 그의 시편들을 읽으면 마치 고려가요들이 현대에 다시 살아 나온 것 같다. 「피리를 불면」이나 「율객」은 어떻게 보면 현대판 「청산별곡」이다. 고려가요는 모두 노래다. 시이기 전에 음악이다. 고려가요에 나타난 음악은 조선 초기에 아악을 정비하면서 새롭게 창조된 악곡에 대부분 그대로 흡수되어 그 명맥을 유지하여 왔기 때문에 지금도 우리는 그 가락의 일단을 엿볼 수 있다. 노래이므로 가사를 이루고 있는 시구들에 틈틈이 어조사가 들어간다. '위 증즐가' '아소' '아으' '아롱다리' '얄라리 얄라' '더러둥셩' 등등은 모두 음악의 흥을 돋우기 위해 삽입된 무의미한 조흥구들이다. 지훈은 이러한 단어들을 절묘하게 차용하여 자신의 시들에 음악적 효과를 부여한다. 「고조(古調)」에 보이는 "아으 흘러간 태평성세"가 대표적인 예라 할 수 있다. 「고조」 전편을 다시 읽어 본다. 춤의 율동, 음악의 리듬 그리고 색깔이 전편에 넘쳐나고 있다. 아름다운 시편이다.

파르롭은 구름 무늬 고이 받들어
네 벽에 소리 없이 고요가 숨쉰다

밖에는 푸른 하늘 용(龍)트림 우에 이슬이 나리고
둥글다 기울어진 반야월(半夜月) 아래 서름은 꽃이어라

당홍 악복(樂服)에 검은 사모(紗帽) 옷깃 바로잡아
소리 이루기 전 눈 먼저 스르르 나려 감느니

바람 잠잔 뒤 바다속 같이 조촐한 마음
아으 흘러간 태평성세(太平盛世)!

가락 떼는 손 소릴 따라 황홀(恍惚)히 춤추고

끊어질 듯 이어지고 잇기는 듯 다시 끊어져

흐드기는 갈대청 대금(大笒) 소리야 서러워라

청상(靑孀)의 정원(情怨)보담 아픈 가락에 피리는 울고

이십오현(二十五絃) 금슬(琴瑟)이 화(和)하는 소리

퉁겨지는 줄 우에서 원앙새야 울어라

호박종(琥珀鐘) 술잔에 찰찰이 담아든 노란 국화주(菊花酒)

아으 흘러간 태평성세(太平盛世)!

건곤(乾坤)이 불노(不老) 월장재(月長在)하더니

꽃피던 영화(榮華) 북망(北邙)으로 가고

뷘 터에 잡초(雜草)만 우거진 것을

밤새가 와서 울어 옌다

무희(舞姬) 흩어진 뒤 무너진 전각(殿閣) 뒤에

하이얀 나비는 날아라

난 이는 모다 죽는 것을

달 진 뒤 천심(天心)에 별이 늘고 어제도 오늘도 한가지

아으 흘러간 태평성세(太平盛世)!

—「고조」

(2) 심미 형상

멋의 형태미로서 제3의 특질은 율동성이다. '멋'이란 원래 생동태(生動態)의 미요, 만들어진 다음에 보는 것이 아니다. 만들어 가는 과정의 변화에서 보는 미이다. 다시 말하면, 멋은 존재 상태의 미가 아니요, 운동 상태의 미라는 말이다. 그러므로 멋은 형상이나 가락이나 마음에 있어서 한 움직임에서 다른 움직임에로 이어 가고 넘어가는 과정에 나타난다. 가동적인 정지태(靜止態), 멈추려는 움직임이 연속되는 가동의 경향 상태가 멋의 형태미의 본질이다.[18]

시인은 1964년에 『한국문화사 서설』을 발간한다. 연이어 한국적 아름다움이란 무엇인가 탐구하는 논문 「멋의 연구—한국적 미의식의 구조를 위하여」를 발표한다. 한 시대를 살아가는 사람들이 주목하여야 할 글들이다. 그는 아름다움을 크게 나누어 형태미, 표현미 그리고 정신미로 분류한다. 형태미로서는 비정제성과 다양성 그리고 율동성과 곡선성(曲線性)을 열거한다. 표현미로서는 원숙성(圓熟性), 왜형성(歪形性) 그리고 완롱성(玩弄性)을 지적한다. 마지막 정신미로서 그는 무실용성(無實用性), 화동성(和同性), 중절성(中節性), 낙천성(樂天性) 등을 꼽는다. 이로 보면 지훈이 이야기하는 미의 특질에는 음악이 지니고 있는 특성들과 부합되는 점이 많다. 율동성은 말할 것도 없고 완롱성도 그러하다. 완롱성을 이야기하면서 그는 우리 음악의 농현(弄絃)을 예로 들었는데 농현은 동아시아 전반에 나타나는 현상이기는 하지만 유달리 우리 음악에서 그 정도가 뚜렷하다. 정신

---

18 조지훈, 『한국학 연구』(조지훈 전집 8), 나남출판, 1996, p.424.

미로서의 특성들은 완전히 음악의 본질과 부합된다. 특히 화동성은 『예기(禮記)』「악기(樂記)」에 나오는 중심 사상이라고 할 수 있다.

형태미에서의 비정제성과 곡선성 같은 미는 이미 지훈보다 먼저 고유섭을 비롯한 여러 사람들이 지적한 바 있어 새삼스러운 것이 아니다. 하지만 율동성은 지훈의 예리한 통찰이 엿보이는 대목이다. 율동이란 음악과 춤의 움직임을 말한다. 율동이라고 해서 서양의 무용이나 음악처럼 빠른 리듬에 격렬한 춤을 추는 것이 아니다. 어디까지나 천천히 무슨 말인지 그 뜻을 못 알아들을 정도로 느릿느릿 유장한 가락에 맞추어 보일 듯 말 듯 조용하게 움직이는 그런 가락과 춤사위를 이름이다. 이는 우리 전통 무용인 조선 궁중 정재나 민속춤에 나타나는 현상들이다. 바로 정중동(靜中動)의 미학이다. 멈출 듯하면서도 움직이고 움직이는 듯하면서도 조용히 멈추어 있다. 호흡이 무척이나 길다. 생명의 호흡이며 우주의 호흡이다. 지훈은 멋의 형태미는 정지태(靜止態)보다 가동태(可動態)를 그리고 격동성보다는 미동성(微動性)에 있거니와 동중(動中)의 잠깐 정지 곧 단절이 한층 높은 맛을 자아낸다고 주장한다. 주돈이는 그의 『태극도설』에서 "무극이면서 태극이다. 태극이 움직이며(動) 양을 낳는다. 움직임이 지극하게 되면 고요(靜)해지고, 고요해지면 음을 낳는다. 고요함이 지극하게 되면 다시 움직이게 되고 한 번 움직이고 한 번 고요해지니 서로 그 뿌리를 이룬다. 음과 양으로 나누어지니 우주의 양 기둥이 된다."라고 말하였다. 바로 정과 동의 관계를 극명하게 설파하고 있다. 정과 동은 아득한 우주의 근원에서부터 생성되는 것이다.

시인은 우주 만물과 합일이 되어 있는 사람으로 우주의 본질을 누구보다도 몸으로 체득하고 있다. 고요함과 움직임이 반복하며 순환되고 있음을 느낀다. 이러한 반복은 파동을 낳게 되고 파동은 소리와 빛을 탄생시킨다. 소리는 노래와 시가 되고 빛은 아름다운 형상과 그림을 낳는다. 예민한 감성의 소유자인 시인이 이런 점을 놓칠 리가 없다. 그의 시집 『청록집』『풀잎 단장』 그리고 『시선』에는 이러한 형상미의 율동성이 넘쳐흐른다. 하나의 단어나 문장들이 구성하고 있는 형식에서만 음악이 느껴지는 것이 아니라 그 언어들이 본디 지니고 있는 형상적 의미에서 지훈의 시들은 강한 음악성과 색채감을 나타내고 있다. 「고풍의상(古風衣裳)」 한 편만을 보아도 그렇다. "하늘로 날을 듯이 길게 뽑은 부연 끝 풍경이 운다"에서 '부연' 즉 추녀는 멈추어 있지만 이미 형상 내에서 움직임이 내포되어 있고 이를 "풍경이 운다"라는 동적인 표현을 통해 확인한다. "처마 끝 곱게 늘이운 주렴에 반월이 숨어"에서도 마찬가지다. 앞의 구절은 멈추어 있음이요 "반월이 숨어"는 움직임이다. "초마 끝에 곱게 감춘 운혜(雲鞋) 당혜(唐鞋) / 발자취 소리도 없이 대청을 건너 살며시 문을 열고"도 정과 동이 뒤바뀌고 치마, 신발, 발자취 등의 언어들이 형상의 율동미를 만들어 낸다. "가락 떼는 손 소릴 따라 황홀(恍惚)히 춤추고 / 끊어질 듯 이어지고 잇기는 듯 다시 끊어져 / 흐드기는 갈대청 대금(大笒) 소리야 서러워라"라는 시 「고조」의 시구들은 문자 그대로 정중동의 음악적 아름다움을 표현하고 있고 그 귀결되는 소리가 바로 갈대청 대금 소리다. 그 율동미 뒤에서 느껴지는 또 다른 형상미는 서러움이다. "서러워라"라고 노래할 때 우리는 시편 속에 감추어져 있는 또 다른 아름다움을 느끼게 된다. 노래의 그림자라고 할 수 있는데 바로 상외지상(象外之象)이요 운외지치(韻外之致)다.

4. 시는 모든 예술의 바탕이다, 승무—시 그리고 그림, 음악과 춤

감성으로써 받아들이는 생명, 감성으로써 표현하는 생명, 감성에 자극하는 생명이 시의 본질이라고 말할 수 있다.[19]

사람은 오감을 지니고 있다. 시(視), 청(聽), 후(嗅), 미(味) 그리고 촉감(觸感)이다. 하나의 예술 부문은 이러한 오감에 각기 상응한다. 종합예술은 여러 가지 요소를 함께 지닌다. 우리가 보통 종합예술이라고 하면 영화, 연극, 악극, 무용 등을 지칭한다. 시문학은 어느 하나의 감각이라고 이야기하기가 곤란하다. 단지 눈으로 읽고 또 소리를 내어서 듣는 것으로만 이해되지는 않는다. 문학을 나타내는 수단인 문자는 기호다. 마찬가지로 문학은 모든 예술 장르의 토대가 되는 기호다. 음악을 악보라는 부호로 표시하듯이 문학은 모든 예술을 표현할 수 있는 부호다. 문학은 모든 예술의 뿌리이며 동시에 지표가 된다. 다른 예술을 안내하거나 지시하는 입장에 서 있는 것이 바로 문학이다. 그중에서도 시문학은 그 상상력의 아름다움과 음악적 그리고 회화적 특성으로 인하여 모든 예술의 지시문인 동시에 창조적 힘의 원천이 된다. 거꾸로 이야기해서 시는 이러한 종합적 오감을 모두 나타낼 수 있는 훌륭한 예술이다.

다섯 가지 감각기관은 외부 사물과 접촉하자마자 어떤 느낌을 창출한다. 느낌은 바로 감각으로 인지되어 감성을 자극하고, 그 감성은 뚜렷하게 뇌리에 각인되는 인상이 되며, 그 인상은 바로 개념을 제공한다. 이러한 인식 기능은 오로지 살아 있는 생명체만이 지닌다. 느낌과 감성을 바탕으로 하는 인식 기능이 예술의 바탕이라 한다면 이는 결국 생명을 근저로 하고 있음이다. 이러한 의식 활동은

---

19 조지훈, 『시의 원리』, p.44.

모두 생명과 생명체가 보유하고 있는 본원적 기능이다. 생명이 시의 본질이라고 이야기하는 지훈의 말은 적극적인 타당성을 획득한다. 그는 시 창작을 통해 이러한 주장을 이미 젊어서부터 실천한다. 그의 시들에서는 오감이 적나라하게 드러나고 이로 인해 생명의 기운이 넘친다. 그의 시들에 나타나는 생명은 무슨 영혼같이 형체가 없어 보이지 않는, 어떤 막연한 추상적 실재가 아니라 오감에 의해 감지될 수 있는 현실적 상태를 지닌다. 살아서 움직이는 생명체들을 그려 내고 있다. 그의 시를 구성하고 있는 단어들과 문구 그리고 문장과 단락에서 우리는 우리의 오감이 무한대로 자유롭게 상응하여 움직임을 느끼게 된다. 종이로 만든 책 위에 쓰인 문자가 아니라 산 채로 무엇인가가 걸어 나와 우리에게 말을 걸고 또 보여 준다. 무슨 전람회에서 그림을 보거나 또는 음악을 듣거나 혹은 영화나 연극을 보는 것 같은 느낌을 얻게 된다.

얇은 사(紗) 하이얀 고깔은 고이 접어서 나빌레라

파르라니 깎은 머리 박사(薄紗) 고깔에 감추오고
두 볼에 흐르는 빛이 정작으로 고와서 서러워라

빈 대(臺)에 황촉(黃燭)불이 말없이 녹는 밤에
오동잎 잎새마다 달이 지는데

소매는 길어서 하늘은 넓고
돌아설 듯 날아가며 사뿐이 접어 올린 외씨보선이여

까만 눈동자 살포시 들어
먼 하늘 한 개 별빛에 모도우고

복사꽃 고운 뺨에 아롱질 듯 두 방울이야
세사에 시달려도 번뇌(煩惱)는 별빛이라

휘여져 감기우고 다시 접어 뻗는 손이
깊은 마음속 거룩한 합장(合掌)인 양 하고

이밤사 귀또리도 지새우는 삼경(三更)인데
얇은 사(紗) 하이얀 고깔은 고이 접어서 나빌레라

—「승무(僧舞)」

교과서에 나오는 가장 잘 알려진 시다. 이 시를 읽으며 우리는 오감을 모두 동원한다. 그러한 오감이 느끼는 것은 또한 근래 만들어진 김기덕의 영화「여름 가을 겨울 그리고 봄」과 흡사하고,「달마가 동쪽으로 간 까닭은」을 찍은 배용균의 마음과도 일치하며, 임권택 감독의「서편제」를 보면서 영화관에서 느꼈던 흥분과 동일한 선상에 있다. 또한 산조 가락의 흥취와도 비슷하고, 신윤복이나 김홍도의 멋이 넘치는 그림들과도 상통한다. 한마디로「승무」라는 시편은 감각적이고 또 육감적인 생명의 정취가 한껏 고조되어 있는데, 시인은 능치듯 구렁이 담 넘어가듯 언어의 유희를 통하여 마치 하이얀 고깔처럼 모습을 반쯤 가리고 있다. 나머지 반을 통하여 우리는 김은호가 그린「승무도」를 기억하고, 또 장우성이 그린「승무」도 떠올리게 되며, 한복의 선이나 춤사위 묘사를 통하여 우리는 날아갈 듯한 조선의 지붕도 연상하고, 살풀이나 「태평무」 등의 춤도 다시 연상하게 된다. 무엇보다 숨겨진 반쯤의 실상도 읽게 되는데 하나는 음악이요, 다른 하나는 숨겨진 젊은 여인의 얼굴이요 숨결이다. 그림자처럼 숨겨진 음악과 여인은 다름 아닌 우주의 밑바탕에 흐르는 생명 바로 그것이다.

지훈은 「시의 비밀」이라는 글에서[20] 「승무」의 시작(詩作) 과정을 자세히 기술하고 있다. 열아홉의 나이에 수원의 용주사에 승무라는 춤을 처음 보고 예술 정신에 싸이고 말았다고 고백한다. 그는 이미 전에 한성준과 최승희의 춤을 본 적이 있다 했다. 한성준이 누구인가. 「승무」나 「살풀이」 그리고 「태평무」 등 우리가 자랑하는 춤들이 모두 그의 손을 거쳐 완성되지 않았는가. 이런 춤을 보았으니 감성이 넘치는 어린 나이에 대단한 경험을 한 셈이다. 이듬해 여름 그는 김은호의 「승무도」를 접한다. 마지막으로 같은 해 시월 이왕궁 아악부에서 영산회상의 가락을 듣는다. 영산회상은 우리 정악 중에서 단연 최고봉의 아름다움을 자랑하는 고전음악이다. 마침내 시인은 일 년 남짓 난산 끝에 시를 완성한다. 한성준의 춤과 절간에서 본 남자 승려의 춤, 김은호의 여인 「승무도」, 그리고 천상의 선율 같은 「영산회상」이 시인의 마음으로 용해되어 다시 시인 자신만의 새로운 「승무」가 탄생한다. 시인을 통하여 일상의 승무는 탈속한 여인이 오히려 관능의 샘과 감각으로 충만한 생명을 지니며 춤을 추는 심미적 승무로 변환된다. 이러한 시인의 심미 경계는 시는 물론 음악과 춤 그리고 그림을 모두 아우르는 종합예술로서 모습을 드러내게 된다.

---

20 조지훈, 『시의 원리』, pp.181-185.

5. 새로운 가능성의 제시

> 현대시가 과학 문명에 부응(副應)하고 추수(追隨)해야만 하고, 그러기 위해 자가(自家)의 민족적 감성과 관조 같은 좋은 의미의 전통을 헌신짝처럼 집어던지고 뒤늦고 설익은 양풍(洋風) 구화(歐化)에 탐닉하는 것을 인정하지 않을 뿐만 아니라 배격하는 것입니다.[21]

현대에서는 모든 예술이 위기에 처하였다고 말한다. 문학도 그런 위기에 부딪히고 있지만 그중에서도 시는 소설이나 기타 다른 산문에 비해 더욱 그 정도가 심하다고 시인들은 주장한다. 사실일지도 모른다. 우리는 세 가지 현상을 그 위기의 원인으로 생각할 수 있다. 동시에 우리는 그 원인을 해소하는 답안을 바로 시에서 찾을 수 있기도 하다.

첫째는 현대 문명의 극단적 세분화와 미분화다. 고도로 발달된 과학 문명은 우주의 탐구뿐만 아니라 사물의 근원적 비밀스러운 요소까지 발가벗겨 그 모습을 우리에게 보여 준다. 이러한 작업은 정신문화에도 적용되어 우리는 무의식의 흐름까지 읽으려 한다. 이의 영향을 받은 예술은 그 대상을 정치적·사회적 사실주의로 흐르게 하고, 그 구체적 대상들을 하나하나 냉혹할 정도로 뜯어보고 분해하고 결국은 파괴하게 되었다. 모더니즘 또는 포스트모더니즘이라는 이름 아래 모든 대상들이 차가운 시각에 의해 바라다보이고, 또 그 정신에 의해 갈기갈기 처참하게 몰골을 드러내게 된다. 세잔느가 사물을 인위적으로 그 자신만의 것으로 이해하여 구성하더니, 피카소에

---

21 조지훈, 『시의 원리』, p.213.

이르러는 인간을 포함한 모든 사물이 정신 작용의 여러 갈래에 의해 다면적 다중의 분해된 모습으로 그려진다. 사람의 얼굴은 하나일 수 없다. 의식의 흐름 속에 있는 어느 한순간이거나 아니면 잠재의식이 표층으로 드러난 모습일 수도 있다. 얼굴은 얼굴이되 '하나'일 수 없다. 얼굴은 제 모습을 지키지 못하고 층층이 그리고 다면 각도로 이해되어 나타나게 된다. 자연과 그 일부인 인간이 구체적 실험이나 과학의 실증 대상으로 전락하고 존재의 숭고함이나 신비스러운 모습은 상실되었다.

그렇게 되어서 남는 것이 과연 무엇인가. 인간으로서의 존재 의미는 과연 무엇인가. 인간답게 사는 것은 또한 어떤 모습이어야 하는가. 우리는 분해와 파괴 또는 임의적이고 정신에 의한 인위적 재구성과 재해석을 통해서는 오로지 계속되는 회의와 실망 그리고 고통만을 느끼게 된다. 직시해야 한다고 하지만 이미 그것은 과학적 법칙을 근거로 한 기계적 지성의 원리의 지배 아래 바라보는 것이다. 결국 그러한 작업을 통해 남는 것은 미완성일 뿐이다. 우리는 현대를 살아가며 새로운 가능성을 제시해야 한다. 막다른 골목에서 탈출구를 찾아야 한다. 분해가 아니라 다시 봉합 아니 용해되어 다시 나타나는 원상회복을 이루어야 한다. 자연이나 인간이나 모두 마찬가지다.

지훈은 멋의 정신적 요소를 이야기하면서 화동성(和同性)을 거론한다. "멋에는 규각(圭角)과 갈등과 고절(孤絕)이 없다. 조화와 질서와 홍취의 세계이다. 그러므로 멋의 화동성은 고고성(孤高性)과 통속성의 양면을 동시에 지닌다. 화광동진(和光同塵)의 이상—중속(衆俗)과 더불어 화락(和樂)하되 그 더러움에는 물들지 않고, 고아의 경지에 거닐어도 고절의 생각에는 빠지지 않는다. 그러므로, 멋에서는 매운 지조(志操)의 도사림과 주책없는 허랑(虛浪)이 동시에 지양된다."[22] 지훈은 일찍이 동아시아의 아름다움을 풍아(風雅)와 풍류(風流)로 대별하기도 했다. 풍아의 시인으로 두보와 육유를 꼽고 풍류의 시인으로 이백, 백낙천, 소동파를 거론한다. 무리한 구별이라는 생각이 들지만 우리는 그의 의도를 곡해할 이유가 없다. 지훈은 최치원이 이야기한 '현묘지도(玄妙之道)의 풍류'에 우리의 멋이 있다고 이야기하고 싶었을 따름이다. 인식론을 바탕으로 한 근대 서구적 개념의 분석과 통찰 또는 대상을 미시적으로 접근하거나 속까지 뒤집어 분해하는 것은 그에게 감당하기 어렵거나 어불성설의 일들이다.

화동성은 대단히 중요한 화두라고 생각된다. 본디 화(和)와 동(同)은 옛 경전에 나오는 말들이다. 『춘추좌전』에 "음악은 화를 따르며 화는 평을 따릅니다(樂從和 和從平)"라 했고, 『예기』에서는 "악은 합하여 같음이 되고 예는 구분되어 다름이 된다(樂合同 禮別異)"라는 말이 나온다. 화동성은 동아시아 문화권에서 예술이 지녀야 하는 본질이다. 장자의 경우도 마찬가지다. 자연에는 무수한 사물들이 있지만 모두 장자가 이야기하는 최고의 심미 경계인 소요유(逍遙遊)를 획득할 수 있다. 날갯짓 한 번에 구만리를 나르는 대붕이나 뛰어 봐야 나뭇가지에 불과한 쓰르라미나 모두 자연 본성에 의해 주어진 대로 자족하고 자연스러우면 그것이 바로 소요유의 경계다. 이러한 생각들을 잘 나타낸 것이 바로 우리의 예술이다. 우리 민속음악인 판소리나 산조 등의 가락이 모두 신라 때부터 내려온다는 시나위 가락에 근거를 두고 있다. 바로 시나위가 화동성의 예술 정신을 잘 표현하고 있다. 통일에서 개별적으로, 완전한 것에서 분해되는 것으로 진

---

22 조지훈, 『한국학 연구』, p.437.

행되는 것이 아니라 그 역순으로 음악이 진행된다. 관현악을 구성하고 있는 악기들은 개성을 지니고 독립적이지만 곡이 시작되자마자 서로의 눈치를 보며 균형과 조화를 맞추어 간다. 일찍이 김원룡이 지적한 '제멋대로, 아무렇게나'의 아름다움으로 시작하고 불협화음을 들려주지만 결국 화음에 도달하고 서로가 어울리며 화동성을 이루게 된다. 이러한 과정과 결실이야말로 21세기 인류가 부딪히고 있는 정신적 쇠락에 대한 구원의 메시지가 될 수 있다. 지훈은 이미 시에서 이러한 구원의 가능성을 읽고 있다. 음악과 시가 같은 뿌리임을 다시 확인할 수 있는 대목이다.

위기의 두 번째 원인은 예술의 종합화다. 장르의 독립성이 무너지고 복합적 종합예술로 통합이 되고 있음이다. 뮤지컬이나 영화는 모든 예술을 흡인하고 있다. 안방에서 이루어지는 텔레비전도 그 위력을 발휘하고 있다. 이러한 상황에서 개별적 예술 장르는 그 독립성을 잃고 존재 의의마저 없어진다고 모두들 아우성이다. 하지만 그렇게만 생각할 이유는 없다. 우리는 음악과 미술이 모든 종합예술의 배경에 깔리는 것처럼 시문학도 그 당당한 존재 의미를 모든 예술에 발휘하고 있다고 생각한다. 앞서 이야기한 것처럼 영화도 대본이 있어야 하고 뮤지컬도 모든 표현 가능성을 문자로 구성해야 한다. 더욱 중요한 것은 시가 예술적 창의성을 위한 무궁무진한 원천이 되고 있다는 점이다. 시는 모든 예술에게 생명의 물을 공급해 주는 샘이다. 모든 예술가들이 시로부터 창조적 영감을 획득한다. 예술가들이 아름다움을 운위하면 이는 이미 시적 상상력이 그 배경에 도사리고 있음이다.

지훈의 시들은 이미 이러한 종합적 아름다움의 가능성을 모두 내포하고 있다. 그의 시를 읽으면서 건축가는 멋있는 조선의 사찰 지붕을 연상할 것이다. 무용 안무가는 무릎을 치며 감탄을 할 것이다. 또한 미술가는 언어가 어떻게 색채감을 풍부하게 지니고 있을까 의아해하며 스스로 그림을 그리고 싶은 충동을 느낄 것이 틀림없다. 음악가는 귀가 멍멍해지도록 지훈의 시에서 음악을 들을 것이다. 시 한 편이 바로 종합예술이요 그 가능성을 시사해 주고 있다.

세 번째로 지적해야 할 것은 예술의 보편화다. 문명과 과학의 발달은 역설적으로 예술의 대중화를 이룩하고 그 본질을 보편화시키는 데 성공하고 있다. 귀족들이 향유하던 교향악은 이미 작은 기기만 있으면 얼마든지 어디에서나 그리고 반복해서 들을 수 있다. 그림은 복사판이기는 하더라도 책을 통해서 그리고 텔레비전이나 인터넷을 통해서 얼마든지 감상할 수 있다. 수장한 사람들만이 볼 수 있었던 시대는 사라지고 말았다. 예술 창작의 경우도 마찬가지다. 과거에는 예술가들이 특정 능력을 지닌 사람으로 간주되었다. 마치 교회의 사제와 같은 예우를 받았다. 지금은 대중이 예술가다. 사람이면 누구든지 예술가가 될 수 있다. 사진 같은 경우는 그 예술로의 태생이 백 년 정도이지만 이미 디지털카메라의 보급으로 대부분의 사람들이 벌써 사진작가다. 시나 소설은 어떤가. 전통적 형식의 붕괴와 자유화에 따라 그저 글이라고 쓰면 소설이요 시들이다. 나무랄 이유가 없다. 모두 나름대로의 주장들이 있으니 말이다. 사회적 또는 정치적인 시, 깨달음의 시, 종교적 시, 개인의 심정을 토로하는 시, 자연 대상물의 아름다움을 노래하는 시 등등 부지기수의 시들이 쏟아져 나오고 있다. 이를 부정적으로만 볼 이유가 없다. 전화기의 발달로 고전적 편지 왕래가 사라지는가 싶더니 인터넷 세상에서 우리는 과거와 비교가 되지 않을 정도로 더 많은 문자를 사용하며 교신을 한다. 시적 상상력이 발휘된 블로그나 카페 등이 넘쳐난다. 세상 사람들이 자유롭게 그리고 편하게 아름다움을 마음껏 향유할 수 있는 시대가 온 것이다.

이런 상황에서 사람들은 시에 대해 새로운 관심을 갖게 된다. 아름다운 글과 시의 상상력은 인간이 살아가는 필수 요소 중의 하나로 등장하기 시작한 것이다. 인터넷 시대에 시적 아름다움을 희구하는 사람들에게 지훈의 시들은 좋은 교범이 된다. 그의 시는 새로운 21세기를 살아가는 사람들에게 총체적 아름다움으로 누구에게나 쉽게 접근해 온다. 현대는 감성의 시대라 하는데 지훈은 이미 감성의 생명을 체현하고 강조하는 시들을 썼음이요 무엇보다 일반 대중이 이해하기 쉬울 정도로 평이한 시어들과 문장을 통해 고도의 형상미를 전달하는 데 성공하였음이다. 기다란 말들보다 한 장의 사진이 더 주효하듯 지훈의 시는 어떤 난해하거나 기다란 시들보다 시적 아름다움을 직관적으로 전달해 주고 있다.

예술의 종합화·보편화라는 혁신적 과정에서 지훈의 시들은 새로운 시대의 시작들이 나갈 방향을 제시하고 있다. 음악성과 회화성 그리고 춤의 율동성까지를 망라한 시들은 인터넷 시대를 통해 새로운 종합예술을 탄생시킬 것이 틀림없을 것이다. 새로운 종합예술의 바탕에는 지훈이 희구하고 갈구한 풍류나 멋의 세계가 시적 상징성이라는 뿌리를 퍼뜨리며 강하게 자라나고 있을 것이다. 그러한 뿌리들은 생명이라는 영원한 대지를 바탕으로 싱싱하게 생명의 기운을 지속할 것이다. 지금도 우리는 지훈의 소리를 듣고 있음이다.